In der Reihe „Karl Mays Magischer Orient“ sind bisher erschienen:

Band 1 – Alexander Röder *Im Banne des Mächtigen*
(auch als Hörbuch)

Band 2 – Alexander Röder *Der Fluch des Skipetaren*

Band 3 – Alexander Röder *Der Sturz des Verschwörers*

Band 4 – Alexander Röder *Die Berge der Rache*

Band 5 – Alexander Röder, Tanja Kinkel u. a.
Sklavin und Königin

Band 6 – Alexander Röder, Thomas Le Blanc
Auf der Spur der Sklavenjäger

Band 7 – Jacqueline Montemurri, Bernhard Hennen
Der Herrscher der Tiefe

Band 8 – Friedhelm Schneidewind, Bernhard Hennen
Das magische Tor im Kaukasus

Thomas Le Blanc (Hrsg.) *Auf phantastischen Pfaden*
Eine Anthologie mit den Figuren Karl Mays

Karl Mays Magischer Orient

Band 8

Das magische Tor im Kaukasus

von

Friedhelm Schneidewind

Mit einem Epilog
von Bernhard Hennen

KARL-MAY-VERLAG
BAMBERG·RADEBEUL

Herausgegeben von
Thomas Le Blanc und Bernhard Schmid

Die Auszüge aus dem Werk von Wazha-Pshavela
(d. i. Luka Rasikaschwili, 1861–1915)
sind entnommen (und teilweise sprachlich leicht angepasst)
mit freundlicher Erlaubnis aus:

„Erzählungen aus dem Urwald.
Mindia – Der Schlangenesser (Verserzählung)"
– aus dem Georgischen übersetzt von Yolanda Marchev (1920–2015) –
Überarbeitet und zur Veröffentlichung vorbereitet
durch Dr. phil. Tamaz Gvenetadze
Tbilissi: Nekeri, 2018

Illustration: Elif Siebenpfeiffer
Druck: GGP Media GmbH, Pößneck
ISBN 978-3-7802-2508-5
www.karl-may.de

Erstes Kapitel
Eine Bahnfahrt mit Folgen

„Sihdi, glaubst du, diese neue Bahn wird irgendwann auch nach Batumi fahren? Wir wären damit bestimmt um einen Tag schneller gewesen. Und Batumi ist doch der größere der beiden Häfen, die Georgien am Schwarzen Meer hat.“ Mein treuer Freund und Begleiter Hadschi Halef Omar wurde unterbrochen, als die Pfeife der Lokomotive schrillte – das Signal für die letzten Reisenden hier in Poti, einzusteigen. Kurz danach fuhr der Zug los, nach Tiflis, georgisch Tbilissi.

Wir beide saßen schon recht gemütlich in einem ansonsten leeren Abteil. Die Wagons waren noch ziemlich neu, war doch die Bahnstrecke von Poti nach Sestaponi erst vor fünf Jahren eröffnet worden und hatte damit den Anschluss an die ein Jahr zuvor fertiggestellte Bahnstrecke Sestaponi–Tiflis geschaffen. Wir genossen es, uns in den gepolsterten Sitzen zurücklehnen und die Beine ausstrecken zu können, nach dem Gewaltritt, den wir hinter uns hatten. Von den Weidegründen der Haddedihn in der nördlichen Dschesireh waren wir rund 1.000 Kilometer geritten, und das in nur acht Tagen; unser Auftrag duldete keinen Aufschub. Wir hatten einen Termin in Kutaissi!

Die letzten beiden Tage waren dagegen regelrecht erholsam gewesen.

Diese Zeit hatte uns die Bahn geschenkt.

Ich riss mich aus meinen Gedanken und lächelte Halef an.

„Die Eisenbahngesellschaft Poti-Tbilissi hat hier, mit Poti, begonnen, weil Batumi zum Osmanischen Reich gehört, dieser Teil Georgiens hingegen zum Russischen Kaiserreich.“

Der Zug bremste und hielt zum ersten Mal an, im Dörfchen Sag.

Halef zeigte auf die Menschen, die in die Wagons stiegen.

„Sind wir jetzt in Europa, Sihdi? Die Menschen hier sehen so ganz anders aus als bei uns im Orient."

Ich musste ihm Recht geben. Die Kleidung der meisten Männer war sehr europäisch; teils trugen sie russische Uniformen, teils moderne Anzüge, wie man sie auch in Berlin oder Paris sehen konnte, manche aber auch Anzüge aus Leder oder Leinenstoff, ähnlich der Trapperkleidung, wie ich sie üblicherweise anhatte, wenn ich mich in Amerika aufhielt; nur einige wenige Männer zeigten sich in Trachten. Die meisten Frauen hatten weite Blusen an, oft mit Jacken darüber, und lange wehende Röcke. Sie waren unverschleiert; bei manchen der älteren Frauen verhüllte ein Kopftuch das Haar.

Ich musterte Halef, der sein übliches arabisches Gewand trug; auch ich war noch orientalisch gekleidet.

„Und was sprechen die Menschen hier für eine Sprache, Sihdi?", fragte er mich, nachdem der Pfiff der Lokomotive verhallt war und während der Zug anfuhr. „Verstehst du sie?"

Ich hatte schon in Poti und während des kurzen Aufenthalts hier aufmerksam gelauscht und mich auf der Reise natürlich infomiert.

„Es gibt mehrere einheimische Sprachen. Wir sind hier im Fürstentum Mingrelien oder Megrelien, dem ‚Land der tausend Quellen'. Die Einheimischen nennen sich Megrelen, werden aber auch Kolcher genannt, weil hier das antike Kolchis gelegen hat. Ihre Sprache ist eng mit der georgischen und der swanetischen verwandt. Ich spreche keine dieser Sprachen, aber wir dürften hier überall mit Russisch durchkommen; das Land gehört seit Anfang des Jahrhunderts zum russischen Reich, wie seit einigen Jahren ganz Georgien. Und natürlich müssen die Georgier die Sprache ihrer Herren beherrschen."

Ich interpretierte Halefs gequälte Miene offensichtlich richtig.

„Sihdi, du sprichst natürlich Russisch und bewegst dich wie ein Fisch im Wasser unter diesen Menschen hier. Aber was nützen mir die arabischen Dialekte, die ich beherrsche, und das bisschen Englisch und Deutsch, das ich von dir und Sir David gelernt habe? Vielleicht hätte ich doch bei den Haddedihn bleiben sollen, bei meiner geliebten Hanneh, bei meinem Sohn Kara, bei Amscha und Djamila.“

Ich konnte meinen Freund gut verstehen, war es uns doch erst vor Kurzem gelungen, die beiden jungen Frauen aus der Gewalt levantinischer Piraten zu befreien, und das auch nur mit Hilfe der legendären Teuta. Die Bande hatte Halefs Frau und Schwägerin entführt, aus Rache dafür, dass wir einige Zeit zuvor eine Gruppe von Sklavinnen aus ihrer Gewalt befreit hatten, und weil sie Halef für einen konkurrierenden Sklavenhändler hielten, den sie beseitigen wollten. Mit Hilfe der mächtigen Piratenwitwe Teuta und des Magiers Haschim hatten wir die beiden Frauen befreien und sogar eine friedliche Lösung mit den Piraten aushandeln können. Hanneh und ihre Mutter Amscha waren in ihre Heimat gereist, wir Männer (und Djamila, die sich an Bord geschlichen hatte), wurden vom britischen Geheimdienst genötigt, in Kreta ein geheimnisvolles Labyrinth zu erforschen. Durch Kapitän Nemo und die Gefangenschaft auf dessen *Nautilus* wurde unsere Rückreise zu den Haddedihn erheblich verzögert. Und dann hatte Halef die Gesellschaft seiner jungen Familie kaum genießen können, denn nach nur wenigen Tagen im Beduinenlager erreichte uns unser Auftrag. An diesen erinnerte ich meinen Freund nun, um ihn aufzumuntern.

„Ich kann dich gut verstehen, mein lieber Halef. Umso mehr bewundere ich deine Tapferkeit und deine Entschlossenheit, mich zu begleiten auf dieser Queste, die mir Marah Durimeh auferlegt hat, in ein fremdes Land, dessen Sitten du nicht kennst und dessen Sprache du nicht sprichst. Du hättest bei Weib und Kind bleiben können; dass du mich aus Freundschaft begleitest, rechne ich dir hoch an, und ja, ich bin darüber sehr froh.“

Halefs Miene hellte sich auf.

„Ich hätte es mir nie verziehen, wenn ich dich alleine in diese Gefahr hätte ziehen lassen und dir dann etwas zugestoßen wäre. Ausruhen in den Zelten meines Stammes kann ich mich, wenn ich ein alter Mann bin. Jetzt ist die Zeit, die Welt von bösen Menschen zu befreien, ganz besonders, wenn Marah Durimeh, die hochgeschätzte Königin, uns darum bittet. Und wenn wir dabei ein paar spannende Abenteuer erleben und interessante Menschen kennenlernen, soll es mir recht sein."

Halefs Augen funkelten, unbewusst hatte er sich aufgerichtet und den Kopf stolz erhoben. So klein er war, so wenig imposant er wirkte mit seinen spärlichen Barthaaren – mir wurde wieder einmal bewusst, wie sehr sich mein ehemaliger Diener und jetziger guter Freund zu einem klugen und tapferen Mann entwickelt hatte. Nur wenigen Männern würde ich mein Leben eher anvertrauen als ihm – meinem Blutsbruder Winnetou, meinem Freund Scheik Haschim … Halef war wohl ein wenig impulsiver als diese beiden, weniger bedacht in Wort und Tat, doch mein Vertrauen in ihn war nicht geringer. Da hatte ich schon gestandene Männer kennengelernt, die weitaus unvernünftiger und unzuverlässiger gewesen waren; ich musste an Amad el Ghandur denken und den einen oder anderen Westmann wie Old Surehand und Old Firehand.

Wieso kamen mir solche Gedanken? Weil ich seit Längerem zum ersten Mal wieder über meine Trappergewandung nachgedacht hatte? Ich musterte Halef noch einmal gründlich, dann nickte ich ihm zu.

„Mein lieber Halef, wir sind schon in anderen Gegenden gewesen, wo wir uns mit der Sprache schwertaten. Doch muss ich dich bitten, dein Gewand einzutauschen gegen eine Kleidung, wie sie hier üblich ist. Auch ich werde das tun."

Mein treuer Freund riss für einen Moment Augen und Mund auf, dann platzte es aus ihm heraus:

„Nein, Sihdi, das kannst du nicht verlangen. Ich bin ein Sohn der Wüste, ein Bedu, ein stolzer Araber. Ich werde nicht solche engen Beinkleider tragen wie diese Männer hier." Er zeigte nach draußen auf den Bahnsteig; wir hielten gerade am Bahnhof Tekleti. „Und warum sollte ich meinen Turban ablegen, den Schmuck meines Hauptes? Und meinen Oberkörper in solch ein enges Jacket zwängen?"

Wir hatten wohl schon die halbe Strecke zurückgelegt auf unserer Fahrt zu dem Bahnhof, an dem wir in den Zug nach Kutaissi umsteigen mussten. Bis wir in Kutaissi angekommen sein würden, wollte ich Halef überzeugt haben. Ich wies auf einen älteren Mann.

„Schau dir diesen an. Er trägt Hosen, aber doch weit und bequem, ganz ähnlich der Sirwal, der langen und weiten Pluderhose, wie sie in weiten Teilen der arabischen Halbinsel üblich ist. Nur trägt er darüber keine Dischdascha, kein knöchellanges Gewand, wie es bei euch die Hose in der Regel verbirgt. Und denke an den unglücklichen Hassan Ardschir Mirza, der diese teuren weiten Seidenhosen trug."

„Ja, Sihdi, aber über diesen Sirdschame hatte er stets ein Pirahan an, ein Hemd, und sein Alkalik, sein Unterkleid, reichte ihm bis unter die Knie. Dazu kamen dann noch Kaba und Balapusch, Rock und Oberkleid. Aber dieser Mann hier hat ja nur ein Hemd und eine offene Weste an, und seine Jacke bedeckt gerade mal die Hüften!"

Ich musste lachen.

„Mein guter Halef, sei froh, dass wir im Osten Europas sind, wo die Sitten und Bräuche und auch die Kleider noch einigermaßen dezent sind und vieles bedecken. In westlichen Ländern ist es hin und wieder modern, ganz körperbetonte Anzüge zu tragen, mit schmaler Taille und engen Hosen. Und so sieht man an der Vorderseite alles, was den Mann auszeichnet, und viele Hosen haben vorne einen Hosenschlitz, den man mit Knöpfen verschließt, um die Hose nicht mehr herunterziehen zu müssen, wenn einen ein Bedürfnis überkommt."

Halef schaute mich mit großen Augen an und schüttelte sich dann.

„Brr! Du machst keinen Scherz mit mir, nicht wahr, Sihdi? So etwas würde ich nie anziehen. Aber eine weite Hose wie vorhin der Mann auf dem Bahnhof …“ – wir waren schon längst wieder unterwegs –, „dazu kann ich mich überreden lassen, wenn wir ein passendes Obergewand finden.“

„Das wird uns in Kutaissi sicher gelingen, das ist keine kleine Stadt. Doch schau, wir nähern uns dem Bahnhof Rioni. Hier müssen wir umsteigen.“

Der Bahnhof, benannt nach dem Fluss, der durch Poti wie durch Kutaissi fließt, wirkte, als habe man ihn frisch herausgeputzt. An den Wänden hingen vielfarbige Girlanden aus frischen Blumen und Blättern, über dem Gleis war ein bunt bemalter Triumphbogen aus Holz aufgebaut, an dem Texte in verschiedenen Schriftarten zu sehen waren. Halef versuchte, sie zu entziffern.

„Sihdi, hier kann ich ja gar nichts lesen! Das auf der linken Seite verstehe ich überhaupt nicht, und die Schrift auf der rechten Seite sieht wieder ganz anders aus, fast wie eure Buchstaben, aber es ergibt keinen Sinn.“

Ich nickte.

„Die Inschrift rechts, das ist die russische Schrift, die man Kyrilliza nennt. Manche Buchstaben sehen aus wie die in der europäischen, der lateinischen Schrift, die du kennst, bedeuten aber etwas ganz anderes. Da steht KUTAISI, mit nur einem ‚s‘. Je nach Sprache schreibt man es mit einem oder zweien. Links, diese runden Buchstaben, die kann ich auch nicht lesen, das ist wahrscheinlich georgische Schrift.“

Wir ließen uns auf einer der Bänke nieder, die für Reisende wie uns, die auf ihren Zug warteten, an der Wand des Bahnhofgebäudes aufgestellt waren, packten von der mitgebrachten Verpflegung aus und genossen die Augustsonne. Es war früher Nachmittag, und der Zug sollte in etwa einer Stunde fahren. Es waren nur wenige Kilometer bis Kutaissi; wir hätten die Stadt auch in einer mehrstündigen Wanderung erreichen können, doch waren wir beide froh, einmal auf bequemere Weise zu reisen, zumal der Weg hügelig und es sehr heiß war. Und schließlich hat man nicht alle Tage die Gelegenheit, eine fast jungfräuliche Bahnstrecke zu befahren; beim Fahrkartenkauf in Poti hatte man uns erzählt, dass die Stichstrecke Rioni–Kutaisi erst gestern eröffnet worden war, deshalb der Schmuck am Bahnhof. Ich lehnte mich zurück, schloss die Augen und ließ die turbulenten letzten zwei Wochen noch einmal Revue passieren.

Nach unserem Abenteuer auf Kreta hatten wir beschlossen, Djamila zu den Haddedihn zu begleiten. In Tymbaki hatten wir ein Schiff nach Latakia genommen – ich erinnerte mich gerne an meine leicht skurrile Begegnung mit Professor Thadewald in Kokkinos Pyrgos, dem Tymbaki vorgelagerten Hafenort. Das Büchlein *Über die Erhaltung der Kraft* von Helmholtz, das er mir im Auftrag von Kapitän Nemo überreicht hatte, lag gut verwahrt in meinem Gepäck und hatte mir schon manch lehrreiche Stunde beschert. In Latakia verabschiedeten wir uns von Scheik Haschim, der nach Hause wollte, auf seinen Landsitz in der Nähe von Taif. Er würde sicher einige Wochen brauchen, da er gemütlich reisen wollte, nicht mit einem Gewaltritt, wie wir ihn erst vor wenigen Monaten hinter uns gebracht hatten, als es darum ging, Hanneh und Djamila, Halefs Frau und Schwägerin, aus der Gewalt von Sklavenjägern zu befreien. Damals hatten wir die über 2.000 Kilometer, die den Hedschas – die Region in Arabien, in der die beiden heiligen Stätten des Islams liegen, Mekka und Medina – von der nördlichen Dschesireh trennt, auf Haschims schnellen Meharis in knapp drei Wochen zurückgelegt. Diese edlen und schnellsten aller Dromedare hatten wir bei den Haddedihn gelassen, was uns später sehr zugutekommen sollte.

Beim Abschied sahen Haschim und ich uns lange in die Augen, ohne etwas zu sagen. Wir wussten, wir waren Freunde für's Leben geworden, und so umarmten wir uns nur kurz und drückten einander. „Ich bin sicher, wir werden uns wiedersehen, so Gott will!“, gab ich ihm auf den Weg. „Inschallah!“, antwortete Haschim mit Inbrunst und schwang sich auf das Pferd, das er im Hafen gekauft hatte. „Inschallah!", schallte es ihm von Halef hinterher, von dem Haschim sich, wie von Djamila, schon verabschiedet hatte. Ich glaubte, eine Träne im Auge meines treuen Freundes zu sehen, doch als er meinen Blick sah, wischte er sich schnell die Augen und meinte: „Der Wind bläst scharf hier am Hafen."

Der Ritt zu den Weidegründen der Haddedihn verlief ereignislos und gemütlich. Eine weitere Woche, nach den Tagen auf dem Schiff, hatten wir Zeit, uns über unsere Erlebnisse auszutauschen. Als die Zelte des Stammes in Sicht kamen, waren Djamila und ihr Schwager, zwischen denen die Ereignisse auf Kreta alle Vorbehalte ausgeräumt hatten, die besten Freunde, und obwohl sie mich immer noch mit offensichtlichem Respekt betrachtete, waren doch auch wir inzwischen sehr vertraut miteinander. In den letzten Stunden vor unserer Ankunft allerdings war Halef sichtlich unruhig geworden. „Amscha?", fragte ich ihn. Er nickte nur.

Doch die Ankunft bei den Haddedihn zerstreute alle seine Bedenken. Es gab nicht nur ein großes Freudenfest mit Pferderennen und viel Schießerei, sondern, für Halef viel wichtiger, eine feste und aufrichtige Umarmung durch seine Schwiegermutter. „Nun bringst du mir schon wieder eine meiner Töchter zurück. Ich hoffe, dass wir alle stets auch weiterhin so auf dich bauen können!" Amscha fasste Djamila fest ins Auge: „Wir hingegen, junge Abenteuerin, werden uns einmal sehr ernsthaft unterhalten müssen!" Wohl niemandem von uns aber entging ihr angedeutetes Schmunzeln, das sie auf einmal viel jünger aussehen ließ.

Ich wurde aus meinen Gedanken gerissen.

„Entschuldigung, haben Sie Feuer?"

Vor mir auf dem Bahnsteig stand ein Mann mittleren Alters, den ich in einer Menge in einer amerikanischen Stadt sicher übersehen hätte, so unscheinbar wirkte alles an ihm: das lange Allerweltsgesicht, der braune moderne Anzug mit Weste, der helle Stetson. Dazu passte, dass er mich in unverkennbar amerikanischem Englisch angesprochen hatte. Trotz meiner orientalischen Kleidung schien er in mir einen Landsmann zu vermuten. In der Hand hielt er eine dünne, unangezündete Zigarre.

„Mir sind leider die Zündhölzer ausgegangen, und ich muss wohl warten, bis ich in eine richtige Stadt komme, um mich wieder einzudecken“, meinte er entschuldigend. „Daniel Brown mein Name, aus Georgia, USA. Ich hoffe, Sie verstehen mich.“

„Aber ja“, antwortete ich mit breitem amerikanischen Akzent. Der Mann war mir nicht ganz geheuer, deshalb verstellte ich mich etwas. „Ben Nemsi. Ich helfe Ihnen gerne aus.“

Während ich in meiner Gürteltasche nach den Zündhölzern suchte, den Blick scheinbar gesenkt, sah ich, wie Brown blitzschnell zum Bahnhofsgebäude hinüberschaute. Ich konnte niemanden sehen, doch verriet mir ein Schatten, dass im Eingang ein Mann stehen musste. Unauffällig schaute ich zu Halef, der tat, als beobachte er ein paar Tauben, die auf dem Bahnsteig nach Futter suchten. Ich erkannte aber, dass er eine Hand unauffällig auf seinem Revolver, die andere an seiner Kurbatsch liegen hatte.

„Bitte“, sagte ich und reichte Brown die Schachtel mit den Sicherheitszündhölzern. Brown zündete sich die Zigarre mit sichtbarem Genuss an, gab mir die Zündholzschachtel zurück und fragte:

„Reisen Sie nur nach Kutaissi? Oder wollen Sie noch weiter? Mit einem arabischen Wüstensohn“ – er nickte zu Halef hinüber – „ist es sicher ein Erlebnis, in den Bergen des Kaukasus herumzukraxeln.“

Während die beiden Fragen noch nach Smalltalk klangen, ließ mich die letzte Bemerkung aufmerken; mein Misstrauen war sowieso schon geweckt.

„Wir reisen nur nach Kutaissi; wir wollen uns die alten Bauwerke anschauen, das Kloster Gelati, die Bagrati-Kathedrale …

Wir sind Historiker. Und jetzt entschuldigen Sie mich bitte, die Reise bisher war anstrengend, ich möchte mich noch ein wenig ausruhen."

Mit diesen Worten ließ ich mich nach hinten an die Mauer sinken und zog den Schleier meiner Kopfbedeckung über mein Gesicht, aber so, dass ich, scheinbar schlafend, alles um mich herum beobachten konnte. War dies eine zufällige Begegnung? Oder hatte sie etwas mit unserem Ziel, unserem Auftrag zu tun? Hellwach und hochkonzentriert, ließ ich mir diesen noch einmal durch den Kopf gehen.

Drei Tage hatten die Haddedihn gefeiert, und wir mit ihnen. Nicht immer hatte ich deshalb genug Schlaf bekommen und noch weniger Bewegung, und so hatte ich mich am dritten Tag frühmorgens entschlossen, mit Rih auszureiten und mir irgendwo die leiblichen Genüsse und Leckereien durch einen ausführlichen Spaziergang aus dem Leib zu treiben. Es war ein herrlicher Sommermorgen, und ich ließ die Blicke über die Weite der Landschaft schweifen, während ich mit Rih im leichten Trab gen Osten ritt. Plötzlich sah ich einen dunklen Schatten am Himmel, der schnell und pfeilgerade auf mich zuschoss. Vorsichtshalber zügelte ich meinen Rappen und griff nach dem Henrystutzen. Gespannt beobachtete ich den näherkommenden Vogel. Sollte es Scheik Haschims Falke Manakir sein? War diesem etwas zugestoßen? Doch nein, die Farbe stimmte nicht, und auch die Art des Fluges und die Flügelsilhouette – es war eine Brieftaube, die auf mich zuhielt. Wie aber konnte das sein? Brieftauben suchen ihr Zuhause auf, nicht einen einsamen Reiter, und doch … Mich überkam ein Verdacht, und ich streckte den linken Arm aus. Einen Moment später saß gurrend eine schwarze Taube auf meinem Handgelenk. Ich löste vorsichtig die Lederkapsel von ihrem Bein und schaute hinein. Wenig später saß ich mit Halef und unseren Freunden Malek und Amad el-Ghandur, den Scheiks der Ateibeh und der Haddedihn, um ein Feuer und betrachtete das edle Papier, das klein zusammengerollt in der Lederkapsel gesteckt hatte.

Es gab keine Unterschrift, aber ich hatte sofort die Handschrift von Marah Durimeh erkannt, unserer geheimnisvollen Freundin und Wohltäterin.

„Triff mich bitte in der Hauptstadt von Kolchis, der Stadt der Rosen und des Mai, am gekrönten Türmlein, wo die heilige Gottesgebärerin entschlafen ist, am Tag ihrer Aufnahme in den Himmel, wenn die Sext gebetet wird."

Mir war sofort klar, was Marah Durimeh meinte, meinen muslimischen Freunden aber musste ich es erklären, hatte sie doch bewusst in einer Art geschrieben, die den meisten Menschen hier unverständlich sein dürfte. „Marah Durimeh fordert mich auf, nach Georgien zu kommen, in dessen alte Hauptstadt Kutaissi, nicht weit von Batumi am Schwarzen Meer, wo wir ja vor einiger Zeit schon einmal waren." Ich sah Halef an, dass er sofort erkannt hatte, was ich meinte, und auch die anderen beiden wussten aufgrund unserer Erzählungen Bescheid. Vor gut einem Jahr waren wir beide ganz kurz in Batumi gewesen; gemeinsam mit unserem Freund Sir David Lindsay und dessen Nichte Ann hatten wir die Niederländerin Marijke van Beverningh aus der Sklaverei befreit. Das hatte uns eine lange und anstrengende Flucht beschert, die uns durch die Wüste Rub al-Chali nach Hadramaut und schließlich ins Reich der Königin von Saba führte, wie ich es in einem meiner kürzlich erschienenen Reiseberichte ausführlich geschildert habe – und war letztendlich der Grund gewesen für die Entführung von Hanneh und Djamila durch die Sklavenjäger.

Halef verzog das Gesicht.

„Das ist eine weite Reise. Aber wie kommst du darauf?"

„Du kennst die griechische Sage von der Reise des Prinzen Jason, der das Goldene Vlies gewinnen sollte, das Fell des goldenen fliegenden und sprechenden Widders Chrysomallos. Der war in Kolchis dem Kriegsgott Ares geopfert worden, das Fell hing in dessen Hain. Und das antike Kolchis war ein Königreich zwischen dem Kaukasus und der Ostküste des Schwarzen Meeres, seine Hauptstadt war Kutaia, das heutige Kutaissi, am Fluss Phasis, der heute Rioni heißt. Die Einwohner nennen ihre Stadt auch Stadt der Rosen und des Mai."

„Und dort sollen wir – wann – sein?", fragte Halef mit zweifelndem Gesichtsausdruck.

„Am 15. August, das ist das Fest der leiblichen Aufnahme Mariens in den Himmel, wie es die katholische Kirche nennt, bei den Orthodoxen bekannt als Hochfest des Entschlafens der allheiligen Gottesgebärerin."

Amad el-Ghandur sprang auf.

„Das ist unmöglich zu schaffen. Das sind nur noch fünfzehn Tage bis dahin! Was hat sich eure mächtige magische Geisterfreundin dabei gedacht? Hat sie für euch ein fliegendes Pferd bereit?"

„Vielleicht sollten wir es Vorsehung nennen, oder besser Gottes Wille", warf Scheik Malek ruhig ein und gab dem Jüngeren mit einem Handzeichen zu verstehen, er möge sich wieder setzen. „Noch haben wir die Meharis hier, die Rennkamele von Scheik Haschim. Wenn ihr alle vier mitnehmt und zwischendurch die Tiere wechselt, solltet ihr die Strecke bis zum Schwarzen Meer in zehn Tagen bewältigen können."

„Wir?", fragte ich und blickte Halef an. „Marah Durimeh hat mich aufgefordert, zu ihr zu kommen. Du, mein guter Freund, warst jetzt so lange von deiner Frau getrennt, ich kann dir nicht zumuten, sie wieder zu verlassen."

Halef sprang auf.

„Auf keinen Fall lasse ich dich alleine in diese gefährliche Gegend ziehen! Was wäre ich für ein Freund, wenn es eines Tages heißen müsste, dass meinem Sihdi etwas zugestoßen ist, weil sein treuer Freund und Beschützer ihn nicht retten konnte!"

So übertrieben dieser Ausbruch wirkte, war er doch ernst gemeint, und so nahm ich ihn auch auf.

„Ich könnte mir nichts Schöneres vorstellen, mein lieber Halef!"

Am nächsten Morgen brachen wir auf.

Während des folgenden Gewaltritts sprachen Halef und ich abends am Lagerfeuer oft über die Argonautensage, die er ja schon ein wenig kannte, wegen seiner Erfahrungen mit dem angeblich magischen Widderfell, das uns auf der *Nautilus* so gute Dienste geleistet hatte, gerade weil es sich nicht als magisch entpuppt, sondern auf physikalischem Weg die Maschinen des Unterseeboots im richtigen Moment lahmgelegt hatte. An einigen Abenden erzählte ich Halef die Sage ausführlicher: wie Jason von seinem Freund Argos die Argo bauen ließ, das schnellste Schiff seiner Zeit, das angeblich sogar sprechen konnte. Es war mit 50 Rudern bestückt, an denen die berühmtesten Helden Griechenlands saßen, die meisten Väter von Recken, die später in den Trojanischen Krieg ziehen sollten, aber auch Herakles und der Sänger Orpheus. Ich malte Halef aus, wie die Helden nach vielen gefährlichen Abenteuern Kolchis erreichten und mit Hilfe der Königstochter Medea, die sich in Jason verliebt hatte, den Drachen, der das Vlies bewacht hatte, besiegen und das Vlies an sich bringen konnten.

Unser Ritt führte uns durch Anatolien über Bingöl und Erzurum bis zum Schwarzen Meer, dann an der Küste über Hopa nach Batumi, wo wir uns am Abend ein ausgiebiges Mahl gönnten und in Erinnerungen schwelgten. Das Dorf, in dem wir Marijke van Beverningh aus der Sklaverei befreit hatten, hatten wir natürlich gemieden. Es war der 10. August, und da wir in Batumi erfuhren, dass am 12. August die Bahngesellschaft die Stichstrecke Rioni–Kutaisi eröffnen würde, hatten wir zwei Tage Zeit, Poti zu erreichen, dann würden wir immer noch am 13. August in Kutaissi ankommen. So beschlossen wir am nächsten Morgen, kurz die Stadt, die auf einer flachen Halbinsel liegt, zu besichtigen. Schachbrettartig angelegt, reicht sie bis ans Meer. Die zwei- bis dreigeschossigen Häuser sind oft mit mythischen Figuren wie Chimären verziert. Steile Hügelketten schließen die Stadt ein, in der Nähe mündet der Fluss Çoruh, wie ihn die Türken, oder Tschorochi, wie ihn die Georgier nennen, ins Schwarze Meer. Viel zu sehen gab es in der Stadt nicht, weshalb wir bald aufbrachen und wie bei unserem ersten Besuch vor allem das herrliche Aroma der ausgedehnten Teeplantagen genossen, die Batumi an den Berghängen säumen.

Am späten Nachmittag erreichten wir nach einem gemütlichen Ritt Shekvetili, eine kleine Stadt, die vor allem aus einstöckigen Häusern im kaukasischen Stil besteht: ganz aus Holz gebaut und ringsum von einer Veranda umgeben. Nach einem ausgiebigen Bad im Schwarzen Meer fragte mich Halef beim Essen im Gasthof:

„Sihdi, glaubst du, irgendetwas ist dran an dieser Geschichte von den Argonauten und dem Goldenen Vlies? Und haben die Griechen das damals geglaubt?“

Ich überlegte einen Moment.

„Ich denke, sie haben das als schöne Geschichte gesehen, die ihnen manche für sie unerklärliche Begebenheiten verständlich machte. Kolchis war damals ein sehr reiches Land, es gab viel Gold, das man, wie auch heute noch, aus den Bächen und Flüssen gewinnen konnte, indem man Schaffelle hineinhängte, an denen sich dann der Goldstaub festsetzte, worüber wir ja schon auf Kreta sprachen. Daraus ist dann wohl die Sage vom Goldenen Vlies entstanden.“

Poti empfing uns am nächsten Nachmittag mit Regen, der unsere Kamele bis über die Fesseln im Schlamm versinken ließ. Es ist eine unscheinbare, düstere Kleinstadt, deren einzige Attraktion der Bahnhof in der Nähe des Marktplatzes ist, den man über eine Brücke erreicht, die den Rioni überquert. Ich musste an einen Reisebericht des berühmten Franzosen Alexandre Dumas denken, der 1859, als Poti von Zar Alexander II. die Stadtrechte verliehen bekam, ein paar Tage hier hatte verbringen müssen. Von den Schweinen, die sich nach seiner Beschreibung zahlreich in den Straßen tummelten, sah ich nichts, ihnen war vielleicht zu nass. Doch den Schlamm, in dem nach seinen Worten der Ausrufer des Zaren knietief versunken war, hatte er richtig beschrieben.

Als wir einen Gasthof mit angegliedertem Stall gefunden hatten, eines der wenigen größeren Gebäude im Ort, war es Abend und glücklicherweise auch wieder trocken geworden. Ich zahlte dem Wirt einen ordentlichen Vorschuss und vereinbarte mit ihm, dass er die vier Meharis gut unterbringen und verpflegen sollte, bis wir zurückkamen, dann würde er den Rest seines vereinbarten Lohns bekommen. Sollten wir allerdings am Tag des heiligen Nikolaus, am 6. Dezember, also in knapp vier Monaten, nicht zurück sein, würden die Rennkamele in sein Eigentum übergehen, er konnte sie behalten oder verkaufen, um seine Kosten zu decken. Wir setzten ein entsprechendes Schriftstück auf und ließen es von zwei Gästen als Zeugen unterzeichnen – dabei stellte sich eine unerwartete Frage: Welchen 6. Dezember meinten wir? Den nach unserem westlichen gregorianischen Kalender oder das Datum im julianischen Kalender, wie er in Georgien und Russland üblich war? Wir einigten uns auf das regionale Datum, was uns ein wenig mehr Zeit ließ, denn „der 6. Dezember nach dem hiesigen Kalender ist bei uns zwölf Tage später, also der 18. Dezember, wir haben so fast zwei Wochen mehr Zeit", erklärte ich Halef, als wir uns auf den Weg zum Bahnhof machten.

Der Pfiff der Lokomotive riss mich aus meinen Erinnerungen. Der Zug nach Kutaissi war da.

Während wir einstiegen, beobachtete ich aufmerksam, aber unauffällig den Bahnsteig, Gerade als der Zug losfuhr, sprangen noch drei Gestalten auf den letzten Wagen auf, sie alle sahen Mister Brown verdächtig ähnlich. Sie trugen kleine Reisetaschen und auf dem Rücken jeweils ein Futteral, in dem gut eine Büchse Platz fand.

„Diese Begegnung war wohl kein Zufall", raunte ich Halef zu, während wir uns setzten. „Wenn wir sie treffen, werden die Herren bestimmt so unauffällige Namen wie Black und White tragen."

Halef stutzte kurz, dann lachte er auf.

„Sihdi, wir müssen auf der Hut sein. Und du hast wohl auch Recht, dass ich mich unauffälliger kleiden sollte. Wir müssen in Kutaissi ein Kleidungsgeschäft aufsuchen, und du musst mir dabei helfen, dass ich danach mehr wie ein Einheimischer aussehe."

Ich musste lächeln.

„Das doch wohl nicht ganz. Ein wenig Extravaganz sei dir gestattet. Georgien ist groß, und das russische Zarenreich, zu dem es gehört, noch viel größer. Da gibt es viele Völker und Traditionen, und fast ein Zehntel der Bevölkerung sind sogar Muslime. Allerdings sind die über 90 Prozent, die orthodoxe Christen sind, auf diese häufig nicht gut zu sprechen, da deren Bekehrung vor allem aus der Zeit der osmanischen Herrschaft stammt, aus der sich Georgien ja mehr oder weniger unter den Schirm und Schutz des russischen Zaren geflüchtet hat."

„Dann passt es ja", meinte Halef, „dass wir mit Marah Durimeh an einer christlichen Stätte verabredet sind."

Zweites Kapitel
Fasane und Rosen

„Sihdi, bist du sicher, dass es noch Sommer ist? Ich friere entsetzlich."

Ich konnte Halef gut verstehen. Obwohl es Mitte August war und Kutaissi nur wenig mehr als 100 Meter über dem Meeresspiegel liegt, war es kurz vor Mitternacht an unserem erhöhten Standort empfindlich kalt, außerdem wehte über den Ukimerioni-Hügel, der über dem Fluss Rioni thront, ein scharfer Wind. Möglicherweise wirkte bei meinem arabischen Freund aber auch, dass er sich in seiner ungewohnten Kleidung noch nicht sonderlich wohlfühlte, obwohl er sie schon seit fast zwei Tagen trug.

Nach unserer Ankunft in der ältesten Stadt Georgiens und früheren Hauptstadt der Kolchis hatten wir zunächst ein Gasthaus in der Nähe des Bahnhofs aufgesucht, uns einquartiert und einen gemütlichen Abend gemacht. Am nächsten Morgen hatte der Wirt uns zur Tetri Chidi geschickt, der Weißen Brücke, um über diese den Rioni zu überqueren und in das Stadtviertel der Händler und Handwerker zu gelangen.

Es gab mehrere Kleiderhändler, sodass wir keine Probleme hatten, Halef und mich angemessen einzukleiden. Ich entschied mich für Kleidungsstücke, die mich an meine gewohnte Trapperkleidung erinnerten; Halef schloss sich mir an. Gleich mir trug er nun wildlederne Leggins und über einem Lederhemd eine vorne offene Lederweste mit mehreren praktischen Taschen und eine dicke Lederjacke. Weite Hosen waren ihm nicht nur unpraktisch erschienen, zudem war ihm eingefallen, dass Sultan Mahmud II. 1829 das Tragen von Pluderhosen als Bestandteil der bis dahin üblichen orientalischen Tracht untersagt hatte. Und da Kutaissi seit 1810 zum Russischen Zarenreich gehörte, das sich seit Kurzem wieder im Krieg mit dem Osmanischen Reich befand, wie uns der Kleiderhändler seufzend berichtet hatte – „Schon wieder! Der Krimkrieg ist doch gerade mal gut zwanzig Jahre her!“ –, wäre es wohl unklug gewesen, in einer alttürkischen Tracht herumzulaufen. Aus diesem Grund hatte sich Halef auch gegen einen Fes entschieden. Statt des breitkrempigen Lederhuts, den ich mir zugelegt hatte, zierte sein Haupt nun eine der hier typischen runden Filzmützen, wie bei vielen Georgiern. Das helle Ocker harmonierte gut mit den verschiedenen Brauntönen seiner Kleidung und der langen kräftigen Stiefel.

Nach dem Einkauf gönnten wir uns einen kleinen Mittagsimbiss in dem diesseitigen der beiden Lokale, die die Enden der Weißen Brücke markierten. Als wir gemütlich unseren *Nalekiani Khava* tranken, Kaffee, der nach türkischer Art in einer Metallkanne am Herd mit Zucker und Wasser aufgekocht worden war, ließ mich ein wiederholtes, lautes *kuttuk kuttuk* aufhorchen. Es kam von dem kleinen Hof zwischen Straße und Gasthaus, und ich sah einen farbenprächtigen Fasanenhahn seinen glänzenden Kopf ruckartig Richtung Hauswand strecken und dabei seinen Revierruf ausstoßen. Im nächsten Moment sah ich einen Schatten, der sich Richtung Haustür bewegte und dann in dem kleinen Vorraum des Gasthauses verschwand. Ich behielt die Tür zur Gaststube im Auge, doch es trat niemand ein. Halef war meinem Blick gefolgt.

„Sihdi, glaubst du, wir werden beobachtet?"

Ich nickte, hob meine Tasse, nahm langsam einen Schluck und tat so, als blickte ich ihn interessiert lauschend an. Aus dem Augenwinkel glaubte ich in dem Spiegel, der an der Garderobe am Ausgang hing, einen Mann zu sehen, den ich aufgrund seiner Silhouette für Brown oder einen seiner Gefährten hielt. Und tatsächlich sah ich ihn das Gasthaus verlassen und auf der anderen Straßenseite entlangschlendern, wie mir schien betont nonchalant, ohne einen Blick in unsere Richtung zu werfen.

„Dieser Brown ist wahrscheinlich nicht zufällig hier!", mutmaßte Halef, nachdem ich ihn ins Bild gesetzt hatte. „Wie gut, dass dieser Fasan so einen Krach gemacht hat. Ich wusste gar nicht, dass es diese Vögel auch hier gibt."

„Sie sind hier seit der Antike heimisch, und Jason hat sie angeblich nach dem Fluss hier benannt, der damals Phasis hieß, wie die Stadt, die wir heute Poti nennen. Sollen wir bei dem schönen Wetter einen kleinen Spaziergang durch die Stadt machen, um zu schauen, ob er uns wirklich folgt?"

Halef stimmte zu, und nachdem wir ausgetrunken hatten, schlenderten wir zunächst am Fluss entlang und bogen dann in eines der kleinen Gässchen ein, die uns auf der westlichen Seite des Rioni in die Händler- und Wohnviertel führten. Wir orientierten uns an den Ruinen der Bagrati-Kathedrale auf dem Ukimerioni-Hügel im Süden, zu denen wir später würden emporsteigen müssen, um die Nachricht von Marah Durimeh zu empfangen. Über Jahrhunderte war die 1003 vom georgischen König Bagrat III. erbaute Kirche eines der wichtigsten Gotteshäuser der orthodoxen Kirche gewesen; wir würden nur vor Ruinen stehen, denn 1692 war die Kathedrale von den Osmanen, die das Königreich Imeretien und dessen Hauptstadt Kutaissi überfallen hatten, gesprengt worden.

Um meinen Leserinnen und Lesern keinen falschen Eindruck zu vermitteln, möchte ich betonen, dass Kutaissi kein kleines Städtchen ist. Mit fast 30.000 Einwohnern hat die Stadt ungefähr die Größe von Bamberg, der von mir geliebten oberfränkischen Universitätsstadt, in der sich mein Verlag befindet und die aufzusuchen ich deshalb immer wieder das Vergnügen habe. Und wie Bamberg hat Kutaissi eine mittelalterliche Altstadt, in der wir uns nun bewegten und die nur wenige Quadratkilometer umfasst. Auch der Weg hinauf zur Kathedrale würde problemlos zu Fuß zu bewältigen sein; wenn auch ansteigend, so waren es doch nicht mehr als gute zwei Kilometer.

An diesem Nachmittag also schlenderten wir gemütlich durch enge Gässchen, in denen die meist zweistöckigen Häuser angenehmen Schatten warfen, bis wir uns vergewissert hatten, dass wir nicht verfolgt wurden, dann kehrten wir über die Rote Brücke zurück auf die Ostseite der Stadt. Wir bogen bald in die Tamar-Mepe-Straße ein, an deren Ende unser Gasthof lag. Als wir an einem schon etwas verfallenen kleinen Wohnhaus vorbeikamen, hörte ich aus einem offenen Fenster im ersten Stock vertraute Klänge: österreichisch gefärbtes Deutsch. Eine Frauenstimme deklamierte offensichtlich ein Gedicht, mit deutlichem Pathos. Ich blieb stehen und lauschte, Halef ging weiter und blickte sich dann erstaunt um. Ich gab ihm ein Zeichen, er möge auf mich warten und schweigen, und wies auf das Fenster. Was die Frau, die wohl eine geschulte Sprecherin war, rezitierte, kannte ich nicht, aber es faszinierte mich, und so nahm ich mein Notizbuch heraus, das ich, wie meine treuen

Leserinnen und Leser wissen, wann immer möglich bei mir trage, und schrieb das Folgende mit:

„Die Chewsuren waren in der Schenke, im Kessel kochte der Met. Nun saßen sie auf dem Dach und schmausten, tranken den Met aus Schalen. Manche spielten das Panduri, andere sangen Gesänge gewaltiger Art und regten die Gefühle der Hörer mit Heldentaten an. Die Namen der Helden erwähnten sie mit Erregung in ihren Gedichten als Heilige. Die Alten rauchten die Pfeife, und Rauch umgab sie wie Nebel. Sie erzählten der Helden Taten und baten um Vergebung für sie. Die Jungen anzuspornen, erwähnten sie jene lobend.“

„Das Rauchen finde ich unpassend, liebste Bertha“, wurde die Deklamation von einer Männerstimme unterbrochen. „Du verwendest danach noch einmal das Wort Rauch. Was hältst du davon: *Die Alten schmauchten die Pfeife, und Rauch umgab sie wie Nebel?* Und vielleicht solltest du das Panduri erklären.“

Es war ein Moment Stille, dann hörten wir wieder die Frau:

„Das Schmauchen gefällt mir, mein Liebling, aber Panduri erkläre ich nicht, so wenig wie die Chewsuren – es sei denn, der Verleger ließe sich auf so etwas wie ein Glossar ein, ein Wörterverzeichnis, in dem dann beispielsweise zu den Chewsuren stünde: Bergvolk im Großen Kaukasus im Nordosten Georgiens, zu beiden Seiten des Kaukasus-Hauptkamms. Aber lass uns für heute das Übersetzen beenden, wir haben den ganzen Tag hart gearbeitet, lass uns zum gemütlichen Teil des Tages übergehen.“

Ich hatte gerade überlegt, diesem Paar einen Besuch abzustatten, aber der letzte Satz hielt mich davon ab. So packte ich mein Notizbuch weg und sagte zu Halef, während ich mit dem Kopf in Richtung unseres Gasthofs wies:

„Das sind interessante Landsleute, aber ich will sie heute Abend nicht mehr stören. Lass uns ins Gasthaus zurückkehren. Nachdem wir mit Marah Durimeh gesprochen haben und wissen, was sie von uns will, bleibt vielleicht die Zeit für einen

Besuch, und da die beiden wohl schon länger hier leben, können sie uns vielleicht auch den einen oder anderen Ratschlag geben."

Nach dem Abendessen unterhielten wir uns noch ein wenig darüber, was uns wohl am nächsten Tag erwarten würde. Ich zog das Schreiben von Marah Durimeh aus der Lederkapsel, in der ich es aufbewahrte, und las es noch einmal laut.

„Triff mich bitte in der Hauptstadt von Kolchis, der Stadt der Rosen und des Mai, am gekrönten Türmlein, wo die heilige Gottesgebärerin entschlafen ist, am Tag ihrer Aufnahme in den Himmel, wenn die Sext gebetet wird."

„In Kutaissi sind wir, und dass wir zur Bagrati-Kathedrale müssen, ist auch klar", meinte Halef. Wir hatten bereits herausgefunden, dass diese eigentlich ‚Kirche der Entschlafung der hochheiligen Gottesgebärerin' hieß, und bei unserem gestrigen Spaziergang auch das gekrönte Türmchen neben der Hauptruine gesehen, das der Zerstörung durch die Osmanen entgangen war und von dessen Spitzkuppel ein Kreuz emporragte. Halef fuhr fort: „Aber wann sollen wir dort sein? Das hast du mir noch nicht erklärt."

Halef hatte Recht, darüber hatten wir noch nicht gesprochen. Ich erläuterte ihm:

„Sext ist eine Abkürzung für das lateinische sexta hora, die sechste Stunde. In der Antike hat man den Tag und die Nacht jeweils in zwölf Stunden eingeteilt, der Tag begann kurz vor Sonnenaufgang und endete kurz nach Sonnenuntergang. Die katholische Kirche hat das übernommen für ihre Gebetszeiten Prim, Terz, Sext und Non, benannte nach der ersten, dritten, sechsten und neunten Stunde des Tages. Marah Durimeh ist Christin und kennt diese Einteilung, mit Sext meint sie die Mittagsstunde."

Ich sah, wie Halef kurz mit den Fingern nachrechnete, ehe er nickte.

„Das war klug von unserer Freundin, dass sie nicht nur den Ort, sondern auch die Zeit auf eine Art verschlüsselt hat, dass sie sicher nicht jeder verstanden hätte, auch wenn die Nachricht in die falschen Hände gefallen wäre."

Am nächsten Morgen stiegen wir nach einem ausgiebigen Frühstück den Ukimerioni-Hügel empor. Unsere Langwaffen hatten wir im Gasthof eingeschlossen; wir sahen keine Notwendigkeit, uns mehr als notwendig zu belasten. Die Sonne brannte vom Himmel, und der Weg war zwar nicht lang, doch steinig und führte stetig bergauf. Dabei begleitete uns ein Geruch, an den wir uns erst gewöhnen mussten: der eigentümliche, nicht unangenehme Duft von sonnengetrocknetem Büffelmist. In manchem Hof sahen wir Büffel als Zugtiere eingespannt, und auf einigen Wiesen grasten weibliche Büffel, die sowohl zur Milch- wie zur Fleischgewinnung gehalten wurden.

Die Kathedrale musste einst ein beeindruckendes Gebäude gewesen sein. Man konnte noch die ursprüngliche Dreikonchenanlage mit dem Kleeblattchor erahnen; von der großen zentralen Kuppel war natürlich nichts mehr zu sehen. Drei unterschiedlich hohe, turmartige Überreste ragten empor wie die letzten Zahnstümpfe im Kiefer eines alten Mannes, an ihren Wurzeln umwuchert von verwilderten Rosensträuchern, die viele Knospen und erste kleine Blüten trugen. Es waren wohl öfterblühende Rosensorten, deren zweite Blühperiode kurz bevorstand. Das „Türmlein", wie Marah Durimeh es genannt hatte, ragte unbeschädigt seitlich von der ursprünglichen Kathedrale empor und wirkte aus der Nähe gar nicht mehr so klein; es erreichte sicher mehr als 20 Meter an Höhe.

Es waren nicht wenige Menschen hier oben, auch als Ruine hatte die Kathedrale offensichtlich Anziehungskraft als Sehenswürdigkeit. Während Halef sich im Schatten eines der hohen Ruinenteile niederließ, schlenderte ich ein wenig umher und versuchte, mit den Einheimischen ins Gespräch zu kommen. Doch davon traf ich gar nicht so viele, hier waren mehr Russen als Georgier, vor allem Armeeangehörige, die am Schwarzen Meer, teils mit ihren Angehörigen, ihren Urlaub verbrachten. Von ihnen erfuhr ich, dass Zar Alexander II.

Ende April Sultan Abdülhamid II. den Krieg erklärt hatte und deshalb seither in größerem Maße Wehrpflichtige eingezogen worden waren. Nun, nach drei Monaten, hatten die ersten Soldaten Fronturlaub. Für diese hatte die Kathedrale in der aktuellen Lage eine besondere Bedeutung, zeigte sie doch, zu was die Osmanen zumindest früher fähig und bereit gewesen waren, vor fast 200 Jahren – und deshalb wohl schickte die russische Regierung während des aktuellen osmanisch-russischen Krieges ihre Soldaten gerne im Fronturlaub hierher. Ich traf aber auch Geschäftsleute, die den schönen Sommertag zur Besichtigung nutzten; von ihnen erfuhr ich, dass die neue Bahnlinie schon zahlreiche Pläne angeregt habe; so wolle der Herzog von Oldenburg, ein Verwandter des russischen Zaren, in Kutaissi demnächst eine Sekt- und Branntweinfabrik errichten.

Nachdem ich festgestellt hatte, dass der unbeschädigte Turm zwar nicht so viel Aufmerksamkeit fand wie die Ruinenstümpfe, aber immer wieder von Neugierigen betreten wurde, schauten auch wir uns ihn gründlich an. Den würfelförmigen Unterbau von etwa fünf Metern im Quadrat betrat man durch einen Rundbogen, der sicher einmal mit einem zweiflügeligen Tor verschlossen gewesen war, wie die verosteten Angeln an den Wänden bewiesen. Der Raum unten, so hoch wie breit, war offensichtlich seit Langem unbenutzt und diente höchstens Tieren als Lager.

Über eine an einer Seite angelegte Steintreppe erreichten wir den etwas kleineren Würfelbau, der darüber lag und den wir durch eine etwa mannshohe gemauerte Türöffnung betraten. Die Treppe war breit genug, dass zwei Menschen aneinander vorbeigehen konnten, ganz eindeutig war der Turm nicht zur Verteidigung ausgelegt. Von dem oberen Stockwerk hatte es wohl mal eine Möglichkeit gegeben, auf die runde Plattform zu gelangen; durch die acht türähnlichen Öffnungen, deren Rundbogenabschluss sicher mehr als drei Meter über dem Boden lag, hatte man früher wahrscheinlich die Gegend im Auge behalten oder Signale verbreitet. Wir fanden keine Leiter oder dergleichen und verließen den Turm wie alle anderen Besucher deshalb wieder über die Treppe.

Wir zogen uns auf einen Beobachtungsposten seitlich der turmähnlichen Ruinen zurück und warteten auf die Mittagsstunde; hin und wieder fragten wir uns, wie Marah Durimeh uns hier, unter Beobachtung durch zahllose Menschen und im gleißenden Sonnenschein, eine Botschaft übermitteln wollte.

Ich war für einen Moment abgelenkt, als ich in der Menge einen der beiden Gefährten des ominösen Mister Brown zu erkennen glaubte, da stieß Halef mich mit dem Ellbogen an.

„Sihdi, sieh!"

Einen Moment zuvor hatte plötzlich eine kleine vollkommen schwarze Wolke die Sonne verdunkelt; sie warf einen scharfen Schatten genau auf die Wand des Turms, auf die Halef nun wies. Wahrscheinlich nur aus unserem Blickwinkel war zu erkennen, dass dieser Schatten eine bestimmte Form hatte, er zitterte zwar, doch konnte ich unschwer Buchstaben ausmachen: ein V, ein G und ein L. Dann verschwamm der Schatten, für einen kurzen Moment verwandelten sich die Buchstaben in MAT – und die Wolke löste sich auf.

Halef schaute mich aus aufgerissenen Augen an.

„Was sollte das, Sihdi?"

Ich grübelte einen Moment, dann nickte ich ihm zu.

„Lass uns einen Ort suchen, wo wir ungestört reden können."

Und so saßen wir nun hier in der Kälte im Dunkeln, um kurz vor Mitternacht. Dem war des Nachmittags ein langes Gespräch mit Halef vorausgegangen; ihn zu überzeugen, sich hier des Nachts zu postieren, war nicht leicht gewesen.

„Ich habe es auch gesehen", hatte er protestiert, als ich ihm erläutert hatte, dass und warum Marah Durimeh uns nun zur Mitternachtsstunde an diesen Ort bestellt hatte. „Wir haben doch alles richtig gemacht: Wir waren am richtigen Ort und zur richtigen Zeit, und ganz sicher auch am richtigen Tag, dem der Aufnahme von eurer Maria in den Himmel."

Ich hatte mir eine kurze Zurückweisung nicht verkneifen können.

„Vergiss nicht, dass Mariam im Koran in mehreren Suren genannt wird und die 19. Sure sogar ihren Namen trägt; auch der Prophet hat sie als Mutter Jesu verehrt. Aber zugegeben, von einer Aufnahme in den Himmel spricht er nicht. Doch denke wieder an die Geheimhaltung und Verschlüsselung; offensichtlich befürchtet Marah Durimeh, dass uns jemand belauschen könnte, und ergreift deshalb diese Vorsichtsmaßnahmen."

„Und du bist sicher, dass du die Hinweise richtig entschlüsselt hast?"

„Ziemlich sicher. Das VGL steht für Vigil, das ist die lateinische Bezeichnung für das Nachtgebet, und dieses wird auch Matutin genannt – das eine steht für Wachsamkeit, das andere für die morgendliche Stunde. Und beides beginnt um Mitternacht."

„Na gut, dann werden wir im schlimmsten Fall eine schlaflose Nacht haben", hatte Halef gegrummelt – und saß und fror nun neben mir. Es war kalt, denn der Himmel war unbewölkt, es war eine sternklare Nacht. Das matte Licht des Mondes, dessen dünne Sichel noch nicht einmal das erste Viertel erreicht hatte, ließ die zahnstumpfartigen Ruinen nur als düstere Silhouetten erscheinen, und wenn das Mondlicht für einen Moment seine Helligkeit veränderte – wahrscheinlich wegen einer für uns kaum sichtbaren Wolke, die vorbeizog –, schienen sich die Schatten zu bewegen. Für weniger gefestigte Männer, als wir es waren, oder Menschen, die an Geistererscheinungen glaubten, mochte diese Nacht über die Kälte hinaus noch ganz andere Schrecken bergen.

Wir beobachteten im Licht des Mondes den Turm, das „Türmlein", wie Marah Durimeh es genannt hatte, hatten aber beide unsere Lichtquellen bereit: ich mein Fläschchen mit Öl und Phosphor, Halef seine Lichtkugel, für den Fall, dass die Nachricht unserer Freundin Beleuchtung nötig hätte. Wir unterhielten uns leise über die vergangenen Wochen und Monate, als ich mich plötzlich unterbrach und dann fortfuhr, als sei nichts gewesen:

„Ich glaube, wir werden beobachtet. Lass uns normal weiterreden, bis ich mich gleich kurz verabschiede, dann beobachte weiter den Turm.“ Ich reckte und streckte mich und sagte dann etwa lauter: „Ich muss mir ein wenig die Beine vertreten, mein guter Halef, und vor allem etwas loswerden.“ Dann erhob ich mich und ging langsam auf den rechten der Ruinenstümpfe zu, als wollte ich dahinter verschwinden.

Wer schon einige meiner Reiseberichte gelesen hat, kann sich wahrscheinlich denken, was meine Aufmerksamkeit erregt hatte: kein leises Geräusch, denn das hätten der scharfe Wind und auch unser Gespräch übertönt. Nein, es war ein leichtes, wie phosphoreszierendes Schimmern gewesen, im Gestrüpp zwischen dem mittleren und dem rechten Ruinenstumpf. Ich kenne außer mir nur wenige Menschen, deren Auge genug geübt und deren Erfahrung groß genug ist, dies auszumachen, und nur einen einzigen, der dann, ohne den Beobachter vorher zu warnen, diesen mit einem Schuss, dem Knieschuss, dem schwersten Schuss überhaupt, ausschalten kann. Nur bei meinen Lehrmeister Winnetou sah ich nie einen Fehlschuss, selbst unsere Freunde Old Surehand und Old Firehand fehlten dabei ab und zu. Ich selbst wende diesen Schuss nur in äußerster Bedrängnis an, widerstrebt es mir doch zutiefst, einen Menschen zu töten, wenn es andere Möglichkeiten gibt. Heute Abend aber hätte ich gar keine Möglichkeit dazu gehabt, befanden sich doch meine Gewehre gut verschlossen in unserem Zimmer im Gasthof. Ich musste also anders vorgehen.

Langsam verschwand ich rechts hinter der rechten Ruine und eilte dann, mich so lautlos wie möglich bewegend, an deren Rückseite in Richtung des Gebüschs, an dem ich den Beobachter vermutete. Und richtig, im schwachen Mondlicht kaum auszumachen, aber unverkennbar lag dort, auf die Ellbogen gestützt und den Oberkörper leicht erhoben – Mister Brown.

Ich schlich mich vorsichtig von hinten an und riss ihm mit einer einzigen scharfen Bewegung beide Arme nach hinten und ihn nach oben.

„Holla, Mister Brown!“, rief ich gleichzeitig so laut, dass Halef es hören musste. „Brauchen Sie wieder mal Feuer? Ich könnte Ihnen mit Phosphor aushelfen.“

Brown antwortete nicht. Ich zerrrte ihn zu Halef, der geistesgegenwärtig mein Phosphorlämpchen entfachte, indem er den Stöpsel öffnete, um den Sauerstoff der Luft eintreten zu lassen. Als er es wieder zumachte, gab es einen so hellen phosphoreszierenden Schein, dass wir gut die unbewegten Gesichtszüge unseres Besuchers erkennen konnten.

Dieser meldete sich nun zu Wort:

„Mister Nemsi – wenn das denn Ihr Name ist, was ich sehr bezweifle –, was gibt Ihnen das Recht, mich hinterrücks zu überfallen und festzuhalten?“

Ich ließ ihn nicht los, lockerte aber meinen Griff etwas.

„Mister Brown – wenn das denn Ihr Name ist, was ich sehr bezweifle –, was gibt Ihnen das Recht, uns zu verfolgen und heimtückisch zu belauschen?“

Brown lächelte kalt.

„Dies ist ein freies Land, wenn auch nicht vergleichbar mit meinen geliebten USA. Doch auch wenn hier ein Zar herrscht, kann sich jeder freie Mann frei bewegen, wo und wie es ihm gefällt. Und mir beliebt es, die Nacht und den Mondschein hier oben zu genießen.“

Ich ließ ihn los.

„Und mir beliebt es, beides hier oben in Ruhe mit meinem Freund genießen zu können. Seien Sie so freundlich, in Zukunft Ihr Vergnügen ein wenig abseits von uns beiden zu suchen, sonst könnte ich unfreundlich werden.“

Brown tippte an seinen Stetson.

„Nichts für ungut, Mister – Nemsi. Ich denke, wir sehen uns wieder.“ Absichtlich geräuschvoll machte er sich an den Abstieg.

„Sihdi, warum hast du ihn gehen lassen?", fragte Halef mich vorwurfsvoll, als Brown außer Hörweite war.

„Wir haben kein Recht, ihn festzuhalten", entgegnete ich. „Er hat nichts offensichtlich Unrechtes getan, und auch wenn wir vermuten, dass er uns beobachtet, bleibt uns nichts, als in Zukunft noch vorsichtiger zu sein. Und dabei wissen wir noch nicht einmal, warum wir hier sind!"

„Das wird sich hoffentlich bald ändern!", meinte Halef, und dann machten wir uns daran, die Gegend gründlich zu durchsuchen; noch einmal wollten wir uns nicht so überraschen lassen! Außerdem wurde uns dabei warm.

Um Mitternacht saßen wir auf unseren Decken auf einem Mauerrest und beobachteten den Turm. Plötzlich erschien in der Türöffnung auf dem oberen würfelförmigen Stockwerk das leicht durchscheinende Abbild einer jungen Frau, wunderschön und mit langen schwarzen Haaren – Marah Durimeh, wie wir sie in der Geisterwelt kennengelernt hatten.

„Seid gegrüßt, meine Freunde!", rief sie uns leise zu und winkte uns heran. Wir traten so nahe an den Turm, dass wir sie noch gut sehen konnten und sie zugleich nicht so laut reden musste. Mir fiel auf, dass sie ihr Erscheinungsbild so geschickt in der Türöffnung platziert hatte, dass sie wahrscheinlich von kaum jemandem gesehen werden konnte – wenn überhaupt jemand außer uns sie wahrnahm.

„Es freut mich, treuer Halef, dass du deinen Freund begleitest, auch wenn ich dich nicht darum gebeten habe. Das tat ich nicht etwa, weil ich an deiner Tapferkeit oder deinem Geschick zweifle, sondern weil ich dich nicht schon wieder deiner Familie entreißen wollte. Doch da dies dein freier Wille ist, seid ihr mir beide herzlich willkommen, um an die schwere Aufgabe zu gehen, die zu erledigen ich euch bitte. Setzt euch und lauscht meinen Worten."

Wir folgten ihrer Bitte, unfähig, etwas zu sagen, und ließen uns nieder. Nun erst wurde mir bewusst, dass wir von einem zarten Rosenduft umgeben waren, lieblich und sanft. Ging er von der Erscheinung im Turm aus?

„Ihr habt einen weiten und schnellen Ritt hierher bewältigt, dafür danke ich euch. In der nächsten Zeit müsst ihr mit anderen Wegen rechnen: viel kürzer, doch viel langsamer und schwerer zu bewältigen. In den Höhen des Kaukasus, nahe der Quelle des Enguri, liegt die höchste dauerhaft bewohnte Siedlung in Europa: Uschguli, eine Gemeinschaft von vier Dörfern. Es sind nur wenige hundert Kilometer bis dorthin, doch herrscht dort oben in Swanetien schon der Winter, und die Enguri-Schlucht ist nur schwer begehbar. Dennoch ist dies euer Ziel. Denn dort irgendwo, unterhalb des Gletschers, dem der Enguri entfließt, und des bisher unbestiegenen Berges Schchara, des höchsten Berges Georgiens, in der Nähe der Besingi-Mauer, hat sich ein Riss aufgetan zwischen der Geisterwelt und der euren. Durch diesen Riss fließt zunehmend Energie ab, aus der Geisterwelt in die Berge des Kaukasus. Und dies ist kein natürliches Phänomen und keines, das von unserer Seite aus zu bekämpfen wäre. Ich weiß nicht, wer dafür verantwortlich ist, doch es ist ein Mensch, ein Mensch aus eurer Welt, der diesen Riss aufgetan hat und ihn beständig erweitert. Dazu nutzt er perfiderweise sowohl mechanische wie magische Mittel, auch moderne Technologie und Wissenschaft. Ich weiß nicht, wer er ist und ob er dies ohne böse Absicht tut oder um uns zu schaden, aber ich weiß eines: Das muss aufhören! Wenn sich die Entnahme von Energie in gleichem Maße steigert, wird es die Geisterwelt im neuen Jahr nicht mehr geben."

Marah Durimeh schwieg einen Moment und ließ uns Zeit, diese Katastrophenbotschaft zu verarbeiten. Wenn ich in Halefs entsetztes Gesicht blickte, konnte ich mir ausmalen, wie das meine aussah. Marah Durimeh sprach leise und langsam weiter:

„Und nicht nur das. Es wird auch Auswirkungen in eurer Welt geben – nicht so gravierende, aber es werden seltsame Dinge geschehen, und die Natur wird unberechenbarer werden.

Ihr seid unsere einzige Chance auf Rettung. Niemanden sonst aus eurer Welt konnte ich erreichen, der uns helfen könnte, niemand sonst kann den Ernst der Lage wie ihr begreifen, niemand sonst kann wie ihr dieser Bedrohung auf gleichwertige Weise begegnen, mit körperlicher Kraft wie mit den Waffen des Geistes, mit Magie wie moderner Technologie und Wissenschaft. Ich sehe nicht voraus, was euch erwartet, doch soviel sehe ich: Ihr werdet nicht alleine kämpfen müssen. Nehmt an Hilfe sowie freundlicher Unterstützung und Begleitung an, was sich euch bietet, ihr werdet es brauchen. Ich habe einiges vorbereitet, von dem ihr manches nützlich finden mögt, sofern ihr den Kampf mit den richtigen Menschen aufnehmt. Und du, Kara Ben Nemsi, der du hier bald wieder auch zu Old Shatterhand werden musst, wirst einen alten guten mächtigen Freund treffen, der deine Hilfe vielleicht genauso nötig haben wird wie du die seine – jeder auf seine Art. Geht mit meinem Segen und kämpft für uns! Rettet uns!"

Die Erscheinung verblasste, und im schwachen Schein, den sie ausstrahlte, und im sanften Licht des blassen Mondes sah ich, dass sämtliche Rosen auf dem Ukimerioni erblüht waren.

Drittes Kapitel
Ein unerwartetes Wiedersehen

Am nächsten Morgen fragten wir den Wirt nach dem besten Weg nach Uschguli. Er schlug entsetzt die Hände über dem Kopf zusammen.

„Meine Herren", meinte er dann in dem dialektal gefärbten Russisch Imeretiens, „das können Sie nicht ernst meinen! Wir hier haben noch den schönsten Sommer, aber da oben, in den Bergen Swanetiens, ist es kalt und die Wege sind kaum passierbar, sind voller Eis und Schnee. Und dann die wilden Tiere: Wollen Sie sich von Bären, Tigern oder Wölfen fressen lassen oder von Wisentbullen aufspießen? Von hier aus machen sich nur Abenteurer oder Verrückte auf den Weg, oder Pelzhändler, wie dieser Kanadier, der manchmal zu Besuch kommt, oder Forscher, wie dieser Doktor, der am Gymnasium lehrt."

Nachdem wir seinen Wortschwall unterbrochen hatten, ließen wir uns den Weg zum Gymnasium beschreiben; einen Versuch war es immerhin wert, bei jemandem Informationen einzuholen, der schon mal im Winter in den Bergen des Kaukasus gewesen war. Der erwähnte Kanadier war wohl derzeit unterwegs, kehrte aber, wie uns der Wirt erzählte, in letzter Zeit immer in einem der Nachbarhäuser ein, in der Tamar-Mepe-Straße 15, bei einem jungen fremdländischen Paar, das dort seit Kurzem wohnte. Das erinnerte mich daran, dass ich sowieso bei der Gedichteübersetzerin vorbeischauen wollte, es musste sich wohl um die weibliche Hälfte des erwähnten Paars handeln. Leider aber erfuhren wir von der Hausverwalterin, die im Erdgeschoss wohnte, dass die beiden jungen Leute – „ausgesprochen reizend und freundlich, und so nett zueinander, so verliebt" – am Tag zuvor abgereist waren, um eine Freundin in Sugdidi zu treffen.

Auf dem Weg zum Gymnasium kamen wir an zwei kleinen Synagogen vorbei, die nebeneinander erbaut waren; ich fragte mich, ob die jüdische Gemeinde hier so gewachsen war, dass sie eine zweite Synagoge brauchte, oder ob es sich um die Gotteshäuser konkurrierender Richtungen des Judentums handelte, die es bei den Gläubigen dieser Religion ja ebenso gibt wie bei den abrahimitischen Schwesterreligionen Christentum und Islam. Im Gymnasium verwies man uns an den Biologie- und Erdkundelehrer Dr. Schiaschwili, einen jüngeren, athletisch gebauten Mann mit riesigen Händen und langem braunen Haar. In der großen Pause war er gerne bereit, uns einige

Ratschläge zu geben, während er uns das, was er sagte, an einer Wandkarte verdeutlichte.

„Ich bin in den letzten Jahren einige Male in den swanetischen Bergen gewesen, auf privater Forschungsreise sozusagen. Ich baue bei uns eine Sammlung einheimischer Fauna und Flora auf. Unser Gymnasium ist die einzige höhere Schule in der Region. Seit seiner Gründung 1840 ist es auf Sprachen und humanistische Bildung spezialisiert, die Naturwissenschaften haben in den ersten Jahrzehnten keine große Rolle gespielt. Da mangelt es noch an manchem, und ich versuche das auszugleichen. Aber in dieser Jahreszeit eine solche Reise anzutreten, bedarf zumindest guter Vorbereitung, und Sie müssen ausdauernd und körperlich belastbar sein." Dr. Schiaschwili trat näher an die Karte heran.

„Es gibt prinzipiell zwei Strecken. Die kürzere führt direkt nach Norden durch das Tal des Zcheniszqali über Zqaltubo nach Zageri und dann nach Lentechi auf fast 800 Meter Höhe. Von da aus verläuft ein Pfad im Tal des Flusses Sescho bis zu seinem Zufluss oberhalb des letzten Dorfes im Tal. Der Weg ab da über den gut 2.600 Meter hohen Sagaropass ist je nach Schneeverhältnissen im Winter nicht begehbar, und der Winter beginnt dort meistens spätestens Anfang September." Der Biologe zeigte mit seinen großen Händen auf der Karte, dass auf diesem Weg fast nur Berge zu sehen waren.

„Ab dann wird es nicht leichter. Sie können es versuchen, aber Sie riskieren, dass Sie schon einige Tage verloren haben und dann umkehren müssen. Dazu kommt das Ausrüstungsproblem. Sie bekommen hier keine Winterausrüstung, und nur Zageri ist groß genug, dass Sie sich dort vielleicht damit eindecken können, es kann Ihnen aber passieren, dass dort nichts für Ihre Bedürfnisse vorrätig ist. Die anderen Dörfer auf dem Weg haben meistens weniger als hundert Einwohner. Kurz und gut: Von dieser Strecke rate ich Ihnen ab." Dr. Schiaschwili trat von der Karte zurück.

„Was empfehlen Sie uns stattdessen?“, fragte ich ihn. Er fuhr mit der Hand einen größeren Bogen, der von Kutaissi erst fast genau nach Westen führte, kurz vor Sugdidi nach Norden und dann Nordosten abbog und schließlich ostwärts nach Mestia führte; hier tippte der Biologe kurz auf den Namen der Stadt und fuhr dann mit dem Zeigefinger südöstlich nach Uschguli.

„Das sind zwar ein paar Kilometer mehr, knapp 300 gegenüber ungefähr 170 auf der anderen Strecke. Aber bis Mestia, das auf etwa 1.500 Meter Höhe liegt, können Sie gut zu Pferd reisen. Das letzte Stück werden Sie zu Fuß zurücklegen müssen, da wird es auch jetzt im Herbst da oben schon sehr schwierig. Sie sollten sich eine gute Winterausrüstung besorgen. Dazu werde ich Ihnen einen Händler in Sugdidi empfehlen, der gut und günstig ist und sich freuen wird, ausländische Kunden zu bedienen. Wenn Sie mit ihm über Ihre Erlebnisse plaudern, wird er Ihnen gerne mit dem Preis entgegenkommen.“

Er setzte sich an ein Schreibpult und verfasste ein Empfehlungsschreiben für uns. Ich fragte ihn, ob er uns einen Pferdehändler nennen könne.

„Leider nein“, meinte er. „Ich habe mein eigenes Pferd. Fragen Sie doch mal im Gasthaus nach, der Wirt kann Ihnen da sicher weiterhelfen.“

Wir bedankten uns herzlich bei dem hilfsbereiten Lehrer und versprachen ihm, auf dem Rückweg vorbeizuschauen und ihm von unserer Reise zu erzählen. Auf dem Weg zum Gasthof meinte Halef:

„Seltsam, er hat uns gar nicht gefragt, was wir da oben wollen, in diesem Bergdorf, diesem Uschguli.“

Ich nickte.

„Sicher war das nur Höflichkeit. Ich hatte schon den Eindruck, dass er vor Neugier beinahe geplatzt wäre. Aber die georgische Höflichkeit und Gastfreundschaft sind ja legendär, da wird der Gast nicht gedrängt.“

Halef sah mich mit einem seltsamen Blick von der Seite an.

„Ich dachte immer, die Gastfreundschaft der Beduinen sei legendär, und du hast sie doch oft in deinen Berichten gelobt, Sihdi."

Ich musste schmunzeln.

„Ja, mein lieber Halef, die Gastfreunschaft der Araber ist groß und lobenswert, und ganz besonders die in den Zelten deines Stammes; aber darf es nicht auch andere Völker geben, die ein großes Herz und eine freigiebige Hand haben?"

Halef wiegte nachdenklich den Kopf.

„Ich werde mir die Sitten und Gebräuche der Georgier gründlich anschauen, und danach werde ich dir meine Entscheidung verkünden, Sihdi."

Wir hatten inzwischen das Gasthaus erreicht und setzten uns zu einem kleinen Mittagsmahl in die Gaststube; als der Wirt als Nachtisch frische Früchte brachte, fragten wir ihn nach einem guten Pferdehändler.

„Ich kann euch den Hof von Grigol Matschotidse empfehlen, der verkauft Schafe und Pferde."

„Von dem würde ich die Finger lassen", ertönte da aus einer Ecke eine tiefe Bassstimme. Aus dem Schatten schob sich ein kleiner, aber umso gewichtigerer Mann mittleren Alters, der dort ruhig an einem Tisch gesessen und ebenfalls sein Mittagsmahl verspeist hatte. Er hatte eine prächtige dunkelblaue Tschocha an, den knielangen wollenen Mantel, der zur traditionellen männlichen Tracht der Georgier gehört. Der Mantel saß eng um seine umfangreiche Hüfte, wurde unterhalb der Gürtellinie weiter und war seitlich geschlitzt, über den Hüften wurde er von einem Ledergürtel mit silberner Schnalle zusammengehalten, der mit zahlreichen silbernen Weintrauben verziert war. Dieser Mann trug seinen Wohlstand offen zur Schau. Dazu passten auch das hellblaue, seidene, hochgeschlossen geknöpfte Hemd, ein sogenanntes Achaluchi, und die aus feinstem hellbraunen Leder gefertigten Scharwali, die Stiefelhosen, die in seine breiten Lederstiefel gesteckt waren. Auf dem Tisch sah ich einen traditionellen hohen Hut aus Schafsfell liegen, einen Papachi.

Der Mann deutete eine Verbeugung an; viel mehr war bei seinem Leibesumfang auch nicht möglich. Dabei lächelte er uns freundlich an, sein ganzes Gesicht strahlte regelrecht vor Gemütlichkeit.

„Gestatten die Herren, dass ich mich zu Ihnen setze?“, fragte er und rückte schon einen Stuhl an den Tisch.

Ich warf einen Blick auf unseren Wirt; dieser musste offensichtlich ein Schmunzeln unterdrücken, dann sagte er:

„Ich darf die Herren bekannt machen: Dies ist mein geschätzter Geschäftspartner und Weinlieferant, Ivane Gvenetadze, aus dem Dörfchen Simoneti, in dem er ganz in der Nähe einige der besten Weine ganz Georgiens anbaut. Und diese beiden Herren sind auf der Durchreise, links der Herr ist Ben Nemsi, neben ihm sitzt Halef Omar.“

Ich war bei meinem Kurznamen geblieben, den ich Mister Brown genannt hatte, und Halef hatte beschlossen, es mir gleichzutun; er verzichtete auf den Ehrentitel eines Hadschi, wollte er doch nicht sogleich als Moslem erkannt werden.

„Ja, wir in Georgien stellen die besten Weine der Welt her!“, behauptete Gvenetadze im Brustton der Überzeugung. „Schon vor 7.000 Jahren habe unsere Vorfahren hier Wein angebaut, in der Wiege des Weinbaus. Das antike Kolchis war berühmt für seine Reben, und das Wort Vino geht auf das georgische Ghwino zurück. Aber – Sie interessieren sich für Pferde. Da empfehle ich Ihnen einen Bekannten, der sich nur auf die Pferdezucht spezialisiert hat, anders als dieser Matschotidse, der mit allem handelt, was vier Beine hat.“

Ohne dazu aufgefordert worden zu sein, hatte der Wirt inzwischen einen Krug und drei Becher auf unseren Tisch gestellt und schenkte nun ein.

„Der Hauswein, den mir Herr Gvenetadze liefert, der Krug geht auf Kosten des Hauses.“

Halef lehnte ab; ihm verboten die Regeln seiner Religion den Weingenuss. Weder er noch der Wirt gingen auf den Grund seiner Ablehnung ein, stattdessen empfahl ihm Gvenetadze den Saft aus derselben Traube, den Halef, mit frischem Wasser vermischt, ausgesprochen köstlich fand. Ich empfand den leichten kühlen Weißwein, spritzig, säurebetont und mit einem feinen Aroma nach Äpfeln, als in der Sommerhitze ausgesprochen erfrischend.

„Diese Traube gibt es nur bei uns in Imeretien", erklärte der Weinlieferant, nachdem ich ihm anerkennend zugenickt hatte. „Chanti wird sie genannt oder auch Tsistka und Tsitsiko. Sie ist mein Hauptertragsbringer. Doch zurück zu den Pferden. Mein Freund Dawit Tscheidse züchtet Kabardiner, wie schon sein Vater und sein Großvater vor ihm. Sie haben ihren Namen von den Kabardinern, einem Stamm der Tscherkessen. Diese Gebirgspferde werden im ganzen Kaukasus geschätzt wegen ihrer Trittsicherheit, Ausdauer, Nervenstärke und ihrem Orientierungssinn selbst in schwierigstem Gelände; ich kenne Jäger und Hirten, die sie noch auf 3.000 Metern Höhe reiten." Gvenetadze hielt inne und spreizte die Hände. „Ich klinge schon wie ein Verkäufer für meinen Freund, verzeihen Sie. Es ist nur so, dass ich von diesen Tieren begeistert bin, ich habe selber mehrere dieser Pferde." Und mit einem Schmunzeln setzte er hinzu: „Sie tragen – und ertragen – sogar mich. Wenn Sie wollen, begleite ich Sie nach dem Genuss dieses vorzüglichen Weines und vielleicht eines Kaffees, den uns unser freundlicher Wirt sicher zubereiten wird."

Die Zucht von Dawit Tscheidse lag natürlich außerhalb der Stadt, aber er unterhielt Stallungen in der Nähe eines Parks, der früher die königlichen Gärten gewesen war. Gvenetadze ging direkt mit uns in Tscheidses Kontor und stellte uns ihm vor. Tscheidse war ein Mann in den Fünfzigern, der sich körperlich hervorragend gehalten hatte; sein drahtiger Körper zeugte von verdeckter Kraft, und trotz seiner herben Gesichtszüge machte er einen freundlichen Eindruck.

„Ich hoffe, ich habe noch, was Sie suchen“, meinte er, nachdem wir ihm unsere Wünsche nach je zwei Reit- und Packpferden geschildert hatten. „In den Ställen sind gerade zwei Damen, die denselben Wunsch geäußert haben. Ich sollte aber genügend Pferde hier haben.“

Wir folgten ihm zu den Stallungen, als wir plötzlich eine Stimme vernahmen, die ich überall und jederzeit wiedererkannt hätte. Dieses charakteristische wellenartige Auf- und Abhüpfen, von hoch zu tief – Halef und ich verharrten im Gleichklang im Schritt und wandten uns Tscheidse zu.

„Lady Lindsay?“, fragte ich ihn. Aber ehe er nicken konnte, war mir klar, dass es nur unsere Freundin Annabelle Boudicca Lindsay sein konnte, von ihren Bekannten Ann genannt, die Nichte unseres alten Weggefährten Sir David Lindsay.

„Denk an heute Nacht“, flüsterte Halef mir auf Arabisch zu, „an das, was uns die Vision gesagt hat. Das kann kein Zufall sein.“

Ich nickte, mir war soeben der gleiche Gedanke gekommen. „Nehmt an Hilfe an sowie freundlicher Unterstützung und Begleitung an, was sich euch bietet, ihr werdet es brauchen“, hatte Marah Durimeh gesagt. Dass Halef ihren Namen nicht erwähnt hatte, zeigte mir, dass er nicht nur unsere Aufgabe sehr ernst nahm, sondern auch überaus vorsichtig und bedachtsam zu Werke ging.

Eine weitere weibliche Stimme war zu vernehmen, tief und rauchig.

„Lady Lindsay und Miss Nelson aus Kanada“, erläuterte Tscheidse. „Sie kaufen Pferde für eine Reise nach Swanetien. Und die Kanadierin kennst du ja“, setzte er, zu Gvenetadze gewandt, hinzu und erklärte uns: „Sie ist hier, um die Geschichte des georgischen Weinbaus zu studieren.“

In diesem Moment traten zwei junge Damen aus dem Stall, gefolgt von zwei Männern, die vier Pferde am Zügel führten.

„Mister Kara!“ hörte ich die vertraute Stimme, und direkt danach, im bekannten Auf und Ab: „Und Hadschihalefomar!“

Und schon kam Ann wie ein Wirbelwind auf uns zugerannt, hätte sich mir beinahe in die Arme geworfen, ehe ihr einfiel, dass sich dies für eine junge adelige Dame nicht schickte; kurz vor mir kam sie zum Halt und reichte mir elegant ihre schmale Hand, im vertrauten Handschuh aus hellbraunem Glacéleder. Ich ergriff sie und sah Ann in die Augen.

„Ein unerwartetes, aber nichtsdestotrotz sehr erfreuliches Wiedersehen!“, während ich dachte, dass es das wohl gewesen war mit unserem leichten Inkognito, dies sah ich sowohl dem Pferde- wie dem Weinhändler an.

Ann wandte sich nun Halef zu, nach einem kurzen Zögern reichte sie auch ihm die Hand und sagte auf Arabisch:

„Salamaleikum, mein guter Freund. Wie geht es der Lichtkugel? Onkel Daffy hat mir geschrieben, dass du damit einen Dämon vertrieben hast.“

Halef presste die Lippen zusammen, dann erwiderte er:

„Der Dämon hat die Kugel sogar verschluckt und dann wieder ausgespuckt. Und das ist ihr irgendwie nicht bekommen. Sie ist etwas angeschlagen, braucht manchmal ein wenig, bis sie leuchtet, dann flackert sie ab und zu und sie ist früher erschöpft. Aber bitte lasst uns hier aufpassen, was wir sagen.“

Sie stutzte, dann nickte sie ernst.

„Ich freue mich so, Sie zu sehen“, fuhr sie auf Englisch fort. „Aber lassen Sie mich Ihnen, ehe wir darüber reden, was uns hier zusammengeführt hat, meine Begleiterin vorstellen.“

Auch wenn ihre Redeweise noch immer exaltiert und die Intonation gewöhnungsbedüftig war, schien Lady Ann in den vergangenen Monaten gereift zu sein, wirkte auf mich eher wie eine junge Dame als wie ein dem Internat entlaufenes Mädchen. Ob ihre Begleiterin damit etwas zu tun hatte? Während diese nähertrat und dabei zu meinem Erstaunen Ivane Gvenetadze freundlich zunickte, hatte ich Zeit, sie zu beobachten. Sie war wie Ann etwa 20 Jahre alt, eine hochgewachsene junge Frau ohne auffallende Merkmale, sah man von dem Kontrast zwischen dem hochgesteckten tiefschwarzen Haar und den strahlend blauen Augen ab. Nicht nur darin und bei der Körpergröße war sie fast ein Gegensatz zu Lady Lindsay mit ihrem unauffällig braunen Haar und ihren grauen Augen, die zwar schlank war, bei der aber insgesamt doch alles einen eher gemütlichen Eindruck hinterließ. Nicht größer als Halef, wirkte Ann durch das runde Gesicht mit der kleinen runden Nase und dem runden Kinn jünger, als sie war – was ihr sicher zugutekam, wenn man sie deshalb unterschätzte –, bis sie ihre kräftigen Zähne zeigte. Ich unterbrach diesen etwas despektierlichen Gedankengang und widmete meine Aufmerksamkeit wieder Miss Nelson, die nun vor uns stand und mich beinahe überragte. Was an Ann rund wirkte, war an ihr eher kantig – nein, herb war vielleicht der richtige Ausdruck, ein Gesicht mit Charakter, mit eckigem Kinn und langer schmaler Nase, keine Schönheit im landläufigen Sinn, aber durchaus gutaussehend.

„Miss Sofie Nelson", stellte Ann vor. „Sie stammt aus Montréal in Québec – das liegt in Kanada – und ist meine Begleiterin auf der Expedition, die ich heute beginne. Dabei verfolgt sie durchaus auch eigene Ziele, die wir sicher später besprechen werden."

Ann hatte wohl bemerkt, dass wir vorsichtig waren in unseren Äußerungen, und hielt es nun genauso. Sofie Nelson reichte Halef und mir jeweils die Hand, dann sagte sie mit ihrer erstaunlich tiefen Stimme, die in mir sofort den Wunsch erweckte, sie singen zu hören:

„Es freut mich, die zwei tapferen Männer kennenzulernen, von denen mir Ann so viel erzählt hat. Und Sie, Mister Nemsi, sind mir auch aus Erzählungen eines guten Freundes und Lehrmeisters vertraut, der mir von Ihren Abenteuern in den Prärien und Bergen unseres Nachbarlandes erzählt und Sie mir stets als leuchtendes Vorbild dargestellt hat."

Ich hatte so etwas kommen sehen, seit Marah Durimeh mir vorhergesagt hatte, dass ich hier auch wieder zu Old Shatterhand werden müsste. Ich fragte mich, wen ich wohl treffen würde von meinen alten Freunden. Und Sofie fragte ich:

„Kenne ich diesen Herrn vielleicht?“

Sie schüttelte den Kopf.

„Wahrscheinlich nicht. Er heißt Hartmann, Johann Friedrich Hartmann, kommt ursprünglich aus der Nähe von New York, hat aber mehrere Jahre in der Heimat seiner Vorfahren, in der Pfalz, in Deutschland, verbracht und lebte 25 Jahre bei uns in Québec, als Scout und Trapper. Er war mein Musik- und Sprachenlehrer. Vor fünf Jahren ist er nach Georgien gezogen. Ich hoffe ihn bald zu treffen, wir erwarten uns von ihm Hinweise und Unterstützung bei unserer Reise in die Berge.“

Das wurde ja immer seltsamer. Schon wieder wurde uns indirekt Unterstützung zugesagt. Sollte ich ihn doch kennen, vielleicht unter anderem Namen? Das glaubte ich nicht; der einzige Mann, den ich kannte, der meines Wissens Deutschland 1848 aus politischen Gründen hatte verlassen müssen, war in Deutschland Oberförster gewesen und lebte jetzt, nach dem Auskurieren einer schweren Verletzung, bei seinem Sohn in St. Louis im Ruhestand. Wer auch immer der mir verheißene Freund sein sollte: Ich hatte den Verdacht, dass Marah Durimeh mehr von der Geisterwelt aus bewegen oder zumindest anstoßen konnte, als sie uns erzählt hatte. Mir sollte das recht sein – einem geschenkten Gaul … Das brachte mich auf den Zweck unseres Besuchs zurück.

„Wir brauchen noch Pferde“, sagte ich zu Dawit Tscheidse. „So sehr ich die beiden Damen schätze, hoffe ich doch sehr, dass für uns noch gute Tiere übrig sind.“

Tscheidse zeigte zu den vier Pferden, die Ann und Sofie erworben hatten.

„Ich habe ihnen meine besten Pferde vorgestellt, vor allem, weil mir Miss Nelson eine Empfehlung meines Freundes Gvenetadze überbracht hat.“

Ich schaute fragend zu dem Weinhändler, der mir lächelnd zunickte.

„Ich kenne Sofie, seit ich vor fünf Jahren ein paar Wochen auf dem Weingut ihres Vaters zubrachte, um von dort neue Reben in unser Land zu bringen. Ich bin sicher nicht unschuldig an ihrer Reise jetzt, und ich war es auch, der Hartmann überredete, sein Glück als Lehrer und Pelzhändler in Georgien zu suchen."

Tscheidse winkte uns und ging voran Richtung Ställe.

„Die Damen haben sich für kleinere Pferde entschieden und zudem wohl auf eine einheitliche Fellfärbung geachtet, einige meiner besten Tiere stehen noch im Stall."

Nun erst fiel mir auf, dass die Pferde farblich wirklich gut zueinanderpassten, ihr Fell zeigte das gleiche Mittelbraun, und alle vier Stuten hatten das gleiche Stockmaß von etwa anderthalb Meter.

Während wir an den Frauen vorbeigingen, fragte ich Ann:

„Warten Sie auf uns? Wir können uns nach unserem Kauf zusammensetzen und reden."

Sie schwang sich in den Sattel eines der Pferde.

„Wir machen uns ein wenig mit unseren Reittieren vertraut und bleiben in der Nähe."

Im Stall fiel mir sofort ein großer Rapphengst ins Auge. Tscheidse folgte meinem Blick und sagte:

„Rappen sind bei den Kabardinern nicht sehr häufig, seltener sind nur noch Schimmel. Dies ist mein Paradepferd. Er heißt Samtari, Winter, weil er im tiefsten Winter zur Welt gekommen ist und schon als junges Fohlen nicht genug von Schnee und Eis und Bergen bekommen konnte. Ein besseres Pferd habe ich noch nie gehabt."

Ich nickte begeistert, mein Entschluss stand schon fest. Tscheidse zögerte.

„Mit den Damen habe ich ausgehandelt, dass sie mir den Kaufpreis noch heute vorbeibringen, ich ihnen aber die Pferde, falls sie auf dem Rückweg hier vorbeikommen, wieder abkaufen werde, abzüglich einer Mietrate von 15 Prozent je Monat, falls sie sie nicht mitnehmen werden. Ich sähe es ungern, wenn meine Tiere bei einem anderen Händler der Gegend landen würden. Können wir uns auf die gleichen Bedingungen einigen? Besonders Samtari hätte ich gerne wieder hier – es sei denn, Sie wollen ihn behalten."

Ich machte ein ernstes Gesicht. „Zehn Prozent", sagte ich dann.

„Wie bitte?", fragte Tscheidse verblüfft.

„Zehn Prozent pro Monat, dann kommen wir ins Geschäft. – Nein", lachte ich, „das war ein Scherz, selbstverständlich bin ich einverstanden. Und ich glaube nicht, dass ich Samtari behalten werde, egal, als wie zuverlässig und gut er sich herausstellt, denn ich habe sowohl in Arabien wie in Amerika jeweils einen wunderbaren Rappen, und beide möchte ich gegen kein anderes Pferd eintauschen."

Halef trat zu uns heran; er hatte das Gespräch mitbekommen, aber sich davon nicht abhalten lassen, drei Pferde auszusuchen, auf die er nun zeigte, sodass auch Tscheidse seine Auswahl mitbekam.

„Sihdi, diesen schwarzbraunen Wallach dort, der nicht höher ist als die Stuten der Frauen, möchte ich reiten. Und die beiden etwas größeren dunkelbraunen Wallache sollen unsere Packpferde sein; so können wir, wenn wir zusammen reisen, die Tiere auch immer gut auseinanderhalten."

Ich nickte Halef zu, mit seiner Wahl war ich sehr einverstanden.

Es dauerte noch einige Zeit, bis wir das Geschäftliche erledigt hatten, dann verabschiedeten wir uns herzlich von den beiden Georgiern. Mit Ivane Gvenetadze verabredeten wir uns für den nächsten Morgen in unserem Gasthaus, um noch einmal Informationen, Pläne und Adressen auszutauschen, dann ritten wir vier mit den acht Pferden hinauf zur Bagrati-Kathedrale. Es war noch früh am Nachmittag, der Sommertag erträglich warm, es wehte ein laues Lüftchen, und so hatten wir beschlossen, dass wir uns auf dem Ukimerioni ein ungestörtes Plätzchen suchen wollten, wo wir unbeobachtet und unbelauscht über unsere Pläne reden konnten.

Auf dem Weg dorthin kamen wir an einem Kleidergeschäft vorbei, vor dem an Holzständern verschiedene Tschochas in kräftigen Farben hingen.

„Sihdi“, meinte Halef und zügelte seinen Schwarzbraunen, „auch wenn wir die Winterausrüstung erst später beschaffen, kalt wird es ja jetzt auch schon, besonders in der Nacht. Wäre es nicht schön, wenn wir alle solche herrlichen Mäntel besäßen?“

Der Ladenbesitzer hatte gesehen, dass wir angehalten hatten.

„Wunderschöne Mäntel!“, sprach er uns an. „Und nicht nur für die Herren, ich habe auch sehr schöne Frauenmäntel im gleichen Stil, Tscherkeskas aus dem hohen Kaukasus.“

Die beiden Frauen brauchten nicht lange überredet zu werden, und als wir den Laden verließen, fühlten wir uns nicht nur wie georgische Edle, sondern sahen ein wenig auch so aus. Ich hatte mir eine kaukasische Tschocha zugelegt, eine Tscherkeska aus dickem braunen Wollstoff, der gut mit meiner Lederkleidung harmonierte. Besonders praktisch fand ich die dekorativen großen Patronentaschen, von denen auf jeder Brustseite neun Stück aufgenäht waren, und mir gefielen die aufgestickten weißen Verzierungen darunter, die stilisierte Berggipfel darstellten. Der Schnitt einer Tschocha ist eng in der Hüfte und wird unterhalb der Gürtellinie weiter, dies soll, wie uns der Händler erklärte, die männliche Gestalt betonen. Bei dem Weinhändler war mir dies gar nicht so aufgefallen … Normalerweise gehört zu der kaukasischen Tracht ein Ledergürtel mit silberner Schnalle, oft wie bei Gvenetadze stark mit Silber verziert. Darauf aber verzichtete ich, ich hatte schließlich meinen guten, alten, aus einzelnen Riemen geflochtenen Gürtel, der nicht nur rundum mit Patronen gefüllt war, sondern an dem ich in mehreren Lederbeuteln, was ich brauchte, stets griffbereit hatte. Und durch die beiden Schlitze, die jede Tschocha unterhalb der Hüften aufwies, konnte ich problemlos an Dinge gelangen, die ich darunter verborgen trug, wie etwa im Moment meine beiden Revolver und das Bowiemesser.

Halef hingegen hatte nicht widerstehen können. Stolz trug er über einer dunkelroten Tscherkeska mit goldbestickten Patronentaschen einen hellbraunen breiten Ledergürtel mit einer Silberschnalle in Form eines Tigerkopfes, verziert mit mehreren silbernen Schmuckmünzen, die verschiedene Tiere zeigten.

„Das war der Gürtel eines unserer erfogreichsten Jäger, er hat ihn anfertigen lassen, nachdem er in Swanetien, oben in den Bergen, einen kaspischen Tiger erlegt hat; damals gab es noch mehr davon“, hatte uns der Händler erklärt. „Sein Sohn hat ihn mir nach seinem tragischen Tod verkauft, hier will ihn niemand haben.“

Ich hatte nachgehakt: „Tragischer Tod?“

Der Händler hatte mit den Schultern gezuckt.

„Man soll das Schicksal eben nicht herausfordern. Angeblich ist er zwei Jahre später dem Sohn der Tigerin begegnet, das hat er zumindest behauptet, bevor er hier schwerverletzt gestorben ist. Aber vielleicht war das im Fieberwahn, er hat nämlich auch erzählt, dieser Tiger wäre nicht nur riesig, sondern auch weiß gewesen. Und von einem weißen Tiger hat hier noch niemand gehört.“

Ich hatte geschwiegen; ich wusste, dass es in Indien vereinzelt weiße Königstiger gab, Halbalbinos mit blauen statt roten Augen. Und angeblich hatte vor ein paar Jahren ein Zirkusdirektor einen ‚Schneetiger‘ gezüchtet, indem er einen weißen Bengaltiger mit einem sibirischen Tiger gekreuzt hatte, aber dies war wahrscheinlich eine Zeitungsente gewesen. Halef war auf jeden Fall von dem Gürtel fasziniert gewesen und schnell darüber handelseinig geworden.

Den beiden Frauen, die im Moment vor uns herritten, standen ihre Tschochas auch hervorragend. Beide trugen darunter ähnliche Kleidung, nur sah die von Ann edler aus. Die stabilen Hemden aus ungefärbter Baumwolle, die Lederwesten und -jacken konnte man unter dem V-Ausschnitt der Tschochas erkennen. An ihre schmalen Gürtel, die die in die geschnürten Stiefel gestopften Hosen hielten, konnten sie leicht durch die

Seitenschlitze ihrer Tschochas gelangen, die keine Patronentaschen hatten.

Die Tschocha von Ann war ganz in Blau gehalten, bestand aus sehr fein verarbeiteter Wolle und wurde durch ein paar zierliche rote Stickereien in Brusthöhe veredelt, dazu hatte Ann sich einen schmalen Gürtel aus roter Seide mit Goldstickereien gekauft, der mehr gekostet hatte als Halefs und mein Mantel zusammen und angeblich aus China importiert worden war – was ich gerne bereit war, zu glauben. Manchmal konnte (oder wollte) Lady Lindsay doch nicht verbergen, aus welcher Schicht und welchen Vermögensverhältnissen sie stammte. Solange uns dies keine Schwierigkeiten bereitete, gönnte ich es ihr; vielleicht erinnerte sie die Farbgebung ihrer Obergewandung an die Flagge ihres Heimatlandes.

Möglicherweise hatte sich auch Sofie an ihrer heimatlichen Flagge orientiert: Ihre Tschocha war zwar dunkelrot, kam aber damit der Nationalfarbe Kanadas doch ziemlich nahe. Einen Gürtel trug Sofie dazu nicht, er war ja auch nicht nötig, bei Ann war er vor allem Zierrat. Und so ähnlich die beiden Frauen auch gekleidet waren, konnte ein geschultes Auge doch einen deutlichen Unterschied in der Qualität feststellen. Ann bevorzugte hellbraunes Ziegenleder: Glacéleder bei ihren Handschuhen, der Hose und der Weste, robustes Chevreauleder für ihre Jacke und ihre hochwertigen Stiefel. Sofie hingegen trug Weste, Jacke, Hose und Stiefel aus dunkelbraunem Wildleder, das robuster und weitaus weniger teuer aussah. Allerdings stammte es von der Haut eines kurz vor ihrer Abreise von ihr selbst erlegten kanadischen Elks, also eines Wapitihirschs, wie sie mir im Kleiderladen kurz erläutert hatte, und das machte für mich als Jäger ihre Kleidung mindestens genauso wertvoll. Ich war gespannt auf ihre Waffe, hatten die beiden Frauen doch wie wir ihre Langwaffen in den Zimmern gelassen. Anns kurzläufige Schrotflinte, von ihr Godiva genannt, kannte ich ja bereits, aber Sofie hatte sicher ein für die Jagd besser geeignetes Gewehr.

Viertes Kapitel
Gräber und Türme

Auf dem Ukimerioni war weitaus weniger los als am Vortag.

„Vielleicht, weil gestern dieser besondere Feiertag von Maria war?“, meinte Halef, und ich nickte.

So war es leicht, abseits der Ruine ein ungestörtes Plätzchen zu finden, wo wir alles um uns herum im Blick behalten und uns ungestört und unbelauscht austauschen und planen konnten.

Bevor Halef und ich den beiden Frauen von Marah Durimeh und unserem Auftrag erzählten, wollten wir wissen, was wir von Sofie Nelson zu halten hatten. Ann Lindsay war uns als Gefährtin natürlich jederzeit willkommen; wir konnten ihr bedingungslos vertrauen, nicht nur, weil sie die Nichte unseres Freundes Sir David Lindsay war, sondern auch weil sie schon mit uns als Kampfgefährtin in der Geisterwelt gegen Feinde gestritten hatte, von deren Existenz die meisten Menschen nicht einmal etwas ahnten. Zudem kannte sie sich mit Spiritismus aus, zumindest, wie er in Großbritannien verstanden wurde, wie sie mir vor unserem Abenteuer in der Geisterwelt erzählt hatte. Ihre Eltern waren Spiritisten und hatten vieles gelesen, was zu dem Thema veröffentlicht worden war. Nichts davon hatte ihr in der Geisterwelt genützt, aber ihre Unvoreingenommenheit hatte ihr den Zugang zu den seltsamen Phänomenen dort sehr erleichtert; sie hatte agiert, ohne viel zu fragen. Darin hatte sie es sogar leichter als ich, wie ich einräumen muss, trug ich doch trotz all der wundersamen Erlebnisse der letzten Jahre immer noch ein gehöriges Stück Skepsis mit mir herum. Die prinzipielle Existenz von Magie und gewissen übernatürlichen Kräften konnte ich so wenig leugnen wie ihre Wirkungen, doch über ihre Grundlagen, ihre Mechanismen und auch ihre jeweilige moralische Berechtigung war ich noch lange nicht mit mir im Reinen. Marah Durimeh jedoch vertraute ich bedingungslos, und so war ich bereit, mich mit Haut und Haaren dieser Aufgabe zu verschreiben. Wie aber würde das bei Sofie Nelson aussehen? Auf mich machte sie ganz den Eindruck einer bodenständigen, der Realität zugeneigten Person.

So grübelte ich, während wir unsere Decken und darauf die unterwegs für ein kleines Picknick erworbenen Köstlichkeiten ausbreiteten: Chatschapuri, das sind in Imeretien runde überbackene Käsebrote, Chinkali, Teigtaschen mit verschiedenen Füllungen aus Hackfleisch und Käse, dazu Trauben, Äpfel und Birnen und zwei Flaschen des köstlichen leichten Weines, den ich am Mittag im Gasthaus kennengelernt hatte, sowie eine Flasche Traubensaft für Halef.

Ann hatte mir wohl angesehen, dass ich mich mit schweren Gedanken trug, ließ sich mit Vehemenz und Eleganz auf einer der Decken nieder, schlug mit der Hand neben sich auf den Boden und rief: „Na los, setzen Sie sich zu mir, Mister Kara, es ist Zeit zum Picknicken, und danach erst wird sich Problemen gewidmet. Solange kann Sofie ein wenig über sich erzählen, wir anderen kennen uns ja schon ganz gut."

Ich war überrascht, wie feinfühlig Ann reagiert hatte; wieder überlegte ich, dass sie wohl während unserer Trennung sehr an Reife gewonnen hatte, und fragte mich, auf was für einer ‚Expedition' sie wohl war.

Während ich mich – weitaus weniger elegant – niederließ, fragte Sofie mich:

„Wie soll ich Sie ansprechen? Ist es Ihnen recht, wenn ich Sie wie Ann Mister Kara nenne?"

Ich nickte.

„Gerne, wenn ich Sie Sofie nennen darf."

Nun ließ sich Halef vernehmen:

„Und ich bin einfach Halef für alle und möchte weiter Sihdi zu dir sagen, Sihdi."

Ich musste lachen.

„Du darfst mich gerne immer so nennen, wie du willst, mein lieber Halef."

Solange wir uns dem Picknick widmeten, erzählte Sofie von sich und ihren Zielen. Sie war vor 19 Jahren in Québec geboren als einziges Kind des vermögenden Winzers und Weingroßhändlers Frederic Victor Nelson und zweisprachig aufgewachsen, mit Englisch und Französisch. Ihr Vater war nicht nur sehr belesen, sondern auch weit herumgekommen; bei seinen vielen Reisen nach China, Afrika und Europa war er stets von einem Freund und Leibwächter begleitet worden, dem schon erwähnten Johann Friedrich Hartmann. Nach Sofies Geburt hatte er das Reisen eingestellt; Hartmann, diente ihm als Scout und Trapper und zunehmend auch als Sofies Sprach- und Musiklehrer angestellt. Die von ihrem Vater geerbten Eigenschaften, eine enorme Wissbegierigkeit und Lesefreude gepaart mit Abenteuerlust und Reisefreudigkeit, wurden durch Hartmann wohl noch verstärkt.

„Ich habe alles gelesen, was mir an Abenteuerliteratur in die Hände fiel, von der *Odyssee* bis zu Daniel Defoes *Robinson Crusoe* und natürlich Alexandre Dumas' *Der Graf von Monte Christo*. Besonders haben mir die Lederstrumpfgeschichten von Cooper gefallen, zu denen Onkel Johann ein besonderes Verhältnis hat, hinter das ich jedoch noch nicht gekommen bin. Ich lese auch gerne Bücher über moderne Erfindungen oder die Zukunft wie die von Jules Verne. Und als er mir Deutsch beigebracht hat, hat Onkel Johann mich die Amerikaromane von Friedrich Gerstäcker lesen lassen, wie *Die Regulatoren in Arkansas*, *Die deutschen Auswanderer* und *Die Flusspiraten des Mississippi*. Und natürlich habe ich alles gelesen, was Sie veröffentlicht haben, Mister Kara, das hat Onkel Johann mir immer gleich nach Drucklegung besorgt: die Erzählungen Ihrer Orientabenteuer, dann *Der Scout* und *Old Firehand*, *Der Schatz im Silbersee* – und natürlich *Winnetou*. Ist das ein Mann!" Sie wurde rot und hob schnell das Glas Wein an den Mund, um ihre Verlegenheit zu verbergen.

So erwachsen sie sich gab, sie war doch noch ein richtiger Backfisch! Meine neueren Bücher hatten sie wohl noch nicht erreicht, die Bände über Old Surehand; und ob mein Verlag inzwischen den ersten Band meiner Berichte über unsere Kämpfe mit Al-Kadir und später dem Schut in Druck gegeben und veröffentlicht hatte, wusste ich nicht. Das würde ich wohl erst erfahren, wenn ich nach Hause zurückgekehrt sein würde.

„Oh, ich war so froh, dass ich mit Ann reisen darf, weil ich ja in den Orientbüchern über ihren Onkel gelesen hatte. Und ich bin so aufgeregt, dass ich Ihnen begegnet bin, Mister Kara, einem der Idole meiner Jugend. Ihr Freund Halef ist ja fast so ein großer Held wie Winnetou. Sind Sie zwei wieder auf einer wichtigen Tour, um das Böse zu bekämpfen? Dürfen Ann und ich dabei sein?“ Plötzlich schlug sie sich die Hand auf den Mund. „Oh, ich plappere zu viel. Das passiert mir immer, wenn ich aufgeregt bin.“ Sie lief noch röter an und senkte verlegen den Kopf.

Halef und ich sahen uns an, dann mussten wir beide plötzlich lachen.

„Das hast du nun davon, dass du deine Bücher schreibst, Sihdi“, meinte Halef, immer noch lachend – wie immer, wenn er wollte, dass die Frauen ihn verstanden, auf Englisch. „Nun sind wir plötzlich Idole für junge Frauen. Hoffentlich erfährt Hanneh nichts davon.“

Nun musste auch Ann lachen.

„Das wird sie dir sicher nicht übelnehmen, Halef. Im Gegenteil, sie wird stolz auf dich sein. Wer unter den Frauen und Töchtern aller Beduinenstämme hat schon einen Mann, über dessen Ruhm sogar in Kanada gelesen wird!“

Mir war schon im Laufe des Nachmittags aufgefallen, dass das Verhältnis von Ann und Halef sehr vertraut geworden war, sicher wegen ihrer mutigen und gelungenen Aktion mit seiner Leuchtkugel im Kampf gegen Qendressa; das bestätigte sich nun, und ich freute mich darüber. Gleichzeitig wurde mir bewusst, dass Sofie natürlich über uns schon ziemlich viel wusste. Es war dies nach der Episode mit Kapitän Nemo, der *Winnetou* gelesen hatte, schon das zweite Mal, dass meine Bücher solche Ergebnisse zeitigten, und zum ersten Mal, dass es bei einer potenziellen Mitstreiterin der Fall war. Ich nahm mir vor, in Zukunft genauer darüber nachzudenken, was alles und wie genau ich etwas in meinen Büchern beschreiben würde; vielleicht sollte doch manches besser unausgesprochen bleiben.

Ich nickte nun Sofie zu.

„Es ist schon gut", meinte ich in beruhigendem Ton. „Mir ging es manchmal schon ähnlich, als ich als junger Westmann der einen oder anderen lebenden Legende begegnete. Doch sie alle waren und wir beide sind Menschen wie alle anderen, deshalb seien Sie bitte so liebenswürdig, uns auch so zu behandeln. Aber Sie haben Recht, Sofie, wir sind in einer besonderen Mission unterwegs, bei der wir durchaus auch Hilfe gebrauchen können. Bevor wir aber entscheiden, ob Ann und Sie uns dabei unterstützen dürfen, würden wir gerne von Ihrem Vorhaben und Ihrer Reiseabsicht erfahren, also fahren Sie doch bitte in Ihrem Bericht fort."

Sofie schluckte, dann nickte sie, hob entschlossen den Kopf und schob das eckige Kinn vor.

„Ich werde einst das Weingut erben. Deshalb studiere ich seit einem guten Jahr Weinbau. Ich möchte das aber nicht nur theoretisch machen, sondern auch praktische Erfahrungen sammeln und werde darum in den nächsten Jahren immer wieder ein paar Wochen oder Monate in bekannte Weinbaugebiete fahren, um dort die Menschen und Methoden kennenzulernen. Ich beginne mit Georgien, weil Ivane, also Herr Gvenetadze, als er uns vor fünf Jahren besucht hat, einem damals vierzehnjährigen Mädchen den Kopf verdreht hat mit den Beschreibungen seines wunderschönen Landes und mit Erzählungen von dessen uralter Kultur, von Drachen und dem goldenem Vlies und zaubernden Prinzessinen und mächtigen Königinnen. Ich habe einen Professor davon überzeugen können, dass ich vielleicht vor Ort Beweise finden könnte für die These der Georgier, dass ihr Land die Wiege des Weinbaus sei, dass hier vor fast 8.000 Jahren die ersten Reben kultiviert und der erste Wein angebaut wurden. Auf der Überfahrt hörte ich von einem Mitglied des Traveller's Club, dass dieser inzwischen eine Damenabteilung habe und deren einzige Anwärterin in Georgien bestimmte Forschungen erfolgreich abschließen müsse, um als vollwertiges Mitglied aufgenommen zu werden. Als ich ihren Namen erfuhr, musste ich sofort an Lord Lindsay denken, von dem ich in den Orientromanen gelesen hatte, und dachte, sie wäre mir bestimmt sympathisch und eine angenehme Reisegefährtin. Und so änderte ich meine Route und konnte sie in London abpassen. Seither reisen wir in Gesellschaft."

Ann lachte.

„Du kannst ruhig mit der ganzen Wahrheit rausrücken. Erzähl den beiden, wie du mich dazu gebracht hast, mit dir zu reisen. Wegen Weinbauhistorie hätte ich das sicher nicht getan. Sofie ist mindestens so romantisch wie ich. Naja, sie ist ja auch fast ein Jahr jünger."

Ich hatte mich inzwischen wieder so sehr an das Auf und Ab von Anns Stimme gewöhnt, dass mich ihr letzter Satz, bei dem sie plötzlich die Stimme gesenkt hielt, überraschte; dann sah ich ihr Lächeln und das Funkeln in ihren Augen und merkte, dass sie wohl einen nur für die zwei Frauen bestimmten Scherz gemacht hatte. Ich ließ mich auf das Spiel ein und fragte Sofie in bewusst ernstem Ton und mit tiefer langsamer Stimme:

„Was für ein Geheimnis schleppen Sie noch mit sich herum, wertes Fräulein?"

Sofie schaute mich erst erschrocken an, musste dann aber lachen.

„Ich habe seit meiner frühen Jugend etwas, was man im Traveller's Club wohl einen Spleen nennen würde. Als ich bei Onkel Johann Deutsch lernte, fiel mir in unserer Bibliothek eine 1850 gedruckte deutsche Übersetzung der *Gesta*

Hammaburgensis ecclesiae pontificum in die Hände, also der Geschichte des Erzbistums Hamburg, die Adam von Bremen im 11. Jahrhundert verfasst hat. Und darin wird erwähnt, dass die Wikinger Vinland entdeckt haben. Ich habe dann weiter geforscht, und in verschiedenen isländischen Sagas wird erzählt, wie Bjarni Herjólfsson, Thorvald Eiriksson und Leif Eriksson um das Jahr 1000 nach Amerika gekommen sind. Wahrscheinlich sind sie in Nova Scotia gelandet, einer unserer kanadischen Seeprovinzen, die wir auch Nouvelle-Écosse nennen, oder in Neufundland. Sie nannten das Land Vinland. Ich bin überzeugt, dass die Wikinger die ersten Winzer Kanadas waren und dass der Wein, den unsere Familie anbaut, zurückgeht auf Leif Eriksson, den Sohn Eriks des Roten. Und das werde ich irgendwann beweisen!"

Sofies Stimme war immer kräftiger geworden, sie hatte den Oberkörper angespannt und verkündete den letzten Satz im Brustton der Überzeugung. Auch wenn ich ihre Meinung nicht teilte, bewunderte ich die Haltung der jungen Frau, und so sagte ich:

„Ein großes Ziel, Sofie, und ich wünsche Ihnen dabei viel Erfolg. Aber hier in Georgien werden Sie diesen wohl kaum finden. Was ist das denn für eine Aufgabe, die man Ihnen gestellt hat, Ann?", wandte ich mich an unsere britische Freundin.

„Wie gut kennen Sie die georgische Geschichte des Mittelalters?", fragte sie zurück.

Halef antwortete ihr.

„Der Sihdi weiß viel, aber ich nur ganz wenig."

Ann griff in eine ihrer Gürteltaschen und zog einen silbernen Zylinder von etwa 20 Zentimetern Länge hervor, der unten rund abgeschlossen war, oben an der Seite einen offenen Griff oder Haken und einen Schraubverschluss hatte.

Ich musste lachen.

„Ein Bierwärmer!"

Halef und Sofie schauten mich fragend an.

„Man füllt den Zylinder mit warmem Wasser, wenn man Bier erwärmen will, oder auch mit Eis, um das Bier kühl zu halten; mit dem Haken kann man den Zylinder an einen Glas- oder Krugrand hängen“, erklärte ich.

Ann lächelte entschuldigend.

„Man kann dieses alte Erbstück unserer Familie aber auch viel sinnvoller nutzen“, meinte sie, schraubte den Deckel ab und entnahm dem Rohr vorsichtig ein paar zusammengerollte Papiere. „Das sind zwar nur Abschriften, aber sie sind dennoch wertvoll. Es geht um das Grab der berühmten Königin Tamar.“

Sie blickte Halef und mich an.

„Tamar herrschte im Goldenen Zeitalter Georgiens, von 1184 bis 1213. Sie war die Urenkelin von David dem Erbauer, der Georgien von den seldschukischen Türken befreit und vereint hatte. Tamar gilt neben ihm als bedeutendstes Mitglied der Bagratiden-Dynastie, die seit dem 9. Jahrhundert die georgischen Könige stellt und auch heute noch, nach der Entmachtung Anfang dieses Jahrhunderts, offiziell das georgische Königshaus ist. Tamar war so mächtig, dass Friedrich Barbarossa ihr einen seiner Söhne als Ehemann anbot, sie heiratete aber einen georgischen Fürsten. Sie modernisierte das Land, Wirtschaft, Kultur und Justiz, schaffte die Todesstrafe ab, unterstützte Wissenschaft und Kunst. Das berühmte Epos *Der Recke im Tigerfell* schrieb ihr Finanzminister und wahrscheinlicher Liebhaber, Georgiens Nationaldichter Schota Rustaweli, in ihrem Auftrag. Als sie 1213 starb, soll ihr letzter Wille gewesen sein, dass sie nicht an einem bestimmten Ort begraben werde, sondern ganz Georgien ihr Grab sein solle. Angeblich wurden vier verschlossene Särge in die vier Himmelsrichtungen gebracht, und da die Träger Selbstmord begingen, weiß niemand, wo sie begraben liegt.“ Ann hob die Papierrollen empor. „Das sind Kopien von Pergamenten, die darauf hinweisen, dass die Grabstätte von Königin Tamar in den berühmten Steintürmen von Mestia zu finden ist. Und dorthin führt unser Weg. Wir wollen in den Türmen und Ruinen suchen, bis wir das Grab von

Tamar gefunden haben. Und wenn mir das gelingt, kann mir niemand mehr die Aufnahme als Vollmitglied im Traveller's Club verwehren."

Halef und ich sahen uns an, er nickte mir zu.

„Dann ist es jetzt an der Zeit, dass wir euch berichten, welches unser Auftrag ist", begann ich und erzählte, was uns widerfahren war, seit wir bei den Haddedihn angekommen waren. Als ich von der ersten Begegnung mit Mister Brown berichtete, unterbrach mich Sofie.

„Diese drei Männer habe ich auch gesehen. Sie haben uns beobachtet, als wir ankamen, das war vor vier Tagen." Sie wandte sich an Ann. „Du hast das noch als Hirngespinst abgetan."

Ann nickte.

„Ich wollte es nicht glauben, dass jemand uns verfolgen sollte, warum auch. Aber jetzt sieht es so aus, als ob alle Neuankömmlinge im Visier dieser drei Herrschaften sind. Wir müssen uns vorsehen." Dabei sah sie sich betont auffällig um.

Ich fuhr mit meinem Bericht fort; als ich kurz die Gedichtsrezitation erwähnte, wurde ich wieder von Sofie unterbrochen.

„Das muss die Bekannte von Onkel Johann sein, von der er mir geschrieben hat. Das ist eine junge Gräfin, die einen Mann geheiratet hat, dessen Familie damit nicht einverstanden war und die ihn deshalb enterbt hat. Jetzt leben sie in Georgien als Gäste der Fürstin Dadiani von Mingrelien mehr schlecht als recht von Übersetzungen, Essays und journalistischen Arbeiten. Ich wollte sie gestern besuchen, aber sie sind verreist. Wahrscheinlich treffen wir sie in Sugdidi bei Onkel Johann. Er will mir ein paar Auszüge aus den Übersetzungen zeigen, die Bertha gerade von diesem georgischen Nationalepos anfertigt, das Ann vorhin erwähnt hat."

„Der Recke im Tigerfell", warf ich ein. „Da hat sie sich aber ein schweres Stück Arbeit vorgenommen."

Sofie nickte.

„Aber diese Bertha soll eine hervorragende Dichterin und Übersetzerin sein. Und wenn Onkel Johann das schreibt, dann glaube ich ihm."

„Das schien mir auch so bei der Übersetzung, die ich mitanhörte. Mich würde interessieren, was das Original ist. Ich werde morgen unseren Weinhändler danach fragen." Doch zunächst berichtete ich weiter und erntete zunehmend gespannte Aufmerksamkeit und mehr als einen wütenden Ausruf, so bei der wiederholten Begegnung mit Mister Brown in der Nacht auf diesem Hügel hier.

„Recht so", kommentierte Ann, als ich die etwas unsanfte Behandlung schilderte, die ich ihm hatte angedeihen lassen, „der ist noch viel zu gut weggekommen."

Sofie aber schaute regelrecht verzückt bei meiner Beschreibung, wie ich Brown entdeckt und mich angeschlichen hatte.

„Wie in Ihren Abenteuern mit Winnetou!" flüsterte sie.

Alle Verzückung jedoch war verschwunden, als ich von der Begegnung mit Marah Durimeh berichtete; ich blickte nur in ernste Gesichter.

„Freundliche Unterstützung und Begleitung, damit sind doch sicher wir gemeint", meldete Ann sofort ihren Anspruch an – und weder wollte noch konnte ich ihr widersprechen. Ehe ich etwas Bestätigendes sagen konnte, antwortete Halef:

„Wir würden uns freuen, wenn ihr dabei wärt. Deine Godiva hat schon mehr als einmal ihre Nützlichkeit unter Beweis gestellt, und du bist mit den Tücken der Geisterwelt vertraut und hast keine Angst vor Magie. Sofie kann auch mit einem Gewehr umgehen, wie ihre Kleidung aus dem Leder eines selbst geschossenen Elks beweist. Ich bin sicher, Marah Durimeh hat euch im Sinn gehabt."

Ich war nur kurz überrascht über diese lange und sehr deutliche Rede von Halef, doch dann wurde mir bewusst, wie wichtig ihm das sein musste: in diesem fremden Land Unterstützung durch Menschen zu finden, die ihn verstanden und wie Ann sogar mit ihm Erfahrungen und Vorstellungen teilten.

Schließlich ging es mir nicht anders. Also nickte ich ausdrücklich zu Halefs Worten.

„Vielleicht gehört Onkel Johann auch zu unseren Unterstützern“, ließ sich Sofie nachdenklich vernehmen. „Obwohl er wahrscheinlich nicht für längere Zeit aus Sugdidi weg kann, doch kann er uns vielleicht einen Rat geben. Wer aber kann der alte, gute, mächtige Freund sein, den Mister Kara treffen soll?“

Dieses Rätsel hatten wir auch am nächsten Morgen noch nicht gelöst, als wir uns in unserem Gasthaus zum Frühstück trafen. Der Nachmittag war mit Planungen und Überlegungen vorübergegangen, dann hatten wir die Pferde noch einmal bei Dawit Tscheidse untergestellt und die Gelegenheit genutzt, uns für unsere Inkognitonamen zu entschuldigen und ihm unsere wahre Identität zu offenbaren. Für den Morgen hatten wir uns verabredet, um ein paar Dinge mit Ivane Gvenetadze zu besprechen. Zunächst aber nahmen wir die Waffen von Sofie in Augenschein.

„Das ist natürlich nichts so Außergewöhnliches wie Ihr Henrystutzen, Mister Kara“, sagte sie, als sie mir ihre Jagdflinte reichte. „Aber etwas Besonderes ist es schon.“ Sie beobachtete mich mit unverkennbarem Stolz.

Obwohl ich ein Gewehr dieses Jahrgangs noch nie in Händen gehalten hatte, erkannte ich es sofort.

„Eine Winchester 1873“, bemerkte ich, während ich die Waffe sorgfältig musterte. Natürlich war mir gleich die Inschrift auf der Laufoberseite aufgefallen, doch tat ich, als hätte ich sie nicht bemerkt. „Der neueste Unterhebelrepetierer mit Kniegelenkverschluss aus dem Hause der berühmten Winchester Repeating Arms Company für den Massenmarkt.“ Ich warf Sofie einen Blick zu. „Sie wissen, dass Sie damit auch die Munition fast aller Revolver verwenden können? Das ist sehr praktisch. Ein wunderschönes Jagdgewehr.“ Ich merkte, dass Sofie vor Spannung fast platzte, doch tat ich so, als sei mir nichts aufgefallen. „Von wem haben Sie es?“

„Onkel Johann hat es mir zum 18. Geburtstag geschenkt. Und es ist wirklich etwas ganz Besonderes."

Ich musste lachen.

„Ich habe das schon gesehen, Sofie, und ja, Glückwunsch!"

Die Waffe war nicht nur mit außerordentlich eleganten Gravuren versehen, sondern auf dem Lauf waren die Worte eingraviert: „One of One Thousand". Seit 1875 wählte Winchester von jeweils 1.000 probegeschossenen Gewehrläufen den präzisest schießenden aus und fertigte daraus ein Gewehr höchster Qualität; ein solches hielt ich nun in Händen. Billig war das Geschenk nicht gewesen; während die ‚normale' Ausführung mit 40 Dollar schon mehr als den durchschnittlichen Monatslohn eines Cowboys kostete, zahlte man für eine der Tausend das Zweieinhalbfache.

„Ein Meisterwerk", sagte ich, „aber an meinen Henrystutzen kommt die Waffe nicht heran, mehr als maximal 16 Schuss hat Winchester noch nicht hinbekommen. Trotzdem eine wunderbare Büchse. Schießt Ihr Onkel Johann auch eine solche Winchester?"

Sofie nahm ihr Gewehr entgegen und drückte mir nun ihren Revolver in die Hand.

Halef hatte die ganze Szene beobachtet, ohne ein Wort zu sagen; immer noch wortlos streckte er Sofie beide Hände entgegen. Sie reichte ihm die Winchester und antwortete mir:

„Ja, aber eine normale. Und er hat auch den gleichen Revolver wie ich. Er will, dass ich möglichst gut ausgerüstet bin."

Ich hielt den Verkaufsschlager der Colt's Patent Fire Arms Manufacturing Company in Händen: den Kavalleriecolt 1873, der seit diesem Jahr auch Winchesterpatronen verschießen konnte. Dieser Colt war unter anderem deswegen nicht nur in der Armee, sondern auch bei Cowboys so beliebt, dass dafür schon der Spitzname ‚Peacemaker' im Umlauf war.

„Auch das ist eine schöne Waffe", stellte ich fest und nahm mir vor, so bald wie möglich einen ausführlichen Vergleich mit meinen beiden Smith & Wesson Model No 3 von 1870 durchzuführen. Schließlich sollte auch ich auf dem neuesten Stand der Waffentechnik und bestens ausgerüstet sein.

Halef gab Sofie ihre geliebte Winchester zurück.

„Ich würde gerne einmal damit ein paar Probeschüsse machen“, meinte er und fuhr fort, zu mir gewandt: „So ein Gewehr würde mir auch gefallen.“

Ich merkte mir das; wenn ich das nächste Mal in Amerika war, würde ich eine Winchester für ihn als Geschenk besorgen. Obwohl es vielleicht auch hier welche zu erwerben gab …

Gvenetadze betrat den Raum und zuckte für einen Moment zurück angesichts des Waffenarsenals auf unseren Plätzen, dann setzte er sich zu uns. Wir hatten ihn am Tag zuvor gebeten, sich nach Brown und Konsorten umzuhören, doch dazu konnte er uns nichts sagen. Wie schon erwähnt, ist Kutaissi kein Dorf, sondern eine größere Stadt, in der man sich leicht verbergen kann.

Ich nahm mein Notizbuch heraus und las ihm die Zeilen vor, die ich mir ein paar Tage zuvor notiert hatte, wobei ich sie natürlich ins Russische übersetzte:

„Die Chewsuren waren in der Schenke, im Kessel kochte der Met. Nun saßen sie auf dem Dach und schmausten, tranken den Met aus Schalen. Manche spielten das Panduri, andere sangen Gesänge gewaltiger Art und regten die Gefühle der Hörer mit Heldentaten an.“

Gvenetadze unterbrach mich:

„Das klingt nach der Legende von Mindia, dem Schlangenesser. Das ist eine alte Sage um einen Helden, der nach langer Gefangenschaft frei kommt und durch das Essen eines besonderen Schlangenmahls die Fähigkeit erwirbt, die Sprache der Pflanzen und Tiere zu verstehen und zu sprechen. Ich wusste nicht, dass jemand diese alte Legende in Verse gefasst hat. Warten Sie, ich will versuchen, mich zu erinnern.“ Er versank einen Moment in Gedanken, dann stand er auf und deklamierte – natürlich ebenfalls auf Russisch und ohne Reim, und ich übersetze es ebenso roh ins Deutsche:

„Zwölf Jahre lang sollen böse Geister Mindia gefangen gehalten haben. Die Gefangenschaft nahm ihn stark mit, und ebenso das Fernsein von der Heimat. Die Zeit verstrich, es vergingen manche Ostern und Weihnachten, und die Gefangenschaft nahm kein Ende. Die Sklaverei schmolz ihm das Herz. Er sehnte sich nach dem Tode. Einmal sah er auf dem Feuer einen Topf stehen, das Essen der Geister. Er wusste, sie kochten Schlangen und aßen das oft. Er hoffte, ihm werde das schlecht bekommen. Er nahm sich ein Stückchen heraus und verzehrte es heimlich, mit viel Ekel. Doch da blickte der Himmel gnädig auf den Gefangenen hernieder: Es kam neues Leben in ihn, sein Leib erstarkte. Wie einem zuvor Blinden und Tauben gingen ihm Herz und Augen auf. Von dem Tag an verstand er alles, was die Vögel singen, oder wann Pflanzen und Lebewesen glücklich sind und wann sie leiden. Was Gott geschaffen hat, Lebendiges und Seelenloses, alles hat seine Sprache, das fühlte der Gefangene, und er staunte selbst ob der Veränderung seines Wesens. Von da an lernte er alle Künste der Geister, vor nichts mehr kannte er Furcht. Der Gefangenschaft entkam er, denn nun war er so schnell wie der Blitz, hatte Zauberkraft wie die Schlange. Königin Tamar sagte immerfort: Hätte ich bloß Mindia bei mir und mit ihm sein Volk, dann könnte der Feind, wie sehr er es auch versucht, mir nichts anhaben."

Der Weinhändler verstummte, setzte sich, nahm einen tiefen Schluck von dem Wein, den ihm der Wirt wortlos während seines Vortrags hingestellt hatte, und sagte nach einem Seufzer:

„Das ist nur ein kleiner Auszug, es geht noch viel weiter, darüber, wie Mindia lebt und kämpft und herrscht und stirbt, aber mehr weiß ich nicht mehr."

Ich übersetzte den anderen den wesentlichen Inhalt.

Halef schüttelte sich.

„Wenn dieses Volk solche Legenden hat, dann bin ich sehr gespannt, was uns in seinen Bergen erwartet."

Fünftes Kapitel
Kampf im Palast

Wir brachen am nächsten Morgen früh auf. Nach Sugdidi, wo wir uns mit Winterausrüstung eindecken wollten, waren es voraussichtlich drei Tagesreisen, wenn wir die Pferde nicht allzusehr anstrengten.

Am Nachmittag zuvor hatten wir in Kutaissi noch Proviant für drei Tage besorgt und von unserem Bekannten, dem Weinhändler Gvenetadze, einige Flaschen des Weins aufgedrängt bekommen, der uns so geschmeckt hatte. Er wusste zwar nicht, was wir vorhatten, aber er hatte uns das Versprechen abgenommen, ihn auf der Rückreise nach Kutaissi holen zu lassen, falls wir dort wieder einkehrten, um ihm zu erzählen, was wir erlebt haben würden. Wir gaben dieses Versprechen leichten Herzens, uns dessen wohlbewusst, dass er nur eine gekürzte, von Geheimnissen bereinigte Version erhalten würde. Was ich später in meinen Reiseberichten veröffentliche, entscheide ich erst nach reiflichen Überlegungen

Wir ritten durch die Kolchische Tiefebene, die sich von der Schwarzmeerküste im Westen bis zu den Bergen des Großen Kaukasus im Nordosten und denen des Kleinen Kaukasus im Süden erstreckt, und hatten deshalb durchgehend leichtes Gelände. Wir mieden die Ortschaften, waren wir so doch unabhängiger und hatten Gelegenheit, uns zu unterhalten und besser kennenzulernen. Die beiden Frauen erwiesen sich als ausgesprochen angenehme und kundige Gesprächspartnerinnen. Beide hatten eine gute Bildung genossen, wenn auch in unterschiedlichen Ländern, beide waren sprachbegabt und -gewandt, und es war ein Vergnügen, ihnen bei ihren gelegentlichen Kabbeleien zuzuhören. Dabei drehte es sich mal um Mode, mal um Literatur, oft aber auch um Entwicklungen im British Empire. Lady Annabelle Boudicca Lindsay war eine wenn auch aufgeschlossene, so doch typische Vertreterin der britischen Adelsgesellschaft, während Sofie Nelson als überzeugte Demokratin Adel als gesellschaftlich überholt ablehnte und eine glühende Vertreterin der gerade zehn Jahre alten Unabhängigkeit des *Dominion of Canada* war. „Ich war neun, als das Gesetz in Kraft getreten ist, das war mitten in den Sommerferien, und es gab überall riesige Feiern, und ich habe zum ersten Mal ein Feuerwerk gesehen! Seit dem Tag sind wir in Québec eine eigene Provinz und ist Kanada selbstständig."

Ann nahm die aufgeregte Stimmung ihrer Freundin mit überlegener Miene und Ruhe hin.

„Aber von unserer alten Queen Victoria lasst ihr euch noch gerne vertreten! Immerhin teilen wir uns ein Staatsoberhaupt!"

Das Geplänkel konnte nur ich genießen; die jungen Damen unterhielten sich in Französisch, das Halef nicht verstand.

Ich mischte mich in das Gespräch ein.

„Darf ich fragen, warum Sie nicht Englisch sprechen?", fragte ich.

„Es ist schon so lange her, dass ich Französisch im Internat gesprochen habe", antwortete mir Ann, „ich bin froh, dass ich es wieder üben kann. Sofie ist ja damit aufgewachsen."

„Ja, aber mit kanadischem Französisch", warf ihre Freundin ein. „In Europa gibt es schon ein paar sprachliche Besonderheiten. Und für unsere Reise ist es gut, wenn wir beide uns in der Sprache zu Hause fühlen, hat mir Ann erklärt."

Ich sah diese fragend an.

„Wir werden vielleicht auf georgische Adelige treffen. Und die Sprache des Adels in ganz Europa ist nun mal Französisch."

„Aber gehört Georgien überhaupt zu Europa?", überlegte ich laut.

Es entspann sich eine lebhafte Diskussion, wo eigentlich Europa und wo Asien beginne. Ann und Sofie waren der Auffassung, die im englisch- und französischsprachigen Raum seit Jahrhunderten allgemein anerkannt ist: Die Grenze zwischen Europa und Asien bilde der Kaukasus, speziell die Wasserscheide zwischen der Nord- und der Südflanke, wir befänden uns also eindeutig in Europa. Im deutschen Sprachraum ist eine andere Ansicht verbreitet, die auf der Grenzziehung des schwedischen Offiziers und Geografen Philip Johan von Strahlenberg basiert; er hatte sie im Auftrag des russischen Zarenhauses vorgenommen und sie wurde 1730 von diesem akzeptiert. Wenn man dem folgend die Manytsch-Niederung als Südost-Grenze Europas akzeptierte, würden wir auf unserer Reise nach Swanetien asiatisches Gebiet betreten. Da aber sowohl die meisten Georgier und speziell die Swanen sich selbst, wie ich gelesen hatte, als Europäer empfanden und zudem Marah Durimeh von Uschguli als höchster dauerhaft bewohnter Siedlung in Europa gesprochen hatte, war ich bereit, für unsere Reise die verbreitetere Festlegung der Grenze zu akzeptieren.

„Wir bleiben also in Europa", schloss ich die Diskussion, „das wird Halef freuen, es war schon schwer genug für ihn, sich an europäische Gewänder zu gewöhnen."

In der Folge halfen die beiden Frauen Halef, sein Englisch zu verbessern; bei diesen Gesprächen hielt ich mich im Hintergrund und hörte bewusst weg, wenn es wieder einmal darum ging, wie Halef sich als moderner Bedu am besten gegenüber so selbstbewussten Frauen wie Hanneh und vor allem Djamilah verhalten sollte.

Am zweiten Tag hielt ich schon am späten Nachmittag nach einem geeigneten Lagerplatz Ausschau, ließ uns an einem kleinen Wäldchen neben einem fröhlich sprudelnden Bach halten und sagte zu den anderen, wie immer, wenn ich alle ansprach, auf Englisch:

„Ich würde gerne die Gelegenheit nutzen, um zu schauen, wie es um unsere Kampfkraft bestellt ist. Wie Halef und ich schießen, weiß ich, aber es würde mich beruhigen, wenn ich die Schießkünste der beiden Damen kennen würde." Ich wandte mich an Ann. „Sie haben immer noch Godiva dabei, wie ich gesehen habe. Haben Sie inzwischen geübt?"

Sie nickte heftig.

„Dann lasst uns ein paar Probeschüsse machen, bevor wir hier unser Lager aufschlagen“, schlug ich vor, während ich schon vom Pferd glitt. Samtari hatte sich bisher als hervorragendes Reitpferd erwiesen, aber ich hatte mit ihm noch einige Tests vor.

Als auch die anderen abgestiegen waren und wir die Pferde an einem Gebüsch angebunden hatten, wies ich auf das Wäldchen.

„Hier gibt es für alle Distanzen geeignete Ziele. Ann, trauen Sie es sich zu, einen Ast in etwa 30 Meter Entfernung zu treffen? Da dürfte die Schrotgarbe schon weit streuen. Und ich vermute, viel größer ist die Reichweite ihrer Godiva nicht.“

Ann warf mir einen belustigten Blick zu, reckte sich, streckte den Kopf selbstbewusst in die Höhe, nahm die kurze Bockflinte aus dem Futteral und dann aus dem langen Halfter, in dem sie gesteckt hatte.

„Das Erste stimmt, das Zweite nicht, Mister Kara. Wenn ich mit dem unteren Lauf schieße, habe ich eine Streuung von etwa 70 Zentimetern auf 30 Meter und eine ganz anständige Deckung, das ist gut zum Jagen oder bei Kämpfen. Bei 50 Metern hat die Schrotgarbe schon fünf Meter Durchmesser, da richtet sie nicht mehr viel Schaden an. Für den oberen Lauf habe ich mir deshalb in England vom Büchsenbauer Greener einen Choke bauen lassen.“ Sie reichte mir einen Metallzylinder mit Gewinde und zeigte uns im oberen Lauf das Gegenstück. „Das hat er vor zwei Jahren erfunden. Wenn ich den Choke in den Lauf eindrehe, wird die Streuung vermindert und eine bessere Flächenabdeckung erreicht, bei 50 Metern streut der Schrot dann nur auf etwa ein Meter.“

Ich reichte den Metallzylinder an Halef weiter, der ihn interessiert betrachtete.

Ann wies auf das Wäldchen.

„Sehen Sie die Astgabel da hinten in der Buche, die alle anderen Bäume um sie herum überragt? Das dürften 40 Meter sein. Das sollte ich schaffen; ich habe viel geübt.“

Ich sah, dass auf das Lederfutteral eine große flache Patronentasche aufgenäht war. Ann aber nahm keine Patrone heraus, sondern löste am Abzug einen kleinen Haken, den sie nach hinten klappte.

„Ich will nie wieder mit einer ungeladenen Waffe dastehen, wie damals bei unserer Begegnung mit den Füchsen. Ich habe mir eine Sicherung anfertigen lassen, so kann ich die Waffe geladen transportieren.“ Sie klappte mit einer geübten Bewegung den Doppellauf nach unten und zeigte uns die beiden übereinanderliegenden Schrotpatronen; das Messingblech der Bodenkappen reflektierte hell das Sonnenlicht. „So genügt eine Bewegung, und ich kann sehen, ob die Patronen in Ordnung sind oder ich sie doch austauschen muss.“

Ann klappte den schmalen Lauf wieder nach oben, legte den Schaft an die Schulter und nahm die für eine Flinte typische Schusshaltung ein; das ging so flüssig, dass ich sofort davon überzeugt war, dass sie viel geübt hatte. Die rechte Hand am Schaft hinter dem Abzugsbügel, die linke am Vorderschaft, hielt sie beide Augen auf die Buche gerichtet. Sie hatte Godiva kaum auf das Ziel ausgerichtet, als sie auch schon abdrückte und dann die Waffe mit einem befriedigten Schnaufen sinken ließ.

„Alle Achtung!“, rief Halef aus und pfiff anerkennend durch die Zähne; Sofie klatschte spontan Beifall. Selbst auf diese Entfernung war deutlich zu erkennen, dass Ann sehr gut geschossen hatte: Die Blätter in einem Radius von etwa einem Meter rund um die Astgabel hatte es vom Baum gefegt, und an der Astgabel zeigte eine helle Stelle, wo der Schrot die Rinde abgelöst hatte. Ich nickte anerkennend und meinte zu Ann:

„Sie sind wirklich eine gute Schützin geworden. Ich hoffe, wir werden darauf nicht allzuoft zurückgreifen müssen, bin aber froh, dass Sie dazu in der Lage sind.“

Anschließend zeigte uns Sofie, wie gut sie ihre Winchester beherrschte. Es war wirklich eine herrliche Waffe; auf gut 100 Meter traf Sofie damit regelmäßig einen kopfgroßen Aststumpf und selbst auf 250 Meter in der Hälfte der Fälle einen mannsdicken Baumstamm. Wir testeten auch die anderen Gewehre und lieferten uns ein kleines Wettschießen. Ich beteiligte mich natürlich nur mit dem Henrystutzen, den schweren und unhandlichen Bärentöter ließ ich am Sattel hängen. Halef zeigte, dass er seine Springfield Trapdoor, die ich ihm vor fünf Jahren geschenkt hatte, bestens beherrschte; er traf noch genauer und hatte eine größere Reichweite als Sofie mit ihrer Winchester, seine Büchse war wie mein Henrystutzen auch auf 300 Meter noch treffsicher. Allerdings schaffte Halef nicht mehr als drei Schuss in der Minute, da er jedes Mal nachladen musste, während Sofie ihre 15 Patronen in weniger als einer Minute ins Ziel brachte. Dass Halef ein durch unsere Ballerei aufgeschrecktes Kaninchen erlegte, ließ uns mit den Schießübungen aufhören und das Abendessen zubereiten.

Am nächsten Morgen testete ich, wie ich es mir in Kutaissi vorgenommen hatte, unsere Revolver, und zwar vom Pferderücken aus, denn ich wollte wissen, wie Samtari sich in Kampfsituationen verhielt. Er blieb gänzlich ungerührt, und auch die anderen Tiere zeigten beruhigenderweise kaum eine Reaktion. Sofies Colt und Halefs und meine Smith & Wesson waren gleich treffsicher. Dass unsere Revolver beim Nachladen immer sämtliche Patronen auswarfen, auch noch nicht verschossene, Sofie beim Colt hingegen einzeln leere Hülsen ausstoßen konnte, empfand ich nicht als Nachteil, dafür war ich schneller beim Nachladen. Ann war zufrieden mit ihrem doppelläufigen Remington Deringer, den sie in einer kleinen Handtasche verstaut hatte. Wir waren alle gut ausgerüstet – und fühlten uns für unsere Aufgabe gewappnet.

Am Abend näherten wir uns Sugdidi, der Hauptstadt der Region Mingrelien, und waren überrascht: Sie wirkte auf uns eher wie ein Dorf. Schon bevor wir die Stadtgrenze erreichten, wurde der Weg zunehmend gesäumt von kleinen Bauernhäusern, dann kamen langsam die ersten städtischen Gebäude in Sicht. Ein Bauer auf einem Pferdekarren erklärte uns, wir würden das

Zentrum der Stadt erreichen, wenn wir immer nur geradeaus ritten. Dann kämen wir ganz von selbst auf den Boulevard, die Prachtstraße von Sugdidi. Aber wie sah dieser Boulevard aus! Man nannte ihn wohl so, weil für mehrere Hundert Meter auf jeder Seite ziemlich mickrige Bäume standen. Eher aber sollte man diese Allee einen Basar nennen, denn sie war gesäumt von Häusern mit Ladengeschäften hinter und zahlreichen offenen Buden zwischen und unter den Bäumen. Die Händler schienen gut zu tun zu haben, wir mussten auf der staubigen Straße hintereinander reiten, so voll war sie.

Nach kurzer Zeit kamen wir an eine Kreuzung. Links dahinter gab es einen kleinen Park, der wohl öffentlich war; wir sahen Familien und junge Paare flanieren, teils ziemlich elegant gekleidet, neben georgischen Trachten gab es auch Mode zu sehen, die direkt aus Paris stammen konnte. Dies erweckte schon eher den Eindruck einer Hauptstadt. Rechts sahen wir ein zweistöckiges Gebäude, das sich durch ein Schild als Gasthof auswies und einen seriösen und reinlichen Eindruck machte. Während wir unsere Pferde in den Hof lenkten, schaute ich den Boulevard hoch und sah in etwa einem Kilometer Entfernung ein großes palastähnliches Gebäude im neogotischen Stil mit Zinnen und Türmchen.

Das Wirtsehepaar war sehr freundlich, ließ sofort unsere Pferde in den Stall bringen – nicht ohne sie gebührend bewundert zu haben – und servierte uns georgische Spezialitäten. Während das Hauptgericht zubereitet wurde, stellte man vor jeden von uns einen runden Terracotta-Topf mit Deckel. Darin war eine köstliche, wenn auch sehr scharfe Rote-Bohnen-Suppe, Lobio genannt, zu der wir Fladenbrot serviert bekamen. Anschließend gab es Tschachochbili, Hähncheneintopf mit Tomaten-Zwiebelsoße, und dazu für die, die wollten, einen leichten Rotwein.

Als wir gesättigt und hochzufrieden unsere Teller von uns schoben, fragte der Wirt uns in stark akzentuiertem Englisch, ob er sich zu uns setzen dürfe, während wir auf den Nachtisch warteten. Gerne erlaubten wir ihm dies. Er erklärte, dass er jede Gelegenheit nutze, diese Sprache zu üben, vor Jahren sei er eine Zeitlang als Schiffskoch unterwegs gewesen. Nachdem wir ein paar Minuten unverfänglich geplaudert hatten – was es in Sugdidi so zu sehen gäbe und dass wir unbedingt den neuen Palast und das Museum der Fürstenfamilie besichtigen müssten –, meinte er, er würde uns gerne ein paar Empfehlungen geben und auch eine Warnung aussprechen.

„Diese würde ich gerne zuerst hören“, forderte ich ihn auf.

Er schaute sich verstohlen um und meinte dann:

„Nicht alle Gäste verhalten sich anständig und ehrenvoll. Vor zwei Tagen waren hier drei Amerikaner zu Gast, die sich benommen haben, als gehöre ihnen mein Gasthof.“ Er schmunzelte. „Deshalb mussten sie auch mit ihrem schlechten Russisch zurechtkommen.“ Er wurde wieder ernst. „Sie wussten nicht, dass ich Englisch verstehe, deshalb haben sie sich ganz ungezwungen unterhalten. Sie sind unterwegs in die Berge, nach Mestia und dann weiter, um dort einen reichen Amerikaner zu beschützen. Dann haben sie beratschlagt, ob sie noch bleiben sollten, um die beiden Männer umzubringen, die einen von ihnen misshandelt hätten. Und dann haben sie mich vor Ihnen gewarnt.“ Er machte eine kurze Pause, trank einen Schluck Wein und fuhr fort: „Nur vor den beiden Herren, von den Damen haben sie nichts gesagt. Wenn Sie hier auftauchen sollten, sollte ich die Polizei benachrichtigen, weil Sie wahrscheinlich türkische Spione wären.“ Er hielt wieder inne und wartete auf unsere Reaktion.

Ich prostete ihm zu.

„Sie haben sich offensichtlich entschieden, das nicht zu tun. Und warum?“

Der Wirt wies Richtung Stall.

„Erstens kenne ich die Pferde. Wem mein Freund Tscheidse sein Lieblingspferd verkauft oder vermietet, den muss er für einen anständigen Kerl halten. Und zweitens hat einer der Männer vor ihrem Aufbruch gelacht und gemeint, es wäre zwar eine gute Idee gewesen, Sie als Spione zu verleumden, aber sie müssten sich sowieso keine Sorgen machen, die vier Russen würden das Problem schon aus der Welt schaffen. Das hat mir gereicht. Wir sind eine anständige Stadt, und wenn die drei nicht abgereist wären, hätte ich die Polizei geholt. Und nun lasse ich Sie erst einmal den Nachtisch genießen."

Er hob die Hand und winkte Richtung Küche, woraufhin seine Frau eine große Schüssel herantrug. Als er aufstehen wollte, hielt Halef ihn auf.

„Können Sie uns sagen, wie die drei Männer hießen?", fragte er.

„Brown, Black und White", antwortete der Wirt und sah uns verblüfft an, als Halef und ich in Lachen ausbrachen.

Wir wurden aber schnell wieder ernst, und während wir das süße Pelamuschi genossen, eine Art Pudding aus Traubensaft und Maismehl, beratschlagten wir, was wir tun wollten.

„Wir müssen doch sowieso mindestens den Vormittag hierbleiben, um unsere Winterausrüstung zu besorgen", meinte Ann.

„Dann lasst uns doch am Nachmittag die Stadt und vor allem den Palast besichtigen. Und dabei versuchen wir, herauszubekommen, wer diese vier Russen sind. Die werden uns sicher beobachten, und dabei entdecken wir sie."

„Und wir können schauen, ob Onkel Johann in Sugdidi ist", meinte Sofie. „Er hat ein Haus, in dem er wohnt, wenn er hier zu Besuch ist."

Als der Wirt kam, um die Schüssel zu holen, die wir bis auf den letzten Rest geleert hatten, was ihm ein befriedigtes Schmunzeln entlockte, baten wir ihn, sich noch einmal zu uns zu setzen, und ließen uns von ihm den Weg zu dem Händler beschreiben, den uns Dr. Schiaschwili empfohlen hatte.

„Die Welt ist klein und Georgien noch viel kleiner", entfuhr es ihm, als er von der Empfehlung des Biologielehrers hörte. „Dr. Schiaschwili steigt immer bei mir ab, und Tamaz Meskhishvili ist ein bekannter und beliebter Händler, der gute

Ware zum günstigen Preis bietet. Ich habe mich also nicht getäuscht, als ich Ihnen vertraute."

Nachdem er uns den Weg zu dem Laden erklärt hatte, fragte Sofie, ob er auch ihren Onkel kenne und wisse, wo der wohne. Da konnte uns der Wirt allerdings nicht weiterhelfen und empfahl uns, bei der Polizeistation nachzufragen, die sei nicht weit von hier, hinter der Kreuzung Richtung Palast, wir kämen auf dem Weg zum Laden an ihr vorbei.

Es wurde noch ein gemütlicher Abend, und wir gingen in der Gewissheit zu Bett, in dieser Stadt einen Freund gefunden zu haben.

Am nächsten Morgen suchten wir nach einem gemütlichen Frühstück das Geschäft von Tamaz Meskhishvili auf. Nachdem er das Empfehlungsschreiben von Dr. Schiaschwili gelesen hatte, beriet er uns ausführlich – glücklicherweise sprach auch er Englisch – und suchte mit uns gemeinsam alles aus, was wir für eine Tour in die swanetischen Berge brauchen würden, wenn wir dort den Winter überleben wollten: Schneeschuhe, dicke Fellmäntel, Handschuhe, Mützen – alles aus weißem Pelz –, zwei leichte Baumwollzelte und große Rucksäcke, dazu deckten wir uns mit allerlei nützlichen Kleinigkeiten ein.

„Die Pferde sollten Sie entweder hierlassen oder spätestens in Dschwari unterstellen. Dort gibt es extra einen großen Mietstall für Reisende in die Berge des Kaukasus." Bis Dschwari seien es etwa 30 Kilometer, ein Tagesritt, da das Gelände auch nicht allzuviel ansteige, von hier etwa 100 auf knapp 300 Meter über dem Meeresspiegel. Aber anders als Dr. Schiaschwili rate er davon ab, dann weiterzureiten. „Dieses Jahr ist der Winter dort oben schon sehr früh gekommen. Wenige Kilomcter nordöstlich steigen die Berge stark an, an manchen Stellen bis auf 2.000 Meter. Sie müssen dem Tal des Enguri folgen, und man muss die Strecke schon sehr gut kennen, um zu Pferd den Weg zu finden; Dr. Schiaschwili hat nicht daran gedacht, dass Sie hier fremd sind. Und außer Potchko Etseri, einem Kaff kurz hinter Dschwari, gibt es bis Khaishi keine Ortschaften mehr. Das sind zwar nur 40 Kilometer, aber die haben es in sich, es geht nur aufwärts."

Halef hatte ungeduldig gelauscht.

„Geht es dann etwa so weiter?", fragte er. „Immer nur aufwärts und durch Eis und Schnee?"

Der Händler warf ihm einen belustigten Blick zu.

„Sie wollen in den Kaukasus, was erwarten Sie? Von Khaishi bis Iskari sind es wieder 40 Kilometer, immer aufwärts den Enguri lang, und für die letzten wirklich steilen 20 Kilometer bis Mestia brauchen Sie mindestens noch einmal so lange."

In Mestia, erklärte er uns, könnten wir uns dann noch einmal ausrüsten für die letzte Strecke nach Uschguli, die sicher die schwerste werde.

Als wir uns verabschiedeten, fragte Sofie auch ihn nach ihrem Onkel. Meskhishvili kannte ihn natürlich.

„Das ist ein guter Kunde von mir. Er ist ja eigentlich Sprach- und Musiklehrer, aber ab und zu geht er in den Bergen auf die Jagd und verdient sich etwas als Pelzhändler dazu. Er wohnt nicht weit von hier, Rustaweli Nr. 21, ist aber im Moment, soweit ich weiß, nicht in Sugdidi."

Wir bedankten uns herzlich, brachten unsere Einkäufe ins Gasthaus, gönnten uns einen kleinen Mittagsimbiss und machten uns dann auf zum Palast.

Hartmanns Heim, an dem wir noch schnell vorbeigingen, war ein kleines zweistöckiges Holzhaus, das sauber und gemütlich aussah, aber verschlossen war; er war wohl wirklich nicht da. Das Dadiani-Palais hingegen war das Gegenteil von gemütlich. Eine Tafel am Eingang belehrte uns, dass dies ein ‚Wunder der Baukunst' sei, errichtet von Fürst Achille Napoleon Murat, Schwiegersohn des Fürsten Niko Dadiani. Und tatsächlich war es für hiesige Verhältnisse ein Prachtbau: ein zweistöckiger neogotischer Palast in L-Form, verziert mit Zinnen und Balkonen, der kurze Arm etwas höher und von zwei

Türmchen gekrönt. Leider war die Umgebung diesem Bau nicht angemessen: Er war wohl einst von einem großzügig angelegten Park umgeben gewesen, aber statt Bäumen sah man nur Baumstümpfe, statt Rasen, Hecken und Blumenbeeten nur Trockenheit und Dürre.

Halef schüttelte den Kopf.

„Wie traurig, das passt doch gar nicht zusammen. Immerhin hat es den Vorteil, dass sich niemand an uns heranschleichen kann.“

Wir hatten natürlich den ganzen Vormittag darauf geachtet, ob uns jemand verfolgte, aber uns war niemand aufgefallen.

„Leider sorgt es aber auch dafür, dass wir niemanden so schnell entdecken“, erwiderte ich und schlug vor, auf ein weiteres Schild mit Wegweiser zeigend: „Was haltet ihr davon, wenn wir das Museum besuchen, das hier so groß angekündigt wird? Darin können wir etwaigen Verfolgern sicher eine Falle stellen.“

Mein Vorschlag stieß sofort auf Zustimmung. Sofie und Ann waren sehr an einem Rundgang interessiert; beide hofften, in diesem Museum, das laut Schild fast 40.000 Exponate aus den letzten 4.000 Jahren enthielt, etwas zu finden, was ihrer jeweiligen Suche dienlich sein konnte. Und Halef freute sich, aus der Sonnenhitze zu kommen, und wollte außerdem den vier Russen eine Falle stellen.

Ich teilte seine Begeisterung nicht unbedingt. Wir hatten natürlich unsere Gewehre im Gasthaus gelassen und waren nur mit den Revolvern und unseren Messern bewaffnet, Halef zudem mit seinem Säbel. Bei vier Gegnern konnte das durchaus kritisch werden; wir mussten vorsichtig sein.

Im Museum im Erdgeschoss war es angenehm kühl. Wir schlenderten durch einige hintereinanderliegende Räume mit Gerätschaften von Bauern, Fischern und Winzern aus verschiedenen Jahrhunderten, die Sofie teilweise genauer untersuchte, während wir anderen aufmerksam die Räume vor und hinter uns beobachteten. In jedem Zimmer stand ein Wachmann in russischer Uniform, der uns und die Exponate nicht aus den Augen ließ. Dann kam ein Raum mit vier Türen, der uns den Atem anhalten ließ: Hier blitzte und blinkte es nur so, auf einem Tisch waren edelstes Porzellan, Silbergeschirr und -besteck angerichtet. Ein Schild verriet uns, dass dies das ‚Napoleonzimmer' war, ausgestattet mit Gegenständen, die Caroline Bonaparte, die jüngste Schwester von Napoléon Bonaparte, ihren Enkeln vermacht hatte, darunter dem Erbauer dieses Palastes. Sicher waren die Bücherregale und der Sekretär mit den Briefen wertvoll, aber das wichtigste Stück im Raum war zweifellos eine Totenmaske Napoleons, die prominent in einer Vitrine lag. Die Wichtigkeit des Raums wurde dadurch unterstrichen, dass hier gleich zwei Wachtposten standen.

Die beiden Räume links und rechts schienen keine weiteren Ausgänge zu haben und standen voller Bücherregale, wir gingen also weiter in das nächste Zimmer. Das war fast schon ein Saal, ohne weitere Türen, eingerichtet als fürstlicher Salon mit edlen Polstermöbeln und einem Cembalo, in der Mitte genug Platz für eine kleinere Tanzveranstaltung. Seltsamerweise gab es hier keine Wachen. Beherrscht wurde der Raum von einem großen Gemälde an der Stirnwand über einem Kamin, das ich im ersten Moment für eine Kopie des berühmten Gemäldes der Kaiserin Elisabeth von Österreich hielt, das den deutschen Porträtmaler Franz Xaver Winterhalter berühmt gemacht hatte. Doch er hatte hier nur eine ähnliche Pose gewählt: Die Porträtierte war etwas stärker gebaut und älter, ihr Kleid nicht so strahlend weiß, sondern elfenbeinern mit edlen Stickereien, und eine rote Schärpe lenkte den Blick auf ihr ausladendes Dekolleté. Es war eindeutig eine Fürstin – was eine männliche Stimme von der Tür aus bestätigte.

„Was Sie da erblicken, ist Fürstin Ekaterina Dadiani, Dedopali von Mingrelien. Genießen Sie diesen Anblick noch für einen Moment, es soll Ihr letzter Genuss sein."

Ich drehte mich rasch um, ebenso meine Gefährten. Für einen Moment hatte unsere Wachsamkeit nachgelassen, das rächte sich nun. In der Türöffnung zum Napoleonzimmer stand ein hochgewachsener, ganz in Schwarz gekleideter Mann mit einer Gesichtsmaske, in der Hand eine zweiläufige Pistole. Nun trat er nach vorne, und hinter ihm betraten drei ähnlich aussehende Gestalten das Zimmer. Der Wortführer fuhr in Englisch mit russischem Akzent fort:

„Ich weiß noch nicht, ob Sie unserem Auftraggeber wirklich Ärger machen wollen, aber das werden wir sicher rausfinden."

Die anderen drei zogen Stricke aus ihren Hosentaschen; offensichtlich hatte man vor, uns zu fesseln.

Halef zog seinen Säbel.

„Bleibt uns vom Leibe!", drohte er. „Wir lassen uns weder drohen noch gefangen nehmen, und eure zwei Schuss da können uns nicht schrecken."

Während alle Blicke auf ihn gerichtet waren, zog ich meine beiden Revolver, Sofie ihren Colt.

Der Anführer lachte.

„Schießt ruhig. Im nächsten Moment werden hier ein Dutzend Soldaten eindringen, die euch ohne zu fragen erschießen werden. Wir haben sie schon darauf vorbereitet, dass sich hier zwei türkische Spione eingeschlichen haben, die mit zwei britischen Agentinnen verbündet sind. Die Wachleute sind ganz heiß darauf, endlich mal ihre Waffen einsetzen zu können. Wenn sie schon nicht in den Krieg ziehen dürfen, wollen sie sich doch beweisen und werden uns dankbar sein, dass sie die Helden spielen dürfen."

Ich steckte langsam meine Revolver weg, zog das lange Bowiemesser und nickte Sofie zu. Diese zögerte einen Moment, dann steckte sie ihren Colt in das Holster, machte eine schnelle Bewegung zum Kamin und hielt in der rechten Hand einen Schürhaken mit beeindruckender Spitze, mit der linken griff sie nach einer langen Kaminzange, die sie an Ann weiterreichte.

„Nun gut", sagte der Mann mit der Pistole, und es klang fast bedauernd. „Wir wollen das Wachpersonal natürlich nicht unnötig alarmieren und schließlich wollen wir noch einiges von euch wissen. Also werden wir euch lautlos erledigen." Er steckte die Pistole weg und zog einen ledernen Totschläger aus dem Gürtel, offensichtlich mit einer eingenähten Metallkugel am Ende. Seine Kumpane taten es ihm gleich, und schon ging der Tanz los. Wie gut, dass es hier eine so große Tanzfläche gab …

Gleich in den ersten Augenblicken wurde deutlich, dass wir es mit erfahrenen Kämpfern zu tun hatten, wahrscheinlich mit militärischer Ausbildung. Halef und ich hatten keine Probleme, uns unsere Gegner vom Leib zu halten, Sofie und Ann aber gerieten sofort in die Defensive, sie würden sich trotz der größeren Reichweite ihrer provisorischen Waffen nicht lange halten können. Ich tauschte mit Halef einen schnellen Blick, dann unterlief ich einen Schlag meines Gegners, rammte ihm die linke Faust in die Achselhöhle, sodass er den Totschläger fallen ließ, und versetzte ihm meinen Jagdhieb an die Schläfe; er brach zusammen. Ein Blick zu Halef zeigte mir, dass er sein Gegenüber gut in Schach und auf Distanz hielt, so wandte ich mich Sofie zu, der ihr Gegner gerade den Feuerhaken aus der Hand geschlagen hatte. Ich nahm den gefallenen Totschläger auf und versetzte ihn damit gerade rechtzeitig ins Land der Träume, ehe er Sofie schlagen konnte.

In dem Moment erklang ein Schuss. Ann hatte ihre Kaminzange verloren und fühlte sich so in Bedrängnis, dass sie zu ihrem Deringer gegriffen hatte. Anns Gegner lag auf dem Boden und hielt sich das linke Knie, leise wimmernd. Auch Halefs Gegner brach zusammen; der geübte Säbelfechter hatte nur deshalb so lange gebraucht, weil er ihn nicht ernsthaft verletzen wollte, und hatte ihm nun den Säbel mit der Breitseite an den Kopf gedonnert.

Schwer atmend schauten wir uns an, da überraschte uns wieder eine Stimme von der Tür. Es war wohl ein georgischer Fluch – und schon stürzten fünf Wachleute auf uns zu, mit gezogenen Säbeln. Der Anführer der Schwarzen hatte offensichtlich gelogen: Weder waren es so viele Soldaten, wie er behauptet hatte, noch schossen sie sofort. Ich vermutete, sie hatten Angst um die wertvollen Ausstellungsstücke, denn ebenso offensichtlich legten sie keinen Wert darauf, uns lebend gefangen zu nehmen: Sie drangen sofort mit ihren Säbeln auf uns ein. Ich stellte mich einem mit dem Bowiemesser in der rechten und dem Totschläger in der linken Hand entgegen, Halef kämpfte gleich gegen zwei von ihnen, und Sofie versuchte, sich mit dem Feuerhaken, den sie wieder aufgehoben hatte, zu verteidigen. Der fünfte stürzte auf Ann zu, doch sie stoppte ihn wie ihren ersten Gegner mit einem hervorragend gezielten Schuss ins Knie.

Es war abzusehen, dass wir gegen diese geschulten Soldaten nicht lange würden standhalten können. Sofie dürfte man jeden Moment ihren Feuerhaken aus der Hand schlagen, ich konnte mir meinen Gegner zwar vom Leib halten, aber nicht wirksam an ihn herankommen, Halef würde auf die Dauer gegen zwei fast ebenbürtige Fechter unterliegen … Ich musste etwas Außergewöhnliches wagen. Ich wog den Totschläger in der Hand; er hatte eine gewisse Ähnlichkeit mit manchen Kampfbeilen, die ich aus Amerika kannte. Ich riskierte einen Ausfall mit dem Bowiemesser, der mir die Klinge des Säbels bedrohlich nahe brachte, und als die Augen meines Gegners auf das Messer gerichtet waren, warf ich den Totschläger mit aller Kraft, die ich mit der Linken aufbringen konnte, und traf ihn am Kinn. Wie vom Blitz getroffen brach er zusammen.

Ich raffte den Säbel auf und wollte Sofie zu Hilfe kommen, da donnerte es von der Tür her:

„Stop! Stoj!“

Sofort ließen die Wachleute von uns ab, traten zurück, drehten sich zur Tür um, salutierten und standen stramm. In der Tür stand ein gutaussehender hochgewachsener junger Mann, ich schätzte ihn auf Ende zwanzig, in der Uniform eines Offiziers der Kaiserlich-Russischen Armee. Er musterte uns ernst, dann verzogen sich seine Lippen unter dem gestutzen Schnurrbart zu einem Lächeln.

„Gestatten, dass ich mich vorstelle: Andria Dadiani, auch bekannt als Prinz Dadian von Mingrelien“, sagte er in akzentfreiem Englisch. Er wies auf das Porträt: „Ich glaube nicht, dass es meiner Mutter gefallen wird, wenn sie hört, was hier in ihrem ehemaligen Salon geschehen ist. Eine Wiedergutmachung ist sicher angebracht.“

Er wandte sich an die drei Wachleute, die immer noch strammstanden, und fauchte sie auf Georgisch an. Sie ließen die Hände sinken und nickten. Dann drehte sich der Prinz wieder zu uns um.

„Die Soldaten werden sich um die Attentäter kümmern und sie uns später zum Verhör bringen. Jetzt aber seien Sie erst einmal meine Gäste, im Palast der Fürsten von Mengrelien.“

Sechstes Kapitel
Überraschende Begegnungen

Der Prinz wartete, bis wir unsere Sachen aufgehoben hatten, dann ging er so schnellen Schrittes voran, dass wir keine Gelegenheit hatten, mit ihm zu sprechen. Wir verließen das Museum auf demselben Weg, auf dem wir es betreten hatten, gingen um das Palais herum und zum höheren Teil des Bauwerks auf ein schön geschnitztes Holztor zu, neben dem steif zwei Wachleute in Uniform mit Gewehren und Säbel standen. Als wir uns näherten, salutierten sie zackig und einer riss den linken Flügel des Tors auf, sodass wir hindurchtreten konnten. Prinz Dadian nickte ihm freundlich zu, dann führte er uns in einen schattigen Innenhof, in dem unter einer weit ausladenden Linde um einen mittelalterlichen Steintisch mehrere Stühle standen. „Bitte, nehmen Sie doch Platz!“, lud er uns ein, wartete, bis wir uns gesetzt hatten, und ließ sich dann auch nieder. Sogleich kamen mehrere Bedienstete, Männer und Frauen in Tracht, die auf den Tisch verschiedene Erfrischungen, Gläser, einen Wein- und einen Wasserkrug stellten.

Unser Gastgeber wartete, bis die dienstbaren Geister alles aufgebaut, unsere Gläser nach Wunsch gefüllt – nur Sofie und ich ließen uns Wein einschenken – und sich zurückgezogen hatten, dann hob er sein Glas und prostete uns zu.

„Gaumardschoss – oder, wenn es Ihnen lieber ist, sa sdorowje oder cheers oder auch prosit! Und nun lassen Sie uns zunächst die wichtigsten Fragen auf beiden Seiten klären, ehe wir uns unseren Gefangenen zuwenden und danach angenehmeren Dingen. Was führt Sie in unser schönes Land, dass Sie den Zorn der vier Attentäter auf sich gezogen haben?“

Auch wenn die Worte freundlich klangen, erkannte ich in den grauen Augen des jungen Offiziers Misstrauen und Zurückhaltung. Dieser Mann war klug und umsichtig und zugleich entschlossen im Handeln, wie sein Vorgehen im Museum bewiesen hatte. Und er war vorsichtig: Ein schneller Blick hatte mir gezeigt, dass an jedem Eingang, der vom Innenhof aus ins Gebäude führte, ein Soldat Wache stand. Das Tor, das nach außen führte, war wieder verschlossen, und ich hatte nicht vergessen, dass draußen zwei Posten standen. So freundlich der Prinz und so formlos diese Einladung war: Dies war ein Verhör, das schnell in eine Gefangenschaft münden konnte.

Ich stellte mein Glas ab und antwortete:

„Wir geben Ihnen gerne Auskunft und hoffen auch, dass Sie uns helfen können, die Vorgänge zu verstehen. Doch seien Sie bitte so freundlich, uns zunächst aufzuklären, in welcher Funktion Sie uns gerettet und nun so freundlich eingeladen haben.“

Der junge Mann griff nach einer Weintraube, rollte sie genüsslich im Mund umher, ehe er sie zerbiss und schluckte, nickte dann und setzte sich betont aufrecht hin.

„Ich bin Fürst Andria Dadiani, jüngerer Sohn des verstorbenen Fürsten von Mingrelien David Dadiani und der Fürstin Ekaterina. Mein Bruder Nikolaus war bis zu seiner Abdankung 1857 Herrscher dieses Fürstentums und ist nun Flügeladjutant von Zar Alexander II. Ich diene als Generalleutnant in der russischen Armee und bin dort bekannt als Andrej Dawidowitsch Dadian-Mingrelski. Genügt das fürs Erste?"

Ich nickte und fragte:

„Ich habe von einem Prinzen Dadian von Mingrelien gehört, der ein Mäzen des Schachspiels und ein sehr starker Amateurspieler sein soll. Sind Sie das?"

Des Prinzen Blick wurde freundlicher.

„Ja, ich trete manchmal bei Turnieren an, noch lieber aber fördere ich Schachveranstaltungen. Doch seien Sie so freundlich, sich nun vorzustellen."

Ich begann bei Ann, natürlich mit vollem Titel und Namen, was dem Fürsten ein freundliches Nicken entlockte, und führte gleich aus, weswegen sie nach Georgien gekommen war, was unserem Gastgeber zu gefallen schien. Als er von Sofies Vorhaben hörte, hoben sich seine Augenbrauen und er schien ein Schmunzeln zu unterdrücken und etwas sagen zu wollen, doch beherrschte er sich. Zu unserem Vorhaben äußerte ich mich nur sehr vorsichtig.

„Mein guter Freund Hadschi Halef Omar Ben Hadschi Abul Abbas Ibn Hadschi Dawud al Gossarah, Scheik eines arabischen Beduinenstamms, und ich sind Abenteurer, die gerne fremde Länder kennenlernen. Wir begleiten Lady Ann und ihre Freundin als Unterstützer und weil wir neugierig sind, wie es sich in der höchsten dauerhaft bewohnten Siedlung Europas lebt. Außerdem hoffen wir auf vielleicht die eine oder andere interessante Begegnung mit Wild und Raubtieren. Mein Name ist …"

Ich kam nicht dazu, ihn zu äußern, denn der Fürst sprang auf und fiel mir ins Wort.

„Ich weiß, wer Sie sind. Ich habe Ihre Bücher gelesen, während ich in Heidelberg studiert und promoviert habe. Wenn

Sie Ihre Gewehre dabei gehabt hätten, hätte ich Sie gleich erkannt.“ Er beruhigte sich wieder und wandte sich an Halef. „Ihr Name hat mir verraten, wer Ihr Freund sein muss. Sie sind schließlich einer der Helden in den Romanen, in denen er vom Orient schreibt.“

Ann und Sofie wechselten einen Blick und schmunzelten, sie mussten sicher wie ich an unser Gespräch über die Bekanntheit des Hadschi denken, der plötzlich sehr viel gerader in seinem Stuhl saß.

Dadiani setzte sich wieder, schenkte Sofie und mir Wein nach, dann sagte er:

„Nun sind natürlich alle Zweifel an Ihren Absichten beseitigt, Sie sind mir ausgesprochen willkommen. Ich lade Sie herzlichst ein, morgen zum Mittagsmahl meine Gäste zu sein, ich erwarte ganz besonderen Besuch, der auch Sie erfreuen wird, und für die junge Dame“ – er nickte Sofie zu – „habe ich sogar eine besondere Überraschung. Nun aber lassen Sie uns, wenn wir ausgetrunken haben, unsere Gefangenen verhören.“

Im zweiten Stock standen vor einer Tür zwei Soldaten, die salutierten und dann die Tür aufschlossen.

Wir betraten eine Art Beratungszimmer; um einen ovalen Tisch aus dunklem Holz standen sechs Holzstühle mit hohen Lehnen, diese und die Sitzflächen jeweils mit dunklem Leder bezogen. Die vier Männer saßen auf einer Seite des Raums auf ebensolchen Stühlen, jeweils an die Lehnen mit einem Lederriemen um die Brust gefesselt. Außerdem hatte man ihre Beine an die Stuhlbeine gebunden, die Arme hatte man frei gelassen. Es bestand aber keine Gefahr, dass sie sich befreien konnten: Hinter jedem Stuhl stand ein Soldat. Dadiani befahl den Wächtern mit einem Wink, uns allein zu lassen, diese schlossen von außen die Tür.

Während der Fürst an den Tisch trat und die Papiere untersuchte, die dort abgelegt waren, nutzte ich die Gelegenheit, die vier Gefangenen genauer anzuschauen. Sie waren gleich gekleidet: Hosen aus schwarz gefärbtem Segeltuch mit breiten, schwarzen, nietenbesetzten Ledergürteln, Hemden aus ebensolchem Stoff, schwarze Halstücher und schwarze Lederwesten. Die Masken hatte man ihnen abgenommen, ich blickte in vier sehr ähnliche Gesichter: hart, mit leicht gebräuntem Teint, scharfen Gesichtszügen, die dunklen Haare militärisch kurz geschnitten. Einer hatte einen Verband um ein Knie. Soldaten, dachte ich unwillkürlich, oder zumindest waren sie früher beim Militär.

Als habe er meine Gedanken gelesen, bestätigte Dadiani in russischer Sprache:

„Ehemalige Offiziere der russischen Armee, und das in einem Eliteregiment, und obendrein vor einem Jahr ehrenhaft entlassen. Was treibt Männer wie Sie dazu, meine Herren, unschuldige Reisende zu überfallen?“ Er zog einen Stuhl heran, setzte sich umgekehrt darauf, das Kinn auf die hohe Lehne gestützt, und sagte: „Sie werden es mir verraten, und das wissen Sie auch. Früher oder später reden alle.“

Ich wollte mir lieber nicht vorstellen, was er damit andeuten wollte; das Zarenreich war nicht gerade für seine sanften Verhörmethoden bekannt. Ich nahm mir ebenfalls einen Stuhl und setzte mich, wenn auch richtig herum, und sagte zum Prinzen, während meine Gefährten meinem Beispiel folgten, ebenfalls auf Russisch:

„Zumindest einer kann Englisch; vielleicht können wir das Verhör in dieser Sprache führen, damit meine Freunde alles mitbekommen. Und er“ – ich wies auf den Anführer, den ich an seiner Größe erkannte – „sprach von einem Auftraggeber, für den sie herausfinden sollten, ob wir ihm Ärger machen würden.“

Dadiani folgte meiner Bitte und wechselte die Sprache, in der ihm alle vier antworten konnten, wenn auch zum Teil gebrochen. Doch so sehr er auch die vier Männer drängte, mal drohend, mal verführerisch, mal mit Versprechungen, sie antworteten zwar, doch konnte er ihnen nicht mehr entlocken, als dass sie schriftlich den Auftrag erhalten hätten, uns zu überfallen. Das Schreiben hätten sie natürlich vernichtet. Und nein, ihren Auftraggeber kannten sie nicht. Als ehemalige Offiziere müssten sie die geringe Rente, die ihnen der Staat zahle, eben ab und zu aufbessern; sie würden aber niemals jemanden töten, wenn es sich vermeiden ließe, und nur Aufträge annehmen, bei denen es gegen Ausländer ginge.

Das ließ den mingrelischen Fürsten wütend werden.

„Ausländer!", fauchte er und wedelte den vier Männern mit ihren russischen Pässen vor den Gesichtern herum. „Sie kommen aus Nischni Nowgorod, der wichtigsten Handelsstadt des Russischen Reiches, in der mehr Ausländer als Russen verkehren, und wollen uns weismachen, Sie hätten etwas gegen Ausländer? Und das mir, einem Fürsten der Georgier, die noch vor 100 Jahren nicht zu Russland gehörten? Für wie dumm halten Sie uns?" Er war aufgesprungen und hatte sich, ob in echter Erregung oder gut gespielt, in Rage geredet.

„Prinz Dadiani", unterbrach ihn Sofie, die die Männer die ganze Zeit sehr genau beobachtet hatte, „ich glaube, sie haben etwas in ihren Westen eingenäht."

Später erklärte sie uns, dass ihr aufgefallen sei, dass immer, wenn der Fürst besonders bedrohlich agiert habe, einer der vier am unteren Saum seiner schwarzen Lederweste herumgefummelt hatte.

Dadiani zögerte nicht lange. Er zog aus einer schmalen Scheide ein langes Messer mit sehr schmaler Klinge, das offensichtlich rasiermesserscharf war, denn es kostete ihn nur eine Bewegung, und er hatte den Saum aufgeschnitten.

„Da schau her", meinte er, nickte Sofie anerkennend zu und zeigte uns eine ovale Metallscheibe. Er drehte sie mehrfach in der Hand, dann legte er sie auf den Tisch, sodass wir sie alle gut sehen konnten. Wahrscheinlich aus Messing gefertigt, maß das Oval etwa acht mal vier Zentimeter. In einer verschnörkelten weißen Schrift auf schwarzem Grund war am äußeren Rand eingraviert: „Pinkerton's National Detective Agency", die ersten zwei Worte am oberen Rand, die anderen unten. Der Längsstrich des P war nach unten gezogen und verband beides. In der Mitte war ein stilisiertes schwarzes Auge mit einer dicken Braue zu sehen, darunter stand: „WE NEVER SLEEP“.

Ich atmete tief ein.

„Das wird ja immer geheimnisvoller“, sagte ich zu niemandem Bestimmten.

Der Fürst nickte. „Vor allem, wenn man die Rückseite betrachtet.“

Ich drehte die Scheibe um, konnte aber die eingravierte Schrift nicht lesen. Fragend schaute ich unseren Gastgeber an.

„Kyrillisch“, meinte der, „und das auch noch in einer altmodischen Schriftart. Da steht auf Russisch: Sonderagent der Pinkerton Detektiv-Agentur, Boston, USA.“

Wir alle drehten uns zu den vier Gefangenen um, deren Gesichter jetzt einen leicht resignierten Gesichtsausdruck angenommen hatten. Wir setzten uns wieder.

„Nun haben Sie uns doch entlarvt“, sagte der Anführer mit einem Seufzen. „Wir hätten das niemals verraten, aber die junge Dame“ – er wies mit dem Kinn auf Sofie – „ist einfach zu clever. Ja, wir sind russische Agenten im Dienst der amerikanischen Agentur Pinkerton, spezialisiert auf Einsätze im russischen Reich. Es gibt eine ganze Menge von uns, und wir sind keineswegs dazu da, dem Zaren oder seinem Reich zu schaden. Wir vertreten nur die Interessen der USA oder einzelner amerikanischer Bürger.“

Halef konnte nicht an sich halten.

„Benutzen Sie auch so lustige Namen wie Brown, Black and White?“

Der Fürst schaute ebenso irritiert wie unsere Gefangenen, wies dann auf die Pässe und meinte:

„Nein, die haben ganz anständige russische Namen.“

„Aber Sie wissen schon, von wem wir reden?“, fragte nun Ann den Wortführer der Attentäter.

Dieser seufzte:

„Natürlich. Sie haben sich ja schon mit denen angelegt. Brown ist stinkwütend auf Mister Nemsi. Und es ist wohl offensichtlich, dass die drei auch für Pinkerton arbeiten, da verrate ich kein Geheimnis."

„Aber was eigentlich Ihr Auftrag ist, das könnten Sie uns jetzt verraten", schaltete ich mich ein.

Die Blicke des großen Mannes wanderten zu Dadiani, dann sagte er:

„Wir könnten uns einen Deal vorstellen. Wir sagen Ihnen alles, was wir wissen, wenn Sie uns freilassen."

Der Fürst schnaubte durch die Nase.

„Damit Sie postwendend zu Ihren Komplizen eilen und meinen Gästen eine Falle stellen? Das kommt nicht in Frage."

„Sie können uns aber nicht einfach hierbehalten oder einsperren", entgegnete der Pinkerton-Mann. „Das gäbe eine diplomatische Konfrontation mit den Vereinigten Staaten. Sie wissen wahrscheinlich nicht, dass Allan Pinkerton viele Freunde im Kongress hat und auch von Präsident Hayes unterstützt wird."

„Nun", lächelte Dadiani, „dazu müsste man erst einmal von Ihnen wissen. Die Kerker des Russischen Reiches sind fast so tief und unergründlich wie seine Seen. Aber ich bin kein Unmensch, und zudem könnten natürlich Ihre so fantasievoll benannten amerikanischen Freunde Ärger machen. Ich mache Ihnen ein Angebot: Sie werden des Reiches verwiesen – damit meine ich das ganze russische Reich –, und ich spendiere Ihnen eine Überfahrt in die USA. Dafür sagen Sie uns alles, was Sie wissen."

Die vier schauten sich an, dann nickte einer nach dem anderen, und ihr Anführer sagte:

„Einverstanden. Die Detektei Pinkerton ist vor einem halben Jahr von einem reichen US-Amerikaner beauftragt worden, die verschiedenen Wege nach Swanetien zu überwachen. Wir wissen nicht, wer der Auftraggeber ist, den kennt nur Allan Pinkerton persönlich. Wir wissen auch nicht, worum es genau geht. Der Auftraggeber will wohl, so viel hat man uns gesagt, mögliche Konkurrenten ausschalten, weil er im Kaukasus, weit oben in den Bergen von Swanetien, ein großes Geschäft plant und verhindern will, dass ihm jemand zuvorkommt. Deshalb haben unsere Kollegen die Häfen und Bahnhöfe am Schwarzen Meer beobachtet. Auf Ihre beiden Freunde sind sie wegen deren orientalischer Kleidung aufmerksam geworden, weil man uns gewarnt hat, arabische Scheichs könnten sich im Kaukasus engagieren und unserem Auftraggeber Konkurrenz machen. Es gibt natürlich noch eine Menge von uns, ein paar amerikanische und zahlreiche russische Agenten, der Auftraggeber hat sich nicht lumpen lassen, und Pinkerton hat sein gesamtes russisches Agentennetz auf diesen Auftrag angesetzt.“

Spontan schauten wir vier Reisenden uns an. Wir waren gewarnt!

Es war inzwischen früher Abend geworden; der Fürst meinte, er bringe uns noch vor das Tor, seine Leute kümmerten sich inzwischen um die vier Attentäter. Auf dem Gang durchs Erdgeschoss wiederholte er eindringlich seine Einladung für das Mittagessen am nächsten Tag. Plötzlich blieb ich stehen, Sofie im selben Moment ebenso. Aus einem Zimmer drang Musik: Klavierspiel, dazu Gesang, eine Frauenstimme, umspielt von einer Violine. Das alleine hätte mich nicht anhalten lassen, aber erstens erkannte ich die Stimme wieder, auch wenn ich sie in Poti nur deklamieren gehört hatte, und zweitens war dies ein berühmtes deutsches Lied! Unwillkürlich stimmte ich in die nächste Strophe mit ein:

„Die Steine selbst, so schwer sie sind …“

Halef stieß mir den Ellbogen in die Rippen, ich hielt mit Singen inne – und gleichzeitig endete die Musik in dem Zimmer. Ich sah, wie alle anderen schmunzelten.

„Nun kann ich Sie einem Teil meiner Gäste auch gleich vorstellen“, meinte der Fürst, klopfte an die Tür und öffnete sie im nächsten Moment.

In einem Salon, der nahezu ein Spiegelbild dessen war, in dem wir noch vor wenigen Stunden gekämpft hatten, saß an einem Salonflügel, der hier anstelle des Cembalos stand, ein knapp dreißigjähriger Mann in einem europäischen braunen Anzug, statt eines Langbinders trug er um den Hals eine bunt gemusterte Schleife. Er hatte kurzes braunes Haar, das schon weit aus der Stirn zurückgewichen war, und einen fein gestutzten Bart. Vor ihm stand auf dem Notenpult des Flügels eine Ausgabe von Schuberts *Die schöne Müllerin*. Neben dem Flügel, die linke Hand ganz in der Pose einer professionellen Sängerin auf den geschlossenen Deckel gelegt, stand eine hübsche junge Dame, etwa Mitte dreißig, ihr langes dunkles Haar zu einem Knoten geschlungen, in einer Mischung aus georgischer Tracht und europäischer Kleidung: Zu einem bodenlangen buntgemusterten Wollrock trug sie eine weiße Spitzenbluse, darüber eine braune Wollweste mit langer Knopfleiste. Beide schauten uns erstaunt an.

Bevor der Fürst etwas sagen konnte, drängte sich Sofie an uns vorbei und rannte auf die dritte Person im Raum zu, einen Mann, der hinter dem Flügel stand und gerade eine Geige vom Kinn nahm.

„Onkel Johann!“, rief sie; gerade rechtzeitig legte er das Instrument auf den Flügel und breitete die Arme aus, ehe sie ihm die ihren um den Hals und sich ihm an die Brust warf.

Der Fürst räusperte sich. Sofie ließ von ihrem Bekannten ab und drehte sich verlegen um, ganz rot im Gesicht.

„Entschuldigung“, murmelte sie mit gesenktem Blick.

Der Fürst lachte kurz auf.

„Da ist mir die angekündigte Überraschung ja schon einen Tag früher gelungen, als ich es vorhatte.“ Er trat einen Schritt vor. „Gestatten, dass ich Sie alle vorstelle. Und wir bleiben wohl bei Englisch, da dies alle hier im Raum beherrschen, obwohl sich die meisten auch auf Französisch und einige auf Deutsch unterhalten könnten.“

Der Prinz deutete eine Verbeugung vor der Dame an.

„Bertha von Suttner ist eine langjährige Freundin und ein geschätzter Gast meiner Mutter, gemeinsam mit ihrem lieben Mann Arthur Gundaccar von Suttner, beide kommen aus Österreich. Sie sind seit ihrer Heirat im letzten Sommer unsere Gäste und leben derzeit in Gordi bei meiner Schwester Salome und deren Mann Achille Murat, der diesen Palast gebaut hat. Neben ihnen sehen Sie Johann Friedrich Hartmann, Kanadier amerikanisch-deutscher Herkunft, seit fünf Jahren Sprach- und Musiklehrer bei den Deutschen in Katharinenfeld und für mich manchmal unterwegs als Scout und Pelzjäger."

Ich nutzte die Gelegenheit, ‚Onkel Johann' etwas genauer zu betrachten. Er war ganz in Leder gekleidet, wohl gut sechzig Jahre alt, mittelgroß, mit schulterlangen braunen Haaren und kurz gestutztem Bart. Dass er noch als Jäger in den Bergen unterwegs sein sollte, überraschte mich, denn er trug nicht nur ein anständiges rundes Wohlstandsbäuchlein vor sich her, sondern auch eine Brille. Aber wahrscheinlich täuschte dieses gemütliche Aussehen, ich kannte schließlich manchen Westmann, der rundlich und doch ein guter Trapper war.

Der Fürst hatte inzwischen mit der Vorstellung weitergemacht und nannte nach Ann, Sofie und Halef mich gerade als Letzten:

„… Abenteurer, Reisender und Schriftsteller aus Deutschland, von dem ich bereits einige Bücher gelesen habe. Meine werte Bertha, mein lieber Arthur, ich freue mich auf Ihre Konversation unter Kollegen!"

Dadiani sah meinen fragenden Blick.

„Herr von Suttner schreibt für verschiedene Zeitungen in Österreich und Wochenblätter in Deutschland und seit Kurzem auch als Kriegsberichterstatter für die *Neue Freie Presse* in Wien. Und Frau von Suttner ist mit Kurzgeschichten und Essays erfolgreich."

Nun bat der Fürst uns, sich zu setzen, und ließ ein paar Getränke und Erfrischungen bringen. Zwar wäre ich lieber gleich ins Gasthaus zurückgekehrt, um mich über das Erlebte mit meinen Freunden auszutauschen und die nächsten Tage zu planen, doch war ich einverstanden, noch ein paar Minuten zu bleiben. Sofie belegte nämlich Hartmann sofort mit Beschlag, die beiden waren schnell in ein vertrautes Gespräch vertieft. Ann unterhielt sich mit Bertha von Suttner auf Französisch und ließ sich erzählen, wie diese als junge Gräfin 1864 in einem Heilbad im Taunus die damals im Exil lebende Fürstin Dadiani kennengelernt hatte und sofort von ihr begeistert gewesen war.

„Sie ist die imposanteste Frauenerscheinung, die ich je gekannt habe, das Bild einer Königin: jede Bewegung, Gang, Haltung, ihr Lächeln, ihr Benehmen, alles voll anmutiger Majestät." Berthas Stimme war vor Erregung und Begeisterung um einige Tonstufen gestiegen, nun beruhigte sie sich wieder. „Sie lebte damals in Petersburg und in Paris, wo wir uns oft getroffen haben. Sie ist mir eine mütterliche Freundin geworden, die uns nun, da die Familie meines Mannes unsere Verbindung ablehnt und ihn enterbt hat, aufgenommen hat und unterstützt."

Halef und ich wurden inzwischen von unserem Gastgeber mit Jagdanekdoten unterhalten, in denen er sich als begeisterter Waidmann zeigte. Er berichtete gerade von einer Jagd auf einen Wisentbullen in den swanetischen Bergen, als uns ein Schuss draußen aufschrecken ließ. Halef und ich waren sofort auf den Beinen und stürzten zum Fenster. Vor dem Gebäude rang der Anführer der Pinkertons mit einem Soldaten um eine Pistole. Halef riss das bodenhohe Fenster auf und zog seinen Revolver, traute sich aber nicht zu schießen, da die beiden Männer sich zu schnell bewegten, um sicher den Entflohenen zu treffen.

Da wir uns im Erdgeschoss befanden, war es nur etwa ein Meter bis zum Boden draußen; ich sprang ohne zu zögern aus dem Fenster und rannte auf die Kämpfenden zu. Der Pinkerton-Agent schlug in dem Moment den Soldaten nieder und rannte auf die Stadt zu, ich hinterher. „Sihdi", hörte ich Halefs

Stimme, „zur Seite! Du bist mir im Schussfeld!“ Doch da hatte der Verfolgte bereits die Straße erreicht, schlug einen Haken und verschwand in einer Seitengasse.

Ich setzte ihm nach und versuchte, ihn in dem verwinkelten Gewirr der kleinen Gässchen nicht aus den Augen zu verlieren. Er war ein guter Läufer, es hatte keinen Zweck, zu versuchen, ihn in einem Sprint einzuholen. Doch war ich überzeugt, ihm auf die Dauer überlegen zu sei, und mit meinen beiden Revolvern, meinem treuen Bowiemesser und meinen Fäusten musste ich vor ihm, der nur mit der Pistole des Soldaten bewaffnet war, keine Angst haben. Vorausgesetzt, es gelang ihm nicht, mich in einen Hinterhalt zu locken. Da ich ihn aber die ganze Zeit, wenn auch mit Unterbrechungen, vor mir sah, schien mir diese Gefahr gering.

Wir bewegten uns in einem schnellen Trab durch die Gassen, eine Geschwindigkeit, die geübte Läufer sehr lange durchhalten können. Auf den Straßen war um diese Tageszeit wenig los; die meisten Einwohner bereiteten wohl ihr Abendessen vor. Ich bemerkte, dass wir uns Richtung Gasthaus bewegten, und hatte einen Verdacht. Und richtig: Kurz vorher erhöhte der Pinkerton-Mann plötzlich sein Tempo und verschwand in einer Gasse, die, wie ich vermutete, von hinten an den Gasthof führte. Ich näherte mich der Ecke langsam und mit Bedacht, denn hier war durchaus ein Hinterhalt möglich. Als ich vorsichtig und geduckt um eine Hausecke spähte, sah ich den Schwarzgekleideten gerade in einem kleinen Türchen verschwinden, das wohl ein Eingang in den Keller war.

Ich rannte zu der Tür; zu dieser führten drei Stufen hinab. Sie war verschlossen! Sollte ich um das Haus herumrennen und vorne durch den Haupteingang eintreten? Nein, dazu war keine Zeit, auch wollte ich kein Aufsehen erregen. Ich spähte durch den Spalt zwischen Tür und Mauer und sah, dass innen ein Riegel vorgelegt war. Ich hoffte, dass es keiner war, der in einen Metallbeschlag als Gegenstück geschoben wurde, sondern die einfachere Variante, bei der der Riegel nur herunterfiel. Ich würde es gleich wissen. Das Bowiemesser war für solche Operationen zu dick und klobig, aber ich hatte wie immer ein Federmesser mit schmaler Klinge dabei. Das schob ich nun in den Spalt unter den Riegel und versuchte, ihn nach oben zu drücken; es gelang.

Ich schob die Tür auf und sah mich in einem dunklen kleinen Kellerraum; im durch die Tür fallenden Tageslicht erblickte ich eine Treppe, die nach oben führte. Ich stieg sie schnell, aber leise empor, öffnete die Tür am oberen Ende und fand mich in einen Gang, von dem eine weitere Treppe ausging, wohl nach oben ins Hinterhaus, zu den Zimmern der Bediensteten. Ich schlich hinauf in den nächsten Flur, von dem vier Türen ausgingen. Hinter einer hörte ich Stimmen. Ich näherte mich leise und legte das Ohr an die Tür.

„Du musst Brown alles erzählen. Er muss gewarnt werden", hörte ich den Anführer der Agenten auf Russisch sagen.

Ich zog einen Revolver, stieß die Tür auf und rief:

„Daraus wird nichts mehr! Hände hoch!"

An einem Tisch saß mir gegenüber der Pinkerton-Mann, neben ihm einer der Bediensteten, die ich gestern beim Essen gesehen hatte. Nun war mir klar, wieso die Attentäter von unserem Museumsbesuch gewusst hatten; er musste unser Tischgespräch belauscht haben. Der Agent griff blitzschnell nach der Pistole, die vor ihm auf dem Tisch lag, und richtete sie auf mich. Ich war auf so etwas gefasst gewesen; bevor er abdrücken konnte, hatte meine Kugel sein Handgelenk zerschmettert. Er stieß einen lauten Schrei aus, ließ die Waffe fallen und hielt sich wimmernd das rechte Handgelenk mit seiner Linken.

Inzwischen hatte sich der zweite Mann hinter den Tisch fallen lassen. Gedeckt durch seinen Komplizen schwang er sich nun aus dem Fenster, ich hörte von unten einen dumpfen Aufprall. Ich rannte zum Fenster und sah den Geflohenen hinter einer Hausecke verschwinden. Hier war nichts mehr zu machen, er war uns entkommen.

Resigniert wandte ich mich zu dem Verletzten um. Er war inzwischen ruhig geworden und starrte mich hasserfüllt aus starren Augen an.

„Das wirst du mir büßen!“, presste er zwischen den Zähnen auf Russisch hervor. „Dafür bringe ich dich um, Mann!“

Ich nahm ihm ungerührt das Halstuch ab und verband das verletzte Handgelenk. Dann riss ich ihn vom Stuhl hoch und schnürte dem Stehenden die Arme mit einem Lederriemen auf dem Rücken zusammen. Schnell untersuchte ich ihn, fand aber nichts außer einem kleinen braunen Holzoval in seiner Westentasche. Ich wollte es schon wieder zurückstecken, als mir auffiel, wie sich mein Gefangener anspannte, als ich es es entdeckte. Deshalb steckte ich es ein, um es später zu untersuchen. Ich schob die Pistole in meinen Gürtel und zeigte mit dem Revolver auf die Tür.

„Wir marschieren jetzt gemütlich zum Palast zurück!“, forderte ich ihn auf. „Nach Ihnen!“

Er fluchte lang und ausdauernd, dann setzte er sich in Bewegung. Wir stiegen ins Erdgeschoss hinab, dort wies ich auf die Tür, die von hier nach außen führte.

„Wir nehmen den Hinterausgang.“

Als er auf die Straße trat, stockte er, ich stieß ihn nach vorne, trat hinter ihm aus dem Haus – und sah, weshalb er stehengeblieben war. Vor uns standen zwei uniformierte Polizisten, ihre Pistolen auf uns gerichtet.

„Stop! Stoj!“, rief einer, und dann etwas, was ich nicht verstand. Ich zuckte also nur die Schultern. „Die Waffe runter!“, rief er nun auf Russisch.

Ich schaute mich um, dann ließ ich langsam den Revolver sinken. Widerstand hatte hier keinen Zweck. Ich steckte die Waffe ins Holster und hob die Hände.

Die beiden Polizisten traten näher und fragten nach unseren Namen. Ich stellte mich vor, und nun erfuhr ich auch, wie der Russe hieß, den ich mir zum Todfeind gemacht hatte – vorausgesetzt, er nannte seinen richtigen Namen, woran ich allerdings kaum zweifelte, weil Fürst Dadiani ja seinen Pass hatte. Den Namen Josef Leo Orinschow würde ich mir merken müssen.

Die Polizisten banden weder Orinschow los, noch wollten sie meine Waffen; sie forderten uns nur auf, sie zum Polizeirevier zu begleiten, dort würde man alles klären. Ich wusste noch von unserem Gespäch mit dem Wirt, dass die Wache nicht weit von hier war, sie lag wie das Gasthaus auf der Rustaweli. Deshalb wohl waren die beiden auch so schnell hier gewesen.

Als wir diese Straße betraten und an der Vorderfornt des Gasthofs vorbeiliefen, sah ich in verblüffte, ratlose Gesichter: Hier stand das Wirtsehepaar, umgeben von seinen Bediensteten, und starrte uns mit offenen Mündern hinterher.

Plötzlich erklang von hinten ein scharfer Ruf. Wir drehten uns um und sahen, vielleicht hundert Meter entfernt, an der Kreuzung von der Straße zum Palast her eine regelrechte Kolonne in die Rustaweli einbiegen und auf uns zueilen: vorneweg Fürst Dadiani, flankiert von zwei Soldaten, hinter ihm Halef und Sofie, ihre Revolver in den Händen, zwischen ihnen Ann mit ihrem Deringer, und hinter ihnen Johann Hartmann, ebenfalls mit einem Colt bewaffnet, und Arthur von Suttner, in der Hand einen – Spazierstock! Ich musste lachen.

Nach wenigen Augenblicken hatte uns der Fürst erreicht und verwickelte die beiden Polizisten in einen heftigen Disput auf Georgisch.

Ich schaltete mich ein. „Prinz, die beiden Polizisten haben nichts falsch gemacht, sie haben nur ihre Pflicht erfüllt, und das sehr höflich.“

Dadiani nickte. „Trotzdem darf so etwas nie wieder passieren. Ich werde Ihnen Pässe ausstellen lassen, die sie zumindest in Mingrelien vor so etwas beschützen.“

Er wandte sich wieder an die Polizisten, nun in erheblich freundlicherem Ton; die beiden verabschiedeten sich höflich, baten mich um Entschuldigung und gingen Richtung Polizeiwache davon.

Der Fürst wandte sich an den Gastwirt:

„Mein Lieber, ich werde Ihre Gäste noch einmal kurz in den Palast entführen. Danach aber werden sie wieder bei Ihnen einkehren, und ich bitte Sie, für meine Freunde ein wirklich gutes Mahl vorzubereiten."

Der Wirt, der wohl noch nie mit seinem Fürsten gesprochen hatte, schaute zwischen ihm und mir hin und her, dann meinte er:

„Es wird mir eine Ehre und ein Vergnügen sein!"

Nachdem alle ihre Waffen eingesteckt hatten, nahmen die beiden Soldaten Orinschow in die Mitte und wir begaben uns zu einer Lagebesprechung in den Palast.

Am nächsten Vormittag planten wir in Halefs und meinem Zimmer unser weiteres Vorgehen. Die Lage hatte sich doch sehr verändert: Wir hatten sowohl Verbündete wie auch zusätzliche Feinde gewonnen.

Ann beschloss unsere Diskussion mit der Bemerkung:

„Sofie und ich wissen immer noch nicht genau, welchen Auftrag Marah Durimeh uns erteilt hat."

Ich hob ein wenig fragend die Augenbrauen.

„Uns? Halef und mir, meinen Sie."

Ann schüttelte den Kopf. „Ich dachte, wir wären uns einig, dass wir beide Sie begleiten." Sie winkte mit dem Kinn zu Sofie. „Das haben wir doch ausführlich besprochen."

Ich nickte und widersprach zugleich.

„Da sah das Ganze nach einem zwar beschwerlichen, aber zunächst ungefährlichen Zug in die Höhen des Kaukasus aus, um den Riss zwischen der Geisterwelt und der unseren zu schließen. Und Marah Durimeh sprach von einem Menschen, der den Riss aufgetan habe. Wir konnten nicht ahnen, dass wir es mit einem ganzen Geflecht von Gegnern zu tun bekommen würden, einer organisierten Bande. Die Leute von Pinkerton mögen skrupellos sein, manche davon auch kriminell, aber sie sind auf jeden Fall alle gut geschult und erfahrene Kämpfer.

Drei sind vor uns und werden uns auflauern, mehr von ihnen werden diesen reichen Amerikaner begleiten und bewachen. Das wird zu gefährlich für Sie!“

Ann richtete sich mit blitzenden Augen auf.

„Sie meinen wohl, zu gefährlich für Frauen! Haben Sie vergessen, was wir gemeinsam erlebt und durchgemacht haben? Wollen Sie ernsthaft behaupten, Sofie und ich wären den Gefahren nicht gewachsen? Glauben Sie, ich will ein vollwertiges Mitglied des Traveller's Club werden, nur damit ich sagen kann, ich gehöre einem exklusiven Club an? Nein, ich habe die Damenabteilung gegründet, weil dies meine persönliche Möglichkeit ist, die Frauenbefreiungsidee zu unterstützen, für die auf anderem Wege Frauen wie Bertha von Suttner kämpfen. Glauben Sie auch an diese altmodische Vorstellung, dass uns Frauen Milde und Mäßigkeit zukämen und den Männern Mut und Denkfähigkeit? Dagegen schreibt Bertha an, und weil ich nicht gut schreiben kann, beweise ich es immer wieder, wenn ich mit der Waffe in der Hand für eine gerechte Sache kämpfe, wie mit Ihnen zusammen im Geisterreich. Uns Frauen obliegt es, dieselbe Verantwortung wahrzunehmen wie euch Männern, und ich werde nicht kneifen.“

Wie sie da so stand, hocherhobenen Hauptes, die Arme ausgestreckt, erinnerte sie mich an die Marianne, die Nationalfigur der Französischen Republik, wie Eugène Delacroix sie in seinem Gemälde *Die Freiheit führt das Volk* dargestellt hatte, das ich bei einer meiner letzten Europareisen im Louvre in Paris gesehen hatte. Natürlich war Ann weder barbusig noch schwenkte sie eine rote Fahne, aber ihre Entschlossenheit und – ja, auch ihr Mut – ließen diese Assoziation in mir emporsteigen.

Sofie stand nun neben Ann, hatte ihre linke Hand auf deren rechten Arm gelegt und nickte heftig zur Bekräftigung.

Ich hob besänftigend die Hände, doch ehe ich etwas erwidern konnte, schaltete sich Halef ein.

„Sihdi, die Frauen haben Recht. Denke an Amscha und wie sehr sie uns schon geholfen hat, erinnere dich an die Teuta, die Piratenwitwe, überlege, wie Sofie schießt, die schon Elche und Bären gejagt hat, und wie gut die beiden gestern gekämpft haben. Wir müssen sie mitkommen lassen!“

Ich hatte mich erstaunt zu Halef umgedreht; mein kleiner Hadschi, der Krieger aus der Beduinenwelt, entwickelte sich zu einem modernen aufgeschlossenen Mann! Sicher waren Hanneh und Djamila daran nicht unschuldig. Sollte ich hinter ihm zurückstehen? Nein! Ich dachte an Kolma Puschi, die starke Indianerin, die es mit jedem Mann aufgenommen hatte …

„Ich gebe mich geschlagen“, sagte ich deshalb. „Sie haben Recht, Ann, und auch du, Halef. Lasst uns nicht mehr davon sprechen, außer, wenn ich wieder einmal vergesse, dass ihr Frauen uns Männern ebenbürtig sein könnt.“

Nun schauten wir uns gründlich die Karte an und beschlossen, dem Rat von Tamaz Meskhishvili zu folgen: Wir würden am nächsten Tag nach Dschwari reiten, dort die Pferde unterstellen und dann zu Fuß dem Enguri folgen. Halef gab zu bedenken, dass wir dann gut umpacken müssten; trotz der großen Rucksäcke müssten wir unser Gepäck stark einschränken. „Und dann haben wir die schweren Fellmäntel, unsere Waffen – wir werden einiges zu schleppen haben.“

„Wir haben aber auch ein paar Vorteile“, warf Sofie ein. „Ich weiß nicht, ob es bei uns in Kanada im Winter so kalt und schneereich ist wie im Kaukasus, aber dennoch habe ich viel Erfahrung mit Wanderungen im Winter, durch Schnee und Eis. Wir müssen beispielsweise kein Wasser transportieren; wir werden immer genug Schnee haben, um ihn aufzutauen. Und Herr Meskhishvili hat mir erzählt, dass es dort oben auch im Winter genug jagdbares Wild gibt: Hirsche, Gämsen, Steinböcke, Wildschweine und sogar Wisente. An manchen Stellen ist das Kaukasus-Birkhuhn häufig, es soll leicht zu erlegen sein. Also sollten wir kein Problem mit der Verpflegung haben.“

„Brrr“, machte Halef und schüttelte sich. „Ich habe euch zugehört, und der Händler hat auch was von Wölfen und Bären gesagt.“

„Na, vor denen müssen wir uns nicht fürchten“, warf Ann scherzhaft ein. „Wir haben schließlich einen erfahrenen Bärenjäger mit seinem Bärentöter dabei!“

Siebtes Kapitel
Schach ohne Matt

Als wir kurz vor Mittag zum Schloss kamen, erwartete uns eine Überraschung: ein Volksfest. Das Tor zum Innenhof stand weit offen, und davor und auch im Hof tummelte sich ein erklecklicher Haufen Männer, Frauen und Kinder, viele besonders schick angezogen. Im Hof war über dem großen Steintisch eine Art Blumentempel aufgebaut, unter dem von Bediensteten Erfrischungen angeboten wurden: Da standen Krüge mit leichtem Weißwein, aber auch Sekt und Fruchtsäfte wurden gereicht. Auf Holztellern waren Badridschani, mit Walnusspaste gefüllte Auberginen, angerichtet und verschiedene Früchte sowie Matsoni, Nüsse mit Joghurt. Von oben hingen halbmeterlange Tschutschkella herab: Haselnuss- und Walnusskerne, überzogen mit einer Traubensaft-Kuvertüre, eine sehr süße, jedoch ausgesprochen leckere Nascherei. Es gab aber auch Herzhaftes: Chinkali, Chatschapuri und verschiedene weitere Brot- und Käsesorten.

Eine kleine Gruppe von Männern stand in einer Ecke des Hofs und sang eine höchst komplizierte Weise mit vier Stimmen; es klang unvertraut, aber sehr angenehm. Ich blieb stehen, um zu lauschen.

„Unsere Musik ist einzigartig“, sprach mich in diesem Moment Prinz Dadiani von hinten an. Als ich mich umdrehte, reichte er mir auf europäische Art die Hand, deutete eine kleine Verbeugung an und fuhr fort: „Ein traditionelles lokales Fest, das meine Familie und ich einmal im Jahr geben; wir wollten es natürlich nicht ausfallen lassen. Es ist vielleicht am ehesten mit Ihrem Entedankfest vergleichbar.“ Er deutete mit der Hand auf die Sänger: „Das hier ist viel weniger vergleichbar. Man sagt, in Georgien sei die Polyphonie mindestens dreihundert Jahre vor der europäischen Mehrstimmigkeit entwickelt worden; Stimmführung und Harmonik sind einzigartig. Gefällt es Ihnen?“

Ich überlegte einen Moment.

„Es ist ungewohnt, aber hört sich interessant an, es hat etwas Beruhigendes.“

Der Prinz lachte.

„Ja, das ist ein altes trauriges Liebeslied. Aber warten sie mal ab, bis die Sänger Tanzweisen anstimmen. Lassen Sie uns nun hineingehen, es ist angerichtet.“

Dadiani führte uns in den Raum, in dem wir gestern zuletzt gewesen waren. Der Flügel war etwas zur Seite geschoben worden, sodass die große Tafel nun inmitten des Salons stand, um sie herum zehn Stühle. Das Geschirr und Besteck waren nicht ganz so edel wie im Napoleonzimmer, gehörten aber immer noch zum Wertvollsten, was ich je gesehen hatte.

An der Stirnseite des Raumes standen das Ehepaar von Suttner sowie Johann Friedrich Hartmann, neben ihnen ein Mann in elegantem Anzug. Alle betrachteten aufmerksam ein großes Gemälde, das wie im Napoleonzimmer über dem Kamin hing; es musste neu aufgehängt worden sein, gestern war die Wand an dieser Stelle noch blank gewesen.

Bei unserem Eintreten drehten sich alle um. Prinz Dadiani beeilte sich, uns mit dem uns unbekannten Herrn bekanntzumachen.

„Gestatten Sie, meine Gäste, dass ich Ihnen meinen verehrten Onkel vorstelle: Prinz Heraclius Bagration von Georgien, ein Vetter meiner Mutter, der Fürstin Ekaterina."

Prinz Heraclius deutete eine Verbeugung an.

Während Dadiani uns nun vorstellte, hatte ich Zeit, seinen Onkel in Augenschein zu nehmen. Er war ein gutaussehender mittelgroßer Mann Mitte fünfzig, mit leicht gelblicher Haut, die wie sein tiefschwarzes, stark gewelltes Haar auf seine orientalische Herkunft hindeutete. Prinz Dadiani hatte uns schon am Vortag erzählt, dass im Laufe der Jahrhunderte durch die Heiratspolitik seiner Familie zahlreiche Verbindungen nach Asien und in den Orient geknüpft worden waren.

Bagration und ich musterten uns gegenseitig; besonders fielen mir seine ausdrucksstarken dunkelbraunen Augen auf, die von einem so stark glitzernden Weiß umgeben waren, dass dies beinahe schon blau schimmerte. In Verbindung mit den vollen grauroten Lippen gaben sie dem Gesicht eine enorme Ausdrucksfähigkeit.

Diese auffälligen Lippen verzogen sich nun zu einem freundlichen Lächeln.

„Es freut mich, die Gäste meines Neffen kennenzulernen, von denen er mir schon gestern Abend viel Spannendes erzählt hat. Ich bin sehr daran interessiert, die Meinung so weitgereister Menschen verschiedener Herkunft zu meiner neuen Errungenschaft zu hören." Dabei wies er auf das Gemälde.

Nun ließ sich zum ersten Mal Bertha von Suttner vernehmen.

„Prinz Heraclius ist einer der Adligen, die Wohltätigkeitsveranstaltungen zu Gunsten der Soldaten organisieren. Und dieses Gemälde gehört zu diesem Engagement. Ist es nicht rührend? Diese Schlachtfeldszene mit dem Zelt im Hintergrund, mit Pulverdampf, toten Pferden und platzenden Granaten, diese wunderschöne russische barmherzige Schwester im Vordergrund, mit Tränen auf den Wangen, wie sie sich mild herabbeugt über den verwundeten türkischen Soldaten, wie sie seinen Kopf aufrichtet, um ihn zu laben."

Bertha schniefte und über ihre Wange rollte eine Träne.

Ihr Mann räusperte sich, und um von der Rührseligkeit seiner Frau abzulenken, erläuterte er:

„Das Gemälde stammt von dem russischen Maler Wassili Wassiljewitsch Wereschtschagin, der in München lebt."

Prinz Dadiani versuchte, die durch die Schlachtendarstellung etwas getrübte Stimmung aufzulockern.

„Lassen Sie uns doch Platz nehmen. Es wird gleich aufgetragen." Bevor wir uns setzten, nahm er mich noch einen Moment zur Seite. „Die vier Pinkertons sind unter Bewachung auf dem Weg zur Grenze. Sie werden Ihnen keinen Ärger mehr machen. Mein Onkel weiß Bescheid, er kümmert sich um die weitere Beobachtung der vier."

Wir nahmen Platz: der Gastgeber am Kopf des Tischs, wir vier fremden Gäste auf der einen Seite, die Suttners und Hartmann auf der anderen, Bagration seinem Neffen gegenüber. Dann erhob sich Prinz Dadiani.

„Verehrte Gäste, es ist mir ein Vergnügen und eine Ehre, Sie zu einem traditionell georgischen Bankett einzuladen, dem Supra. Wie es die Tradition erfordert, braucht es dazu einen Tamada, einen Trink- und Tischmeister. Meistens ist dies der Gastgeber, doch erlaube ich mir, diese Ehre an meinen Onkel abzutreten, der darin weitaus mehr Erfahrung hat und ein berühmter Tamada ist. Damit das Gastmahl traditionell ablaufen kann, mag ich unseren Gästen ein paar Regeln zur Kenntnis geben. Wenn ein Tamada einen Trinkspruch ausbringt und dabei aufsteht, müssen alle Männer auch aufstehen und ihr Glas vollständig leeren, dann wird nachgeschenkt. Wer mag, kann ebenfalls einen Trinkspruch ausbringen. Wenn der Tamada ein Trinkgefäß herumgibt, so ist dies von jedem Mann, der da-raus trinkt, bis zur Neige zu leeren. Niemand aber muss daraus trinken. Und wer nicht mehr trinken will, lässt das volle Glas stehen." Dadiani machte eine Pause, dann deutete er eine Verbeugung gegenüber Halef an. „Selbstverständlich gestatten es unsere Sitten, dass ein Mann, der dem Alkohol abhold ist, auch etwas anderes trinkt."

Dadiani hob ein langes, schmales, helles, schön gemustertes Trinkhorn aus einem Ständer auf dem Tisch und brachte einen Toast auf seinen Onkel aus:

„Kargad chaatarebinos es supra!" Zu uns gewandt, erläuterte er: „Auf dass er das Fest gut leite!" Dann trank er das Horn leer, ergriff den Hornständer und brachte beides Prinz Heraclius.

Ich will nicht allzuviel über das Essen schreiben; es war eine Schlemmerei der feinsten Sorte mit rund einem Dutzend Gängen. Der Tamada verstand es hervorragend, die Stimmung mit Trinksprüchen aufzulockern, ohne uns dabei betrunken zu machen. An einige wenige Sprüche erinnere ich mich: „Möge der Frieden in dieses Land einziehen und den Krieg daraus vertreiben!" – „Auf unsere hochverehrte Dedopali, die Mutter von Mingrelien!" – „Auf die gefallenen Helden, die das Land verteidigen seit des Aietes Zeiten." – „Auf unsere Gäste aus dem Westen, auf dass sie alle ihre Ziele erreichen."

Überrascht wurden wir von einigen magischen Spielereien, die den Haushalt des Fürsten zierten. So wurden die Speisen nicht von Dienern aufgetragen, sondern kamen auf kleinen fliegenden Teppichen herangeschwebt! Wir starrten mit offenen Mündern, während dies den anderen Gästen schon vertraut erschien. Ich wandte mich an den Fürsten:

„Ich bin erstaunt, dass Magie hier etwas so Selbstverständliches zu sein scheint."

Dadiani schüttelte den Kopf.

„Bitte nennen Sie es nicht so. Denn Magie und Hexerei sind in unserer Bevölkerung nicht gerne gesehen und angstbesetzt, werden auch von der Kirche nicht akzeptiert. Nur zwei Sorten von Zauberei lassen sich ohne Schwierigkeiten in der Öffentlichkeit verwenden: jene, die aus unserer Geschichte von alters her überliefert sind oder uns schon in der Antike oder im Mittelalter übereignet wurden, und Geschenke aus fernen Landen.

Diese Teppiche, ein rundes Dutzend, sind ein Gastgeschenk eines Fürsten aus dem Orient. Ich bewunderte diesen Magier, als er vor Jahren meine Eltern besuchte. Er hätte aus den Geschichten aus 1001 Nacht stammen können, dieser edle Scheik aus königlichem Geschlecht."

Ich stutzte, dann fragte ich:

„Scheik Haschim?"

Dadiani schaute mich erstaunt an.

„Das stimmt, kennen Sie ihn?"

Ich lächelte.

„Die Welt ist klein, er ist ein guter Freund!"

Dann erzählte ich Ann und Halef von dem unerwarteten Zusammentreffen mit der Zaubergeschenken unseres Freundes.

Die magischen Überraschungen hatten damit aber kein Ende gefunden. Als die kleinen Teppiche vor uns schwebten, erhob sich der Fürst und erklärte:

„Aus alter Zeit stammt dieses Geschirr, aus Zeiten, die im Dunkeln liegen. Nur selten greife ich auf die goldenen Gewürzbecherchen und Wasserschälchen zurück, denn ihre Kraft braucht Monate, um sich zu erneuern, doch zu diesem besonderen Anlass sollen sie euch dienen. Wenn euch nach Würze für eure Speisen verlangt, so ergreift eines der Goldbecherchen am linken Henkel, haltet es über den Teller und sagt das georgische Wort für das entsprechende Gewürz."

Nachdem er sich wieder gesetzt hatte, erklärte uns Prinz Dadiani:

„Diese nützlichen Helferlein sind nicht wirklich alt; ich sammle seit meiner Begegnung mit Scheik Haschim magische Kleinodien, aber ich muss halt aufpassen, wie ich diese nach außen darstelle."

In den nächsten Stunden lernten wir für einige Gewürze, wie sie auf Georgisch heißen, gemerkt habe ich mir nur Salz, Marili, und Zucker, Schakari, sowie zum Überstreuen mancher warmen Gerichte Käse, Kweli. Natürlich übertrieben es einige von uns und überwürzten ihre Speisen; ehe sie die versalzenen oder zu scharfen Gerichte wegwerfen oder in die Küche zurückgehen lassen konnten, verriet Dadiani das Wort, das die Würze komplett entfernte, wenn man das Würzgefäß dabei am rechten Henkel hielt: ukan, das heißt zurück.

Auch Zquali merkte ich mir, Wasser: Dies über eines der Wasserschälchen gesprochen, erneuerte darin sofort das Wasser zum Händereinigen.

Nach kurzer Zeit stieß Ann mich an:

„Schauen Sie, das Tischtuch. Es scheint ein Eigenleben zu besitzen."

Sie wies Sofie, Halef und mich auf ein paar Stellen hin, bei denen das weiße Leinen tatsächlich wirkte, als lebe es: Es verschluckte regelrecht Essensreste; Wein- und Bratenflecken waren nach Sekunden verschwunden, Brotkrümel und andere Speisereste wurden vor unseren Augen von dem Stoff verschlungen.

„Ein altes Erbstück unserer Familie", ertönte da hinter uns ein tiefer Bass. Prinz Heraclius Bagration hatte seinen Platz am Kopfende des Tischs für einen Moment verlassen gehabt und kehrte gerade zurück, dabei hatte er unser Gespräch gehört und erläuterte nun: „Das ist ein sehr nützliches altes Tuch, das der Legende nach aus der Schatzkammer der Königin Tamar stammen soll. Manche behaupten, es sei der Würger der Verurteilten, von dem im Epos *Der Recke im Tigerfell* von Schota Rustaweli zu lesen ist." Er senkte die Stimme und wies mit dem Kopf auf seinen Neffen: „Unterschätzen Sie Andria nicht. Auch wenn er sich meistens generös und nachgiebig gibt, er hat die nötige Härte für seine Position. Einmal hat er dieses Tischtuch als Hinrichtungswerkzeug verwendet: Zur Abschreckung hat er einen Attentäter nackt darin einwickeln lassen, das Tischtuch hat ihn binnen einer Viertelstunde vollständig verdaut, nur sein Glasauge und ein Gallenstein sind übriggeblieben."

Der Mittag ging in den Nachmittag über, und das Gastmahl war immer noch in vollem Gange. Alle wurden aufgefordert,

Trinksprüche auszubringen und diese mit Geschichten anzureichern, von denen manche eine Viertelstunde dauerten. Auch wir beteiligten uns daran: Sofie malte aus, wie die Wikinger Vinland entdeckt hatten, Ann erzählte im Stil eines orientalischen Märchens und natürlich verklausuliert von unserer Reise in die Geisterwelt, wobei sie sich auf die fliegenden Pferde konzentrierte. Halef wollte nicht zurückstehen und berichtete von unserem Kampf gegen den Marid, wobei er dessen Unverwundbarkeit so stark hervorhob, dass ihm am Ende nicht einfiel, wie der Dämon zu bezwingen sei – von seiner Lichtkugel wollte er nichts verraten. Er gab geschickt an mich weiter, und ich malte daraufhin die Macht der Musik in den schönsten Tönen aus.

An die Geschichten der von Suttners erinnere ich mich nicht, wohl aber an die von Hartmann. Denn er griff die Legende von Mindia, dem Schlangenesser, auf. Erst erzählte er sie uns in Kurzform fast so, wie dies der Weinhändler in Kutaissi getan hatte. Dann aber fuhr er fort:

„Eine ähnliche Geschichte gibt es in der Heimat meiner Vorfahren, in der Pfalz, und auch in manchen nordischen Ländern. Dort ist es ein Drachentöter, der die Sprache der Vögel oder der Tiere sprechen kann, nachdem er vom Herz des Drachen gegessen hat.“ Er machte eine bedeutungsvolle Pause. „Ich selbst kenne einen Mann, der aus deutschen Landen stammt und der mit Tieren reden kann. Ein Riese, und obwohl schon vom Alter gezeichnet, so stark, wie ich nie wieder einen traf. Ein Mann, der mit dem Gewehr wie mit dem Messer den Bären wie den Wisent töten kann, aber seinen Lebensinhalt gefunden hat im Schutz jener Tiere, die Menschen ohne Sinn und Zweck dahinschlachten.“ Hartmann wandte sich uns zu: „Jener Mann lebt in den hohen Bergen des Kaukasus. Verärgert ihn nicht, indem ihr unnütz Tiere tötet, so mag er euch Helfer und Freund sein. Die Menschen dort haben ihm den Ehrentitel Otchopintre verliehen, ein Name aus uralten georgischen Mythen. Er bedeutet: der die Tiere beschützt. In alten Zeiten mussten die Jäger vor dem Schießen auf das Tier den Otchopintre anbeten, damit er das Tier zum Töten freigebe! Auf ihn also, den Otchopintre, den ich den Schlangenesser und Drachentöter nenne!“

Als das Gastmahl sich am späten Nachmittag dem Ende zuneigte, kamen die acht Sänger in den Salon, sie brachten gleich viele Frauen mit in alten, bunten Trachten. Schnell wurde der Tisch zur Seite geschoben und eine Tanzfläche freigemacht. Zu fröhlichen mehrstimmigen Weisen tanzten die Frauen verschiedene Kreistänze, mit viel Geklatsche und gewagten Sprüngen. Später kamen vier ältere Frauen dazu, von denen drei die Panduri spielten, eine dreisaitige Schalenlanghalslaute, deren Korpus aus einem Holzblock gefertigt ist. Sie zupften sie sehr rhythmisch, unterstützt durch die vierte Musikerin, die eine zweifellige hölzerne Röhrentrommel spielte, die Doli.

Besonders beeindruckte mich die *Lesginka*; wie man mir erklärte, ist dies in verschiedenen Varianten der wichtigste Volkstanz in Georgien. In einem schnellen 6/8-Takt wirbelten jeweils vier Männer und Frauen umeinander. Einer der Männer hatte irgendwoher ein Diplipito hergezaubert, ein Kesseltrommelpaar, ein anderer eine Salamuri, eine Schnabelflöte, aus dem Gürtel gezogen. Die Männer tanzten schnell mit kurzen Schritten, fielen zwischendurch auf die Knie und sprangen wieder auf, die Frauen bewegten sich langsam und getragen, die nicht tanzenden Männer und Frauen standen darum herum und feuerten die Tanzenden mit Klatschen und Gestampfe an.

Als der Salamurispieler über der Melodie improvisierte und Zwischenspiele einflocht, hielt es Hartmann nicht mehr auf seinem Platz. Kurz verschwand er im Nebenzimmer; als er zurückkam, hatte er aber nicht, wie ich erwartet hatte, seine Geige dabei, sondern um den Bauch geschnallt ein seltsames kastenförmiges Instrument mit einer Kurbel, einem Rad und Tasten, die er mit der linken Hand bediente. Damit passte er sich schnell in die Musik der Georgier ein, und ich merkte, dass er sowohl die Melodie mitspielen konnte wie einen stets gleichbleibenden Ton darunter.

In einer kurzen Pause, in der die Tänzer verschnaufen konnten und mit Getränken versorgt wurden, erklärte er mir, dass dieser unter der Melodie liegende Ton ein Bordunton sei, eine in der mittelalterlichen Musik übliche Begleitung, die es in der georgischen Musik oft als unterste Stimme gäbe. Sein Instrument habe er aus den Vereinigten Staaten mitgebracht, wo solche Drehleiern, wie sie im Deutschen hießen, von sogenannten Hurdy-Gurdy-Girls gespielt würden. Diese kämen vor allem aus verarmten Gebieten im Hessischen und würden für Monate nach England, Russland, Skandinavien und Nordamerika ziehen, um Geld für ihre Familien zu verdienen. „Natürlich bleibt es meistens nicht beim Drehleierspielen oder beim Tanzen, die Girls landen nicht selten in Saloons und Bordellen. 1865 habe ich in Kalifornien in einer Goldsucherstadt für einen bisschen Goldstaub mit einem Mädchen die Nacht durchgetanzt; wenn ich noch mal so viel draufgelegt hätte, hätte sie mir für die Nacht gehört. ‚Fancy Ladies' nennt man diese Billigprostituierten dort." Hartmann strich langsam, fast zärtlich über sein Instrument. „Die spielen natürlich keine Hurdy-Gurdys wie dieses Instrument hier, das sind billige Dinger aus Sperrholz, so wie die, die die Bettlerjungs rund um Chicago spielen, und die Harfen, die die Mädels aus Böhmen auf ihrer Wanderschaft dabei haben. Die hier stammt ursprünglich aus der Bretagne."

Ich nutzte die Gelegenheit und fragte ihn, ob er uns noch ein paar nützliche Hinweise für unsere Reise geben könnte. Er versprach, am nächsten Morgen früh ins Gasthaus zu kommen, ehe wir aufbrechen würden. Dann belegte ihn Sofie mit Beschlag; die beiden hatten sich viel zu erzählen. Zwischendurch spielte er immer wieder mal bei den Musikern mit, mit der Drehleier, mit der Geige oder mit verschiedenen Flöten. Sofie erzählte mir, dass er deswegen einen georgischen Ehrentitel erhalten habe: Salamura – jemand, der die Flöte spielt.

Der Nachmittag flog dahin, mit Musik und Tanz und vielen Gesprächen. Bertha von Suttner erwies sich als ausgesprochen angenehme und kluge Gesprächspartnerin, die sich viele Gedanken über die aktuellen Zeitläufte, aber auch gesellschaftliche Fragen machte. Sie wollte hauptberufliche Schriftstellerin werden, und so tauschten wir uns auch aus über das Verlagswesen und die Chancen, als Frau ernsthafte Texte und nicht nur Kolportageromane veröffentlichen zu können. Derzeit erschienen ihre Artikel meist unter einem männlichen Pseudonym.

Arthur von Suttner wollte von mir vor allem Tipps und Tricks, wie man einen guten Roman schreibe, der im Orient spiele, und was man dabei beachten müsse. Ich musste ihn enttäuschen: Wie meine Leserinnen und Leser wissen, schreibe ich keine Romane, sondern berichte wahrheitsgetreu über das, was ich erlebt habe.

Als der Nachmittag in den Abend überging, verabschiedeten sich die Musiker und Tänzer unter großem Beifall. Prinz Dadiani bat mich, ob wir nicht, ehe wir uns zum Abschluss des Tages noch einen kleinen Imbiss gönnten, einer Schachpartie frönen könnten.

„Sie sollen ja ein guter Spieler sein."

Halef hatte wohl mal wieder mit mir angegeben. Ich stimmte zu, aber mit Vorbehalt.

„Sie, werter Fürst, genießen einen außerordentlichen Ruf als starker Schachspieler, da hoffe ich sehr, Sie nicht zu enttäuschen."

Schnell war der Schachtisch bereitgestellt, und während wir es uns zu beiden Seiten bequem machten, setzte sich Bertha von Suttner ans Klavier und spielte leise die ersten *Nocturnes* von Chopin; wie ich wusste, verdiente sie den ehelichen Lebensunterhalt nicht nur als Sprachlehrerin und Übersetzerin, sondern gab auch Musikunterricht.

Ich bewunderte das Schachspiel. Das Brett bestand aus weißem und braunem Alabaster, wie die Figuren; diese stellten mittelalterliche Kampfgestalten dar: Bauern mit Sense und Dreschflegel, Herolde mit Schriftrollen, Ritter zu Pferde,

Belagerungstürme – und eine Königin und ein König jeweils in georgischer Tracht. „Königin Tamar und König Dawid", erklärte Dadiani unnötigerweise, der mir die weißen Steine überlassen hatte.

Aus einem Königsspringerspiel entwickelte sich schnell eine Schottische Partie mit regem Schlagabtausch, keiner von uns beiden hatte Lust auf ausgedehnte Überlegungen. Nach einem Dutzend Zügen hatte Dadiani rochiert, ich mit dem schwarzen Läufer seinen Springer gefesselt. Drei Züge später lehnte sich Dadiani mit einem Seufzer zurück.

„Sie mögen riskantes Spiel!", meinte er. Mit zwei Angriffszügen hatte ich seine schwarze Festung gesprengt. Allerdings würde ich nicht weiterkommen, es drohte ewiges Schach.

„Ich biete Ihnen Remis an", meinte ich deshalb. „Es gilt zwar nicht als ehrenvoll, dies mit den weißen Steinen zu tun, aber Sie sind eindeutig der erfahrenere Spieler, und ich bin zufrieden, dass Sie mich nicht geschlagen haben!"

Dadiani reichte mir über den Schachtisch hinweg die Hand.

„Es war mir ein Vergnügen!"

In diesem Moment wurde die Tür aufgerissen. Bertha von Suttners Klavierspiel endete in einem schrillen Akkord. Herein taumelte der Diplipito-Spieler, offensichtlich gestoßen, hinter ihm erschien im Türrahmen Johann Hartmann.

„Setzen", herrschte er den Musiker auf Russisch an und stieß ihn auf einen der freien Stühle. In der linken Hand hielt er seinen Colt. Er atmete schwer. „Entschuldigen Sie, meine Damen, meine Herren, dieses ungebührliche Eindringen, aber ich glaube, dieser Herr hat uns etwas zu sagen." Hartmann griff in eine Westentasche und förderte eine Metallscheibe zu Tage, die wir nur zu gut kannten: die Pinkerton-Marke. Er warf sie auf den Tisch.

Der Musiker starrte vor sich auf den Boden. Wir starrten ihn an.

„Hat diese Organisation ihre Leute überall?", flüsterte Ann. Einen Moment herrschte Stille, dann sprang Dadiani auf.

„Dieses Wespennest muss ausgeräuchert werden!“ knirschte er. Er wandte sich an Hartmann. „Gute Arbeit, mein Freund. Wie haben Sie das geschafft?“

Hartmann setzte sich, er atmete immer noch schwer.

„Ein alter Mann ist kein Rennpferd mehr, entschuldigen Sie. Wie ich ihm auf die Schliche gekommen bin? Das war Zufall. Als die Musiker raus sind, bin ich in den Nachbarraum, um meine Drehleier abzulegen. Da habe ich vor dem offenen Fenster Stimmen gehört. Ich hätte nicht weiter darauf geachtet, wenn nicht plötzlich das Wort Hadschi gefallen wäre. Da bin ich misstrauisch geworden und habe mich ans Fenster geschlichen. Zwei Männer haben sich unterhalten und geplant, wie sie die Reisegruppe, die nach Swanetien wolle, aus dem Weg räumen könnten. Der eine meinte, der Prinz würde seinen Gästen sicher ein paar Flaschen Wein für die Reise mitgeben, und er wüsste, wie man den vergiften könne. Daraufhin sagte der andere noch mal was von dem Hadschi, der trinke doch keinen Alkohol. Dann müsste man bei dem eben Handarbeit leisten, meinte der Erste, und sie trennten sich. Ich musste mich entscheiden, wem ich folgen wollte. Da ich in dem einen den Trommler zu erkennen glaubte, bin ich aus dem Fenster gestiegen und ihm hinterher. Er führte mich geradewegs zum Gasthaus, wo die Gruppe abgestiegen ist. Als er den Riegel zur Kellertür mit einem Messer anheben und ins Haus einsteigen wollte, habe ich ihn mir geschnappt. Das da“, er wies auf die Messingmarke, „habe ich in einer kleinen Innentasche gefunden, außerdem die hier.“ Er holte aus seiner Jackentasche einen Gegenstand, den ich erst bei genauerem Hinsehen identifizieren konnte.

„Eine Garrotte“, entfuhr es mir, als ich den Metalldraht erkannte, der an beiden Enden mit jeweils einem Holzgriff versehen war. „Dieser Mann ist ein professioneller Mörder!“

Nun hob der Musiker den Kopf und warf mir einen bitterbösen Blick zu. Der Prinz war mit einem Schritt bei ihm und packte ihn vorne am Hemd.

„Du lebst hier seit deiner Kindheit, bist ein angesehener Musiker und Händler – und nun das?“ Er ließ den Mann wieder los und machte eine resignierte Handbewegung. „Darum sollen sich meine Wachleute kümmern; sie werden auch herausfinden, wer der Komplize war und was er vorhat.“ Er wandte sich mir zu. „Kommen Sie bitte morgen, ehe Sie abreisen, bei mir vorbei; ich gebe Ihnen nicht nur die Pässe, sondern auch für die erste Etappe bis Dschwari ein paar Soldaten mit. Die sollen dortbleiben und Ihre Pferde bewachen. Jetzt aber lassen Sie uns noch einen kleinen Abendimbiss zu uns nehmen, vielleicht bleibt dann auch noch die Zeit für ein zweites Schachspiel.“

Nachdem der Trommler von Soldaten abgeführt worden war, beruhigten wir uns langsam und konnten das Abendessen noch genießen. Es gab kalte Speisen und lebhafte Gespräche; hin und her überlegten wir, wie groß unsere Gegnerschaft sein mochte und wie wir mehr darüber herausfinden könnten.

Hartmann musste immer wieder erzählen, wie er den Musiker verfolgt und was genau der getan hatte.

„Das hat mich schon an meine Grenzen gebracht“, meinte er schließlich. „Ich bin nicht mehr der Jüngste, und meine Tätigkeit als Sprach- und Musiklehrer trägt auch nicht gerade zu meiner Konstitution und Ausdauer bei.“ Er schmunzelte und strich über seinen ansehnlichen Bauch. „Außerdem trinke und esse ich zu gern. Im Sommer würde ich Sie ja vielleicht noch begleiten, aber im Winter … Die Kälte bekommt meinen alten Knochen nicht. Aber ich werde hier die Augen aufhalten, und wenn etwas wirklich Gravierendes geschieht, wird der Prinz sicher einen Soldaten entbehren können, um Sie zu warnen.“

Natürlich konnte ich dem Fürsten am späten Abend seine Revanche im Schachspiel nicht versagen. Es war mehr Räuberschach als eine intellektuelle Höchstleistung, nach kurzer Zeit hatte mein König nur noch zwei Bauern und einen Läufer zur Verteidigung – allerdings stand einer meiner Bauern kurz davor, sich zur Dame umzuwandeln. Dadiani hatte einen Turm mehr als ich und bewies nun, warum er ein Meister der Kombination war: Er zwang mich mit Läufer und Turm in ein ewiges Schach – ein zweites Remis an diesem Abend, mit dem wir beide zufrieden waren.

Am nächsten Morgen kam Hartmann zum Frühstück in den Gasthof und besprach mit uns ausführlich unsere Route. Der Wirt wurde ganz zittrig, als er dies mitbekam.

„Seien Sie da nur vorsichtig!“, mahnte er. „Wir haben dieses Jahr frühen Schneefall und große Kälte, da werden die Wölfe gefährlich. In die schneelosen tiefen Gegenden trauen sie sich nicht, wegen der riesigen weißen Hütehunde, aber sollten Sie sich im Schnee verirren …“

Sofie klopfte an ihre Winchester, die im Gewehrschuh am Tisch lehnte.

„Wir werden mit ein paar Wölfen schon fertig, nicht wahr, Onkel Johann?“

Hartmann wiegte bedächtig den Kopf.

„Nimm dies nicht zu leicht. Ich habe gehört, dass sie dieses Jahr schon im Herbst besonders gefährlich gewesen sein sollen und sich näher an Menschen gewagt haben als üblich. Manche sagen, irgendetwas mache sie verrückt und wild.“

Ehe wir aufbrachen, legte ich das ovale Holzstück auf den Tisch.

„Hat jemand eine Idee, was das sein könnte? Ich habe es Orinschow abgenommen. Vielleicht ist es etwas, was ihm bei der Flucht geholfen hat, oder ein geheimes Zeichen. Ich habe es untersucht, aber nichts Besonderes entdeckt außer ein paar Verzierungen.“

Alle schauten sich das unregelmäßige Oval genauer an. Es war etwa fünf mal drei Zentimeter groß und etwa einen halben Zentimeter dick, es sah aus, als habe man bei einem Ei außen an den Längsseiten jeweils einen großen Teil abgeschnitten. Das Holz war dunkelbraun und wies eine feine Maserung auf,

auf der einen Seite gab es drei kreisförmige Verzierungen, die wahrscheinlich mit einer Lupe eingebrannt worden waren. Als Letzter nahm sich Hartmann das Holzstück vor. Er nahm seine Brille ab und betrachtete die Gravuren lange, dabei hielt er sie sich dicht vor die Augen, die er ab und zu zukniff.

„Kurzsichtigkeit", raunte er entschuldigend, dann entfuhr ihm lauter: „Das sind doch Buchstaben!" Er drehte das Holzstück mehrmals langsam im Kreis, während er vor sich hinmurmelte. Dann sagte er laut: „Me var dana" – und ließ das Oval erschrocken fallen. Auf dem Tisch lag nun ein kleines Klappmesser: Aus dem Holzstück, das den Griff bildete, ragte vorne eine etwa fünf Zentimeter lange symmetrische, einseitig geschliffene Klinge.

„Ein magisches Messer!", entfuhr es Halef, der vor Erstaunen ins Arabische fiel.

Ann stimmte ihm zu, sie sprach aber Englisch:

„Ja, eine magische Klinge!"

Hartmann hob den Blick und schaute uns der Reihe nach durchdringend an.

„Ihrer Reaktion entnehme ich, dass Sie mit magischen Gegenständen vertraut sind." Er sah meinen fragenden Blick und ergänzte: „Ich bin weit in der Welt herumgekommen und lebe schon einige Zeit in Georgien, wo ich Leuten wie dem Otchopintre begegne. Mich überrascht das wenig, auch wenn man in diesem Land mit herkömmlicher Magie wenig zu tun haben möchte. Dieses Messer hat Orinschow wahrscheinlich ermöglicht, seinen Fesseln zu entkommen."

Sofie fragte neugierig:

„Onkel Johann, was hast du da vorhin gesagt?"

Er räusperte sich:

„Auf dem Holzstück stehen in Kreisform drei georgische Wörter, in der mittelalterlichen georgischen Rundschrift, die der modernen Schrift so ähnlich ist, dass ich sie lesen kann. Da steht: ‚me var dana', wörtlich heißt das: Ich bin ein Messer."

Halef hatte das Messer inzwischen genau untersucht.

„Es ist sehr scharf“, sagte er. „Aber wie bekommen wir es wieder zu?“

Hartmann nahm es ihm aus der Hand und schaute es noch einmal genau an. Dann wies er auf eine kleine unscheinbare Vertiefung auf der Schneide.

„Hier steht es“, sagte er, legte das Messer auf den Tisch und sagte: „Patara!“ Während die Schneide sich augenblicklich in das Holz zurückzog, das wieder so unscheinbar wie vorher wirkte, erklärte er: „Das bedeutet ‚klein‘.“

Ich prägte mir die Wörter ein, schrieb sie aber auch vorsichtshalber in mein Notizbuch, dann steckte ich das Holzoval in den Beutel, in dem ich bereits den Musaddas verwahrte, jenen magischen Sechseckring, der mir, wenn ich hindurchblickte, zeigte, was oder wie die Dinge in Wirklichkeit waren. Obwohl er mir schon oft geholfen hatte, musste ich jedes Mal ein Unbehagen überwinden, wenn ich mich offensichtlich seiner Magie bediente, deshalb nutzte ich ihn nur, wenn es sich nicht vermeiden ließ

Beim Schloss erwarteten uns zwei berittene Soldaten als Eskorte. Sie sollten uns bis Dschwari begleiten und dort auf unsere Rückkehr warten. Prinz Dadiani bat uns zuvor noch in sein Arbeitszimmer, verschloss sorgfältig die Tür und meinte dann:

„Ich habe Ihnen erzählt, dass ich magische Kleinigkeiten sammle. Darunter sind viele Dinge, die eher als Spielereien zu betrachten sind, aber auch manch nützliches Werkzeug. Es wäre mir ein Vergnügen, Ihnen meine magische Schatzkammer zu zeigen.“

Wir nahmen dieses Angebot natürlich mit Freuden an. Der Prinz führte uns durch eine Geheimtür hinter einem Bücherregal in ein kleines Gelass von etwa drei mal vier Metern, in dem auf Holzregalen an den Wänden verschiedene Gegenstände lagen und standen, ich erkannte das Tischtuch vom Tag zuvor, die Würzgefäße und Wasserschälchen und auch die fliegenden

Teppiche. Einige Gegenstände erklärte uns der Fürst, wie etwa eine Flöte aus Indien, mit der man Schlangen besänftigen konnte, ein kleines Holzboot, das sich, wenn man es aufs Wasser setzte, in einen Kahn mit Rudern verwandelte und wieder zurück, sobald es trocken wurde, und einen Umhang, der den Träger bei Mondlicht unsichtbar machte. Manches führte er uns vor: eine Kerze, die rauchlos brannte, ohne sich zu verzehren, eine Armbrust, bei der stets ein neuer Pfeil auflag, sobald der zuvor verschossen war, und einen Dolch, der durch Stahl und Eisen schnitt wie durch Butter.

Bei manchen Gegenständen, gab Dadiani zu, wusste er nicht um ihre Funktion oder wie man sie aktivieren konnte. Halef entlockte ihm Begeisterungsstürme, als es ihm gelang, eine Glaskugel zum Leuchten zu bringen. Es war ein Zwillingsmodell seiner eigenen Lichtkugel, wenn auch etwas kleiner und schwächer, und nachdem der Fürst gesagt hatte, er habe sie von einem arabischen Kaufmann erworben, aktivierte Halef sie mit denselben Worten, die bei seiner Kugel funktionierten.

Dadiani war so glücklich, dass er uns zum Dank jeweils ein kleines magisches Geschenk verehrte. Da er wusste, wie sehr Halef an seiner Frau Hanneh hing, gab er ihm für sie eines der Würzgefäße mit und eine Liste mit den georgischen Namen der wichtigsten Gewürze. Ann schenkte er eines der Wasserschälchen.

„Für eine Frau, die das Reisen zu ihrer Passion gemacht hat, kann es sicher manchmal von Nutzen sein, Wasser zur Hand zu haben“, meinte er, und an Halef und Ann gewandt: „Beide magischen Gegenstände sind nur einmal für eine Nacht oder einen Tag im Monat zu verwenden, dann müssen sie ihre Kraft erneuern.“

Sofie verehrte er eine runde Brosche, die sehr alt wirkte und deren silberne Umrandung mich an die Verzierungen auf der magischen Harfe erinnerte, die wir in Hadramaut gefunden hatten, mir reichte er eine kleine Tonflöte, eine winzige Okarina, die auf der Vorderseite wie ein Gesicht gestaltet war.

„Dies sind zwei Gegenstände, die zusammengehören und aus Tirol stammen“, erklärte er. „Vor Jahrhunderten war ein Ritter und Sänger aus dem damaligen deutschen Reich hier zu Gast namens Oswald von Wolkenstein; er schenkte beides meinem Vorfahren, dem Fürsten Mamia II. Dadiani, um diesem im Kampf um die Selbstständigkeit seines Fürstentums zu helfen. Dieser Oswald hatte wohl etwas Rebellisches an sich und unterstützte stets Bestrebungen kleiner Fürsten und Ritter, sich gegen die großen Herren zu wehren. Der Legende nach hat er selbst beides von einem arabischen Magier bekommen zum Dank für seine Ratschläge beim Bau einer magischen Harfe, konnte aber mit diesem Geschenk nicht so recht etwas anfangen.“

Dadiani zeigte auf die Brosche, eine verzierte Silberscheibe von etwa zwei Zentimetern Durchmesser.

„Laut Ritter Oswald ist an manchen Orten und zu manchen Zeiten die Wand zwischen unserer Welt und anderen Welten, der Geister oder Götter oder mythischen Heroen, dünner als üblich, und dann soll man durch diese Scheibe hindurchblicken können in jene andere Welt. Ich konnte es niemals ausprobieren. Vielleicht gelingt es Ihnen. Und diese Tonflöte soll dasselbe ermöglichen, solange man sie bläst.“ Er blickte mich an. „Nützlich sind beide Dinge allemal, denn sie ermöglichen, miteinander zu kommunizieren. Blasen Sie einmal in das Flötlein, alle Töne von unten nach oben.“

Ich setzte die Okarina an, und nach ein paar Versuchen gelang es mir, eine Tonleiter zu spielen. Auf der Silberscheibe zeigte sich plötzlich ein Bild: ich mit der Tonflöte am Mund, der Ausschnitt umfasste meinen gesamten Kopf und etwa fünfzig Zentimeter rundherum, also mich knapp bis zur Gürtellinie und Halef, der direkt neben mir stand. Ich hörte erschrocken auf, zu spielen, und das Bild verblasste.

„Das ist nicht viel“, sagte der Fürst, „aber es ermöglicht das Übersenden von Botschaften, indem jemand beispielsweise ein Blatt Papier mit einer Botschaft hinhält. Leider geht dies nur in eine Richtung, aber ich habe noch keine Entfernungsbeschränkung feststellen können."

Wir verbrachten noch ein wenig Zeit in der Schatzkammer, um einiges auszuprobieren, dann kehrten wir ins Arbeitszimmer des Fürsten zurück. Er händigte uns georgische Pässe aus, unterzeichnet von ihm und seiner Mutter, der Fürstin Ekaterina Dadiani, und zusätzlich russische Militärpässe mit Passierbefugnis auch in Militärgelände, mit dem Siegel von Zar Alexander II. und der Unterschrift seines Bruders Nikolaus Dadiani, des Flügeladjudanten. Wir verabschiedeten uns herzlich voneinander im Bewusstsein, einen Freund gefunden zu haben.

Als wir die Stadt verließen, wedelte Sofie mit ihren Pässen und murmelte:

„Ob uns das gegen die Wölfe hilft?"

Achtes Kapitel
Wölfe in der Nacht

Der Ritt nach Dschwari war zwar von Anfang an anstrengend, aber durchaus unterhaltsam. Die beiden jungen Soldaten erwiesen sich als interessante Gesprächspartner, auch wenn einer nur Georgisch und Russisch sprach. Sein Kamerad übersetzte seine Beiträge in ein gebrochenes Englisch; Leo war, wie er erzählte, als Dolmetscher in seinem Regiment angestellt und sprach neben den drei erwähnten Sprachen auch noch leidlich Türkisch. Ich hatte mir so etwas schon gedacht; mit seiner schmächtigen Gestalt und seiner Nickelbrille wirkte er nicht gerade kämpferisch, eher wie ein Intellektueller.

Der andere Soldat, Maxim, war ein typischer Bauernsohn aus der Gegend: kräftig und hochgewachsen, mit gesunder rosiger

Gesichtfarbe, hellbraunem Haar und leuchtend blauen Augen. Er erzählte uns von tagelangen Wanderungen im Frühjahr und Sommer in die Berge, meistens mit seinen Brüdern, aber seit einiger Zeit vor allem mit seiner Verlobten. Er schwärmte uns vor von Vollmondnächten, in denen sie auf weichen grünen Matten duftenden Grases gelegen waren und vor dem hell leuchtenden Mond die Silhouetten der Gämsen und Steinböcke bewundert hatten, die dort scheinbar mühelos von Grat zu Grat sprangen, und von geradezu magischen Momenten, wenn aus dem Rund des vollen Mondes die Silhouette eines mächtigen Adlers herabstieß mit seinen majestätischen Schwingen.

Ich sah, wie Sofie und Ann immer wieder Blicke wechselten, wenn dem jungen Mann trotz der Sprachbarriere ergreifende poetische Schilderungen gelangen. Als wir eine erste Pause machten, sprach Ann mich darauf an.

„Ich finde es erstaunlich, dass dieser einfache Bauernsohn so erzählen kann."

Ich fragte:

„Erstaunt es Sie, dass er so tief empfindet, oder wie er davon erzählt?"

Ann überlegte einen Moment, dann sagte sie stockend:

„Beides – und das sollte es eigentlich nicht. Natürlich weiß ich, dass alle Menschen gleich starke Gefühle haben können, und unter den Adligen meines Bekanntenkreises gibt es so manchen Stockfisch. Aber es ist nun mal in meinen Kreisen üblich, auf Nichtadlige herabzublicken als Menschen nicht nur niedrigeren Standes, sondern auch mit eingeschränkter Gefühlswelt. Ich merke, dass ich diese Vorurteile noch nicht ganz überwunden habe. Ich sollte mich bei dem jungen Poeten bedanken." Sie schüttelte, offensichtlich irritiert über sich selbst, den Kopf und setzte sich etwas abseits.

Den Vormittag über ritten wir durch eine zunehmend herbstliche Landschaft stetig leicht bergauf mit einem herrlichen Blick auf die Berge des Kaukasus. Mich überkam beim Anblick der schneebedeckten Gipfel und Hänge ein zwiespältiges

Gefühl. So schön ich die Landschaft auch fand, so sehr beschlich mich doch ein ungewisses Bangen – keine Angst um mich oder vor der Aufgabe, aber die Sorge, ob wir vier dieser gewaltigen Herausforderung gewachsen sein würden, der Kombination aus winterlicher, vielleicht sogar feindseliger Natur, unbekannten magischen Kräften und menschlichen Feinden.

Gegen Mittag erreichten wir eine grasbewachsene Anhöhe, von der aus es erst wieder ein wenig abwärts ging, sich dann aber die Straße, die bisher breit und ziemlich festgetreten gewesen war, zu einem höchstens noch zwei Meter breiten Pfad entwickelte, in dem die festgefahrenen Spuren von Wagen erkennbar waren. Dieser Weg führte, soweit dies bis zur nächsten Biegung erkennbar war, nun stetig aufwärts, begrenzt von Felsformationen, die zunächst nur wenige Zentimeter hoch waren, langsam aber immer mehr in die Höhe wuchsen, sodass sie bis zur Biegung etwa einen Meter emporragten. Sie waren mit niedrigen Nadelgehölzen bewachsen.

„Das gefällt mir nicht“, murmelte Halef, als wir unsere Mittagsrast auf dem Hügel beendet hatten und uns zum Aufbrechen rüsteten. „Wenn der Pfad so weitergeht, werden wir uns irgendwann in einem Hohlweg wiederfinden.“

„Was stört dich daran?“, fragte Ann.

„Hast du die Pinkertons vergessen?“, warf Sofie ein.

Halef nickte ihr zu.

„Genau. Mir machen weniger die drei Herren Brown, Black und White Sorgen, die dürften weit vor uns sein. Aber der Mann aus dem Gasthaus, der dem Sihdi entkommen ist, weiß, dass wir diesen Weg nehmen, und auch, dass er heute oder morgen mit uns rechnen kann. Sollte das tatsächlich ein Hohlweg sein ...“

Er wandte sich an den bebrillten Soldaten und fragte ihn nach dem weiteren Verlauf des Wegs. Leo musste zugeben, dass er hier noch nie gewesen war, aber Maxim konnte uns Auskunft geben. Tatsächlich würden wir über mehrere Kilometer in einem Hohlweg reiten, dessen Wände an der höchsten Stelle über zehn Meter in die Höhe ragten.

„Bis etwa dorthin kann man auch auf den Felsen am Rand des Weges kommen, wenn man gut klettern kann, aber dann ist es praktisch unmöglich, weiterzugehen, die Grate sind zu schmal und steil."

Halef blinzelte mir zu, der Schalk blitzte aus seinen Augen.

„Sihdi", fragte er mich auf Arabisch, „denkst du auch an unseren Spaß damals mit den Aladschy?"

Ich musste lachen.

„Meinst du, ich solle mir wieder mein Haar blondieren und als unbeholfener, bebrillter und grünbeturbanter Scherif die Felsen emporkraxeln?"

Ann, die uns natürlich verstanden hatte, lachte laut auf.

„So etwas haben Sie gemacht? Ich kann mir das gar nicht vorstellen."

Halef schüttelte den Kopf.

„Nein, so nicht. Natürlich ist er nicht alleine geklettert, er hat den beiden berüchigten Banditenbrüdern einen harmlosen, hinkenden und arglosen Nachfahren des Propheten vorgespielt, und als sie uns von oben meucheln wollten, hat er sie alleine überwältigt. So geht das hier natürlich nicht."

„So nicht!", schloss ich mich ihm an und wechselte ins Englische. „Aber die Idee hat ihren Reiz." Ich erläuterte Sofie und Ann, auf welches unserer Abenteuer Halef angespielt und was er so indirekt vorgeschlagen hatte. „Wir haben uns im Geschäft von Tamaz Meskhishvili ja auch mit gutem, kräftigem Seil versehen", schloss ich. Wir hatten verschieden lange und dicke Hanfseile erworben; aus einem davon hatte ich inzwischen ein Lasso gefertigt. Ich ziehe zwar Lederriemen vor, aber die Rohlederstreifen, die ich für ein Lederlasso brauchte, würde ich hier wohl nicht bekommen. Ich fuhr fort: „Das einzige Problem ist, dass wir nicht wissen, auf welcher Seite der Attentäter lauert, wenn er überhaupt da ist. Also werden Halef und ich jeweils auf einer Seite die Felsen besteigen. Wenn wir am Ende sind oder ihn gefunden haben, seilen wir uns ab. Ihr anderen gebt uns einen Vorsprung, dann reitet ihr langsam los.“

Die beiden Soldaten hatten während meiner Erläuterungen getuschelt, nun meldete sich Leo zu Wort.

„Sie müssen nur die linke Seite besteigen“, meinte er. „Maxim sagt, auf der rechten Seite geht es nach einigen hundert Metern nicht weiter.“

So stand unser Entschluss bald fest. Ich übergab die Zügel meines Pferdes Halef, die Gewehre ließ ich am Sattel hängen. Schließlich musste ich wahrscheinlich klettern, und ziemlich sicher würde ich den Feind erst auf kurze Distanz wahrnehmen. Die Revolver, das Bowiemesser und meine Fäuste sollten ausreichen. Was ich aber mitnahm, war ein langes kräftiges Seil, das ich mir von der linken Schulter aus um den Oberkörper hängte, sodass es mich nicht behinderte.

Dann hingen wir Maxim meine Tschocha um. Der schwere georgische Umhang verbarg ihn nahezu komplett. Wir setzten ihm meinen Hut auf, anschließend bestieg er meinen Rappen. Sein Pferd beluden wir mit den dicken Fellmänteln, die wir zuvor unseren Packpferden obenauf geladen hatten, sodass es wie ein weiteres Packpferd aussah. Sollten die Gefährten doch früher als ich die Stelle erreichen, an der uns aufgelauert wurde, sollte der russische Soldat mit mir verwechselt werden, und da der feindliche Agent keine Ahnung hatte, dass wir von zwei Soldaten begleitet wurden, würde ihm nichts auffallen.

Nachdem diese Vorbereitungen getroffen waren, machte ich mich auf den Weg.

Die ersten paar hundert Meter konnte ich aufrecht gehen; die Felsen waren relativ breit und stiegen nur langsam an. Dann aber gab es über etwa einen Kilometer einen steilen Anstieg auf fast zehn Meter, wobei sich die Breite der Felsen stetig verminderte, bis ich auf einem knapp 70 Zentimeter breiten Felsgrat balancieren musste. Ich bewegte mich leise, aber relativ schnell leicht geduckt und durch die Bäume und Sträucher gedeckt vorwärts. Zwischendurch verbreiterte sich der Sims in unregelmäßigen Abszänden zu einer Art Felsenkanzel, die etwas über beide Seiten des Pfades hinaus- und etwa zwei Meter noch oben ragte. Ich ging jeweils dahinter in Deckung und streckte mich erst einmal kräftig, froh, mich kurz aufrichten zu können, ehe ich vorsichtig um die Kante spähte.

Beim zweiten Felsblock entdeckte ich in einem Spalt einen winzigen grünen Faden. Ich erinnerte mich, dass der Mann im Gasthaus eine grüne Weste getragen hatte; die Farbe konnte passen. So bewegte ich mich noch vorsichtiger vorwärts. Ich hatte gerade die fünfte Felsenkanzel erreicht, als ich direkt vor mir einen Schuss hörte und gleich danach einen Schrei von unten. Ich erschrak. Ich hatte mich in diesem schwierigen Gelände wohl langsamer bewegt als beabsichtigt, und meine Gefährten waren schon unten im Hohlweg angelangt.

Als ich um die Kante lugte, sah ich nur wenige Meter vor mir einen Mann schräg auf dem Felsen liegen, eine Flinte im Anschlag, ein kleines Rauchwölkchen stieg vorne am Doppellauf auf. Offensichtlich zielte er für den zweiten Schuss. Er hielt den Atem an und krümmte den Finger – doch sein Schuss löste sich nicht mehr. Denn ich hatte blitzschnell einen meiner Revolver gezogen, und meine Kugel schmetterte ihm den Kolben an die Wange und dann das Gewehr aus den Händen. Mit einem Satz war ich bei dem Attentäter und sah, dass von ihm im Moment keine Gefahr mehr ausging. Der Gewehrkolben hatte ihm die Wange geprellt, vielleicht sogar den Wangenknochen gebrochen und ihn ins Reich der Träume befördert. Schnell warf ich einen Blick in den Hohlweg. Unten sah ich unseren Trupp, Maxim war im Sattel zusammengesackt und rutschte in diesem Moment vom Pferd, ehe jemand ihn daran hindern oder auffangen konnte. Ich sah die Blicke von Ann, Sofie und Halef auf mich gerichtet und rief ihnen zu:

„Hier oben ist alles in Ordnung; leider war ich ein wenig zu spät. Kümmert euch um Maxim."

Ich untersuchte noch einmal den hinterhältigen Schützen; er war in tiefer Bewusstlosigkeit gefangen. Trotzdem fesselte ich ihm die Hände auf den Rücken. Dann führte ich ein Seil unter seinen Achseln hindurch und ließ ihn langsam hinab. Halef nahm ihn in Empfang und löste das Seil. Ich zog es wieder hoch und legte es so um einen der kräftigen Felsenvorsprünge, dass zwei gleichlange Seilstücke nach unten bis auf den Boden reichten. Halef band diese unten an einem der krüppeligen Bäume fest, die den Hohlweg ab und an säumten. Nachdem ich das Gewehr nach unten geworfen hatte, machte ich mich an den Abstieg, mich dabei an beiden Seilen gleichzeitig haltend. Unten angekommen, genügte es, das Seil loszumachen und kräftig an einem der beiden Enden zu ziehen, schon kam das Seil in ganzer Länge herunter.

Leo, Ann und Sofie hatten sich inzwischen um Maxim gekümmert. Der Schuss hatte Herz und Lunge glücklicherweise knapp verfehlt, die Kugel saß oben links unter der Schulter. Bei anständiger Pflege würde Maxim sicher überleben. Während Sofie professionell und scheinbar ungerührt das Verbinden der Wunde beendete, hatte Ann Tränen in den Augen. Sie wischte diese weg und schluchzte.

„Ich muss die ganze Zeit an seine Freundin denken und daran, dass er beinahe nie wieder mit ihr in Vollmondnächten auf einer Wiese gelegen und den Adler beobachtet hätte."

„Aber er hat es überlebt!", warf Sofie ein, die sich erhoben hatte. „Hätte Halef nicht diese Idee gehabt mit dem Anschleichen dort oben, wären jetzt wahrscheinlich er und sein Sihdi tot."

„Das ist richtig", sagte ich mit einem lobenden Blick zu Halef. „Aber ich war zu langsam. Sonst wäre Maxim jetzt nicht so schwer verletzt."

Halef schüttelte den Kopf.

„Mach dir keine Vorwürfe, Sihdi. Wir waren vielleicht auch zu schnell oder sind zu früh losgeritten. Auf jeden Fall kann dieser hier" – er stieß unseren Gefangenen mit dem Fuß an – „jetzt kein Unheil mehr anrichten."

Wir alle nickten, dann sagte Sofie:

„Wir müssen aber überlegen, was wir jetzt tun wollen."

Nach kurzer Beratung stand unser Entschluss fest: Leo würde Maxim und den Gefangenen zurück nach Sugdidi bringen. Dort dürfte seinem Kameraden eine anständige Pflege zuteil werden. Prinz Dadiani musste entscheiden, was mit dem Attentäter geschehen sollte, und auch, ob er wie besprochen noch Soldaten nach Dschwari schicken wollte. Ich erklärte Leo, dass das nicht unbedingt nötig sei. Wir würden unsere Pferde in dem Dorf unterstellen; wenn wir bis zum Jahreswechsel nicht zurück seien, dann solle der Fürst sich bitte darum kümmern.

Wir luden unsere Packpferde um, sodass alles auf die zwei, die Halef und ich gekauft hatten, und unsere Reittiere passte. Für den noch verbleibenden halben Tag musste das reichen. Dann fertigten wir aus Seilen und Decken eine Trage, die wir zwischen den beiden nun freien Packpferden befestigten. Für den halben Tagesritt bis Sugdidi sollte Maxim dies aushalten; er war bewusstlos und stöhnte nur ab und zu.

„Wenn es zu schwierig wird, dann übernachte lieber", sagte Ann zu Leo. „Und wenn er zu starke Schmerzen hat, gib ihm hiervon eine kleine Menge, nicht größer als eine tote Fliege." Sie zog aus einem Beutel eine kleine, runde, silberne Dose, etwa fünf Zentimeter im Durchmesser und einen guten Zentimeter hoch. Sie ließ den Deckel aufschnappen und entnahm der Dose einen sehr kleinen silbernen Löffel und damit eine grünliche teigähnliche Substanz, nicht mehr, als in einen Fingerhut passt. Sie wickelte diese in ein seidenes Schnupftuch, verschnürte es und reichte es Leo. „Den Rest gib bitte Fürst Dadiani, er soll ihn für mich aufbewahren. Und komme nicht auf die Idee, selbst davon zu kosten, es würde dir nicht bekommen, es ist nur dazu da, starke Schmerzen zu lindern."

Leo bedankte sich, und nachdem wir den immer noch bewusstlosen Attentäter bäuchlings auf Maxims Pferd gebunden hatten, machte er sich bald auf den Weg, um vielleicht doch noch vor Einbruch der Dunkelheit in Sugdidi anzukommen.

Ich nahm Ann zur Seite.

„Woher haben Sie diese Menge Haschisch? Ich habe es am Geruch erkannt."

Sie lächelte.

„Das und die Dose sind ein Geschenk von Onkel Daffy. Seitdem er den Roman *Der Graf von Monte Christo* gelesen hat, ist er von der Wirksamkeit dieses Mittels bei manchen Gelegenheiten überzeugt. Der Graf sagt, diese göttliche Substanz, wie er sie nennt, helfe, die Schmerzen der wirklichen Existenz zu lindern durch die Wonnen des Traumes. Onkel hat es probiert, und er will davon nichts wissen, solange es zum Sinnetrüben dient, aber als Schmerzmittel, sagt er, sei es unerreicht. Und deshalb gab er mir die Dose mit auf meine Reise – für Notfälle wie diesen."

Auch ich halte nichts davon, die Sinne zu betäuben, um der Welt zu entfliehen. Doch gegen eine solch segensreiche Wirkung konnte ich nichts einwenden. So meinte ich nur:

„Verbergen Sie es bitte wohl, und lassen Sie niemanden außer uns davon wissen, dies könnte sonst Begehrlichkeiten wecken."

Dann brachen auch wir auf. Meine Tschocha hatte ich wieder an mich genommen und sie zusammengerollt hinter meinen Sattel geschnallt. Das meiste Blut hatte ich mit Wasser aus unseren Vorräten abgewaschen, aber ob man sie würde so gründlich reinigen können, dass ich sie wieder tragen konnte, musste sich noch erweisen.

Es war inzwischen schon ziemlich kühl, fast wie im Spätherbst, aber immer noch August, und so war es noch lange genug hell, dass wir, wenn auch am späten Abend, Dschwari erreichten. Wir fanden das Gasthaus, das, wie erwartet, einen großen Stall hatte. Wir quartierten uns ein, ich gab meine Tschocha der Wirtin mit der Bitte, dass sich eine ihrer Mägde darum kümmen möge, und nach einem frugalen Mahl waren wir froh, am Ende dieses anstrengenden Tages in unsere Betten fallen zu können.

Am nächsten Morgen machten wir mit dem Wirt alles klar. Er würde unsere Pferde einquartieren und sich um sie kümmern, bis entweder wir zurückkämen oder Prinz Dadiani jemanden schickte, sie zu holen. Ich kaufte ihm einige Hanfseile ab, da wir ja fast unseren gesamten Vorrat mit Maxim zurück nach Sugdidi geschickt hatten. Meine Tschocha hatten zwei Mägde noch am Abend gründlich eingeweicht und am frühen Morgen geschrubbt und gewalkt; sie sah tatsächlich aus wie neu. Nur das Loch oben an der linken Schulter erinnerte an den Mordversuch vom vorherigen Tag. Die Wirtin fragte mich vor dem Frühstück, ob sie das Loch stopfen oder es lieber umsticken solle. Nach kurzem Nachdenken entschied ich mich für Letzteres; eine Erinnerung an mein Versagen, als das ich mein Zuspätkommen immer noch empfand, würde nicht schaden. Und so trug ich bei unserer Abreise wieder meine Tschocha, das Loch mit einer weißen Verzierung umstickt, die zu den stilisierten Berggipfeln passte, die sich schon auf dem Mantel fanden. Selbstverständlich hatte ich die Wirtin und ihre Mägde großzügig für ihre Arbeit entlohnt.

Wir waren schwer bepackt, als wir losmarschierten. Mit unseren Rucksäcken, auf die wir noch die Schneeschuhe gespannt hatten, erinnerten wir ein wenig an aufrechtgehende Schildkröten. Wir folgten aufwärts dem Enguri in seinem engen Tal, das nach wenigen Kilometern stark anzusteigen begann. Es wurde stetig kälter, der Enguri verzweigte sich, und das Tal wurde breiter, sodass wir uns entscheiden mussten, welchem der Flussarme wir folgen wollten. Wir marschierten an dem entlang, der stärker Wasser führte. Kurz vor Mittag erreichten wie Potchko Etseri. Für vielleicht acht Kilometer hatten wir gut drei Stunden gebraucht. Wir legten keine lange Rast ein; immerhin bekamen wir in einem kleinen Bauernhof, der nebenbei auch als Gaststätte betrieben wurde, etwas zu essen und zu trinken, sodass wir unsere Vorräte nicht angreifen mussten. Als wir Potchko Etseri verließen, betraten wir nach wenigen Minuten eine winterliche Welt: Der Egdidi floss uns rasch entgegen, doch war er von nun an stets von Schnee umgeben.

Die nächsten Stunden und Tage wurden zunehmend beschwerlicher. Immer wieder mussten wir uns am Ufer durch Schneeverwehungen kämpfen, manchmal blieb zwischen dem Wasser und den umgebenden Hügeln oder Felsen weniger als ein Meter Raum. Oft seilten wir uns an. Uns war klar, dass ein Sturz in das eiskalte Wasser schnell den Tod bedeuten konnte. Wenigstens mussten wir die Fellmäntel nicht mehr auf dem Rücken schleppen; wir waren froh, dass sie uns wärmten.

Am späten Nachmittag des vierten Tages seit unserem Aufbruch von Dschwari erreichten wir Khaishi. Man hatte uns gewarnt, dass diese 40 Kilometer von Potchko Etseries es in sich haben würden, aber mit einer solchen Reisegeschwindigkeit hatten wir nicht gerechnet.

Wir beschlossen, an diesem Tag nicht mehr weiterzuwandern, sondern uns etwas auszuruhen und unsere Mäntel und Kleider zu trocknen, die von Gischt und Schnee durchnässt waren. Nachdem wir tagelang aus Mangel an Brennmaterial kein Feuer hatten machen können und unsere Rationen kalt gegessen hatten, freuten wir uns über den Kamin in der kleinen Gaststube und nahmen gerne das Angebot an, dort nach einem ausgiebigen Gastmahl bei heißem Tee und für uns Nichtmuslime zusätzlich heißem, gesüßtem Rotwein noch eine Zeitlang mit Smalltalk, wie es die Engländer nennen, zuzubringen. Niemandem von uns stand der Sinn nach tiefgehenderen Betrachtungen über den bisherigen und den möglichen weiteren Verlauf unserer Reise.

Am nächsten Morgen machten wir uns gestärkt auf. Der Wirt hatte uns einiges an Brennholz mitgegeben, das wir trotz der zusätzlichen Belastung gerne mitnahmen, und uns vor der Gefahr des Irregehens gewarnt. Es gäbe mehrere Nebenflüsse des Enguri, die aus dem Norden in ihn mündeten und um diese Jahreszeit zeitweise genauso viel oder sogar mehr Wasser führten. An solchen Stellen könne es unklar sein, welches das richtige Tal sei. Im Zweifelsfalle sollten wir uns immer Richtung Osten halten.

Zwei Tage später merkten wir, dass dies leichter gesagt als getan war. Wir hatten uns stetig bergauf gekämpft, durch Schnee und teilweise auch Eis, und immer den Fluss gesehen. Doch dieser dritte Tag seit unserem Aufbruch von Khaishi begann mit einer wahren Nebelsuppe; man konnte die sprichwörtliche Hand nicht vor den Augen sehen. Als ich aus unserem kleinen Zweimannzelt schlüpfte, das wir an einer breiteren Stelle des Ufers errichtet hatten, konnte ich nicht einmal das Zelt der Frauen erblicken.

Wir verständigten uns durch Zuruf und versammelten uns zwischen den Zelten. Sollten wir es riskieren, uns weiter voranzukämpfen, trotz dieses undurchdringlichen Nebels? Was, wenn wir Tage hier an diesen Ort gefesselt wären? Was aber, wenn wir uns verirrten oder in den Fluß fielen? Wir beschlossen, zumindest noch ein paar Stunden abzuwarten.

Gegen Mittag klarte es endlich auf. Wir konnten immer noch nur wenige Meter weit sehen, doch war es uns möglich, nun dem Fluss zu folgen. Allerdings erwies sich dies als schwieriger als bisher, nach wenigen hundert Metern näherten die das Flußbett einhegenden Felsen sich so sehr dem Wasser an, dass es nicht mehr möglich war, dazwischen weiterzugehen. Und wenige Meter weiter schlossen sich die Felsen über dem Fluss zusammen zu einer Art natürlichem Torbogen, durch den der Enguri uns wie über Stromschnellen entgegenschoss. Unsere Reise schien an ein Ende gekommen zu sein.

Schon wieder war eine Beratung angesagt. Während wir debattierten, ob es vielleicht möglich sein könnte, ein Floß zu bauen, rief plötzlich Halef: „Seht!“ Und er wies auf den Felsen über uns.

Der Nebel hatte sich inzwischen, ohne dass ich es bemerkt hatte, gelichtet, und der kluge Halef hatte die Felswand daraufhin ausführlich in Augenschein genommen. Nicht weit von uns, ein paar Meter entgegen unserer Marschrichtung, wies der Fels genug Zerklüftungen auf, dass es möglich schien, ihn zu erklimmen.

Es dauerte fast den ganzen Nachmittag, bis wir es alle nach oben geschafft hatten. Erst hatte ich den Fels mit aller Vorsicht bestiegen, nur ein Seil dabei. Dies war eine der schwersten Kletterpartien, die ich je zu bewältigen gehabt hatte, war doch der Fels glitschig und feucht, meine Hände waren kalt und klamm, und immer wieder spritzte Gischt empor.

Oben angekommen, erkundete ich den möglichen weiteren Weg, dann ließ ich das Seil herunter, und nach etwa einer guten Stunde hatten wir alles und alle nach oben transportiert.

Da es auf den Felsen oben sehr unbequem war, beschlossen wir, obwohl es bereits zu dunkeln begann, noch auf die andere Seite des Flusses zu wechseln. Denn hinter dem natürlichen Torbogen verengte sich der Fels auf unserer Seite immer mehr, wir würden dort nicht weiterkommen, also mussten wir auf der anderen Seite des Flusses weiterreisen.

Glücklicherweise war der Fels, der über den Fluss führte, mehr als zwei Meter breit, sodass wir die natürliche Brücke gefahrlos überqueren konnten. Auf der anderen Seite des Enguri führte uns das Felsband ein Stück vom Fluss weg, bis es sich langsam senkte und wir schließlich in einer Art kleinem schneebedeckten Tal landeten, einem offensichtlich von Felswänden umgebenen Talkessel. Es war inzwischen so dunkel geworden, dass wir nicht erkennen konnten, ob und wo es weiter ging. Also beschlossen wir, hier die Nacht zu verbringen. Auch hörten wir den Fluss nicht mehr, allerdings nun etwas anderes: das Heulen zahlreicher Wölfe. Es war wohl schon länger zu hören gewesen, doch wurde es uns erst jetzt bewusst.

Während wir uns um ein kleines Feuer drängten, das wir mit den letzten Resten unseres Brennholzes entfacht hatten – ich glaubte nicht, dass es für die ganze Nacht reichen würde –, begann plötzlich Sofie mit tiefer, dunkler Stimme langsam zu sprechen:

„Es heißt ja, dass Wölfe Menschen nur angreifen, wenn sie ausgehungert sind und die Menschen schwach. Mag sein, dass das für die Wölfe in Europa gilt, die ja nicht viel größer werden als Schäferhunde. Aber in unseren Wäldern gibt es die großen kanadischen Wölfe, und die haben schon manchen Trapper angegriffen und getötet." Während sie dies mit nahezu unbewegter, tieftönender Stimme sagte, griff sie nach ihrem Gewehrholster und zog die Winchester heraus. „Schaut euch um!", fuhr sie fort. Und nun sahen wir alle, was Sofie sicher schon vorher aufgefallen war: Rund um unser Lager zog sich ein Kreis glühender Augen. Es mussten mehr als zwei Dutzend Tiere sein, und wenn ich die Augenhöhe in Betracht zog, schienen sie mir sehr groß zu sein für Wölfe. Auch ich griff nun langsam nach meinen Gewehren und zog sie aus ihren Hüllen, Ann und Halef taten es mir gleich.

Sofie behielt ihren unbewegten Tonfall bei.

„Mein Vater hatte einen Freund, Bill. Der ist einmal mit einem Kameraden und einem Dutzend Hunden unterwegs gewesen. Jede Nacht wurde es ein Hund weniger. Denn es gab da eine Wölfin, die wahrscheinlich ein halber oder ein verwilderter Hund war, und die hat Nacht für Nacht einen der Hunde zu ihrem Rudel gelockt. Den letzten hat sie sich am hellichten Tag geschnappt, und sie wusste genau, wenn einer der beiden Männer zum Gewehr gegriffen hat, und hat sich dann hinter einem Schneehaufen verborgen. Und dann waren Bill und sein Freund alleine."

Sofie schwieg. Halef brummte etwas, und dann saßen wir eine Viertelstunde schweigend da und starrten auf den Augenkreis, der in der Dunkelheit nicht weit hinter dem Feuer flimmerte. Langsam konnte ich undeutliche Gestalten am Rand des Feuerscheins erkennen; ich versuchte, deren Bewegungen zu beobachten. Wenn ich die Augen fest auf ein im Dunkel leuchtendes Augenpaar heftete, so fing die Gestalt des Tieres an, allmählich Form anzunehmen, und dann und wann konnte ich den Wolf sich bewegen sehen. Fast versetzte mich das in Trance, und ich riss mich bewusst heraus.

„Sie sind wirklich sehr groß, und sie scheinen helles Fell zu haben“, sagte ich zu niemand Bestimmtem und konnte sehen, wie drei Köpfe emporruckten. Waren auch meine Gefährten dieser gefährlichen Trance verfallen?

Mir fiel auf, dass das Feuer fast heruntergebrannt war. In dem Moment sprang ein riesiger Schatten auf mich zu. Da ich gerade dabei war, ein frisches Holzscheit ins Feuer zu werfen, ließ ich es fallen, griff ein brennendes Stück Holz am noch unversehrten Ende und schleuderte den Feuerbrand in den offenen Rachen, den ich plötzlich direkt vor mir sah. Der riesige weiße Wolf sprang zurück und heulte vor Schmerz, und über unser Lager verbreitete sich der Geruch von versengtem Haar und Fleisch. Sofie hatte ihre Winchester gehoben, ließ sie nun aber wieder sinken.

„Was für ein Riese!“, flüsterte sie.

Ich nickte.

„Bestimmt zwei Meter von der Schnauze bis zur Schwanzspitze, ich schätze, der wiegt mindestens 80 Kilo.“ Ich musste an die riesigen Bluthunde denken, denen ich begegnet war; dieser Wolf war ihnen mehr als ebenbürtig.

„Warum erschießen wir sie nicht?“, fragte Halef.

Ehe ich antworten konnte, winkte Sofie ab.

„Sie sind zu klug. Wenn wir anfangen zu schießen, werden sie sich zurückziehen und verteilen. Mister Kara und ich haben jeweils mehrere Schuss, aber ihr beide nicht. Mit Schrot wird man ein solches Tier kaum ernsthaft verletzen können, ebenso wenig mit den Revolvern, da müsste schon ein außergewöhnlicher Schuss gelingen. Nein, wir sollten den Kampf nicht zu ihnen tragen, aber bereit sein, wenn sie ihn beginnen.“

Wir schwiegen ein paar Minuten, dann fragte Ann leise:

„Was ist aus Bill und seinem Freund geworden?“

Sofie seufzte, dann erzählte sie, wieder mit dieser tonlosen Stimme:

„Die Wölfe fanden in diesem Winter keine Beute. Und nachdem sie die Hunde gefressen hatten, waren sie immer noch hungrig. Sie verfolgten die beiden Männer zwei Tage lang, während die ihren Schlitten zogen und schoben, als wüssten sie, dass jeder von den beiden nur noch zwei Patronen hatte. Nachts lagen sie so dicht um das Feuer, dass man sie deutlich sehen konnte. Manche schliefen sogar, sich ihrer Sache sicher, während die Männer keinen Schlaf fanden. Gegen Morgen wurde der Kreis immer enger, bis es den Männern zu bunt wurde und sie ab und zu ein brennendes Holzscheit in den Kreis schleuderten, was, wenn sie einen Wolf getroffen hatten, für ein paar Minuten zum Rückzug des Rudels führte. Am dritten Tag wurden die Wölfe immer dreister und trabten fast in Griffweite im Rücken und zu beiden Seiten des Schlittens, geifernd und die roten Zungen heraushängend. Gegen Mittag wurde es dem Freund von Bill zu dumm, oder er wurde verrückt. Ich habe leider seinen Namen vergessen. Er nahm Bill das Gewehr weg und legte auf die Wölfe an. Als die blitzschnell hinter der nächsten höheren Schneeverwehung verschwanden, rannte er schreiend und fluchend hinterher. Bill hörte zwei Schüsse, dann noch mal zwei, dann ein lautes Geheule und einen langen Todesschrei, das Geheule aber hörte nicht auf."

Sofie schwieg einen Moment, nahm dann einen Schluck des Tees, den wir am Abend aufgebrüht hatten.

„Bill machte noch vor dem Dunkelwerden Rast. Er hielt an einer Stelle, an der eine einsame, kleine, vertrocknete Tanne stand und verbrachte den Rest des Tages damit, daraus Brennholz zu schlagen. Als es dunkelte, kamen wieder die Wölfe. Er war so übermüdet, dass er immer wieder einschlief. Er saß zwischen zwei Feuern und hielt das Beil zwischen den Knien, seine einzige Waffe. Einmal erwachte er, als nur wenige Schritte vor ihm die Wölfin stand und ihn musterte wie ein Gast im Restaurant den Hummer mustern mag, der ihm demnächst serviert wird. Ihr Maul öffnete sich, Speichel floss heraus, und sie leckte sich die Lefzen. Als Bill nach einem brennenden Holzscheit griff, sprang sie davon. Die ganze Nacht hielt er das Rudel mit Feuerbränden zurück. Am Morgen aber zogen sich die Wölfe zum ersten Mal nicht zurück, sie bildeten weiter einen Kreis um ihn und das Feuer. Und gegen Abend ging das Brennholz zur Neige."

Sofie nahm wieder einen Schluck, dann fuhr sie fort.

„Ich will es kurz machen. Bill zerlegte seinen Schlitten, das Holz hielt ihm die Nacht über das Rudel vom Leib. Am Morgen aber sah er seinem Ende entgegen, bis zum Mittag wäre das Feuer erloschen. Und die Wölfe wurden immer dreister, mehr als einmal musste er einen, der ihm nahegekommen war, mit einem brennenden Holzscheit direkt bekämpfen, ohne seine dicken Fellhandschuhe wären seine Hände entweder längst zerfleischt oder verbrannt gewesen. Aber Bill hatte Glück. An diesem Vormittag fand ihn der oberste Scout meines Vaters, der mit ein paar seiner Trapper unterwegs war. Es war natürlich Onkel Johann, der Bill rettete. Und wenn er die Geschichte erzählt, vergisst er nie zu erwähnen, dass beim Schwarzen Bill, wie er vorher genannt wurde, weil er pechschwarze Haare und einen ebensolchen langen Bart hatte, an dem Tag, als sie ihn retteten, Bart und Haare schneeweiß waren."

Wir alle schwiegen wieder. Ich hatte die Wölfe nicht aus den Augen gelassen, und war sicher, dass dies auch für Ann und Halef galt. Manchmal bewegte sich der glühende Kreis aus Wolfsaugen, und es schien, als wanderten alle Tiere ein wenig im Kreis, als langweilten sie sich in immer derselben Position. Manchmal auch zog sich der Kreis ein wenig zusammen, und daran merkten wir, dass wir unaufmerksam gewesen waren und das Feuer ein wenig zu sehr hatten herunterbrennen lassen.

„Ich weiß nicht, ob das Brennholz bis zum Morgengrauen reichen wird", meinte Ann irgendwann lange nach Mitternacht.

„Und wir haben keinen Schlitten, den wir verbrennen könnten“, erwiderte Halef im vergeblichen Versuch, einen Scherz zu machen.

„Wir können es noch mit meinem Phosphorfläschchen und deiner Lichtkugel versuchen“, gab ich zu bedenken. „Da beide aber kaltes Licht ausstrahlen, glaube ich nicht, dass es etwas nützen wird.“

Als das Feuer langsam niederbrannte, wurde es im Osten ebenso langsam hell. Die Sonne kündigte ihr Erscheinen an, deutlich genug, dass wir sehen konnten, mit was für riesenhaften Wölfen wir es zu tun hatten. Es waren beeindruckende, fast schon würdevolle Tiere, bei denen aber deutlich die Rippen hervorstachen. Sie waren am Verhungern, sie würden kein Pardon kennen, auch wenn wir fast alle töteten. Es würde ein Kampf sein bis zum letzten Wolf und bis zum letzten Menschen. Langsam zog sich der Ring der glühenden Wolfsaugen näher zusammen. Ohne ein Wort zu sagen, standen wir gleichzeitig auf, stellten uns Rücken an Rücken und formten ein Quadrat. Sofie und ich bildeten die eine Achse, mit unseren mehrschüssigen Waffen. Halef hatte seine Flinte und seinen Revolver, Ann hatte ich meine beiden Smith & Wesson in die Hand gedrückt. Der Kreis schloss sich enger, die Augen der Wölfe verengten sich, ihre Schnauzen waren leicht geöffnet, die Zungen hingen teilweise heraus, weiße Zähne blitzten uns entgegen. Jede Sekunde würde der Angriff erfolgen. Ich hob den Henrystutzen, um den großen Leitwolf, den ich nicht nur an seiner Größe, sondern auch seinem versengten Maul erkannte, als ersten zu erschießen.

Da erhob sich hinter den Wölfen am Rand des Talkessels eine riesige behaarte Gestalt, und eine dröhnende Stimme ertönte in tiefstem Bass, in hartem, guttural klingendem Georgisch. Später sollte ich erfahren, was die Bedeutung jener Worte waren:

„Ganz ruhig. Niemand wird heute Nacht hier sterben. Ihr nicht, meine vierbeinigen Freunde, und auch ihr nicht, zweibeinige Besucher.“

Neuntes Kapitel
Ein alter Freund

Mich durchzuckte es wie ein Blitz. Ich glaubte, die Stimme zu erkennen, trotz der fremden, mir unverständlichen Sprache – doch das konnte nicht sein! Ich musste mich irren! Aber dazu diese riesige Gestalt …

Diese bewegte sich nun langsam in den Talkessel herab, aber ich konnte nichts erkennen außer einer Silhouette, denn hinter dem Riesen ging die Sonne auf. Um seinen Kopf mit den langen Haaren erschien eine Aureole, fast wie ein Heiligenschein. Der Mann neigte das Haupt hinab zum Leitwolf, und mir schien es beinahe, als würden die beiden miteinander sprechen. Dann wichen die Wölfe langsam zurück, drehten sich um und verschwanden. Die Gestalt richtete sich wieder auf und kam langsam näher; noch immer konnte ich, geblendet von der Sonne, das Gesicht nicht erkennen, sah nur einen großen Mann in einem dicken Fellmantel, der aus dem Pelz eines Bären geschneidert zu sein schien, und in seinen Händen ein riesiges Gewehr, das meinem Bärentöter kaum nachstand, in diesen Pranken aber fast zierlich wirkte.

Nun trat der Riese noch einen Schritt vor und mein Herz blieb beinahe stehen. Blitzschnell durchzuckten mich verschiedene Erinnerungen und für einen Moment auch wieder jenes Gefühl der Ehrfurcht, das ich empfunden hatte, als ich zum ersten Mal neben diesem Mann gekämpft hatte.

Er war schon eine Legende gewesen, als ich den Westen als Greenhorn betreten hatte, und ich erinnerte mich noch genau daran, wie mich sein Anblick bei unserem ersten gemeinsamen Kampf an jene alten Recken gemahnt hatte, von denen ich als Knabe so oft und mit Begeisterung gelesen hatte. Wie damals wehten ihm auch in diesem Moment die langen, grauen, mähnenartigen Haare um das entblößte Haupt. Ich ließ den

Henrystutzen zu Boden gleiten und breitete die Arme aus. Er starrte mich einen Moment ungläubig an, dann ließ er das Gewehr fallen, war mit einem Satz bei mir und riss mich in seine Arme. Nach einem kurzen Druck, der mir beinahe die Rippen brach, stieß er mich wieder von sich, hielt aber immer noch meine Arme umklammert.

„Mensch! Mann! Freund!“, brach es aus ihm auf Englisch heraus, und seine Augen leuchteten. „Mein Lebensretter aus dem fernen Amerika hier bei mir im Kaukasus! Wie ich mich freue! Und jetzt konnte ich wenigstens ein bisschen meiner Schuld zurückzahlen!“ Er ließ mich los und drehte sich zu meinen Begleitern um, die dem Schauspiel sprachlos und mit aufgerissenen Augen zugeschaut hatten, immer noch ihre Gewehre schussbereit in Händen.

Sofie ließ ihre Waffe jetzt sinken, schaute von mir auf meinen alten Freund und stammelte:

„Das – das – das kann doch nur Old Firehand sein!“

Auch die anderen senkten nun ihre Gewehre, und ich sah sowohl in Halefs wie in Anns Gesicht den Schimmer des Begreifens; beide kannten zumindest vom Hörensagen ein wenig den Ruf dieses Mannes.

Old Firehand nickte nur, dann meinte er, immer noch auf Englisch:

„Kommt mit, nicht weit von hier kann ich euch ein warmes Feuer und Kaffee bieten; dort können wir reden.“ Und er drehte sich um und stiefelte den Hang hinauf, ohne einmal zurückzublicken. So kannte ich ihn: wortkarg und automatisch die Führerschaft übernehmend – wenn nicht gerade Winnetou und ich dabei waren. Im Moment überließ ich sie ihm gerne.

Während wir rasch zusammenpackten und ihm hinterhereilten, musste ich an meinen Blutsbruder im fernen Amerika denken. Ob Old Firehand wohl etwas von ihm wusste?

Nach kurzer Zeit saßen wir in einer Nebenschlucht um ein kleines, wenig rauchendes Feuer und hielten Tassen mit dampfendem Kaffee in den Händen – eine Wohltat nach den

Strapazen der letzten Tage und vor allem der letzten ungemütlichen Nacht.

Old Firehand blickte uns der Reihe nach an und sagte dann ruhig:

„Wer ich bin, wisst ihr nun. Ich kenne niemanden in der Runde außer meinem alten Freund Old Shatterhand. Deshalb und weil ich der Gastgeber bin, wäre ich dankbar, wenn ihr mir sagt, wer ihr seid und was euch in diese Berge führt. Danach bin ich gerne bereit, meine Geschichte zu erzählen und was ich hier tue."

Wir alle nickten, Ann begann. Sie erzählte kurz von ihrem Onkel, Sir David Lindsay, und dessen Reisen als Mitglied des Traveller's Club, und deutete unsere Erlebnisse im Orient und im Geisterreich an, um Old Firehand zu verdeutlichen, das wir schon einiges zusammen erlebt hatten. Dabei erwähnte sie nichts von Hexen und Geistern, von Magie und fliegenden Pferden, sondern berichtete nur von weltlichen Gegnern und Kämpfen. Dann kam sie auf den Zweck ihrer Reise zu sprechen: dass es ihr die Aufnahme als Vollmitglied im Traveller's Club sichern sollte, wenn ihre Suche nach dem Grab der Königin Tamar erfolgreich wäre. Auf seine Bitte hin zeigte sie Old Firehand die Papierrollen. Er untersuchte sie und meinte dann:

„Ich kenne die Steintürme von Mestia gut, sie bergen noch so manche Geheimnisse. Ich will nicht ausschließen, dass Ihre Suche dort von Erfolg gekrönt sein könnte."

Als Sofie sich vorstellte, zuckte der alte Trapper kurz zusammen und beobachtete sie dann aufmerksam. Sie sprach von ihrer Hoffnung, in Georgien Beweise zu finden für die These, dass hier dic Wiege des Weinbaus sei. Dann erzählte sie von den Wikingern, die als erste Europäer Amerika erreicht hätten, und dass sie beweisen wolle, dass diese die ersten Winzer Kanadas gewesen seien und der Wein, den ihre Familie anbaute, auf Leif Eriksson zurückgehe. Als sie dies erzählte, schmunzelte Old Firehand, Lachfältchen zeigten sich in seinen Augenwinkeln. Von seinen Lippen sah man nicht allzuviel, sein langer grauer Vollbart bedeckte diese zu einem großen Teil.

„Eine interessante These“, meinte er. „Von der habe ich schon einmal gehört. Und von Ihnen auch. Ein alter Freund hat mir von Ihnen erzählt. Er sprach aber von einem manchmal ziemlich wilden Mädchen, Sie jedoch sind ja schon eine junge Dame!“ Als er den erstaunten Blick Sofies bemerkte, stieß er ein tiefes, fröhliches Lachen aus. „Na, Sie kennen doch den alten Hartmann! Er war es, der mich hier nach Georgien gelockt hat!“

Ich schaltete mich ein.

„Das, mein Freund, müsst Ihr uns jetzt aber wirklich genauer erklären.“

Old Firehand nickte kurz, dann aber schüttelte er den Kopf.

„Das mache ich gerne, aber erst, nachdem ich ein wenig mehr über ihn hier weiß.“ Er nickte Richtung Halef. „So lange spanne ich euch noch auf die Folter.“

Halef ließ sich nicht lange bitten. Er stellte sich natürlich ausführlich mit seinem ganzen Namen vor – Old Firehand schmunzelte wieder – und erklärte dann, dass er seit Jahren mit mir unterwegs sei, zunächst als mein Diener und Unterstützer, inzwischen aber als Freund, Beschützer und Begleiter. Da Halef nur gebrochen Englisch sprach, übersetzte Ann für ihn; ich hielt mich zurück, da ich wusste, wie gerne sie ihr Arabisch nutzte und übte. Als ich nun sah, dass Old Firehand Halef ein wenig skeptisch musterte, schaltete ich mich ein.

„Mein arabischer Freund mag auf manche vielleicht eher unscheinbar wirken, er ist nicht ein Riese von Gestalt wie einige bekannte Westmänner. Aber unterschätzt ihn nicht, denn von seinen Kenntnissen und Fertigkeiten her ist er dies durchaus, und er ist mir über all die Jahre ein treuer Begleiter gewesen und ein guter Freund geworden. Um mich bei meiner Aufgabe hier zu unterstützen, hat er Frau und Kind bei seinem Stamm zurückgelassen, bei dem er eine wichtige Stimme im Rat ist. Ich kann ihn gar nicht hoch genug schätzen und wüsste nur zwei Menschen genau so gerne an meiner Seite bei den Herausforderungen, die uns erwarten, und diese beiden sind nicht hier."

Halef starrte mich einen Moment mit offenem Mund an, dann ging ganz kurz ein Lächeln über sein Gesicht, als sei für einen Moment die Sonne aufgegangen. Ich sah, wie Ann und Sofie unisono nickten.

Man mag sich fragen, warum ich so deutlich wurde. Wer meine Berichte über meine Erlebnisse mit Old Firehand gelesen hat, mag es sich denken. So sehr ich den alten Trapper schätzte: Er hatte einen Dickkopf und war es gewohnt, diesen durchzusetzen, sodass alles nach seinem Willen ablief. Auch neigte er nicht gerade zur differenzierten Betrachtung seiner Mitmenschen, sondern eher – man muss es leider sagen – zu Vorurteilen und konnte gnadenlos sein. Ich erinnerte mich noch sehr genau an unsere erste Begegnung, wo es um die Verteidigung eines Zuges gegen einen Indianerüberfall gegangen war. „Es sind dreißig rote Lumpen", hatte Old Firehand damals gesagt, „mit denen wir gar keine Umstände machen werden. Wir schießen sie alle über den Haufen." Ich hatte eingeworfen: „Sie sind Menschen", und er hatte entgegnet: „Vertierte Menschen."

Über den Umgang mit Feinden waren wir unterschiedlicher Ansicht geblieben. Und es war auch Old Firehand gewesen, der mich indirekt gezwungen hatte, drei Indianer zu erschießen, da ich ihn nur so aus größter Gefahr hatte retten können. Wie alle wissen, die meine Bücher kennen, vermeide ich das Töten von Menschen, wo immer es möglich ist. Manchmal denke ich noch heute darüber nach, ob ich nicht das Leben der drei hätte schonen können. Old Firehand war damals bei einer nächtlichen Verfolgungsjagd zurückgeblieben. Er war zwar ein Meister in allen Fertigkeiten eines Westmanns, aber schon Mitte sechzig und hatte Winnetou und mir nicht folgen können. Sechs feindliche Indianer hatten ihn abgepasst, drei hatte er erschlagen, nun aber kniete er auf der Erde, weil sie ihn mit

Tomahawkhieben in die Beine niedergezwungen hatten, und kämpfte um sein Leben. Jeder Streich konnte ihn das Leben kosten. So erschoss ich die drei Indianer aus der Ferne mit drei schnellen Schüssen aus dem Henrystutzen. Auf diese Begebenheit hatte sich der alte Trapper bezogen, als er von mir als seinem Lebensretter sprach, dem er wenigstens ein bisschen seiner Schuld zurückzahlen habe können. „Ich werde dies Old Shatterhand niemals vergessen!“, hatte er damals geschworen. Von mir als Schützen hielt er viel, wie er zuvor betont hatte: „Bei solchem Licht und nach einem solchen Dauerlauf alle drei mitten in den Kopf getroffen! Sie sind tot. Das bringt nur Old Shatterhand fertig!“ Meine Einstellung zur Menschlichkeit aber teilte er nicht. Und er neigte dazu, Menschen, die er für seiner nicht ebenbürtig hielt, abzubürsten und sich mit ihrer Meinung gar nicht erst groß aufzuhalten.

Deshalb war ich so deutlich geworden, ich wollte ihm zeigen, dass mir Halef als Freund mindestens so wichtig war wie er. Doch Old Firehand überraschte mich.

Über sein faltiges, aber immer noch schönes Gesicht zog sich wahrhaftig ein Lächeln.

„Das habe ich wohl verdient, ich alter Sturkopf. Ich war bei unserer letzten Begegnung nicht gerade feinfühlig und auch durchaus arrogant. Doch ich habe mich geändert – mein langes Krankenlager hat dazu ebenso beigetragen wie die Freundschaft zu meinem alten Kampfgefährten Hartmann und mein letztes Erlebnis mit Winnetou. Ich bin in mancher Hinsicht weicher geworden. Allerdings nicht in jeder!“ Hier verhärtete sich sein Gesichtsausdruck. Dann wandte er sich an Halef, sprach langsam, und betont deutlich, damit dieser ihn auch auf Englisch verstehen konnte: „Wenn Old Shatterhand so über Sie redet, wenn er Sie auf eine Stufe stellt mit seinem Blutsbruder Winnetou – denn als einen der beiden kann er nur ihn gemeint haben, das ist mir allzusehr bewusst –, dann genießen Sie schon deshalb meine größte Hochachtung. Bitte fahren Sie mit Ihrer Erzählung fort.“

Das Erstaunen in den Zügen Halefs und der beiden Frauen spiegelte das meine wider. Meines rührte daher, dass Old Firehand sich so einsichtig und sensibel gezeigt hatte, das der anderen wohl eher von der Erkenntnis, dass der alte Trapper meine Aussage ganz richtig interpretiert hatte. Mir selbst war ihre volle Bedeutung erst aufgegangen, nachdem ich sie ausgesprochen hatte: Ja, es gab nur zwei Menschen, die Winnetou in ihrer Bedeutung für mich nahe kamen. Keiner der Westmänner, mit denen ich teils monatelang unterwegs gewesen war, auch nicht Lord Lindsay oder andere Weltenbummler – keiner von ihnen nahm in meinem Herzen einen Platz ein wie mein tapferer Freund und Beschützer. Er stand auf gleicher Stufe wie Scheik Haschim, den ich inzwischen einen Freund nennen durfte, und beide rangierten direkt hinter meinem Lehrmeister, Freund und Blutsbruder, dem Häuptling der Apatschen.

Halef schluckte, dann erzählte er in kurzen Sätzen, was uns hierhergeführt hatte, wobei ich nun doch das Übersetzen übernahm. Er ließ jeden Hinweis auf Magie weg und begründete unsere Mission damit, dass Marah Durimeh, eine alte weise Anführerin der Kurden, von georgischen Freunden darauf hingewiesen worden sei, dass ein reicher Amerikaner in Swanetien dunkle Geschäfte betreiben wolle. Es sei noch unklar, worum es sich handele, aber es geschehe gegen den Willen, auf Kosten und mit Gefährdung der örtlichen Bevölkerung. Deshalb hätten diese swanetischen Dorfbewohner sich an ihre alte Freundin mit der Bitte um Hilfe gewandt; sie würden weder den Behörden im russischen Reich noch den anderen georgischen Volksgruppen trauen.

Halef berichtete dann von unserem Gewaltritt von den Haddedihn nach Georgien, unserem Zusammentreffen mit Ann und Sofie, unseren Erlebnissen mit den Pinkerton-Leuten und Fürst Dadiani; wen wir in Sugdidi alles getroffen hatten, erwähnte er nur kurz. Mit einer Darstellung des Überfalls im Hohlweg und unserer Wanderung bis zur Einkesselung durch die Wölfe beendete er seinen Bericht.

Sofie ergriff das Wort:

„Ich hatte fast den Eindruck, Sie würden mit den Wölfen reden, Mister Firehand."

Der Angesprochene schüttelte den Kopf.

„Ich kenne mich nur sehr gut mit Tieren aller Art aus. Aber jetzt will ich Sie aufklären über mein Verhältnis zu meinem alten Freund Hartmann – und wieso es mich überhaupt hierher verschlagen hat."

Ich bemerkte Sofies ungläubigen Gesichtsausdruck und erinnerte mich an die Erzählung Hartmanns beim Gastmahl in Sugdidi: Er kenne „einen Mann, der aus deutschen Landen stammt, der mit Tieren reden kann. Ein Riese, und obwohl schon vom Alter gezeichnet, so stark, wie ich nie wieder einen traf." Musste Otchopintre nicht Old Firehand sein? War er denn nicht ein „Mann, der mit dem Gewehr wie mit dem Messer den Bären wie den Wisent töten kann"? Sollte der alte Jäger und Fallensteller tatsächlich seinen Sinn gewandelt haben, seinen Lebensinhalt gefunden, wie Hartmann erzählt hatte, „im Schutz jener Tiere, die Menschen ohne Sinn und Zweck dahinschlachten"? So, wie er sich vorhin verhalten hatte, würde mich das nicht wundern. Konnte Hartmann das mit dem Reden mit Tieren nur im übertragenen Sinne gemeint haben?

Nachdem er einen ausgiebigen Schluck Kaffee genommen hatte, ergriff Old Firehand das Wort; diesmal übernahm Ann wieder das Übersetzen für Halef.

„Wie Old Shatterhand weiß, komme ich ursprünglich wie er aus Deutschland. Zu einer Zeit, als er noch in kurzen Hosen spielte, war ich schon aktiv in einer jener Bewegungen, die sich für ein freies, geeintes und demokratisches Vaterland einsetzten. Natürlich im Geheimen; ich war damals Oberförster, also im Staatsdienst, verheiratet und Vater eines Jungen. Mitte der 1840er-Jahre lernte ich einen jungen Mann kennen, der gerade aus den USA gekommen war. Er wollte mehr über seinen Großvater herausfinden. Johann Adam Hartmann war mit 16 Jahren aus dem pfälzischen Edenkoben nach Amerika ausgewandert, beim Beginn des Unabhängigkeitskriegs schon ein bekannter Jäger und Fallensteller und hatte sich unter Brigadegeneral Nicholas Herkimer, der als Sohn eines Einwanderers aus der Nähe von Heidelberg sein eigenes Regiment aufgestellt hatte, Ruhm und Ehre verdient. Angeblich diente Hartmann dem amerikanischen Schriftsteller James Fenimore Cooper als Vorbild für dessen Lederstrumpf."

Ich sah, wie Sofie nachdenklich nickte. Sie hatte ja das besondere Verhältnis ihres Onkels Johann zu den Lederstrumpfgeschichten erwähnt; Firehands Erzählung erklärte es. Dieser fuhr fort:

„Johann Friedrich Hartmann wollte wissen, was an diesen Behauptungen dran war. Über die Geschichte der Ungerechtigkeiten, die seinen Großvater nach Amerika getrieben hatten, kam er mit unserer Gruppe in Kontakt, und wir kämpften vier Jahre lang Seite an Seite für unsere Ideale. Nach der Niederschlagung des Pfälzer Aufstands 1849 flohen wir: ich mit Frau und Kind in die USA, Hartmann, wie ich viel später erfahren habe, nach Québec. Was er dort erlebte, wissen Sie viel besser als ich", wandte er sich an Sofie.

Diese nickte.

„Ich habe ihn aus den Augen verloren", fuhr Old Firehand fort. „Nach den unseligen Ereignissen vor fünf Jahren, bei denen meine Fallenstellertruppe praktisch ausgelöscht und ich lebensgefährlich verletzt wurde …"

Er bemerkte die fragenden Blicke von Halef und Ann und ergänzte:

„Das kann Ihnen Old Shatterhand irgendwann ausführlich erzählen, es genügt zu wissen, dass er und Winnetou mir damals zum wiederholten Mal das Leben gerettet haben – danach also lebte ich anderthalb Jahre bei meinem älteren Sohn und seiner Frau in St. Louis, bis ich so weit wie möglich wiederhergestellt war. Dann war ich ein paar Monate mit Winnetou unterwegs, der mich abgeholt hatte, um mich wieder an das Leben in der Wildnis zu gewöhnen. Als ich anschließend nach

St. Louis kam, fand ich einen Brief von Hartmann vor. Er hatte irgendwie erfahren, wo ich mich aufhielt, und lud mich nach Georgien ein."

Sofie nickte nachdrücklich.

„Daran ist der Weinhändler Ivane Gvenetadze schuld, der Onkel Johann nach Georgien gelockt hat. Der Onkel lebt jetzt seit fünf Jahren hier glücklich als Sprach- und Musiklehrer."

Firehand lachte.

„Nicht nur das. Hartmann verdient sich immer noch ein Zubrot als Pelzhändler und Trapper, und er hat sich einen Ruf erworben als Musiker, als Salamura. Als er mich einlud, verband er das nicht nur mit Hinweisen auf das hervorragende Essen und den Wein hier, sondern auch mit Darstellungen der ungemein reizvollen Tierwelt. Und er lockte mich mit den deutschen Dörfern hier, wie Katharinenfeld, wo er meistens lebt." Er trank wieder einen Schluck Kaffee und fuhr nachdenklich fort: „Dass ich aber hiergeblieben bin, hat einen anderen Grund. Ich habe in der Zeit meiner Rekonvaleszenz viel und lange nachgedacht und bin zum Schluss gekommen, dass ich andere Ziele verfolgen möchte als immer nur zu jagen und zu töten, um meinen Lebensunterhalt zu verdienen. Mein letztes Abenteuer mit Winnetou hat mich darin bestätigt. Und hier kann ich nun mit meinen neuen Idealen leben und wirken." Er wandte sich mir zu. „Ihr seid sicher neugierig, wie es Winnetou geht. Ich schätze, Ihr habt ihn jahrelang nicht gesehen."

Ich nickte. Mein letztes Zusammentreffen mit meinem Blutsbruder war bei unserem Abenteuer mit Old Firehand gewesen.

„Seit unseren gemeinsamen Erlebnissen", antwortete ich deshalb. Ich verspürte ein aufrichtiges Bedauern darüber, dass ich Winnetou so lange nicht mehr getroffen hatte; ja, ich hatte nahezu ein schlechtes Gewissen. Der alte Jäger mochte mir das angesehen haben und fuhr in beinahe tröstendem Ton fort:

„Als ich Winnetou vor drei Jahren das letzte Mal sah, bevor ich nach Georgien aufbrach, ging es ihm nicht nur blendend, er hatte in jeder Hinsischt an Statur und Charisma gewonnen.

Und er hat mein Leben radikal verändert." Old Firehand setzte sich etwas bequemer hin und meinte in die Runde: „Es ist immer noch früh und kalt. Ehe wir zu meiner Hütte aufbrechen, kann ich noch gut das letzte Abenteuer mit Winnetou erzählen. Wir könnten noch einmal Kaffee aufsetzen."

Alle nickten. Ich kümmerte mich um den Kaffee, während er begann:

„Wir waren bereits einige Wochen in den *Great Plains* unterwegs gewesen, als wir in der Prärie auf eine ansehnliche Ansammlung von Büffelkadavern stießen. Ich war viele Jahre Pelzjäger und habe gut davon gelebt, aber was ich da sah, hat mich angeekelt. Da lagen Hunderte von Bisons, das Fell abgezogen, das Fleisch einfach den Geiern und den Kojoten überlassen. Ich hatte gelesen, dass nach dem Deutsch-Französischen Krieg alle europäischen Staaten ihre Armeen neu ausgerüstet hatten. Weil deutsche und britische Gerber während des Kriegs ein Verfahren entwickelt hatten, mit dem Büffelleder für Schuhsohlen verwendet werden konnte, warf die Büffeljagd enorme Gewinne ab."

„Gejagt hat man die Bisons aber auch schon vorher in Massen", warf ich ein. „Beim Bau der Eisenbahn wurden die Arbeiter von Anfang an fast nur mit Büffelfleisch versorgt. Später hat man sie vom Zug aus mit dem Gewehr erlegt. Der bekannteste dieser sogenannten Jäger, Buffalo Bill, soll bis zu 60 Bisons pro Tag geschossen haben."

„Stimmt", entgegnete Old Firehand. „Und das hat die Herden schon damals gewaltig dezimiert. Aber Winnetou hat mir erzählt, dass das in der Zeit, in der ich mich auskurierte, also auch während Ihr im Orient wart, weitaus schlimmer geworden war. Vor allem, weil es nicht mehr in erster Linie um Nahrungserwerb ging. Jagen für Nahrung, das tun wir alle, damit habe ich noch nie Probleme gehabt. Und wenn wir Pelzjäger Biber oder Otter jagten, dann gingen die Felle an die Pelzhändler, das Fleisch aber wurde verwertet. Hier aber wurde nur das Leder benötigt, in wenigen Jahren wurden Millionen

Büffelfelle nach Osten und nach Europa verfrachtet. Und das war noch nicht das Schlimmste."

Old Firehand hielt mir seine Tasse hin, die ich mit frisch aufgebrühtem Kaffee füllte. Dann schüttelte er den Kopf und sprach in erregtem Ton weiter:

„Man schlachtet die Büffel inzwischen vor allem ab, um den Prärie-Indianern ihre Lebensgrundlage zu nehmen und sie durch den Hunger in Reservate zu zwingen. Durch die Eisenbahn wurden die Bisons 1873 in eine Nord- und eine Südherde geteilt. Die Südherde war, als Winnetou und ich unterwegs waren, schon nahezu ausgerottet. Im Nordwesten kämpften die Lakota und Cheyenne darum, ihre *Great Sioux Reservation* zu erhalten. 1874 hat ein gewisser Colonel Custer am *French Creek* in den *Black Hills* Gold gefunden, und daraufhin wollte die US-Regierung den Indianern die *Black Hills* abkaufen. Denen waren die Berge aber heilig, sie galten ihnen als Mittelpunkt der Welt. Also haben sie sich geweigert, und seither versuchte man sie von ihrem Gebiet zu vertreiben und in kleinere Indianerreservate umzusiedeln."

Ann unterbrach ihn.

„Dieser Custer, ist das der General, der im Sommer vor zwei Jahren in der Schlacht am Little Bighorn gefallen ist? Das war selbst in London Tagesthema und sorgte für Schlagzeilen in der seriösen Presse."

Old Firehand nickte.

„Das war aber ein Jahr, nachdem Winnetou und ich in der Gegend gewesen waren. Und obwohl die Indianer diese Schlacht gewonnen haben, ist der Krieg um das sogenannte Indianerland inzwischen verloren. Im Winter nach der Schlacht gab es eine furchtbare Hungersnot, daraufhin haben sich die meisten Cheyenne und Lakota in die Reservate zurückgezogen. Die Regierung hatte das provoziert, indem man die Bisonherden, die Ponys und Mustangs abgeschlachtet hat. Das war es, was Winnetou und ich erlebten und was meine Haltung zur Jagd gewaltig geändert hat."

Ann unterbrach ihn und deklamierte langsam, wobei es ihr gelang, das übliche Auf und Ab ihrer Stimme zu unterdrücken:

„Ein Riese, und obwohl schon vom Alter gezeichnet, so stark, wie ich nie wieder einen traf. Ein Mann, der mit dem Gewehr wie mit dem Messer den Bären wie den Wisent töten kann, aber seinen Lebensinhalt gefunden hat im Schutz jener Tiere, die Menschen ohne Sinn und Zweck dahinschlachten." In normalem Tonfall fuhr sie fort: „Damit hat Hartmann Sie gemeint!"

„Und er hat gesagt, Sie könnten mit Tieren reden!", unterbrach Sofie sie. „Ich erinnere mich genau, wie Onkel Johann von Siegfried dem Drachentöter erzählt hat und dann: ‚Ich selbst kenne einen Mann, der aus deutschen Landen stammt, der mit Tieren reden kann.' Und er hat Sie Otchopintre genannt. Sie haben *doch* mit den Wölfen gesprochen!"

Mit einem plötzlichen Schwung stand Old Firehand auf, schüttete den Rest seines Kaffees ins Feuer und sagte:

„Mag sein, mag auch nicht sein. Lassen Sie uns in meine Hütte gehen, dort können wir über alles reden. Es ist dort wärmer und gemütlicher, und ich bin sicher, dass uns dort niemand zuhört. Dann werde ich auch mehr von Winnetou berichten und den Schlächtern der Prärie."

Wir mussten nicht viel einpacken und brachen schnell auf. Während wir auf unseren Schneeschuhen hinter dem riesenhaften Mann herstapften, der trotz seines Alters ein gehöriges Tempo vorlegte, sortierte ich meine Gedanken.

Ganz sicher war er es, den mir Marah Durimeh angekündigt hatte. Wie hatten doch ihre Worte gelautet? „Und du, Kara Ben Nemsi, der du hier bald wieder auch zu Old Shatterhand werden musst, wirst einen alten, guten, mächtigen Freund treffen, der deine Hilfe vielleicht genauso nötig haben wird wie du die seine – jeder auf seine Art."

Ja, ich konnte mir vorstellen, dass Old Firehand Hilfe gebrauchen konnte. Er hatte sich verändert, war offener geworden, doch schien es mir, als sei diese Veränderung, die Winnetou irgendwie angestoßen hatte, noch nicht vollendet.

Vielleicht sollte auch ich daran mitwirken, ihm helfen, weiter den Weg aus seiner Verbitterung und Menschenverachtung zu finden. Zu Marah Durimeh würde eine solche Vorstellung passen.

Wir wanderten durch mehrere schneebedeckte Täler, längst hatte ich die Orientierung verloren. Gegen Mittag kamen wir an einen langen Felsgrat, dem wir in südlicher Richtung folgten. Der Fels war etwa drei Meter hoch und leicht überhängend, sodass er frei von Schnee und Eis war. Nachdem wir einige Hundert Meter auf einem etwa zwei Meter breiten Schneestreifen gewandert waren, der Felsen stets zu unserer Rechten, blieb Old Firehand stehen.

„Old Shatterhand weiß, dass ich gerne eine gut geschützte Wohnstatt mein Eigen nenne. Dies halte ich auch hier so."

Er machte einen Schritt zur Seite – und war verschwunden. Ich war direkt hinter ihm gewesen und nur einen Moment verblüfft. Dann trat ich ein wenig nach links und sah sofort, dass wir es hier mit einer Art optischen Täuschung zu tun hatten: Die Felswand ging ein wenig weiter, dann gab es einen etwa doppelt mannsbreiten Einschnitt, der schräg hineinführte. Von der anderen Seite reichte die Felswand versetzt darüber hinaus, sodass ich, als ich ein paar Meter voranschritt und mich umdrehte, den Einschnitt ebenfalls nicht direkt erspähen konnte. Ich ging wieder zurück, bis ich direkt vor dem Eingang zu Old Firehands Feste stand. So hatte er in Amerika sein Trapperquartier genannt, und es schien mir angemessen, die Bezeichnung auch hier zu verwenden. Ich winkte meinen Gefährten zu und trat durch den Felsspalt.

Nach etwa zwei Metern erweiterte sich dieser, und ich blieb einen Moment verblüfft stehen. Ich stand am Eingang eines Talkessels, der sicher hundert Meter im Durchmesser umfasste. Er war von Felswänden umgeben, die sich bis in etwa zehn Meter Höhe erhoben, und senkte sich zunächst gegen die Mitte zu, dort aber erhob sich ein Hügel, dessen Kuppe sich etwa auf meiner Höhe befand. Ich spürte einen Druck am Rücken und machte einen Schritt zur Seite, sodass Halef und hinter ihm Ann und Sofie den Talkessel betreten konnten.

Old Firehand hatte die Senke bereits durchquert und stand auf dem Hügel vor einer kleinen Blockhütte, aus deren Schornstein verheißungsvoll der Rauch quoll; er hatte wohl schon vor seiner Begegnung mit uns heute Morgen geheizt. Nun drehte er sich um und winkte uns, dann stapfte er auf die Holztür zu, öffnete sie und verschwand im Innern. Während wir ihm folgten, öffnete er auf der Vorderseite zwei Holzläden, indem er von innen die Hälften jeweils nach außen klappte. Ich sah, dass seine Hütte sogar Glasfenster hatte, die er nun wieder schloss; der alte Trapper wollte wohl auf seine alten Tage nicht jeden Luxus missen.

Die Hütte war überraschend geräumig. Im Hauptraum standen ein großer Holztisch und vier Stühle, an einer Wand hingen über einem großen gußeisernen Herd verschiedene Töpfe, Pfannen und Kochwerkzeuge, in einem Regal daneben sah ich Becher, Krüge, Teller und einen Korb, aus dem Besteck hervorlugte. Der Ofen bollerte gemütlich vor sich hin, und es war angenehm warm in der Hütte.

Old Firehand zog den dicken Pelzmantel aus und hängte ihn an einen Haken neben der Tür, seine Büchse stellte er daneben. Dann öffnete er eine der beiden Türen, die von diesem Raum ausgingen. Ich konnte einen kleineren Raum erkennen mit einem Bett, bedeckt mit Bärenfellen, und einem Schrank; aus diesem nahm er eine in georgischem Stil bestickte Leinendecke, die er über den Tisch ausbreitete. Er grinste und wies auf die Stühle.

„Bitte, nehmt Platz, meine Gäste, vielleicht aber erst, nachdem ihr eure Mäntel abgelegt habt!“

Während wir es uns gemütlich machten, ging er noch einmal in sein Schlafzimmer und kam mit einem Schemel für sich zurück, sodass wir alle einen Platz zum Sitzen hatten. Dann holte er einen Krug Wasser, stellte Geschirr, dunkles, selbstgebackenes Brot, Butter, Käse und Schinken auf den Tisch und lud uns ein, zuzugreifen; es sei schließlich langsam Zeit für das Mittagsmahl.

Geruch und Geschmack des Schinkens ließen mich aufmerken. Während die beiden Frauen schon kräftig zulangten, schaute ich ihn mir sehr genau an, anschließend Old Firehand, und ließ dann vielsagend meine Blicke zu seinem Gewehr wandern. Auch Halef hatte ein wenig gezögert, dann mich angeschaut und fragend die Augenbrauen hochgezogen.

„Das ist kein Schwein, Sihdi“, sagte er dann. „Ich kenne den Geruch, aber kann das sein? Ist das hier vom Herrn mit dem dicken Pelz?“

Old Firehand lachte laut auf.

„Das spricht sehr für den Hadschi, dass er den Geruch erkennt. Die beiden Damen aber haben wohl noch nie Bärenschinken gegessen.“

Man hätte eine Stecknadel fallen hören, so still war es auf einmal. Beide Frauen schauten Old Firehand mit offenem Mund an, Sofie den ihren voller Bärenschinken, Ann gerade mit der Gabel auf dem Weg zu ihrem.

„Selbst geschossen, nehme ich an?“, lockerte ich die Atmosphäre etwas auf.

„Selbstverständlich“, kam die prompte Antwort. „Und bitte, lasst es euch schmecken.“

Halef hätte er das nicht sagen müssen, mein Freund wusste, was für eine Delikatesse Bärenschinken ist, und hatte schon kräftig zugebissen.

„Genießt es“, sagte er mit vollem Mund zu den beiden Frauen. „So etwas bekommt man nicht alle Tage!“

Ich hatte inzwischen auch von dem Schinken gekostet und sagte nun zu Old Firehand:

„Er ist köstlich, aber das war schon ein altes Tier, ein klein bisschen zäh ist das Fleisch.“

Der Bärenjäger nickte.

„Es war ein alter Bär, ein echter Schadbär. Andere erlege ich nicht mehr. Das ist das, was Hartmann gemeint hat mit dem Lebensinhalt, den ich gefunden habe: Es ist der Schutz jener Tiere, die Menschen ohne Sinn und Zweck dahinschlachten. Und daran ist Winnetou zu einem großen Teil schuld."

Er griff nach Brot und Käse, schnitt sich von beidem ein gehöriges Stück ab und schob es in den Mund. Nachdem er gründlich gekaut und alles heruntergeschluckt hatte, nahm er einen kräftigen Schluck Wasser und sagte dann:

„Hier im tiefen Kaukasus habe ich als alter Mann eine neue Heimat gefunden und eine Aufgabe. Ich habe viele Freunde unter den Bewohnern wie unter den Tieren, und ich schütze sie vor wilden Kreaturen aller Art, vierbeinigen wie zweibeinigen. Ich jage keine Tiere mehr, außer jenen, die wirklich eine Bedrohung sind, so wie dieser Bär: alt, gefährlich und einzelgängerisch, und nicht bereit, vernünftig mit sich reden zu lassen."

Sofie ließ ihr Messer fallen.

„Sie sprechen also wirklich mit ihnen!"

Old Firehand nickte.

„Ich rede ungern darüber, aus Angst, man halte mich für einen Hexer oder für verrückt. Aber Ihnen will ich es gestehen: Ja, es stimmt – ich kann mit Tieren reden."

Zehntes Kapitel
Von Tigern und Schlangen

Wir schauten uns an, dann räusperte sich Halef und fragte:

„Sihdi, was hältst du davon, wenn ich ihn erleuchte und ihm so diese Befürchtungen nehme?"

Ich musste kurz lachen, dann nickte ich.

Halef griff in eine Gürteltasche und nahm seine Leuchtkugel heraus.

„Al-Bakussu!“, sagte er, und nach kurzem Flackern strahlte die faustgroße Glaskugel ein helles weiches Licht aus, das an Kerzenlicht erinnerte, nur viel heller war.

Old Firehand atmete scharf ein.

„Ihr seht“, ergriff ich das Wort, „wir sind mit dem, was manche Hexerei nennen mögen, durchaus vertraut. Und in den letzten Jahren haben wir erfahren, dass es wirklich zwischen Himmel und Erde weitaus mehr gibt, als wir wahrzunehmen vermögen. Insbesondere ich, mit meinem abendländischen wissenschaftlich geschulten Denken, tue mich damit immer noch etwas schwer, lerne aber von Mal zu Mal hinzu. Wenn mir also Old Firehand sagt, er könne mit Tieren sprechen – wer bin ich, ihm nicht zu glauben?“

Firehand schlug mit der Hand auf den Tisch.

„Jawohl!“, brach es aus ihm heraus. „Auch Winnetou und Old Shatterhand vermögen manches, was andere für Magie halten. Also lasst uns einander gegenüber jedes Misstrauen und jeden Unglauben ablegen und offenbaren, was wir vermögen und was wir erreichen wollen!“

Halef ließ nun die Kugel in schneller Folge die Farben des Spektrums durchlaufen, wobei sie manchmal ein wenig länger brauchte als üblich, ehe er sie löschte und wieder in ihrer Tasche verwahrte.

Ann räusperte sich.

„Viel mehr an Magie haben wir nicht dabei“, sagte sie dann. „Wir haben schon viel mit Magie zu tun gehabt, mit magischen Mitteln und mit magischen Feinden gekämpft, aber die Leuchtkugel und ein paar Kleinigkeiten sind alles, was wir im Moment davon mitführen. Und ob uns dies helfen kann bei unserer Aufgabe, bei der wir es wohl auf der Seite unserer Gegner mit mächtiger Magie zu tun haben, das bleibt abzuwarten.“

Unser Gastgeber hob fragend eine Braue.

„Ich muss wohl doch etwas mehr erzählen über unseren Auftrag“, sagte ich. „Danach aber würde ich gerne noch von Eurem Abenteuer mit Winnetou hören, das Euch so verändert hat, und mehr darüber, was dieses Reden mit Tieren betrifft.“

„Also der Reihe nach“, stimmte Old Firehand zu.

Ich erläuterte nun kurz, wer Marah Durimeh wirklich war: nicht nur eine Königin der Kurden, sondern auch die der Geisterwelt. Während der alte Trapper dies scheinbar ungerührt hinnahm, hing Sofie regelrecht an meinen Lippen. Wahrscheinlich war dies für sie, die Geistern und magischen Wesen bisher nur in Sagen, Legenden und Romanen begegnet war, wie eine Reise in eine neue Welt.

Ich erklärte auch, wohin uns Marah Durimeh geschickt hatte: zur Quelle des Enguri, nach Uschguli, der höchsten Dorfgemeinschaft im Kaukasus. Ich erzählte vom Riss, der sich dort aufgetan hatte zwischen der Geisterwelt und der unseren und durch den zunehmend Energie aus der Geisterwelt in die Berge des Kaukasus strömte. Verantwortlich dafür sei ein Mensch aus unserer Welt, der diesen Riss beständig erweitere, so Marah Durimeh, die uns gewarnt habe, dieser Mensch nutze sowohl mechanische wie magische Mittel, dazu moderne Technologie und Wissenschaft. Ich erläuterte, warum ich aufgrund der Aussagen der vier Pinkerton-Agenten ziemlich sicher sei, dass dieser Mensch deren Auftraggeber sei: ein uns unbekannter reicher US-Amerikaner, der die Wege nach Swanetien überwachen ließ, um mögliche Konkurrenten auszuschalten.

„Es waren also nicht Dorfbewohner aus dem Kaukasus, die um Hilfe gebeten haben, wie Halef fabuliert hat“, gab ich zu. „Diese wissen nichts von Marah Durimeh oder unserem Kommen. Es war die weise Königin selbst, die die Gefahr erkannt und uns mit deren Bekämpfung beauftragt hat.“

„Und über die Art des Geschäfts wisst Ihr nichts?“, brummte Old Firehand, der sich während meiner letzten Sätze auffällig unruhig auf seinem Schemel bewegt hatte und nun aufstand. „Vielleicht kann ich dazu später etwas beitragen. Aber, wie ausgemacht, der Reihe nach. Zunächst jedoch sorge ich für ein wenig Gemütlichkeit." Er trat an den großen Bullerofen. „Hat jemand etwas gegen einen guten, heißen, georgischen Tee?" Als niemand antwortete, setzte er einen Kessel mit Wasser auf, das er aus einem Fass neben der Tür schöpfte, und nahm aus einer Truhe eine Metalldose und einen großen verzierten Krug aus Steingut. Er öffnete den Deckel und ließ uns einen Blick hineinwerfen. „In Sirup eingelegte Früchte", erklärte er. „Alles selbst gesammelt." Als das Wasser kochte, schüttete er aus der Metalldose Teeblätter in den Kessel, stellte vor jeden von uns einen Steingutbecher mit Henkel und legte einen Löffel daneben, in der Mitte des Tischs platzierte er eine Schale, die er mit Sirupfrüchten füllte. „In Russland und Georgien ist das eine beliebte Variante, den Tee zu genießen: mit in Gelee oder Sirup eingelegten Früchten." Er schenkte uns Tee ein und überließ es uns, etwas von den Früchten hineinzutun. Ich gab ein paar Löffel in den Tee, und es schmeckte mir sehr gut.

„Winnetou und die Bisonjäger …", begann Old Firehand nun nachdenklich, nachdem er sich wieder auf den Schemel gesetzt hatte. „Zwei Tage, nachdem wir die Büffelkadaver entdeckt hatten, erwartete uns ein noch entsetzlicherer Anblick: ein Berg aufgehäufter Bisonschädel, zum großen Teil, aber noch nicht alle, skelettiert. Es waren Hunderte, wenn nicht gar Tausende. Wir konnten uns zuerst keinen Reim darauf machen, warum jemand so viel Mühe darauf verwendet haben sollte, ein solch grauenhaftes Grabmal zu errichten. Dann fand Winnetou Spuren auf der einen Seite dieses Skelettbergs, die uns zu einem nahegelegenen Fluss führten. In einem Gebüsch verborgen, nur unzulänglich vergraben, fanden wir die Leichen dreier Indianer, eines älteren Mannes und zweier Jugendlicher. Alle drei waren erschossen worden, und zwar erst vor wenigen Tagen. Der Mann war nach seiner Kleidung zu urteilen ein Schamane gewesen. Wir folgten den Spuren, die die drei auf ihrem Weg hierher hinterlassen und meisterhaft verborgen hatten – und dabei kam mir Winnetou auch manchmal wie ein

Magier vor! –, und stießen schließlich auf ein kleines Lager der Lakota. Diese waren ursprünglich mit den Apatschen verfeindet, aber in der Notsituation, in der sie sich nun befanden und von der ich heute Morgen schon berichtet habe, war ihnen jede Hilfe willkommen. Sie warteten auf die Rückkehr ihres Schamanen, der mit seinen beiden jungen Gehilfen losgezogen war, um die bösen Geister zu bekämpfen, die die weißen Jäger durch die Aufhäufung der Bisonschädel losgelassen und die seither ihren Stamm durch Krankheiten dezimiert hatten. Als wir ihnen von unserem Fund berichteten, brach ein Sturm der Entrüstung los. Alle Männer des Stammes machten sich auf zum Leichnam des Schamanen. Dort angekommen, beschlossen sie nach langer Beratung, die Leichen zu bestatten und dann die Mörder zu suchen und zu töten. Und sie baten uns um Hilfe."

Old Firehand leerte seine Teetasse mit einem Schluck; die Erzählung schien ihm zu schaffen zu machen.

„Sie baten nicht nur Winnetou, sie baten auch mich, den bekannten Indianerhasser, sieht man von ein paar Ausnahmen wie Winnetou ab." Er starrte einen Moment vor sich hin, und ich sah, wie sich lautlos seine Lippen bewegten. Formten sie nicht das Wort ‚Ribanna', den Namen seiner ermordeten indianischen Ehefrau, der Mutter seines Sohnes Harry? Old Firehand war keineswegs so hart und erbarmungslos, wie er sich selbst immer darstellte. Nun sah er mich an. „Ich erinnerte mich daran, wie ich bei meiner ersten Begegnung mit Euch die Indianer, die unseren Zug überfallen wollten, rote Lumpen genannt hatte, sie als vertierte Menschen bezeichnet hatte. Und nun baten mich Indianer um Hilfe gegen – ja wen? Waren nicht diese Weißen die wahren vertierten Menschen? Ich hatte schon in den Monaten auf dem Krankenlager viel darüber nachgedacht."

Das konnte ich mir gut vorstellen. War nicht der Mörder seiner Frau Ribanna und ihrer gemeinsamen Tochter ein Weißer gewesen, Tim Finnetey, der ‚weiße Indianer' Parranoh, der auch ihn beinahe getötet hätte? Old Firehand aber hatte damals seinen ganzen Hass auf die Indianer geworfen, mit wenigen Ausnahmen wie Winnetou und die Verwandtschaft seiner Frau. Nun also schien er einsichtiger geworden zu sein.

Er fuhr fort:

„Ich habe ihnen geholfen – wir haben ihnen geholfen. Winnetou und ich führten sie zu den Büffelschlächtern und Indianermördern, ermöglichten ihnen, diese gefangen zu nehmen, ich hinderte sogar den Anführer an der Flucht, indem ich ihn ins Knie schoss, ganz im Stile von Old Shatterhand.“ Old Firehand stand auf, den leeren Becher in der Hand. Ich stand schon bereit, um ihm Tee einzuschenken. Wir standen uns gegenüber, er sah mir tief in die Augen. „Wir sind nicht geblieben, um das Martern und die Hinrichtung abzuwarten. Aber es tut mir nicht leid. Als ich mich von Winnetou verabschiedete, fragte mich dieser: ‚Hat mein weißer Bruder ein wenig seines Hasses verloren? Hat er ein wenig seines Friedens wiedergefunden?‘ Und ich konnte nur nicken.“

Old Firehand setzte sich wieder, nippte an dem Tee; als er den Becher abstellte, glaubte ich, eine Träne in seinem Augenwinkel zu sehen.

„Ich bin noch so hart wie früher!“, presste er mit erstickter Stimme hervor. „Niemand sollte annehmen oder gar behaupten, Old Firehand sei weich geworden. Aber ich lenke meine Härte nun nur noch gegen bestimmte Menschen und Tiere, gegen gefährliche Tiere und vertierte Menschen. Ich hoffe, ich bin durch meine Erlebnisse und Begegnungen mit Menschen wie Winnetou und Old Shatterhand ein besserer und gerechterer Mensch geworden.“

Stille senkte sich über den Raum. Nach einiger Zeit flüsterte Sofie:

„Das Sprechen mit Tieren – haben Sie dies hier gelernt?“

Der alte Trapper nickte.

„Das verdanke ich Johann Friedrich Hartmann, dem Salamura, und seinem Freund Ivane Gvenetadze. Damit ich besser

Georgisch lernen könne, gaben sie mir ein altes Buch über einen Schlangenesser." Wir schauten uns überrascht an, obwohl ich mir so etwas fast schon gedacht hatte. Firehand fuhr fort: „Das ist eine alte Legende um einen Krieger namens Mindia, der in Gefangenschaft durch das Essen einer Schlangensuppe die Fähigkeit erwirbt, die Sprache der Pflanzen und Tiere zu verstehen und zu sprechen. Das war für mich natürlich nicht mehr als ein Märchen." Er machte eine Handbewegung, die wohl den ganzen Umkreis um die Hütte bedeuten sollte. „Aber als ich in meinem ersten Sommer hier versuchte, die ganzen Pflanzen und Tiere kennenzulernen, da hatte ich dabei manchmal Hilfe und Gesellschaft durch einen Biologielehrer aus Kutaissi, Dr. Schiaschwili. Der ließ mir einige alte, in der Schule nicht mehr zu nutzende Lehrbücher da, in denen teilweise noch die alten, heute nicht mehr gebräuchlichen Namen mancher Pflanzen und Tiere zu finden waren. Und als ich da auf einige der Namen aus der Mindia-Legende stieß, habe ich mir aus Spaß eine solche Schlangensuppe gebraut." Old Firehand schüttelte den Kopf und stieß ein raues Lachen aus. „Glücklicherweise habe ich nicht alle Zutaten gefunden, wer weiß, was dann geschehen wäre. Ich lag auch so ein paar Tage im Koma, und ich brauchte Wochen, mich zu erholen. Seither kann ich mit Tieren kommunzieren. Nicht mit allen, nur mit solchen mit entwickeltem Verstand, etwa ab der Größenordnung von Mäusen oder Spatzen, und nur mit jenen, die guten Willens sind. Es ist ein lautloser Gedankenaustausch, ohne Stimme und Worte, und auch nur über etwas, was die Tiere verstehen können."

„Haben sich die Wölfe einfach so überreden lassen, uns in Ruhe zu lassen?", fragte Halef.

„O nein", schmunzelte Old Firehand. „Ich habe ihnen verraten, wo die Reste des Bären liegen, dessen Schinken wir uns haben munden lassen."

„Sie haben erwähnt, Sie könnten uns vielleicht etwas über unseren Gegner verraten, den Menschen, von dem Marah Durimeh gesprochen hat", warf Ann ein.

Old Firehand starrte einen Moment vor sich hin, dann meinte er:

„Ja, möglicherweise. Aber lassen Sie mich vorher noch etwas erklären. Ich habe vorhin gesagt, ich wendete mich nur noch gegen vertierte Menschen. Ich sehe mich hier tatsächlich als eine Art Tierschützer. Und man akzeptiert mich als solchen, deshalb auch mein Ehrentitel Otchopintre." Er lachte. „Wissen Sie, dass US-Präsident Grant 1872 das Gesetz zur Gründung des Yellowstone-Nationalparks unterzeichnet hat? Vielleicht rettet das die Büffel, ehe wir sie alle abgeschossen haben! Hier im Kaukasus gibt es keine solche Schutzzone, aber auch keine Massenjagden wie in der amerikanischen Prärie – und natürlich immer wieder Konflikte zwischen den Bauern und Winzern und wildlebenden Tieren. Die Zivilisation drängt auch hier mit Macht in unbewohnte Gegenden, und so hat beispielsweise die russische Armee den Auftrag, Raubtiere in der Umgebung von Siedlungen und auf potenziellem Ackerland zu jagen. Es sind hier einige Tierarten vom Aussterben bedroht, wie der kaspische Tiger und der Bergwisent, der auch als Kaukasus-Wisent bezeichnet wird. Der ist kleiner als der amerikanische Bison, aber immer noch beeindruckend. Die größten Kaukasus-Braunbären sind nur unwesentlich kleiner als durchschnittliche Grizzlys, und sie können genauso ungemütlich sein. Auch sie werden über die Maßen gejagt, mehr als ihnen gut tut. Ich versuche, ein wenig für ein gesundes Gleichgewicht zu sorgen. Ich habe keine offizielle Aufgabe oder ein Amt, aber die wohlwollende Unterstützung des Prinzen Dadiani, seines Bruders und seiner Mutter. Manchmal kommen Jäger oder Jagdtrupps hierher, die die Unterstützung von russischen Potentaten oder sogar des Zarenhofs genießen. Die versucht der Prinz, zu mir zu schicken, damit ich ein wenig ein Auge auf sie habe und sie daran hindere, blindlings alles zusammenzuschießen. Und mit einem solchen Jagdtrupp bin ich nun verabredet. Es sind Bärenjäger, und sie werden von einem reichen Amerikaner angeführt."

Firehand schwieg einen Moment bedeutsam und ließ seine Blicke über uns schweifen.

„Ich habe sie schon einmal einen Tag begleitet, mich dann aber erst einmal wieder von ihnen verabschiedet, weil ich mir zunächst über einiges klar werden wollte. Ihr Anführer ist Richard Vanderbilt, ein eher unbekanntes Mitglied der berühmten reichen Familie aus New York und wohl so eine Art schwarzes Schaf in dieser Eisenbahndynastie. Er ist Mitte dreißig und ein arroganter knallharter Geschäftsmann, und er hat mir erzählt, dass er vorhat, sein Geld mit Öl zu machen." Seine Kiefer mahlten, und ich bemerkte, dass Old Firehand besonders angespannt wirkte, sein ganzer Körper schien verkrampft. Ich erinnerte mich daran, dass sein erster Sohn, bei dem er einige Zeit gelebt hatte, mit der Tochter des Ölprinzen Emery Forster verheiratet war. Dieser war bei jenem Ölbrand ums Leben gekommen, bei dem ich Old Firehands zweiten Sohn, Harry, gerettet hatte. Seither hatte er ein angespanntes Verhältnis zu Ölmagnaten, die skrupellos, ohne Rücksicht auf Menschen und Tiere, Fördertürme errichteten und der Erde das Öl entrissen. Ob er so etwas von den angeblichen Bärenjägern vermutete?

Firehand fuhr, nun ruhiger geworden, fort:

„Angeblich will Vanderbilt mit seinen gut zwanzig Männern auf Bärenjagd gehen, aber ich habe den Eindruck, dass nicht alle der Bärenjäger wirklich welche sind. Ich vermute, die Bärenjagd könnte vielleicht nur ein Vorwand sein. Deshalb habe ich mir bis morgen von ihnen Urlaub erbeten, mit der Begründung, ich müsse noch einiges in meiner Hütte in Ordnung bringen; wir haben einen Treffpunkt ausgemacht. Ich weiß immer noch nicht, ob ich diese vorgeblichen Bärenjäger unterstützen möchte oder ob ich sie bremsen kann. Ich möchte auf jeden Fall verhindern, dass sie die falschen Bären töten, und ihnen helfen, nur alte und gefährliche Tiere zu erlegen."

Sofie fragte:

„Ihr Gefühl in allen Ehren, aber gibt es denn Indizien dafür, dass mit diesen Männern etwas nicht stimmt?“

Old Firehand lächelte grimmig.

„Drei von ihnen erinnern mich an das, was Sie über die Pinkerton-Agenten erzählt haben. Sie sind alle gleich und in Schwarz gekleidet, sehen eher nach Revolverhelden als nach Jägern aus. Dazu passt, dass sie einläufige Flinten haben, Springfield Trapdoor Rifles, solche, wie Halef eine hat. Das sind gute Jagdgewehre, aber nicht geeignet für Großwild; sie sind vor allem bewährt im Kampfeinsatz. Die drei haben außerdem jeweils zwei Colts modernster Bauweise am Gürtel. Sie sind sehr wortkarg, und zwei halten sich immer in der Nähe von Vanderbilt auf, als seien sie seine Leibwächter. Die anderen Jäger sind mit verschiedenen Gewehren bewaffnet, ich habe ein paar Spencer-Repetierkarabiner gesehen und mehrere ältere Winchester-Repetierer. Die fünf Hahndoppelbüchsen, die ich gezählt habe, sind die einzigen Waffen, die wirklich für die Großwildjagd geeignet sind, eine davon, eine britische Luxusausführung, gehört Vanderbilt. Die Gesamtbewaffnung passt nicht so ganz zu der geplanten Bärenjagd. Und auf einem der drei Schlitten, die von Hunden gezogen werden, scheint etwas geladen zu sein, was niemand sehen darf, der wird mit Argusaugen von dem dritten schwarzen Mann bewacht. Darüber ist eine Segeltuchplane gespannt, und die Seile sind nicht nur gut verknotet, sondern die Knoten sind auch mit Wachs versiegelt. Sollte ich da nicht misstrauisch werden?“

Wir beratschlagten noch eine Weile, wie wir nun am besten vorgehen sollten. Unser nächstes Ziel war Mestia, um von dort aus weiterzureisen. Wir mussten mit drei Tagesreisen rechnen, erklärte Old Firehand. Weil er zu den Bärenjägern wollte, würde er uns den Weg genau erklären und auch eine Karte zeichnen. Da das Wetter besser geworden war, sollten wir den Weg nicht verfehlen können. Plötzlich schlug er sich mit der Hand an die Stirn. „Da fällt mir ein, dass ich erst kürzlich Gerüchte über Mestia gehört habe. Dort treiben sich seit Wochen

Fremde rum, und die haben wohl, solange es das Wetter erlaubte, in großer Menge Material anliefern lassen. Es soll geheimnisvolle Aktivitäten in den alten Steintürmen geben. Vielleicht hat das ja auch was mit dem Riss zwischen den Welten zu tun."

Ann hatte, während er sprach, ein in Leder gebundenes Notizbuch aus ihrer Tasche genommen und schlug dieses nun auf.

„Ich würde gerne einmal die verschiedenen Gruppen aufschreiben, mit denen wir es zu tun haben", meinte sie. „Ich verliere langsam den Überblick."

Gemeinsam erarbeiteten wir eine Liste, die am Ende so aussah:

1. Brown, Black, White: 3 Pinkerton-Agenten, ziemlich sicher feindlich
2. Vanderbilt + mehr als 20 Jäger: evtl. verwickelt? Vielleicht verantwortlich?
3. Fremde in Mestia: evtl. mit dem Riss beschäftigt?

Sofie hatte die letzten Minuten geschwiegen und sah sehr nachdenklich aus. Nun meldete sie sich zu Wort.

„Wenn die Bärenjäger wirklich etwas mit dem Riss zwischen den Welten zu tun haben, wäre es dann nicht gut, wenn nicht nur Old Firehand sich mit ihnen beschäftigen würde?" Sie wurde rot und stotterte, an unseren Gastgeber gewandt: „Entschuldigung, ich habe vorausgesetzt, dass Sie sich überhaupt um diese Sache kümmern wollen. Das haben wir ja noch gar nicht besprochen."

Old Firehand knurrte:

„Sie kennen mich noch nicht lange genug, und scheinbar hat mein alter Freund Hartmann kein allzu positives Bild von mir gezeichnet, sonst könnten Sie nicht daran zweifeln. Ich habe gleich mehrere Gründe, Ihnen meine volle Unterstützung anzubieten. Da ist meine Verpflichtung Old Shatterhand gegenüber. Und Sie, junge Sofie, kann ich auch nicht einfach in irgendeine Gefahr rennen lassen, das würde mir Johann nie verzeihen. Vor allem aber bin ich es den Menschen dieses Landes schuldig, die mich so gastfreundlich aufgenommen und mir eine neue Heimat geschenkt haben, und auch den Tieren, die dieser Riss ebenfalls bedrohen könnte. Und schließlich bin ich Old Firehand, der seine schützende Hand über diese Region hält, und Otchopintre lässt sich nicht von ein paar dahergelaufenen Abenteurern zum Narren halten!"

Er war aufgesprungen und hatte sich in Rage geredet. Nun setzte er sich wieder und schlug mit der flachen Hand auf das Notizbuch.

„Also ich bin dabei. Und was wollten Sie in dem Zusammenhang vorschlagen?"

Sofies Gesicht nahm langsam wieder seine normale Farbe an.

„Wie wäre es, wenn Old Shatterhand mit Ihnen zu den Bärenjägern ginge? Er kennt sich aus mit Verkleidungen und könnte inkognito mitkommen, beispielsweise als amerikanischer Journalist, der über den berühmten Old Firehand schreiben will. Wir anderen würden uns schon mal nach Mestia aufmachen, um dort die Lage zu erkunden. Wenn man dort auf uns wartet, dann auf vier Leute, nicht auf drei."

„Die Idee ist prima", warf Ann ein, ehe sich einer von uns Männern äußern konnte. „Ich leihe Old Shatterhand mein Notizbuch mit den Initialen AL und auch meinen Nachnamen. Dann kann er als Abraham Lindsay gehen, so hieß mein Urgroßvater."

„Und er darf seine Gewehre nicht mitnehmen!", ergänzte Sofie. Die beiden Frauen spielten sich die Argumente zu wie Bälle, als würden sie dieses neumodische *Lawn Tennis* spielen, worin im letzten Jahr im englischen Wimbledon die ersten Meisterschaften veranstaltet worden waren.

Nun schaltete sich auch noch Halef ein, dem die Idee gut zu gefallen schien.

„Der Sihdi kann mir seine Gewehre mitgeben, ich passe schon gut auf sie auf. Und ich leihe ihm solange meine gute Flinte."

Ich wollte etwas entgegnen, da kam mir Old Firehand zuvor.

„Das wird nicht nötig sein. Ich habe etwas Besseres für einen Meisterschützen wie Old Shatterhand, und außerdem erinnert ihn das an das Gewehr, das er Ihnen mitgeben wird: Ich habe noch eine *Henry Rifle* von 1862, mit der ich immerhin sechzehn Mal schießen kann, ohne nachzuladen.“

Während er durch die zweite Tür im Raum verschwand, die wir bisher noch nicht offen gesehen hatten, blickte ich leicht verdutzt der Reihe nach meine Gefährten an und meinte:

„Das scheint ja jetzt schon beschlossene Sache zu sein. Mich fragt wohl niemand nach meiner Meinung?“

„Aber Sihdi“, entgegnete mir Halef mit einer bewusst arglosen Miene, „natürlich übergehen wir dich nicht, aber die Idee ist doch prima, und du freust dich bestimmt schon darauf, wieder eine deiner Scharaden aufführen zu dürfen.“

In dem Moment trat Old Firehand aus der Tür, in der Hand in einem edlen Lederfutteral tatsächlich eine der legendären Henry-Flinten. Ich nahm sie mit Ehrfurcht entgegen. Sie war sauber gearbeitet, das Verschlussgehäuse aus Rotguss glänzte, als wäre es aus Messing. Dem Vorläufer des Winchester-Gewehrs von 1866 konnte man nicht ansehen, dass in seinem Röhrensystem 15 Patronen Platz hatten, sogar eine mehr als in Sofies Winchester.

„Mindestens dreimal pro Minute!“, verkündete Old Firehand stolz. „So oft kann ich die komplette Magazinladung abfeuern. Zweimal muss ich nachladen, und dann habe ich rund 50 Schuss in der Minute.“

Ich schaute von der Waffe hoch, die ich untersucht hatte.

„Und Ihr wollt mir dieses Prachtstück anvertrauen?“

Old Firehand lachte.

„Niemandem lieber als Euch. Wollen wir ein paar Probeschüsse machen?“

Es war noch hell draußen, und so traten wir hinaus in die frostige Nachmittagsluft. Es war erst Anfang September, aber hier waren wir schon im tiefsten Winter.

Wir machten uns einen Spaß aus dem Probeschießen, bald holten auch die anderen ihre Gewehre, und es wurde ein lustiges Wettschießen daraus. Old Firehand bewunderte angemessen Anns Godiva und ganz besonders die Winchester 73. Er kannte die Waffe von Hartmann, und nach einigen Probeschüssen bestätigte er, dass es sich hier um ein weit überlegenes, ganz besonderes Exemplar handelte. Beim Vergleich wurde aber auch ein Nachteil dieses neuesten unserer Gewehre deutlich: Wog die Henry-Flinte mit ihrem gut 50 Zentimeter langen Lauf vier Kilo, brachte es die Winchester bei gleicher Länge auf ein gutes halbes Kilo mehr. Dafür waren wohl der eiserne Verschlusskasten und das geschlossene Röhrenmagazin verantwortlich; beim Henrygewehr musste man aufpassen, dass das unten offene Magazin nicht zur Verschmutzung der Patronen führte, wenn man von einer Erdauflage aus schoss.

Am Ende führten Old Firehand und ich auch noch unsere schweren Gewehre vor. Mein Bärentöter, dessen zwei dicke Läufe gezogen und durch eine Brücke verbunden sind, wiegt fast zehn Kilo, kein Wunder bei einer Lauflänge von rund einem Meter. Old Firehands Elefantenbüchse war einläufig und einige Zentimeter kürzer, hatte aber ein noch größereres Kaliber, wenn auch ohne Kanonenmundstück; es wog fast so viel wie mein Gewehr. Natürlich sind dies keine Waffen, um schnell und oft hintereinander zu schießen; bis ein solcher Vorderlader schussbereit ist, dauert es seine Zeit. Ich bewunderte Old Firehands Gewehr, war aber schon mehr als einmal froh um den zweiten Schuss gewesen.

Ehe die zunehmende Dunkelheit uns das Schießen unmöglich machte, probierten wir noch gegenseitig alle unsere Gewehre aus und hatten dabei viel Spaß. Wie ich es erwartet hatte, gaben Old Firehand und ich uns nichts nach an Treffsicherheit und wurden von den anderen einhellig gelobt und bewundert. Allerdings schien es mir, als sei der alte Trapper nach den letzten Schüssen aus unseren schweren Gewehren ein klein wenig außer Atem, auch wenn er dies verbergen wollte. Ich musste an eine Bemerkung Winnetous denken: Old Firehand sei „stark wie der Bär zur Zeit des Schneefalls; aber sein Fuß wird gehalten von der Hand der Jahre“ – und seither waren nun immerhin schon wieder fünf Jahre vergangen und er hatte eine lebensgefährliche Verletzung mit einer langen Rekonvaleszenz überlebt. Ich nahm mir vor, ein wachsames Auge auf meinen alten Weggefährten zu haben und ihn, ohne es ihn merken zu lassen, ein wenig zu schonen.

Am nächsten Morgen wurde ich früh wach. Es war dunkel im Raum, da die Fensterläden geschlossen waren. Ich erhob mich leise und schlich zur Tür. Als ich diese einen Spalt aufschob, schien mir die aufgehende Sonne ins Gesicht; der neue Tag brach gerade an. Ich öffnete die Tür so leise wie möglich, schob mich durch den Spalt und schloss die Tür hinter mir. Ich wollte mir ein wenig die Beine vertreten und die anderen ruhig schlafen lassen.

Am Abend zuvor hatten wir noch lange zusammengesessen und geredet, dabei gut gespeist und, abgesehen von Halef, dem guten Wein zugesprochen – gekeltert und geliefert natürlich von Ivane Gvenetadze –, den Old Firehand aus seiner Speisekammer geholt hatte. Diese befand sich hinter der Hütte, ein niedriger Anbau, deshalb hatten wir sie noch nicht gesehen; davor lagerte Old Firehand unter einem Schindeldach seinen Holzvorrat. Daneben hatte er einen Brunnen gebohrt, nach ganz traditioneller Art mit einem Hebebaum, an dem Seil und Eimer hingen. Und natürlich gab es einen Deckel, um das Zufrieren des Brunnenwassers zu verhindern.

Ann und Sofie hatte Old Firehand eine Schlafgelegenheit in jenem Raum gerichtet, aus dem er das Henrygewehr geholt hatte. „Es ist so eine Art ‚Rumpelkammer‘“, hatte er lachend gesagt und dabei den deutschen Ausdruck benutzt. Tatsächlich war das Zimmer ziemlich vollgestopft; an den Seiten standen selbstgezimmerte Regale, voll mit Werkzeug, Waffen, Kerzen und anderen Vorräten, aber auch Büchern und mehreren Fotoalben – Erinnerungen wohl an Old Firehands früheres Leben. An der Rückwand lagen bis zur Unterkante des Fensters Felle gestapelt, die meisten von Bären, wie ich erkannte, aber auch ein paar von Wölfen und von Wisenten. Aus diesen weichen Unterlagen hatte der alten Trapper den beiden Damen schnell bequeme Bettstätten gebaut. Halef und ich hatten es uns im Wohnraum gemütlich gemacht, und ich war wohl der Erste, der am heutigen Morgen erwacht war.

Ich holte tief Luft, machte ein paar Dehnübungen und Kniebeugen, um die Müdigkeit aus meinen Muskeln zu vertreiben, und ging ums Haus, um mich mit kaltem Wasser aus dem Brunnen zu erfrischen. Als ich um die Ecke bog, erstarrte ich: Vor mir stand – ein riesiger Tiger. Er schien so überrascht wie ich, starrte mich genauso an wie ich ihn. Nach einem Augenblick der Erstarrung musterte ich ihn genauer. Ich hatte Königstiger in Indien gejagt und den Amurtiger in Sibirien geschossen, majestätische riesige Katzen. Dieser hier stand ihnen an Größe und Würde kaum nach, ich hätte ihn aber niemals mit ihnen verwechseln können. Während sich beim bengalischen Tiger auf leuchtendem Rot-Gold breite schwarze Querstreifen vom Kopf über den ganzen Körper bis zur Schwanzspitze ziehen, waren bei dieser Katze Fell und Streifen heller, noch heller sogar als beim Sibirischen Tiger. Die Streifen waren schmaler und viel enger verteilt. Im Gegensatz zu den anderen beiden Arten hatte dieses Tier nicht nur längere Haare im Genick, sondern eine regelrechte Bauchmähne und einen ausgeprägten Backenbart. Ich hatte schon größere Tiger gesehen, vor allem in Sibirien, aber nicht viele. Dieser hier maß wohl fast drei Meter vom Kopf bis Schwanz.

Während ich all dies registrierte, überlegte ich fieberhaft, was ich tun sollte. Ich hatte keine Waffe bei mir; nicht einmal mein Bowiemesser hatte ich eingesteckt. Zurückspringen hinter die Ecke würde mir nichts helfen. Ehe ich die Tür erreichte, hätte mich der Tiger niedergestreckt. Ich erinnerte mich an die Lehren eines indischen Jagdführers: Menschen gehörten nicht zum Beutespektrum des ‚Königs der Streifen'. Wenn sie angegriffen würden, dann weil Tigerweibchen ihre Jungen verteidigten oder sich das Tier bedrängt fühlte. Nur alte, kranke oder verletzte Tiger würden zu Menschenjägern. Und sie überfielen meistens Menschen in gebückter Haltung, die Vierbeinern ähnlich sähen. Deshalb sei es in manchen Gegenden Indiens üblich, dass Menschen im Wald eine Maske mit menschlichem Gesicht auf dem Hinterkopf trügen, damit der Tiger sie nicht verwechsle, wenn er, wie üblich, von hinten angriffe. Das alles würde mir hier aber nicht helfen, wenn der Tiger mich für einen Feind und eine Bedrohung hielt. Und ob es stimmte, was mir ein britischer Großwildjäger erzählt hatte, dass ein Tiger einen nicht wahrnehmen könne, solange man regungslos bliebe, wagte ich zu bezweifeln. Denn in diesem Moment unterbrach der Tiger vor mir sein Starren, aus seiner Kehle drang ein leises, stets lauter werdendes Grollen, und dann riss er das Maul auf und gähnte mir ins Gesicht. Ich starrte auf zwei riesige Eckzähne, fast zehn Zentimeter lang, und ein paar kleinere Zähne dazwischen, die unteren Eckzähne waren nur unwesentlich kürzer und ein Stück nach innen versetzt. Der Tiger klappte das Maul wieder zu und hob den Kopf. Ich spannte alle Muskeln an und machte mich für meinen letzten Kampf bereit.

Da schob sich hinter dem Tiger, um die Hausecke herum eine riesige Gestalt, die der mächtigen Katze einen Schlag auf den Hinterschenkel versetzte.

„Na, alter Junge!“, hörte ich Old Firehands Stimme grollen. „Musst du meine Gäste so erschrecken?“ Und zu meinem grenzenlosen Erstaunen drehte sich der Tiger um und fuhr Old Firehand mit seiner riesigen Zunge über das Gesicht; der fasste das Tier an seinem Backenbart und schüttelte es kräftig. Es sah aus, als balge ein kleiner Junge mit seinem Kater, nur ins Riesenhafte vergrößert.

Ich bin kein Feigling und habe schon vieles erlebt, aber in diesem Moment spürte ich, wie meine Beine weich wurden. Ich riss mich zusammen, atmete tief ein und fand wieder festen Stand.

Old Firehand gab dem Tiger einen Klaps, und der verschwand mit schnellen Sprüngen hinter der Hauswand.

„Ich habe ihn aus dem Talkessel geschickt", wandte sich Old Firehand an mich. „Eine ähnliche Überraschung muss niemand meiner anderen Gäste erleben." Nach einer kurzen Pause fuhr er fort: „Ich bin froh, dass Ihr Eure Gewehre in der Hütte gelassen haben. Ich hätte mir nie verziehen, wenn Ihr Dawit erschossen hättet."

Ich hob fragend eine Braue.

„Dawit?"

Old Firehand nickte.

„Ich habe ihn nach dem großen georgischen König genannt, nachdem ich ihn als Waise gefunden habe. Ein Jäger hatte seine Mutter erschossen, er aber hatte sich versteckt und war schon damals groß für ein Tigerbaby. Er ist jetzt gut drei Jahre bei mir, und wenn niemand ihn erschießt oder ein anderer Tiger ihn im Kampf um ein Weibchen tötet – in einem Jahr wird er geschlechtsreif –, kann er mir noch viele Jahre ein treuer Begleiter bleiben. Im Moment ist er mein bester Freund." Old Firehand schlug mit der rechten Faust in seine linke Hand und lächelte bitter. „Das sagt wohl einiges aus sowohl über mich wie über die Menschen hier. Sie sind die größte Gefahr für seinesgleichen."

Ich erinnerte mich an unseren Kleiderkauf in Kutaissi und an Halefs Gürtel und warf ein:

„Kann es sein, dass er den Jäger, der seine Mutter erschossen hat, inzwischen getötet hat?"

Old Firehand schwieg einen Moment, dann antwortete er:

„Vor einem Jahr etwa, ja. Ihr müsst mir später erzählen, woher Ihr das wisst. Dawit ist einer der wenigen kaspischen Tiger, die es in diesem Teil des Kaukasus noch gibt. Die russischen

Soldaten jagen nicht nur Raubtiere in der Umgebung von Siedlungen, um Menschen zu beschützen, sondern auch, weil die Armee hohe Boni für Tigerfelle zahlt." Er lachte gequält. „Immerhin dürfte ich nun, sollten bei Euch noch irgendwelche Zweifel geblieben sein bezüglich meiner Fähigkeit, mit Tieren zu kommunizieren, diese restlos zerstreut haben."

Elftes Kapitel
Bärenjagd im Kaukasus

„Für wie alt haltet Ihr sie?", fragte mich Old Firehand, während wir die beiden im Schnee umhertollenden Bärenjungen beobachteten. Für einen Moment fragte ich mich, ob er mich auf die Probe stellen wollte, doch dann sah ich das aufrichtige Interesse in seinem Blick. Manchmal fühlte ich mich in seiner Gegenwart immer noch ein wenig wie ein Geselle gegenüber dem Meister, obwohl ich dies wahrhaftig nicht mehr war und der alte Trapper bei unserer letzten Begegnung mehr als einen kapitalen Bock geschossen hatte, um im Bild zu bleiben. Aber alte Gewohnheiten und vor allem Gefühle sind nun einmal hartnäckig; ich nahm mir vor, dieses Gefühl von nun an ernsthaft zu bekämpfen.

„Vielleicht achtzehn Monate", gab ich zur Antwort. „Ich kann es aufgrund der Größe nur ganz grob schätzen, da ich die hiesigen Bären noch nicht kenne, aber ich vermute, sie bekommen ihre Jungen wie in Amerika im Winter, wenn das Weibchen Winterruhe hält. Ihren ersten Winter haben diese hier schon erlebt."

Old Firehand nickte lächelnd.

„Sehr richtig gedacht, Meister Shatterhand. Und da die beiden ziemlich groß für ihr Alter sind, dürften wir es mit einem erfahrenen Weibchen zu tun haben. Lasst sie uns noch ein wenig beobachten und ihre Unbeschwertheit genießen, dann wollen wir uns wieder auf den Weg machen, ehe die Mutter auftaucht."

Ich nickte, und während wir, hinter einer Schneeverwehung kauernd, vor den Blicken der Jungbären verborgen, das unterhaltsame Schauspiel genossen, ließ ich die letzten Tage noch einmal innerlich Revue passieren. Nach der Begegnung mit dem Tiger hatten wir gemütlich gefrühstückt, Old Firehand den dreien, die direkt nach Mestia wandern würden, noch einmal ausführlich den Weg erklärt, und am späten Vormittag waren wir schließlich losmarschiert. Old Firehand hatte uns auf geradem Wege durch schmale Täler und über kleinere Felsabhänge geführt, ohne dass wir den Enguri auch nur einmal zu Gesicht bekommen hätten.

„Ich kenne mich inzwischen hier aus wie in meiner Westentasche", hatte er mir erklärt, während wir am frühen Nachmittag eine Pause gemacht hatten. Ich hatte genickt.

„Das ist offensichtlich nicht übertrieben. Ihr habt hier wirklich eine Heimat gefunden."

Er hatte sich versonnen umgeblickt, dann mit einer weit ausholenden Armbewegung auf die hohen Berge des Kaukasus gewiesen, in deren Richtung wir uns bewegten.

„Dort oben gibt es noch eine gewisse Ursprünglichkeit in der Natur und auch bei den Menschen, die in den Vereinigten Staaten immer seltener wird, zumindest bei den Weißen – und ihr wisst, warum ich bei den Indianern nicht glücklich werden kann. Natürlich zeigt auch hier die Zivilisation ihre Schattenseiten, aber da oben, in den Bergen von Swanetien, da gibt es jahrhundertealte Traditionen, da gibt es Ehrfurcht vor mächtigen Tieren und Sorgfalt im Umgang mit den Schätzen der Natur. Und nun lasst uns die Schneeschuhe anlegen, denn jetzt wird der Aufstieg um einiges heftiger."

Ich bewunderte den alten Mann, wie er vor mir hergestapft war und mit seinem mächtigen Körper wo nötig den Weg freigekämpft hatte. Aber ich hatte bemerkt, dass er manche kleine Pause einlegte, scheinbar, um sich umzusehen oder um bewundernd auf einen Berggipfel zu zeigen, der rosarot im Licht der sich langsam dem Horizont nähernden Sonne leuchtete. Am Abend hatte ich ihn darauf angesprochen, nach dem Essen und bei einem letzten Becher Kaffee.

Old Firehand hatte lange geschwiegen, während er sinnierend ins Feuer geschaut hatte, dann hatte er den Blick gehoben und mir offen in die Augen gesehen.

„Ihr habt ganz recht beobachtet, alter Freund“, hatte er leise gesagt. „Ich will es selber oft nicht wahrhaben, kann es aber nicht verleugnen. Ein Schuss in die Lunge ist keine Kleinigkeit, nicht viele Menschen überleben dies. Ich hatte schon immer eine Bärenkonstitution“, ein amüsiertes Lächeln war über sein Gesicht geglitten wegen dieses Vergleichs, „wie Ihr ja auch. Ich habe die Verletzungen auskuriert, aber meine Lungen haben nie wieder ihre alte Leistungsfähigkeit gewonnen. Und schließlich“ – wieder hatte er gelächelt, aber diesmal war es ein sehr wehmütiges Lächeln gewesen – „werde ich nicht jünger. Nein, um ehrlich zu sein: Für einen Siebzigjährigen bin ich noch in sehr guter Verfassung, ich kenne viele Jüngere, die schon Tattergreise zu sein scheinen. Ich kann zufrieden sein, aber manchmal muss ich mich zwingen, an mein Alter und meine Schwächen zu denken und sie einzuplanen.“ Er hatte einen Moment geschwiegen, dann nachdenklich hinzugefügt: „Das fällt mir immer noch schwer.“

Während wir die beiden Bärenjungen beobachteten, warf ich immer wieder mal einen Blick auf Old Firehand. Er war auch im hohen Alter noch eine beeindruckende Erscheinung; seine muskulöse Gestalt ließ nichts von den Schwächen des Alters und früheren Verletzungen ahnen. Unter seinem Pelzmantel trug er einen vollständig aus Leder gefertigten Trapperanzug wie damals in den Staaten, und die hohen Schaftstiefel, die bis weit über die Knie gezogen waren, hatten ihn sicher schon sein halbes Leben begleitet. Er war mit jedem Zentimeter ein

Westmann, und doch passte er hier in diese Gegend, in diese Natur, in diese Welt, als sei er hier geboren.

Hinter uns ertönte plötzlich ein lautes Brummen. Wir wandten uns blitzschnell um und sahen uns einer großen braunen Bärin gegenüber, die sich lautlos an uns herangeschlichen hatte. Das zottelige, lange, dunkelbraune Fell zeigte, dass sie sich schon auf die Winterruhe vorbereitete. Gerade richtete sie sich auf die Hinterbeine auf; offensichtlich wollte sie sich auf uns stürzen, um ihren Nachwuchs zu verteidigen. Auch Bärinnen, die Menschen sonst meiden und sich zeitweise vegetarisch ernähren, werden sehr aggressiv, wenn sie Junge bei sich haben.

Ich hatte schon manchem Grizzly gegenübergestanden, der größer war als diese wütende Bärenmama, und hatte keine Angst. Aber es war mir klar, dass dies kein leichter Kampf werden würde. Das von Old Firehand ausgeliehene Henrygewehr steckte im Futteral, die Revolver würden hier nicht viel nützen, so zog ich das armlange Bowiemesser. Dabei fühlte ich mich sehr unwohl. Ich empfand tiefen Respekt gegenüber diesem Tier, das seine Jungen verteidigte, und wollte es nicht töten. Doch sah ich keine andere Möglichkeit. Old Firehand hingegen schon.

Während ich noch das Messer zog, richtete er sich zu voller Größe auf, machte mir gegenüber eine abwehrende Handbewegung und trat direkt vor die wütende Bärin hin. Auch wenn diese kein Grizzly war, war sie doch von beeindruckender Statur, und so befand sich ihr Kopf ungefähr auf der Höhe des seinen, nur wenige Zentimeter entfernt. Old Firehand starrte ihr direkt in die Augen. Für eine kurze Zeit, die mir wie eine Ewigkeit erschien, rührte sich keine der beiden mächtigen Gestalten. Die Bärin hatte das Maul aufgerissen – ein schneller Biss, und Old Firehand wäre gewesen. Plötzlich schloss die Bärin ihr Maul, ließ sich auf die Vorderbeine fallen, schnüffelte einmal in meine Richtung und trottete gemächlich um uns herum zu ihren Jungen.

Ich stieß die Luft aus und merkte erst jetzt, dass ich sie die ganze Zeit angehalten hatte. Ich steckte das Bowiemesser wieder in die Scheide. Old Firehand schenkt mir ein rasches Lächeln.

„Seht ihr!", meinte er dann. „Das meine ich: Ich töte keine Tiere mehr, wenn ich es vermeiden kann. Diese Bärin hat noch keine Menschen angefallen oder Nutztiere gerissen und wird sich demnächst in ihr Winterlager begeben. Also lassen wir uns gegenseitig in Frieden."

Ich nickte.

„Ihr habt mit ihr – gesprochen."

„Gedanken ausgetauscht trifft es eher. Aber etwas war seltsam." Er schwieg einen Moment und schien nachdenken zu müssen. „Sie war – wie soll ich es ausdrücken – zuerst schwer zugänglich. Und die ganze Zeit spürte ich bei ihr eine unterschwellige Aggressivität, eine Reizbarkeit – es war, als habe sie Lust, zu töten. – Ob das Auswirkungen der Magie sind, die durch den Riss fließt, von dem ihr erzählt habt?"

Ich musste an Hartmanns Bemerkung denken, dass die Wölfe in diesem Herbst besonders angriffslustig seien, und wies Old Firehand darauf hin.

Er nickte.

„Schon möglich. Wir werden uns vorsehen. Ich habe die Bärin übrigens vor den Bärenjägern gewarnt. Heute Abend werden wir wahrscheinlich auf deren Lager stoßen."

Am frühen Abend trafen wir im Lager der Bärenjäger ein. Old Firehand machte mich gleich mit Richard Vanderbilt bekannt. Dieser war mir von Anfang an unsympathisch. Wer meine Bücher kennt, weiß, dass ich Menschen vorurteilsfrei entgegentrete und nichts von Einschätzungen aufgrund der Physiognomie oder anderer Äußerlichkeiten halte. Bei Vanderbilt aber konnte ich mich eines gewissen negativen Gefühls nicht erwehren, ohne genau spezifizieren zu können, woher es kam.

Richard Vanderbilt war ein sehr gut aussehender Mann Anfang dreißig. Sein scharf geschnittenes Gesicht war von einem sauber gestutzten schwarzen Vollbart umrahmt, aus dem mich blendend weiße Zähne zwischen vollen Lippen anblitzten. Der ebenso akkurat geschnittene Schauzer unterstrich die elegante Form der schmalen Nase, die hohe Stirn wurde von sauber gescheiteltem schwarzen Haar gekrönt, das bis zu den Ohren herabfiel. Die Kleidung passte zu diesem Schönling, der aber bei aller Pracht kräftig und keineswegs weichlich wirkte. Sie war aus feinstem schwarzen Leder gefertigt, von der Hose über das Hemd, die Weste und die Jacke, alles verziert mit Nieten, die dem Augenschein nach aus purem Silber bestanden. Der Fellmantel, den Vanderbilt in der Nähe des Lagerfeuers offen trug, musste ein Vermögen gekostet haben: Er bestand ganz aus den schwarzen Hälsen von Silberfüchsen, wie der berühmte Pelzrock des Zaren auf der Welt-Industrieausstellung von 1851, aber um diesen berühmten Mantel noch zu übertrumpfen, hatte Vanderbilt dem seinen einen Kragen hinzufügen lassen, weiß abgesetzt und aus feinstem Hermelinpelz. Er zeigte nicht nur eindeutig, wer der Herrscher des Lagers war, sondern auch, was er von sich hielt. Vom Feinsten waren natürlich auch die Waffen des jungen Millionärs: Die zwei mit Silber beschlagenen Colts der neuesten Generation in schwarzen silberbenieteten Holstern waren offensichtlich Sonderanfertigungen, so wie die schwere Hahndoppelbüchse mit silberausgelegtem Ebenholzschaft.

Vanderbilt musterte mich ebenso intensiv wie ich ihn, während Old Firehand mich vorstellte und erläuterte, dass ich eine Reportage über ihn, den berühmten Westmann, zu schreiben gedächte. Dann reichte er mir die Hand.

„Willkommen in meinem Lager, Mister Lindsay. Fühlen Sie sich ganz wie zu Hause. Und morgen können Sie gerne an unserer ersten größeren Jagd teilnehmen."

Ich nutzte das schwindende Tageslicht, um mich im Lager umzusehen und mit dem einen oder anderen der Jäger zu plaudern. Ich zählte insgesamt 24 Männer außer Vanderbilt, die sich jeweils zu dritt ein Zelt teilten. Vanderbilt hatte natürlich sein eigenes Zelt, und das von Old Firehand stand noch am Rand des Lagers; ich schaffte gleich meine Sachen hinein. Neben unserem Zelt fiel mir eines auf, welches im Gegensatz zu den anderen zugeschnürt war; die Schnürung war unten mit einem speziellen Knoten versehen, den ich nicht kannte. Ich musste nicht raten, wem dieses Zelt gehörte; es war offensichtlich und bestätigte sich, da gerade, als ich mich wieder ins Lager aufmachte, ein Mann auftauchte, mit schnellen geübten Bewegungen den Knoten löste und im Zelt verschwand. Er war ganz in Schwarz gekleidet und hätte ein Zwillingsbruder des Anführers der Pinkertonagenten in Sugdidi sein können. Was für eine glückliche Fügung, dass unsere Zelte nebeneinander standen. Ich beschloss, später zu versuchen, die Agenten zu belauschen.

Ehe ich mich zur Nacht zurückzog, schaute ich mir noch die Schlitten an. Vanderbilt hatte offenbar keine Kosten gescheut: Nicht nur waren die Schlitten stabil und offensichtlich neu, auch die Hunde waren von erlesener Qualität und wie die Schlitten aus den USA importiert: 18 gut schäferhundgroße Tiere mit dichtem Fell in verschiedenen Grau- und Brauntönen. Drei Tiere ragten besonders heraus, nicht nur wegen ihrer Größe, sondern auch wegen der ungewöhnlichen Fellfarben und weil sich jeweils ein eigenes kleines Rudel um sie niedergelassen hatte: ein riesiger roter und ein kaum kleinerer schwarzer Rüde und ein fast ebenso großes weißes Weibchen. Ich wusste, dass die Alaskan Malamutes nicht nur die stärksten und größten aller Schlittenhunde sind, sondern ganz besonders ausdauernd und für das Ziehen schwerer Lasten gezüchtet. Zudem gelten sie als freundlich und verträglich, was sich nun bewahrheitete: Nur die weiße Hündin öffnete ein Auge, um mich prüfend anzuschauen, als ich das Schlittenlager besuchte, die anderen Tiere ignorierten mich.

Auf dem Rückweg ging ich wie zufällig auf der Rückseite des Zelts der Pinkerton-Agenten vorbei, um mein Vorhaben umzusetzen und sie zu belauschen; außer unverfänglichem Wortgeklingel hörte ich aber nichts. Als ich mich zurückzog, vernahm ich plötzlich in Richtung freiem Gelände ein mehrstimmiges Keckern, gefolgt von einer Art gedämpftem Husten, das unversehens in ein kurzes scharfes Bellen überging. Neugierig folgte ich dem Geräusch; als ich vorsichtig um eine hohe Schneewehe blickte, sah ich drei erwachsene Füchse, die nebeneinander Position bezogen hatten, und hinter ihnen einen fast ausgewachsenen Welpen, den sie offensichtlich beschützten. Dieser und die beiden Fähen trugen das übliche Winterfell von Rotfüchsen: dunkel rotbraun auf dem Rücken, schwarz unten an den Beinen und hinten an den Ohren und hellgrau am Unterleib. Der stark gebaute Rüde aber war ein Silberfuchs, sein Fell war fast schwarz, nur die Schwanzspitze war wie bei den anderen Tieren weiß. Die glänzenden Haare wirkten, als seien sie von einem feinen silbrigen Schleier überzogen.

Vor den Füchsen stand ein großer männlicher Luchs, der auch ohne Schwanz über einen Meter maß und mit rund 60 Zentimetern Schulterhöhe die Füchse deutlich überragte. Obwohl er diesen sicher überlegen war und Füchse, wie ich weiß, durchaus ins Beutespektrum dieser größten Katzen Europas gehören, war der Kuder gerade dabei, sich zurückzuziehen. Drei erwachsene Füchse konnten ihm doch zu gefährlich werden; so hob er vorsichtig seine riesigen Vorderpranken, die ihm ermöglichen, sich im Schnee äußerst schnell zu bewegen, da sie wie Schneeschuhe das Einsinken verhindern, und zog sich langsam zurück, ohne seinen Gegnern die Rückseite zuzuwenden. So hatte ich Gelegenheit, die fast fünf Zentimeter langen Haarpinsel an den dreieckigen Ohren genau zu betrachten, die Luchse zu exzellenten Jägern machen. Sein Backenbart war weit abgespreizt, vielleicht wollte der Kater so gegenüber den Füchsen eindrucksvoller wirken. Als er etwa zwei Meter entfernt war, drehte er sich mit Schwung um und raste davon, die schwarze Spitze des kurzen Schwanzes wippte auf und ab. Im nächsten Moment waren auch die Füchse verschwunden.

Am nächsten Morgen machte sich die ganze Jagdgesellschaft auf den Weg zu einem Tal, das man zwei Tage vorher erkundet hatte und in dem sich ein gewaltiger alter Bär aufhalten sollte. Nur drei der Jäger blieben zurück, um das Lager und die Hunde zu bewachen, sodass wir, Vanderbilt, Old Firehand und mich eingeschlossen, 24 Männer waren, in meinen Augen ein vollkommen übertriebenes Aufgebot. Die drei Pinkertons, wie ich sie inzwischen für mich nannte, hielten sich stets in der Nähe von Vanderbilt auf.

Während des Marschs erzählte ich Old Firehand mein Erlebnis vom Abend zuvor. Er lächelte.

„Schaut Euch einmal genau um."

Er zeigte mit dem Daumen unauffällig nach rechts. Ich sah erst nichts, dann zwinkerte Old Firehand, und für einen Moment erblickte ich hinter einer Schneeverwehung einen buschigen roten Schwanz, der sofort wieder verschwand, und im nächsten Augenblick ein paar Meter daneben ein neugieriges kleines Fuchsgesicht, das so schnell wieder meinem Blick entschwunden war, dass ich es beinahe für Einbildung gehalten hätte. Old Firehands Lächeln wurde breiter.

„Ich mag es, wenn ich Freunde in der Nähe weiß, und es kann auch nichts schaden, auf ein paar zusätzliche Ohren und Augen zurückgreifen zu können. Sie werden uns allerdings nicht sehr lange begleiten. Wenn Wölfe in der Nähe sind, halten sie sich tunlichst fern, ehe sie in deren Mägen landen, und in höheren Gebirgszonen sind sie nicht mehr heimisch. Aber dort gibt es dann, was Ihr gestern beobachten konntet: den Kaukasusluchs, und der ist ein mindestens genau so guter Beobachter."

Während des ganzen Tages schaute ich mich immer wieder um nach Spuren der Füchse, hatte aber nur zwei oder drei Mal den Eindruck, etwas von ihnen wahrgenommen zu haben. Immer wieder musste ich an die Füchse denken, die uns einst in der Wüste beobachtet hatten, im Dienste des feindlichen Magiers Al Kadir – hier waren es nun freundliche Tiere, dank des Einflusses von Old Firehand, des Otchopintre.

Nach drei Stunden erreichten wir eine Schlucht. Der Schnee war den ganzen Weg über hart und gut begehbar gewesen, sodass wir ohne Schneeschuhe unterwegs waren. Wir lagerten am Rand der Schlucht. Old Firehand, Vanderbilt und der älteste und erfahrenste der Jäger stiegen ein paar Meter hinab, um die Lage zu erkunden. Ich hielt mich zurück; als angeblicher Journalist stand es mir nicht zu, mich so weit nach vorne zu wagen.

Nach kurzer Zeit kehrte Old Firehand zu mir zurück und raunte mir zu:

„Das kann ein Schauspiel werden. Da unten wohnt ein wahrer Goliath von Bärengroßvater, der es mit den meisten Grizzlys aufnehmen könnte, bestimmt 30 Jahre alt. Ich kenne ihn und weiß, dass er schon manchen georgischen Hirten und Jäger getötet hat. Der alte Scout, Henry Miller, will sich ihm alleine stellen. Er will wohl allen beweisen, wer hier der Anführer der Jäger ist."

Er winkte mir, ihm zu folgen; gemeinsam traten wir ganz nahe an den Rand der Schlucht heran. Als dies die anderen Jäger sahen, folgten sie uns und verteilten sich, sodass es ein klein wenig aussah wie im obersten Rang eines antiken Amphitheaters. Und wie damals das römische Publikum nach dem Kampf der Gladiatoren mit den Löwen gierte, warteten wir nun auf ein Duell zwischen einem amerikanischen Jäger und einem georgischen Bären.

In die Schlucht ging es nicht allzutief und steil hinab, vielleicht fünfzig Meter mit einer Neigung, dass ein Mann vorsichtig hinabsteigen konnte. Das Tal, denn das war es eher als eine Schlucht, war unten ungefähr noch einmal so breit, ehe es auf der anderen Seite steiler hinanstieg. Miller wies Vanderbilt gerade auf verschiedene Punkte hin: Spuren von gewaltigen Tatzen, die bis hier oben deutlich zu sehen waren, und mehrere von den Seiten herankommende Gänge im flachgetretenen Schnee, die alle zu einer Stelle auf der anderen Seite hinführten, wo sich unter einem Felsüberhang hinter einer riesigen Scheewehe wohl das Lager des Bären verbarg. Den Spuren nach hielt sich das Tier darin auf. Miller redete eindringlich auf Vanderbilt ein, der schließlich zögerlich nickte, sich nach oben zu seinen Männern zurückzog und uns allen mit dem Finger vor dem Mund signalisierte, still zu sein.

Miller überprüfte seine schwere Doppelbüchse, lockerte den Revolver im Gürtel und machte sich an den Abstieg. Old Firehand warf mir einen Blick zu.

„Ich weiß, dass Ihr und Winnetou es schon mit so manchem mächtigen Bären aufgenommen habt, und auch ich habe meine Erfahrungen. Was haltet Ihr davon?"

Sein Gesichtsausdruck verriet mir, dass er mit der Entwicklung nicht einverstanden war und meine Bestätigung suchte, die ich ihm gerne gab:

„Das ist sehr leichtsinnig von Miller. Er sollte den Bären von jemandem rauslocken lassen, um dann zum Schuss zu kommen. So muss er viel zu nahe heran!"

Old Firehand nickte.

„Ganz meine Meinung. Wir sollten auf alles gefasst sein."

Miller hatte inzwischen die Talsohle erreicht; ein Blick zu den anderen Jägern zeigte mir, dass nicht einer sein Gewehr bereithielt, die meisten trugen ihre Waffe immer noch auf dem Rücken, einige hatten sie abgelegt. Vanderbilt überprüfte seine Luxusbüchse; widerwillig musste ich einräumen, dass er der Einzige außer uns beiden zu sein schien, der die Gefährlichkeit der Lage für den Mann im Tal erkannte.

Miller bewegte sich nun schräg über den Talboden, sodass er das vermeintliche Bärenlager links von sich hatte; er wollte wohl einen Blick darauf werfen, um den Bären dann zu überraschen. Dieser aber kam ihm zuvor. In einem Gestöber von Schnee und Eis brach durch die Scheewehe ein riesiger Bär und stürzte sich absolut lautlos auf den völlig überraschten

Mann, mit einer Geschwindigkeit, in der ihn kein Tiger oder Panther übertroffen hätte. Miller versuchte, das Gewehr hochzureißen, doch es war zu spät. Mit einem Tatzenhieb fegte ihn der Petz zur Seite und senkte den Kopf hinab auf den des Mannes. Das Knacken, als dessen Schädel zwischen den Zähnen des Bären zermalmt wurde, zerriss die Stille wie Donnerhall.

Ich hatte reflexartig nach meinem Gewehr gegriffen, ließ aber nun die Hand wieder sinken. Mit dem Henry-Repetierer würde ich gegen diesen Goliath nicht viel ausrichten können. Ein schneller Blick ringsum zeigte mir, dass die Jäger alle wie erstarrt standen, noch griff keiner zu seiner Waffe. Nur die drei Pinkertons regten sich und hatten blitzschnell ihre Springfields schussbereit; es war offensichtlich, dass sie diese allerdings gegen den Bären nur zur eigenen Verteidigung oder der von Vanderbilt einsetzen würden. Dieser hatte, schneller als ich es ihm zugetraut hätte, seine Büchse angelegt und feuerte nun zweimal kurz hintereinander auf den Bären.

Vanderbilt mochte ein guter Schütze sein und war auch offensichtlich sehr kaltblütig; er hatte beide Male getroffen. Doch hatte er offensichtlich keine Ahnung, wo man ein solch gewaltiges Tier treffen musste, um es zu töten. Die Fleischwunden, die das riesige Kaliber gerissen hatte, mochten den Bären schmerzen und auf die Dauer schwächen, doch im Moment machten sie ihn nur wütend. Er drehte sich blitzartig zu uns um, und seiner Kehle entfuhr ein lautes tiefes Grollen. Die meisten Bären haben keine laute Stimme; der Kampf mit ihnen ist oft ein stiller und fast stummer, gerade das macht diese Auseinandersetzung so nervenaufreibend. Wenn ein solcher Koloss seine Stimme erklingen lässt, dann ist er gefährlicher als jeder Löwe oder Tiger.

Mit einer Geschwindigkeit, die anscheinend die Jäger vor Schreck erstarren ließ, raste das Tier nun den Hang hinauf, auf Vanderbilt zu. Ein großer Bär bewegt sich selbst im langsam anmutenden Trab so schnell wie ein Pferd im Galopp, es konnte sich nur um Sekunden handeln, bis er den Millionär erreicht hatte. Da aber griff Old Firehand ein. Seine Donnerbüchse entlud sich mit einem lauten Knall, und er traf den Bären in die Seite. Wegen dessen Geschwindigkeit und des Schneewirbels um ihn herum konnte selbst dieser Meisterschütze keinen tödlichen Schuss anbringen. Doch es riss den Bären aus seiner Bahn. Einen Moment stand dieser wie erstarrt, dann wandte er sich seinem neuen Gegner zu und kam frontal auf uns zugerast. So war er nicht zu erlegen; die Kugel musste ihn zwischen die Rippen hindurch ins Herz treffen. Dazu war es notwendig, dass er sich aufrichtete. Old Firehand tat also einen Sprung auf den Bären zu, um ihn scheinbar anzugreifen und so dazu zu bringen, sich aufzurichten, wich aber sofort wieder zurück, um außer Reichweite des wütenden Tiers zu bleiben und mir einen Schuss zu ermöglichen; seine Waffe hatte ja nur einen Lauf.

Dieser Bär aber war ein alter, erfahrener Kämpe, er dachte nicht daran, seinen Angriff zu verzögern und sich aufzurichten. Er raste weiter auf Old Firehand zu.

In solchen Situationen reagieren des Menschen Sinne oft übernatürlich schnell. Vor mir schien sich alles verlangsamt abzuspielen, es war mir, als hätte ich alle Zeit der Welt, um zu reagieren und das Richtige zu tun. Ich sah, wie Old Firehand zurückwich, der Bär ihn erreichte und mit einer Tatze nach ihm schlug. Wieder musste ich an Winnetous Worte denken: Old Firehand sei „stark wie der Bär zur Zeit des Schneefalls; aber sein Fuß wird gehalten von der Hand der Jahre“. Ja, stark war er immer noch, er wehrte den Hieb mit seinem mächtigen Gewehr ab. Doch der Tatzenhieb war sicher stärker als der eines Löwen; das Gewehr wurde ihm aus der Hand geschlagen, ihn riss es auf den Rücken. Als der Bär sich auf ihn stürzen wollte, war ich heran und stand plötzlich zwischen ihm und seinem Opfer, das Bowiemesser in der Hand. Ich schrie ihm ins offene Maul, was, weiß ich nicht mehr. Und endlich richtete sich der Bär auf, er war nun einen Kopf größer als ich. Ich sprang vor, zwischen den erhobenen Tatzen hindurch, an seine linke Seite, fasste mit der linken Hand ins Fell und stieß mit dem Bowiemesser zu, nicht überhastet, sondern mit der raschen Bedächtigkeit, die geboten ist, wenn man sauber treffen will: zwischen die zwei richtigen Rippen ins Herz. Die Klinge fuhr bis ans Heft hinein; ich ließ sie nicht stecken, sondern zog sie schnell wieder heraus, um nicht ohne Waffe zu sein.

Das Ungetüm stand starr, als sei es versteinert. Kein Muskel zuckte, weder Tatzen noch Kopf veränderten ihre Stellung. Das dauerte mehrere Sekunden, vielleicht eine halbe Minute, während der ich mit gespannten Muskeln bereitstand. Dann brach der Bär zusammen, wie von einem unsichtbaren Hammer getroffen, und rührte sich nicht mehr.

Ich atmete tief aus; ich hatte die ganze Zeit die Luft angehalten. Dann ging ich zu Old Firehand, der sich langsam aufrappelte, half ihm vollends auf und reichte ihm sein Gewehr, das ich unterwegs aufgelesen hatte und das dem ersten Augenschein nach unversehrt war.

„Mann“, keuchte Old Firehand und schlug mir auf die Schulter, dass ich beinahe in die Knie ging. „Schon wieder habt Ihr mir das Leben gerettet. Was für ein Kampf, was für ein Stich! Das bringt auch nur Ihr fertig.“

Ich schüttelte den Kopf.

„Ihr wisst, dass es noch mindestens einen anderen gibt.“

Ich sah, wie sich die Augen des alten Trappers verengten und er seinen Blick auf jemanden hinter mir richtete. Während ich mich umdrehte, hörte ich die Stimme von Vanderbilt:

„Ich würde gerne wissen, wer das sein soll. Und ich frage mich, was für eine seltsame Art von Journalist Sie sind, Mister Abraham Lindsay.“

Am Abend herrschte im Lager eine sehr seltsame Stimmung. Old Firehand und ich saßen vor seinem Zelt an unserem eigenen kleinen Lagerfeuer und beobachteten das wirre Treiben. Die Jäger hatten sich in einem Kreis um ein großes Feuer versammelt und frönten ihrem speziellen Trauerritual: Ein großer Lederstiefel, gefüllt mit Wein, ging rund. Wer ihn bekam, nahm einen anständigen Schluck, stand auf und hielt eine kurze Rede zur Erinnerung an den verstorbenen Kameraden. Dann schritt er zum Feuer, über dem an einem Spieß die Tatzen des alten Bären brieten, schnitt sich ein kräftiges Stück ab und setzte sich wieder, um den Stiefel weiterzureichen und andächtig sein Stück Tatze zu verzehren. Wenn ich an die Zähigkeit des Bärenschinkens dachte, den uns Old Firehand serviert hatte, konnte ich mir nicht vorstellen, dass dieses Mahl ein Genuss war, und die Art, wie die Männer auf dem Fleisch herumkauten, bestätigte meinen Verdacht. Aber um Genuss ging es hier ja auch nicht.

Dieses Ritual erinnerte mich an die Bräuche mancher afrikanischer Stämme, bei denen man den erschlagenen Feind verspeist, um ihn in seiner Tapferkeit zu ehren und von seinem Mut und seiner Stärke etwas abzubekommen. Mich mutete dies sehr skurril an, vor allem aber zeigte es mir, dass dies eine Gemeinschaft war, die sich schon länger kannte und nicht erst für diese Aufgabe zusammengewürfelt worden war. Und wirklich konnte ich dann und wann ein Wort oder einen Satzfetzen verstehen, die mich in dieser Auffassung bestärkten. Unter anderem war die Rede von einem Hinterhalt in Südafrika und von einem lukrativen Auftrag in Südamerika.

Old Firehand, der die ganze Zeit regungs- und wortlos neben mir gesessen und wie ich den Jägertrupp beobachtet hatte, rührte sich und raunte mir leise zu:

„Das sind wohl auch Jäger, aber in allererster Linie ist das ein Söldnertrupp der schlimmeren Sorte."

Ich nickte.

„Ganz meine Meinung. Aber lasst uns lieber das andere Lager beobachten."

Vor Vanderbilts Zelt steckten dieser und seine drei Leibwächter die Köpfe zusammen und unterhielten sich leise. Ab und zu warf einer der vier Männer uns beiden einen verstohlenen Blick zu. Old Firehand schluckte hörbar.

„Es tut mir leid, dass ich mit meiner Bemerkung das Misstrauen von Vanderbilt erweckt habe.“

Ich schüttelte den Kopf.

„Das habt Ihr nicht. Dass und wie ich den Bären getötet habe, hat schon ausgereicht. Und meine unüberlegte Bemerkung zu Winnetou hat ihn darin nur bestärkt. Wir werden morgen vorsichtig sein müssen.“

Vanderbilt hatte uns beide den ganzen Tag nicht aus den Augen gelassen, jede unserer Bewegungen mit Argusaugen verfolgt. Und wenn er einmal etwas zu tun hatte, was ihn davon abhielt, waren wir von einem der drei Pinkertons observiert worden.

Der Nachmittag war zum großen Teil über der Beerdigung des toten Henry Miller vergangen. Seine Jagdkameraden hatten für ihn ein Grab unter Felsen ausgehoben, sie mussten dazu nur die Kuhle vertiefen, die sich der Bär geschaffen hatte. Sie hatten ihn dort zur letzten Ruhe gebettet, eingewickelt in das Fell des Bären. Ohne uns zu fragen, hatten sie diesem auch die Zähne ausgebrochen und die Krallen abgeschnitten und beides Miller mit ins Grab gegeben. Diese Trophäen hätten von Rechts wegen uns gehört, Old Firehand und mir; wir hatten diese Gedankenlosigkeit – oder war es eine bewusste Provokation gewesen? – kommentarlos hingenommen. Uns beiden lag weder etwas an den Trophäen – die Zeit, dass wir uns mit dergleichen geschmückt hatten, lag sowohl bei Old Firehand wie bei mir lange zurück – noch an einem Streit. Niemand hatte mit uns an diesem Nachmittag über den Vorfall gesprochen, und auch nicht am Abend, als sich die beiden Gruppen an ihre jeweiligen Lagerfeuer zurückgezogen hatten. Die ganze Zeit herrschte eine gespenstische Wortlosigkeit zwischen uns, zu hören waren nun am Abend nur das Knistern der Flammen und Bersten der Scheite, Vanderbilts und der Pinkertons Geraune und die rituellen Worte der Jäger. Als diese leiser wurden und die Trauerrunde beendet war, riss uns plötzlich ein lauter Knall aus unseren Gedanken. Er war schärfer und kürzer als ein Donner, gleichzeitig zuckte ein grelles Licht über den Himmel, von links nach rechts, dann wieder zurück.

Während wir noch starrten, bildete sich direkt über uns langsam eine Lichtscheibe, die immer mehr zu einer riesigen Kugel wurde, strahlend gelb, dann immer mehr an Helligkeit verlierend, bis sie aussah wie ein riesiger Vollmond. Und nun schien sich etwas darin zu bewegen, etwas kam auf uns zu, wurde größer, schwenkte zur Seite, und ich erkannte ein geflügeltes Pferd mit einer langhaarigen Reiterin auf dem Rücken – das war sicher Schakara, Marah Durimehs Vertraute und Schülerin, auf ihrer Windpferdstute Pervin. Ihr folgte ein riesiger Vogel, eindeutig ein Simurgh, und er schien sie angreifen zu wollen, den Schnabel aufgerissen, die riesigen Klauen gespreizt …

Die beiden Gestalten verschwanden am Rande der Lichtscheibe, wurden kleiner, schienen um die Kugel herumzufliegen. Da zog sich diese zusammen zu einem winzigen Punkt und zerplatzte mit einem ohrenbetäubenden Knall in unzählige Lichtfunken, die uns alle geblendet die Augen schließen ließen. Was bedeutete das? Sollte mir dieser Blick in die Geisterwelt zeigen, was der Weltenriss schon angerichtet hatte? Oder war es eine Prophezeiung, eine Warnung, geschickt von Marah Durimeh, vor Dingen, die da kommen konnten?

Während wir alle noch wie erstarrt standen und staunten oder erschüttert oder ratlos waren, erhob sich Vanderbilt scheinbar ungerührt und sagte laut:

„Morgen teilen wir uns auf. Old Firehand und sein Gast werden den einen Jagdtrupp anführen, ich den anderen. Ich wünsche allen eine gute Nacht.“

Zwölftes Kapitel
Eine grausame Schlächterei

Am nächsten Morgen taten alle so, als sei nichts geschehen. Vanderbilt grüßte uns höflich, ja betont freundlich, und lud uns zum Frühstück ein. Er hatte ausgezeichneten Kaffee dabei und köderte uns mit Delikatessen wie Ahornsirup und eingelegten Oliven; wir ließen uns nicht zweimal bitten. Während des Frühstücks erzählte er vor allem von seinem im Vorjahr verstorbenen Vater Cornelius Vanderbilt, der es vom armen Bauernsohn über den Aufbau eines Fährdienstes mit Segelschiffen und die jahrelange Tätigkeit als Dampfschiffkapitän bis zum Großreeder und Eisenbahnunternehmer gebracht hatte.

„Er war einer der erfolgreichsten und vermögendsten Unternehmer der USA und hat die Vanderbilt-Familie zu einer der wichtigsten des Landes gemacht", erklärte sein Sohn stolz. „Man nannte ihn den *Railroad King* und *Railroad Tycoon* und auch den *Commodore*. Alle Familienmitglieder sind stolz auf das, was er geleistet hat, und wir alle wollen für seinen Namen und den unserer Familie Ehre einlegen!"

Als wir uns nach dem Frühstück bei unserem Zelt aufbruchsfertig machten, meinte Old Firehand leise:

„Ich habe mich natürlich ein wenig erkundigt über diesen eitlen Vogel, wie ich in meiner Hütte ja schon angedeutet habe. Da die Telegrafenleitung von London nach Kalkutta über Tiflis läuft, geht das relativ schnell. Er ist so eine Art schwarzes Schaf in der Familie, die mit ihm nichts zu tun haben will und ihn offiziell sogar so weit wie möglich verleugnet, da muss es in der Vergangenheit unliebsame Vorfälle gegeben haben. Und anders als der Rest des Clans setzt er nicht auf Schiffe und Eisenbahnen, sondern will im Ölgeschäft groß rauskommen. Wenn ihm das gelingt, wird er wohl wieder in Ehren in die Familie aufgenommen."

„Dafür scheint er sehr weit gehen zu wollen“, warf ich ein.

Old Firehand nickte.

„Wenn er auch nur ansatzweise die Brutalität seines Vaters geerbt hat, können wir uns auf einiges gefasst machen. Für diesen skrupellosen Geschäftsmann wurde der Begriff des Räuberbarons erfunden, des *robber baron*.“

Vanderbilt hatte schon am Vorabend angekündigt, dass wir uns trennen würden. Seinen Scouts waren am Vortag verschiedene Spuren aufgefallen; wir sollten mit einer der beiden Gruppen mehreren Bärenspuren folgen. Anführer unseres Trupps war John Dundiston, ein fünfundfünfzig Jahre alter früherer Steuermann, der von Jugend an in Diensten des alten Vanderbilt gestanden war und nun Richard Vanderbilt als eine Art Privatsekretär und Leibdiener begleitete. Dieser hatte ihm noch am Abend die Hahndoppelbüchse des verstorbenen Henry Miller geschenkt, die Dundiston nun stolz auf dem Rücken trug. Old Firehand und ich überließen ihm gern die Leitung; sollte er einmal zeigen, was er konnte.

Unter seiner Führung machten sich zwölf Männer auf: zehn Jäger und wir beide. Hinter uns hörte ich jemanden raunen: „Das ist eine ganz schlechte Planung. Wir sind dreizehn, das ist ein schlimmes Omen!“ Auch Dundiston hatte das gehört, er drehte sich um und warf einen bösen Blick zurück. Von da an marschierten wir schweigend über Schnee und Eis.

Gegen Mittag erreichten wir eine Senke, die sich gen Norden erstreckte. Schon von Weitem sahen wir Spuren im Schnee, die aus Osten in die Senke führten. Dass es Spuren von Bären waren, erkannten Old Firehand und ich schon bald; als wir näherkamen, wechselten wir einen besorgten Blick.

„Das dürfte die Bärin mit den zwei Jungen sein“, raunte mir Old Firehand zu. „Ich muss mit Dundiston reden.“

Ehe er losstapfen konnte, hielt ich ihn zurück.

„Wartet!“ Ich wies auf eine weitere, kaum sichtbare Spur, die etwas älter und schon von ein wenig Schnee bedeckt war. „Von

Westen her ist auch ein Bär gekommen, der ist etwas früher in dieses Tal gezogen.“

Old Firehand runzelte die Stirn, dann ging er nach vorne zu Dundiston, der den Trupp anhielten ließ. Ich hielt mich zurück, ich war ja nur der Schreiberling, hörte aber ab und zu ein paar Wortfetzen:

„Bärin mit Jungen … nicht … alter Bär … gefährlich … nicht zulassen …“

Nach ein paar Minuten winkte Old Firehand mich heran, während Dundiston seine Männer um sich versammelte.

„Wir werden den Spuren folgen und dann entscheiden, was wir machen. Die Bärin wird auf jeden Fall nicht gejagt.“

Wir drangen in das Tal ein, das sich immer mehr verengte, aber nach etwa einem Kilometer teilte. Die Wände waren immer höher geworden, sodass wir uns fast schon in einer Schlucht befanden. Diese spaltete sich nun y-förmig auf, der eine Ast zweigte nach Nordosten ab, der andere nahezu nach Westen. Die Spuren der Bären teilten sich hier ebenfalls: Die des Einzeltiers wiesen in Westrichtung, die der Bärenfamilie waren in der Nordostschlucht zu erkennen. Nach einer kurzen Beratung teilten wir uns auf. Vier der Jäger schlugen hier ein provisorisches Lager auf. Sie sollten sicherstellen, dass die Bärin nicht zurückkam und uns anderen in den Rücken geraten konnte. Denn die Nordostschlucht war eine Sackgasse, wie Old Firehand erklärte, und möglicherweise fand die Bärenfamilie nicht genug Nahrung oder keinen geeigneten Unterschlupf, sodass sie es vielleicht in dem Westarm versuchen würde.

Old Firehand führte die nun verkleinerte Gruppe in den westlichen Schluchtabschnitt, wie es seiner Position zustand, und bewies in der direkten Verfolgung der Bärenfährte wieder einmal seine Meisterschaft.

Wir liefen etwa eine Stunde, und das Tal wurde wieder mehr zur Senke; die Hänge an den Seiten hätte man nun, wenn auch mit Mühe, ersteigen können. Plötzlich hob Old Firehand die rechte Hand, bückte sich etwas und winkte dann Dundiston und mich heran. Als wir ihn erreichten, sahen wir den Einzelgänger. Er hielt keinem Vergleich stand mit dem Riesen des Vortags, war aber durchaus ein stattliches Tier. Der Bär war wohl dabei, sich hier ein Winterlager einzurichten. Er trollte hin und her, dabei hielt er den Kopf schnüffelnd zu Boden gerichtet. Dundiston atmete tief ein, dann flüsterte er mit leicht zittriger Stimme:

„Was raten Sie, Mister Firehand? Sollen wir von hier aus schießen oder näher herangehen?"

Old Firehand betrachtete ihn aufmerksam und grummelte dann:

„Es zeugt von Weisheit, dazuzulernen, und noch mehr, die richtigen Leute zu fragen. Hätte Ihr Mister Miller das gestern getan, könnte er noch leben. Wenn Sie den Bären erlegen wollen, ohne allzusehr sein Fell zu beschädigen, sollten Sie es ähnlich wie Miller gestern angehen, nur mit mehr Vorsicht und Vernunft. Sie haben Ihre schwere Büchse, die überprüfen Sie als Erstes. Dann gehen Sie langsam auf den Bären zu und rufen ihn aus anständiger Distanz an. Wenn er stehen bleibt und Sie beobachtet, nähern Sie sich ihm langsam und versuchen ihn dazu zu bringen, sich aufzurichten. Dann dürfen Sie schießen. Die Kugel muss ihn zwischen die Rippen hindurch ins Herz treffen. Wenn die erste nicht sitzt, haben Sie ja einen zweiten Schuss. Wenn beide nicht tödlich sind, lassen Sie sich fallen, dann schießen wir von hier aus, erst ich, dann, wenn es noch nötig sein sollte" – sein Blick streifte mich kurz, ehe ihm einfiel, dass ich hier nur als Journalist und dazu nicht wie üblich bewaffnet war, und blieb dann an dem einen der Jäger hängen, der wie Miller eine Doppelbüchse hatte –, „er dort. Sollte der Bär aber auf Sie zurasen, statt sich aufzurichten, dann bleibt Ihnen nur ein Schussversuch, am besten ins offene Maul, es ginge auch ins Auge, aber das werden Sie kaum treffen, und vom Schädel oder vom Brustkorb prallt die Kugel meistens ab. Und dann wieder, wie eben beschrieben: fallen lassen und auf uns vertrauen.“

Dundiston atmete tief durch, musterte den Bären, der uns seine Seite zuwandte, während er immer noch hin- und hertrabte, und fragte dann:

„Und wenn wir ihn von hier aus erschießen? Die Seite, die er uns zuwendet, ist doch verletzlich.“

Old Firehand lachte kurz und bitter auf.

„Das geht auch. Und wenn alle draufhalten, werden Sie sicher Erfolg haben. Ich nenne das dann allerdings nicht mehr Jagd, sondern Schlächterei.“

Ich musste an die Bärenjagd denken, die ich in Kurdistan erlebt hatte, bei der die sonst so tapferen Kurden sich nur mit mehreren Kriegern an einen Bären gewagt hatten. Schießen sollten wir besser nicht, hatte uns unser Gastgeber, der Bey von Gumri, geraten, denn wir könnten den Bären sowieso nicht töten; dann jedoch müssten wir sofort fliehen. Die Kurden jagten den Bären, indem sie ihm einer nach dem anderen einen Wurfspieß in den Leib warfen und dann so schnell flohen, wie ihr Pferd laufen konnte. Mein tapferer Freund Sir David Lindsay hatte damals mir und den Kurden gezeigt, was in ihm steckte, und zwei Bären mit zwei Schüssen erlegt, beide aus der Nähe, als sie sich aufgerichtet hatten, und beide mit Treffern ins Auge. Das allerdings traute ich Dundiston nicht zu, darin stimmte ich mit Old Firehand überein.

Dundiston straffte die Schultern, nickte, wandte sich dann zu seinen Leuten um.

„Männer, wir sind Jäger und keine Memmen. Ich werde diesem kaukasischen Braunbären zeigen, was ein amerikanischer Seebär vermag.“ Er drehte sich entschlossen um, überprüfte sein Gewehr, wie von Old Firehand empfohlen, hauchte in die Hände und machte sich auf den Weg.

Während ich ihn beobachtete, machte ich meinen Henry-Repetierer bereit; im Notfall und wenn der Bär näherkam, konnte ich mit den 15 Schuss sicher auch etwas ausrichten.

Dundiston hatte sich nun auf etwa 50 Meter an den Bären herangeschlichen. Dieser tat so, als habe er ihn nicht bemerkt, und setzte seine Wanderung fort, aber am abrupten Herumschlenkern seines Kopfes erkannte ich, dass er Dundiston im Auge behielt. Der ehemalige Steuermann schien dies auch zu erkennen und blieb stehen. Er wedelte mit den Armen und rief den Bären an, was er rief, konnte ich allerdings nicht verstehen. Der Bär blieb stehen, drehte sich zu ihm hin; einen Moment musterten sich die Kontrahenten. Dann trabte der Bär langsam auf Dundiston zu. Dieser erinnerte sich rechtzeitig an Old Firehands Rat und setzte sich wieder in Bewegung, langsam und dabei sein Gewehr schwenkend, um den Bären zum Aufrichten zu veranlassen. Wir schauten atemlos zu, und ich sah, dass Old Firehand seine Büchse schussbereit hielt. Als Dundiston noch etwa zehn Meter von dem Bären entfernt war, blieb dieser stehen, und als der Jäger die Entfernung halbiert hatte, erhob er sich, um den Menschen in tödlicher Umarmung zu empfangen. Dundiston war nun die Ruhe selbst; er legte seine Büchse an, zielte kurz und drückte ab. Der Bär schlug mit den Tatzen in die Luft, drehte sich langsam und zitternd herum und stürzte zu Boden.

Während um mich herum ein ohrenbetäubender Lärm einsetzte, ein Schrillen und Pfeifen und Klatschen, mit dem die Jäger sowohl ihrer Bewunderung wie ihrer Erleichterung Ausdruck verliehen, setzte Old Firehand seine Büchse ab, nickte mir zu und machte sich auf den Weg zu Dundiston. Dieser erwies sich als ebenso klug wie kaltblütig; er trat sehr vorsichtig an den Bären heran, setzte sein Gewehr mit dem zweiten Lauf an ein Auge und trat dem Tier dann kräftig gegen den Leib. Wenn noch Leben in dem Bären gewesen wäre, hätte er dieses mit einem Schuss auslöschen können, aber das Tier rührte sich nicht, es war eindeutig tot.

Nach einer allgemeinen Glückwunschrunde machten sich die Jäger daran, dem Bären das Fell abzuziehen; Zähne und Klauen gingen natürlich an Dundiston. Dieser war gerade dabei, die Trophäen zu verstauen, als uns mehrere Schüsse aufschreckten. Sie kamen von jenseits der Talwand, aus dem östlichen Seitenarm. Dann hörten wir Schreie, die aber eher jubelnd klangen als erschrocken, und wieder Schüsse.

Old Firehand und ich wechselten einen Blick, dann machten wir uns rasch an den Aufstieg, den steilen Hang hinauf, der die beiden Täler trennte. Die anderen blieben unten, noch mit dem Bären beschäftigt. Als wir nach mühsamer Kletterei schnaufend die Kuppe erreichten, hörten wir, noch ehe wir einen Blick auf die andere Seite werfen konnten, in unregelmäßiger Abfolge Schüsse und lautes Gelächter. Als wir endlich nach unten schauen konnten, bot sich uns ein Bild des Grauens.

Wir blickten in einen Talkessel, in den von links die Senke führte, der wir nicht gefolgt waren, rechts gab es keinen Ausgang. Am Eingang, nur wenige Meter Richtung Kesselmitte, lag die Bärin, zahlreiche Wunden und das viele Blut um sie herum zeigten, dass sie von vielen Schüssen getroffen worden sein musste. Etwa in der Mitte des Talkessels lag das größere der beiden Bärenjungen, ebenso regelrecht abgeschlachtet. Am Ende der großen runden Senke stand der andere junge Bär aufgerichtet in Verteidigungshaltung, schon schwankend wegen verschiedener Verletzungen, von denen aber keine tödlich war; man hatte bisher wohl bewusst nur auf die Vorderbeine und Tatzen geschossen. Etwa zehn Meter vor ihm standen die vier Jäger, die wir am Taleingang zurückgelassen hatten, hintereinander, in einer regelrechten Warteschlange, wie beim Schießstand auf einer Jahrmarktveranstaltung, wo die Männer darauf warten, als nächstes auf die Schießscheibe anlegen zu dürfen.

Es herrschte in diesem Moment absolute Stille. Der vorderste der Jäger ließ gerade das Gewehr sinken und zog seinen Colt. Wir konnten jedes seiner Wörter verstehen.

„Das ist langweilig mit dem Gewehr, da treffen wir zu gut. Wir machen mit den Revolvern weiter.“

Doch er sollte nicht mehr zum Schuss kommen.

Mich erfasste eine unbändige Wut, ein gerechter Zorn auf diese arroganten, so unmenschlich handelnden Männer – nein, sie handelten ja gar nicht unmenschlich, sondern leider allzu menschlich, so, wie ich schon zu viele Menschen hatte handeln sehen, denen das Leben eines Tieres gar nichts und oft genug das eines Mitmenschen auch nicht viel mehr galt. Ich gebe zu, dass ich in diesem Moment nicht viel nachdachte, sondern impulsiv handelte. Aus dem Augenwinkel sah ich, dass Old Firehand wie erstarrt stand, als könne er das Geschehen dort unten nicht glauben, während ich die Henrybüchse emporriss, anlegte und dem Jäger den Revolver aus der Hand schoss – nein, schießen wollte. Denn ein so sicherer Schütze ich auch sonst bin, selbst nach einem solchen Gewaltanstieg und mit fliegendem Puls, wie ich es bei der Rettung von Old Firehand damals nachts im Westen ja bewiesen hatte – ich kannte den Henry-Repetierer nicht so gut wie meinen Henry-Stutzen, und zudem legte der Revolverschütze in diesem Moment an. Beides zusammen führte dazu, dass meine Kugel ihm den Ellenbogen zerschmetterte.

Er stieß einen lauten Schrei aus, ließ den Revolver fallen und drehte sich, wie die anderen drei, zu uns um. Ehe einer der Männer etwas sagen oder rufen konnte, donnerte neben mir Old Firehands Stimme:

„Waffen fallen lassen!“ Er hatte inzwischen seine Riesenbüchse vom Rücken genommen und angelegt. Mit drohendem Klang und knarrendem Unterton fuhr er fort: „Mein Gefährte hier ist ein Menschenfreund und verletzt nur, wo er töten könnte oder ich es bedenkenlos tun würde. Ich bin nicht als so nachsichtig bekannt. Solche feigen Hunde wie ihr gehören erschossen; ihr seid das, was ich seit Jahren hasse und bekämpfe: zutiefst vertierte Menschen. Wenn ich nicht bei Vanderbilt im Wort stünde und ihr seine Männer wärt, und wenn nicht mein Freund hier neben mir stünde, würdet ihr diesen Talkessel nicht lebend verlassen.“

Ich sah hinter ihm eine Gestalt auftauchen und erkannte Dundiston, der den Abhang erklommen hatte; seine große Büchse hatte er unten gelassen, aber er hatte die Hand auf den Revolvergriff gelegt. Er warf einen Blick in den Talkessel, dann auf uns beide und musste erkennen, dass ich ihn genau beobachtete und der Lauf meines Gewehrs demonstrativ in seine Richtung wies. Mit einer deutlichen Bewegung nahm er die Hand vom Revolvergriff, wies nach unten und schüttelte den Kopf. Ich hatte schon bisher den Eindruck gewonnen, dass er ein anständiger Kerl war, nicht zuletzt durch die Seemannsgeschichten, die er zum Besten gegeben hatte. Ich hatte mich wohl nicht getäuscht, wenn ich seinen angewiderten Gesichtsausdruck richtig interpretierte. Er trat nun einen Schritt vor, sodass er von unten gesehen werden konnte, und fragte Old Firehand leise:

„Was haben Sie vor?“

Der Alte warf ihm einen nachdenklichen Blick zu, dann schaute er nach unten, wo die drei Männer inzwischen ihre Gewehre hatten fallen lassen. Der Verletzte hatte seines wie den Colt schon bei meinem Schuss verloren und hielt sich immer noch den Ellenbogen, er war inzwischen zu Boden gesackt und kniete halb, halb lag er seitlich. Old Firehand trat noch einen Schritt vor und rief dann:

„Ihr legt alle eure Waffen ab. Dann verschwindet ihr von hier, euren verletzten Kumpan nehmt ihr mit. Wenn ihr aus dem Talkessel seid, dürft ihr ihn verbinden, und dann ab ins Lager. Dort sprechen wir uns heute Abend!“

Er winkte drohend mit dem Gewehr Richtung Talausgang. Die Männer schauten zu Dundiston, der nickte nur grimmig. Daraufhin legten sie ihre Revolver neben die Gewehre, halfen dem Verletzten auf und marschierten langsam aus dem Talkessel.

Der junge Bär hatte die ganze Zeit schwankend auf den Hinterbeinen gestanden, der Blutverlust hatte ihn sichtlich geschwächt, auch musste er entsetzliche Schmerzen haben.

Nun ließ er sich auf die Vorderbeine herab, jaulte laut auf und brach vorne zusammen. Old Firehand und ich wechselten einen Blick; ich nickte.

„Er wird nicht überleben. Macht seinem Leiden ein Ende!“, meinte ich.

Old Firehand legte an, ein Schuss, das Bärenjunge brach tot zusammen.

Nach einer kurzen Beratung stieg Dundiston zu seinen Männern hinunter, um ihnen zu erklären, was geschehen war, und um ihnen Anweisungen zu geben. Drei seiner Leute packten daraufhin das Fell des erlegten Bären und einen Teil des Fleisches zusammen und machten sich auf den Rückweg zum Lager. Die anderen drei kamen zu uns emporgeklettert, gemeinsam stiegen wir dann in den Talkessel hinab.

Wir hatten beschlossen, Fell und Fleisch der Bären nicht verkommen zu lassen. So grausam ihr Hinschlachten gewesen war, so wäre es noch unsinniger gewesen, das nun Gebotene nicht zu nutzen. So zogen wir den drei Bären den Pelz aus und packten die Tatzen und einiges an Schinken ein. Dann machten auch wir uns, schwer beladen, auf ins Lager.

Dundiston hatte die ganze Zeit geschwiegen, nun ließ er seine drei Männer ein Stück hinter uns wandern und sprach uns nach ein paar Minuten schweigsamen Marsches an:

„Ich wusste, dass Richard eine ganze Bande von Strolchen in seinen Dienst genommen hat. Aber dass es so schlimm ist, ahnte ich nicht. Ich frage mich …“ Er hielt inne.

Ich wandte ihm mein Gesicht zu und fragte direkt:

„Was fragen Sie sich?“

Er zögerte kurz, ehe er antwortete:

„Mein Vetter Doug Melville arbeitet auch für Richard Vanderbilt, weiter oben im Kaukasus. Er leitet da irgendwelche Forschungen, mehr weiß ich nicht. Ich hoffe, dass er nicht auch mit solchen Männern gesegnet ist. Ich bin inzwischen nicht mehr sicher, dass es eine gute Idee war, mich auf meine alten Tage auf dieses Abenteuer einzulassen.“

Danach wanderten wir schweigend weiter, bis wir an die Stelle kamen, wo die beiden Täler zusammenliefen. Hier wartete vereinbarungsgemäß der andere Trupp auf uns, doch es waren nur zwei Männer.

„Wo ist Bolton?“, fragte Dundiston die beiden.

„Er ist vorweggegangen, er macht sich Sorgen um Meyers und seine Verletzung. Das ist sein bester Freund, und er will bei ihm sein.“

Dundiston schien dies nicht seltsam vorzukommen, und so sagte ich nichts, nahm mir aber vor, vorsichtig zu sein, denn diese Ausrede erschien mir doch zu sehr an den Haaren herbeigezogen.

Nach einiger Zeit erreichten wir den Ausgang der Schlucht und marschierten nun durch die uns vertraute Schneelandschaft, die immer wieder von teils übermannshohen Schneeverwehungen unterbrochen wurde. Dundiston hatte sich wieder zu seinen Männern gesellt, und so wanderten wir paarweise. Old Firehand und ich wechselten nur ab und zu ein paar Sätze, meistens belanglose Bemerkungen. Ich hielt mein Gewehr bereit und beobachtete scharf die Umgebung, die in der hinter uns langsam sich dem Horizont zuneigenden Sonne strahlte und leuchtete. Dadurch wäre mir fast das Aufblitzen eines bewegten Gewehrlaufs mitten in einer Schneeverwehung entgangen, doch ich erkannte es gerade noch rechtzeitig, weil der Schütze dumm genug war, das Gewehr nicht ruhig zu halten. Ich stieß Old Firehand zur Seite, während ich gleichzeitig in die andere Richtung sprang. Ein Schuss erklang, und kurz hinter der Stelle, wo ich eben noch gegangen war, stob der Schnee auf. Im fast gleichen Moment hatte ich geschossen: in Ermangelung eines besseren Ziels auf den Gewehrlauf, der auf mich gerichtet war. Auch dort sahen wir aufstiebenden Schnee, zugleich wurde der Lauf nach hinten gerissen und es ertönte ein lauter Schmerzensschrei. Dann torkelte ein Mann aus der Schneeverwehung, der mit beiden Händen Mund und Nase verdeckte, darunter strömte das Blut hervor. Er brach stöhnend in die Knie.

Wir hatten ihn schnell erreicht. Dundiston riss ihm die Hände vom Gesicht.

„Bolton", entfuhr es ihm. „Er wollte wohl seinen Freund Meyers rächen." Er warf mir einen schnellen Blick zu. „Ich denke, es wird besser sein, wenn Sie uns bald wieder verlassen, Mister Lindsay. Wenn Sie die Gruppe von Vanderbilt weiter in diesem Tempo dezimieren, kann er bald in die Staaten zurückkehren. Ich gebe aber zu, dass beide Männer ihr Schicksal verdient haben."

Bolton hatte der durch meinen Schuss zurückprallende Gewehrkolben Nase und Kiefer gebrochen; wir versorgten ihn notdürftig und erreichten gegen Abend das Lager.

Was der Trupp von Vanderbilt an diesem Tag erlebt hatte, erfuhren wir an diesem Abend nicht mehr. Er war mit seinen Männern schon im Lager, als wir es erreichten, und hatte von den vier unbewaffnet Zurückgekehrten natürlich bereits deren Version der Geschichte erfahren. Als er unser ansichtig wurde, begann er regelrecht zu toben, beschimpfte uns und ließ endlose Tiraden los.

Old Firehand und ich ließen diese an uns abprallen, igrnorierten sein Gekeife und begaben uns zu unserem Zelt, wo wir unsere Sachen ablegten und gemütlich ein Feuer anzündeten. Die drei Pinkertons saßen schon vor ihrem Zelt, schienen gänzlich unbeeindruckt und taten ungerührt. Die meisten von Vanderbilts anderen Männern hingegen standen um ihn herum wie Schuljungen, Kopf und Blick gesenkt. Einzig Dundiston stand Vanderbilt gerade und aufrecht gegenüber und beobachtete sein Gebaren mit Seelenruhe. Als dies nach etwa zehn Minuten immer noch nicht nachließ, trat er direkt vor ihn hin und hielt ihm den Lauf seiner gewaltigen Büchse direkt vor das Gesicht, als wolle er ihn erschießen. Vanderbilt verstummte und starrte Dundiston an.

„Weißt du, was das ist, Richard?“, fragte dieser.
Vanderbilt nickte stumm.
Dundiston fuhr fort:
„Mit dieser Büchse, die du mir gestern geschenkt hast, habe ich heute einen Bären erlegt, zwar alleine, aber ohne den Ratschlag von Old Firehand hätte ich das niemals geschafft. Die da“, er zeigte auf die vier, die wir zurückgeschickt hatten, von denen drei an ihrem eigenen kleinen Feuer saßen, neben dem der halb ohnmächtige Bolton lag, „haben feige und brutal auf eine Bärin mit ihren Jungen geschossen, obwohl wir ausgemacht hatten, dass diese Tiere nicht gejagt würden. Sie können froh sein, dass Old Firehand und Mr. Lindsay sie nicht erschossen haben. Und Bolton hat einen Mordanschlag auf Mr. Lindsay verübt, dieser hätte jedes Recht, ihn nach den hier geltenden Gesetzen wie auch nach denen, die bei uns in den USA und die auf hoher See gelten, zu töten. Was also regst du dich auf? Darüber, dass du solche Feiglinge und Mordgesellen in deinem Trupp hast?“
Er ließ das Gewehr sinken, drehte sich zu den Männern um und fuhr mit schneidender Stimme fort:
„Ihr kennt mich nur als Richard Vanderbilts Privatsekretär. Das mache ich freiwillig, für ihn und seine Familie und vor allem zu Ehren seines verstorbenen Vaters. Aber unterschätzt mich nicht. Ich habe als Steuermann so manches Schiff geführt mit Mannschaften, die drei- oder viermal so groß waren wie euer Haufen hier, und gegen die meisten dieser Seebären seid ihr hier Milchbubis. So etwas wie heute wird in Zukunft weitaus härtere Konsequenzen haben, ich bin nicht so gutmütig wie unsere Gäste.“
Damit wies er auf uns beide.
Einer der Jäger fasste sich ein Herz und fragte:
„Wenn Sie so gut sind, warum waren Sie dann nicht Kapitän?“
Dundiston nickte ihm freundlich zu, offenbar freute ihn die Offenheit.

„Das habe ich meinem Vetter überlassen, Doug Melville, unter dem ich gerne gefahren bin. Er ist der hellere Kopf und der bessere Kaufmann, aber ich, ich war immer der brutalere und strengere Menschendompteur!“

Vanderbilt hatte sich inzwischen offensichtlich wieder in der Gewalt; er trat zu Dundiston und sagte leise, aber so, dass alle es hören konnten:

„Danke, John. Das war das richtige Wort zur richtigen Zeit.“ Zu den Männern am Lagerfeuer gewandt, fuhr er fort: „Wir sprechen uns morgen, wenn es den beiden Verletzten besser geht. Mein Freund John Dundiston hat Recht: So etwas darf nicht geschehen, wir brauchen für unsere Aufgabe Ordnung und Disziplin!“

Er drehte sich zu uns um und wollte wohl etwas sagen, aber Old Firehand erhob sich langsam und mit unendlicher Würde, schnitt ihm mit einer Handbewegung das Wort ab und setzte zu einer längeren Rede an:

„Wie alle hier wissen, habe ich mir einen gewissen Ruf erworben als Westmann, Jäger und Trapper. Der wahre Westmann tötet nie ein Tier, wenn er nicht entweder dessen Fleisch oder den Pelz braucht, und er wird wenn möglich nichts verschwenden. Ich bin in dieses Land gekommen, weil es mich angewidert hat, was in den Vereinigten Staaten geschieht. Oh, ich weiß, dass behauptet wird, die Indianer würden zur Zeit der Büffelwanderungen große und unnötige Metzeleien unter den Bisons anrichten. Dies ist eine Lüge und eine Schutzbehauptung. Die roten Männer wissen nur zu gut, dass sie ohne diese Herden nicht leben können, dass ihr Stamm zu Grunde gehen müsste, und sie hüten sich stets, mehr Fleisch zu machen, als sie brauchen. Dass der Büffel in den Prärien der USA jetzt nahezu ausgestorben ist, haben wir Weiße zu verantworten, Menschen wie diese sogenannten Jäger dort am Lagerfeuer, die sich zu Schützengesellschaften zusammenrotten und Züge mieten, die halten, wenn man auf eine Büffelherde trifft. Vom Zug aus wird dann aus reiner Mordlust in die Herde geschossen, bis man keinen Spaß mehr daran hat und weiterfährt, um bei der nächsten Herde anzuhalten. Die toten Tiere lässt man liegen, die angeschossenen Büffel schleppen sich, so weit sie können, bis sie zusammenbrechen und zum Fraß von Geiern, Schakalen und Wölfen werden. Hunderttausende von Bisons wurden so schon aus Jagd- und Blutgier niedergemacht, Millionen Zentner Fleisch verfaulen, ohne dass ein Mensch den geringsten Nutzen davon hätte, und dieses fröhliche Jagen geht stetig weiter. Menschen wie Buffalo Bill werden damit berühmt und reich, und Menschen wie die Familie Vanderbilt verdienen mit ihren Eisenbahnen daran."

Bis zu diesem Zeitpunkt hatten alle Old Firehand wie erstarrt gelauscht, doch bei den letzten Worten zuckte Vanderbilt zusammen. Old Firehand wandte sich nun direkt an ihn.

„Ich kann nicht mehr für Sie arbeiten. Nicht nach dem, was heute geschehen ist. Mein Freund und ich werden Ihr Lager morgen verlassen."

Dreizehntes Kapitel
Doppelter Hinterhalt

Die Spitzen der Berge vor uns erstrahlten zartrosa im Licht der sich dem Untergang zuneigenden Sonne, als wir uns am späten Nachmittag des übernächsten Tages langsam über eine stark verschneite Hochebene Mestia näherten. Die weiße Pracht knirschte unter unseren Schneeschuhen. Wir waren nur langsam vorangekommen; der Weg nach Mestia war mühsam und führte über zahlreiche Anhöhen und manche Spalten stetig nach oben. Immerhin liegt die Stadt rund 1.500 Meter hoch. Am ersten Tag hatte es immer wieder stark geschneit, manchmal auch gestürmt. Nun aber war abzusehen, dass wir die Stadt am Abend erreichen würden.

„Ob die anderen wohl schon dort sind?“, fragte Old Firehand mich, während er stehenblieb, um sich ein wenig auszuruhen.

„Gut möglich“, erwiderte ich. „Es sind bei gutem Wetter starke drei Tagesreisen von Eurer Hütte nach Mestia, habt Ihr uns erklärt, und heute ist der sechste Tag, den wir unterwegs sind. Auch wenn sie Euren Rat befolgt haben und eher vorsichtig und ihre Kräfte schonend gewandert sind, dürften sie schon gestern oder vorgestern in Mestia angekommen sein.“

Old Firehand ließ ein humorloses Lachen erklingen.

„Mir wäre es fast lieber, das wäre noch nicht der Fall. Wenn die Männer von Vanderbilt in Mestia von ähnlichem Kaliber sind wie seine Bande im Lager, könnte es sonst schon Ärger gegeben haben. Wir sollten uns sputen, damit wir die Stadt noch vor der Abenddämmerung erreichen.“

Entschlossen stapfte er los.

Wir waren etwa eine Stunde durch die nahezu vollkommene Stille marschiert, die nur durch das Knirschen unter unseren Füßen und unsere Atemgeräusche unterbrochen wurde – heute Nachmittag gab es keinen Windhauch –, als diese fast schon gespenstische Stille plötzlich durch den Knall eines Schusses zerrissen wurde, gefolgt von zwei schnell aufeinanderfolgenden weiteren. Sie mussten ziemlich weit entfernt abgefeuert worden sein, sie waren nur gedämpft zu vernehmen. Trotzdem erkannte ich den typischen Klang.

„Das ist mein Henrystutzen“, stieß ich hervor. „Das muss Halef sein.“

Es herrschte nun wieder Stille. Old Firehand und ich blickten uns nur einen kurzen Moment an, dann stürmten wir mit verdoppelter Geschwindigkeit in die Richtung, aus der die Schüsse gekommen waren.

Sie erklangen hinter einer Erhöhung, die sich wenige Kilometer vor uns erhob und aussah, als wäre er Bestandteil einer Hügelgruppe, die möglicherweise einen Talkessel oder eine

Schlucht einschloss. Während wir darauf zueilten, erklangen in unregelmäßigen Abständen immer mal wieder einer oder mehrere Schüsse, manche eindeutig aus meinem Henrystutzen, bei anderen glaubte ich, Sofies Winchester erkennen zu können, wieder andere mussten aus mir unbekannten Gewehren stammen; hier war eindeutig ein Gefecht im Gange. Plötzlich gab es einen weitaus lauteren Knall, der mich erschrocken stehenbleiben ließ. Old Firehand, der direkt hinter mir lief, wäre beinahe in mich hineingerannt.

„Es muss wirklich schlimm um unsere Freunde stehen", keuchte ich, als ich weiterlief. „Das war mein Bärentöter, und den wird Halef nur in höchster Not und größter Gefahr abfeuern."

Ich lief nun, so schnell es die Schneeschuhe und mein dicker Pelzmantel zuließen, und nahm keine Rücksicht auf Old Firehand, der immer mehr zurückblieb. Ich stapfte den Hang des Hügels hinauf, während immer wieder Schüsse erklangen, der Bärentöter allerdings schwieg. Bevor ich die Kuppe des Hügels erreichte, duckte ich mich und warf mich schließlich in den Schnee, ehe ich vorsichtig den Kopf über die höchste Stelle schob; natürlich wollte ich nicht gesehen werden. Als Old Firehand mich erreichte, hatte ich die Lage bereits ein wenig sondiert.

Hinter der Anhöhe, die den Blick darauf verborgen hatte, wandelte sich die Landschaft, die sich bisher durch eher sanft geschwungene Hügel und Täler und nicht allzu steile Anstiege ausgezeichnet hatte, in ein zerklüftetes Gelände, bei dem an zahlreichen Stellen scharfe Felskanten und kleinere Gipfel aus dem Schnee hervorragten. Von unseren Freunden konnte ich nichts sehen, aber ich hörte einen Schuss aus dem Henrystutzen, der von jenseits einer Felskante vor uns zu erklingen schien.

„Wir sind nahe vor Mestia", raunte mir Old Firehand zu. „Von der Seite bin ich noch nie gekommen, aber so sieht es an vielen Stellen nahe der Stadt aus. Und dort" – er wies auf eine

Stelle seitlich der Felswand vor uns – „dürfte ein Hinterhalt eingerichtet worden sein, in dem alten Wehrturm."

Erst jetzt erkannte ich, dass es sich bei einer Erhöhung hinter der Felskante um ein Gebäude handelte, schon sehr vom Zahn der Zeit angenagt und deshalb kaum von den umgebenden Felsen zu unterscheiden, aber mir nun doch als Turm ersichtlich.

„Das ist die Ruine eines kaukasischen Wehrturms", fuhr Old Firehand fort. „Diese Steintürme finden sich hier überall, sie sind seit 1.000 Jahren die Verteidigungseinrichtungen der Swanen."

In diesem Moment erklang wieder ein Schuss, und ich konnte das Mündungsfeuer ausmachen, ziemlich weit oben am Turm. Sofort wurde das Feuer von unten erwidert, ich erkannte abermals meinen Henrystutzen.

„Die Gegner müssen sich oben auf dem Turm befinden. Und dieser Wehrturm muss ziemlich hoch sein", meinte ich nachdenklich.

„Manche sind 20 oder 25 Meter hoch", erklärte mir Old Firehand. „Sie haben bis zu sechs Stockwerke und unten meterdicke Wände. Der Eingang ist immer in einem der oberen Stockwerke; diese Türme sind kaum zu erobern. Aus den höheren Stockwerken oder der Krone, den Schießscharten auf dem Dach, lässt sich die Umgebung ziemlich gut mit Schüssen bestreichen."

Auch wenn es wegen des Pelzmantels schwierig war, zog ich mein Fernrohr aus der Innentasche der Tschocha und richtete es auf den Turm. Dann reichte ich es Old Firehand.

„Der Turm ist ziemlich zerfallen", meinte ich, während wieder ein Schuss erklang und ein Mündungsblitz zu sehen war. „Das Dach ist eingestürzt. Aber die umlaufenden Zinnen bieten noch genug Schutz, sodass unsere Freunde wahrscheinlich nicht viel ausrichten können."

Old Firehand nickte nachdenklich, während er mir das Teleskop zurückgab.

„Und so selten wie sie das Feuer erwidern, dürften sie auch unter Munitionsmangel leiden. Wir müssen etwas tun."

Schnell hatten wir einen Plan gefasst: Wir würden versuchen, die Feinde in die Zange zu nehmen. Vorsichtig und geduckt schlichen wir über das zerklüftete, schneebedeckte Geröll bis zu der Felswand, hinter der wir den Turm gesehen hatten und immer wieder Schüsse hörten. Auch wenn wir in unseren weißen Pelzen kaum auffallen durften und die Aufmerksamkeit der Männer auf dem Turm – der Frequenz der Schüsse nach zu urteilen mindestens zwei – sicher nicht unserer Richtung galt, waren wir lieber vorsichtig.

Nach kurzem Suchen fand Old Firehand einen Spalt in der Wand, der uns die Möglichkeit zu bieten schien, hinüberzugelangen, ohne den Felsen erklimmen zu müssen. Und tatsächlich, nach wenigen Minuten und anstrengendem Quetschen und Schieben standen wir in einer Felsöffnung nur etwa zwanzig Meter unterhalb des Turms. Der Fels bot uns Deckung, wir aber konnten uns gut umsehen.

Wir entdeckten unsere Freunde schnell und erkannten sofort ihre missliche Lage. Der Wehrturm stand zu unserer Rechten am Ausgang einer dreieckigen, spitzwinkligen Schlucht, die wahrscheinlich in wärmeren Zeiten als Weide für Vieh oder Pferde diente oder einst gedient hatte, sich etwa 100 Meter zu unserer Linken in Gestein und Geröll verlor und an einer unüberwindbaren Felswand endete. Wahrscheinlich war der Turm gegen Diebe und Räuber errichtet worden, vielleicht auch Bewohner anderer Dörfer und Städte. Diese Funktion hatte er offensichtlich verloren, aus der Nähe sah er schon ziemlich zerfallen aus. Er war aber noch stabil genug, um mehreren Männern Deckung zu bieten, aus der heraus sie unsere Gefährten ungefährdet unter Beschuss nehmen konnten.

Diese kauerten hinter drei größeren Steinen; ab und zu erhoben sich Halef oder Sofie für einen kurzen Moment und feuerten Richtung Turm, ohne etwas ausrichten zu können, und stets in der Gefahr, angeschossen zu werden.

Wir musterten den Turm gründlich.

„Die Deckung ist von der Seite aus ziemlich mangelhaft“, flüsterte Old Firehand mir zu und wies auf die uns zugewandte Seite des Turms.

Das Dach war wohl schon vor langer Zeit eingestürzt, auch die Zinnen der Krone hatten das Zeitliche gesegnet bis auf einige wenige, die ausgerechnet in Richtung der Schlucht stehengeblieben waren und so unseren Feinden Deckung boten.

„Wenn wir sie von der Seite angreifen, werden sie sich ins Innere des Turms zurückziehen und können durch die Fenster immer noch feuern“, warf ich ein.

„Nicht, wenn wir sie direkt erledigen“, erwiderte Old Firehand grimmig. „Das sollte für Schützen wie uns doch kein Problem sein.“ Er starrte mir herausfordernd ins Gesicht.

Dadurch, dass wir uns in den letzten Tagen nähergekommen waren und er sich in mancher Situation als nachdenklicher und, ich möchte sagen, nahezu weiser Mann erwiesen hatte, hatte ich vergessen, wie hart und unerbittlich der alte Haudegen sein konnte. Bei ihm half kein Appellieren an Moral oder Barmherzigkeit, ich musste ihm mit Logik und Vernunft kommen.

„Ich würde aber gerne wissen, wer sie sind und vor allem, warum sie unsere Freunde überfallen haben“, wandte ich also ein. „Gehören sie zu den Pinkertons? Oder zu Vanderbilt? Ist der Überfall eher Zufall oder gezielt, weil sie schon Informationen über uns haben? Und vor allem: Weiß man in Mestia schon über uns und unsere Mission Bescheid?“

Old Firehand musterte mich aufmerksam, dann nickte er grimmig, ein leichtes Lächeln umspielte seine Mundwinkel.

„Und natürlich genügt es nicht, nur einen am Leben zu lassen, denn es könnte ja genau der nicht wissen, was für uns interessant ist.“ Er nickte. „Ihr seid immer noch der weiche, gute Old Shatterhand, als den man Euch kennt – und, wie ich zugeben muss, auch schätzt. Ihr wisst, ich sehe die Welt etwas anders. Wenn Ihr erlebt hättet … Aber gut, Ihr sollt Euren Willen haben. Wie gehen wir vor?“

Ich musterte den Turm genauer und nahm noch einmal mein Fernrohr zu Hilfe. An einer der Zinnen konnte ich eine helle Stelle entdecken, dort war ein Stück des Steins abgeplatzt. Ich musste lächeln.

„Halef hat tatsächlich versucht, mit dem Bärentöter den Stein wegzusprengen", zeigte ich Old Firehand. Dann wies ich ihn auf eine Öffnung in etwa drei Metern Höhe hin. „Das ist wohl der ursprüngliche Eingang, von dem aus man früher wahrscheinlich eine Leiter oder Strickleiter herabließ. Ihr seht, wie zerfallen alles darum ist; mit etwas Mühe kann ich ihn über die Felsbrocken davor besteigen, ohne dass man mich von außer sieht. Dann kann ich die Männer in Empfang nehmen, die sich nach unten flüchten wollen."

Old Firehand nickte.

„Lasst das Henry-Gewehr hier, es wird euch nur hindern. Und ich kann damit mehrere Schüsse hintereinander abgeben."

Wir vereinbarten, dass ich, wenn ich das oberste Stockwerk unter dem Dach erreicht hatte, durch ein Fenster, das von hier aus zu sehen war, winken sollte, und dass Old Firehand vorher nichts unternehmen sollte, auch wenn es länger dauern würde – schließlich wusste ich nicht, was mich im Innern des Turms erwarten würde, und vielleicht ergab sich ja auch die Gelegenheit, die Männer auf dem Dach zu belauschen.

So kalt es auch war, legte ich doch den Pelzmantel ab; für eine gewisse Zeit würde mir in meiner Lederkluft und der Tschocha warm genug sein, zumal ich mich bewegen würde. Mit meinen beiden Revolvern und dem Bowiemesser fühlte ich mich allem gewachsen, was kommen mochte.

Es dauerte nur wenige Minuten, bis ich unten am Turm angekommen war. Nun konnte ich auf keinen Fall von oben gesehen werden. Ich richtete mich kurz auf und zeigte mich den Gefährten. Dabei bedeutete ich ihnen mit der Hand vor dem Mund, dass sie auf keinen Fall rufen oder sonst ein Zeichen geben sollten. Da sie in Deckung waren, konnte ich nicht erkennen, wie sie reagierten, nach wenigen Sekunden aber fiel ein Schuss aus meinem Bärentöter, der wieder einen Steinsplitter aus der Brüstung schlug. Ich nahm das als Zeichen, dass man mich erkannt hatte, und als freudiges Willkommen, und machte mich an den Aufstieg über das rund um den Turm herumliegende Gestein.

Nach kurzer, anstrengender Kletterei erreichte ich den Eingang, der zwar mit einer Holztür versperrt war, diese aber war so morsch, dass ich die Bretter behutsam aus dem Rahmen lösen und den Turm betreten konnte. Innen schlich ich an zerfallenen und verrotteten Holzdecken vorbei über ausgetretene Steintreppen nach oben.

Im vierten Stock trat ich nahe an die Treppe, die nach oben aufs Dach führte, und lauschte. Unterbrochen von einem Schuss ab und zu – wohl eher pflichtbewusst abgegeben als um wirklich etwas zu bewirken – hörte ich Stimmen, konnte aber nichts verstehen. Vorsichtig schob ich mich die Treppe empor. Knarren oder Durchbrechen brauchte ich bei den Steinstufen nicht zu befürchten, aber es lag genug Dreck darauf, kleine Zweige und Mörtelbrocken, dass ich behutsam auftrat. Über mir sah ich eine löchrige Falltür, und als ich mich eng darunterschmiegte, konnte ich die Männer verstehen. Sie sprachen Russisch mit verschiedenen Akzenten. Und schnell erwies sich, dass ich gut daran getan hatte, zu lauschen.

„Ich habe keine Lust mehr. Das ist langweilig“, hörte ich ein näselndes Falsett mit amerikanischem Akzent. „Ich habe mir doch nicht fast den Tod geholt bei meinem Gewaltmarsch, um euch zu informieren, nur um jetzt die Zeit totzuschlagen.“

Ein tiefer Bass knurrte in akzentfreiem Russisch:

„Beruhige dich, John! Du bekommst ja deine Extraprämie. Und es ist wirklich gut, dass die amerikanischen Kollegen dich noch aus dem Gefängnis heraus beauftragen konnten. Die russische Polizei ist bei Weitem nicht so effizient, wie sie immer behauptet.“

Ein keckerndes Kichern fiel in das laute Bassgelächter ein, kurz danach zwei weitere Männerstimmen. Als das Gelächter verstummt war, meldete sich eine dritte Stimme zu Wort, diesmal mit georgischem Akzent:

„Aber Pjotr, du musst zugeben, das hier ergibt wirklich keinen Sinn. Wir halten die da unten fest, aber wofür und wie lange?“

Ein zustimmendes Brummen kam wohl von dem vierten Mann auf dem Dach.

Nach einem Moment Stille begann wieder der Bass:

„Na gut, wir haben ja Zeit, also will ich es euch erklären. Die Botschaft, die John von Orinschow mitbekommen hat, warnt uns vor vier Reisenden. Und wie viele seht ihr da unten?“

Ein vielsagendes Schweigen war die Antwort.

„Na, seht ihr. Der Anführer fehlt, der soll der Gefährlichste sein, und das ist unmöglich dieser kleine Knirps da unten. Deshalb hat Iwan beschlossen, mit zwei Männern auf dem Weg hierher eine Falle zu bauen. Er wartet etwa eine halbe Wegstunde hinter uns, am nächsten Wehrturm, und wird den Nachzügler überwältigen. Dann haben wir eine Geisel und können damit die drei dort unten aus ihrer Festung locken, ohne dass es für uns gefährlich wird, wenn denen nicht sowieso vorher schon die Munition ausgeht. Orinschow hat ausdrücklich geschrieben, wir sollten die vier lebendig gefangen nehmen, zumindest die zwei Männer, damit unser Boss erfahren kann, worum es ihnen überhaupt geht. Und wir sollten aufpassen, die wären gefährlich, danach könnten wir auch Brown fragen.“

Der Falsett meldete sich wieder zu Wort, er klang neugierig:

„Und was hat Brown gesagt?“

Der Bass klang amüsiert:

„Nichts natürlich, wir waren doch noch gar nicht in Mestia, seitdem du uns getroffen hast. Wir sind schließlich nur ein Vorposten. Wie sollen wir ihn da gefragt haben?“

Nun war der Stimme des dritten Mannes deutliche Besorgnis anzuhören:

„Du meinst, der Kapitän weiß auch nichts von alledem hier? Wenn das mal nicht Ärger gibt!“

Pjotr lachte kurz und trocken auf:

„Mach dir mal nicht in die Hose, Iosseb. Iwan weiß, was er tut, und wenn es Ärger gibt, bekommt er ihn. So, und jetzt lasst uns wieder ein bisschen schießen!“

Ich hatte genug gehört, sogar mehr als genug. Ich schlich die Treppe hinunter, trat an das Fenster und winkte Old Firehand zu. Dann stellte ich mich mit einem Revolver in der Hand an die Treppe. Sekunden später hörte ich kurz hintereinander mehrere Schüsse, gefolgt von lauten Schreien. Kurz verdunkelte sich der Raum, als an einem der Fenster eine Gestalt nach unten fiel. Im nächsten Moment rannte ein großer Mann die Treppe herunter und blieb erschrocken stehen, als ich laut „Stopp!“ schrie. Wenig später hatte ich ihn gefesselt und stieß ihn vor mir die Treppe hinauf.

Oben erwartete mich eine unerwartete Szenerie: Direkt vor der Falltür lag ein schmächtiger Mann, der sich wimmernd das Knie hielt. An der Brüstung saß, nein, er lag mehr, ein mächtiger Koloss mit schwarzem Bart, fast so groß wie Old Firehand. Er hatte die Hand über dem Bauch zusammengekrallt, dazwischen sickerte Blut hervor, er war kreidebleich und brachte nur ein langsames, fast lautloses Stöhnen hervor. Mit ihm ging es sichtlich zu Ende.

Ich stieß meinen gefesselten Gefangenen neben dem Schwerverletzten auf den Boden, überzeugte mich mit einem schnellen Blick, dass von dem Wimmernden mit dem kaputten Knie keine Gefahr ausging, und trat dann an die Zinnen. Ich winkte Old Firehand und dann den drei Gefährten in ihrer Deckung zu und rief:

„Kommt hoch!“

Wenige Minuten später waren wir alle auf dem Dach vereint. Es war etwas eng, aber umso herzlicher, ich konnte mich kaum der Umarmungen der Frauen erwehren, Old Firehand hingegen grüßten sie freudig, aber distanzierter.

Halef reichte mir meine beiden Gewehre mit einem verlegenen Lächeln und musste dabei ein paar Tränen wegblinzeln.

„O Sihdi, ich bin so froh, dich wohlbehalten zu sehen. Und ich habe auf deine Gewehre gut aufgepasst!“

Ich lächelte zurück:

„Du hast sie mit Bedacht und Erfolg eingesetzt, mein Freund, das freut mich!“ Beinahe hätte ich hinzugefügt: „Ich bin stolz auf dich!“, doch ich konnte mich rechtzeitig zurückhalten. Halef war mir längst ein gleichwertiger Gefährte und Freund geworden, die Zeiten, als ich auf ihn als Lehrmeister hätte stolz sein dürfen, waren vorbei.

Sofie und Ann kümmerten sich nun um den Verletzten; sein Knie war zerschmettert, das würde ihn lähmen, aber nicht umbringen. Für den Mann mit dem Bauchschuss – es musste Pjotr sein – kam jede Hilfe zu spät, er war inzwischen leise und sicher unter großen Schmerzen gestorben. Unverletzt war nur der hochgewachsene schlanke Mann, den ich auf der Treppe gefangen genommen hatte. Er saß ruhig an der Brüstung und verfolgte unser Tun mit flammenden Augen und wütenden Blicken. Der vierte Mann lag zerschellt unten am Fuß des Turms, wie mich vorhin ein schneller Blick belehrt hatte.

Die Szene erfüllte mich für einen Moment mit Demut – zeigte sie mir doch wieder einmal, dass auch die beste Planung nicht immer dazu führt, das gewünschte Ergebnis zu erzielen. Denn ich war sicher, Old Firehand hatte sich an unsere Verabredung gehalten und die Männer schonen wollen. Nun sprach er mich an; er hatte meine Blicke auf den Toten und den Verletzten gesehen.

„Das ging nicht ganz so aus, wie ich es geplant hatte. Der große Bärtige hat zu schnell reagiert. Ich hatte ihn“ – er wies auf den Mann mit dem verletzten Knie – „gerade wunderschön außer Gefecht gesetzt, da sprang der Große auch schon auf und mir mitten ins Schussfeld. Ich hatte auf den Mann hinter ihm gezielt, wollte ihn in den Ellbogen treffen und ihm das Gewehr aus der Hand prellen, aber der Bärtige stand plötzlich da und bekam den Bauchschuss ab. Beim Zurückprallen hat er seinen Kumpan über die Brüstung gestoßen. Es tut mir wirklich leid.“

Ich nickte ihm verstehend zu; selbst einem solchen Meisterschützen kann etwas misslingen, mir war es schon manches Mal nicht anders ergangen.

Ich wandte mich an meine Gefährten. Ich erklärte ihnen kurz, was ich gehört hatte, und schloss:

„Wir müssen die Gefangenen verhören und möglichst viel über die Lage in Mestia und die Verbindungen zwischen Vanderbilt, diesem Kapitän und den Pinkerton-Leuten herausfinden. Zunächst aber sollten wir uns um Iwans und seiner zwei Männer annehmen."

Wir beschlossen, die Gefangenen in das Stockwerk unter dem Dach zu bringen; dort würden es sich die beiden Frauen bequem machen und sie bewachen, während wir drei Männer uns um Iwan und dessen Hinterhalt kümmern wollten. Dabei gab es keinen Widerspruch seitens der Frauen; sie wussten, dass wir drei die weitaus erfahreneren Kämpfer waren, und auch, dass wir Mestia an diesem Abend nicht mehr erreichen, sondern stattdessen wahrscheinlich hier übernachten würden.

Als wir den Verletzten die Treppe hinunterhumpeln ließen, stöhnte dieser kräftig auf, worauf ihm der Hochgewachsene zurief:

„Halt dein Maul, Iosseb. Sei froh, dass du noch lebst. Und verrate ja nichts!"

Er war also der Amerikaner mit der hohen Stimme.

„Wir unterhalten uns noch, John", versicherte ich ihm, als er vor unseren Gewehren die Treppe hinabstieg.

Kurze Zeit später marschierten wir auf dem Weg zurück, den Halef mit Ann und Sofie gekommen waren. Es wurde langsam dunkel, und wir hofften den Wehrturm noch rechtzeitig zu erreichen, um ihn umgehen und uns anschleichen zu können. Halef erinnerte sich daran, dass sie diesen Turm passiert hatten, etwa eine halbe Stunde, bevor sie in die Schlucht gestiegen waren.

„Wir dachten, der Weg ginge hinter dem Steinturm weiter", erzählte er. „Wir waren gerade hinter dem Turm in der

Schlucht und sahen, dass dies eine Sackgasse war, als plötzlich auf uns geschossen wurde. Das war heute Vormittag. Wir liefen in Deckung und waren hinter diesen Steinen gefangen, bis ihr kamt. Wir hatten uns schon gewundert, warum man uns so amateurhaft belagerte; es hätte nur einer oben am Rand der Schlucht entlanggehen müssen, dann hätte man uns von hinten unter Feuer nehmen können. Jetzt wissen wir, warum. Wegen denen da."

Er wies nach vorne, wo nun ein Steinturm zu sehen war, der besser erhalten war als der hinter uns, er trug noch das typische unversehrte zweihangige Dach.

Wir kauerten uns nieder; da wir unsere weißen Felle trugen, hatte man uns wahrscheinlich noch nicht bemerkt, außerdem erwartete man mein Kommen ja von der anderen Seite. Mein Fernrohr zeigte mir wenig Nützliches. Der Eingang zum Turm war wohl auf der anderen Seite, hier konnte ich nichts erkennen. Und die drei Männer oben in der Krone waren nur schemenhaft für einen kurzen Moment zu sehen, wenn sie gerade mal zwischen die Zinnen traten. Ich reichte das Fernrohr weiter und fragte dann:

„Hat jemand eine Idee?"

Old Firehand zuckte mit den Achseln, Halef aber setzte ein verschmitztes Lächeln auf.

„Sihdi, es wird doch bald dunkel, nicht wahr? Was meinst du, werden die drei Männer machen, wenn hier mitten in der Schneelandschaft ein Licht aufstrahlt, das auch noch regelmäßig die Farbe wechselt?"

Ich konnte ein Lachen nicht unterdrücken; der Plan gefiel mir. Old Firehand aber sah Halef ratlos an.

„Erinnert Euch an die Vorführung in Eurer Hütte", half ich ihm auf die Sprünge. „Die Leuchtkugel."

Jetzt musste auch Old Firehand grinsen.

„Was für eine grandiose Idee", meinte er dann. „Wir schlagen die dunkle Seite in einer dunklen Nacht mit magischer Helligkeit!"

Einige Stunden später zeigte sich die Nacht von einer eher ungemütlichen Seite. Es war wieder ein kräftiger Wind aufgekommen, am bedeckten Himmel war kein Stern zu sehen. Wir hatten so lange warten müssen, bis es wirklich dunkel war, und uns dann auf nahezu hundert Meter an den Turm herangeschlichen. Wir verbargen uns hinter einer höheren Schneeverwehung, die Leuchtkugel legte Halef auf die obere von zwei Schneekugeln, die wir aufeinandergestapelt hatten. Unwillkürlich musste ich an die Schneemänner denken, die wir im Erzgebirge in meiner Kindheit gebaut hatten.

„Al-Bakussu", murmelte Halef und ließ die Leuchtkugel in dem hellsten magischen Licht erstrahlen, das sie liefern konnte. Ich beobachtete den Turm mit meinem Fernrohr, konnte aber im Dachgeschoss nur leichtes Flackern eines Feuers erkennen, keine sonstige Bewegung. Wenn die Männer schon schliefen und keine Wache aufgestellt hatten, würde unser Plan scheitern.

Und was, wenn der Wächter nur in die andere Richtung schaute? Mir wurden auf einmal die Lücken in unserem Plan deutlich.

Kurz entschlossen riss ich einen Revolver aus dem Gürtel und feuerte vor mich in den Schnee. Halef und Old Firehand starrten mich für einen Moment überrascht und entsetzt an, dann glitt ein Begreifen über ihre Züge. Der alte Trapper nickte mir anerkennend zu, Halef widmete sich mit Elan der Leuchtkugel und ließ sie in langsamem, gleichmäßigem Fluss durch alle Farben des Spektrums gleiten.

In der Turmkrone rührte sich etwas, erstaunte Ausdrufe waren zu hören, dann ein paar unverständliche russische Befehle. Kurze Zeit später wurden am Fuß des Turms Fackeln sichtbar; die Männer waren wohl auf der anderen Seite eine Leiter herabgestiegen. Rasch näherten sich die dunklen Gestalten, von denen wir im flackernden Fackellicht nur die Umrisse wahrnehmen konnten. Zwei trugen offenbar Gewehre, der vorderste hatte seines umgehängt und trug etwas Stabförmiges in der

Hand, das vorne in einer Art Kugel endete. War dies etwas so Altmodisches wie ein Streitkolben?

Die Männer näherten sich der Lichtkugel sehr vorsichtig, die nun nur noch in glühendem Rot strahlte – Halef hatte sein Gemurmel eingestellt. Plötzlich blieben sie stehen, noch etwa zehn Meter von ihrem Ziel entfernt. Ich wollte sie gerade anrufen und auffordern, die Waffen fallen zu lassen, als der vorderste Mann den seltsamen keulenförmigen Gegenstand hob und mit Wucht und in hohem Bogen in Richtung der Leuchtkugel warf, dabei rief er laut auf Russisch:

„Teufelszeug! Mögest du in der Hölle brennen!"

Weder Halef noch ich reagierten, wir starrten nur fassungslos auf das Wurfgeschoss, das sich rasant der Lichtkugel näherte. Es sah aus wie ein fußlanger hölzerner Dartpfeil samt den Papierflügeln am hinteren Ende zur Stabilisation, aber statt einer Spitze trug dieses Teil eine faustgroße Eisenkugel. Diese senkte sich scheinbar unaufhaltsam auf unsere Leuchtkugel herab – da bewegte sich Old Firehand blitzartig, mit einer Geschwindigkeit, die ich ihm nicht mehr zugetraut hätte. Er warf sich dem Wurfgeschoss entgegen, riss es an sich, kurz ehe es auf sein Ziel traf, drehte sich im Fallen um die eigene Achse und schleuderte es mit der Kugel voran zurück auf die drei Männer. Diese standen wie erstarrt, rissen die Augen auf – und dann war von ihnen nichts mehr zu sehen. Sie verschwanden in einer gewaltigen Explosion, die uns von den Beinen riss. Es dauerte einen Moment, ehe ich mich aufrappeln, noch länger, bis ich wieder klar sehen konnte und die Blitze vor meinen Augen verschwanden. Halef neben mir stand schon wieder und blickte sich mit vor Entsetzen geweiteteten Augen um. Ich sah, wie er den Mund bewegte, hörte aber nichts. Nach ein paar Mal kräftigem Schlucken und Kopfschütteln konnte ich ihn leise hören, als habe ich mir die Ohren mit Baumwolle verstopft.

„Was war das?", wiederholte er immer wieder.

Ich sah zu Old Firehand hinüber, Halef folgte meinem Blick. Der alte Trapper stand hoch aufgerichtet neben der Lichtkugel und sah uns mit ernstem Blick an. Dann sprach er mit erhobener Stimme, wohlwissend, wie sehr unser Gehör gelitten hatte:

„Ich kenne diese Waffen aus dem amerikanischen Bürgerkrieg. Das war eine Ketchum-Handgranate.“

In diesem Moment setzte lautes Wolfsgeheul ein, das von allen Seiten auf uns eindrang und mich schaudern ließ.

Vierzehntes Kapitel
Sturz vom Sockel

„Das sind teuflische Waffen“, erklärte uns Old Firehand einige Zeit später im Turm, in den wir uns zurückgezogen hatten. „Wenn man sie im offenen Gelände einsetzt, so wie Iwan gegen uns, können sie in einem begrenzten Radius erheblichen Schaden anrichten; noch schlimmer ist es, wenn man sie in einen geschlossenen Raum wirft, dann überlebt in der Regel niemand.“ Er schwieg einen Moment nachdenklich. „Wir werden wohl nie erfahren, wie der Russe an diese Waffen kam und damit umzugehen lernte.“

Er sprach zu Recht in der Mehrzahl. Bei den zerfetzten Überresten der drei Getöteten hatten wir noch Bruchstücke dreier weiterer Granaten gefunden; dass alle gleichzeitig hochgegangen waren, erklärte die gewaltige Explosion. Ich drehte nachdenklich ein Stück Metall in den Händen, das wir bei den Leichen gefunden hatten.

„Ich vermute, dass er eine Zeitlang in den Staaten war.“ Ich hielt das Metallstück hoch. „Das sieht mir sehr nach den Überresten einer Pinkerton-Plakette aus. Vielleicht war er dort zur Ausbildung. Das wird wohl ein Geheimnis bleiben.“

Ein gewaltiger Donner unterbrach mich. Durch die Fenster sahen wir einen Blitz nach dem anderen, ohne dass es regnete.

Da ein trockenes Gewitter weitaus gefährlicher ist als ein gewöhnliches, bei dem es regnet, hatten wir uns in den Schutz des Turms begeben; die Rückkehr zu unseren Gefährten wollten wir lieber bei Tageslicht wagen. Außerdem hatte das Wolfsgeheul nicht aufgehört, war sogar noch stärker geworden. Old Firehand erklärte uns, dass die Tiere seltsam aufgeregt seien, er wisse nicht, ob er sie im Moment beruhigen und zurückhalten könne. Irgendetwas liege in der Luft.

„Vielleicht sind das Auswirkungen des Risses", mutmaßte ich, ohne eine Antwort zu erwarten, und wies aus dem Fenster in die von Blitzen erleuchtete Nacht.

Am nächsten Tag war das Wolfsgeheul verstummt, doch war der Tag fast so dunkel wie die Nacht. Der Himmel war bedeckt von dunklen Wolken, und es wehte ein schneidender Wind. Es war weitaus kälter als es nach Ansicht von Old Firehand hier Anfang September sein sollte. Dennoch machten wir uns auf den Weg.

Wir hatten etwa die Hälfte der Strecke zurückgelegt, als Halef plötzlich stehenblieb. Erschrocken zeigte er auf meinen Kopf.

„Sihdi, du brennst!"

Auf dem Finger, mit dem er auf mich deutete, konnte ich ein leichtes Flackern erkennen, ein blasses Flämmchen. Ich schaute mich um und sah, dass auf Old Firehands und Halefs Pelzmützen kleine Flammen tanzten, ebenso auf meinen Fingern, als ich diese emporhob. Halef blickte mich erschrocken an; an Old Firehands leicht belustigter Miene erkannte ich, dass er um diese Erscheinungen wusste.

„Das ist nichts Gefährliches, Halef", erklärte ich. „Seeleute können so etwas oft an den Masten und Stengen der Schiffe beobachten. Man nennt diese Flammen Elmsfeuer, und manchmal tanzen sie auf den Spitzen von Kirchtürmen und Minaretten, auf den Wipfeln der Bäume und den Gipfeln der Berge. Das ist nichts weiter als ausströmende Elektrizität."

Old Firehand nickte bekräftigend.

„Ich habe so etwas schon öfter erlebt. So etwa, als ich mich einst nachts auf einer weiten Ebene befand. Es wetterleuchtete rundum, kam aber nicht zum wirklichen Gewitter. Da erschienen plötzlich an den Ohrenspitzen meines Pferdes kleine Flämmchen. Ich hielt die Hände empor, und siehe da, an meinen Fingerspitzen zeigten sich ähnliche Flämmchen, wobei ich ein ganz merkwürdiges Gefühl in denselben hatte. So etwas kommt vor, wenn man die höchste Erhebung in weitem Feld darstellt, so wie wir jetzt."

Auch ich hatte schon ähnliche Erfahrungen gemacht, unter anderem bei der Jagd auf den geheimnisvollen ‚Avenging Ghost' im Llano Estacado. Dieser südlichste Ausläufer der Great Plains, der sich über Teile von New Mexico und Texas erstreckt, bietet für dergleichen Erscheinungen die besten Bedingungen, sind diese ‚Staked Plains' doch überwiegend flach und baumlos.

Old Firehand fuhr fort:

„Manchmal aber ist das Elmsfeuer Vorläufer eines Sturms, eines Tornados oder Blizzards, oder eines gewaltigen Gewitters. Deshalb sollten wir uns sputen, zum Turm zu kommen."

Ich musste daran denken, wie mein Schriftstellerkollege Jules Verne in seiner Beschreibung einer Reise zum Mittelpunkt der Erde, im gleichnamigen Roman, das Elmsfeuer als Vorzeichen kommenden Unheils, als Vorläufer gewaltiger Gewitterstürme beschrieben hatte. Bei Jules Verne war ich schon immer geneigt gewesen, seine Erzählungen nicht für bare Münze zu halten, nach den letzten Erlebnissen auf der Nautilus zog ich aber doch auch in Betracht, dass er über wahre Ereignisse berichtet haben mochte. Zusammen mit meinen eigenen Erfahrungen auf den nordamerikanischen Ebenen ließ mich dies zustimmend ausstoßen:

„Ja, lasst uns eilen!"

Wie gut wir daran getan hatten, erkannten wir, als wir den Wehrturm mit unserem Lager gerade rechtzeitig erreichten, um nahezu apokalyptischen Himmelsfluten zu entgehen. Wir berichteten den beiden Frauen von unseren Erlebnissen; die Befragung der Gefangenen verschoben wir auf einen ruhigeren Zeitpunkt.

Am späten Nachmittag hatte das Unwetter nachgelassen, der Himmel klarte auf, und es wurde noch ein freundlicher Tag. Wir wollten uns die beiden Männer einzeln vornehmen und dazu mit ihnen auf das offene Dach gehen, um das schöne Wetter zu genießen. Halef sollte im Geschoss darunter den jeweils anderen Gefangenen bewachen, da er von den Gesprächen sowieso am wenigsten verstehen würde.

Am Abend zuvor hatten Ann und Sofie bereits die Sachen der Männer untersucht, sowohl der Toten wie der Gefangenen, und dabei nichts Wesentliches zutage gefördert außer den uns bereits bekannten Pinkerton-Plaketten und einem Medaillon, das Ann uns bat, gründlich zu untersuchen. Als ich sie fragte, warum, zögerte sie einen Moment, dann sagte sie:

„Es ist mehr ein Gefühl. Die Ringe, die die Männer trugen, haben wir ihnen natürlich gelassen, und auch die Kette mit dem Marienbild aus Emaille und den Anhänger mit dem Kruzifix. Aber dieses Stück ist mir aufgefallen, weil es so strahlend blank ist. Es scheint aus Silber zu sein und müsste angelaufen sein, wie ein Silberschmuckstück nun einmal aussieht, wenn es lange getragen und viel an der Luft ist, vor allem wenn man es auf der Haut trägt, wie es dieser bärtige Riese getan hat. Die Kette ist angelaufen, wie zu erwarten, aber dieses Medaillon ist blitzblank."

Halef schmunzelte.

„Vielleicht hat der Besitzer es regelmäßig poliert, weil etwas Wichtiges darin ist, eine Locke seiner Geliebten oder so etwas. Hast du es schon geöffnet?"

Ann verneinte:

„Das wollte ich mit euch gemeinsam machen."

Wir beobachteten aufmerksam, wie sie das ovale, etwa zwei mal drei Zentimeter große Medaillon aufklappte. Darin war ein in Silber getriebenes Relief. Ann schaute einen Moment darauf, dann gab sie das Schmuckstück an Sofie weiter.

„Ich weiß nicht, was das darstellen soll", meinte sie.

Sofie schüttelte den Kopf und reichte mir das Medaillon. Ich betrachtete das sehr fein gearbeitete Relief und erklärte dann:

„Das ist ein großer Mann mit einem Stab, der einen kleinen Jungen auf seinen Schultern über das Wasser trägt. Das ist der Christusträger, der heilige Christophorus."

In den Gesichtern von Ann, Sofie und Old Firehand sah ich Begreifen, Halef hingegen starrte mich verständnislos an.

„In der katholischen und orthodoxen Kirche wird er als Schutzheiliger der Reisenden verehrt", erklärte ich ihm.

Halef überlegte einen Moment, dann fragte er:

„Aber was an diesem Medaillon ist so besonders? Sihdi, schau doch mal nach."

Ich blickte ihn fragend an, er zeigte mit der rechten Hand auf meinen Gürtel und deutete mit der linken mit Zeigefinger und Daumen einen Ring an. Nun verstand ich, aber ich zögerte.

„Halef hat Recht", warf Ann ein. „Wir sollten alle Mittel nutzen, die wir zur Verfügung haben." Zu Old Firehand und Sofie gewandt, fuhr sie fort: „Er hat einen magischen Ring, eine Art Schauglas, wenn er durchblickt, sieht er, was oder wie die Dinge in Wirklichkeit sind."

Sie hatten ja Recht. Aber obwohl mir der Musaddas, der magische Sechseckring, schon so oft geholfen hatte, musste ich jedes Mal das Unbehagen überwinden, das mich überkam, wenn ich mich offensichtlich seiner Magie bediente. Old Firehand und Sofie sahen aufmerksam zu, wie ich den goldenen Sechseckring aus seinem Samtbeutel nahm, in dem ich ihn hier in Georgien verwahrte, an meinem Gürtel, verborgen vor fremden Blicken.

Ich hob den Musaddas langsam vor mein rechtes Auge und schaute auf das Medaillon. Dabei musste ich an einige der Gelegenheiten denken, bei denen mir der magische Ring schon nützlich gewesen war: wie er mir die wahre Natur der Füchse von Al-Kadir enthüllt, den geheimen Weg zum Stahlpalast des Schut und den Salzsumpf gezeigt hatte, in dem Haschim beinahe ums Leben gekommen wäre. Dies hier war erheblich harmloser, wollte mir scheinen: Von dem Stab des Christophorus ging ein sanftes blaues Leuchten aus, das in etwa zwei Zentimetern Höhe über dem Relief seltsam verschörkelte Buchstaben bildete. Ich klappte das Medaillon zu, das Leuchten verschwand.

Während ich den Musaddas wieder in seinem Beutel verstaute, erläuterte ich:

„Ohne Zweifel geht von dem Medaillon eine magische Kraft aus, möglicherweise hat es besondere Fähigkeiten. Durch den Musaddas betrachtet, sehe ich eine Schrift, aber ich kann sie weder erkennen noch lesen. Wir müssen uns diesem Geheimnis später in Ruhe widmen." Ich drückte Ann das Medaillon in die Hand. „Wollen Sie es für uns aufbewahren? Sie haben schließlich seine Eigenart erkannt."

Sie nickte und verstaute das Schmuckstück sorgsam in einer Gürteltasche, in ein Stück Stoff eingewickelt packte sie es in das Wasserschälchen, das sie von Fürst Dadiani bekommen hatte.

Wir schauten uns auch die Pinkerton-Medaillons gründlich an; dabei zitierte Sofie aus dem Gedächtnis:

„Es gibt natürlich noch eine Menge von uns, ein paar amerikanische und zahlreiche russische Agenten, der Auftraggeber hat sich nicht lumpen lassen, und Pinkerton hat sein gesamtes russisches Agentennetz auf diesen Auftrag angesetzt."

Old Firehand blickte sie fragend an.

„Das hat Orinschow gesagt", erläuterte sie kurz, „der Anführer der Pinkerton-Agenten, als wir diese in Sugdidi verhörten. Ich wüsste zu gerne, wie viele Männer dieses Netz umfasst."

Old Firehand bleckte die Zähne.

„Nun, inzwischen sind es zumindest zwölf weniger: die vier, die ihr in Sugdidi ausgeschaltet habt, der Bote, der beim Überfall in die Schlucht verletzt wurde, die drei, die sich gestern selbst in die Luft sprengten, und unsere vier Helden hier. Wir haben sie schon ganz schön dezimiert."

Sofie wiegte skeptisch den Kopf.

„Aber es können immer noch viele russische Agenten sein, die sind im Vergleich zu den Amerikanern wahrscheinlich billiger zu haben. Und denkt nicht nur an Männer: Auch Frauen können hervorragende Agentinnen und höchst gefährliche Gegnerinnen sein. Schließlich dürfen wir die amerikanischen Agenten nicht vergessen, immerhin wissen wir schon mal von mindestens einem halben Dutzend."

Ann nickte bestätigend.

„Und wir haben keine Ahnung, wo sich Brown, Black und White aufhalten. Dazu kommen die drei im Lager der Bärenjäger, und ich bin ziemlich sicher, dass bei dem Erkundungstrupp auch welche dabei sein werden."

Mir fiel noch etwas ein.

„Was habt ihr eigentlich mit den Toten gemacht?", fragte ich die beiden Frauen. „Ich habe sie nicht mehr gesehen."

Die beiden wechselten einen kurzen Blick, dann antwortete Sofie mit resoluter Stimme, als erwarte sie Widerspruch oder Kritik:

„Begraben konnten wir sie hier ja nicht; wir haben sie in das verfallene Erdgeschoss gebracht und mit Steinen zugedeckt."

Ich nickte; ich hätte es genauso gemacht.

Ehe wir mit der Befragung der Gefangenen begannen, beratschlagten wir, was wir danach mit ihnen anfangen würden.

„Wir sollten sie mit nach Mestia nehmen und den örtlichen Behörden übergeben", schlug Sofie vor.

„Die sie dann bald wieder laufen lassen, weil die Pinkertons jede Menge Beziehungen haben", warf Ann sarkastisch ein.

„Wir sind hier nicht in einem Provinznest im osmanischen Reich", gab ich zu bedenken. „Das russische Zarenreich mag in mancher Beziehung bezüglich der Bürokratie etwas rückständiger sein als das deutsche Kaiserreich oder das britische

Empire, genießt aber insgesamt den Ruf, die Korruption ganz gut im Griff zu haben. Und vergesst nicht: Wir haben nicht nur die georgischen Pässe, die von den Dadianis unterzeichnet sind, sondern sogar russische Militärpässe mit dem Siegel des Zaren, das sollte zumindest den offiziellen Teil erleichtern. Was hinterher geschieht, können wir sowieso nicht beeinflussen."

Die Miene von Old Firehand hatte sich während unserer Diskussion zunehmend verfinstert. Nun warf er ein:

„Die beiden wissen inzwischen so einiges über uns, in meinen Augen viel zu viel. Was ihnen Orinschow mitgeteilt und diesem John mit auf den Weg gegeben hat, ist schon gefährlich genug für uns, nun haben sie auch noch Kenntnisse von unseren Fertigkeiten und Waffen. Das alles sollten weder die Herren Brown, Black und White erfahren noch andere der Pinkertons, geschweige denn der ehrenwerte Mister Vanderbilt. Und Eure Einschätzung dieser Region ist leider falsch. Ihr habt sicher viel über Georgien gelesen, wie ich Euch kenne, aber wir sind hier nicht im zivilisierten Teil des Landes. Hier geht es anders zu als in Euren Büchern. Dies ist Swanetien, eine uralte Provinz, die sich stets ihre Eigenheiten bewahrt hat. Hier gilt noch viel mehr als in anderen Teilen des russischen Reiches: Der Himmel ist hoch, und der Zar ist weit. Und die lokalen Gerichte entscheiden nach uralten Traditionen. Mich kennt man hier, und doch bin ich sicher, wenn wir unsere Gefangenen nach Mestia und dort vor Gericht bringen würden, wären sie nicht nur schnell wieder frei, sondern könnten vielleicht sogar dafür sorgen, dass wir verhaftet würden, wegen eines Überfalls mit Todesfolge. Mag sein, dass die Papiere des Fürsten uns beschützen würden, aber vielleicht würden wir auch verurteilt, möglicherweise sogar hingerichtet. Dreht und wendet es, wie ihr wollt: Ob mit oder ohne uns, die beiden dürfen Mestia nicht erreichen!"

„Was schlagen Sie vor?", fragten Ann und Sofie wie aus einem Munde.

„Old Shatterhand weiß so gut wie ich, was im Westen in einem solchen Fall gemacht wird. Und Sie“ – er nickte Sofie zu – „wissen es auch, zumindest aus Ihren Büchern. Man beruft ein Savannengericht ein.“

„Bei so etwas habe ich niemals mitgemacht“, warf ich ein, „und ich werde dies auch nicht tun. Also, was ist Euer Vorschlag? Die Männer einfach töten? Oder sie angekettet hier gefangen halten, bis sie verhungert und verdurstet sind?“

Old Firehand nickte grimmig.

„Sie hierzulassen, scheint mir die Lösung, Es sei denn, Ihr habt eine bessere Idee.“

Die beiden Frauen schauten den alten Kämpen erschrocken an, ich hingegen hatte so etwas bereits geahnt und vor allem befürchtet.

Halef schaltete sich ein.

„Wir könnten sie tatsächlich hier gefangen halten, Sihdi. Wir ketten sie an und sperren sie ein und lassen ihnen Proviant da. Und wenn wir unsere Mission erfüllt haben oder es für uns ungefährlich geworden ist, geben wir Vanderbilt oder den Pinkertons Bescheid, wo sie sie finden können.“

Ich atmete tief ein; ich fühlte mich erleichtert, aber versuchte, es meinem Gesichtsausdruck nicht anmerken zu lassen; auf den Mienen von Ann und Sofie hingegen war dieses Gefühl deutlich erkennbar.

„Das ist doch eine gute Idee!“, stimmte Ann Halef sofort zu, und Sofie schloss sich an:

„So können wir es machen.“

Old Firehand brummte etwas, das ich nicht verstand, dann verschwand er über die Treppe nach unten. Ich vermutete, er wolle dort nach einem sicheren Verließ für unsere Gefangenen suchen.

Zunächst befragten wir den verletzten Russen, Iosseb. Er zeigte sich am Anfang bockig, doch nachdem wir ihm erläutert hatten, was wir bereits wussten, gab er mehr oder weniger bereitwillig Auskunft. Sicher trug dazu auch bei, dass sich Old Firehand auf eine herabgefallene Zinne gesetzt hatte und drohend wie ein antiker Kriegsgott über ihm aufragte. Wir erfuhren aber wenig Neues; das Netzwerk war wohl so aufgebaut, dass einzelne Mitglieder immer nur ihre direkten Kontaktpersonen kannten. Die Strukturen in Mestia konnte Iosseb allerdings beschreiben: Der mehrmals erwähnte Kapitän Kapitän Melville stand einem Trupp US-amerikanischer Ingenieure vor, die ganz offiziell alte Steintürme im Auftrag eines anonym bleibenden US-Bankenkonsortiums nutzten, um nach Öl zu suchen. Zu der Gruppe gehörten auch gut zwanzig russische Wachleute, mehrere russische Pinkerton-Agenten und seit Kurzem auch die Herren Brown, Black und White. Es überraschte mich nicht, als ich den Namen des Anführers hörte: Es war Kapitän Doug Melville, der ehemalige Vorgesetzte des braven Steuermanns und Bärenjägers Dundiston. Ich bezweifelte allerdings, dass er so ein Ehrenmann war wie sein Vetter.

Machdem wir Iosseb wieder nach unten verfrachtet hatten, befragten wir John, den hochgewachsenen Amerikaner. Viel mehr, als dass diese Vermutung über seine Herkunft stimmte, brachten wir allerdings nicht aus ihm heraus. Er hielt uns zunächst für Russen und drohte uns ganz offen mit der Macht und den Beziehungen der Agentur Pinkerton. Diese habe viel Einfluss im russischen Reich und würde es nicht zulassen, dass wir ungestraft davonkämen, wenn ihm etwas geschähe. Es war fast komisch, wie der großgewachsene Kerl mit seiner Falsettstimme versuchte, drohend zu wirken. Irgendwann aber reichte es Old Firehand. Er schritt einmal langsam um den Stein herum, auf dem John saß, und baute sich dann vor ihm auf. Dann fuhr er ihn in breitestem amerikanischen Western-Slang an:

„Du lässt jetzt mal besser diese lächerlichen Drohungen, mein Junge. Die beeindrucken uns nicht mehr, als wenn eine Fliege hier auf die Steine scheißt. Du hast keine Ahnung, mit wem du es zu tun hast. Diese junge Dame hier“ – er wies auf Ann –

„ist eine britische Lady von hohem Adel, und ich glaube nicht, dass sich Queen Victoria von Allan Pinkerton beeindrucken lässt. Ihre Freundin stammt aus Kanada, und in diesem stolzen Land haben weder die USA noch die Agentur Pinkerton etwas zu melden. Unser arabischer Freund weiß wahrscheinlich nicht einmal, wer Pinkerton ist. Wir beide schließlich" – eine Bewegung seines mächtigen Armes umfasste erst ihn, dann mich – „stehen nicht nur unter dem Schutz des deutschen Kaisers, sondern haben in den Staaten so viele mächtige Freunde und so bedeutende Namen, dass Pinkerton froh sein darf, wenn wir uns nicht seiner zweifelhaften Umtriebe annehmen. Und im Gegensatz zu meinem Freund hier genieße ich nicht den Ruf allzu großer Barmherzigkeit." Er neigte seinen Kopf und flüsterte dem Amerikaner etwas ins Ohr, dieser erbleichte. Old Firehand trat zurück und meinte, leicht schmunzelnd: „Können wir uns nun vernünftig unterhalten?"

Mister John Mayner aus Buffalo zeigte sich von da an erheblich kooperativer, konnte uns aber auch nicht viel mehr erzählen. Immerhin erfuhren wir, dass sowohl Pinkerton als auch Vanderbilt jeweils einen Mann in Tiflis im Telegrafenamt postiert hatten. Über die direkte Verbindung nach London und von dort aus in die Staaten konnten sie sich immer über wichtige Geschehnisse auf dem Laufenden halten lassen.

Das brachte mich auf eine Idee. Ich nahm Sofie zur Seite.

„Auch bei uns könnte die Informationsübermittlung doch vielleicht zweiseitig gelingen, nicht nur von meiner Okarina zu Ihrer Brosche, sondern auch umgekehrt." Wir zogen uns in ein tiefer gelegenes Stockwerk zurück und probierten Allerlei aus. Es gelang mir regelmäßig, durch eine aufwärts gespielte Tonleiter Sofie einen Blick auf mich und meine Umgebung werfen zu lassen, die Verbindung wurde unterbrochen, wenn ich aufhörte zu spielen. Doch wie sollte es umgekehrt gehen, wie die Okarina durch die Brosche aktiviert werden?

Wir grübelten und unternahmen alle zahlreiche Versuche, bis Sofie durch Zufall die Lösung fand. Sie zeichnete mit dem

Finger gedankenverloren die oberste der Verzierungen auf der Silberscheibe nach, und plötzlich gab die Okarina einen hohen Ton von sich.

„Was war das?“, fragte Sofie, und aus der Okarina kam mit kurzer Verzögerung ihre Stimme, wie ein leises Echo: „Was war das?“

Beim Abendessen erzählten wir den anderen, was wir herausgefunden hatten. Mit der Okarina ließ sich ein Bild übertragen, solange sie gespielt wurde, welche Tonfolge, war egal, solange die Tonleiter am Anfang erklang. Die Brosche übertrug die Stimme der Person, die das bestimmte Zeichen darauf mit dem Finger zeichnete, solange diese den Finger auf die Silberscheibe drückte.

„Das kann sehr praktisch sein“, meinte Halef. „Wir sollten nun noch irgendwann herausfinden, wie weit diese Übertragung reicht.“

Auf Vorschlag von Old Firehand machten wir es uns für den Rest des Abends und die Nacht im Stockwerk mit dem Eingang bequem, dies war am wenigsten beschädigt; die Gefangenen ließen wir gefesselt im obersten Stockwerk unter dem Dach liegen. Die Wunde des Russen machte mir Sorgen; sie hatte sich entzündet und drohte, brandig zu werden.

Ich beschloss, am nächsten Morgen noch einmal mit den anderen zu reden und darauf hinzuwirken, dass wir die Gefangenen doch nach Mestia mitnehmen sollten. Mir war inzwischen auch bewusst geworden, dass Halefs Plan schon an der Menge des benötigten Proviants scheitern würde; wir hatten fast alles aufgezehrt und auch bei unseren Gegnern kaum etwas gefunden.

Halef und ich bestanden unter anderem deshalb darauf, dass wir auf dem Dach eine Nachtwache einrichteten: Möglicherweise wurden Ivan, Pjotr und ihre Kumpane ja vermisst, weil sie gar nicht solange wegbleiben sollten, oder es gab eine Ablösung. Ich übernahm die erste Wache, dann war Old Firehand dran.

Ich wurde von einem dumpfen Geräusch geweckt und lauschte. Ein zweites, ähnliches Geräusch folgte, es schien von unten und außen zu kommen; es klang, als sei etwas Schweres hinabgestürzt.

Ein schneller Blick in die von Halefs Lichtkugel schwach erleuchtete Turmkammer zeigte mir, dass er und die beiden Frauen schliefen. Old Firehand hielt wohl auf dem Dach seine Nachtwache; ich beschloss, ihn aufzusuchen. Leise, damit ich niemanden weckte, stand ich auf und schlich über die Steintreppen nach oben. Zu meinem Erstaunen war das oberste Geschoss leer. Ich zog einen Revolver und betrat vorsichtig die unterste Stufe der Treppe zum Dach. Ich hörte nichts und überlegte, ob ich Old Firehand rufen sollte. Vor meinem inneren Auge spielten sich verschiedene Szenarien ab, die immer damit endeten, dass zwei Körper vom Dach fielen. Wenn dies unsere Gefangenen waren, warum hatte Old Firehand uns dann nicht benachrichtigt? Falls er einer der beiden gewesen war, sich die Gefangenen also befreit und ihn überwältigt hatten, sollte ich versuchen, sie zu überraschen. Wieso aber hatte es keine Todesschreie gegeben?

Ich riss mich zusammen; Grübeln brachte mich nicht weiter. Lautlos schlich ich die Treppe hinauf, den Revolver schussbereit. Ich steckte vorsichtig und langsam den Kopf aus der Dachöffnung; ehe ich mich umsehen konnte, hörte ich die leise Stimme von Old Firehand.

„Kommt herauf, mein Freund – wenn ich Euch noch so nennen darf. Wir müssen reden.“ Er sprach Deutsch.

Ich drehte mich zu der Stimme um. Der alte Trapper saß im Schneidersitz vor einer der Lücken zwischen den verbliebenen Zinnen. Im schwachen Licht der Sterne konnte ich nur seine Silhouette ausmachen. Auf seiner Schulter saß ein riesiger schwarzer Vogel, den Kopf dem von Old Firehand zugeneigt, der große kräftige Schnabel befand sich direkt neben dem Ohr des alten Mannes, als ob er diesem etwas hineinflüstere. Das

Gefieder glänzte im schwachen Licht des Mondes leicht metallisch mit dunkelblauem Schimmer.

Ich trat auf das Dach und näherte mich den beiden vorsichtig. Der Vogel flog auf, als ich näherkam, und ließ ein lautes, tiefes „Kraa“ hören. Die Flügel mit weit über einem Meter Spannweite schlugen kräftig, dann war der riesige Rabe in den Weiten des Himmels verschwunden. Ich starrte ihm nach, Old Firehands Stimme riss mich aus meinen Gedanken:

„Manchmal tut es mir gut, mich mit einem anderen Jäger auszutauschen. Dawit ist noch zu jung; der alte Edgar hier – ich habe ihn nach einem von mir sehr geschätzten amerikanischen Schriftsteller benannt – hat viel Lebenserfahrung.“ Er wies auf den Platz vor sich und fuhr fort, immer noch sehr leise: „Bitte nehmt Platz. Ich habe Euch etwas zu erklären.“

Ich steckte den Revolver weg und ließ mich auf die Knie nieder, so saßen wir auf Augenhöhe, der gewaltige Hüne und ich.

Old Firehand schwieg lange, sah auf seine Hände herab, die er hin- und herknetete, dann begann er leise:

„Ich habe die beiden Männer getötet. Und ich will Euch erklären, warum ich dies für richtig halte. Aber zunächst muss ich Euch einiges über mich erzählen, was Ihr nicht wisst, aber wissen solltet, um mich zu verstehen.“ Er hob den Blick. „Falls Ihr mich anhören wollt. Ich könnte verstehen, wenn Ihr euch weigert.“

Ich schüttelte den Kopf.

„Ich habe noch nie einem Menschen, der mir sein Herz ausschütten oder etwas beichten wollte, das Gehör verweigert. Sollte ich bei einem alten Kampfgefährten damit anfangen?“ Ich vermied bewusst das Wort Freund, und am Zusammenzucken des alten Mannes mir gegenüber erkannte ich, dass ihm dies bewusst war.

Nach einer kurzen Pause begann er stockend und leise, seine Rede wurde dann immer fließender und die Stimme gewann langsam fast ihre normale Lautstärke zurück:

„Ich war nicht immer der edle Kämpfer für das Gute, als den man mich in den Staaten kennt. Ja, auch dort habe ich einen Ruf als hart und manchmal erbarmungslos, aber immer als ehrlich und als jemand, der für die Seite der Schwachen eintritt. Daran hat sich auch nie etwas geändert, ich stand immer auf der Seite der Unterdrückten und habe nie für die falsche Sache gekämpft. Aber die Mittel und Methoden …“ Er zögerte einen Moment. „Man sagt, der Zweck heilige die Mittel. Und oft habe ich danach gelebt und gehandelt, vor allem in meiner Zeit in Deutschland, als ich für die Revolution kämpfte. Wir waren nicht zimperlich, nur so konnten wir bestehen. Ich galt als besonders harter Hund, als Anführer, der von seinen Kämpfern alles forderte, aber auch alles gab, und viele meiner Leute haben mich verehrt – so wie damals der junge Hartmann. Aber irgendwann haben wir Maß und Ziel verloren, griffen zu Gewalt, die der Sache nicht mehr angemessen war. Ich bin nicht nur in die Staaten geflohen, weil mir Gefängnis und Tod drohten, ich bin auch vor mir selbst geflohen, vor dem Mann, der ich geworden war.“ Old Firehand sah versonnen in den Nachthimmel hinauf, dann riss er sich aus seinen Erinnerungen und schaute mich wieder an. „In den Staaten fand ich ein Stück Ruhe und Frieden, auch wenn ich stets ein harter Knochen geblieben bin. Ribanna, Harry, die Freundschaft mit Winnetou – ich war ein glücklicher Mann, bis …“ Er klatschte in die Hände. „Ihr habt es erlebt …“

Wir schwiegen beide für einen langen Moment, versunken in Erinnerungen. Dann nahm Old Firehand mit harter Stimme den Faden wieder auf.

„Einen alten Baum verpflanzt man nicht, heißt es. Eine Hand, die ein Leben lang ein Schwert geführt hat, lernt nicht mehr, die Feder zu führen, soll Karl der Große gesagt haben. Ich bin und bleibe ein harter Kämpfer, der erbarmungslos für eine Sache eintritt, die er für gut und verteidigenswert hält. Ja, noch immer sage ich: Der Zweck heiligt die Mittel!“

Ich wies auf die Mauerlücke hinter ihm.

„Was ist geschehen?“, fragte ich.

Old Firehand zögerte einen Moment, dann gab er sich einen Ruck.

„Als ich zu meiner Nachtwache hinaufstieg, schaute ich nochmal nach den Gefangenen. Wir hatten sie ja geknebelt, damit wir in Ruhe schlafen konnten. Mayner starrte mich hasserfüllt an und versuchte, durch den Knebel etwas zu sagen, aber natürlich vergeblich. Iosseb hingegen – ihn hatte das Fieber gepackt, er wälzte sich unruhig hin und her, ohne Bewusstsein. Seine Wunde war eitrig und brandig, trotz seiner Bewusstlosigkeit stöhnte er und schrie manchmal auf, er hatte wohl gewaltige Schmerzen. Mir war klar: Wenn wir am Morgen weiterzögen, wäre ihn hierzulassen eine unnötige Quälerei, er würde qualvoll sterben. Seine einzige Chance bestand darin, ihn nach Mestia zu einem Arzt zu bringen. Wenn dieser ihm das Bein abnehmen würde, könnte er vielleicht überleben. Ihn nach Mestia zu bringen, konnten wir aber nicht riskieren, er wusste zu viel über uns. Ich hatte Mayner dummerweise unsere Kampfnamen verraten. Meiner ist Vanderbilt und sicher auch den Pinkerton-Agenten ja bekannt, schließlich haben sie mich deswegen engagiert. Aber wer Ihr seid, wissen sie noch nicht – und Iosseb hat es sicher von Mayner erfahren, bevor wir die beiden geknebelt haben. Und auch meine Angeberei mit Lady Lindsay war, im Nachhinein betrachtet, eine Dummheit; auf einem noch größeren Silbertablett hätte ich unseren Feinden die Möglichkeit einer Entführung und Erpressung nicht servieren können.“ Old Firehand zögerte einen Moment, dann zog er sein Bowiemesser aus dem Gürtel und hielt es so, dass sich sein Gesicht in der Klinge bei hellerem Licht gespiegelt hätte. „Hiermit habe ich bereits manchem Tier den Gnadentod beschert. Ich habe mich auf diese Weise auch Iossebs erbarmt.“

Ich musste schlucken. Bisher war ich noch selten in einer solchen Situation gewesen und hatte stets das Glück gehabt oder die Gnade genossen, dass meine Gegner ohne mein Zutun verstorben waren. Ich nickte langsam und sagte leise und bedächtig:

„Vielleicht hätten wir vorher darüber sprechen sollen, aber ich kann Euch verstehen, auch wenn ich wohl nicht so gehandelt hätte."

Old Firehand steckte das Messer weg und fuhr fort mit seiner Erzählung:

„Nachdem ich das vollbracht hatte, stieg ich wieder aufs Dach und überlegte: Was sollten wir mit Mayner machen? Was hätten wir ihm denn als Proviant dalassen sollen? Wir haben doch selbst kaum noch etwas. Oder sollte er seine toten Kameraden verzehren, wie die Matrosen der Essex nach ihrem Schiffbruch vor 60 Jahren?" Er lachte freudlos auf. „Nein, ich beschloss, uns auch dieses Problem von Hals zu schaffen. Ich habe es human gemacht, kurz und schmerzlos. Ich habe John Mayner mit einem Kolbenhieb bewusstlos geschlagen und dann erdrosselt. Dann habe ich die beiden hier hochgeschleift und anschließend über die Brüstung geworfen; das hat Euch wohl geweckt."

Mir fiel nichts ein, was ich sagen konnte, also schwieg ich.

Nach einer längeren Pause fuhr Old Firehand fort:

„Ich bitte Euch nicht um Vergebung für das, was ich getan habe. Ich bin überzeugt davon, dass es richtig war und ich der Einzige in unserer Gruppe bin, der dies fertiggebracht hätte. Ich kämpfe nicht nur an Eurer Seite, weil Ihr die magische Ausbeutung dieses Landes verhindern wollt, ich kämpfe auch für dieses Land, seine Natur, seine Tiere und zumindest einen Teil seiner Menschen. Ich brauche für das, was ich getan habe, nicht Eure Erlaubnis, aber ich bitte Euch um etwas Verständnis. Und ich frage Euch: Darf ich Euch noch meinen Freund nennen?"

Ich erhob mich langsam, schritt zur Brüstung, schaute in den Nachthimmel und dachte lange über eine Antwort nach. Old Firehand schwieg. Schließlich sagte ich:

„Freundschaft bedeutet für mich, dass ich einem Menschen bedingungslos vertrauen kann." Ich dachte an Winnetou, an Haschim, an Halef – Menschen, deren Freundschaft ich genießen durfte und bei denen diese Bedingung erfüllt war. „Ich traue und schätze Euch als Kampfgefährten. Ich würde jederzeit im Kampf mein Leben in Eure Hand legen, und wir beide haben dies auch schon getan. Doch Freundschaft ist für mich mehr. Und hier und heute endet unsere Freundschaft, wenn sie denn jemals diesen Status erreicht hatte."

Ich drehte mich zu dem alten Trapper um, der sich inzwischen auch erhoben hatte.

„Ich bedauere das", sagte er langsam mit trauriger Stimme. „Aber ich respektiere es. Und in allem, was den gemeinsamen Kampf betrifft, werdet Ihr auf mich zählen können. Ihr werdet aber einen alten Mann nicht mehr ändern; *ich* kann, will und werde mich nicht mehr ändern."

Ich musste an manche Erfahrung denken, die ich mit ähnlich verstockten Männern gemacht hatte, von denen einige älter gewesen waren und manche auch ein *Old* in ihrem Kampfnamen getragen hatten, doch ich erwiderte nichts. Ich nickte Old Firehand nur zu und machte mich an den Abstieg. Auf der obersten Treppenstufe drehte ich mich noch einmal zu ihm um.

„Kampfgefährten ja – Freunde nein", bekräftigte ich.

Dann stieg ich langsam die Treppe hinab, mein Herz erfüllt von Wehmut und Traurigkeit.

Fünfzehntes Kapitel
Goldgräber-Stimmung in Mestia

„Selbstverständlich sind Sie uns hier herzlich willkommen, und es ist mir eine Ehre und Freude, Sie im Gästehaus der Stadt unterzubringen."

Der Bürgermeister von Mestia, Tamaz Barbaratze, klatschte in die Hände.

Er hatte Russisch gesprochen, aber nun wandte er sich an Old Firehand und mich – auf Deutsch!

„Wissen Sie, ich habe gestudiert in Berlin, schöne große Stadt, Geschichte und Kunstgeschichte, und bin große Freund von Germanien. Und deshalb auch große Bewunderer von Herrn Firehand, des Otchopintre.“ Er nickte dem alten Trapper zu, der mir gegenüber an dem großen Tisch in der Empfangshalle des Stadthauses von Mestia saß. Das Gesicht des Angesprochenen wirkte wie aus Stein gemeißelt, keine Bewegung belebte seine Züge. Barbaratze merkte offensichtlich, dass seine Stimmung nicht die beste war, und wandte sich uns anderen zu. Links neben mir saßen an der Längsseite des Tisches die beiden Frauen, rechts von mir Halef, ihre Gesichter waren ebenfalls ernst. Barbaratze setzte sich neben Halef und wies auf die getrockneten Früchte, die in einem Korb auf dem Tisch standen. „Bedienen Sie sich bitte“, meinte er, nun wieder auf Russisch.

Während wir uns, der Aufforderung nachkommend, an Birnen- und Apfelschnitzen sowie getrockneten Berberitze-Beeren, Rosinen nicht unähnlich, gütlich taten, setzte der Bürgermeister zu einer längeren Erklärung an.

„Ich bin immer froh, Deutsche zu treffen. Die haben eine alte, ehrwürdige Kultur, fast so alt und ehrwürdig wie die von uns Georgiern. Nicht wie diese amerikanischen Glücksritter, die hier nach Öl suchen und vor allem eines haben: Geld!“ Ich glaubte, seinen Worten eine gewisse Bitterkeit entnehmen zu können. „Es heißt: ‚Der Gast ist von Gott gesandt.‘ Aber das gilt nicht immer und nicht für alle Gäste!“, fuhr er fort. Dann wies er mit beiden Händen auf Old Firehand und mich. „Sie kommen aus der großen Tradition der Germanen, die mit uns seit über 1.500 Jahren Handel treiben und zeitweise unsere besten Verbündeten waren. David dem Erbauer standen bei seinem Kampf gegen die moslemischen Eroberer Kreuzritter aus Deutschland bei, und Königin Tamar hätte beinahe Friedrich von Schwaben geheiratet, den Sohn von Kaiser

Barbarossa. In ihrem Dienst sollen fast 3.000 Tempelritter gestanden haben."

Er fuhr fort mit Erklärungen zur deutsch-georgischen Freundschaft, ich aber hörte nicht mehr zu. Ich beobachtete Old Firehand, der langsam und gründlich auf dem getrockneten Obst herumkaute, und erinnerte mich an die Ereignisse nach unserem Gespräch auf dem Dach des Turms.

Ich hatte in der Nacht die restliche Wache übernommen und noch vor Morgengrauen Halef geweckt und ihm die Vorkommnisse geschildert. Er war ungemein wütend geworden, ich hatte ihn nur mit Mühe daran hindern können, nach oben zu stürmen, um Old Firehand seine Meinung zu sagen oder sogar ihm gegenüber gewalttätig zu werden. Er hatte sich von mir ein zweites Mal und noch ausführlicher mein Gespräch mit dem alten Trapper schildern lassen und dann gemeint:

„Sihdi, du hast ganz richtig gehandelt. Wer sich so gegen die Gemeinschaft stellt, kann nicht mehr als Freund betrachtet werden."

Offensichtlich hatte ich meine Gesichtszüge nicht ganz so gut unter Kontrolle gehabt, wie ich es angenommen hatte, denn Halef hatte sich unterbrochen:

„Es tut dir aber doch weh, Sihdi, nicht wahr? Du magst den alten Mann?"

Ich hatte genickt und mich dabei gefühlt, als hätte ich einen Kloß verschluckt, der mir nun in der Kehle saß.

Halef hatte zuerst den Kopf geschüttelt, dann nachdenklich genickt.

„Sihdi, du kennst die Welt besser als ich, aber nicht vielleicht die Menschen. Kann es sein, dass sehr starke und mächtige Männer im Alter besonders stur und halsstarrig werden, selbst wenn man sie vorher als Ausbund an Weisheit rühmte? Ich denke an Mohammed Emin, der sterben musste, weil er auf seinem Willen beharrte und von dir keinen Rat annehmen wollte."

Ich hatte einen Moment nachdenken müssen über das, was mein Freund hier so gut beschrieben hatte.

„Vielleicht hast du Recht“, hatte ich dann nachdenklich gesagt. „Ich hoffe aber sehr, dass es nur Ausnahmen sind. Ich zumindest möchte nicht eine solche Entwicklung nehmen.“

Halef hatte noch einmal, diesmal sehr energisch, den Kopf geschüttelt.

„Was aber“, hatte er dann gefragt, „sollen wir nun tun, mit – ihm?“ Und dabei hatte er nach oben gewiesen.

„Ich weiß es nicht“, hatte ich entgegnet. „Und ich kann und will dies auch nicht entscheiden. Lass es uns mit den beiden Frauen beraten. So jung sie sind, sind sie doch klug und schon lebenserfahren, und der weibliche Blickwinkel mag es ihnen erleichtern, zu einer guten Lösung zu kommen.“

Ich ließ meinen Blick über meine Gefährten am Tisch des Bürgermeisters schweifen. Dieser redete gerade über „die wunderbare Entwicklung, die das deutsch-georgische Verhältnis in den letzten Jahrhunderten genommen hat, nicht zuletzt in der Literatur. Schon in der *Historia von Dr. Johann Fausten* aus dem 16. Jahrhundert reisen Faust und Mephisto in den Kaukasus, und …“

Ich schaltete meine Ohren wieder auf Durchzug und beobachtete Ann und Sofie, die mit ebenso ausdruckslosen Gesichtern auf getrockneten Früchten kauten wie Halef und Old Firehand. Ab und zu spülte jemand mit etwas Wasser nach, das wir uns aus einem großen Krug auf der Tischmitte in unsere Becher schenken konnten. Ann bemerkte wohl meinen Blick, schaute mir kurz in die Augen und wandte die ihren dann wieder ab, ihrem Wasserbecher zu.

Wir alle fühlten uns wahrscheinlich sehr unbehaglich – wir alle? Bei Old Firehand war ich mir nicht sicher, dabei war er es doch, dem wir diese peinliche Situation zu verdanken hatten. „Die stumme Gemeinschaft“ hätte dieses Schauspiel ein Dichter betiteln können. Doch keinem der klassischen Meister der Dichtkunst wäre wohl eingefallen, so eine nahezu lächerliche Szenerie zu erfinden – die doch einen todernsten Hintergrund hatte.

Es war Sofie gewesen, die diese Lösung vorgeschlagen hatte.

„Wir müssen ihn mitnehmen, ihn bei uns in der Gruppe lassen, nicht nur, um ihn zu kontrollieren, soweit dies geht, sondern auch, weil er immer noch ein großartiger Kämpfer ist."

Sie hatte mich ebenso überrascht wie Ann. Die beiden Frauen hatten sich meine Schilderung am frühen Morgen nahezu unbewegt angehört, im Gegensatz zu Halef aber die Ruhe bewahrt, auch wenn ich geglaubt hatte, in ihren funkelnden Augen und an den zusammengepressten Lippen ihren Zorn innerlich brodeln zu sehen. Ann hatte zunächst vorgeschlagen, uns von Old Firehand zu trennen. Doch Sofie hatte diesen Gedanken gleich zurückgewiesen, und ihre Argumente hatten Ann ebenso wie Halef und mich überzeugt.

Halef hatte schließlich noch einen weiteren Gedanken ins Spiel gebracht, der mich geradezu beschämt hatte.

„Sihdi, ist der alte Jäger nicht auch wie du ein Christ, da er doch aus demselben Land stammt wie du?"

Ich hatte einen Moment nachgedacht, dann zögerlich genickt; auf dem Papier war Old Firehand dies sicherlich, auch wenn ich keine Ahnung hatte, wie es um seinen Glauben und seine Religion stand.

„Und ist nicht, wie du immer betonst, die Vergebung eines der wichtigsten Elemente deines christlichen Glaubens?", hatte Halef weiter insistiert.

Ich hatte genickt, diesmal energischer; mir war klar gewesen, worauf Halef hinauswollte.

„Dann müssen wir unserem Kampfgefährten auch die Möglichkeit geben, seine Tat wiedergutzumachen, zumindest, sich uns gegenüber wieder zu bewähren!", hatte Halef mit Überzeugungskraft betont.

Ich hatte abermals genickt, aber kein Wort hervorgebracht; zu tief hatte meine Enttäuschung gesessen – und zu groß war meine Scham gewesen. Wie manches Mal Winnetou hatte Halef es vermocht, mich an meine eigenen Maßstäbe zu erinnern. Ich hatte mich dafür geschämt, dass dies nötig gewesen war,

war aber meinem Freund gegenüber auch von Dankbarkeit erfüllt gewesen.

Sofie hatte es übernommen, mit Old Firehand zu reden, wofür ich ihr sehr dankbar war. Während sie nach oben entschwunden war, hatte ich Halef zugenickt und geflüstert:

„Danke, mein lieber Halef!“

Er hatte einen Moment etwas verwirrt geschaut, dann aber war ein Lächeln über sein Gesicht gezogen, und er hatte mir ebenfalls zugenickt. Was für ein Freund!

Ich wandte meine Aufmerksamkeit wieder dem Bürgermeister zu, der zum Ende seines Vortrags zu kommen schien.

„Lessing hat König Erekle II. in *Minna von Barnhelm* als ‚großen Helden im Morgenland‘ bezeichnet. Jakob Bey, dessen Arzt und Berater in Bergbautechnik, Waffenherstellung und Drucktechnologie, war Jakob Reineg aus Eisleben und hat ein Standardwerk über den Kaukasus geschrieben. Es war der Deutsche Maximilian Klinger, der die Sage von den Argonauten bekannt machte, und so später auch Franz Grillparzer.“

Ich unterbrach den Bürgermeister:

„Herr Barbaratze, ich finde es sowohl bemerkenswert wie höchst erfreulich, dass Sie so viel über die Freundschaft unserer Völker wissen. Wie Sie unseren Pässen entnehmen konnten, sind wir uns dessen aber schon bewusst, hat doch Prinz Dadiani eine gewisse Zeit in Heidelberg verbracht. Uns interessiert vielmehr, was denn die Amerikaner hier in Ihrer schönen Stadt machen.“

Hiermit hatte ich wohl in eine Art Wespennest gestochen, denn sofort sprudelte es aus dem Bürgermeister heraus. Kaum nahm er sich zwischendurch die Zeit, einen Schluck Wasser zu trinken.

„Sie wollen uns reich machen.“ Der sarkastische Unterton war kaum zu überhören. „Ein gewisser Kapitän Melville ist seit einiger Zeit mit seinen Leuten dabei, hier nach Öl zu suchen. Er hat ein gutes Dutzend Ingenieure dabei und mehr als doppelt so viele russische und amerikanische Wachleute, und er handelt ganz offiziell mit Erlaubnis der russischen Behörden und des Zarenhofs. Die Amerikaner haben sich in einigen der alten Steintürme eingerichtet, und angeblich haben sie auch schon irgendwo in den höheren Lagen Öl gefunden. Finanziert wird das von einem US-Bankenkonsortium. Und die meisten Bewohner von Mestia stehen dem sehr aufgeschlossen gegenüber." Er schüttelte den Kopf. „Die versprechen uns das Blaue vom Himmel herunter. So ein Ölfeld böte ungemeine ökonomische Möglichkeiten. Und auch jetzt schon gibt es gut bezahlte Arbeit, sie haben sicher hundert Leute aus Mestia für irgendetwas eingestellt."

Barbaratze seufzte, griff in eine Innentasche seiner Tschocha und zog einen silbernen lederbezogenen Flachmann heraus. Er schraubte den Deckel ab, der sich als kleiner Becher entpuppte, und fragte uns mit einem Wink mit dem Fläschchen: „Auch ein Schluck?"

Wir alle schüttelten den Kopf; er schenkte aus der Flasche eine dickflüssige bernsteinfarbene Flüssigkeit in das Becherchen und kippte sie mit einem Schwung herunter, dann entfuhr ihm ein lautes „Ah!" Sorgfältig verschloss er das Fläschchen wieder und verstaute es in der Tschochatasche. „In manchen Situationen gibt es nichts Besseres als einen guten Tschatscha. Wenn ich nicht erst kürzlich für die nächsten fünf Jahre gewählt worden wäre, würde hier sicher bald ein Unterstützer der Ölsucher das Sagen haben", erläuterte der Bürgermeister nun knapp. „Ich hoffe auf genug Unterstützung, um sie aufhalten zu können, falls sie etwas Unehrenhaftes oder für Mestia Schädliches planen." Er blinzelte ein paar Mal schnell, schluckte schwer und meinte dann leise:

„Und ich hoffe, dass ich Sie aufgrund Ihrer Empfehlung durch die Familie Dadiani richtig einschätze und Sie bereit sind, für das georgische Volk und die Einwohner von Mestia einzustehen, sofern dies nötig sein sollte." Er blickte zu Old Firehand hinüber und lächelte. „Aber was rede ich! Dieser Mann alleine sollte schon ausreichen, um mir die Sicherheit zu bieten, dass Sie auf der Seite des Rechts, der Schwachen und Beschützenswerten stehen. Wenn es jemandem gibt, der in dieser Zeit noch einen Weißen Ritter verkörpern könnte, dann ist es der Otchopintre!“

Es fiel mir schwer, meine Beherrschung zu wahren; Ann schluckte, Sofie blickte betont zur Decke und Halef räusperte sich. Barbaratze schien nun doch zu bemerken, dass es gewisse Spannungen in unserer Gruppe gab, und rief nach einer Dienerin.

„Maria wird Ihnen Ihr Quartier zeigen. Und ich erwarte Sie heute Abend kurz nach Sonnenuntergang hier in diesem Haus zu einem Gastmahl, bei dem Sie die Honoratioren der Stadt kennenlernen werden.“

Das Gästehaus der Stadt lag nur wenige Straßen entfernt; Ann und Sofie sowie Halef und ich bekamen jeweils ein gemeinsames Zimmer zugewiesen, Old Firehand ein eigenes, wohl aufgrund seines Rufs.

Wir hatten seit den Ereignissen der Nacht noch kein Wort miteinander gewechselt. Als er die Stiege empor zu seinem Zimmer ging, drehte sich der Trapper noch einmal um und fragte leise:

„Können wir uns nachher unterhalten? Wir müssen reden!“

Wir anderen schauten uns an, dann nickte ich.

„Kommt in einer halben Stunde in unser Zimmer!“ Mit einer Handbewegung wies ich auf Halef und mich. „Dann entscheiden wir, wie wir weiter vorgehen.“

Unser Zimmer im ersten Stock war groß, aber doch gemütlich: Zwei Betten standen an gegenüberliegenden Wänden, ein grob behauener Tisch in der Mitte, darum drei Stühle; an der Rückwand boten neben dem Fenster Regale Raum, um etwas abzulegen, neben der Tür gab es auf der einen Seite einen Kamin, in dem fröhlich ein paar Holzscheite loderten, auf der anderen Seite vier Haken, an denen wir unsere Pelze und Tchochas aufhängten.

Ich warf einen Blick aus dem Fenster. Es ging in die Richtung, aus der wir am Vormittag gekommen waren. Ich konnte die schneebedeckten Hügel sehen, über die wir uns gekämpft hatten; es waren doch noch gut zwei Stunden Fußmarsch durch Eis und Schnee geworden, bis wir Mestia erreicht hatten. Für einen Moment glaubte ich, zwischen den Hügeln eine Bewegung wahrzunehmen. Ich griff nach meinem Fernrohr und starrte plötzlich direkt in die Augen des großen weißen Leitwolfs. Die Verbrennungen an seinem Maul waren gut verheilt, nur an ein paar kurzen versengten Haaren war noch zu erkennen, wo ich ihn mit dem brennenden Holzscheit getroffen hatte. Er konnte mich unmöglich aus dieser Entfernung erkennen, und doch hatte ich den Eindruck, er schaue mir direkt in die Augen. Ich schüttelte mich unbehaglich, legte das Fernrohr beiseite und ließ meinen Blick über die Häuser in der Nähe schweifen. Hier in der Stadt lag der Schnee halbmeterhoch, nur die größten Straßen waren geräumt, und die Einwohner, die unterwegs waren, trugen zumindest dicke Jacken oder Tchochas, nicht wenige auch Fellmäntel.

Es klopfte. Ann und Sofie kamen herein. Wir baten sie, auf den Stühlen Platz zu nehmen, Halef und ich setzten uns nebeneinander auf eines der Betten. Kurz danach klopfte es noch einmal, und durch die Tür schob sich der hünenhafte Leib von Old Firehand. Ich zeigte auf den freien Stuhl, er setzte sich.

Wir schwiegen alle noch ein paar Momente, dann begann Old Firehand auf Englisch:

„Ich sehe ein, dass mein Handeln bei euch für Verbitterung gesorgt hat. Ich bin aber immer noch der Meinung, dass es richtig war. Ich war noch nie ein guter *Teamplayer*."

Ann rückte ihren Stuhl näher an das Bett heran, auf dem Halef und ich saßen, und flüsterte Halef etwas ins Ohr. Sie wollte wohlsicher gehen, dass er alles verstand.

Old Firehand fuhr fort:

„Ich bitte euch, vertraut mir, dass ich mit euch gemeinsam das Rätsel lösen will, das sich um diese Amerikaner gebildet hat, und mit euch dafür sorgen möchte, dass die Gefahr, die von ihnen ausgeht, beseitigt wird.“ Er schwieg einen Moment, dann erhob er sich. „Ich bin es nicht gewohnt, zu betteln. Ich verspreche euch, dass ich in Zukunft Alleingänge dieser Art unterlassen werde. Wir sollten uns gemeinsam unserer Aufgabe stellen.“

Ich sah Ann und Halef an, dann Sofie. Sie alle nickten leicht. Ich ergriff das Wort:

„Unabhängig von der unterschiedlichen moralischen Bewertung dessen, was Ihr getan habt: Euch waren die beiden Gefangenen anvertraut, und ich hatte mich darauf verlassen, ruhig schlafen zu können, ohne befürchten zu müssen, dass ihnen etwas geschieht. Dieser Vertrauensbruch wiegt schwer, aber ich bin bereit, Euer Versprechen zu akzeptieren, dass dergleichen ab jetzt nicht mehr vorkommt. Also lassen wir es dabei bewenden. Setzt Euch wieder, wir wollen beratschlagen, wie wir weiter vorgehen.“

Am frühen Nachmittag verwandelte die Herbstsonne das schneebedeckte Städtchen in ein funkelndes Kleinod. Es war nicht warm genug, dass der Schnee schmelzen konnte, aber doch ein so schöner Herbsttag geworden, dass die meisten Bewohner ihre Jacke offen trugen. Wir hatten die Tschochas im Gästehaus gelassen und schlenderten durch die Stadt, scheinbar, um sie uns anzuschauen und den schönen Tag zu genießen, aber natürlich auch, um Erkundigungen einzuziehen und die Lage abschätzen zu können.

Noch wussten wir nicht sicher, ob der Trupp um Doug Melville wirklich der Gegner war, auf den wir uns einstellen mussten, oder ob die von Marah Durimeh beschriebene Gefahr vielleicht noch von jemand anderem ausgehen mochte. Und wir wollten herausfinden, ob die drei Pinkerton-Männer Brown, Black und White sich hier in der Stadt aufhielten. Wenn sie uns erkannten, waren wir in höchster Gefahr.

„Das sind wir aber auch so“, warf Sofie ein, als wir uns während unseres Spaziergangs leise darüber unterhielten. „So wie der Bürgermeister die Lage beschrieben hat, hat Melville sicher Informanten in seinem Umfeld und weiß schon, dass wir hier und wer wir sind.“

Old Firehand schüttelte den Kopf und brummte:

„Aber er weiß nicht, dass wir etwas mit seinen Geschäften zu tun haben. Mich kennt er sicher aus den Erzählungen seines Bruders und wahrscheinlich auch von Vanderbilt. Aber euch kann er nicht einordnen, dafür habe ich schließlich gesorgt.“ Er lachte grimmig auf, es bereitete ihm sichtlich Freude, dass seine nächtlichen Taten Früchte zeigten.

Halef wies auf ein kleines Gasthaus vor uns.

„Wir haben noch nichts zu Mittag gegessen. Was haltet ihr davon, wenn wir hier einkehren?“

Einkehren traf es nicht ganz; bei diesem wunderbaren Herbstwetter hatte der Wirt ein paar kleine Tische nach draußen gestellt, von denen wir zwei für uns zusammenschoben. Wir bestellten Chinkali und Chatschapuri und ließen es uns schmecken; ein süßer Birnensaft, mit Wasser verdünnt, rundete das schmackhafte Mahl ab. Auch hier mussten wir Russisch sprechen. Selbst Old Firehand kam mit seinem Georgisch nicht sehr weit: Die Swanen sprechen eine eigene, vom Georgischen stark unterschiedliche Sprache, beherrschen allerdings meistens Georgisch und fast alle Russisch. Fremden gegenüber ziehen sie in der Regel das Russische dem Georgischen vor.

Plötzlich stieß Ann mich an.

„Die Art von Kleidung kennen wir doch“, meinte sie.

Über die Straße kam ein Mann auf uns zu, den ich im ersten Moment beinahe für einen der drei Pinkertons aus dem Lager von Vanderbilt gehalten hätte. Aber als ich ein pockennarbiges Gesicht sah, war mir klar, dass er nur die übliche Uniform dieser Detektivagenten trug. Er beachtete uns scheinbar nicht, sondern setzte sich an einen Tisch ein paar Meter weiter und bestellte laut auf Russisch einen Weißwein und einen

Tschatscha, den georgischen Tresterbrand, der mit dem italienischen Grappa vergleichbar ist.

„Ich glaube nicht, dass das ein Zufall ist“, flüsterte Sofie.

Halef nickte. „Wahrscheinlich wollen sie uns zeigen, dass sie uns beobachten.“

Ich schüttelte den Kopf.

„Das glaube ich nicht. Sie wissen ja gar nicht, dass wir schon Erfahrung mit den Pinkertons gemacht haben, außer Old Firehand im Lager von Vanderbilt. Und sie können nicht wissen, dass wir ihre Profession kennen, ja nicht einmal, ob die drei im Lager Old Firehand aufgefallen sind. Nein, wir sollten hier nicht mehr hineingeheimnissen, als wahrscheinlich ist.“

Der Weißwein und der Schnaps des Agenten kamen; die Art, wie er sich mit dem Wirt unterhielt, ließ mich vermuten, dass er Russe sei. Ich wies meine Gefährten darauf hin, danach unterhielten wir uns bewusst ungezwungen und so laut, dass es nach normalem Gespräch klang, ohne dass der Pinkerton-Mann etwas verstehen konnte.

Als er aufbrach, verließen auch wir das Lokal, und ganz zufällig wählten wir dieselbe Richtung wie er. Wir bewunderten lautstark einige neue Häuser – sie hatten im Gegensatz zu den meisten älteren einen getrennten Stall und manche sogar ein Obergeschoss. Üblicherweise schliefen hier Menschen und Tiere in einem Haus, das sich in den dunklen Wintermonaten in eine dunkle, stickige Höhle verwandelte. Besonders interessierten uns natürlich die alten Steintürme, von denen es Dutzende am Rand der Stadt und einige wenige auch im Zentrum gab – und wir wunderten uns nicht, als der Schwarzgekleidete in einem der Türme verschwand.

Old Firehand hielt einen vorbeiflanierenden Stadtbewohner auf und erkundigte sich höflich nach den Wehrtürmen: ob sie denn noch gebraucht würden, gar bewohnt seien, ob man vielleicht auch einen mieten könne. Alles das könne er bejahen, meinte der ältere Herr freundlich. Noch viele der Türme dienten als Wohnung, und selbstverständlich könne man auch einen der leerstehenden Türme mieten. Bei welchen das möglich sei, könne man im Rathaus erfahren. Aber einige der Wehrtürme dienten jetzt anderen Zwecken. Er wies auf den Turm, in dem der Agent verschwunden war, und drei weitere, die in der Nähe standen.

„Da wird an unserer Zukunft gearbeitet." In seiner Stimme schwang Stolz mit. „Aus dem fernen Amerika sind Wissenschaftler und Ingenieure gekommen, um uns zu Reichtum und Wohlstand zu verhelfen. Und irgendwann, wer weiß, sogar wieder zu unserer Selbstständigkeit!" Er zuckte zusammen. „Das meine ich natürlich nicht wirklich so. Wir sind brave Bürger des russischen Reiches. Aber ein wenig mehr Eigenständigkeit wird uns der Wohlstand sicher ermöglichen."

Er hatte es plötzlich eilig, verabschiedete sich mit einem rasch dahingeworfenen Gruß und eilte schnellen Schritts davon.

Old Firehand brummte etwas, dann näherte er seinen Mund meinem Ohr und flüsterte auf Deutsch:

„Darüber müssen wir mehr erfahren. Das klingt verdächtig nach Revolte und Aufstand; damit kenne ich mich aus. Mir scheint, Vanderbilts Leute spielen hier ein verdecktes Spiel."

Ich nickte und antwortete ebenso leise:

„Lasst uns das im Gästehaus besprechen."

Zunächst aber setzten wir unseren Spaziergang fort und schauten uns die vier Türme, die die Amerikaner gemietet hatten, genau an. Sie waren gut erhalten, und aus zweien klangen Geräusche, die mich an Maschinen denken ließen – aufgrund der Erfahrungen, die wir mit den Anlagen des Schut gemacht hatten und der Warnungen von Marah Durimeh würde ich nicht die Hand dafür ins Feuer legen, dass dies rein technische Maschinen waren. Ich ließ meine Gefährten an diesen Gedanken teilhaben. Ann und Halef stimmten mir zu, Sofie und Old Firehand mussten wir erst kurz unsere damaligen Erlebnisse und Erfahrungen erläutern.

„Sollten wir uns da nicht ein wenig umsehen?", meinte der Trapper im Anschluss.

Ich nickte.

„Aber besser nicht jetzt. Das sollten wir nach dem Gastmahl versuchen. Oder gar erst morgen, je nachdem, wie lange es dauert."

Er wiegte nachdenklich den Kopf.

„Ich glaube schon, dass Vanderbilts Männer erwarten, dass ich mich bei ihnen melde. Sie wissen ja nichts von unseren Differenzen mit ihrem Chef; es ist bisher keine Nachricht aus dessen Lager zu ihnen gedrungen. Sie sollten also davon ausgehen, dass ich immer noch in Vanderbilts Diensten stehe oder zumindest bis vor Kurzem stand. Und sie werden sich wundern, wieso ich hier bin, wenn sie von dem Gastmahl erfahren."

Halef schaltete sich ein.

„Ich denke, er hat Recht. Und wir haben ja noch ein wenig Zeit."

Ich wollte antworten, aber Ann kam mir zuvor:

„Aber ist es dann klug, wenn wir alle gehen?"

Diese Frage ließ uns einen Moment schweigen, dann hatte Sofie die Antwort:

„Abraham Lindsay sollte dabeisein, so wie im Lager; das passt, wenn doch Informationen von dort kommen. Von uns anderen wissen weder Vanderbilt noch die Pinkertons mehr, als dass wir jetzt zusammen unterwegs sind."

Halef nickte, warf aber ein:

„Bis auf die drei mit den Farbnamen. Die sind jedoch hoffentlich nicht in der Gegend."

Ich stimmte Sofie zu.

„Das ist ein guter Vorschlag. Old Firehand und ich schauen uns bei den Türmen um und überbringen wenn möglich Kapitän Melville Grüße von seinem Vetter. Ihr könnt ja auf dem Rückweg ins Gästehaus und anschließend dort versuchen herauszufinden, ob die drei Amerikaner, die uns gefährlich werden können, in der Gegend sind, und ob es Gerüchte von Aufständen gibt."

Während Ann, Sofie und Halef sich Richtung Gästehaus wandten, schlenderten Old Firehand und ich gemütlich auf den nächsten der Türme zu. Als wir ihn beinahe erreicht hatten, schob sich aus dem Schatten unter dem gebogenen Türsturz ein Mann – schwarz gekleidet, wie auch sonst; er hätte ein Zwilling des Russen sein können, dem wir im Gasthaus begegnet waren, unterschied sich von diesem allerdings durch die tief am Gürtel hängende doppelläufige Pistole. Er musterte uns kritisch, dann sagte er höflich:

„Dieser Turm ist Privatgelände, ich muss Sie bitten, nicht näherzukommen."

Old Firehand lächelte ihn an und fragte:

„Aber ist dies nicht einer der Türme, in denen Captain Melville im Auftrag meines Freundes Vanderbilt arbeiten und forschen lässt? Ich bin Old Firehand."

Der Russe stutzte, betrachtete den großen Mann ihm gegenüber noch einmal langsam und gründlich und nickte dann.

„Das ist richtig. Captain Melville ist aber nicht hier, er arbeitet in jenem Turm dort", und er wies mit dem rechten Arm auf den Turm, der vom Stadtkern am weitesten entfernt war. „Wenn Sie wollen, lasse ich ihn fragen, ob er Sie empfangen möchte."

Old Firehand nickte und tat sehr erfreut. Der Russe stieß einen schrillen Pfiff aus, im nächsten Moment stand ein einfach gekleideter Mann hinter ihm, der wie er aus dem Schatten unter dem Eingang getreten sein musste. Der Wächter flüsterte ihm etwas zu, der Mann lief los in Richtung auf den Turm, den er uns gezeigt hatte.

„Das kann jetzt einen Moment dauern", sagte der Russe in entschuldigendem Ton und wies auf ein paar Mauersteine, die rund um den Turm lagen. „Nehmen Sie doch solange Platz!"

Das ließen wir uns nicht zweimal sagen und setzten uns, die Gesichter der immer noch wärmenden Nachmittagssonne zugewandt.

Wir mussten nicht lange warten; nach wenigen Minuten kam der Bote zurück.

Nachdem er dem Russen leise Bericht erstattet hatte, schickte dieser uns zu dem Turm, in dem Kapitän Melville uns erwarten würde. Dort ließ man uns umstandslos ein; im Gegensatz zu dem Turm, von dem wir kamen, hatte dieser keine Tür im Erdgeschoss, wir mussten eine Holzleiter bis zum zweiten Stock emporsteigen. Einer der schwarzgekleideten Wächter führte uns noch zwei Treppen weiter nach oben. Ich versuchte, mir ein Bild von dem zu machen, was hier im Turm vor sich ging. In diesem Gebäude waren keine Maschinen zu hören, und ich konnte wenig in den dunklen Räumen neben der Treppe entdecken, glaubte aber, mehrmals das Atmen nicht weniger Männer zu hören.

Doug Melville empfing uns leutselig; selber auf einer Art Lederhocker sitzend, bot er uns zwei roh gezimmerte Holzstühle an. Sein Vetter John war ein Mann durchschnittlicher Größe, wenn auch von kräftiger Statur; der Kapitän umragte seinen früheren Steuermann um mindestens eine Haupteslänge. Es fehlte nicht viel, und er hätte Old Firehand im Stehen direkt in die Augen schauen können. Seine schwarzen Haare trug er kurzgeschoren, sein Schnauzbart war akkurat gestutzt. Dies wies wie seine Kleidung auf seine Vergangenheit hin: schwarze weite Hose, weißes Hemd mit gepufften Ärmeln, schwarze geschlossene Weste mit goldenen Knöpfen und darüber eine Jacke, die leicht als Uniformjacket erkennbar war, auch wenn die Abzeichen fehlten. Dafür blitzten die goldenen Knöpfe, auf denen, wie auf den goldenen Manschettenknöpfen, jeweils ein Anker eingraviert war. Seinen Mantel, einen schweren Duster mit angenähter Pelerine aus edlem schwarzen Leder, trug er offen.

Old Firehand stellte mich genauso vor wie im Lager der Bärenjäger, und Melville nickte mir wohlwollend zu. Dann fragte er:

„Ich wusste, Mister Firehand, dass Sie in Diensten unseres gemeinsamen Brotherren auf Bärenjagd gehen sollten. Was führt Sie nach Mestia?“

Old Firehand tischte ihm die Geschichte auf, die wir uns im Gasthaus mit den anderen überlegt hatten. Erst erzählte er von der erfolgreichen Bärenjagd, bei der John Dundiston alleine einen Bären erlegt hatte; die anderen Ereignisse dieses Tages verschwieg er. Dann übergab Old Firehand an mich.

Ich erklärte, ein alter Freund und entfernter Verwandter aus England, Lord David Lindsay, habe mich vor meiner Abreise gebeten, ein Auge auf seine Nichte zu haben, die leichtsiniger-weise, nur in Begleitung einer Freundin und eines arabischen Dieners, in Georgien archäologische Studien betreiben wolle. „Lady Lindsay hat das, was die Engländer einen Spleen nennen“, erklärte ich, „und ist kaum davon abzuhalten. Als ich Old Firehand davon erzählte, meinte er, er habe gehört, dass die Damen schon auf dem Weg nach Mestia seien. Ich könnte sie wohl hier treffen.“

Old Firehand brummte.

„Ich konnte natürlich meinen amerikanischen Gast nicht alleine reisen lassen, dazu ist hier die Gegend zu gefährlich, vor allem für so ein Greenhorn. Und so zogen wir gemeinsam los, und die Damen und ihren Begleiter trafen wir glücklich kurz vor Mestia.“

Wir hatten uns für diese Geschichte entschieden, da sie für Melville am einfachsten erklären konnte, wieso wir hier zu fünft angekommen waren. Er schien sie zu schlucken und nickte anerkennend.

„Es freut mich, dass sich der alte Seebär auch an Land so bewährt. An Mut hat es ihm noch nie gefehlt, nur manchmal am glücklichen Händchen, gewinnbringende Situationen erfolgreich zu bewältigen.“

Ich musste an mich halten, um nicht zu grinsen. Seinem ehemaligen Steuermann fehlte wohl die Skrupellosigkeit, das meinte er in Wirklichkeit. Deshalb war mir dieser auch weitaus sympathischer als der Kapitän, der nun fortfuhr:

„Aber ich muss Sie nun leider verabschieden, ich habe noch zu tun, und Sie erwartet ja, wie ich gehört habe, ein georgisches Gastmahl beim Bürgermeister.“ Er stand auf und reichte uns, die wir uns ebenfalls erhoben hatten, die Hand zum Abschied.

Es dunkelte schon, als wir ins Gästehaus zurückkehrten. Wir hatten nur noch etwa eine Stunde, bis wir uns beim Bürgermeister einfinden sollten; diese nutzten wir, um die Gefährten über unser Gespräch mit Melville zu informieren und uns in Schale zu werfen.

Sechzehntes Kapitel
Ein Gastmahl in Georgien

Bevor das Gastmahl, das Supra, begann, stellte der Bürgermeister uns und die anwesenden Bürger vor. Besonders ausführlich ging er auf Old Firehand ein, mit dem er begann. Er betonte die Freundschaft und Verbundenheit des alten Trappers mit Georgien und dass dieser als Freund der Familie Dadiani viel für das Land und dessen Erhalt getan habe. Als er seinen Ehrentitel Otchopintre betonte, ging ein Raunen durch die anwesenden Gäste.

Dann war Ann Lindsay an der Reihe; Barbaratze zeigte sich besonders erfreut, dass eine englische Lady sich der Geschichte Swanetiens und insbesondere von Georgiens großer Königin Tamar annehmen wolle. Sofie als Anns kanadische Begleiterin und ich als ihr entfernter Verwandter wurden nur kurz erwähnt, bei Sofie wies er auf ihr Interesse an der georgischen Weinkultur und -geschichte hin, bei mir auf meine Tätigkeit als Journalist. „Wir müssen uns also von unserer besten Seite zeigen“, meinte er dann launig, „damit man noch in den entferntesten Winkeln des fernen Amerika Gutes über uns zu berichten weiß.“ Halef stellte der Bürgermeister als bedeutenden arabischen Scheich vor, der seine Freundin Lady Lindsay begleite und auf dessen kulinarische Eigenheiten er als Tamada, aus Höflichkeit einem so wichtigen Gast gegenüber, Rücksicht nehmen werde. Niemand solle es dem Scheich übelnehmen, wenn er sich, anders als üblicherweise erlaubt, bei bestimmten Getränken und Speisen zurückhalte.

Die anwesenden rund zwanzig Honoratioren habe ich mir nicht alle mit Namen und Funktion gemerkt und möchte vor allem niemanden mit einer Aufzählung langweilen; einigen werden wir im Laufe der folgenden Geschehnisse wieder begegnen und sie näher kennenlernen.

Es waren natürlich nur Männer, denn hier im tiefen Swanetien ging es doch erheblich traditioneller zu als im moderneren, aufgeschlosseren Sugdidi. Umso erstaunlicher fand ich es, dass der Bürgermeister als Trink- und Tischmeister sich Halef gegenüber so großzügig zeigte. Im Laufe des Abends erklärte er uns, dass dies eine Auswirkung der russischen Herrschaft sei: Manche Gesandte oder Forscher aus dem russischen Zarenreich und die meisten Besucher aus Adscharien seien ebenfalls Muslime, und so habe man sich daran gewöhnt, ihre Trink- und Esssitten zu berücksichtigen. Schließlich tue man dies in Georgien auch seit Jahrhunderten mit den Juden, die ebenfalls nicht alles essen würden, was an Fleisch auf den Tisch komme.

Im Gegensatz zum Supra bei Fürst Dadiani galten hier ansonsten aber die klassischen Sitten: So muss der Gast bis zum letzten Bissen aufessen, was ihm vorgelegt wird. Bei Ausländern ist man hier aber inzwischen auch großzügiger; man kann, unter Beibehaltung aller Höflichkeit, Speisen und Getränke ablehnen, die man nicht mag. Als guter Gast wird man jedoch nur anerkannt, wenn man von jeder Speise wenigstens kostet – bei Halef wurde hier noch einmal eine Ausnahme gemacht.

Obwohl Mestia keine reiche Stadt war und selbst der Bürgermeister kein Krösus, wurde uns doch ein typisches traditionelles georgisches Mahl kredenzt, das es mit dem Supra beim

Fürsten in jeder Hinsicht aufnehmen konnte, ja dieses in mancher sogar übertraf. Der Anblick der Tafel war beeindruckend, sie war beladen mit Gerichten aller Art. Als Vorspeise gab es gebratenes Huhn – für jeden Gast ein halbes! Von da aus ging es über zu einem kalten gekochten Huhn mit herrlicher Sauce, es folgten Käse, Tomatensalat, Eingewecktes und eingelegte Früchte. Und dann kam erst das Hauptgericht: Hammel mit einer dicken gut gewürzten Sauce und einer Überraschung, über die noch zu berichten sein wird. Es folgte Suluguni, gebratener Landkäse, mit dicken Fladen georgischen Weizenbrots. Dieses wird übrigens nie geschnitten, sondern es werden Teile abgerissen. Selbstverständlich standen stets Schüsseln voll mit Früchten auf dem Tisch: Trauben, Birnen, Äpfel …

Barbaratze als Tamada wurde von zwei Tolumbascha unterstützt, Gehilfen, die extra für dieses Amt gewählt worden waren. Sie oder den Tamada mussten die Bürger der Stadt sogar um Erlaubnis bitten, wenn sie während des Essens zur Toilette gehen wollten, so streng ist die alte Tradition und so groß die Macht des Tamada. Uns gegenüber wurde auch in dieser Hinsicht auf die strikte Auslegung des alten Brauchs verzichtet.

Wie beim fürstlichen Gastmahl war jedoch auch hier der Tamada, in diesem Fall also der Bürgermeister, derjenige, der die Trinksprüche hielt oder das Wort dazu den übrigen Teilnehmern der Tischrunde erteilte. Den ersten Trinkspruch brachte Barbaratze auf Frieden und Freundschaft aus, es folgten verschiedene der Honoratioren: auf die Familie, die Frauen, die Gesundheit, die Kinder, den Wein – und wie beim Gastmahl des Fürsten wurde manches ausgeschmückt mit Legenden, Fabeln und Parabeln. Besonders fiel mir ein Trinkspruch auf: Von der Weite des Landes und der Klarheit des Himmels kam der Redner auf die schweren Lebensbedingungen der kaukasischen Bergbevölkerung im Winter zu sprechen und schließlich auf die Verheißung einer goldenen Zukunft, für die die amerikanischen Gäste stünden. Dies sei der örtliche Schmied, erklärte mir der Bürgermeister auf meine Frage. Er führe die

Fraktion der Befürworter einer industriellen Erschließung Swanetiens in dieser Stadt an, und sicher nicht nur aus Eigeninteresse, da er mit seinem Handwerk davon profitieren werde, sondern auch mit guten und lauteren Argumenten. Davon könne ich mich gleich selbst überzeugen. „Denn zum nächsten Trinkspruch werde ich den Bäcker aufrufen."

Dieser, ein Mann wohl schon in den mittleren Sechzigern, gab sich gar nicht erst mit Umschweifen oder komplexen Hinführungen zum Thema ab.

„Ich trinke auf die goldene Zukunft Mestias!", begann er. „Darauf, dass die Stadt wachse, blühe und gedeihe, sodass wir in ein paar Jahren vielleicht sogar manches hier haben, was wir derzeit so schmerzlich vermissen: einen Arzt, eine Schule, eine Apotheke!"

Als er sich setzte, schlugen nicht wenige mit ihren Gläsern auf den Tisch zum Zeichen der Zustimmung und des Respekts.

Als der Hammelbraten kam, wurde Old Firehand als dem bedeutendsten Gast eine besondere Ehre zuteil, die der Tamada in einem eigens darauf gemünzten Trinkspruch verkündete:

„Nach altem Brauch erhält unsere geschätzer Ehrengast, der mächtige und ritterliche Otchopintre, die besten Teile des Tieres, von denen er gerne nach Belieben unseren anderen Gästen abgeben mag: die Augen, damit er immer seine Weitsicht behalte, das Hirn, damit er seine Klugheit niemals verliere, und die Hoden, damit seine Manneskraft niemals schwinde."

Ich sah, wie Sofie sich schüttelte, Ann hingegen starrte fasziniert auf den Teller, der Old Firehand gereicht wurde. Halef stieß sie an, sie übersetzte ihm schnell, was gesagt worden war.

„Sihdi", fragte er mich daraufhin auf Arabisch, „glaubst du, ich kann Old Firehand fragen, ob ich ein wenig von der Manneskraft abbekommen kann?"

Ich schmunzelte.

„Ich bin sicher, er wird bereit sein, zu teilen."

Inzwischen hatte Old Firehand unter dem Beifall der Georgier die beiden Augen jeweils ganz hinuntergeschluckt. Das

Hirn teilte er in fünf gleichgroße Portionen und bot uns je eine an. Sofie lehnte ab, wir anderen griffen beherzt zu. Wer weiß, wie sehr in unseren Landen manche Menschen Kaninchen- und Rinderhirn als Delikatesse schätzen, wird sich darüber nicht wundern. Old Firehand aß auch Sofies Portion auf und meinte anschließend:

„In Ungarn habe ich eine lokale Spezialität lieben gelernt: Rinderhirn mit Eieromelett. Das sollte ich hier auch einmal einführen. Was die Hoden betrifft, so bin ich gerne bereit, diese auch zu teilen."

Ich antwortete:

„Macht zwei Portionen, eine für Euch und eine für Halef. Er wird sich in Gedanken an seine Hanneh darüber besonders freuen."

Und so war es auch: Nachdem ich Halef meine Äußerung übersetzt hatte, strahlte er über das ganze Gesicht und machte sich mit Begeisterung über seine Portion her.

Halef war zu diesem Zeitpunkt übrigens wahrscheinlich der einzig Nüchterne im Saal. Wir anderen hatten mit großem Eifer dem zwar leichten, aber nichtsdestotrotz gehaltvollen Weißwein zugesprochen, immer wenn ein Trinkspruch zu Ende ging, und manche auch dem einen oder anderen Tschatscha die Ehre erwiesen. Halef hingegen hatte sich an Wasser und Birnensaft gehalten. Wie spät es in dieser Nacht wurde, weiß ich nicht. Wir kamen aber, nicht zuletzt dank Halef, am Ende wohlbehalten in unseren Zimmern an.

Der Morgen fand uns, bis auf Halef, in tierischer Begleitung: Sein Kater könne schon fast als Tiger durchgehen, scherzte Old Firehand, als wir uns in der Gaststube zu einem späten Frühstück trafen. Er sah ebenso mitgenommen aus, wie ich mich fühlte; auch den Damen sah man den anstrengenden Abend an, wenn auch viel weniger als uns Männern. Frauen sind nach meiner bescheidenen Erfahrung weitaus geschickter darin, mit Mitteln der Kosmetik ihr Erscheinungsbild positiv zu gestalten. Dennoch war das Supra auch bei Ann und Sofie nicht ganz ohne Wirkung geblieben; obwohl es wegen der kleinen Fenster in der Gaststube nicht allzu hell war, kniffen sie die Augen zusammen.

Während sie sich setzten, griff Sofie Old Firehands Wortspiel auf:

„Haben Sie schon mal versucht, mit dem Kater zu reden? Vielleicht können Sie ihn so bewegen, zu verschwinden."

Old Firehand lächelte gequält. In diesem Moment trat der Wirt mit einem großen Tonkrug an den Tisch, aus dem es dampfte, und stellte ihn in die Mitte, dann vor jeden von uns einen tiefen Teller.

„Das wird Ihnen helfen", meinte er. „Das ist ein altes georgisches Rezept gegen die Nachwirkungen von zuviel Alkohol." Er wollte Ann aus dem Krug einschenken, die aber legte eine Hand auf den Becher.

„Was ist es denn?", fragte sie. „Ich möchte schon gerne wissen, was ich trinke oder esse."

Der Wirt hielt inne.

„Eine seit tausend Jahren bewährte Suppe, die wir sehr gerne zum Frühstück nehmen: Chaschi, eine Brühe aus ausgekochten Kalbs- oder Rinderfüßen mit viel Pansen, gut gewürzt mit Salz und viel Knoblauch."

„Pansen? Was ist das?", fragte Halef.

„Rindermagen", klärte Old Firehand ihn auf und hielt dem Wirt seinen Teller hin. „Das schmeckt nicht nur richtig lecker, sondern wirkt tatsächlich ganz gut gegen den Kater."

Davon ließ sich auch Ann überzeugen, und nachdem sie probiert hatte, langte sie ordentlich zu – wie auch wir anderen. Selbst Halef nahm sich eine große Portion; das Frühstück wurde von leckerem, frisch gebackenem Brot abgerundet. Wir ließen weder von dem Chaschi noch von den zwei großen runden Brotlaiben etwas übrig – was für die Wirkung des alten Rezepts spricht, ist doch üblicherweise der Appetit nach einem Gelage eher gedämpft.

Während wir unseren starken und sehr süßen Kaffee schlürften, den uns der Wirt nach dem Essen serviert hatte, öffnete sich plötzlich die Tür zur Gaststube. Ein älterer, würdig aussehender Mann mit kurzgeschorenem, eisgrauem Haar betrat den Raum, sein ebenfalls grauer Bart reichte ihm bis kurz über den silberbeschlagenen Gürtel seiner dunkelblauen Tschocha. Wir hatten ihn nicht beim Gastmahl gesehen, obwohl er den Eindruck machte, auch zu den reicheren Bürgern zu zählen. Er blieb einen Moment unter dem Türsturz stehen, um seine Augen an das Dunkel der Gaststube zu gewöhnen, durch deren kleine Fenster nur wenig Sonnenschein hereindrang. Dann kam er langsamen Schritts an unseren Tisch, während er uns aufmerksam musterte. Er blieb stehen und fragte in akzentfreiem Russisch:

„Gestatten die Damen und Herren, dass ich mich zu ihnen setze? Ich würde gerne etwas mit Ihnen besprechen."

Old Firehand zog statt einer Antwort einen Stuhl vom Nachbartisch heran und forderte den Neuankömmling mit einer Handbewegung auf, sich zu setzen. Dieser ließ sich nieder und nickte dem Wirt zu, der ihm einen Krug Wein und einen Becher brachte. Langsam ließ er den Blick über uns schweifen, dann stellte er sich vor.

„Ich bin Eduard Barbaratze, ein Vetter des Bürgermeisters. Wir haben uns gestern beim Supra nicht gesehen, denn ich gehöre nicht zu den ehrenwerten Bürgern dieser traditionsreichen Stadt, die sich uneingeschränkt für die neuen Entwicklungen einsetzen. Mein Vetter hat mich gebeten, Sie möglichst unvoreingenommen über die Lage in der Stadt zu informieren, damit Sie sich ein eigenes Bild machen und sich, wenn Sie dies wünschen, positionieren können aufgrund eigener Kenntnis. Gestatten Sie dies?" Ich schaute die anderen an, jeder Rest einer Geistestrübung, den die Chaschi vielleicht noch übriggelassen hatte, war verschwunden. Ich erkannte bei allen Zustimmung in den Mienen – Ann hatte für Halef wie üblich übersetzt – und nickte.

„Sie wissen schon, dass seit einiger Zeit eine Gruppe amerikanischer Ingenieure hier tätig ist, um nach Öl zu forschen", begann Barbaratze. „Kapitän Melville, der Anführer dieser Expedition, wird von den meisten Bewohnern als offen und sympathisch erlebt. Es gibt aber eine Minderheit, die gegen diese Erkundungen ist. Manche, weil sie der Auffassung sind, dass wir bei unserer seit Generationen bewährten Wirtschaftsform bleiben sollten, mit Ackerbau und Viehzucht, und dass der Einbruch der modernen Wirtschaftstechniken unsere traditionelle Lebensweise gefährde. Andere glauben, dass Ölabbau in unserer Region nur den Reichen zugutekomme und der ärmere Teil der Bevölkerung dadurch noch mehr verarmen werde. Schließlich gibt es jene, die besorgt sind – und das wird besonders der Otchopintre gut verstehen –, die mit der Ölförderung einhergehende Verschmutzung würde unsere Natur und Tierwelt schädigen." Er nippte an seinem Wein. „Natürlich gibt es auch viele Befürworter der Ölförderung, besonders jene, die daran schon jetzt verdienen. Melville hat bereits einige Gehöfte und Felder aufgekauft. Und seit einigen Wochen gibt es Überfälle auf einzelne Höfe und Brandschatzungen, interessanterweise immer bei Leuten, die nicht verkaufen wollen."

Eduard Barbaratze ließ seine Worte einen Moment wirken, dann erhob er sich und meinte, sich schon zur Tür wendend:

„Es gibt eine Gruppe, die sich gegen dergleichen wendet. Falls Sie möchten, dass sie Kontakt mit Ihnen aufnimmt, dann bestellen Sie heute zu Mittag in dem Gasthaus, in dem Sie gestern gespeist haben, für Sie alle eine große Portion *Chinkali Mziuri*, die besonders gut gewürzten Teigtaschen nach Bergart mit dem dünnen Knauf. Wenn Sie kein Interesse daran haben und sich als in dieser Gelegenheit neutral betrachten, dann essen Sie *Chinkali Kalakuri*, die städtische Variante, die Sie sonst immer bekommen, wenn Sie einfach *Chinkali* bestellen, das sind die mit dem dicken Strunk, die weniger scharf gewürzt sind. Wenn Sie das Gasthaus heute nicht aufsuchen oder dort nichts essen, wird man davon ausgehen, dass Sie die

Erkundungen ausdrücklich unterstützen. Ich wünsche einen guten Tag."

Ehe wir antworten konnten, war er schnellen Schritts durch die Tür verschwunden. Wir schauten uns gegenseitig an. Halef kippte mit einer entschlossenen Geste seinen Kaffee hinunter, setzte die Tasse mit einem lauten Knall ab und sagte:

„Ich esse gerne scharf."

Sofie und Ann nickten eifrig. Old Firehand erwiderte grimmig:

„Mir scheint es inzwischen offensichtlich, dass Melville und Vanderbilt für den Riss verantwortlich sind, den zu schließen wir gekommen sind. Und da ich viel von der alten Regel halte, dass die Feinde meiner Feinde meine Verbündeten sind, bin auch ich für ein scharfes Mittagessen."

Ich war froh, dass meine Gefährten sich so schnell für diese Variante entschlossen hatten, war ich doch der gleichen Meinung wie Old Firehand. Also erhob ich mich:

„Dann lasst uns jetzt ein wenig ruhen, das können wir nach dem anstrengenden Abend und dem guten und reichlichen Frühstück brauchen. Und lasst uns etwa eine Stunde nach Mittag zur Gaststätte aufbrechen."

Mir entging keineswegs das breite Grinsen, das sich über Halefs Gesicht zog, als ich von dem anstrengenden Abend sprach. Ich tat aber, als hätte ich nichts gemerkt.

„Wenn ich nicht wüsste, dass wir wegen einer ernsten Angelegenheit hier sind, könnte ich das richtig genießen." Halef streckte und räkelte sich ausgiebig, dann setzte er eine Lederflasche mit Birnensaft an den Mund. Die späte Nachmittagssonne war zwar nur ein Schatten ihrer selbst im Vergleich mit seiner Heimat, wärmte aber doch genug, um ihn durstig zu machen.

Wir saßen gemütlich auf Decken auf einem kleinen Rasenfleck in der Nähe des Rathauses, sodass man uns gut sehen konnte. Wir hatten ausgiebig und schmackhaft zu Mittag gegessen – und so scharf, dass wir fleißig den verschiedenen Säften zugesprochen hatten, die der Wirt auf den Tisch stellte. Er hatte uns auch Bier angeboten, was mich überraschte, ist Georgien doch eher ein Weinland und Bier kaum irgendwo zu bekommen. Er hatte mich aufgeklärt: In vielen Bergregionen Georgiens hat Bier eine jahrhundertelange Tradition, weil es zu religiösen Festtagen anstelle von Wein gereicht wird. Meistens wird dazu Tschatscha getrunken oder Araki, das ist ein gebrannter Schnaps aus anderen Früchten als Trauben, aber gerne auch mal ein Wodka. Chinkali ist die einzige georgische Speise, bei deren Verzehr man bevorzugt Bier trinkt. Nicht nur Halef aber hatte das Bier abgelehnt, auch wir anderen hatten verzichtet – sowohl in Erinnerung an den gestrigen Abend wie eingedenk unseres Vorhabens, das einen klaren Kopf erforderte.

Von Westen näherte sich uns eine kleine Gruppe; ich erkannte drei Frauen in traditioneller Kleidung, anscheinend drei Generationen: Großmutter, Mutter und Tochter. Die jüngste Frau trug in einem Tragetuch ein kleines Kind vor der Brust, die älteste einen Korb, die dritte eine Decke unter dem Arm.

„Dürfen wir uns zu Ihnen setzen?“, fragte die mit dem Korb, als sie uns erreicht hatte.

Old Firehand nickte, wies mit der Hand einmal rundum und sagte:

„Gerne, es ist Platz genug hier.“

Die drei Frauen setzten sich auf die Decke, die älteste in der Mitte, und packten ihr Picknick aus: Brotfladen, Wurst, Käse und Chinkali Mziuri. Diese aßen sie so elegant, dass wir gebannt zuschauten. Wir hatten schon gelernt, dass man Chinkali mit der Hand isst, aber die georgische Art erfordert schon etwas Übung. Der Strunk oder Knauf ist, da er nicht gefüllt ist, etwas kühler als der übrige Teil. Mit der Hand hält man ihn fest und beißt die Teigtasche auf. Dann wird der Saft herausgeschlürft, dabei sollte nichts herauslaufen oder verloren gehen. Anschließend isst man den Rest. Wer nicht gut greifen kann oder dies aus anderen Gründen nicht mag, darf den Knauf auch mit der Gabel aufpieksen, aber auf keinen Fall sollte man Chinkali mit Messer und Gabel essen, will man sich nicht sehr blamieren. In Sugdidi hatte man uns zumindest dies erklärt, aber bei uns Ausländern großzügig darüber hinweggesehen, dass wir die Teigtaschen einfach aufbissen und aufaßen; das war schon schwierig genug gewesen, ohne uns zu bekleckern. Beim Gastmahl am gestrigen Abend hatten wir gesehen, wie man Chinkali auf georgische Art isst; Halef und ich hatten es ein paarmal versucht, dabei aber durchaus für Heiterkeit gesorgt. Glücklicherweise hatte man uns rechtzeitig große Stoffservietten gegeben.

Den Strunk, der im Georgischen übrigens Kudi, Hut, oder Tschipi, Nabel, genannt wird, hatten wir bisher immer mitgegessen. Auch die drei Frauen ließen sich den ungefüllten Teig schmecken. Georgische Männer lassen den Knauf bei einem Gelage oder in einem Gasthaus aber gerne liegen. In Gasthäusern werden Chinkali in der Regel für die ganze Gruppe bestellt, zehn, zwanzig oder mehr. Am Ende des Essens kann anhand der Strünke gezählt werden, wer die meisten Chinkali gegessen hat; bei Georgiern ist Chinkali-Wettessen ein beliebter Sport.

Wir schauten so fasziniert zu, wie elegant die drei Georgierinnen die Chinkali verzehrten, dass es schon unhöflich war. Die Frauen aber ließen sich nicht stören, und die jüngste fütterte zwischendurch ihr kleines Kind immer mal wieder mit ein wenig Saft, den sie ihm aus ihrem Mund in den seinen einflößte.

Halef stieß mich an.

„Das müssen wir auch lernen, diese Teigtaschen so elegant zu essen."

Old Firehand lachte leise.

„Das dauert, das weiß ich aus Erfahrung. Hat man es aber erst einmal gelernt, steigt man gewaltig im Respekt."

Er hatte gut lachen, er hatte ja auch schon jahrelange Übung und das beim Gastmahl des Bürgermeisters unter Beweis gestellt.

Wir wurden von der ältesten der drei Frauen unterbrochen; sie hatte wohl ihr Mahl beendet.

„Seien Sie gegrüßt, werte Gäste unserer schönen Stadt“, sprach sie uns auf Russisch an. „Haben Sie möglicherweise Interesse daran, ein wenig mehr über Mestia zu erfahren und die Entwicklungen, die sich derzeit hier abspielen?“

Old Firehand, den sie am ehesten angesprochen hatte, erhob sich und verbeugte sich leicht, ehe er sich wieder setzte.

„Ehrwürdige Mutter“, antwortete er dann, „wir sind neu in dieser Stadt und möchten niemanden durch Unkenntnis oder unbedachte Reden verärgern, deshalb täten Sie uns einen großen Gefallen, wenn Sie uns mit den Fallstricken der hiesigen Gesellschaft vertraut machten.“

Trotz unserer Differenzen und des Grolls, den ich immer noch gegen den Alten hegte, musste ich ihn bewundern und innerlich auch ein wenig schmunzeln. Er war eben nicht nur ein hervorragender Kämpfer und Jäger, sondern konnte duchaus auch ein Meister der Diplomatie und des geschliffenen Worts sein. Wie sehr wünschte ich mir, dass sein Bekenntnis zur Zusammenarbeit ernst gemeint und er vielleicht auf seine alten Tage noch lernfähig und wandelbar war. Wie sehnte ich mich danach, ihn wieder als Freund betrachten zu können.

Meine Gedanken hatten sich wohl ein wenig auf meinem Gesicht widergespiegelt, zumindest für einen guten Freund wie Halef erkennbar, denn dieser stieß mir in die Rippen.

„Sihdi“, flüsterte er. „Bitte bleib bei uns.“

Ich zuckte zusammen, dann lächelte ich ihn an und nickte ihm dankbar zu. Der Streit mit Old Firehand nahm mich mehr mit, als ich mir eingestehen wollte.

Die alte Frau hatte bereits begonnen, sich vorzustellen.

„… Elena Takatschidse, Herrin auf dem Hof unserer Familie, der sich ein wenig außerhalb der Stadt befindet. Meine Schwiegertochter Nana hat meinen Sohn Reso geheiratet, der seit dem Tod meines Mannes das Gut bewirtschaftet, und ihre Tochter Lana und deren Mann Georgi haben mit dem kleinen Tengis die Grundlage dafür gelegt, dass unsere Familie auch in Zukunft auf dem Hof ihr Auskommen findet." Ihr Gesicht verdunkelte sich, sie wandte sich ab. Ihre Schwiegertochter legte ihr fürsorglich einen Arm um ihre Schultern, ihre Enkelin nahm ihre Hand und legte diese behutsam ihrem Sohn auf den Kopf. Der Kleine räkelte sich ein wenig, er war eingeschlafen.

Nana ergriff das Wort.

„Es macht uns allen zu schaffen, dass wir nicht wissen, ob wir eine Zukunft auf unserem Land haben. Großmutter Elena ist auf unserem Hof geboren, und nun weiß sie nicht, ob sie dort sterben darf. Und so geht es manchen von uns. Wir fragen uns, was hier geschieht, was wirklich in den Türmen der Amerikaner vor sich geht."

Die junge Frau schaltete sich ein.

„Dass sie dort forschen, hat uns zunächst nicht beunruhigt. Aber mein Mann Georgi hat Wirtschaft studiert, und ihm gefällt nicht, dass die Fremden Land aufkaufen, angeblich, um dort weiter nach Öl zu suchen. Aber das wäre noch nicht schlimm. Wenn jemand verkaufen und mit dem Erlös ins Flachland ziehen möchte, sich ein gutes Leben gönnen in Kutaissi oder gar Tbilissi – ich kann es verstehen, auch wenn ich hier niemals wegmöchte. Aber es heißt, mancher habe nicht freiwillig verkauft! Und das macht mir Angst." Sie drückte den kleinen Tengis heftig an sich, der darauf zu quengeln begann. Sofort wiegte sie ihn sanft, und er schlief sogleich weiter.

Die Hofherrin hatte sich wieder gefasst, sie wandte uns ihr Gesicht zu.

„Es erinnert mich an die schlimmen Zeiten vor einem Vierteljahrhundert, als es noch vor der Annexion durch das Russische Reich den blutigen Bauernaufstand gab. Damals wurde mancher von seinem Hof vertrieben, nicht selten durch offene Gewalt. Heute ist das nicht mehr so einfach; wir leben in geordneten Strukturen, haben einen Bürgermeister, der wenn nötig das Militär heranziehen kann. Niemandem kann man seinen Hof einfach mit Gewalt entreißen. Aber es ist Winter, es gibt hier keine Polizei, nur die zwei Büttel des Bürgermeisters, und das Militär kann für lange Zeit nicht kommen. Wir müssen uns selber beschützen."

Sofie hatte genauso gespannt gelauscht wie wir anderen, nun fragte sie:

„Gibt es denn schon Hinweise, dass illegal oder hinterrücks Druck ausgeübt wird?"

Nana antwortete:

„In den letzten Wochen gab es bei drei Höfen schlimme Verwüstungen: einmal durch Feuer, einmal durch eine durchgehende Viehherde und einmal durch marodierende Banditen, die angeblich hier durchgezogen sind. Die Eigentümer mussten jeweils verkaufen. Und vor vier Tagen ist ein Hof abgebrannt, die gesamte Familie ist umgekommen, nicht einmal das Vieh hat überlebt. Meister Schengelaja, der Schmied, hat die Brandruine untersucht und meinte, irgendjemand hätte beim Herdfeuer nicht aufgepasst. Aber das kann ich nicht glauben!"

Ich musste an den Trinkspruch des Schmieds bei der Supra denken, wie er sich für die industrielle Erschließung Mestias ausgesprochen hatte. Selbst wenn er mit dem Brand nichts zu tun hatte, mochte seine Haltung sein Urteil trüben.

Lana ergänzte:

„Und meine beste Freundin Nino Gogobidse redet seither nicht mehr mit mir. Sie sieht mich nur traurig an, und wenn ich sie frage, was los ist, dreht sie sich weg und weint. Ich habe auf ihrem Hof spioniert. Der kleine Heuschober ist abgebrannt, und die ganze Familie packt und ist todtraurig. Und gestern habe ich dort zwei der Amerikaner gesehen, zwei von den schwarzgekleideten mit den Pistolen an den Seiten."

Old Firehand murmelte: „Die *men in black.*" Er sah mich an und meinte auf Deutsch: „Mir kommt das Muster vertraut vor, Euch sicher auch. Es ist allgemein bekannt, dass Winnetou und

Ihr schon manchen Überfall auf Farmen oder Eisenbahnstationen vereitelt habt, und auch ich habe da so meine Erfahrungen. Kann sein, dass uns das noch nützen wird.“ Er wandte sich den Frauen zu. „Das alles klingt durchaus beunruhigend. Doch warum erzählt ihr uns das?“

Nana stand auf, trat direkt vor ihn hin und sagte mit fester Stimme:

„Wenn auch nur die Hälfte von dem stimmt, was man vom Otchopintre sagt, dann wird dieser nicht zusehen, wie solches Unheil geschieht. Eure Freunde kenne ich nicht, aber dass die zwei Frauen Waffen tragen, lässt mich hoffen, dass auch sie zu kämpfen wissen. Und ihr seid Freunde der Familie Dadiani, wie man hört – könnt ihr dann zulassen, dass ihr Volk ausgebeutet und bedrängt wird, dass wir von dem Land vertrieben werden, auf dem wir und unsere Kinder geboren sind?“

Wir sahen uns an. Erst nickten Ann und Sofie im Gleichtakt, dann Halef. Ich erhob mich, Old Firehand tat es mir gleich. Ich ergriff zum ersten Mal das Wort.

„Wir werden uns umhören und umschauen. Und wenn ihr es gestattet, werden wir euch morgen um die Mittagszeit auf eurem Hof besuchen.“

Nun standen auch die Großmutter und die Enkelin auf. Die drei Frauen verneigten sich leicht, die älteste sagte:

„Es wird uns eine Freude und eine Ehre sein.“ Sie nahm den Korb auf, ihre Schwiegertochter die Decke, und sie gingen langsam davon.

Old Firehand grinste mich an und bemerkte auf Deutsch:

„Na, das klingt doch mal nach Anschleichen und Abenteuer heute Nacht!“

Siebzehntes Kapitel
Geheimnisse im Turm

Ich musste an mein Abenteuer in der britischen Botschaft in Istanbul denken, bei dem ich die albanische Freiheitskämpferin und Hexe Qendressa kennengelernt hatte, als ich an der Wand des Steinturms hing, in dessen Innern ich Melville und seine Spießgenossen zu belauschen hoffte. Nicht nur, weil ich wieder ein Steingebäude zu ersteigen suchte, auch weil mir bewusst wurde, dass in mancher Hinsicht das Schicksal und die Geschichte ihres Landes der Georgiens ähnelte: Beide hatten über Jahrhunderte gegen die osmanische Herrschaft gekämpft. Allerdings hatten die Fürstentümer Georgiens es geschafft, selbstständig zu bleiben, zumindest bis in dieses Jahrhundert, in dem sie sich erst der russischen Hilfe gegen die Türken versicherten, um später unter russische Herrschaft zu fallen.

Ich riss mich von diesen Gedanken los und musterte die Mauer, an der ich hing. Glücklicherweise war sie alt, und die Steine wiesen an vielen Stellen Risse auf, die meinen Fingern und Zehen Halt boten. Der Mond, dessen Sichel inzwischen etwas voller geworden war, verbarg sich in diesem Moment hinter Wolken, nur ab und zu blitzte ein Stern dazwischen auf, dessen Licht mich aber nicht sichtbar werden ließ. Ich hatte die Tschocha im Gasthof gelassen, auch wenn es nun, etwa zwei Stunden vor Mitternacht, schon empfindlich kalt war. Ich konnte aber kein hinderliches Kleidungsstück brauchen, und in meiner Ledermontur war mir alleine durch die Anstrengung warm genug. Das dunkle Leder ließ mich fast mit dem Stein verschmelzen, an den Händen trug ich Handschuhe, und das Gesicht hatte ich mit einem dunklen Wollschal umwickelt. Um den Leib hatte ich mein selbstgemachtes Lasso gewunden. Es musste schon mit sehr viel Pech zugehen, wenn ich entdeckt würde, und im Moment waren die Straßen menschenleer.

Ich hoffte sehr, dass sich dieser Ausflug lohnen würde; wir wussten nicht, ob Melville sich am Abend mit seinen Kumpanen hier treffen oder gar, ob er etwas Wichtiges besprechen würde. Wir hatten nur gesehen, dass dieser Turm von mehr Männern als die anderen bewacht wurde, rund um ihn waren drei mit Pistolen bewaffnete Schwarzgekleidete postiert. Nur die Rückseite, dem Eingangsloch im ersten Stock gegenüberliegend, hatte man unbewacht gelassen. Ich wollte auf dieser Seite bis zur Höhe des Eingangs klettern und dann vorsichtig bis zu einem der Fenster.

Ich fragte mich, wie Old Firehand es sich vorgestellt hatte, mich zu begleiten. Wir hatten eine heftige Auseinandersetzung deswegen gehabt.

„Ihr seid zwar jünger als ich, aber ich habe weitaus mehr Erfahrung als Ihr! Wieso solltet Ihr das Anschleichen und Ausspionieren übernehmen und nicht ich?“, hatte er gebrüllt.

Auch da hätte ich ihm widersprechen können: Old Firehand hatte sich sicher in seiner Zeit als Trapper und Fallensteller nicht halb so oft an jemanden herangeschlichen wie Winnetou und ich in der Prärie und den Bergen. Wenn ich meine derartigen Aktionen während meiner Reisen durch den Orient und Afrika hinzunahm, war ich Old Firehand an Erfahrung um Längen überlegen. Stattdessen hatte ich mich auf sein und mein Alter berufen:

„So sehr Ihr immer noch ein Hüne und Ausbund an Kraft seid, Ihr selbst habt schon zugegeben, dass Ihr nicht mehr so gelenkig und ausdauernd seid wie einst. Und hier muss geklettert werden. Überlasst das mir. Und denkt daran, was Ihr heute Morgen versprochen habt: Alleingänge in Zukunft zu unterlassen.“

Old Firehand hatte die Hände in die Luft geworfen:

„Ich will ja gar nichts alleine unternehmen. Ich will ja mit Euch gehen.“

Es hatte noch Minuten guten Zuredens vor allem von Sofie gebraucht, auf die der Alte am ehesten zu hören schien, bis er sich zu der Zusage bequemt hatte, sein Zimmer heute Nacht nicht mehr zu verlassen, es sei denn, wir riefen ihn. Murrend hatte er sich dann zurückgezogen.

Ich kämpfte mich Stein um Stein, Riss um Riss nach oben. Manchmal musste ich die Handschuhe ausziehen, so fein waren die Risse. Ich zog sie schließlich halb über meine Hände, sodass Handrücken und -fläche bedeckt waren, ich die Finger aber draußen ließ. Die kleinen hellen Stellen würde wohl niemand bemerken, wenn überhaupt jemand auftauchte und dann auch noch nach oben sah.

Ich hatte über die Hälfte zurückgelegt, befand mich gut fünf Meter über dem Boden, als ich etwas hörte. Aus dem Fenster knapp drei Meter über mir drang eine Stimme, die der Sprecher nun wohl erhoben hatte, da ich vorher nichts gehört hatte.

„Auf unseren glorreichen Sieg“, hörte ich Kapitän Melville auf Russisch einen Trinkspruch ausbringen. „Nur noch wenige Tage, und wir können mit dem Bau der Pipeline beginnen!“

Ich stutzte. Konnte das sein? Ich hatte das Wort Pipeline erst einmal gehört, in einem Vortrag in Pittsburgh über Edwin ‚Colonel‘ Drake, der 1859 als erster US-Amerikaner erfolgreich nach Erdöl gebohrt hatte. Er hatte wohl die Idee aufgebracht, während des folgenden Ölrauschs am Oil Creek das Öl durch eine Leitung zur nächsten Bahnstation zu transportieren, so wie man es schon seit 250 Jahren im Alpenraum mit Rohrleitungen für die Sole macht. Erst kürzlich aber war ich diesem Wort wieder begegnet: In der *New York Tribune*, in deren europäische Ausgabe ich immer einen Blick werfe, wenn ich in einer größeren Stadt die Gelegenheit dazu habe, hatte ich gelesen, dass im nächsten Jahr, 1879, in Pennsylvania die weltweit erste Langstrecken-Erdölpipeline eröffnet werden sollte. Mit ihren fast 200 Kilometern wollte man die exorbitant hohen Kosten des Bahntransports vermindern.

Es sollte mich nicht wundern, wenn Vanderbilt über die entsprechende Technik verfügte. Schließlich war seine Familie im Transportwesen tätig und stand in heftiger Konkurrenz zur

Familie des Ölmagnaten John D. Rockefeller. Der hohe Transportpreis für Erdöl, den die diesem verbundenen Eisenbahngesellschaften erhoben, machte eine Pipeline überhaupt erst rentabel.

Aber was, grübelte ich, während die Stimmen wieder zu einem Gemurmel herabsanken, sollte hier, im winterlichen Swanetien, eine Pipeline? Von wo nach wo sollte Öl transportiert werden? Langsam kämpfte ich mich die verbleibenden Meter die Mauer empor, in der Hoffnung, bald mehr zu erfahren.

Als ich mich neben das Fenster schob, blickte ich in den Raum, in dem auf der gegenüberliegenden Seite der Eingang lag; ich konnte die Holme der Holzleiter erkennen, die wir am Tag zuvor emporgestiegen waren.

In dem etwa 30 Quadratmeter großen Raum stand nun in der Mitte ein runder Holztisch, um den sich fünf Stühle gruppierten. Ich erinnerte mich, die Tischplatte bei unserem Besuch an der Wand lehnend gesehen zu haben. Die Stühle hatten ebenfalls an der Wand gestanden, so wie der eine, der derzeit nicht gebraucht wurde. Auf den fünf Stühlen saßen außer Melville nur Männer, die ich noch nicht kannte. Der schwarzen Kleidung und den Colts nach waren drei von ihnen Pinkerton-Agenten, der vierte war eindeutig ein Seemann, aber in Aufmachung und Kleidung ein totales Gegenstück zu Kapitän Melville. Nicht allzu hoch gewachsen, aber sehnig und offensichtlich sehr gelenkig, hatte er schulterlange, dunkelbraune Haare, die er geflochten und mit verschiedenfarbigen Holzperlen verziert hatte, ebenso wie seinen Kinnbart, der ihm in zwei geflochtenen Zöpfen bis auf die Brust reichte. Ein kräftiger Schnauzer, der auf beiden Seiten sicher zehn Zentimeter über die Wangenknochen hinausragte, vervollkommnete das Bild eines verwegenen Seebären. Dazu passten das rote Kopftuch und die weißrot gestreifte Schärpe, die er um die Hüften trug, das weiße, vorne weit offen stehende Hemd, die Weste, Hosen und hohen Stiefel aus dunkelbraunem Leder und der Mantel aus dickem braunen Wollstoff, der hinter seinem Stuhl lag.

Melville hatte seinen Staubmantel ebenfalls abgelegt, es war offensichtlich warm genug in diesem Raum.

Ich stellte fest, dass ich in einer unglücklichen Position war. Ich musste mich mit den Fingergliedern in enge Spalten klammern, meine Füße fanden nur schwach Halt auf kleinen Vorsprüngen. Ich würde das nicht für eine längere Zeit durchhalten können. Plötzlich überkam mich ein warmes Gefühl. Die Wärme schien von dem Turm auszugehen, an dem ich wie eine Spinne ‚klebte', sie erfasste meine Fingerspitzen und strahlte von da aus Richtung Brustkorb, für einen Moment wurde mir um die Brust enger, dann weitete sich meine Lunge und mir wurde am ganzen Körper angenehm warm. Dieses Gefühl kam mir bekannt vor: Seit ich bei meinem Duell mit Al-Kadir die Gabe verliehen bekommen hatte, manchmal Magie zu spüren, war dieses Gefühl ein sicheres Zeichen für deren Anwesenheit. Während ich noch darüber nachgrübelte, ob diese Zauberkraft vom Turm ausgehen konnte – ob sie ihm von einem Magier auferlegt oder übergestreift worden sein oder der Turm selbst vielleicht ein magisches Wesen sein mochte –, vertieften sich die Spalten, in die ich meine Finger gezwängt hatte. Der Stein fühlte sich auf einmal weich an, als sei er lebendig, und wich zurück, bis ich meine Hände darin versenken und mich gut festhalten konnte. Gleichzeitig schoben sich unter meinen Füßen Steine aus der Turmwand, bis ich bequem darauf stehen konnte.

Ich musste mein Erstaunen unterdrücken und später darüber nachgrübeln, denn im Turm endete die Gesprächspause, während der ich wohl meinen Lauschposten erreicht hatte. Melville hob das Glas und prostete seinen Männern zu. Vor ihm auf dem mit einer bestickten Decke geschmückten Tisch stand neben einem Steingutkrug eine etwa zwei Liter fassende Karaffe aus funkelndem roten Glas, die mit rotem Wein gefüllten Gläser passten dazu.

„Noch einmal auf unseren Erfolg!", sagte Melville. „Sobald wir die nächsten beiden Grundstücke haben, legen wir mit dem Bau los."

Die Männer stießen an, tranken, dann fragte der Seemann:

„Aber Doug, was ist mit diesem alten Trapper und seinen seltsamen Gefährten? Mir sind sie nicht geheuer. Der Alte hat es faustdick hinter den Ohren. Du kennst seinen Ruf in den Staaten so gut wie ich. Der ist nicht zufällig hier. Und denk dran, dass wir gewarnt worden sind vor arabischen Scheichs, die sich vielleicht im Kaukasus engagieren wollen!"

Melville winkte ab.

„Du bist wie immer ein Schwarzseher, Jack. Firehand ist inzwischen ein alter Mann, und der Hellste war er, nach allem, was man hört, noch nie. Ja, wenn da jetzt ein Old Shatterhand dabei wäre oder ein Detektiv wie Auguste Dupin, dann würde ich mir Sorgen machen, aber so … Was ist da los?"

Er sprang auf, denn von unten, vor dem Eingang, drang Tumult herauf; es klang wie Schläge und unverständliches Rufen. Ich erschrak, für einen Moment glaubte ich die Stimme von Old Firehand erkannt zu haben.

Nun wurde offensichtlich, dass ich es hier mit Profis zu tun hatte. Noch ehe Melville zu Ende gesprochen hatte, standen die drei Agenten mit gezogenen Colts vor ihren Stühlen, und Jack hatte in der linken Hand einen Colt, in der rechten ein Entermesser, das meinem Bowiemesser an Länge nicht nachstand. Beides musste er geschickt unter der Schärpe verborgen gehabt haben. Aber auch Melville war schon kampfbereit: Aus seiner Jacke hatte er zwei Taschenpistolen gezaubert. Während bei dem Remington-Deringer von Ann die beiden Läufe übereinander lagen, waren hier vier Läufe jeweils im Quadrat angeordnet. Sicher hatten diese ein kleineres Kaliber als Anns Waffe, aber auf kurze Distanz war Melville bestens gerüstet. Nicht umsonst nannte man die Deringer oder auch Derringer die Waffe der Spieler und Tänzerinnen …

Ich hatte versucht, mich mit diesen Beobachtungen und Gedanken abzulenken, aber umsonst; mir schwante Fürchterliches. Und tatsächlich, jetzt kam einer der schwarzgekleideten Wächter mühsam rückwärts die Leiter emporgeklettert, dabei jemanden mit sich zerrend, der von unten gestützt wurde. Ich war nicht mehr überrascht, als wenige Sekunden später der bewusstlose Old Firehand vor Melville auf den Boden geworfen wurde. Überrascht nicht, aber sehr zornig.

Melville schritt um den reglosen Körper herum, packte Old Firehand an den Haaren, riss den Kopf zu sich empor und starrte dem alten Mann ins Gesicht. Dann ließ er den Kopf fallen, der mit einem dumpfen Geräusch auf den Boden knallte, und gab seinen Männern ein Zeichen. Zwei von ihnen zerrten Old Firehand hoch, ein dritter brachte den an der Wand stehenden Stuhl. Auf diesen wurde Old Firehand gesetzt, seine Beine wurden an die Stuhlbeine gebunden, die Hände hinter der Stuhllehne und seinem Rücken gefesselt. Die beiden Wächter, die ihn hochgebracht hatten, standen stumm daneben; Melville fragte sie:

„Was ist geschehen?“

Einer der beiden trat einen Schritt vor und zeigte auf Old Firehand:

„Wir haben Wache gehalten, wie befohlen. Ich habe plötzlich was gehört, als ob ein Steinchen runterfällt. Da bin ich nachsehen gegangen, habe aber vorher Andrej dazugeholt. Als wir fast an der Rückseite vom Turm waren, haben wir ihn hier regelrecht an der Mauer kleben sehen. Er hat sich totgestellt, und als wir ihn angesprochen hatten, wollte er fliehen. Wir haben ihn dann an der Vorderseite abgefangen, und es gab ein ziemliches Geraufe. Der ist verdammt stark, aber Marcus hat ihn dann mit dem Pistolenknauf hinterm Ohr erwischt.“

Die Kleidung der beiden sah tatsächlich etwas zerrauft aus, an Old Firehands Lederkleidung war nichts zu erkennen, außer dass sein Hemd unordentlich aus der Hose hing.

„Gut gemacht“, lobte Melville. „Geht wieder runter und passt noch besser auf. Vielleicht wird er vermisst und seine Gefährten kommen ihn suchen. Holt euch ein paar Männer aus Turm drei als Verstärkung, und sie sollen Gewehre mitbringen.“

Wie von Zauberhand ließ er seine beiden Pistolen in seiner Jacke verschwinden; er hatte offensichtlich viel Übung im Umgang mit diesen Waffen. Seine Männer steckten ihre Revolver weg und setzten sich, Jack breitbeinig und verkehrt herum auf einen Stuhl neben Old Firehand, sodass er diesen über die Stuhllehne hinweg anstarrte. Melville wandte sich wieder dem Gefangenen zu, untersuchte ihn, fand im Gürtel einen Revolver und ein Messer und ließ beides auf den Tisch fallen. Er ergriff den Steinkrug und schüttete Old Firehand einen Schwall Wasser ins Gesicht. Der kam mit einem Schnauben zu sich, riss an den Fesseln und starrte den Kapitän wütend an.

Ich überlegte fieberhaft, was ich tun sollte. Ich war nur unzureichend bewaffnet, hatte einen Revolver und mein Bowiemesser dabei. Mich in den Raum zu schwingen, war schwierig und würde Zeit brauchen, mehr Zeit, als ich hatte. Selbst wenn ich die fünf Männer so überraschen konnte, dass sie nicht auf mich schießen würden – was sehr unwahrscheinlich war –, brauchten sie doch nur Old Firehand ein Messer an die Kehle oder eine Pistole an den Kopf zu setzen, und ich war machtlos. Hilfe zu holen kam schon gar nicht in Frage, ich würde unten nur der verstärkten Wachmannschaft in die Hände fallen. So schwer es mir fiel, ich musste zunächst untätig ausharren. Aber selbstverständlich würde ich Old Firehand nicht im Stich lassen, so sehr ich seinen Alleingang missbilligte. Wenn es zum Äußersten kam, würde ich auf die Männer im Turm schießen, um sie kampfunfähig zu machen, und dann hoffentlich Old Firehand schnell genug befreien können, sodass wir verschwunden waren, ehe die Wächter von unten in den Raum gekommen waren. Dies war allerdings ein Plan mit vielen Löchern, den ich wirklich nur in der äußersten Bedrängnis umsetzen wollte. Ich hoffte, dass der Ruf des alten Scouts und sein Dienstverhältnis zu Vanderbilt ihn vor dem Schlimmsten bewahren würden – und dass er wenigstens jetzt mit Bedacht und Vernunft agieren würde.

Old Firehand schüttelte den Kopf, prustete kurz, schloss und öffnete die Augen und fuhr Melville dann auf Englisch an:

„Was soll das? Sind Sie verrückt geworden?“

Melville versetzte ihm eine schallende Ohrfeige, dass des Alten Kopf nur so zur Seite flog.

„Ich stelle hier die Fragen!“, fuhr er Old Firehand an. „Und wenn mir die Antworten nicht gefallen, wird Jack the Knife mir sicher dabei behilflich sein, sie aus dir herauszulocken.“

Jack grinste und fuhr vielsagend mit dem Daumen der linken Hand über die Klinge seines Entermessers, dass er, anders als den Colt, nicht weggesteckt hatte, ehe er sich setzte. Dabei zeigte er eine ganze Reihe gelbverfärbter Zähne, zwischen denen einige Lücken zu sehen waren.

Old Firehand wechselte den Tonfall, sprach nun ruhig und bedächtig, während er langsam den Blick durch den Raum schweifen und einen Moment auf dem Fenster verharren ließ. Er musste natürlich annehmen, dass ich dort draußen lauschte, war sich aber der Schwierigkeit der Situation mit Sicherheit genauso bewusst wie ich. Auch wenn es sich bei ihm um einen alten Sturkopf handelte: Er war immer noch einer der besten und klügsten Westmänner, die ich kannte.

„Machen Sie jetzt keinen Fehler, Kapitän Melville“, sagte er nun. „Auch wenn es im ersten Moment anders scheinen mag: Ich bin hier und handele im Auftrag Ihres Bosses, von Mister Richard Vanderbilt.“

Melville lachte hart auf und versetzte Old Firehand noch einmal eine Ohrfeige.

„Halt mich nicht zum Narren! Dick und ich sind beste Freunde, er würde niemals jemanden auf mich ansetzen.“

Old Firehand schüttelte einmal kräftig den Kopf, spuckte aus und fragte:

„Wann haben Sie denn das letzte Mal Kontakt mit ihm gehabt? Und wann mit dem Kleeblatt mit den farbigen Namen Brown, Black und White? Es geht nicht gegen Sie, aber

Vanderbilt ist sich nicht sicher, dass alle Ihre Männer vertrauenswürdig sind."

Melville zögerte einen Moment.

„Brown, Black und White, sagen Sie? Die sind tatsächlich seit ein paar Tagen in eigener Mission unterwegs. Sie bauen eine zusätzliche Absicherung unserer Mission auf. Was soll mit ihnen sein?"

Old Firehand hatte mit den Namen hoch gepokert, nun musste er dazu eine Geschichte erfinden.

„Vanderbilt vermutet, sie könnten bestochen sein und gegen ihn arbeiten. Ich soll das für ihn herausfinden."

Jack lachte laut, er hatte eine sehr hässliche Lache.

„Und dafür steigst du bei uns ein?", fragte er, dabei leise kichernd. „Da gackern doch die Hühner. Die drei sind die wichtigsten und vertrauenswürdigsten Männer des gesamten Pinkerton-Trupps. Da musst du dir schon was Besseres einfallen lassen. Und ich helfe dir gerne dabei." Er schob seinen Stuhl näher zu dem gefesselten Jäger heran und legte ihm das Messer auf die linke Wange. Old Firehand rührte sich nicht, obwohl er sichtlich alle Muskeln in seinem gewaltigen Körper anspannte. „Ganz ruhig", fuhr Jack fort. „Ich will dir erstmal nur die Backe ritzen. Aber wenn du zuckst, erwische ich vielleicht auch ein Auge."

Melville legte ihm eine Hand auf die Schulter und sagte in sanftem Tonfall:

„Warte noch ein wenig. Ich bin sicher, Mister Firehand wird jetzt kooperieren. Du weißt doch, manchmal genügt es, die Folterwerkzeuge zu zeigen."

Jack nahm das Messer herunter, spielte aber vielsagend an der Klinge herum. Der Kapitän ging vor Old Firehand in die Knie und fuhr fort, immer noch in dem trügerisch sanften Tonfall:

„Nehmen wir einmal an, du bist wirklich in Vanderbilts Auftrag unterwegs. Warum schleichst du dich dann hier an, statt mit mir offen zu reden?"

Offensichtlich erwartete er keine Antwort und erhielt auch keine. Er stand auf, trat an den Tisch, schenkte sich ein Glas des dunkelroten dickflüssigen Weins ein und drehte, nachdem er einen großen Schluck genommen hatte, das Weinglas langsam in seiner rechten Hand.

„Mich interessiert viel mehr, mit wem du unterwegs bist. Schon die beiden Frauen sind verdächtig, aber dieser arabische Scheich macht mir wirklich Sorgen. Und dass der amerikanische Journalist nur hier ist, um eine Reportage zu verfassen, kann ich nicht glauben. Entweder" – er beugte sein Gesicht nahe zu dem von Old Firehand herunter – „du sagst mir jetzt, wer sie wirklich sind und was sie hier wollen, oder es wird dir dreckig gehen. Ich bekomme es sowieso heraus, spätestens morgen weiß ich, was in ihren Pässen steht. Also: Rede!"

Das letzte Wort schrie er plötzlich, dann schlug er das Weinglas an die Tischkante, dass es zersprang und er nur den Fuß mit dem Stil in der Hand hielt. Dessen spitzes Ende zog er Old Firehand einmal über die linke Wange, aus dem Schnitt spritzte Blut. Old Firehand stöhnte.

Jack sprang auf.

„Du bist unfair", keifte er. „Das ist mein Job!"

Melville drückte ihn wieder auf den Stuhl.

„Du wirst noch genug Arbeit mit ihm bekommen, der ist ganz schön verstockt."

Er unterbrach sich. Bei seinen letzten Worten hatte sich von allen Seiten ein Wolfsgeheul erhoben, nicht sehr laut, die Tiere waren wohl ein Stück weg, aber doch unheimlich und bedrohlich.

Old Firehand fletschte die Zähne.

„Wie viele Leute hast du da draußen, Melville? Die Wölfe sind hungrig, es ist kalt und dunkel, da kommen sie auch schon mal in die Stadt."

Der Kapitän wollte antworten, wurde aber wieder unterbrochen. Von unten drangen Schüsse herauf, dann Schreie, einige davon hörten sich an wie Hilferufe.

„Verdammt“, brüllte Melville. „Was ist da los? Alle nach unten, sofort!“ Die drei Schwarzgekleideten gehorchten; als Jack zögerte, fuhr Melville in an: „Worauf wartest du? Der Alte hier ist uns sicher. Komm schon!“ Und auch er eilte zur Leiter, die nach unten führte, Jack hinterher.

Ich zögerte keinen Augenblick und schwang mich in den Turm. Als ich mich mit den Füßen von den Steinen abstieß, hatte ich den Eindruck, diese unterstützten mich; sie katapultierten mich regelrecht in die Kammer hinein. Ehe ich mich um den Gefesselten kümmerte, warf ich einen Blick durch den Eingang, die Leiter hinab. Die Wächter hatten nach Old Firehands Gefangennahme ein Feuer und ein paar Laternen angezündet, die an in die Erde gesteckten Pfählen hingen. In deren Licht erblickte ich eine gespenstische Szene: Mitten unter den Männern wütete eine riesige weiße Katze. Ich brauchte ein paar Sekunden, um sie zu erkennen: Das war der weiße Tiger, den ich bei Old Firehands Hütte kennengelernt hatte – unverkennbar die Bauchmähne und der ausgeprägte Backenbart. Dawit bewegte sich mit tödlicher Eleganz zwischen den Männern, die auf ihn schossen, ihn aber alle verfehlten, zu schnell war der junge Tiger, immer wieder ihr rasendes Ziel suchen, zu schlecht war das flackernde Licht. Auf der Leiter sah ich unter mir zwei Männer: Jack und Melville. Beide legten gerade mit ihren Handfeuerwaffen auf Dawit an. Vor allem Jack mit seinem Colt hatte durchaus eine Chance, aus seinem ruhigen Stand den Tiger zu treffen. Kurz entschlossen packte ich die Leiter an ihrem oberen Ende. Sie war sehr schwer und stabil, ich musste alle Muskeln anspannen, damit sie sich rührte. Mit größter Anstrengung gelang es mir, sie aus der Schräge in die Senkrechte zu bewegen, ein letzter Ruck, der mir beinahe die Arme aus den Schultergelenken riss, und die Leiter kippte nach vorne. Unten sprangen Männer zur Seite, ich hörte Melville und Jack the Knife schreien, als sie von der Leiter stürzten.

Gerne hätte ich dem Treiben vor dem Turm noch länger zugesehen. Es war eine Wonne, den weißen Tiger zu beobachten, wie er Schlag um Schlag austeilte und dabei höchst elegant allen Versuchen auswich, ihn mit Messern oder Säbeln zu treffen, bisher war er glücklicherweise auch nicht von Schüssen verletzt worden. Uns blieb aber nicht viel Zeit.

Ich eilte zu Old Firehand und schnitt seine Fesseln durch. Mit einem Schnaufen stand er auf, dann riss er mich in seine gewaltigen Arme.

„Mensch, Mann“, brach es auf Deutsch aus ihm heraus. „Da baue ich schon wieder so einen Mist, und Ihr seid schon wieder da, um mich zu retten. Wie soll ich Euch nur danken?“

Ich stieß ihn unsanft von mir.

„Dazu haben wir jetzt keine Zeit. Wir reden später. Dawit kämpft einen heroischen Kampf, aber ich weiß nicht, wie lange er das durchsteht, ohne verletzt oder gar getötet zu werden. Wir müssen hinten raus, durch das Fenster, solange Melville und seine Leute abgelenkt sind.“

Old Firehand nickte, schnappte sich die Tischdecke, wobei er die Weinkaraffe und die Gläser vom Tisch fegte, und drückte sie auf seine Wunde.

„Ich trinke ungern roten Wein“, kommentierte er. „Aber Ihr habt Recht.“ Er hielt inne und schien einen Moment in sich hineinzulauschen. Dann nickte er. „Dawit wird langsam müde. Ich werde ihm Verstärkung schicken.“ Wieder wurde er für ein paar Sekunden ganz ruhig, dann stieß er mich an: „Lasst uns gehen.“

Ich wollte mich schon zum Fenster wenden, als ich innehielt. Auf dem Tisch, bisher durch die Tischdecke verborgen, klebte ein großes beschriebenes Blatt Papier. Ich warf einen Blick darauf und hielt Old Firehand zurück.

„Schaut“, sagte ich und zeigte auf die oberen Zeilen. „Das ist eine Art Schlachtplan, oder besser eine Agenda. Hier, seht das Datum von vor vier Tagen: Überfall auf den Hof Lamadse. Das muss der Vorfall sein, von dem uns die Familie Takatschidse erzählt hat. Dahinter ist ein rotes Kreuz. Davor sind noch ein paar Daten und Namen aufgelistet, wahrscheinlich von den überfallenen Familien, immer mit einem roten Kreuz versehen, und dazwischen technische Daten und Orte, die mir nichts sagen. Hier, vor zwei Tagen: Besuch bei Familie Gogobidse. Dass dahinter ein grüner Kreis ist, bedeutet wahrscheinlich, dass die Familie aufgibt, so wie es Lana Takatschidse erzählt hat.“

Ich versuchte, mir schnell ein paar der technischen Bezeichnungen und Ortsnamen einzuprägen, zum Abschreiben blieb keine Zeit.

„O nein“, sagte Old Firehand plötzlich.

Er hatte schon weiter gelesen und wies nun auf eine der untersten Zeilen:

„11. September, kurz vor Mitternacht: Überfall auf Hof Takatschidse. Komplette Mannschaft!“ Er lachte grimmig auf. „Da werden wir uns wohl einmischen! Aber jetzt nichts wie raus hier.“ In diesem Moment setzte wieder das Wolfsgeheul ein, das irgendwann aufgehört hatte, ohne dass mir dies bewusst geworden war. Es war aber nun erheblich näher, ja es klang fast, als käme es aus der direkten Umgebung. Während ich mein Lasso an einem Haken an der Wand festzurrte, damit wir daran nach unten klettern konnten, erklärte Old Firehand: „Dawit ist eher ein Sohn der Sonne, er kämpft am liebsten am helllichten Tag. Nun habe ich ihm die passende Verstärkung geschickt: die Kinder der Nacht! Hört doch nur, welch herrliche Musik sie machen!“

Ich ließ ihn vor mir hinabklettern, und während ich dem auf- und abschwellenden Wolfsgesang lauschte, dachte ich darüber nach, dass dieser alte Haudegen in manchen Momenten sogar poetisch werden konnte, aber anscheinend nur, wenn es um Tiere ging, an denen sein Herz hing. Menschen gegenüber war er nur selten so weich …

Unten angekommen, schnitten wir das Lasso so hoch oben ab, wie ich reichen konnte, wenn ich mich auf Old Firehands Schultern stellte. Das Ende steckte ich in einen Mauerspalt; mehr konnte ich vorläufig nicht tun.

Die Geräusche vor dem Turm hatten nachgelassen, es waren nur noch vereinzelt Schüsse zu hören und immer wieder das Heulen und dumpfe Grollen aus Wolfskehlen.

„Ist Dawit weg und unverletzt?“, fragte ich.

„Er ist auf dem Weg in die Berge“, lautete die Antwort. „Die Wölfe halten den Trupp noch ein wenig in Bewegung und lenken ihn aus der Ferne ab. Wir haben heute viel zu tun. Ihr seid doch sicher mit mir einer Meinung, dass wir den Angriff auf die Familie Takatschidse verhindern müssen?“

Ich packte Old Firehand an den Schultern und drückte ihn Richtung Straße.

„Zunächst müssen wir hier verschwinden. Und dann müssen wir heute noch ein langes und ernstes Gespräch führen, das seht Ihr sicher ein. Vorher werde ich mit Euch gar nichts unternehmen. Wenn wir uns aber verständigen, dann will ich den Überfall ganz und gar nicht verhindern. Wir werden uns und die Familie stattdessen bestens darauf vorbereiten und den Banditen einen solchen Empfang bereiten, dass sie dergleichen Überfälle in Zukunft sein lassen werden, wenn nicht aus Angst, dann weil sie es aufgrund des Mangels an kampffähigen Männern nicht mehr können.“

Old Firehand grinste:

„Ihr meint so, wie Winnetou und Ihr es schon mehrfach gemacht habt? Das ist genial, und niemand hier kennt die Geschichte und kann die Bande warnen.“

Ich nickte.

„Und ich muss mir schon wieder ein neues Lasso machen.“

Achtzehntes Kapitel
Ein Ja sei ein Ja

„Marasmus senilis", sagte ich.

Old Firehand starrte mich irritiert an. Er saß mir gegenüber, an dem kleinen Tisch in seinem Zimmer im Gästehaus, an den gerade unsere beiden Stühle passten. Seine Wunde hatte ich mit einem Arzneipflaster versorgt, von denen ich immer ein paar dabei habe; wenn ich an einer modernen Apotheke vorbeikomme, fülle ich meinen Vorrat auf. Vor ihm stand ein Krug mit Wasser und einer mit dem leichten Hauswein. Er mischte beides, um so spät in der Nacht und bei unserem Gespräch aufmerksam und wach bleiben zu können. Ich gab mich mit Apfelsaft zufrieden.

„Das ist der Fachausdruck für Altersschwäche, den vor rund 80 Jahren der Halenser Arzt und Professor Johann Christian Reil eingeführt hat. Er hat damit den Abbau körperlicher Funktionen mit zunehmendem Alter bezeichnet." Ich prostete Old Firehand zu.

Der legte die Stirn in Falten.

„Und was wollt Ihr mir damit sagen?"

„Wir haben ja bereits davon gesprochen", erwiderte ich. „Ihr seid nunmal nicht mehr der Jüngste. Ihr wart es schon nicht mehr, als wir uns kennenlernten. Mir fiel das damals nicht auf, da ich Euch zuvor nicht kannte, wohl aber Winnetou. Ich werde nie vergessen, wie er Euch beschrieb: als stark wie der Bär zur Zeit des Schneefalls, aber Euer Fuß sei gehalten von der Hand der Jahre. Und das war vor Eurer schweren Verletzung und ist jetzt fünf Jahre her. Vor nicht allzulanger Zeit habt Ihr selbst es eingeräumt; erinnert Ihr Euch? Aber immer wieder scheint Ihr es zu vergessen und neigt dann zu Aktionen wie heute Nacht."

Old Firehand wich meinem Blick aus, starrte lange ins Feuer, ähnlich wie bei unserem letzten Gespräch zu diesem Thema, nur dass dies kein lustig flackerndes Lagerfeuer war, sondern die niederbrennende Glut des Kamins. Und wie erst vor wenigen Tagen hob er den Blick und sah mir offen in die Augen.

„Es tut mir leid“, sagte er langsam und leise. „Ich weiß, ich bin ein alter, sturer Einzelgänger. Und ich will einfach nicht wahrhaben, dass ich nicht mehr der Mann bin, der ich vor zwanzig Jahren war, auch wenn mich manchmal die Atemnot und die Schmerzen in den Muskeln daran erinnern.“

Er sah bei diesen Worten so traurig aus, dass ich ihm wegen seines abermaligen Fehltritts nicht mehr böse sein konnte; er tat mir leid. Das aber konnte und wollte ich ihm nicht zeigen; Mitleid wollte der alte Bär sicher am wenigsten. So versuchte ich, ihn an seinem Stolz zu packen:

„Wenn ein Indianerhäuptling Euer biblisches Alter erreicht, erwartet niemand in seinem Stamm von ihm, dass er noch den wilden Mustang bändigt oder den Tomahawk besonders weit schleudert. Sein Wert für den Stamm als Anführer liegt in seinen Erfahrungen, in seiner Weisheit.“

Old Firehand schüttelte den Kopf.

„Weisheit? Ich weiß nicht einmal, was das ist, geschweige denn, dass ich darauf Anspruch erheben kann.“ Er schenkte sich den Becher voll mit Wein, diesmal unverdünnt.

Ich widersprach ihm.

„Schon Platon wusste, dass der erste Schritt zur Weisheit die Erkenntnis dessen ist, was man nicht weiß. Scheinbare Sicherheiten erkennen und entlarven zu können, ist eine der Eigenschaften weiser Menschen, und dazu gehört Erfahrung: mit der Welt, in der man lebt, mit verschiedenen Situationen und Gefahren, aber besonders auch mit anderen Menschen. Und diese Erfahrung habt Ihr im Übermaß. Erst wer vieles erlitten und erlebt hat, kann ein Problem aus mehreren Perspektiven betrachten; erst wer oft gescheitert ist mit seinen Voraussagen und Vermutungen, kann angemessen die Unwägbarkeiten zukünftiger Entwicklungen berücksichtigen. Doch was Euch zur Weisheit noch fehlt, gestattet dieses offene Wort, ist zweierlei: Bedachtsamkeit, also die Fähigkeit und der Wille, zuerst einmal gründlich abzuwägen, ehe Ihr handelt, und Selbsterkenntnis. Oh, Ihr wisst schon, wie es um Euch steht und welches Eure Stärken sind, Ihr kennt auch Eure Schwächen, aber leugnet sie zu oft, statt sie einzubeziehen in Eure Pläne. Wenn Ihr dieses noch lernt, seid Ihr weise und damit auch erheblich mächtiger – und vermeidet Dummheiten wie heute Nacht."

Old Firehand lachte hart auf, leerte den Becher in einem Zug und knallte ihn auf den Tisch.

„Das habt Ihr elegant gemacht: Erst lobt Ihr mich und dann haut Ihr mir meine Verfehlung um die Ohren." Sein Gesicht nahm einen ernsten Ausdruck an. „Und Ihr habt ja Recht. Es war eine Riesendummheit, und außerdem habe ich mein Versprechen Euch gegenüber gebrochen. Wie sollt Ihr mir jemals wieder vertrauen können?"

Ich trank langsam ein paar Schlucke Saft, um etwas Ruhe in das Gespräch zu bringen. Dann begann ich sehr leise:

„Ich gebe niemals einen Menschen auf. Schon oft habe ich erlebt, dass jemand sich nicht an Abmachungen hielt und damit in Gefahr begab. Ich kann die Gelegenheiten nicht zählen, bei denen ich, oft mit Winnetou gemeinsam, diesen Menschen dann aus einer gefährlichen Lage heraushauen oder aus Gefangenschaft befreien musste. Immer wieder aber habe ich auch erlebt, dass Menschen lernfähig sind, und am ehesten dann, wenn ich ihnen wieder einen Vertrauensvorschuss gewähre. Dazu bin ich auch bei Euch bereit." Ich schmunzelte. „Ihr kennt unseren Scheik nicht, den wackeren Halef, wie er früher war. Wie oft sind ihm solche Dinge passiert, wie oft war er leichtsinnig oder übermütig, wie oft musste ich ihm aus der Patsche helfen. Doch schaut ihn jetzt an: ein kluger und tapferer Krieger, weise und ernst genug, um im Rat der Weisen zu sitzen und Scheik eines Stammes zu sein. Und obwohl er selbst ein Anführer ist, ordnet er sich in die Gemeinschaft ein."

Old Firehand wiegte nachdenklich den Kopf.

„Ich weiß nicht, ob ich es noch lerne, mich in eine Gruppe einzupassen, die ich nicht anführe. Zu viele Jahrzehnte war ich entweder allein unterwegs oder selbst der Anführer. Und nun, wo Ihr es seid …“ Er ließ den Satz im Raum verklingen.

Seine Worte machten mich nachdenklich. Ich erinnerte mich an manche Begebenheit, bei der es wegen meiner Entscheidungen in einer Gruppe zum Streit gekommen war. Vielleicht wäre es von meiner Seite aus weise, die Führung auch einmal abzugeben? Einfacher und entspannter wäre es auf jeden Fall – vorausgesetzt, sie würde von jemandem mit genügend Kompetenz und Erfahrung übernommen.

„Ich will kein Tyrann sein“, sagte ich deshalb. „Wenn ich die Führung beanspruche, dann aufgrund meiner Erfahrung und weil ich meistens mehr weiß über Land und Leute als andere. Gerne können wir uns absprechen und gemeinsam planen. Wenn die Gemeinschaft aber eine Entscheidung getroffen hat, dann erwarte ich auch, dass sich alle an diese Absprachen halten. Sonst werden wir uns trennen müssen.“ Dies zu sagen fiel mir schwer, aber ich erachtete es für notwendig.

Old Firehand stand schwerfällig auf und reichte mir über den Tisch seine Hand.

„Dann gebt mir noch eine Chance. Hiermit schwöre ich hoch und heilig, dass ich mich in Zukunft an unsere Absprachen halten und keine Alleingänge mehr unternehmen werde.“ Er sah meinen skeptischen Blick und zog die Hand zurück. „Ihr wollt mir nicht mehr glauben, dass kann ich verstehen“, murmelte er.

Ich erhob mich ebenfalls und schüttelte den Kopf.

„Ich mag nur keine Schwüre. Ich selbst gebe selten ein Versprechen, und ich schwöre nie, gilt für mich doch Jesu Belehrung im Matthäusevangelium: ‚Schwöret überhaupt nicht … Euer Ja sei ein Ja, euer Nein ein Nein; alles andere stammt vom Bösen.‘ Wenn Ihr einen Eid ablegen wollt, so nehme ich ihn entgegen, doch sind mir Euer Wort und Euer Handschlag genauso wert und teuer.“

Nun war es an mir, Old Firehand die Hand zu reichen. Er schaute mir tief in die Augen, drückte mir lange die Hand, und draußen vor dem Fenster heulte ebenso lange laut und tief ein Wolf.

Am Vormittag brachten wir nach einem späten und frugalen Frühstück zunächst die anderen auf den neuesten Stand. Die Empörung über Old Firehands Alleingang war groß, doch nach einiger Zeit beruhigten sich alle und akzeptierten seine Zusage, in Zukunft anders handeln zu wollen – zumal wir ja dadurch etwas erfahren hatten, was ich sonst wahrscheinlich nicht erlauscht hätte: dass für die folgende Nacht ein Überfall auf den Hof der Familie Takatschidse geplant war. Wir beschlossen, um die Mittagszeit der Einladung auf den Hof zu folgen und alles vorzubreiten, um die Melville-Bande angemessen zu empfangen.

Der Wirt erzählte uns von einem großen nächtlichen Aufruhr, natürlich in der Variante, die Melville und seine Leute verbreitet hatten. Danach wäre ein ganzes Wolfsrudel in den Ort eingedrungen, was seit vielen Jahren nicht mehr vorgekommen sei, wahrscheinlich seien sie angelockt worden von den Leckereien, die die Amerikaner leichtsinnig im Freien gelagert hatten. Die Wölfe seien aber in die Flucht geschlagen worden, und es habe nur wenige und leichte Verletzungen gegeben. Irgendjemand habe behauptet, er habe sogar einen Tiger gesehen, aber das sei natürlich ein Hirngespinst gewesen oder die Folge übermäßigen Weingenusses. Von einem illegalen Eindringen in den Turm oder Ähnlichem war nicht die Rede.

Kurz vor der Mittagszeit brachen wir auf zum Hof der Familie Takatschidse. Der Wirt hatte uns den Weg beschrieben, in längstens einer halben Stunde sollten wir unser Ziel erreichen; wir hatten ihm mitgeteilt, dass wir dort übernachten würden, er solle sich keine Sorgen machen, wenn wir am Abend nicht zurückkehrten.

Der Weg war beschwerlich, ich staunte darüber, dass Großmutter Elena ihn am Tag zuvor bewältigt hatte. Zum großen Teil bestand der Pfad aus blankem Fels oder auch Schotter, über den nicht leicht zu laufen war, zudem war der Boden immer wieder von Schnee und Eis bedeckt. Ab und zu rutschte jemand von uns aus. Zum Hof der Familie Takatschidse ging es außerdem fast immer leicht bergauf, was die Wanderung nicht gerade erleichterte – zumal wir alle unsere Waffen dabei hatten, um für den nächtlichen Überfall vorbereitet zu sein.

Als wir über eine kleine Erhebung stiegen, sahen wir den Hof plötzlich vor uns – und blieben erstaunt stehen. Niemand von uns hatte wohl so etwas erwartet. Dieses Gehöft hatte keine Ähnlichkeit mit einem Bauernhof, wie man ihn in Deutschland finden mochte, mit keiner Farm, die ich in den Vereinigten Staaten gesehen hatte, und auch nicht mit einer Hacienda, wie sie in Lateinamerika üblich sind. Dies hier war eher eine mittelalterliche Burg! Und ich fragte mich unwillkürlich bei diesem Anblick, wie ein solches Gut abbrennen oder von einer Viehherde verwüstet werden konnte.

Vor uns sahen wir eine Mauer aus schiefergrauem Stein, die allerdings wohl nicht in erster Linie zur Verteidigung gedacht war, wurde sie doch von mehreren türgroßen Öffnungen durchbrochen. Dahinter duckten sich vier niedrige Häuser auf das leicht ansteigende Plateau, ebenfalls alle aus diesem schiefergrauen Stein, mit dicken Wänden und nur kleinen Fensteröffnungen. Diese einstöckigen Häuser hatten Satteldächer aus Stein mit relativ niedrigem Neigungsgrad, so blieb der Schnee darauf liegen und sorgte für eine gute Wärmeisolation. Hinter diesen Wohnhäusern, die wahrscheinlich auch als Stall dienten, schmiegte sich ein rechteckiger Turm an einen hohen Felsen. Er war nicht ganz so mächtig und beeindruckend wie die meisten der Wehrtürme in der Stadt, aber zeigte doch möglichen Angreifern die vorhandene Abwehrbereitschaft, wie er da ehrfurchtgebietend über dem Hof thronte.

Old Firehand schien ähnliche Überlegungen angestellt zu haben wie ich.

„Abgefackelt haben sie diesen anderen Hof, hat die junge Frau gesagt. Hier dürfte das schwerfallen“, murmelte er.

Ann führte den Gedanken weiter:

„Mit einer durchgehenden Viehherde kommt man hier auch nicht weiter. Da müssen schon härtere Maßnahmen ergriffen werden.“

Ich nickte.

„Volle Mannschaft, stand auf dem Plan. Der Bande ist wohl klar, dass sie hier nicht einfach reinmarschieren kann. Wir müssen uns den Hof genau anschauen, um einen Verteidigungsplan zu entwickeln.“

Ich wollte weitergehen, da stellte Sofie noch eine Frage:

„Wann sagen wir der Familie, was auf sie zukommt und was wir vorhaben?“

Niemand antwortete direkt, nach einer kurzen Pause meinte Halef:

„Zu den vielen Dingen, die ich gelernt habe, während ich mit meinem Sihdi unterwegs war, gehört auch dieses: Für manche Dinge macht man besser keinen Plan, sondern verlässt sich auf das Gefühl und die Eingebung, um den richtigen Moment zu wählen.“

Ich nickte zustimmend und setzte mich in Bewegung.

Offensichtlich hatte man unser Kommen beobachtet. Als wir uns der Mauer näherten, traten aus einer der Öffnungen die beiden jüngeren Frauen, die wir am Tag zuvor kennengelernt hatten. Sie trugen klassische georgische Tracht: bodenlange dunkle Wollröcke mit schwach erkennbaren dunklen Mustern, weiße Blusen und darüber lange braune Jacken. Die beiden Frauen blickten uns freundlich entgegen; als wir sie erreicht hatten, begrüßten sie uns zunächst gemeinsam auf Georgisch, anschließend auf Russisch:

„Gamardshobat! Sdrasdwujtje! – Guten Tag!“

Die Tochter, Lana, lächelte Ann und Sofie an und fügte hinzu:

„Welcome, and come in!“ Dabei wies sie mit einer weiten Geste mit dem rechten Arm auf die Türöffnung und trat zur Seite.

Ihre Mutter Nana ahmte dies spiegelbildlich nach und lud uns so ebenfalls ein, durch die Öffnung zu treten, sowohl mit ihrer Geste wie auf Georgisch:

„Mobrdsandit! – Bitte, treten Sie ein!“

Hinter der Mauer erwarteten uns die Männer der Familie und die Matriarchin. Elena saß in einem thronartigen Stuhl aus schwerer Eiche, bezogen mit dunklem Leder, auf einem Samtkissen und von ähnlichen Kissen im Rücken und an den Seiten gestützt. Sie nickte uns freundlich und zugleich würdevoll zu. Zu ihren beiden Seiten standen zwei hochgewachsene Männer, die sich, obwohl sie nicht blutsverwandt waren, doch sehr ähnelten: mit ihren scharfen Gesichtszügen, den klaren grauen Augen, dem schwarzen, glatten, kurzen Haar und dem akkurat gestutzen Vollbart. Ich vermutete, Lana hatte sich in ihren Georgi verliebt und ihn erwählt, weil er wie eine jüngere Version ihres Vaters Reso aussah.

Elena ergriff nun das Wort, begrüßte uns freundlich, stellte ihren Sohn und dessen Schwiegersohn vor und lud uns ein, in ihr Haus zu kommen, wo eine kleine Erfrischung vorbereitet sei. Sie stand auf und ließ sich von ihrer Schwiegertochter am Arm in das größte der Steinhäuser führen. Die beiden Männer ergriffen den Stuhl und trugen ihn ihr hinterher.

Ich fragte Old Firehand, während wir ihnen folgten, auf Deutsch:

„Ich habe gelesen, dass in Georgien die Stellung der Frau sehr schwach sei, dass in traditionellen Familien Frauen eigentlich nie in der Öffentlichkeit eine eigene Meinung verträten.“

Old Firehand nickte.

„Das stimmt zum großen Teil, außer im Großbürgertum und Adel, und in den meisten Regionen Georgiens. Aber hier, im von ganz eigenen uralten und wilden Traditionen geprägten

Swanetien, gilt anderes. Nach außen treten die Frauen auch hier nicht so oft in Erscheinung, aber das Land wird von den Sippen bestimmt, vieles wird in Ältestenräten entschieden, und in bedeutenden Fragen haben auch die Frauen Stimmrecht. Und dann gibt es starke Frauen wie Elena Takatschidse, die, nachdem ihr Mann gestorben ist, die Herrschaft über die Familie übernommen hat und die jungen Frauen entsprechend fördert."

Ich zeigte verstohlen auf Nana, die ihrem Mann zärtlich im Vorbeigehen über den Ellbogen strich, worauf ein Lächeln sein bisher so ernstes Gesicht erhellte.

„Die Männer scheinen sich dabei wohlzufühlen", meinte ich mit einem Schmunzeln, betrat den Raum – und blieb erst einmal vor Erstaunen stehen.

Der gesamte Raum wurde eingenommen von einer riesigen Tafel, auf der in Schüsseln und Schalen, auf Tellern und Platten dargeboten wurde, was das Land zu bieten hatte: Wurst und Käse im Ganzen und in Scheiben, Eier hartgekocht und als Rührei, Brot, Butter und Marmelade, Kefir und Joghurt, beides selbstverständlich selbstgemacht, Chatschapuri und Chinkali, Hammelhackbraten und tatsächlich …

„Was ist das?", fragte mich Halef, stieß mich an und wies auf eine Glasschale mit kleinen schwarzen Körnern.

„Kaviar!", antwortete ich. „Eier vom Stör, also Fischeier."

Halef schüttelte sich.

Doch beim folgenden Mittagsmahl griff er ebenso beherzt und kräftig zu wie wir anderen und ließ sich sogar vom Kaviar schmecken, serviert auf dünnen kleinen Keksen und heruntergespült mit einer leicht süßlichen Spirituose, der auch Halef zusprach. Old Firehand hatte ihm nämlich erklärt, dass dies keineswegs eines jener berauschenden Getränke sei, die laut den meisten islamischen Rechtsgelehrten durch den Koran verboten seien.

„Ich habe in Tiflis einen muslimischen Rechtsgelehrten getroffen, der hat mir erklärt, dass Alkoholika aus Stutenmilch,

Datteln und Korn vom Koranverbot nicht erfasst seien. Und dieser selbstgebrannte Wodka wird aus Getreide hergestellt."

Natürlich nippten wir alle nur von dem starken Getränk und hielten uns auch beim Wein zurück; schließlich wussten wir, dass uns noch eine lange Nacht und wahrscheinlich ein harter Kampf bevorstanden.

Mit großem Genuss aber widmete ich mich dem Bohnenauflauf, der mir so gut mundete, dass ich mir von Nana das Rezept erbat.

„Es ist eine einfache Speise", meinte sie, „aber dennoch nahrhaft und schmackhaft. Ich koche junge grüne Bohnen im Ganzen, lege sie in eine eingefettete Backform, bestreue sie mit Zwiebeln, Knoblauch und Kräutern – ich nehme immer Petersilie und Dill, manchmal auch Sauerampfer und andere Kräuter –, übergieße das Ganze mit schaumig geschlagenen Eiern und backe es solange im Ofen, bis die Eiermasse stockt. Manchmal, so wie heute, gebe ich zu den Eiern auch noch etwas Käse. Das ist ein einfaches Gericht, und in der Fastenzeit kann ich es auch Gästen anbieten, die nach den Regeln der orthodoxen Kirche weder Fleisch, Milch noch Eier verzehren. Dann ersetze ich die Eiermasse durch Walnusspaste."

Sofie, die das Gespräch verfolgt hatte, wollte auch etwas wissen:

„Diese Sauce hier: Sind da wirklich Maiskörner darin?"

Nana nickte.

„Wir lieben Mais, er ist eines unserer wichtigsten Nahrungsmittel. Dies ist eine Walnusssauce nach meiner Großmutter Rezept mit Mais darin."

Old Firehand mischte sich mit einem breiten Grinsen ein:

„Ich habe mal einen georgischen Historiker gefragt, wann denn der Mais nach Georgien gekommen sei. Den hat ja schließlich Christoph Kolumbus aus der Karibik nach Europa gebracht. Er hat nur gelacht und gesagt, das sei ganz anders gewesen: Der Mais sei der Beweis, dass die Indianer verirrte

Georgier seien, die, als sie nach Amerika einwanderten, noch etwas Mais aus Georgien in der Tasche hatten."

Wir wurden unterbrochen: Reso und Georgi traten mit ernster Miene zu uns. Sie deuteten eine kleine Verbeugung an, dann fragte Reso:

„Dürfen wir unsere Gäste, wenn sie ihren Kaffee getrunken und sich an den Süßigkeiten gelabt haben, in das Nachbarhaus bitten? Dort warten ein paar Leute, die unbedingt mit Ihnen reden möchten."

Ich nickte ihm zu.

„Wir kommen sehr gerne. Denn auch wir haben Ihnen ein paar wichtige Neuigkeiten mitzuteilen."

Im Nachbarhaus erwarteten uns fast zwei Dutzend ernst blickende Männer und Frauen, die sich um einen runden Tisch versammelt hatten. Reso stellte sie uns vor, es handelte sich vor allem um Bauern aus der Nachbarschaft, Nana und Lana waren auch dabei. Schnell wurde klar, dass die Familie Takatschidse eine besondere Stellung innehatte. Sie hatte das größte Gut, war die Familie mit den ältesten Rechten und auch den meisten Bediensteten. Bald erkannten wir, wieso andere Höfe das Opfer von Flammen oder eines Viehtriebs werden konnten: Die meisten Bauersfamilien, erklärte man uns, hatten zwar Steinhäuser, aber doch mit viel Holz in den Wänden und ohne eine Schutzmauer. Die Wehrtürme wurden in der Regel nicht mehr bewohnt und boten insofern keinen Schutz.

Diese Versammlung war nicht die erste ihrer Art; bereits seit Wochen traf man sich ab und zu, um über die Entwicklung in Mestia und Oberswanetien zu sprechen. Die Anwesenden waren alle verwandtschaftlich verbunden. In Swanetien konnte eine große Sippe wie diese hier bis zu 300 Menschen umfassen, erklärte man uns. Auch wenn sie teilweise andere Nachnamen hatten und ihre eigenen Höfe bewirtschafteten, waren sie doch eine große Einheit, die in wichtigen Angelegenheiten gemeinsame Entscheidungen traf und füreinander einstand –

„bis zum Tod, und wenn die Blutrache herrscht und wenn es sein muss, über Generationen hinweg“, wie uns ein alter Mann grimmig versicherte.

Man erläuterte uns die Bedenken, die mit den Aktivitäten der Amerikaner verbunden waren.

„Niemand hier ist dagegen, uns mit moderner Technik weiterzuhelfen“, erklärte Reso, „wenn wir es leichter hätten mit dem Wasser, wenn es hier eine Schule gäbe …“

Sein Schwiegersohn unterbrach ihn.

„Ich kenne moderne Städte. Wir könnten ein so viel leichteres Leben haben, wenn es nur einige der Errungenschaften, die dort selbstverständlich sind, hier in Mestia gäbe. Es muss ja nicht gleich die elektrische Beleuchtung sein. Wenn wir nur schon ein paar Dampfmaschinen hätten, um Wasserpumpen zu betreiben. Moderne Technik ist schön, wenn sie allen zugutekommt. Aber was diese Amerikaner machen, weiß niemand so genau. Und sie sprechen nur mit wenigen Auserwählten, die sie auf ihre Seite gezogen haben, wie dem Schmied, Meister Schengelaja, und Bäckermeister Pshavelchev. Auch wenn diese ehrenwerte Männer sind, glaube ich nicht, dass sie in erster Linie an das Wohl der Gemeinschaft denken.“

Ich erhob mich und bat ums Wort.

„Ich kann dies nicht beurteilen. Bei der Supra hatte ich schon den Eindruck, dass es den beiden um das Wohl der Stadt geht, wenn sie von einer Schule, einem Arzt und einer Apotheke sprachen. Doch möglicherweise werden auch sie getäuscht. Nicht sie sind euer Problem. Es sind die Männer das Kapitäns Melville. Sie sind es, die für die Überfälle verantwortlich sind, von denen uns berichtet worden ist. Sie sind es, die Familien bedrohen wie die von Nino Gogobidse, weil sie euch vertreiben und zum Kauf zwingen wollen. Und heute Nacht wollen sie zum großen Schlag ausholen und diesen Hof angreifen.“

Man hätte eine Stecknadel fallen hören, so still war es nach meinen Worten.

Dann fragte Reso in ruhigem Ton, erkennbar mühsam um Beherrschung ringend:

„Woher wissen Sie das?“ Dabei blickte er nicht mich an, sondern Old Firehand.

Mir wurde klar, dass dieser aufgrund seines Bekanntheitsgrades und als alter Freund der Swanen ein ganz anderes Vertrauen genoss als ich. Also setzte ich mich und forderte ihn mit einer Handbewegung auf, zu erzählen. Der Alte nickte mir zu, dann erhob er sich und streckte seinen gewaltigen Körper, sodass ihn alle gut sehen und die in ihm schlummernde Kraft erkennen konnten. Und dann erzählte er, ruhig und ausführlich; schnell wurde mir seine Absicht klar, auch das Vertrauen in uns andere zu befördern.

Er begann mit Halef und mir, stellte uns vor als zwei bedeutende Männer, die in der Ferne von den Umtrieben des Richard Vanderbilt durch eine Freundin Swanetiens erfahren hätten und von dieser gebeten worden seien, dagegen vorzugehen.

„Scheik Hadschi Halef Omar ist in Arabien bekannt als großer Krieger und Anführer, und der Mann an seiner Seite ist Kara Ben Nemsi, er hat sowohl dort wie in den Vereinigten Staaten zahlreiche Kämpfe ausgefochten und mehr als einen Banditenüberfall vereitelt. Wir haben schon vor zehn Jahren erfolgreich zusammen gekämpft und sind bereit, es hier und heute für euch wieder zu tun!“

Old Firehand machte eine kurze Pause, trank einen Schluck und erzählte dann kurz und knapp von unseren Erlebnissen in Sugdidi: wie wir die Agenten der Pinkertons besiegt und entlarvt und was wir dabei herausgefunden hatten, wie wir die Unterstützung der Familie Dadiani gewonnen hatten – hier gab es beifälliges Gemurmel – und warum die beiden Frauen dabei waren. Ann stellte er als erfahrene Abenteuerin vor, die für den Traveller's Club unterwegs war, um das Andenken der Königin Tamar zu befördern – auch dies stieß erkennbar auf Zustimmung –, und Sofie als kanadische Weinforscherin und

Winzerin, der es darum gehe, das Ansehen des georgischen Weins in der Neuen Welt zu fördern. „Nicht umsonst gilt Georgien als Wiege des Weinbaus“, betonte Old Firehand, und ich musste staunend erkennen, dass er ein Meister darin war, Dinge geschönt und positiv darzustellen, ohne offensichtlich die Unwahrheit zu sagen.

Er erzählte dann von unserer Begegnung und dass er sich uns um der guten Sache willen angeschlossen habe – das Camp der Bärenjäger erwähnte er ebenso wenig wie unsere Abenteuer an den Wehrtürmen auf dem Weg nach Mestia. Er schloss damit, dass es uns in der letzten Nacht gelungen sei, die Pläne des Kapitäns Melville und seiner Männer zu erlauschen.

Nana unterbrach ihn:

„Dann waren Sie das, Sie und Ihr Freund Kara Ben Nemsi, dem wir den Aufruhr in der Stadt zu verdanken haben? Waren Sie auch beteiligt an dem Eindringen der Wölfe in die Stadt?“

Old Firehand zuckte die Schultern.

„Es ist wenig sinnvoll, das Offensichtliche zu leugnen. Man nennt mich nicht umsonst Otchopintre. Ja, ich habe die Wölfe in die Stadt gelockt, um für die nötige Ablenkung zu sorgen. Ich kann nun einmal gut mit Tieren umgehen, darin haben die Gerüchte Recht.“ Er lachte kurz und, wie mir schien, etwas bitter auf. „Vielleicht sogar besser als mit Menschen.“ Er schwieg einen Moment, dann wies er auf mich. „Heute Nacht werden wir nicht auf tierische Hilfe zurückgreifen können. Kara Ben Nemsi ist ein Meister des Kampfs und der Strategie, und ich stehe ihm nicht nach. Gemeinsam werden wir, wenn Sie einverstanden sind, die Verteidigung des Hofs organisieren.“

Neunzehntes Kapitel
Adlerauge und Katzenohren

„Adler, du erhabener Vogel! Wenn du an Gott glaubst, versuche mich nicht sehen zu lassen, wenn du unbarmherzig das Blut der Lebewesen vergießt; lass meine Ohren ihr Stöhnen nicht hören!"

So deklamierte Georgi aus voller Kehle, während er auf dem Dach des Wehrturms stand, die Arme weit ausgebreitet, das Gesicht dem Himmel zugewandt, in dem weit oben ein großer Vogel nahezu bewegungslos in der Luft stand. Dessen Flugbild erinnerte mich an einen Mäusebussard, dieses Tier aber war bedeutend größer, ich schätzte die Flügelspannweite auf fast zwei Meter.

Natürlich verstand ich Georgi nicht, er sprach Georgisch. Old Firehand übersetzte für uns; unsere Gruppe hatte sich hier oben versammelt, um einen besseren Überblick über die Lage zu erhalten. „Was das zu bedeuten hat, weiß ich allerdings nicht, danach müssen wir ihn nachher fragen."

Ich beobachtete den Greifvogel, der nun vom Schweben in einen rüttelnden Flug überging. Das kam mit bekannt vor, ebenso wie die Silhouette und die helle praktisch zeichnungslose Unterseite.

„Das sieht aus wie ein Schlangenadler!", sagte ich erstaunt. „Ich kenne diese Vögel, ich habe sie in Afrika und auf der Sinaihalbinsel gesehen. Ich wusste nicht, dass sie auch hier heimisch sind."

Georgi drehte sich zu uns um.

„Sie sind selten und um diese Jahreszeit in der Regel schon auf dem Weg in ihr Winterquartier. Dieser hier scheint uns noch nicht verlassen zu wollen." Er sprach nun wieder Russisch.

„Was war das für ein Text? Es klang wie ein Hymnus", fragte Ann.

Georgi nickte.

„Etwas Ähnliches. Als ich im Seminar in Tbilissi studiert habe, habe ich dort einen jungen Mann kennengelernt, der ganz in seiner Dichtung über die Natur, die Tiere und Pflanzen lebt. Eigentlich heißt er Luka Rasikaschwili, aber wir nannten ihn nur Wazha Pshavela, den Burschen aus Pshavi. Ich kenne keinen anderen Schriftsteller, der die Geheimnisse der Natur auf eine solche Art und Weise darzustellen vermag. Unsere Berge sind für ihn Gegenstand geistigen Hochgenusses und zugleich der Höhepunkt der Vollständigkeit. Ich habe mir einige seiner Gedichte und Texte gemerkt. Hören Sie!"

Georgi stellte sich in Positur, hob die Hände zum Himmel und deklamierte, diesmal auf Russisch:

„Warum singt ihr nicht, ihr Berge! Lasst mich euer Lächeln sehen, ihr Guten. Wie konnte ein Gedanke euch so versklaven, so unterwürfig machen, dass jede andere Kraft und jedes andere Lebenszeichen in eurem Herzen und Verstand unterdrückt ist? Nein, nein. Bisweilen freut ihr euch, aber die Welt meint, ihr fühlt nichts. Doch ich weiß, dass in euren Herzen Kerzen entbrennen, wenn der stolze Adler über euren Gipfeln schwebt und sich dann in eurem Schoß ausruht. Wie schön seid ihr, und wie passt es zu euch, dass der von euch auferzogene Sohn so stolz, unerschrocken und schön ist!" Er ließ die Hände sinken und meinte: „Passt dies nicht zu den herrlichen Bergen hier um uns herum? Und ebenso zu dem großartigen Adler über uns in den Lüften?"

Old Firehand unterbrach ihn.

„Verzeihen Sie, ich bin weniger der poetische Typ. Aber Sie haben mich auf eine Idee gebracht. Und damit haben Sie unser größtes Problem gelöst." Er ignorierte den verwirrten Gesichtsausdruck des jungen Mannes und fuhr, an uns gewandt, fort: „Vanderbilt und Melville haben ihre amerikanischen Agenten, aber wir haben etwas Besseres: einen fliegenden Agenten."

Georgi verstand offensichtlich nichts, wir anderen aber nur zu gut.

Unser größtes Problem hatte Old Firehand es mit Recht genannt: Wir hatten keine Ahnung, von woher die Banditen kommen würden. Deshalb hatten wir uns auf den Wehrturm begeben, um uns zu orientieren und herauszufinden, ob es möglich wäre, dies durch taktische Überlegungen und vielleicht auch durch eine Aufklärungsexpedition herauszufinden.

Das Problem war uns schnell klar geworden, als wir mit den Bauern beraten hatten, wie wir den Überfall abwehren sollten. Denn während Old Firehand und ich bei den meisten Gelegenheiten, bei denen wir Farmen oder Bahnstationen verteidigt hatten, eine klare Vorstellung davon gehabt hatten, aus welcher Richtung der Überfall erfolgen würde, gab es hier für eine entschlossene Horde Angreifer gleich drei Möglichkeiten. Da war zum einen die Mauer, durch die wir gekommen waren, mit mehreren Öffnungen, die alle unverschlossen waren. Die zweite Möglichkeit bot der Felsen, an den der Wachturm angelehnt war; man konnte sich über diesen dem Turm nahezu ungesehen nähern und schließlich mit einem Seil darauf herablassen.

„Das wurde von unseren Vorfahren nie berücksichtigt", hatte Reso erklärt. „Die Feinde kamen niemals aus dem Hinterland, gegen diese Richtung mussten wir uns nie verteidigen."

Schließlich gab es auf der einen Seite eine kleine Holzbrücke, die über den Bach führte, der an dem Gehöft vorbeifloss, und die man der Bequemlichkeit wegen vor etwa zehn Jahren gebaut hatte. Der Bach war trotz der Kälte noch nicht zugefroren, da er ziemlich schnell dahinströmte, stellte aber wegen der Brücke kein Hindernis für Angreifer mehr dar.

„Dieser Hof war in früheren Zeiten ein gut zu verteidigendes Anwesen." Reso trauerte dem offensichtlich nach. „Aber seit über zehn Jahren leben wir hier in Frieden, da haben wir dies nicht mehr als notwendig erachtet."

Das hatte mich an das Heidelberger Schloss erinnert, das erobert worden war, nachdem man die Verteidigungsanlagen zugunsten von Ziergärten und anderen Bequemlichkeiten geschwächt hatte.

Leider hatten wir außerdem feststellen müssen, dass unter den fast zwei Dutzend Anwesenden nur vierzehn kampffähige Männer und Frauen waren, die vier Mitglieder der Familie Takatschidse mit eingerechnet. Nahm man die Knechte und Mägde des Hofes dazu, kamen wir auf achtzehn Kämpfer. Und deren Bewaffung war für das zu erwartende Szenario auch nur bedingt geeignet: Alle hatten Gewehre, aber die meisten waren Vorderlader mit Perkussionsschloss, nur Reso und Georgi hatten moderne Einzellader, wie sie von der russischen Armee verwendet werden. Dazu gab es ein paar Pistolen, ein- oder doppelschüssig, und das war die ganze Ausrüstung. Damit waren wir in der unglücklichen Situation, dass beim Angriff eines größeren Trupps nach der ersten Salve die meisten von uns nachladen mussten. Und da wir nicht wussten, von woher der Angriff erfolgen würde, mussten wir unsere kleine Besatzung auch noch aufteilen. Das waren keine rosigen Aussichten. Deshalb hatten wir beschlossen, uns zunächst auf dem Wehrturm ein Bild von der Lage zu machen, während die Bauern, die auf ihren Höfen noch weitere Waffen und Munition hatten, diese holen würden. Die anderen sollten in den Lagerräumen des Hofes nach Verteidigungsanlagen suchen, etwa Holztüren oder Gittern, um die Öffnungen der Mauern zu schließen. Danach wollten wir uns unten im Hof treffen, um unser weiteres Vorgehen zu beraten.

Der Schlangenadler hatte unsere Lage auf einen Schlag erheblich verbessert.

Old Firehand setzte sich und lehnte sich an die Turmmauer. Er schaute einige Zeit intensiv zu dem ruhig dahingleitenden Greifvogel empor, niemand sagte etwas. Dann befahl er:

„Geht! Lasst mich alleine! Kümmert euch um die Verteidigungsvorbereitungen. Ganz egal, woher die Angreifer kommen: Vieles wird gleich sein. Ihr müsst die Schussfolgen üben, einige unserer Leute mit Revolvern vertraut machen, festlegen, wer die Waffen nachlädt. Kara Ben Nemsi kann dies alles organisieren. Ich gebe euch Bescheid, wenn ich mehr über unsere Angreifer weiß.“ Und mit einer ungeduldigen Handbewegung scheuchte er uns vom Turm.

Während wir hinabstiegen, meinte Sofie:

„Bei Cooper gibt es den berühmten Wildtöter, der auch Falkenauge genannt wird. Das ist rein metaphorisch gemeint. Wir aber haben nun ein echtes Adlerauge!“

Georgi schaute sie verwirrt an.

Ich erklärte ihm:

„Der Otchopintre hat nicht umsonst den Ruf eines großen Jägers und Tierfreunds und wird nicht ohne Grund so genannt. Manchmal kann er sich, wie die großen indianischen Schamanen, in den Geist eines Tieres hineinversetzen.“

Das Gesicht des jungen Georgiers hellte sich auf.

„Das konnten auch einige unserer heidnischen Vorfahren, und bei den Russen soll es auch Schamanen geben, die das von sich behaupten. Und dann ist da ja noch Mindia!“ Er blieb mitten auf der Treppe stehen, breitete die Arme aus und deklamierte, immer noch Russisch sprechend: „Wie einem Blinden und Tauben gingen ihm Herz und Augen auf. Von dem Tag an verstand er alles, was die Vögel singen, oder wann Pflanzen und Lebewesen glücklich sind, und wann sie sich plagen.“

Der Nachmittag verging wie im Flug. Wir testeten zunächst, wer wie gut schießen konnte. Am Ende wählten Halef und ich neun Männer und drei Frauen aus, mit denen wir dann das geregelte Schießen in zwei Gruppen übten: Jeweils sechs feuerten ihre Gewehre in einer Salve ab, dann gaben sie die Waffen an die sechs Leute, die hinter ihnen standen und zum Laden eingeteilt warcn. Im Lauf des Nachmittags brachten einige Bauern weitere Gewehre, sodass wir drei Sechsergruppen Waffen hatten; dadurch wurde eine regelmäßige Schussfolge garantiert. Ann und Halef würden ihre Waffen je nach Bedarf einsetzen und selber laden, Sofie mit ihrer Winchester, Old Firehand mit dem Henry-Gewehr und ich mit meinem Stutzen würden für Dauerfeuer sorgen. Drei Knechte rüsteten wir mit unseren Revolvern aus und übten mit ihnen das Schießen und Laden, sodass auch sie zwischendurch das Feuer aufrechterhalten konnten, wenn es nötig war; sie sollten vor allem schießen, wenn die Feinde nahekamen.

Nach diesen Vorbereitungen fühlte ich mich schon weitaus besser. Noch hoffnungsfroher war ich, als Old Firehand vom Turm herabstieg.

„Wir haben es mit etwa 30 Männern zu tun“, verkündete er. „Und sie kommen von vorne. Sie wollen durch die Öffnungen in der Mauer.“ Leise, zu Halef und mir gewandt, fügte er hinzu: „Ich habe es durch die Augen des Schlangenadlers gesehen.“

Nun konnten die Vorbereitungen weitaus zielgerichteter erfolgen. Man hatte tatsächlich unter altem Gerümpel noch zwei Eisengitter gefunden, die in Öffnungen der Mauer passten; schnell waren sie eingesetzt. Eines wurde anständig verkeilt, das andere befestigten wir so, dass wir es vorläufig noch an einer Seite öffnen konnten, um vor die Mauer zu gelangen. Auch wenn die Gitter schon angerostet waren, würden sie ihren Zweck erfüllen. Die anderen drei Öffnungen wurden mit Bruchsteinen und schweren Holzbalken verbarrikardiert, dann wurde das Holz mit Wasser übergossen. Am Abend würde es gefroren sein und sowohl die Barrikade verstärken wie auch verhindern, dass das Holz angezündet werden konnte.

Ein wenig debattierten wir, von wo aus wir denn schießen sollten. Einige schlugen vor, wir sollten uns auf den Dächern postieren und über die Mauer schießen. Doch dagegen sprach aus meiner Sicht dreierlei: Die Angreifer würden uns sehen, vielleicht brächen sie dann den Angriff ab. Wenn nicht, könnten sie genauso leicht auf uns schießen wie wir auf sie. Und schließlich war die Schussentfernung dadurch um einige Meter größer, was Old Firehand, Sofie, Halef und mir nichts ausmachte, bei Anns Schrotflinte und den Schießkünsten unserer Verbündeten aber schon eine Rolle spielen würde.

Old Firehand und ich schlugen eine Methode vor, die wir beide schon bei vergleichbaren Angriffen angewendet hatten: Direkt vor der Mauer ließen wir Stehbänke errichten, so hoch, dass man, wenn man darauf stand, über die Mauer blicken und schießen konnte, der Körper aber geschützt war. Und wenn man den Kopf einzog, konnte einen niemand treffen. Da die Mauer gut zweieinhalb Meter hoch war, brauchten wir eine zweistufige Konstruktion. Diese zu errichten, nahm den Rest des Nachmittags in Anspruch. Außerdem schichteten wir noch draußen vor der Mauer an vier Stellen Holzhaufen auf, die wir oben mit Öl begossen, auf der Innenseite legten wir Fackeln bereit. Wir wollten schließlich etwas sehen von unseren Feinden …

Belohnt wurden wir alle mit einem üppigen Abendessen, das zwar nicht ganz so exquisit wie das Mittagsmahl war, aber immer noch viele verschiedene Speisen in genügender Menge für alle Gäste bot. Danach legten sich manche für eine kurze Zeit aufs Ohr, um für den Kampf gerüstet zu sein, andere versenkten sich ins Gebet oder führten leise Gespräche. Es herrschte natürlich eine sehr angespannte Atmosphäre.

Direkt nach dem Essen nahm Old Firehand mich zur Seite.

„Den Schlangenadler habe ich aus meinen Diensten entlassen. Es ist schon zu dunkel, als dass er noch etwas sehen würde. Ich kann dennoch verfolgen, was die Bande macht. Sie wird nun gleich von zwei Seiten beobachtet und belauscht. Dawit ist in der Nähe, und er hat hervorragende Ohren. Vor allem aber habe ich mir den Luchs, von dem Ihr mir berichtet habt, der sich mit meinen Freunden, den Füchsen, angelegt hatte, letzte Nacht nach unserem Gespräch von den Wölfen zutreiben lassen und mich lange mit ihm unterhalten. So ein Nordluchs hört noch weitaus besser als ein Wolf oder auch ein Tiger; der hört eine Maus rascheln, wenn sie fünfzig Meter weg ist. Und er kann hervorragend in der Dämmerung sehen, sogar in einer mondhellen Nacht. Unser Freund ist ein alter erfahrener Kuder, über ihn weiß ich immer, was unsere Feinde machen."

Old Firehand machte eine kurze Pause, ehe er fortfuhr: „Ich will aber keines der Tiere in den Kampf verwickelt sehen, auf gar keinen Fall den Tiger. Das wäre mir zu offensichtlich. Es ist bekannt, dass mich die Tiere unterstützen, aber ich möchte nicht, dass man annimmt, sie würden offen für mich kämpfen. Aber als Reserve oder um vielleicht einen Geflüchteten aufzuhalten, soll Dawit in der Nähe sein."

Ich nickte, als zwei ältere Bauern zu uns herantraten; einer sagte:

„Können wir mit Ihnen beiden ein wenig vertrauter reden? Wir brauchen Ihren Rat und Sie vielleicht noch ein paar Informationen."

Wir folgten den beiden in ein kleineres Zimmer, dort warteten bereits zwei andere Männer. Wir setzten uns.

„Das sind Tedore Griganaschwili und Tornike Kimadse, hier sitzt Utscha Regwiaschwili, und ich bin Saba Zivivatse", stellte der älteste der Männer sich und die anderen vor. Dann schenkte er Wein in bereitstehende Becher und begann: „Wir glauben, dass es wichtig ist, dass Sie noch etwas erfahren, was bisher überhaupt nicht zur Sprache gekommen ist. Melville und seine Leute sind noch auf einem ganz anderen Gebiet tätig: Sie rufen zur Revolte oder zumindest zum Widerstand gegen das Zarenreich auf!"

Old Firehand und ich schauten uns verblüfft an.

Zivivatse fuhr fort:

„Nicht öffentlich, und auch nicht so, dass man Melville oder einem seiner Agenten etwas nachweisen könnte. Aber einige von uns sind schon darauf angesprochen worden. Immer einzeln, und immer im Geheimen."

Old Firehand fragte:

„Was verspricht er sich davon?"

Tedore Griganaschwili, der etwa so alt wie Old Firehand war, antwortete bedächtig:

„Zunächst Unterstützung für sein Projekt. Auch wenn wir noch nicht genau wissen, worum es geht, ist der Streit in der

Bevölkerung schon groß. Manche, wie den Schmied und den Bäcker, kann Melville leicht auf seine Seite ziehen, da diese Vorteile für die Stadt und ihr eigenes Geschäft sehen. Andere sind eher traditionell und gegen jede Veränderung, und die Gruppe um den Bürgermeister ist zumindest vorsichtig und möchte das Wohl der Stadt gesichert sehen. Melville verspricht im Auftrag seines Arbeitgebers Vanderbilt, dass mit dem Geld aus dem Geschäft, das er hier groß aufziehen will, Swanetien unabhängig werden kann."

Tornike Kimadse, ein Mann in mittleren Jahren, unterbrach ihn:

„Vor zwanzig Jahren gab es hier heftige Kämpfe, sie dauerten jahrelang und haben einen hohen Blutzoll gefordert, auch in unseren Familien. Das möchte niemand von uns noch einmal erleben."

Die Männer bekreuzigten sich.

Ich fragte:

„Ich kann Sie und Ihre Bedenken gut verstehen. Was aber hat dies mit unserem Kampf heute Nacht zu tun?"

Utscha Regwiaschwili, der bisher geschwiegen hatte, antwortete mir.

„Wir hoffen, dass wir einige der Angreifer gefangen nehmen und vor Gericht stellen können. Dort wollen wir sie zwingen, über ihre Aktionen Rede und Antwort zu stehen. Und da wahrscheinlich nicht alle Männer Melvilles in diese Machenschaften eingeweiht sind, bitten wir Sie, uns zu helfen, die drei Männer gefangen zu nehmen, die für Melville in dieser Mission unterwegs sind. Man kann sie leicht erkennen, sie sind typische Amerikaner."

Old Firehand unterbrach ihn.

„Ich vermute, es sind die Herren Brown, Black und White. Die sind uns nur allzugut bekannt."

Die vier Georgier nickten.

Nachdem wir übereingekommen waren, zu versuchen, die drei Pinkerton-Agenten lebendig zu fassen, falls sie bei dem

Überfall dabei sein sollten, löste sich die kleine Versammlung auf.

Old Firehand bat mich, noch einen Moment zu bleiben, und fragte mich dann:

„Haltet Ihr es nicht auch für sinnvoll, zu wissen, ob die drei Pinkertons dabei sind? Sollten wir die Angreifer nicht beschleichen? Vielleicht könnten wir auch etwas erlauschen, was uns weiterbringt im Kampf gegen den Weltenriss."

Ich musste lachen.

„Diesmal kein Alleingang, sondern ein Duett? Aber Ihr habt natürlich Recht. Und mir würde eine solche Unternehmung nicht nur gut tun nach dem reichhaltigen Essen, sondern mit Euch gemeinsam sogar Spaß machen."

Nachdem wir Halef und den beiden Frauen Bescheid gesagt und unsere Gewehre bei ihnen deponiert hatten, brachen wir auf. Wohin wir mussten, wussten wir ziemlich gut, und auch, dass uns genug Zeit blieb: Old Firehand stand schließlich mit dem Luchskuder und dem weißen Tiger in Verbindung. Es war gegen 20 Uhr, und die Bande hatte sich in einer Entfernung von etwa einer Stunde Fußmarsch niedergelassen. Dawit und der Luchs umschlichen ihr provisorisches Lager.

Als wir uns dem Lager näherten, stand der Tiger plötzlich vor uns. Er war so lautlos aufgetaucht, dass mich sein Erscheinen komplett überraschte, und ließ sich von Old Firehand ausführlich und genüsslich kraulen. Es war ein herrlicher Anblick: der große Mann, der eine Katze kraulte, die noch größer war als er selbst. Dann schickte er den Tiger mit einem Klaps weg und erklärte:

„Der Luchs und Dawit gehen sich natürlich tunlichst aus dem Weg. Aber um den Luchs zur Zusammenarbeit zu bewegen, hat Dawit ihm auf meine Bitte hin den Rest eines Rehs überlassen, das er heute Nachmittag gerissen hat. Nun folgt mir, das Lager ist nicht mehr weit entfernt."

In gebückter Haltung schritt er langsam vorwärts, ich hinterher; nach etwa 50 Schritten ließ er sich auf Hände und Knie nieder, hob dann die Knie an und bewegte sich langsam voran, das Körpergewicht nur auf die Fußspitzen und die Finger gestützt. Ich folgte ihm auf die gleiche Weise. Dies ist eine sehr anstrengende und langsame Art der Vorwärtsbewegung, aber bestens geeignet, kein verräterisches Geräusch zu machen, etwa, indem man ein Stück Holz zum Brechen oder einen Stein ins Rollen bringt. Ich fand es bemerkenswert, dass Old Firehand dies in seinem Alter noch fertigbrachte, stellte aber fest, dass er ab und zu anhalten musste und die Hände fest auf den Boden drückte. Er war halt doch nicht mehr ganz der Alte.

Nach kurzer Zeit hörten wir vor uns Stimmen und erblickten den Schein von Lagerfeuern. An vier kleinen Feuern, die geschickt angeordnet waren, um nicht allzu weit zu strahlen, hatten sich etwa 25 Männer niedergelassen, deren Kleidung zum größten Teil aus einheimischer Tracht bestand, nur wenige von ihnen waren an ihren schwarzen gleichförmigen Kleidern als russische Pinkerton-Agenten zu identifizieren. An einem weiteren Feuer, etwas abseits, saßen fünf Männer, die wir sofort erkannten: Melville in seinem dicken schwarzen Ledermantel, neben ihm Jack the Knife im braunen Wollmantel. Ihnen gegenüber saßen die drei Agenten Brown, Black und White. Sie waren nicht mehr so leger amerikanisch gekleidet wie damals, als wir sie in Kutaissi kennengelernt hatten, sondern trugen das typische Agenten-Schwarz, mit einer Ausnahme: Sie hatten jeweils einen braunen Stetson auf dem Kopf, darauf wollten sie wohl auch hier nicht verzichten.

„Wirklich typische Amerikaner“, zitierte Old Firehand raunend Utscha Regwiaschwili.

Die drei unterhielten sich leise, während Melville und Jack schweigend ins Feuer starrten. Ich verstand erst etwas, als sich Brown an Melville wandte:

„Habe ich das vorhin richtig verstanden: Dieser Ben Nemsi ist nun nicht mehr nur in Begleitung seines arabischen Faktotums, sondern hat jetzt auch noch zwei ausländische Frauen dabei und diesen alten Knaben Old Firehand?“

Melville nickte und antwortete:
„Und der hat sich eindeutig auf die Seite unserer Gegner geschlagen. Er wollte sich in unseren Turm schleichen, dabei haben wir ihn erwischt. Aber irgendwer hat zur Ablenkung einen Tiger und ein Rudel Wölfe auf uns gehetzt, und dadurch konnte der Alte entkommen."
Die drei Amerikaner schauten ungläubig, Brown lachte auf.
„Sie erzählen Märchen, Captain!"
Schneller, als das Auge folgen konnte, hatte er plötzlich die Spitze eines Entermessers an der Kehle. Jack the Knife stand auf einmal neben ihm, das Messer in der linken Hand.
„Wage es noch einmal, unsere Geschichten anzuzweifeln, und du kannst sie im Jenseits überprüfen", zischte er. So schnell, wie er es gezogen hatte, ließ er das Messer wieder verschwinden und setzte sich, als sei nichts geschehen.
Brown schüttelte sich, in seinem Gesicht stand das Entsetzen geschrieben, Melville grinste.
„Leider ist das die Wahrheit. Und es ist uns ein Rätsel, wie Old Firehand entkommen konnte, denn er war gefesselt allein oben im Turm. Wahrscheinlich hatte er irgendwo ein Federmesser versteckt oder ist an eine der Glasscheiben gelangt. Wie er vom Turm heruntergekommen ist, ist mir auch schleierhaft, wir haben diesen untersucht, er bietet kaum Angriffspunkte zum Klettern."
Mir wurde heiß: Ich hatte genug Lücken und Spalten gefunden und schließlich … ich musste mir diesen Turm genauer anschauen, am besten mit Hilfe des Sechseckrings!
Jack ergänzte:
„Diese Bande ist also wohl nicht ganz ungefährlich. Aber heute Nacht werden wir uns ihrer entledigen. Wir haben mit dem Wirt des Gästehauses gesprochen – grinst nicht so, ich meine wirklich friedlich gesprochen, wir können uns nicht erlauben, uns die braven Bürger dieser Stadt zu Feinden zu machen –, und er hat uns erzählt, dass die ganze Truppe heute bei der Familie Takatschidse eingeladen ist. Sie wollen dort sogar

übernachten. Also können wir sie nachher ganz in Ruhe mit erledigen."

Einer der Amerikaner, Black oder White, fragte:

„Wisst ihr denn mehr über die Leute, die außer Old Firehand dabei sind?"

Melville dachte einen Moment nach, dann sagte er:

„Beim Gastmahl des Bürgermeisters sind sie vorgestellt worden. Die eine Frau ist eine englische Lady, also eine echte, eine blaublütige, die irgendwelche seltsamen Forschungen betreiben will, die andere eine Kanadierin, die Legenden zu Wein nachgeht. Der kleine Mann ist angeblich ein berühmter arabischer Scheich, und der Blonde ein amerikanischer Journalist, ein Verwandter der Lady Lindsay."

Brown wiegte den Kopf.

„Mir hat er sich in Kutaissi als Ben Nemsi vorgestellt, ich glaube nicht, dass der nur ein Schreiberling ist. Er ist alleine mit dem Araber angekommen, die beiden haben ein Geheimnis und sicher etwas vor, was uns nicht gefallen wird. Wir sollten sie nicht einfach töten, sondern vorher intensiv befragen."

Jack grinste.

„Das übernehme ich gerne, und ich würde auch liebend gerne die Befragung von Old Firehand fortsetzen. Auf seiner rechten Wange ist noch Platz für ein paar schöne Verzierungen."

„Genug", fuhr Melville dazwischen. „Wir haben noch ein paar Minuten, in denen wir unsere Zeitplanung abgleichen sollten. Ihr" – er wies auf die drei Amerikaner – „macht euch morgen auf den Weg zum Weltenriss und überprüft, ob dort alles wie geplant läuft. Ich befürchte, wenn da niemand ist, der den Arbeitern Beine macht, wird unnötig getrödelt. In drei Tagen müsstet ihr dort sein. Dort wartet ihr auf uns. Ich werde hier alle nötigen Formalitäten erledigen zum Kauf der Höfe, das sollte in zwei bis drei Tagen erledigt sein, sodass Vanderbilt, wenn er am 15. September kommt, auf dieser Seite mit dem Bau der Pipeline beginnen kann. Wir machen uns dann mit dem ganzen Trupp und genug Material auch auf den Weg zur Quelle, rechnet mit uns um den 20. September. Bis dahin solltet ihr alles vorbereitet haben, sodass auch dort der Bau beginnen kann. Ist das klar?“

Die drei Pinkerton-Agenten nickten.

Jack wandte sich an Melville:

„Wir müssen noch etwas besprechen.“

Die drei Agenten verstanden den Wink, rückten ein wenig zur Seite und vertieften sich wieder in ihr Gespräch.

Jack senkte etwas die Stimme.

„Ich finde, es wäre an der Zeit, dass ich erfahre, was es mit diesem Weltenriss auf sich hat. Ich muss mehr über diese geheimnisvolle Quelle wissen, um sie gegebenenfalls beschützen zu können.“

Melville schwieg einen Moment, dann griff er nach einem herumliegenden Stück Holz und begann, daran herumzuschnitzen. Nach den ersten Schnitten sagte er leise und langsam:

„Ich weiß auch nicht alles; Vanderbilt hat mich nur so weit aufgeklärt, wie er es für nötig hielt. Aber was ich weiß, sollst du erfahren. Dieser junge Schnösel war schon immer das schwarze Schaf in seiner Familie und hat es nie zu etwas gebracht. Ich arbeite schon lange für die Familie und konnte das seit seiner Jugend beobachten. Vor etwa einem Jahr aber hat er mich überrascht. Er kam mit einem Plan zu mir, in den Bergen von Swanetien eine Ölquelle anzuzapfen und auszubauen, so gewaltig, dass er ganz Europa und Russland mit Öl versorgen könnte. Ich habe ihm natürlich nicht geglaubt. Dann hat er von dem Riss erzählt.“ Melville hielt einen Moment inne, warf das Stück Holz ins Feuer und reckte sich. „Er hat die Bekanntschaft eines arabischen Magiers gemacht. Dieser erzählte ihm von einer Geisterwelt, in der das Öl in Hülle und Fülle sprudele. Und er könne diese Geisterwelt anzapfen, besser gesagt, einen Riss zwischen den Welten schaffen. Dies müsse in Swanetien geschehen, weil nur dort die Korrespondenz zwischen der Ölquelle in der Geisterwelt und unserer herzustellen sei.“

Jack unterbrach ihn.

„Dieser Magier, ist er bei Vanderbilt? Und was bekommt er dafür?"

Melville schüttelte den Kopf.

„Er ist in den USA geblieben. Und er will, so wie ich es verstanden habe, vor allem eines: Rache. Er hat wohl einen Krieg mit der Geisterwelt verloren. Und wenn er dieses Weltentor groß genug macht und lange genug aufrechterhält, dann blutet die Geisterwelt sozusagen aus, wird vernichtet. Deshalb muss Vanderbilt sich beeilen: Er kann die Quelle höchstens zwei oder drei Jahre ausbeuten." Er seufzte. „Jetzt frag mich aber nicht, wie das Ganze funktioniert. Die Magie kennt nur Vanderbilt, und nur er weiß, welche Geräte und Verfahren dafür nötig sind. Und jetzt lass uns noch ein wenig ruhen vor den Anstrengungen des Kampfes."

Ich stieß Old Firehand an; als er mich anschaute, zeigte ich mit dem Kopf nach hinten. Er verstand, und wir zogen uns langsam zurück. Als wir weit genug gekrochen waren, um uns gefahrlos aufrecht weiterzubewegen, flüsterte ich ihm zu:

„Ihr hattet Recht, es hat sich gelohnt."

Er nickte grimmig:

„Jetzt wollen wir diesen Halunken aber einen gehörigen Empfang bereiten, und es würde mich gar nicht stören, wenn dieser Jack dabei auch ein paar hübsche Wunden abbekäme." Plötzlich grinste er. „Und ich habe Lust, die Bande noch ein wenig zu verwirren. Wartet einen Moment." Er stellte sich aufrecht hin und schloss die Augen. Nach etwa fünf Minuten öffnete er sie wieder und sagte: „Schaut einmal!" Mit der Hand wies er um uns herum in den Wald.

Ich hatte ihn beobachtet und der Umgebung keine Aufmerksamkeit geschenkt, deshalb war ich vollkommen überrascht, als ich auf allen Seiten leuchtende rote Augenpaare blitzen sah.

„Die Kinder der Nacht", zitierte Old Firehand sich selber. „Sie werden sich aus dem Kampf heraushalten, aber für ein bisschen Atmosphäre sorgen und unseren Feinden ein wenig Angst machen.“ Er grinste und stieß mir in die Rippen: „Kommt, wie sollten zum Hof zurück!“

Als wir uns auf den Weg machten, begann hinter uns das schauerliche Konzert der Wölfe.

Zwanzigstes Kapitel
Kampf mit Feuer und Wasser

Es war ungefähr eine halbe Stunde vor Mitternacht, als wir wieder das Gehöft erreichten; kurz vorher hatte das Wolfsgeheul aufgehört. Etwa zwanzig Minuten nach uns waren die Angreifer aufgebrochen, denn zu dem Zeitpunkt hatten Dawit und der Luchs, die sie weiterhin begleiteten, Old Firehand davon in Kenntnis gesetzt. Nachdem wir durch das Gitter in den Hof getreten waren, wurde auch dieses fest verbarrikadiert, allerdings so, dass wir das Tor von innen schnell wieder aufmachen konnten; schließlich wollten wir ja wenn möglich einige der Angreifer gefangen nehmen.

„Wir lassen sie erst bis an die Mauer herankommen“, erklärte Old Firehand noch einmal. „Wenn sie dann feststellen, dass sie nicht hereinkommen, zünden die vier Fackelträger die Feuer vor der Mauer an – und dann eröffnen wir alle auf mein Zeichen das Feuer.“

Das erschien uns als die bei Weitem am besten geeignete Taktik. Wir konnten die Männer kaum verfehlen, die wahrscheinlich dicht gedrängt vor der Mauer standen, sie wiederum hatten keine realistische Chance, jemanden von uns zu treffen.

In den nächsten Minuten herrschte um uns herum angespanntes Schweigen. Auf dem Holzgerüst, das wir am Nachmittag gezimmert hatten, standen auf der unteren Stufe Männer und Frauen, die Waffen schussbereit, dahinter auf dem Boden diejenigen, die zum Laden der abgeschossenen Gewehre bestimmt worden waren. Ann, Sofie und Halef hatten sich so unter die Verteidiger gemischt, dass sie möglichst die gesamte Breite der Mauer abdecken konnten, ebenso die drei Männer mit den Revolvern. Old Firehand und ich hielten uns in der Nähe des Gitters auf, das uns einen Ausfall erlauben würde. Mit unseren Gefährten hatten wir ausgemacht, dass Halef uns sofort folgen würde.

Auch wenn die Sterne und die schmale Mondsichel nur wenig Licht spendeten, waren doch die Augen fast aller Verteidiger auf Old Firehand gerichtet. Wir hatten vereinbart, dass er deutlich sichtbar ein Zeichen mit beiden Armen geben würde, wenn die Bande kurz vor der Mauer stand.

Außer unserer Gruppe wusste niemand, woher er das wissen würde; natürlich stand er die ganze Zeit mit dem weißen Tiger und dem Luchskuder in Verbindung. Die Menschen hier vertrauten ihm einfach; sein Ansehen als Otchopintre war inzwischen so gewachsen, die Ehrfurcht vor ihm so gewaltig, dass sie ihm geglaubt hätten, wenn er sie in die Häuser gescheucht hätte, weil ihnen gleich der Himmel auf den Kopf fallen würde.

Old Firehand hob beide Arme und ließ sie wieder sinken. Um uns herum wurden Gewehre fester ergriffen, Füße auf die obere Stufe gestellt, manche bestiegen sie schon und standen geduckt bereit, um nicht gesehen zu werden, sich aber sofort aufrichten zu können.

Vor uns, an dem Gitter, wurde gerüttelt, dann wurden halblaute Stimmen hörbar, sie klangen verwirrt und verärgert. Dann ein scharfer Befehl, ein Rütteln an dem anderen Gitter, ein Ruf von einem der mit Holz versperrten Eingänge. Old Firehand klatschte in die Hände.

Im nächsten Moment leuchteten an vier Stellen die vorbereiteten Fackeln auf, die bereits angezündet, von ihren Trägern aber in Töpfen und Vasen verborgen worden waren. Eine Sekunde später gingen die Holzstöße in Flammen auf; das Öl war zwar kalt, aber gut über das Holz verteilt und fing sofort Feuer. Es dauerte nicht lang, bis das Holz lichterloh brannte.

Vor der Mauer waren erstaunte Rufe zu hören, die aber gleich in Schreckens- und Schmerzensschreie übergingen. Denn nun prasselte die erste Salve auf die überraschten Angreifer nieder. Es waren nur sechs Schüsse, die mehr Verwirrung als Schaden stifteten, denn sie waren kaum gezielt. Aber die nächste Salve folgte sogleich, während die ersten sechs Schützen ihre Gewehre nach unten zum Nachladen reichten und nach den geladenen Ersatzwaffen griffen. Ich hörte auch den unverkennbaren Knall von Anns Godiva und mehrere Schüsse aus Sofies Winchester. Auch Halefs Gewehr hatte ich schon vernommen. Nun schalteten Old Firehand und ich uns ins Geschehen ein. Ich zielte mit dem Henrystutzen auf die Beine der Angreifer, um sie nur zu verletzen. Blut ist die kostbarste Flüssigkeit, welche es gibt. Ich ertrage lieber großen Schaden, als tödliche Schüsse abzugeben, und wenn ich es doch nicht vermeiden kann, so nur aus Notwehr oder um anderen das Leben zu retten. Selbst dann versuche ich stets, den Feind lieber kampfunfähig zu machen, als ihm das Leben zu nehmen. Old Firehand und die anderen Schützen hingegen kannten keine Gnade, die ersten Männer gingen tot oder schwerverletzt zu Boden. Außer mir und Halef, der in dieser Hinsicht meine Skrupel zumindest verstand, schossen alle anderen, um zu töten.

Inzwischen waren eine dritte und vierte Salve erfolgt, diese aber nicht mehr gleichzeitig, sondern als Einzelfeuer, wie ich es beim Schießtraining am Nachmittag angeordnet hatte. „Wir schießen ab der dritten Salve immer nacheinander, von links nach rechts, wie wir der Reihe nach stehen. Dadurch bekommt jeder seinen bestimmten Mann, es zielen nicht zwei von uns auf denselben Angreifer, wir werden mehr Männer ausschalten und vermeiden Munitionsverschwendung.“ So geschah es nun, es fiel rasch Schuss auf Schuss, einer nach dem anderen gingen die Angreifer zu Boden, immer zahlreicher und lauter wurden die Schmerzensschreie.

Ich hörte ein scharfes „Backward! Retreat!“ und glaubte die Stimme von Jack the Knife zu erkennen, der damit zum Rückzug aufrief. Direkt danach rief Melville „Abratno! Ukan!“, was beides dasselbe bedeutet: Zurück! – zunächst auf Russisch, dann auf Georgisch. Was wir dann beobachteten, wirkte allerdings eher wie eine Flucht denn ein geordneter Rückzug. Im Hof wurde lautes Gejohle und Geklatsche laut, auf die sich zurückziehenden Männer wurde nur noch vereinzelt geschossen. Dann wurde das Gitter aufgerissen, und die ersten Männer strömten nach außen, um die Verletzten gefangen zu nehmen. Ich hoffte, sie waren dabei vorsichtig, sicher gab es unter den Feinden noch einige, die sich wehren konnten.

Ich stieß Old Firehand an:

„Wir sollten die Verfolgung aufnehmen!“

Er nickte, und wir schnappten unsere Revolver und eilten nach draußen, Halef schloss sich an.

Old Firehand führte uns an; er sah nicht nur mit eigenen Augen, sondern auch durch die von Dawit und des Luchses und konnte uns deshalb direkt auf die Spur der Flüchtenden setzen. Während wir an den Verwundeten vorbeihasteten, erkannte ich darunter die beiden Amerikaner Black und White; Brown war also wohl ebenso wie Jack und Melville zunächst entkommen. Als wir in den Wald eindrangen, hörten wir hinter uns einige Schüsse, die eindeutig aus einem Revolver stammten.

„Der Kampf ist noch nicht vorbei“, keuchte Halef, während wir voraneilten.

„Den werden sie aber auch ohne uns gewinnen“, entgegnete ich.

Die Flüchtenden legten ein solches Tempo vor, dass wir ihnen zunächst nicht näherkamen. Da die Nacht ziemlich dunkel war und wir die Verfolgten weit genug vor uns wussten, nahm

Halef aus einer Gürteltasche seine Leuchtkugel heraus und ließ ihr magisches Licht erstrahlen. Sein „Al-Bakussu!" sorgte dafür, dass wir nun gefahrlos eine höhere Geschwindigkeit vorlegen konnten, ohne befürchten zu müssen, uns vielleicht etwas zu brechen oder uns sonstwie bei einem Sturz zu verletzen.

Wir waren etwa eine halbe Stunde unterwegs, als Old Firehand plötzlich stehenblieb.

„Wir sind falsch", stieß er hervor und wies nach links. Dort plätscherte seit einiger Zeit ein Bach dahin, der inzwischen über zwei Meter breit und ziemlich tief war und auf dessen Oberfläche kleine Eisschollen trieben. „Melville und seine Männer sind dort drüben." Er deutete auf die andere Seite.

„Wie konnte das geschehen?", fragte Halef irritiert.

Old Firehand schien einen Moment in sich hineinzulauschen, dann meinte er:

„Das war mein Fehler. Ich habe nur auf Dawit geachtet; der hat die Bande auf dieser Seite des Baches verfolgt und ist irgendwann hinübergesprungen. Das ist mir entgangen."

Halef schüttelte ungläubig den Kopf.

„Was machen wir jetzt? Wenn wir umkehren, bis wir an eine Stelle kommen, wo wir den Bach überqueren können, werden wir die Fliehenden nie einholen, die sind dann längst über alle Berge. Aber hier ist das Wasser viel zu tief und zu breit und außerdem eiskalt. Und springen können wir nicht, der Boden ist viel zu glatt." Er schaute mich an und machte dann ein erschrockenes Gesicht. „Sihdi, was ist mit dir los? Du bist ganz bleich."

Ich antwortete nicht, sondern ließ mich stattdessen langsam auf die Knie nieder. Mir war seltsam zumute, mich hatte vor wenigen Augenblicken ein Gefühl von Schwäche überkommen, verbunden mit einem Empfinden von Wärme, das von meiner Körpermitte auszugehen ging. Dieses wurde immer stärker, als hätte ich in meiner Bauchgegend eine glühende Kohle. Ich presste die Hände auf die Stelle und stöhnte:

„Ich weiß es nicht."

Halef beugte sich zu mir herab und nahm meine Hände weg.

„Schaut!", rief er überrascht.

Old Firehand stieß einen leichten Pfiff aus. Von meinem Gürtel schien ein sanftes Licht auszugehen. Halef griff zu und zog den schwarzen Samtbeutel von meinem Gürtel, in dem ich den Musaddas verwahrte. Sofort ließen die Gefühle der Hitze und Schwäche nach; nach wenigen Augenblicken ging es mir wieder ziemlich gut. Ich richtete mich langsam auf. Durch den Stoff hindurch schien der Sechseckring zu leuchten, ein sanftes gelbes Licht strahlte von dem Beutel aus.

„There they are! – Da sind sie!", hörte ich plötzlich eine vertraute Stimme hinter mir. Aus dem Dunkel tauchten zwei Gestalten auf: Ann, die soeben gerufen hatte, und Sofie hinter ihr. Ann hatte unter den linken Arm ihre Schrotflinte geklemmt, von ihrer rechten Hand, uns zugewandt, hing das geschlossene Medaillon, das im Innern den Christophorus barg; von ihm ging ein schwaches blaues Leuchten aus. Sofie blickte wachsam und hielt ihre Winchester schussbereit.

Wir schauten uns alle einen Moment ziemlich ratlos an, unsere Blicke wanderten von dem leuchtenden Beutel zu dem leuchtenden Schmuckstück, dann stießen Halef und Sofie gleichzeitig hervor:

„Was bedeutet das?"

Ich richtete mich vollends auf und fragte Ann:

„Wieso sind Sie uns gefolgt? Und wie haben Sie uns gefunden?"

Sie hob das Medaillon etwas höher und meinte:

„Vor ein paar Minuten fühlte ich eine seltsame Wärme in der Bauchgegend, und als ich dorthin tastete, merkte ich, dass das Medaillon, das ich dort im Gürtel verstaut hatte, heiß geworden war. Ich nahm es raus, und es leuchtete und übte an der Kette einen Zug aus. Ich sagte Sofie Bescheid, und wir beschlossen, dem Medaillon dorthin zu folgen, wohin es uns ziehen würde. Und hier sind wir."

Halef sagte nachdenklich:

„Sihdi, hast du nicht gesagt, dass dieser Heilige Mann Leute über das Wasser getragen hat? Vielleicht kann das Medaillon uns über den Bach bringen, und deshalb hat dein Musaddas es gerufen.“

Ich nickte, dieser Gedanke war naheliegend, darauf hätte ich auch kommen können. Ich war wohl immer noch etwas geschwächt. Sofie fügte mit erregter Stimme hinzu:

„Das ist es bestimmt. Ann, klappe das Medaillon doch einmal auf!“

Ann gehorchte, und diesmal bildete sich, für alle sichtbar, auch ohne durch den Sechseckring zu blicken, die blau leuchtende Schrift über dem Relief aus. Vielleicht, überlegte ich, wirkte der Musaddas diesmal sogar über die Ferne, vielleicht leuchtete er deshalb so und war warm geworden. Wenn dies aber so war, konnte das sowohl neue Möglichkeiten mit sich bringen wie auch ungeahnte Gefahren: ein magisches Objekt, das unkontrollierbar und selbstständig tätig wurde, war mir nicht geheuer. Im Moment aber war ich dem Sechseckring dankbar.

„Bitte geben Sie mir das Medaillon einmal!“, bat ich Ann. Sie reichte mir das Schmuckstück. Ich nahm es in beide Hände, die ich zu einer Schale geformt hatte, blickte scharf auf das Bildnis des Hünen, der das Kind über das Wasser trug, und sagte dann laut und deutlich: „Gaseirneba! Mdinare!“ Im nächsten Moment verstärkte sich das blaue Licht, bis ich die Umgebung nur noch schemenhaft wahrnahm, und vergrößerte sich, bis es mich komplett umfasste. Dann fühlte ich mich emporgehoben, bis ich etwa 20 Zentimeter über dem Boden schwebte, und bewegte mich sodann mit etwa Schrittgeschwindigkeit auf den Bach zu. Vor Schreck ließ ich beinahe das Medaillon fallen, doch dann beherrschte ich mich. Ich hörte die Gefährten rufen, verstand sie aber nicht, da mich zum einen alle Geräusche nur gedämpft erreichten und sie zum anderen alle durcheinanderriefen. Ich erreichte das Ufer und schwebte geradewegs über das Wasser, bis ich auf der anderen Seite angekommen war. Etwa einen Meter hinter dem Ufer sank ich langsam zu Boden; als ich sicher auf meinen Füßen stand, schwand das Licht, bis es wieder das schwache Leuchten war, das wir auf der anderen Seite des Baches gesehen hatten.

Ich blickte zu meinen Gefährten hinüber. Sie hatten aufgehört, zu rufen, und starrten mich sprachlos an. Das konnte ich im sanften weißen magischen Licht von Halefs Kugel erkennen, während sie mich im ebenso sanften blauen Leuchten des Medaillons sehen konnten.

„Jetzt wissen wir, wozu dieses magische Schmuckstück dient“, rief ich ihnen zu. „Nun könnt ihr alle hier herüberkommen.“ Mit einem kräftigen Schwung warf ich das Medaillon Halef zu; da der Bach zwar tief und schnellfließend, aber weniger als drei Meter breit war, war dies nicht allzu riskant. Halef fing das Schmuckstück an der Kette auf und fragte:

„Und was müssen wir machen?“

„Ihr müsst zwei Wörte sagen“, rief ich ihm zu. „Am besten legst du das Medaillon ab und ihr übt es erst einmal. Hört genau zu: Gaseirneba! Mdinare!“

Halef legte das silberne Schmuckstück auf den Boden, es leuchtete immer noch sanft. Dann wiederholten er und die beiden Frauen mehrfach die zwei Wörter. Ich musste dazu nichts mehr sagen, das übernahm Old Firehand. Er hatte die georgischen Wörter erkannt und erklärte zwischendurch:

„Das erste Wort bedeutet Spaziergang, das zweite heißt Fluss.“

Nachdem er zufrieden war mit der Aussprache, nahm Halef das Medaillon wieder auf, hielt es wie ich mit beiden Händen und sprach die magische Formel:

„Gaseirneba! Mdinare!“

Nun sah ich von außen, was mir vorhin geschehen war, und konnte verstehen, dass es auf meine Gefährten sehr unheimlich gewirkt hatte. Das Licht aus dem Medaillon bildete ganz plötzlich eine ovale Form, in der Halef komplett eingeschlossen war, nur seine Silhouette war noch zu erahnen. Dann erhob sich dieses Gebilde in die Luft und schwebte langsam über den Bach. Es setzte sanft neben mir auf und das Licht zog sich zurück. Halef stand schwer atmend neben mir, das Medaillon in den Händen. Er lachte laut auf, warf mir einen rätselhaften Blick zu, dann schleuderte er das magische Utensil mit aller Kraft über den Bach in Richtung Sofie. Während sie sich bereitmachte, flüsterte er mir ins Ohr:

„Sihdi, das war wunderbar! Du wirst doch zugeben, dass diese Form der Magie nicht nur nützlich, sondern auch erhebend und schön ist."

Wie hätte ich ihm da widersprechen können!

Als wir alle das diesseitige Ufer erreicht hatten, klappte Ann das Medaillon zu, und diesmal erlosch das Licht.

Old Firehand brummte etwas Unverständliches und meinte dann:

„Magie, die scheinbar von selber weiß, wann sie gebraucht wird und wann sie sich zur Ruhe begeben kann, das ist selbst mir etwas unheimlich."

Halef nickte, und auch Ann und Sofie sah ich an, dass sie dieses Unbehagen teilten. Mir ging es nicht anders. Wie sehr wünschte ich mir, unser Freund Scheik Haschim wäre hier; sein Rat wäre mir jetzt sehr willkommen gewesen. Doch diesen Wunsch konnte uns keine Magie erfüllen, über die wir verfügten. Also sagte ich:

„Ann, ich glaube, es ist am besten, wenn Sie weiterhin dieses Kleinod verwahren. Und nun, da wir um seinen Wert wissen, sollten Sie ganz besonders darauf achten."

Sie nickte, meinte dann aber:

„Vorher möchte ich wissen, wie Sie auf diese beiden Wörter gekommen sind, wieso Sie plötzlich wussten, was zu tun ist."

Ich setzte mich, mir war immer noch ein klein wenig schummrig zumute.

„Ich habe euch von den Schriftzeichen erzählt, die ich durch den Sechseckkring gesehen habe, als wir das Medaillon gefunden haben. An dem Abend habe ich sie aus dem Gedächtnis in mein Notizbuch gezeichnet. Sie haben mich an die Schrift auf unserem magischen Messer erinnert. Und deshalb habe ich sie heute Nachmittag Reso und Georgi gezeigt. Sie haben die Schrift sofort erkannt: Das ist die uralte Form des georgischen Alphabets, von der Hartmann gesprochen hat. Diese Rundschrift, genannt Mrglowani, hat man vom frühen Mittelalter bis um das Jahr 1000 benutzt, und sie wird sogar heute noch für kirchliche Schriften verwendet. Sie ist der modernen georgischen Schrift, der Mchedruli, auch ziemlich ähnlich, hat sogar wie diese 33 Buchstaben. Daher können die meisten Georgier sie lesen. Und das war heute unser Glück."

Eine halbe Stunde später waren wir den geflohenen Banditen so nahe gekommen, dass Halef seine Leuchtkugel ausschaltete und verstaute. Dank Dawit hatten wir ihre Spur aufgenommen und wussten, dass sie vor uns lagerten. Den Luchskuder entließ Old Firehand nun aus seinen Diensten. Ich fühlte mich inzwischen wieder normal, die Schwäche war von mir gewichen. Aber ich nahm mir vor, bei erster Gelegenheit Nachforschungen über den Musaddas anzustellen und dazu wenn möglich Scheik Haschim zu kontaktieren.

Wir beratschlagten nun gründlich, wie wir vorgehen wollten. Immerhin waren wir nur zu fünft, und unsere Feinde zählten mehr als doppelt so viel erfahrene Kämpfer: noch elf Männer, darunter Kapitän Melville, Brown und Jack the Knife, alles sicher harte Gegner. Zunächst mussten wir wissen, wie die Lage genau aussah. Old Firehand hatte von Dawit erfahren, dass sich die Männer auf einer Lichtung um ein kleines Feuer gelagert hatten. Nach der Seite, auf der der Tiger sich befand, standen die Bäume relativ dicht. Dies sahen Melvilles Männer wohl als Vorteil an, da sie von dorther kaum überrascht werden konnten. Für den Tiger war dies allerdings kein Hindernis. Wir beschlossen, ihn dort ruhen zu lassen, sodass er jeden aufhalten konnte, der in diese Richtung fliehen würde.

Um das Überraschungsmoment ausnutzen zu können, mussten wir aber mehr wissen, also machte ich mich auf, um das Lager der Feinde zu erkunden. Old Firehand wollte den Kontakt zu Dawit aufrechterhalten.

Ich schlich mich langsam durch das Unterholz an das Lager heran, bald konnte ich den Schein des Lagerfeuers sehen, das mir willkommene Orientierung bot. Rundherum lagerten die elf Männer, die uns entkommen waren; sie wechselten kein Wort. Einige hatten Verbände um Arme oder Beine. Ich erkundete die Seite, von der ich gekommen war: Es gab genug Bäume, hinter denen wir uns anschleichen konnten, um die Bande zu überraschen. Ich entwickelte in Gedanken einen Plan, wie wir unsere mehrschüssigen Waffen besonders effektiv einsetzen konnten, um die Verbrecher in Schach zu halten. Gerade als ich wieder zurückkriechen wollte, sagte Jack:

„Wir müssen herausfinden, wer uns verraten hat. Und dann machen wir ihn fertig.“ Seine Stimme zitterte vor Wut.

Melville antwortet ihm ruhig:

„Ich würde auch gerne Rache nehmen, aber das ist nicht das Wichtigste. Unsere ganzen Pläne drohen zu scheitern. Das war keine schnell organisierte Gegenwehr. Dahinter steckte ein kluger Kopf, wahrscheinlich Old Firehand. Und das war alles gut vorbereitet, denk nur an die Feuer und die gezielten und fast schon militärisch exakten Salven. Wir haben es hier mit einem Gegner zu tun, der uns ebenbürtig ist. Auf jeden Fall müssen wir verhindern, dass die Bauern diesen Überfall vor den Bürgermeister bringen.“

Brown mischte sich ein:

„Es gibt eine viel größere Gefahr: die Blutrache. Bei den Swanen genügt manchmal schon, einen Hund zu treten, um ein blutiges Familiendrama in Gang zu setzen, das über Generationen andauert. Zumindest gilt das in den abgelegeneren Bergdörfern, hat man uns in der Agentur gewarnt. Ich hoffe, dass das hier in Mestia anders ist. Aber wenn nicht – es gibt sicher genug Überlebende unter unseren Männern, die gegen uns aussagen werden. Dann müssen wir die Zelte hier schleunigst abbrechen, denn dann sind wir in Swanetien nirgendwo mehr sicher."

Ich hatte genug gehört und wollte mich gerade zurückziehen, als Melville etwas sagte, was mich innehalten ließ.

„Haben wir eine Möglichkeit, Vanderbilt zu benachrichtigen? Er muss dringend wissen, was hier geschehen ist."

Brown schüttelte den Kopf.

„Das wäre ein tagelanger Marsch. Und er ist ja sowieso auf dem Weg, ich habe keine Ahnung, wo wir ihn da abpassen könnten."

Melville seufzte.

„Dann haben wir ein Problem. Wir müssen hier verschwinden, und unsere Leute werden wahrscheinlich vor Gericht gestellt oder wegen der Blutrache gekillt. Wenn er ahnungslos in Mestia eintrifft, kann er in Teufels Küche kommen."

„Wir haben noch ein ganz anders Problem", warf Jack ein. „Wir müssten eigentlich in unsere Türme, zumindest ins Hauptquartier, und dort Spuren beseitigen. Wenn da die Leute vom Bürgermeister oder von Old Firehand gründlich suchen, finden sie wahrscheinlich genug Hinweise, um uns an die Quelle zu folgen."

Melville nickte.

„Du hast Recht. Aber ich bin zu müde, um dafür jetzt eine Lösung zu finden. Lasst uns ein paar Stunden schlafen, morgen sehr früh, vor Tagesanbruch, brechen wir auf und kehren zu dem Hof zurück. Wir müssen wissen, was dort geschehen ist. Und dann entscheiden wir, was zu tun ist." Er hob die Stimme und befahl auf Russisch: „Leute, legt euch für ein paar Stunden aufs Ohr. Das ist ein Befehl." Zu Jack sagte er, wieder auf Englisch: „Du übernimmst die erste Wache, Brown löst dich in anderthalb Stunden ab."

Er wickelte sich in seinen Mantel und legte sich neben das Feuer, auch die anderen machten es sich bequem. Brown schob sich seinen Stetson über das Gesicht, Jack murmelte etwas vor sich hin und kam dann auf mich zu. Ich zog mich schnell zurück und beobachtete aus sicherer Entfernung, wie er sich auf einen Baumstumpf setzte und begann, sein Entermesser zu schleifen.

Ich schlich mich zu unserer Gruppe zurück, informierte die Gefährten über das, was ich gehört hatte, und instruierte sie, wie sie sich aufstellen sollten, um das Lager mit unseren Waffen kontrollieren zu können.

„Ich schalte den Wächter aus“, meinte ich dann. „Wenn ich Erfolg habe, haben wir die Bande schnell im Sack, wenn ich scheitere, sind wir ihnen trotzdem weit überlegen und sollten sie ohne allzuviel Blutvergießen gefangen nehmen können.“

Leise machten wir uns auf den Weg. In sicherer Entfernung zeigte ich meinen Gefährten die Bäume, hinter denen sie sich jeweils postieren sollten, die Gewehre im Anschlag. Vor dem Schein des Lagerfeuers ließen sich deren Silhouetten leicht ausmachen. Dann schlich ich mich vorsichtig an Jack the Knife heran. Er hatte, um es sich bequem zu machen, nicht den besten Platz für seine Wache ausgewählt: Neben dem Baumstumpf, der ihm eine so angenehme Sitzgelegenheit bot, wuchs ein mannshohes Gebüsch, an das ich mich relativ einfach von der Seite anschleichen konnte. Ich schlug einen Bogen und war kurze Zeit später, hinter dem Gebüsch verborgen, nur noch etwa einen Meter von Jack entfernt. Ich knickte einen trockenen Zweig um, das Geräusch ließ Jack wie gewünscht auffahren. Er warf einen Blick auf den Busch, überlegte einen Moment, dann näherte er sich langsam. Direkt vor mir schob er vorsichtig ein paar Zweige zur Seite – und erhielt von mir einen Faustschlag an die Schläfe, der ihn ohnmächtig zusammensinken ließ. Es war durchaus ein befriedigendes Gefühl, diesem Sadisten den Jagdhieb versetzen zu können, dem ich meinen Kampfnamen in den Staaten verdankte.

Ich schob mich aus dem Gebüsch, erhob mich zu voller Größe, winkte meinen Leuten zu, dass sie nun ins Freie treten und ihre Gewehre zeigen sollten, ergriff den Henrystutzen, den

Halef mir zuvorkommenderweise reichte, legte die Hände um den Mund und rief mit voller Lautstärke auf Russisch:

„Heiho, Leute, aufgewacht! Es ist Zeit für einen Spaziergang.“

Die Männer schreckten hoch und sahen sich fünf Gewehren gegenüber und ebenso vielen grimmigen Mienen. Melville fuhr empor, war aber so in seinen Mantel eingewickelt, dass er gar nicht an Gegenwehr denken konnte. Agent Brown hingegen bewies, dass er ein echter Profi war: Noch während er den Oberkörper emporriss, sodass ihm der Hut vom Kopf flog, hatte er schon zwei Revolver in den Händen; wahrscheinlich hatte er mit diesen griffbereit geschlafen. Doch kam er nicht dazu, sie abzufeuern: Eine Schrotladung aus Anns Godiva riss ihn nach hinten. Der mächtige Knall dieser Flinte genügte, dass alle anderen sich aufrappelten und die Hände hoben.

Unter Browns leblosem Körper bildete sich eine riesige Blutlache. Melville fluchte.

„Das werdet ihr mir büßen“, knirschte er dann.

Old Firehand lachte.

„Im Moment sind erst mal Sie und ihre Männer dran mit der Buße. Die guten Bürger von Mestia werden sich freuen, zu erfahren, mit was für einem Gesindel sie beinahe ihr großes Geschäft gemacht hätten.“

Melville schwieg. Wir fesselten ihn und die anderen Männer, auch Jack, den Old Firehand dann mit ein paar kräftigen Ohrfeigen wieder zu sich brachte.

„Was machen wir mit Brown?“, fragte Sofie. „Wir können ihn doch nicht einfach hier liegen lassen.“

„O doch“, antwortete Old Firehand grimmig. „Oder sollen wir ihm hier ein christliches Begräbnis verschaffen? Das hat er nicht verdient, und wir haben dazu keine Zeit. Außerdem hat Dawit so lange für uns gearbeitet, dass er kaum zum Jagen kam, und das bisschen, was er hatte, hat er auch noch mit dem Luchs geteilt. Er hat sich eine Belohnung verdient.“

Sofie schüttelte sich, Halef machte ein verkniffenes Gesicht,

Ann aber nickte zustimmend. Auf die Gefahr hin, einen längeren Disput zu riskieren, widersprach ich energisch.

„Dies lässt sich nicht nur keineswegs mit meinem Menschenbild vereinbaren, sondern gefährdet auch unsere Stellung und unser Ansehen bei den Swanen. Sie sind gläubige orthodoxe Christen; auch ein Feind hat bei ihnen ein Begräbnis verdient oder zumindest eine Feuerbestattung, sie würden niemals die Toten den Tieren überlassen.“ Ich wandte mich an Halef. „Du weißt, wie oft wir unsere toten Feinde bestatteten, wann immer es möglich war, wie es Christen ebenso wie Moslems geziemt.“

Er nickte, seine Mine entspannte sich.

„Wir nehmen Browns Leichnam mit“, entschied ich mit einem scharfen Blick zu Old Firehand, der keinen Widerspruch mehr wagte. „Dawit soll uns folgen, ich werde dafür sorgen, dass man ihm eine Ziege oder ein Schaf bereitlegt.“ Ich blickte zu Browns Leichnam und wies auf dessen Waffen. „Die beiden Revolver und sein Gewehr nehmen wir natürlich mit. Darüber werden sich sicher einige der Bauern freuen.“

Einundzwanzigstes Kapitel
Verhör und Verhandlung

Als wir beim Hof ankamen, erwartete uns reges Treiben. Die Holzstöße brannten noch und beleuchteten die Szenerie. Vor der Mauer hatte man die Gefallenen auf eine Seite gelegt und die Gefangenen auf der anderen hingesetzt, die Arme hinter dem Rücken gefesselt und alle durch ein Seil verbunden; keiner von ihnen hatte nicht mindestens einen Verband. Sie wurden von drei grimmig aussehenden Georgiern bewacht und waren geknebelt. Ich zählte dreizehn Leichen und sechs Gefesselte, darunter Black und White. Unsere zehn Gefangenen wurden daneben gesetzt und ebenfalls untereinander verbunden und geknebelt, auch Melville und Jack the Knife, die beide seit ihrer Gefangennahme kein Wort mehr gesagt hatten.

Die Gitter waren entfernt worden, sodass wir ungehindert in den Hof treten konnten. Als wir uns der Öffnung näherten, vernahmen wir von innen dumpfe Klagegesänge, immer wieder unterbrochen von spitzen Schreien, von mindestens vier Frauenstimmen; das Geprassel des brennenden Holzes hatte dies bisher übertönt.

Im Hof, der durch Fackeln beleuchtet war, die in eisernen Haltern in der Mauer steckten, sahen wir dann den Anlass: Auf einem Tisch, den man aus einem der Häuser getragen hatte, lag Tornike Kimadse, die Augen geschlossen, die Arme über der Brust gefaltet, darunter, auf dem dunklen Hemd kaum zu sehen, große Blutflecke. Um den Tisch standen vier Frauen, alle in schwarzen weiten Gewändern mit Kapuzen, und sangen und schrien laut ihre traditionelle Totenklage. Reso trat auf uns zu, er hatte Ringe unter den Augen und blickte ernst.

„Sie waren erfolgreich bei Ihrer Jagd“, sagte der Hausherr. „Wir waren es bis kurz vor dem Ende auch. Der Angriff ist abgewehrt, die Verbrecher sind tot oder gefasst. Aber Tornike war zu leichtsinnig, er drehte einen Mann um, den er für tot hielt, der aber hatte unter sich einen Revolver verborgen.“ Er wies auf den Toten. „Bis auf ihn sind wir alle heil aus dieser Sache herausgekommen, dank Ihnen. Wir können Ihnen dafür gar nicht genug danken, wir alle werden unser Leben lang in Ihrer Schuld stehen. Für dieses Unglück können Sie nichts. Aber es wird die Schuld dieser Verbrecher vergrößern, wenn wir über sie zu Gericht sitzen.“

Wir schwiegen alle ein kleine Weile, dann fragte Ann:

„Was ist mit dem Schützen? Wird auch er vor Gericht gestellt?“

Über Resos Gesicht glitt ein freudloses Grinsen.

„Nein. Tornikes Onkel, Tedore Griganaschwili, den Sie auch kennengelernt haben, stand hinter ihm. Als sein Neffe fiel, hat er abgedrückt, der Mörder war sofort tot.“

Ann fragte:

„Was geschieht mit Tornike? Mich interessiert aufrichtig, wie Sie hier mit Ihren Toten und Ihrer Trauer umgehen.“

Reso blickte ihr einen Moment tief in die Augen, dann sagte er:

„Tornike wird heute Nachmittag in sein Haus gebracht. Dort wird er dann sechs Tage lang aufgebahrt. Weil er außerhalb seines Hauses gestorben ist, wird die ganze Nacht nach dem sechsten Tag gebetet und musiziert werden, damit die Seele in seinen Körper findet. Denn diese irrt frei umher, sie muss eingefangen und zurückgeholt werden. Bis zum Morgengrauen wird dies dauern, bis die Seele mit einer Prozession ins Haus zurückgeführt wird. An diesem siebten Tag wird der Leichnam dann zu der Kirche gebracht, in der seit Jahrhunderten die Toten unserer Sippe begraben werden, begleitet von den Klageschreien der Frauen und dem Gesang eines Männerchores. Kurz bevor die Sargträger den Hof verlassen, werden sie den Toten in alle Richtungen des Himmels drehen, dann nimmt seine Seele Abschied vom Haus und von seiner Familie.“ Er machte eine kurze Pause, dann fuhr er fort, an uns alle gewandt: „Unsere Totenfeiern finden seit alters her am siebten Tag nach dem Todesfall statt, dann noch einmal am vierzigsten Tag und nach genau einem Jahr. Wenn Sie in sieben Tagen noch da sind, sind Sie herzlich eingeladen zur Totenfeier von Tornike. Es wäre mir aber eine besondere Ehre, wenn ich Sie übermorgen wieder auf unserem Hof begrüßen dürfte. Sie sind sowieso jederzeit herzlich willkommen, aber in zwei Tagen werden wir hier die Totenfeier abhalten für die Familie Mekishvili, deren Hof diese Bande vor fünf Tagen abgefackelt hat. Vier unserer Verwandten sind ums Leben gekommen, der Großvater, die Eltern und der kleine Sohn. Wir werden ihrer würdig gedenken, und Sie als diejenigen, die die Täter entlarvt und dingfest gemacht haben, wären eine großartige Bereicherung für dieses Fest."

Ohne zu überlegen, sagte ich:

„Wenn es uns möglich ist, werden wir gerne kommen."

In den Gesichtern meiner Gefährten sah ich Zustimmung.

Reso führte uns nun in das Haus, in dem auf dem Tisch immer noch Reste des abendlichen Essens standen und wo Georgi schon wartete. Während wir uns stärkten, erzählten wir den beiden, wie unsere Jagd auf die geflohenen Verbrecher verlaufen war. Die Überquerung des Baches ließen wir allerdings ebenso aus wie die Beteiligung des weißen Tigers. Anschließend erläuterte er uns, wie es mit der Melville-Bande weitergehen würde.

„Bürgermeister Barbaratze ist inzwischen durch einen Boten von den Vorfällen informiert und will noch vor Tagesanbruch mit seinen beiden Bütteln hier sein. Er möchte den Schaden und unsere Vorkehrungen selbst in Augenschein nehmen, wahrscheinlich auch schon ein paar Zeugen befragen. Ganz sicher wird er auch mit Ihnen reden wollen. Die Gefangenen werden dann, sobald es hell ist, in die Stadt gebracht und im Bürgermeisteramt eingesperrt. Schon heute Nachmittag wird es eine öffentliche Verhandlung geben."

„Gibt es denn hier ein Gericht?", fragte Ann. „Bei uns in England hat jede Stadt ihren eigenen Gerichtshof."

Reso schüttelte den Kopf, und Georgi erklärte:

„Das ist hier nicht möglich. Im Sommer kommt für eine Woche ein Richter mit seinen Leuten für Fälle, die das öffentliche Recht oder Fragen des Reiches betreffen. Alles andere regeln wir hier traditionell in unseren Ältestenräten oder vor dem Stadtgericht, das wenn nötig zusammengerufen wird. Da bei diesem Zwischenfall so viele aus unserer Sippe betroffen sind und zugleich ein großes öffentliches Interesse herrscht, wird dieses Tribunal bereits heute Nachmittag zusammentreten." Reso legte seinem Schwiegersohn stolz die Hand auf die Schulter. „Und unsere Familie hat, seitdem meine Tochter diesen wunderbaren Mann gefunden hat, dort einen professionellen Vertreter. Georgi hat nämlich in Tbilissi nicht nur Wirtschaft, sondern auch ein wenig Jura studiert."

Georgi lächelte verlegen, das Lob war ihm offensichtlich peinlich. Ich aber fand es sehr schön, dass sich diese beiden Männer so gut verstanden, und wenn ich an manche zärtliche Blicke dachte, die Lana und Nana ihren Männern zugeworfen hatten, war ich um so froher, dass wir dieses Familienidyll vor der Zerstörung hatten bewahren können.

Bevor der Bürgermeister eintraf, wollten wir noch mit Melville und Jack the Knife reden. Vielleicht konnten wir ihnen etwas entlocken, was wir noch nicht erfahren hatten. Ich schlug vor, dass Old Firehand und ich die Befragung übernehmen sollten, doch Halef meinte:

„Sihdi, ich kann zwar nicht viel zu dem Gespräch beitragen, aber würde ich nicht einen guten Folterknecht abgeben? Ein wenig mit dem Messer spielen, die Schärfe der Klinge testen …"

Ich musste lachen, und auch Old Firehand schmunzelte.

„Meinetwegen", sagte ich.

Nun meldete sich auch Ann zu Wort:

„Die wissen doch sowieso nicht, wer wir wirklich sind. In England gibt es im Kriegsministerium und bei der Admiralität seit 1842, seit dem Ende des Afghanistankriegs, Pläne, eine gemeinsame Abteilung für Inlands- und Auslandsspionage einzurichten. Onkel Daffy hat erzählt, dass jetzt, wo es in Afghanistan wieder brodelt, ein solches Secret Service Bureau eingerichtet werden soll. Ich könnte ja eine Agentin dieser Organisation sein und den beiden damit Angst einjagen."

Old Firehand lachte laut auf.

„Von mir aus spielen Sie solche kindischen Spielchen. Ich glaube nicht, dass diese hartgesottenen Verbrecher vor einer britischen Agentin Respekt hätten. Warum sagen Sie nicht einfach, dass Sie dabei sein wollen? Wie ist es mit Ihnen, Sofie, gehören Sie zum kanadischen Geheimdienst, wenn es so etwas gibt?“

Sofie schüttelte den Kopf.

„Ich habe keinen Bedarf für dergleichen. Die Realität ist mir abenteuerlich genug. Aber ich werde ein wenig Protokoll schreiben.“ Sie hob ihr Notizbuch empor.

Ich hob resignierend die Hände.

„Also gut, dann verhören wir sie in voller Besetzung.“

Zuerst nahmen wir uns Kapitän Melville vor. Wir ließen ihn in einen kleinen Raum bringen und an einen Stuhl binden. Nachdem die beiden Georgier, die ihn hergeschleppt hatten, das Zimmer verlassen hatten, nahm Old Firehand ihm den Knebel aus dem Mund. Er und ich standen vor Melville, Ann und Sofie hatten es sich auf zwei Stühlen bequem gemacht und Halef stand in einer Ecke, machte ein drohendes Gesicht und reinigte sich mit einem Dolch die Fingernägel.

Doug Melville wirkte nicht mehr so souverän wie in dem Turm, in dem er uns empfangen hatte, auch war seine Kleidung durch die Ereignisse der vergangenen Tage in Mitleidenschaft gezogen. Die schwarze Hose war ebenso blut- und dreckverschmiert wie sein ehemals weißes Hemd, der linke Ärmel war eingerissen, den goldenen Manschettenknopf hatte er verloren. Dass er sein elegantes Outfit während des Überfalls überhaupt getragen hatte, bezeugte die Arroganz und Selbstsicherheit, mit der dieser Mann davon ausgegangen war, dass sein Plan ohne Probleme aufgehen würde. Seinen Mantel hatten ihm die beiden Wachen ausgezogen, er lag als Haufen schwarzes Leder in einer Ecke.

Old Firehand trat nahe an Melville heran, ergriff dessen Kinn und drehte sein Gesicht hin und her, sodass es im Schein der an den Wänden hängenden und auf dem Tisch stehenden Petroleumlampen gut zu sehen war. Dann ließ er das Kinn ruckartig los, drehte sich zu mir herum und sagte auf Englisch:

„Eine gewisse Ähnlichkeit kann ich schon erkennen. Er scheint wirklich verwandt zu sein mit dem guten John Dundiston, den wir als Ehrenmann kennengelernt haben." Ruckartig drehte er sich wieder zu dem Kapitän um und versetzte diesem eine heftige Ohrfeige. „Mann, wieso verdingen Sie sich als Bandenchef, als Räuber und Mörder? Hat die Seeräuberei nicht mehr genug abgeworfen?"

Melvilles Gesicht lief rot an, sodass die hellen Flecken, die die Finger von Old Firehand auf seiner Wange hinterlassen hatten, besonders deutlich hervortraten.

„Ich war nie ein Seeräuber!", knirschte er. „Ich war ein ehrbarer Handels- und Marinekapitän!"

Ich musste lachen.

„Soweit man in den Diensten einer Familie wie der Vanderbilts ehrbare Geschäfte machen kann", meinte ich. „Aber deswegen sind Sie nicht hier. Was Sie hier treiben, ist nach den Gesetzen der Vereinigten Staaten genauso ein Verbrechen wie nach den hiesigen. Und Sie werden hier dafür zur Verantwortung gezogen werden. Aber vielleicht können Sie mit etwas Milde rechnen, wenn Sie uns sagen, was hier eigentlich gespielt wird. Was hat Vanderbilt vor? Was wollen Sie mit der Pipeline? Und wo finden wir Ihre Ölquelle?"

Melville schwieg.

Ann stand auf. Ganz die englische Lady aus gutem Haus trat sie vor Melville hin.

„Bis jetzt werden Sie hier angeklagt werden wegen Bandenüberfalls, Mordes und Brandstiftung. Darum wird sich die örtliche Justiz kümmern. Vielleicht rechnen Sie damit, dass Ihr Boss Vanderbilt Sie da rauspauken kann. Aber wenn wir offenlegen, dass Sie zur Rebellion gegen das Zarenreich aufrufen, dann wird man sie wahrscheinlich den russischen Behörden überantworten. Und dann nützen Ihnen auch die Beziehungen der Familie Vanderbilt nichts mehr."

Melville schien nachzudenken. Dann sagte er:

„Sie werden von mir nichts erfahren. Der Arm der Familie reicht viel weiter, als Sie es sich ausmalen können. Und Sie haben es hier mit Mächten zu tun, die über das hinausgehen, was Normalsterbliche sich vorstellen können. Nein, von mir erfahren Sie nichts."

Mit Jack the Knife lief es ähnlich. Wenn wir den beiden gegenüber nicht offenlegen wollten, dass wir über magische Mittel Bescheid wussten und uns ihrer sogar bedienten, wenn wir ihnen nicht verraten wollten, dass wir hier waren, um den magischen Riss zwischen den Welten zu schließen, würden wir von ihnen nichts erfahren.

Jack hatte es geschafft, nahezu unversehrt aus dem Kampf herauszukommen. Seine Haar-und Bartzöpfe saßen akkurat, seine Kleider waren fast unbeschmutzt, sogar das Hemd war noch fast weiß. Old Firehand blitzte er aus halb geschlossenen Augen böse an, dann knurrte er:

„Wer hat mich ausgeknockt? Warst du das?"

Old Firehand schüttelte den Kopf und wies mit dem Daumen auf mich.

„Wir haben hier genug fähige Leute, um euch immer wieder auszuknocken!"

Leider brachten wir aus Jack kein weiteres Wort heraus.

Auch der Bürgermeister, der nach seiner Ankunft ebenfalls mit Melville und Jack sprach, konnte den beiden keine sinnvolle Auskunft oder Antwort entlocken. Er ließ die Leichen und die Gefangenen nach Mestia expedieren. Wir begleiteten den Trupp und begaben uns ins Gästehaus, um noch etwas zu ruhen. Barbaratze lud uns zur Gerichtsverhandlung ein.

„Die Türme der Melville-Truppe lasse ich untersuchen und dann versiegeln", erklärte er uns. Bei dieser Untersuchung wäre ich zu gerne dabei gewesen. Als ich den Bürgermeister darauf ansprach, wehrte er ab. „Bei allem Respekt: Diese Durchsuchung muss von Amtspersonen vorgenommen und protokolliert werden. Erst wenn das Gericht festgelegt hat, was mit den Türmen geschehen soll, kann ich andere Leute hineinlassen. Vielleicht dürfen Sie nach dem Prozess dort Ihre Nachforschungen anstellen."

Am Nachmittag war der große Saal im Bürgermeisteramt, in dem das Gastmahl stattgefunden hatte, in einen Gerichtssaal umgewandelt worden. Vorne, auf einer Art provisorischer Bühne aus Holzbrettern, stand ein Tisch mit drei Stühlen dahinter, auf denen die Richter Platz nahmen. Den Vorsitz führte Bürgermeister Barbaratze, seine Beisitzer waren der Schmiedemeister Schengelaja und der Kirchenwächter Tskalotadse, hinter ihnen an einem kleinen Pult saß einer der beiden Büttel, der über die Versammlung eine Niederschrift anfertigen würde.

An einem Tisch, der links davon seitlich und im rechten Winkel zum Richtertisch angeordnet war, saßen die Vertreter der Anklage: der Stadtdiener Tschatscharadse, der diese Funktion für die Stadt schon seit Jahren ausübte, und Georgi Takatschidse als Vertreter seiner Familie und Sippe, da diese besonders betroffen war. Auf der anderen Seite sollte eigentlich ein Verteidiger sitzen, doch der Stuhl hinter diesem Tisch war leer. Niemand in der Stadt war zu finden gewesen für dieses Amt, das in einer modernen Gesellschaft sicher besetzt worden wäre. Sofie schien Ähnliches zu denken, denn sie flüsterte mir zu:

„Das hier ist wirklich eher wie eines der provisorischen Gerichte, die in unseren Kleinstädten in Kanada oder auch in den USA eingerichtet werden, wenn Bedarf besteht. Ich bin sehr gespannt, wie hier die Rechtsfindung abläuft."

Wir saßen in der ersten von drei Stuhlreihen, die für Besucher eingerichtet waren; in kleinem Abstand vor uns saßen die 16 Angeklagten in zwei Reihen, gefesselt und bewacht von mehreren Männern, die über moderne Waffen verfügten, darunter die Revolver, die wir als Beute mitgebracht hatten. Wir hatten inzwischen erfahren, dass es am Vormittag auf dem Hof eine Verteilung aller erbeuteten Waffen und anderer wertvoller Gegenstände gegeben hatte, unter Aufsicht der Familienältesten. Die Springfield Trapdoor von Brown und dessen zwei Revolver hatten der Sohn und der Bruder des erschossenen

Tornike Kimadse erhalten, die Waffen des toten Schützen sein Onkel, Tedore Griganaschwili, der den Mann erschossen hatte. Reso war nun stolzer Besitzer des Colts von Jack und einer der beiden Taschenpistolen von Melville; den anderen Deringer und das Entermesser trug Georgi. Die Mitglieder der Sippe Takatschidse gehörten durch diesen Überfall ab jetzt zu den bestbewaffneten Swanen weit und breit.

Viele der Männer und Frauen, die in der Nacht mit uns gekämpft hatten, saßen auf den Stühlen neben und hinter uns, an den Wänden drängten sich die Bewohner von Mestia, die keinen Stuhl mehr bekommen hatten. Bürgermeister Barbaratze eröffnete die Gerichtsverhandlung, indem er dreimal mit einem Holzhammer auf den Tisch schlug. Diese Eröffnung und eine allgemeine Begrüßung erfolgten auf Georgisch. Danach erhoben sich alle und beteten gemeinsam in der Sprache der Swanen. Wir verstanden nichts, aber Reso, der neben Old Firehand saß, erklärte uns dies. Danach wechselte Barbaratze ins Russische, damit auch die Angeklagten ihn verstanden.

Zunächst gab er einen Überblick über die Ausgangssituation vor dem gestrigen Zwischenfall, mit der ausdrücklichen Begründung, dass er nicht davon ausgehe, dass alle Bewohner der Stadt und alle Anwesenden darüber informiert seien, was sich in den letzten Monaten in Mestia und Umgebung ereignet hätte. Er erzählte zunächst, wie vor einigen Wochen Kapitän Melville – den er kurz aufstehen und sich dem Publikum zuwenden ließ, damit ihn alle sehen konnten – mit einem Trupp Ingenieure in die Stadt gekommen sei und vier der Wehrtürme gemietet habe. Er berichtete, dass das erklärte Vorhaben des Kapitäns, in der Umgebung von Mestia Öl zu fördern und der Stadt und ihren Bewohnern dadurch zu Wohlstand und Modernität zu verhelfen, bei einem Teil der Bevölkerung durchaus auf Wohlwollen gestoßen sei, es im Rat aber deswegen auch erregte Debatten gegeben habe. Viele hätten sich gefragt, was in den Türmen der Amerikaner wirklich vor sich gehe, was diese wirklich vorhätten. Denn manche hatten den Verdacht gehabt, dass die Verwüstungen auf drei Höfen, die sich in den letzten Wochen ereignet hätten, mit den Amerikanern zu tun haben könnten: der Brand, die durchgehende Viehherde und der Banditenüberfall.

Geschickt wechselte Barbaratze dann das Thema und kam auf uns zu sprechen. Er bat uns, ebenfalls aufzustehen und uns dem Publikum zu zeigen, dabei stellte er uns in ähnlicher Form vor wie bei dem Gastmahl hier in diesem Saal. Besonders betonte er unsere Verbundenheit mit der Familie Dadiani und zugleich unsere formale Anerkennung durch den Zarenhof sowie die Bekanntheit und Bedeutung von Old Firehand und dessen Ruf als Otchopintre. Dann bat er Elena Takatschidse, zu erzählen, was sie über den nächtlichen Vorfall wisse.

Dies war ein sehr geschickter Schachzug. Als die alte Dame nach vorne trat, schien es mir, als übertreibe sie ihre Gebrechlichkeit bewusst. Sofort wurde ihr vor dem Richtertisch, auf der Empore, ein Stuhl hingestellt, den der Bürgermeister ihr persönlich zurechtrückte, und ein Fußbänkchen, sodass sie leicht hinaufsteigen konnte. An den zustimmenden Minen der meisten Besucher war abzulesen, dass die Sippenmatriarchin höchstes Ansehen genoss.

Sie berichtete, wie sie uns beim Picknick getroffen, von ihren Befürchtungen erzählt und uns um Unterstützung gebeten hatte, weil sie befürchtete, dass Kapitän Melville und seine Männer die Familie von ihrem Hof vertreiben wollten. Dann sprang sie zu unserem Besuch am gestrigen Mittag auf ihrem Hof. Zu meiner Freude erwähnte sie unsere Warnung nur ganz kurz, während sie sich umdrehte und auf uns zeigte:

„Diese fremden Frauen und Männer haben unter Lebensgefahr herausgefunden, dass Kapitän Melville und seine Männer für die Überfälle verantwortlich waren. Sie kamen und warnten uns, und sie organisierten unsere Verteidigung. Aber davon kann besser mein Sohn Reso berichten."

Es war absolut still im Saal, als sie sich mühsam erhob und die Empore verließ.

Reso berichtet nun von den Ereignissen des Abends und der Nacht. Er tat dies sehr ruhig und sachlich, auch wenn er unsere Leistung besonders herausstrich, nicht zuletzt, um die Gefahr, der der Hof ausgesetzt gewesen war, zu betonen. Es war danach wohl allen im Saal klar, was geschehen wäre, wenn wir nicht eingegriffen hätten. Und auch mir lief es an manchen Stellen seiner Erzählung kalt den Rücken herunter, immer dann, wenn Reso unterstrich, was dieser Überfall für die anwesenden Sippen- und Familienmitglieder bedeutet hätte, dass weder diese noch die Knechte und Mägde, dass weder Elena noch seine Frau, weder die Tochter noch der Schwiegersohn und sein kleiner Enkel heute ohne uns noch am Leben wären.

„Wir wären ausgelöscht, die ganze Familie wäre ausgelöscht, so wie die Familie Mekishvili, deren Hof diese Bande vor fünf Tagen abgefackelt hat. Diese Verbrecher!“ Bei den letzten Worten sprang Reso vom Zeugenstuhl auf, drehte sich um und zeigte auf Kapitän Melville. So ruhig er bisher gewesen war, so erregt war er nun.

Im Saal erhob sich Saba Zivivatse, der älteste der Bauern, mit denen wir uns auf dem Hof beraten hatten

„Bitte, Reso, beruhige dich!“, sagte er mit vor Autorität vibrierender Stimme. Reso gehorchte sofort, setzte sich wieder auf den Stuhl und faltete die Hände.

Zivivatse wandte sich an den Bürgermeister.

„Verehrtes Gericht, ich möchte gerne auch etwas zu dieser Nacht sagen. Denn diese Männer haben sich weitaus größerer Verbrechen schuldig gemacht, als wegen derer sie bisher hier angeklagt sind.“

Im Saal breitete sich Gemurmel aus. Reso drehte sich um und schaute seinen Verwandten an, Bürgermeister Barbaratze fragte erstaunt:

„Größere Verbrechen als Brandschatzung, Raubüberfall und Mord? Das musst du uns erklären, alter Freund.“

Zivivatse nickte.

„Dazu bin ich gerne bereit. Doch lasst zuerst Reso fertig berichten, dann bitte ich darum, nach vorne treten zu dürfen, um weitere Anklagen vorzubringen. Und ich bin nicht der Einzige."

Neben ihm erhoben sich Utscha Regwiaschwili und Tedore Griganaschwili, hinter diesen noch zwei weitere Männer und drei Frauen. Barbaratze und seine beiden Beisitzer schauten irritiert, dann schlug der Bürgermeister mit dem Hammer auf den Tisch.

„So sei es. Wir hören uns zunächst die Zeugenaussagen fertig an, dann machen wir eine kleine Pause, und danach dürft ihr eure Anklagen vorbringen."

„Und wann dürfen wir etwas sagen?", rief da empört Melville, der bisher ruhig auf seinem Stuhl gesessen war, ohne eine Regung zu zeigen.

„Ihr kommt am Ende zu Wort", wies Barbaratze ihn zurecht. „Wenn alle Anklagepunkte und Zeugenaussagen gehört sind, dann dürft ihr euch verteidigen."

Zunächst wurden nun einige der für den Hof Kämpfenden gehört, die die Angreifer identifizierten und Melville als Anführer bezeichnen konnten, auch Jack wurde aufgrund seines Aufrufs zum Rückzug als eine der Führungspersonen erkannt. Black und White waren sowohl aufgrund ihrer Kleidung wie auch ihres Auftretens schon in der Nacht als amerikanische Agenten aufgefallen; sie waren außer Melville und Jack die einzigen Nichtrussen unter den Gefangenen.

Danach wurden wir befragt, Old Firehand zuerst, dann ergänzend Halef, ich, Ann und Sofie. Old Firehand erzählte in Kurzform, wie er versucht hätte, Melville und seine Männer im Turm zu belauschen. Leider sei er dabei erwischt worden, bei seiner Flucht sei ihm aber die Überfallplanung der Bande auf einem großen Blatt Papier aufgefallen. Das sorgte für einigen Aufruhr: bei Melville und Jack, denen nun klar wurde, wieso wir von dem Überfall gewusst hatten, und beim Publikum, weil Old Firehand damit belegen konnte, dass die Bande für die vorherigen Überfälle verantwortlich war. Dann berichtete Old Firehand von unserer Verfolgung der Geflohenen, in ähnlich gekürzter und zensierter Form wie schon auf dem Hof. Wir anderen mussten nur noch kurz seine Darstellungen bestätigen. Auf die Wölfe in der Stadt wurde gar nicht eingegangen.

Die Pause dauerte etwa eine halbe Stunde, in der wir unter uns blieben und uns nur mit ein paar Getränken erfrischten. Dann kam es zu dem angekündigten weiteren Anklagepunkt. Ich konnte mir schon denken, worum es ging, und tatsächlich: Es war der Aufruf zum bewaffneten Widerstand, von dem uns die alten Swanen schon am vorherigen Nachmittag erzählt hatten.

Saba Zivivatse trat vor den Richtertisch und brachte seine Anklage kurz und entschlossen vor:

„Kapitän Melville und seine amerikanischen Agenten Mister Brown, den wir dazu nicht mehr befragen können, Mister Black und Mister White rufen heimlich auf zu einer Revolte, zum bewaffneten Widerstand gegen das russische Zarenreich!“ In der atemlosen Pause, die daraufhin im Saal entstand, fuhr er fort: „Einige von uns sind schon darauf angesprochen worden, immer einzeln und immer im Geheimen. Mit dem Geld aus dem Ölgeschäft soll Swanetien unabhängig werden. Der Auftraggeber von Melville, der reiche Mister Vanderbilt, will uns mit dem nötigen Kapital und auch Waffen versorgen.“

Im Saal setzte heftiges Stimmengewirr ein. Barbaratze donnerte mehrmals mit dem Hammer auf den Tisch und schrie nach Ruhe, abwechselnd auf Russisch und Georgisch. Endlich hörte man auf ihn, außer gelegentlichem Füßescharren und Flüstern war nichts mehr zu vernehmen. Der Bürgermeister fragte:

„Wer hat auch solche Erfahrungen gemacht? Wer ist auch deshalb angesprochen worden?“

Zögernd wurden erst zwei, dann drei, vier Hände gehoben, schließlich zeigte fast ein Drittel der Anwesenden auf.

Barbaratze wollte etwas sagen, doch der Schmied, Meister Schengelaja, legte ihm eine Hand auf den Arm und flüsterte ihm etwas ins Ohr. Der Bürgermeister nickte, und Schengelaja erhob sich.

Mit seiner tiefen lauten Stimme, die sofort alles übertönte, begann er ruhig und betont:

„Ihr alle kennt mich. Ihr wisst, dass ich ein Patriot bin, der sein Blut für Swanetien und für Georgien vergossen hat. Ihr alle wisst, dass ich das Vorhaben dieser Fremden unterstützt habe, nicht, um mich zu bereichern, sondern um das Beste für dieses Land und diese Stadt zu erreichen. Hat irgendjemand Zweifel daran?" Er machte eine Pause und blickte ernst auf die Menschen vor ihm, ich drehte mich um und sah, dass viele den Kopf schüttelten. „Umso mehr bin ich enttäuscht und entsetzt über das, was ich hier höre!", fuhr der Schmied fort. „Wer uns in ein solches Abenteuer treiben will, kann es nicht gut mit uns meinen. Vielleicht wird Georgien, vielleicht gar wird Swanetien eines Tages wieder frei und eigenständig sein. Aber ich glaube nicht, dass dies zu meinen Lebzeiten geschehen wird." Seine Stimme wurde noch tiefer, leise, ernst. „Manche von den Älteren werden sich erinnern, so wie ich, an unseren heroischen Kampf gegen die Besetzung Swanetiens durch das Zarenreich. Von 1857 an haben wir sieben Jahre gekämpft und einen hohen Blutzoll entrichtet. Ich habe zwei Brüder verloren, und ich sehe in die Gesichter zahlreicher Männer und Frauen in diesem Saal, denen es ähnlich ging, die noch heute um ihre Männer, Väter, Brüder oder Söhne trauern. Was diese Amerikaner von uns erbitten, ja fordern, ist Verrat. Nicht nur Hochverrat am Zarenreich, das wäre in meinen Augen nicht allzu schlimm, aber Verrat am swanetischen Volk, an uns allen!"

Schengelaja setzte sich, nach einer kurzen Pause erhob sich tosender Applaus, aber ich sah, dass nicht wenige im Publikum keine Hand rührten. So groß war die Einigkeit wohl doch nicht! Melville sprang auf, er schüttelte die Hand des Wächters ab, der ihn auf seinen Stuhl drücken wollte, und schrie etwas, aber es war nicht zu verstehen. Der Schmied erhob sich, reckte beide Hände in die Höhe, und die Menge verstummte.

„Lasst ihn reden!“, sagte er und wies auf den Amerikaner. „Niemand soll sagen, dass wir Swanen keine Gerechtigkeit kennen.“ Er setzte sich wieder.

Melville blickte sich unsicher um, dann begann er:

„Ich gebe zu, dass wir diese Gespräche geführt haben, deren man uns beschuldigt. Doch ich sehe darin nichts Ehrenrühriges. Denn seht: Ich trage meinen Titel Kapitän aus zwei Gründen. Zum einen war ich viele Jahre Kapitän eines Schiffes, und ich war ein guter Schiffsführer. Ich war aber auch Offizier in der Armee der Konföderation der vereinigten Südstaaten in Amerika und habe im amerikanischen Bürgerkrieg gekämpft, zu Land und zu See, am Ende im Rang eines Captains. Unser Kampf damals war ein Kampf für die Freiheit! Der Kampf für die Freiheit ist es immer wert, ausgefochten zu werden, egal, wie hoch der Blutzoll sein mag!“

Draußen, vor dem Tor des Bürgermeisterhauses, erklang das schaurige Geheul eines Wolfsrudels.

Zweiundzwanzigstes Kapitel
Die dünne Wand

Melville blickte sich unruhig um, in Saal erhob sich Geraune, viele Köpfe wandten sich der Tür zu. Melville setzte sich wieder. Ich bickte zu Old Firehand, er schaute ratlos und zuckte mit den Schultern. Dann blitzte eine Erkenntnis in seinen Augen auf, er neigte sich zu mir herüber und flüsterte:

„Das ist der Weltenriss. Er macht die Tiere unruhig und aggressiv!“

Es wurde wieder ruhig im Saal. Ich überlegte, ob ich vielleicht etwas sagen sollte zu diesem Verbrecher, der angeblich für die Freiheit gefochten hatte, als er die Sklaverei verteidigte, da erhob sich der zweite beisitzende Richter, der Kirchenwächter Tskalotadse. Seine Stimme war im Vergleich zu der des Schmieds dünn und hoch, so wie er von der Statur eher Halef glich, während der Schmied an Old Firehand erinnerte. Doch war seine Stimme nicht nur gut zu vernehmen, sie hatte auch ein wohltuendes Timbre, und er sprach auf eine sehr angenehme Art. Ich hätte ihm stundenlang zuhören können.

„Ich bin nicht sehr bewandert in der Geschichte Amerikas. Doch weiß ich, dass die Südstaaten, für die dieser Mann gekämpft hat, unter Freiheit etwas ganz anderes verstanden als wir. Und ich weiß, es gibt manche unter euch, die würden den Kampf um unsere Freiheit lieber morgen aufnehmen als in einem Jahr. Doch lasst es uns mit Bedacht angehen. Niemand zweifelt an unserer Tapferkeit, wir und alle Georgier wissen um unsere Kampfkraft, unseren Mut, das Feuer in unseren Herzen. Heißt es doch weit und breit: ‚Hast du einen Swanen an deiner Seite, brauchst du niemanden zu fürchten!' Doch was soll ein Kampf, den wir nur verlieren können? Lasst euch nicht verführen von diesem falschen Ratgeber, der vorgibt, auf unserer Seite zu kämpfen, aber nur seinen eigenen Kampf um seinen eigenen Vorteil führen möchte, der Freundschaft vorgaukelt, aber auf euer Unheil sinnt. Denkt doch an das alte Märchen von der Schlange und dem Schakal." Er machte eine kurze Pause, dann hob er die Hände und begann in einer Art Sprechgesang, dem alle atemlos lauschten: „Ein Schakal und eine Schlange schlossen Freundschaft. Eines Tages kamen sie an einen reißenden Fluss, der breit war und Hochwasser führte. ‚Darüber kann ich nicht schwimmen', sagte die Schlange zum Schakal. ‚Kannst du mich mitnehmen?' Er war sofort dazu bereit. ‚Schlinge dich mir um den Hals, ich bringe dich hinüber', sagte der Schakal zur Schlange. Während sie im Wasser waren, drückte die Schlange dem Schakal langsam die Luft ab, sodass der es zunächst nicht merkte. Als sie sich aber dem Ufer näherten, drückte sie immer stärker, sodass der Schakal wusste, er würde das Ufer nicht erreichen. Da sprach der Schakal zur Schlange: ‚Ich muss dir ein Geheimnis verraten. Es darf aber niemand hören. Deshalb neige deinen Kopf zu mir, damit ich es dir ins Ohr flüstern kann.‘ Als die Schlange den Kopf zu ihm herunterneigte, biss er ihr den Kopf ab. Er schwamm ans Ufer und ließ den kopflosen Leib der Schlange dort liegen. ‚Solch eine Freundschaft brauche ich nicht‘, sagte der Schakal und ging seiner Wege.“ Tskalotadse ließ die Arme sinken, zeigte mit beiden Händen und ausgestreckten Zeigefingern auf Melville und rief: „Solch eine Freundschaft brauchen wir nicht.“ Unter donnerndem Applaus setzte er sich.

Ich schaute Old Firehand und danach die anderen Gefährten an, ich konnte meine Bewunderung nicht verbergen.

Old Firehand grinste.

„Vielleicht ist was dran an der Geschichte mit dem Mais. Die Indianer erzählen doch auch so gerne Geschichten, um ihren Standpunkt zu verdeutlichen. Vielleicht sind sie wirklich verirrte Georgier.“

Der Bürgermeister bot Melville und seinen Leuten an, etwas zu ihrer Verteidigung zu sagen. Doch diese hatten wohl eingesehen, dass eine Verteidigungsrede nicht viel bewirken würde, und verzichteten darauf.

Georgi erhielt das Schlusswort für die Anklage, sein Plädoyer war so kurz wie eindringlich:

„Ich glaube, ich muss nicht viele Worte verlieren über die Schuld dieser Männer. Ihre Teilnahme am Überfall auf unseren Hof ist bewiesen, schon dafür verdienen sie die härteste Strafe. Ihr Aufruf zur Rebellion ist Hochverrat und zugleich der Versuch, unser Volk in die Vernichtung zu führen. Auch dafür verdienen sie jede Strafe. Dennoch möchte ich das Gericht darum bitten, von der Todesstrafe für die Angeklagten abzusehen. Nicht, weil sie sie nicht verdient hätten. Doch Kapitän Melville und die amerikanischen Agenten sind Vertreter einer bedeutenden auswärtigen Macht, und wir wissen nicht, wie weit der Einfluss ihrer Auftraggeber reicht. Ein Land wie die USA, das erst vor wenigen Jahren von Russland ganz Alaska gekauft hat, hat sicher erheblichen Einfluss am Zarenhof. Deshalb plädiere ich dafür, diese Männer aus Swanetien zu verbannen, lebenslang, und dasselbe Urteil in Abwesenheit zu sprechen über Richard Vanderbilt und alle seine Männer. Und alles, was sie nach Swanetien gebracht, alles, was sie hier gebaut und eingerichtet haben, in den Türmen und anderswo, soll der Stadtkasse vom Mestia verfallen, sodass sie damit keinen Schaden mehr anrichten können, sondern dies der Stadt zum Nutzen gereiche."

Das Urteil fiel erwartungsgemäß genau so aus, wie Georgi es beantragt hatte. Nachdem die Gefangenen weggebracht worden waren, kam der Bürgermeister zu uns. Zunächst bedankte er sich bei uns in aller Form für den großen Dienst, den wir der Stadt erwiesen hätten. Es war ihm anzusehen, dass er dies ernst meinte. Die Verhinderung des Überfalls, die Entlarvung von Melvilles Bande und schließlich auch der unerwartet friedliche und gemeinschaftsfördernde Verlauf der Verhandlung – das alles hatte ihm im übertragenen Sinne ein ganzes Gebirge vom Herzen fallen lassen.

Dann lud Barbaratze uns noch auf ein Glas in sein Büro ein, um das weitere Vorgehen zu besprechen. Er wusste natürlich nichts von unserem eigentlichen Vorhaben, dem Schließen des magischen Risses, dem wir noch keinen Schritt nähergekommen waren, kam uns aber mit seiner ersten Ankündigung in dieser Hinsicht bereits entgegen:

„Wir haben die Türme der Amerikaner überprüft. Das war aber eine schnelle und oberflächliche Durchsuchung, vor allem nach Beweisen für ihre Verbrechen. Es dunkelt bereits, aber morgen werde ich mit einer großen Mannschaft in die Türme gehen, wir werden das Inventar erfassen und den Wert für die Stadtkasse bestimmen. Wir werden aber zunächst alles so lassen, wie es ist, bis der Stadrat beschlossen hat, was mit den einzelnen Sachen geschehen soll. Deshalb sind Sie herzlich eingeladen, übermorgen in den Türmen nach Hinweisen oder Verstecken zu suchen, die Ihnen weiterhelfen mögen, bei Ihren Forschungen und Ihrer Expedition." Er lächelte Ann und Sofie väterlich an. Die Vorhaben der beiden jungen Frauen, die sie ja durchaus mit Ernst verfolgten, erwiesen sich auch als gute Tarngeschichte.

„Das passt uns sehr gut", sagte Old Firehand. „Denn morgen sind wir ja bei der Totenfeier für die Familie Mekishvili."

Der Bürgermeister seufzte.

„Eine traurige Geschichte, das mit diesem Überfall. Aber Sie werden dort die echten alten swanetischen Bräuche kennenlernen. Wir Swanen sind nicht wie andere Georgier. Unsere Traditionen haben sich in der Abgeschiedenheit unserer Täler über Jahrhunderte erhalten, so wie unser Stolz. Wir sind ein uraltes Volk, manche unserer Historiker behaupten, wir stammen von Sumerern ab, von Menschen, die vor Jahrtausenden der Sklaverei entflohen sind. Der Name Swane bedeute in der Sprache der Sumerer ‚Hort der Sonne'. Und obwohl wir vor über 1.000 Jahren christianisiert wurden, natürlich mit Feuer und Schwert, haben wir noch viele alte Bräuche bewahrt. Sie werden es sehen!" Er nickte nachdrücklich.

Ich ging darauf ein:

„Die Swanen scheinen auch alte Geschichten und Märchen zu lieben, wie das von der Schlange und dem Schakal."

Barbaratze schüttelte den Kopf.

„Nicht alle von uns, aber die meisten. Dies ist eine allgemein georgische Vorliebe. Denken Sie nur an unser großes Epos *Der Recke im Tigerfell* von Schota Rustaweli. Viele sciner Motive finden sich in unseren Märchen wieder. Und aus vielen Märchen kann man etwas lernen. Wenn unser Kirchenwächter nicht mit dem Märchen vom Schakal und der Schlange für Frieden gesorgt hätte, hätte ich es mit einem anderen Märchen versucht."

„Mit welchem denn?“, fragte Ann neugierig.

Und Sofie bettelte:

„Bitte, erzählen Sie es uns!“

Der Bürgermeister setzte sich gerade hin und begann:

„Es waren einmal drei Freunde. Der eine hatte nur ein Auge, der andere nur ein Bein, der dritte nur einen Arm. Eines Tages gingen sie auf die Jagd. ‚Dort hinten, am Ende der Wiese, sehe ich einen Hasen‘, sagte der Einäugige. Der Einbeinige sprang auf, rannte dem Hasen hinterher, fing ihn und brachte ihn seinen Freunden. Der Einarmige schlachtete den Hasen und häutete ihn. Nun ging es ans Teilen, doch dabei zerstritten sich die drei darüber, wem mehr zustehe. ‚Habe ich ihn nicht erblickt, den Hasen?‘, fragte der Einäugige. ‚Habe ich ihn nicht gefangen?‘, konterte der Einbeinige. ‚Habe ich ihn nicht geschlachtet?‘, sagte der Einarmige. Und da sie noch heute darüber streiten, ist der Hase immer noch nicht zerteilt.“

„Eine schöne Geschichte“, meinte Sofie nach einer kurzen Pause nachdenklich.

„Und leider eine wahre, wenn man die Geschichte Georgiens betrachtet“, antwortete Barbaratze.

„Es ist nur eine sehr dünne Wand, die den Tod vom Leben trennt“, sagte Elena, während sie ihren schlafenden Enkel Tengis in den Armen wiegte. Wir saßen um den großen Tisch in dem Raum, in dem wir zwei Tage zuvor zu Mittag und zu Abend gegessen hatten. Am frühen Nachmittag waren wir wieder zum Hof gewandert. Am Abend zuvor, nach der Gerichtsverhandlung, hatten wir lange zusammengesessen, die Ereignisse besprochen und die nächsten Tage geplant, am Morgen im Gästehaus gemütlich gefrühstückt, und nun warteten wir gespannt auf die Totenfeier.

Elena fuhr fort:

„Das Leben hier oben in den Bergen ist hart. Nahe der Sonne, die unsere Gesichter verbrennt, werden wir nur mühsam ernährt von der Erde. Doch Erdmutter Gim, die noch heute von manchen Swanen wie einst von unseren Vorfahren verehrt wird, war auch immer großzügig zu uns, gewährt uns den Schutz ihrer Berge und das Gold in den Flüssen. Wir wissen sehr genau, wie Tod und Leben verwoben sind, und immer gehört zum Tod auch das Leben dazu. Und was wäre der Tod ohne die Liebe?“ Zärtlich blickte sie auf den kleinen Jungen, der ruhig schlief, den Daumen der linken Hand in den Mund geschoben. „Immer, wenn wir trauern, schwingt stets die Liebe mit, mal verborgen, mal ganz offen. Und wenn wir das Leben feiern, so gedenken wir stets der Toten, die hinter der dünnen Wand zwischen unserer Welt und der ihren auf uns achten. Beim Quirikoba-Fest im Juli zu Ehren der Heiligen Quirike, der Schutzpatronin Swanetiens, opfern wir Schafe und Ziegenböcke, und während wir Herz und Leber essen, tränkt das Blut der Opfertiere für unsere Toten den Boden. Beim Lanitschoba-Fest am 4. August werden dem Heiligen Georg Stiere geopfert.“ Elena hob den Blick und blickte uns ernst an. „Wir sind gute Christen, aber unsere Traditionen reichen weit zurück. Deshalb bitte ich Sie: Wundern Sie sich nicht über das, was Sie heute hier sehen und hören werden, auch wenn es für Sie ungewohnt und seltsam anmuten mag. Und wenn es für Sie aus Gründen Ihrer Religion, welche dies auch sein mag, nicht erträglich erscheint, so wird es Ihnen niemand übelnehmen, wenn Sie uns verlassen, doch bitte so, dass Sie die Trauernden nicht stören.“

Ich war erstaunt und berührt über die Feinfühligkeit dieser Bauersfrau, deren Toleranz manchem unserer Kirchenführer gut zu Gesicht gestanden hätte. So erhob ich mich und verneigte mich vor der alten Dame.

„Liebe und Tod sind in allen Ländern, die ich bisher besucht habe, die wichtigsten Themen im Leben der Menschen. Und wir werden die Art, wie sie hier miteinander verbunden werden, selbstverständlich achten.“ Ich war mir sicher, in diesem Moment für uns alle zu sprechen.

Von draußen erklang Musik, ein in meinen Ohren atonal klingender Gesang.

„Sie bringen nun die Toten“, erklärte Elena und stand auf. „Sie waren sechs Tage aufgebahrt, in der Kirche der Sippe, da in ihrem Haus niemand mehr war, der sich hätte darum kümmern können. Nun werden sie den Rest dieses Tages und über die Nacht hinweg in unserem Gehöft gefeiert werden. Bitte kommen Sie mit!“

Wir folgten ihr ins Freie. Durch die beiden offenen Eingänge wurden die Särge der Familie Mekishvili hereingetragen: links die der beiden Eltern, rechts die des Großvaters und des Sohnes. Sie wurden im Hof auf vorbereiteten Holzböcken abgestellt. Mit den Toten kamen die Klageweiber. Um diese und die Särge versammelten sich zahlreiche Mitglieder der Sippe.

In vielen Ländern, in denen ich war, übernehmen Klageweiber das Ausdrücken von Schmerz. Sie können die Tränen der Hinterbliebenden auslösen, deren Gefühle ausdrücken und ihre Trauer unterstützen. Meistens habe ich dieses Klagen, dieses Lamento, in Form von Rezitationen, Gesängen und Musik erlebt, oft untermalt mit szenischen Handlungen wie dem Raufen der Haare oder dem Bestreuen des Kopfes mit Asche. Nicht selten erfolgt dieser Dienst gegen Lohn, hier aber waren es Verwandte, die auf die ganz eigene swanetische Art klagten. Diese Trauerklage fand ganz ohne Tanz oder auffällige Bewegung statt; etwa ein Dutzend Frauen standen um die Särge herum und klagten ohne Worte, sangen durcheinander mit einzelnen Vokalen, schrien dazwischen in hohen Tönen. Da ich wusste und wir auch schon erlebt hatten, wie melodisch und kunstvoll die georgische Musik sein kann, war dies einigermaßen überraschend. Aber schnell wurde mir klar, dass dies eben keine Musik war, sondern der bewusst nicht auf Schönheit ausgelegte Ausdruck tiefer Trauer.

Die Klage zog sich über Stunden hin, bis sich langsam das Abenddunkel ausbreitete. Da verschwanden die Klageweiber in den Häusern, um sich umzuziehen und in ihrer üblichen

Tracht wieder zu erscheinen. Fackeln und Petroleumlampen wurden entzündet und erleuchteten den Hof. Dann nahmen zu meinem Erstaunen die Männer, die vorher die Särge getragen hatten, diesen die Deckel ab und stellten sie jeweils neben den Sarg. Die Männer und Frauen im Hof bildeten vier Reihen und defilierten langsam an den Särgen entlang. Sie blieben jeweils kurz davor stehen, blickten hinein und bekreuzigten sich auf die orthodoxe Weise, mit Daumen, Zeige- und Mittelfinger, während der Ringfinger und der kleine Finger die Handfläche berührten. Sie schlugen das Kreuz langsam und in großer Manier, von der Stirn über die Brust erst zur rechten, dann zur linken Schulter.

Ich hörte, wie Ann neben mir zu Sofie flüsterte:

„Bei uns machen wir es andersrum, erst die linke, dann die rechte Schulter, und nur mit zwei Fingern."

Sofie antwortete leise:

„Und wir nehmen alle Fingerspitzen."

Manche der Trauernden beugten sich zum Sarg herunter, berührten den Toten kurz mit der Hand oder gaben ihm sogar einen Kuss. Einige legten etwas in den Sarg. Ich wollte langsam nähertreten, um zu sehen, was sie da hineinlegten, da hielt mich eine Hand auf meiner Schulter zurück.

„Lassen Sie sie bitte in ihrer Trauer allein", sagte Georgi leise. „Ich erkläre Ihnen gerne, was Sie da sehen."

Auch Old Firehand, Halef, Sofie und Ann hatten ihn gehört und schauten ihn nun neugierig an.

„Wir Swanen geben unseren Toten mit, was sie im Leben liebten: eine kleine Flasche Schnaps, ein wenig Kuchen, Früchte, ein Messer oder sogar ihr Gewehr. Nicht, dass wir glauben, sie würden dies im späteren Leben brauchen, aber es ist eine jahrhundertealte Tradition."

Da sich die meisten, wenn sie einem der Toten die Ehre erwiesen hatten, in die Schlange hinter einem anderen Sarg einreihten, dauerte die ganze Prozedur mehrere Stunden. Auch die Klageweiber, die nun aus den Häusern kamen, schlossen sich an; ich erkannte Lana und Nana. Anschließend wurden alle in die Häuser gebeten, zum Nachtmahl. Dieses fand in sehr gedämpfter Atmosphäre statt, es wurde nur leise gesprochen und es gab keine lauten Trinksprüche. Während des Essens wurde in jedem Haus im Hintergrund die Tschangi gespielt, ein Instrument, das ich mit großem Interesse betrachtete. Es ist eine sehr frühe Form einer Harfe: Ein schmaler, an der Unterseite gerundeter Resonanzkörper aus einem ausgehöhlten Holzblock schließt an der Oberseite mit einer dünnen flachen Holzdecke ab. In einem leicht spitzen Winkel sitzt darauf der Hals, sodass ein gleichschenkliges offenes Dreieck entsteht, weshalb diese Konstruktion Winkelharfe genannt wird. Vom Hals zum Korpus verlaufen sechs Saiten aus gedrehtem Pferdehaar, die die Musikerin schlägt – in Swanetien wird dieses Instrument fast nur von Frauen gespielt. Sie halten die Tschangi senkrecht auf ihren Knien, mit den kurzen Saiten von sich entfernt.

Bei diesem Essen gab es keine alkoholischen Getränke, weder Wein noch Bier oder Schnaps, sondern nur Wasser, Milch und Tee aus verschiedenen Kräutern. Und wir bekamen nur Speisen vorgesetzt, die zu den Lieblingsgerichten der Verstorbenen gehört hatten und der einheimischen, der swanetischen Küche entstammten: Kubdari, das sind mit gewürztem Fleisch gefüllte Teigtaschen; Mtschadi, flaches rundes Brot aus feingemahlenem Maismehl; Sulguni, mild schmeckender Salzlakenkäse; Mamalyga, Brei aus Maismehl; Gomi, Maisbrei mit Sulgunistücken; Tammidschab, Kartoffelbrei vermischt mit Maismehl und Sulguni; Tschadi, handtellergroße Eierkuchen mit Maismehl, Tomaten, Käse und Kräutern; Tschkut, in Hirsemehl gebackener Käse.

Außerdem stand die ganze Zeit auf jedem Tisch ein großer Kessel mit einer scharf schmeckenden Suppe aus Gemüsen und Kräutern. Ich fragte Nana, was alles darin sei.

„Das ist ein Rezept aus der Zeit des Krieges vor zwanzig Jahren“, sagte sie. „Während des Kampfes gegen Russland war der Hunger Stammgast in vielen Häusern. Da wanderte in den Kochtopf, was sich fand, nicht selten wildes Gemüse und Kräuter, die wir in den Bergen und Wäldern ernteten. Heute geht es uns viel besser, aber an dieser Suppe halten wir fest. Dafür verwenden wir junge Nesseln, Malven und Sauerampfer, scharfe wilde Zwiebeln und wilden Spargel."

Bei der Beschreibung schüttelte es mich innerlich, aber die Suppe schmeckte ausgesprochen lecker, wenn sie auch sehr scharf war.

Besonders mundete mir dazu das frisch gebackene Brot. Als Nana das merkte, erklärte sie mir:

„Wir backen hier unser Brot nach alter Sitte, wie wir es von unseren Müttern und Großmüttern gelernt haben. Das Wichtigste ist der Sauerteig. Jede Braut bekommt von ihrer Mutter zur Hochzeit eine Portion geschenkt. Und davon verbrauchen wir an jedem Backtag immer nur einen bestimmten Teil, den Rest heben wir auf, als Basis für neuen Sauerteig. Wenn ich backe, schiebe ich das Brot nicht wie in den Städten in einen Backofen hinein, sondern klatsche es an die Decke meines Backofens aus Ton, der in die Erde eingelassen ist. Wenn ich rechtzeitig vorgeheizt habe, bleibt der Teig dort hängen, bis er diese runde Fladenform annimmt."

Ich riss ein Stück eines frischen Laibes ab.

„Daher kommen dann wohl auch der knusprige Rand und die weiche Mitte", meinte ich. „Ich finde beides lecker."

Für diesen Anlass hatten Lana und Nana zahlreiche Brote gebacken, mit Mehl aus Mais und anderen Getreiden und auch noch mit verschiedenen Hölzern im Ofen; die Auswahl und die Geschmacksvarianten waren beachtlich.

Als ich wirklich nichts mehr in mich hineinstopfen konnte, lauschte ich der traurigen Musik der Harfen und beobachtete dabei Old Firehand und Halef, die in einer Ecke saßen und ein sehr ernstes Gespäch zu führen schienen. Neben mir saßen Ann und Sofie, ebenfalls vertieft in die Musik. Erst kürzlich hatte ich von einer Winkelharfe gelesen: In der bereits erwähnten Ausgabe der *New York Tribune* war von einer Ausgrabung im Ort Stepanzminda an der georgischen Heerstraße berichtet worden, bei der ein russischer Archäologe 1877 einen beachtlichen Schatz gefunden hatte. Eine kleine Bronzefigur aus vorchristlicher Zeit, die einen Musikanten mit einer Winkelharfe darstellte, veranlasste den Forscher zu der These, Swanetien im Westen und Chewsuretien im Osten Georgiens hätten eine gemeinsame Vergangenheit.

Ich winkte Georgi heran und erzählte ihm von dem Artikel und davon, dass meines Wissens die frühen Winkelharfen im alten Ägypten und in Babylon gespielt worden seien. Er überlegte einen Moment, dann meinte er:

„In Swanetien ist die Tschangi mindestens seit dem vierten Jahrhundert belegt. Wenn sie noch viel älter ist – vielleicht stammen wir wirklich von den Sumerern ab. Für die Erfindung der Tschangi gibt es übrigens eine schöne alte Legende. Wollen Sie sie hören?"

Ann und Sofie, die mitgehört hatten, nickten eifig, auch ich stimmte zu:

„Sehr gerne!"

Georgi setzte sich bequem hin und begann:

„Vor langer Zeit, noch ehe die Swanen Christen wurden, lebte in Swanetien ein armer Bauer. Durch eine Krankheit verlor er seinen über alles geliebten Sohn. Er konnte lange keinen Trost finden. Da nahm er den rechten Arm des toten Kindes und bog ihn zu einem Winkel. Er bespannte ihn mit den goldenen Haaren seines Sohnes und stimmte das erste Klagelied auf einer Tschangi an. Aus diesem Grunde nennen wir Swanen diese Harfe auch *shimekvshe*, das heißt gebrochener Arm."

Wir schwiegen ein paar Minuten lang, versunken in die Klagemusik der Tschangi, dann sagte ich:

„Das ist eine sehr schöne Geschichte. Ich glaube aber eher, dass die Harfe aus einem Jagdbogen entstanden ist, wie es in dem Artikel hieß, auf dem Umweg über einen Musikbogen mit einer Saite, wie er noch heute in manchen Ländern üblich ist.

Und darüber wird dann auch die Verbindung zu frühen sumerischen Harfen gezogen."

„Mag sein." Georgi zuckte die Schultern. „Doch was kümmert den Dichter die prosaische Realität! In unserem Nationalepos *Der Recke im Tigerfell* kommt die Tschangi auf jeden Fall mehrfach vor, und Schota Rustaweli schreibt, dass Harfe, Laute und Flöte zur Freude aller erklingen. Doch schaut, der Nachtisch wird serviert. Lassen wir es uns schmecken!"

Kefir und Joghurt wurden aufgetragen, dazu die uns schon bekannten Tschutschkella, das Konfekt aus Walnusskernen. Ich stellte mir vor, wie lange daran gearbeitet worden war. Eine solche halbmeterlange kerzenähnliche Süßigkeit herzustellen ist zwar einfach, jedoch enorm aufwändig: die Nüsse zu knacken, die Walnusshälften in regelmäßigen Abständen auf eine Schnur aufzufädeln, diese dann in gekochten und mit Mehl eingedickten Traubensaft zu hängen, bis alles fest ist… Totzdem sind Tschutschkella sehr beliebt und nahezu überall zu kaufen.

Als die nächste Schüssel hereingetragen wurde, staunte ich, Old Firehand stieß sogar einen leisen Ruf aus:

„Popcorn!"

Tatsächlich, die Schüssel war voller Puffmais!

Georgi lachte.

„Heißt das so bei Ihnen? Wir nennen das Badi-Budi, weil die Maiskörner solch ähnliche Geräusche erzeugen, wenn sie im heißen Öl platzen. Das ist vor allem bei unseren Kindern sehr beliebt. sowohl mit Salz und Gewürzen wie auch als Süßigkeit."

Als das Essen beendet und die Tische geräumt waren, es war bereits nach Mitternacht, gingen wieder alle in den Hof. Hier bildete sich ein Männertrio, das nun bis zum Morgengrauen Trauergesänge anstimmte. Während im übrigen Georgien die rituelle Trauer den Frauen überlassen ist, sind die Trauergesänge, die Zari, in Swanetien Männern vorbehalten. Ein solcher Zari erklingt stets dreistimmig, mit zwei Solo- und einer

Bassstimme in komplexer Polyphonie, jedoch ohne Wörter, nur in Silben, die keinen Sinn ergeben, wie ich es vom Jodeln kenne. Der erste Zari dauerte gut 20 Minuten und wirkte auf mich ausgesprochen archaisch. Ich lauschte auch den nächsten beiden Stücken und stellte fest, dass sie immer gleich aufgebaut waren: Zu Beginn mochten sie atonal und eher zufällig konstruiert wirken, doch konnte ich bei genauem Zuhören dasselbe Grundmuster erkennen. Stets setzte die zweite Stimme als erstes ein, und während zu Beginn eine gewisse harmonische Instabilität herrschte, festigte sich der Gesang und schloss mit einer Unisono-Kadenz. Jedes Mal fielen mir nach unten weisende Glissandi auf. Sollte dies eine Metapher für den Tod sein? Ich fragte Georgi danach, der mir dies bestätigte.

„Der Zari ist die Trauer selbst, heißt es bei uns. Wenn ein Mensch stirbt, so hinterlässt dies in unserer Gemeinschaft eine tiefe Wunde. Diese kann durch den Zari geheilt werden, auf einer wortlosen Ebene, auf der die Musik uns zusammenführt." Er lächelte. „Unsere Vorfahren glaubten außerdem, dass der Zari die bösen Geister vertreiben könne. Das denke ich nicht, aber dass der Zari helfen kann, den eigenen Schrecken zu bannen und mit der Erschütterung über den Tod besser umzugehen, das habe ich schon mehr als einmal erlebt."

Nach Sonnenaufgang wurde zur Kirche der Sippe aufgebrochen. Während die vier Särge nacheinander langsam den Berg hinaufgetragen wurden, folgten alle in Zweier- und Dreierreihen. Dabei erklang nun nur noch Fidelmusik, unterstützt von einer leisen Trommel. Ein einsamer Musikant spielte auf der Tschuniri, einer dreisaitigen Geige mit kreisrundem Korpus, die es in dieser Form nur in Swanetien gibt. Der Resonanzköper war aus dünnen Streifen Holzes zusammengesetzt und mit einer ungegerbten Tierhaut bespannt, nach unten war er offen. Die aus Pferdehaar gedrehten Saiten führten über einen rechteckigen Hals zu seitenständigen Holzwirbeln. Während die Tschuniri üblicherweise im Sitzen gespielt wird, musste dieser Musiker es im Laufen fertigbringen, eine nicht geringe Leistung. Ich fragte Reso, ob diese musikalische Begleitung eine besondere Bedeutung hätte.

„Wenn die Seele sich aus dem Körper entfernt, bevor sie dazu bereit ist, muss sie wieder zurückgeholt werden. Bei einem außerhalb seines Hauses Verstorbenen wird dazu die Tschuniri die ganze Nacht gespielt, um die Seele in den Körper zurückzubringen. Unsere Toten hier haben ihre Seele in ihren Körpern. Da wir aber einen Weg gehen, der nicht bei ihrem Haus beginnt, lassen wir die Tschuniri zur Vorsicht erklingen, auf dass sich ihre Seelen auf keinen Fall verirren."

Nach einem zweistündigen anstrengenden Marsch erreichten wir die Kapelle der Familie Takatschidse. Zunächst wurden die Särge hineingetragen, dann nahmen alle auf den wenigen Sitzbänken Platz oder stellten sich an die Wände. Ich betrachtete voller Erstaunen die Wände. Sie waren dunkel vor Ruß, doch darunter konnte ich Fresken erkennen, die im Licht der mitgebrachten Fackeln und Lampen an manchen Stellen eine erstaunliche Farbenpracht aufwiesen. In den Wänden waren Schreine mit Schlössern zu sehen. Ich fragte Georgi danach.

„Darin bewahren wir die weniger wichtigen unserer Ikonen auf. Die wirklich bedeutenden, die teilweise Jahrhunderte alt sind, sind an einer geheimen Stelle vergraben oder versteckt. In jeder Familie weiß immer nur der Älteste, wo dies ist." Er zögerte. „Manche dieser Ikonen zeigen wir auch nicht den Vertretern der russischen Kirche, denn auf ihnen sind uralte Darstellungen zu sehen, nicht nur vom Heiligen Georg und anderen Heiligen, sondern auch heidnische Tiersymbole und Feuerräder aus der Zeit der Sonnenanbetung."

Halef wies auf den Altar:

„Und wozu dienen diese Tierhörner, die an den Altar genagelt sind?"

Sofie zeigte auf eine der Wände.

„Hier liegen auch überall welche rum."

Georgi trat an die Wand und hob eines der Hörner auf.

„Das sind Überreste der Tieropfer, die wir hier bringen. Wenn es zu viele werden, vergraben wir sie.“

Eine kleine Weile wurde nun über den Särgen in der Kirche gebetet, dann bat Reso uns, die Kirche zu verlassen.

„Es wird nun gleich der Pope kommen und die Messe halten. Auch wenn wir es nicht so sehen, so ist er doch ein sehr strenger und rechtgläubiger Mann. In seinen Augen ist eine Messe kein gültiger Gottesdienst, wenn jemand in der Kapelle ist, der nicht der heiligen orthodoxen Kirche angehört. Bitte seien Sie deshalb so gut und warten Sie draußen, bis die Messe zu Ende ist.“

Während wir es uns draußen bequem machten, murrte Halef:

„Dann hätten wir auch unten bleiben können.“

Ann besänftigte ihn:

„Es wird hier sicher noch manches zu sehen geben.“

Als die Särge nach der Messe, die fast zwei Stunden dauerte, zum Friedhof ein wenig weiter oben getragen wurden, unter dem Klagen und Weinen der Frauen, schlossen wir uns der Prozession wieder an. Auf dem Kirchhof, der von einer einfachen Steinmauer umgeben war und auf dem die Gräber mit Holzkreuzen gekennzeichnet waren, erwarteten uns einige der Knechte neben vier Sarglöchern, die sie in der Nacht gegraben hatten. Diese waren nach den Bergen ausgerichtet, hinter denen die Sonne versinkt, wenn die Nacht kommt.

Beim Herunterlassen der Särge kam es zu einem Malheur. Eine junge Frau kam einem der Grabränder zu nahe, taumelte und stürzte in das noch offene Grab. Ein einziger Entsetzensschrei erhob sich, er kam aus den Kehlen aller Frauen. Doch sofort reagierten zwei der Männer, sprangen in das Grab und hoben sie heraus. Dann rief einer etwas, und man reichte ihm eine Lampe. Damit leuchtete er in alle vier Winkel des Grabes, ehe er sich heraushelfen ließ: ein Ritual, um ganz sicher alle bösen Geister zu vertreiben.

Dreiundzwanzigstes Kapitel
Neue Spuren

Als wir wieder am Hof ankamen, war es schon Nachmittag. Nun gab es das versprochene große Fest, das, wie man uns versicherte, bis in die tiefe Nacht dauern würde, mit Speis und Trank, Musik und Tanz. Ich nahm meine Gefährten zur Seite und fragte sie, ob sie einverstanden seien, dass wir uns am frühen Abend auf den Rückweg nach Mestia machen würden, und erklärte ihnen, warum ich das vorschlug:

„So schön diese Feste und die Einblicke in das Leben der Swanen sind, haben wir doch eine Aufgabe. Wenn wir das Fest heute Nacht noch in vollen Zügen genießen, glaube ich nicht, dass wir morgen in aller Frühe frisch und kraftvoll unseren Aufgaben gewachsen sein werden. Im Morgengrauen wird der Bürgermeister Melville und seine Bande aus der Stadt und nach Sugdidi bringen lassen. Dafür hat er sechs Männer der Familie Gogobidse gewonnen, ihr erinnert euch, die Familie, die von Melvilles Leuten so bedroht worden ist. Er hat sie auf die Stadt und das swanetische Volk vereidigt, sie sind jetzt eine Art Hilfspolizisten. Bis Sugdidi bringen sie die Verurteilten, dann wird wahrscheinlich Fürst Dadiani mit seinen Soldaten den Rest übernehmen. Ich möchte gerne noch ein paar Worte mit den Gefangenen wechseln, also früh genug aus den Federn kommen. Danach werden Old Firehand und ich in die Richtung reiten, aus der mit Vanderbilt zu rechnen ist, um zu schauen, ob es eine Stelle gibt, wo man die Truppe besser abfangen kann als in der Stadt, wo man sie zusammen packen kann, sodass sie keine Möglichkeit hat, sich zu zerstreuen. Das haben wir gestern dem Bürgermeister versprochen. Ihr anderen untersucht inzwischen die Türme. Vielleicht finden wir Hinweise, die uns zu der ominösen Quelle führen, seien es Spuren im Turm, seien es die der Verbrecher. Und vergesst nicht: Wir haben nur morgen Zeit, denn übermorgen wird Vanderbilt erwartet.“

Wir beschlossen also, am frühen Abend in die Stadt zurückkehren. Doch ein paar Stunden konnten wir noch das Fest und die Musik genießen.

Es gab nicht nur noch einmal Essen und Trinken im Überfluss, sondern auch Tänze der verschiedensten Art: Rundtänze, Paartänze, Schreittänze. Hierbei kamen neben der Tschuniri und Flöten wie der Salamuri und Panflöten auch verschiedene Trommeln zum Einsatz, darunter gleich mehrere Diplipitos und Dolis. Natürlich wurden die Tschangis gespielt und mehrere dreisaitige Panduris, wie wir sie schon am Hof von Fürst Dadiani kennengelernt hatten. Anders als im übrigen Georgien wird die Panduri in Swanetien aber in der Regel von Männern gespielt, Frauen spielen eher die viersaitige Tschonguri. Auch dies ist eine Schalenhalslaute, aber sie ist größer als die Panduri und hat nicht wie diese einen aus einem ausgehöhlten Holzblock bestehenden Korpus, sondern als sehr viel moderneres Instrument einen Resonanzkörper aus miteinander verleimten Holzlamellen. Auch das Material der Saiten ist ein anderes: Bei der Panduri sind sie aus Schafsdarm, bei der Tschonguri aus Seidenfäden. Vor allem fiel mir sofort auf, dass die flache Holzdecke der beiden Tschonguris, die von Nana und Lana gespielt wurden, weitaus mehr verziert war: Bei Lana wies sie ein Muster kleiner runder Schalllöcher auf, das Instrument von Nana zierten Intarsien aus dunklerem Holz. Beide Frauen erwiesen sich als Meisterinnen ihres Instruments, und ich hätte noch stundenlang den Tanzenden zuschauen und der Musik lauschen können. Doch die Vernunft siegte über das Gefühl, und so machten wir uns, ehe es dunkelte, auf den Weg nach Mestia.

Am nächsten Morgen trafen Old Firehand und ich früh beim Haus des Bürgermeisters ein. Dort wurden gerade die sechzehn Verurteilten für ihre Deportation vorbereitet. Sie hatten die Arme auf den Rücken gebunden, durch die Lederriemen ging ein Strick, der jeweils zwei der Männer nebeneinander fesselte. Diese Paare wiederum wurden hintereinander durch ein weiteres Seil verbunden. Natürlich waren die Gefangenen gründlichst durchsucht worden, auf versteckte Waffen und Werkzeuge. Die Gogobidses, sechs starke Männer von etwa 40 bis 60 Jahren, waren hingegen bestens bewaffnet, jeder mit einem Hinterlader und einem Revolver, und konnten damit auch umgehen, wie man uns versicherte; drei von ihnen hatten schon gegen die Russen gekämpft. Sie hatten zwei Schlitten dabei, beladen mit Proviant, Kleidung und was sonst noch nötig war, die mehrtägige Reise nach Sugdidi bewältigen zu können.

Wir versuchten, aus Melville und Jack the Knife noch etwas herauszubekommen über die Quelle und ihren Standort, doch wie erwartet schwiegen sie sich aus. Wir mussten hoffen, in den Türmen einen Hinweis zu finden.

Nachdem der Gefangenentransport abmarschiert war, warteten wir noch ein paar Minuten, in denen wir mit Bürgermeister Barbaratze über den Empfang der Vanderbilt-Truppe sprachen, dann machten wir uns auf den Weg. Wir marschierten zunächst aus der Stadt über dieselben Straßen wie die Gefangenen, danach mussten wir aber eine etwas andere Richtung einschlagen.

Wir waren etwa eine halbe Stunde gegangen, als ich aufmerkte.

„Habt Ihr das auch gehört?“, fragte ich Old Firehand.

„Was meint Ihr?“, entgegnete er.

„Schüsse!“, gab ich kurz zur Antwort. „Horcht einmal!“

Und tatsächlich, jetzt war es auch deutlicher zu vernehmen: Während das vorher leise Schussgeräusche gewesen waren, wie etwa von einem Revolver, war nun deutlich Gewehrfeuer zu hören.

„Los, da müssen wir hin!“, rief Old Firehand und setzte sich schon in Bewegung.

Die Schüsse waren aus einer Richtung gekommen, in der wir den Gefangenentransport vermuteten; das ließ mich das Schlimmste befürchten. Und es dauerte keine zwanzig Minuten, bis sich diese Befürchtungen bewahrheiteten: Schon von Weitem konnten wir auf dem schneebedeckten Boden sechs Leichen ausmachen, die wir beim Näherkommen schnell als die Männer erkannten, die die Gefangenen nach Sugdidi hatten transportieren sollen. Fünf von ihnen wiesen verschiedene Schussverletzungen auf, dem ältesten aber, der den Trupp angeführt hatte, war mit einem sauberen Schnitt die Kehle durchtrennt worden.

„Jack!“, knirschte Old Firehand. „Er muss doch ein Messer verborgen gehabt haben. Und dann hat er seine Kumpane befreit.“

Ich blickte mich um. Die Schlitten waren ebenso verschwunden wie alle Waffen, nur die zerschnittenen Stricke lagen auf dem Boden

„Lasst sie uns verfolgen!“, schlug ich vor. „Wahrscheinlich können wir sie nicht wieder dingfest machen, aber ich möchte zumindest wissen, wohin sie sich wenden und was sie vorhaben.“

Old Firehand nickte, und wir folgten den Spuren im schnellen Trab.

Dies erwies sich am Anfang als einfach. Die Männer hatten es eilig und zudem die beiden Schlitten dabei. Doch sie legten ein ordentliches Tempo vor, und ich war unsicher, ob wir sie würden einholen können. Wir folgten den Spuren etwa zwei Stunden, dann wurde dies richtig schwierig. Melville kannte sich wohl gut aus in der Gegend; er oder sein Kompagnon Jack hatten die Männer auf ein großes Felsenfeld geführt, bei dem nicht mehr so leicht Spuren zu entdecken waren. Und bei den ersten Felsen fanden wir die Schlitten; man hatte die Last wahrscheinlich auf die zahlreichen Schultern verteilt. Old Firehand und ich waren gezwungen, gründlich und langsam zu suchen. Dabei stellte ich fest, dass Old Firehand als

Spurenleser nichts verlernt hatte. Es artete fast in einen kleinen Wettstreit aus, wer von uns den nächsten Hinweis finden würde. Als wir schließlich entdeckten, in welcher Richtung die Bande das Felsenfeld verlassen hatte, betrug der Vorsprung der Verfolgten sicher mehr als eine Stunde. Erst als wir langsam statt der Felsen wieder Schnee unter unseren Füßen spürten, konnten wir den Spuren längere Zeit in einem Tempo folgen, das uns erlaubte, keinen weiteren Rückstand aufzubauen. Nach einiger Zeit jedoch kamen wir in ein Tal, in dem es wärmer war als außerhalb. Das lag wahrscheinlich an dem kleinen Bach, der hindurchfloss und, wie wir feststellten, warmes Wasser führte.

„Ich vermute, er entstammt einer unterrdischen warmen Quelle“, meinte Old Firehand.

Von diesem Tal gingen mehrere kleine Schluchten ab, sodass wir nun gründlich untersuchen mussten, wohin die Männer wohl gezogen waren. Dies war nicht einfach und hielt uns fast eine Stunde auf. Denn das Tal selbst war schneefrei, ebenso die Schluchten, bis auf die Ränder. Ich muss zugeben, dass Old Firehand mir in diesem Moment überlegen war. Melville und seine Bande hatten ganze Arbeit geleistet und ihre Spuren blendend verwischt. Old Firehand aber fand am Rand einer Schlucht, dort, wo etwas Schnee lag, einen Hinweis, der mir komplett entgangen war: die Schlafkammer eines Kaukasus-Birkhuhns.

„Das sind etwa hühnergroße Vögel, verwandt mit dem Birkhuhn aus unseren Breiten.“, erklärte er mir. „Im Winter graben sich diese Hühner im Schnee ein und bauen sich darin Schlafkammern. Hier hat einer der Männer nicht aufgepasst. Sie haben zwar die Spur im Schnee ganz gut verwischt, aber die eingedrückte Schlafkammer konnten sie nicht wieder herrichten.“

Ich nickte. So wie ich mich in diesem Moment fühlte, mochte es wohl manchmal meinen Begleitern gehen, wenn ich etwas erklärte, was für mich offensichtlich, ihnen aber entgangen war. Ich tröstete mich damit, dass Old Firehand mir natürlich an Kenntnis der örtlichen Flora und Fauna weit überlegen war. Hier, in seiner neuen Heimat, war er nicht nur zu Hause, sondern wurde zu Recht als Meister der Jagd und der Wildnis betrachtet.

Wir folgten der kleinen Schlucht, durch die die Männer marschiert waren, bis sie sich auf eine weite, schneebedeckte und stetig ansteigende Ebene öffnete, an deren Ende ein hohes Gebirge zu sehen war. Von den Männern, denen wir folgten, war nichts zu sehen, sie waren bereits außer Sichtweite. Aber ihre Spuren führten geradewegs auf das Gebirge zu.

„Das ist der Schchara-Gletscher, der höchste Berg Georgiens, bisher ist er unbezwungen. In seinem Schatten liegt die Dorfgemeinschaft Uschguli, unser Ziel. Es sieht so aus, als ob es auch die Bande von Melville dorthin treibt.“

Ich nickte.

„Dann lasst uns umkehren. Wir wissen jetzt, wohin sie wollen und wo wir sie finden; schauen wir, ob die anderen auch etwas herausgefunden haben.“

Als wir im Gästehaus ankamen, wurde es bereits langsam dunkel. Wir waren nach unserer Rückkehr zuerst zum Bürgermeister geeilt und hatten ihn über den Mord an seinen sechs Hilfspolizisten und die Flucht der Verbrecher informiert, er war sofort mit ein paar Männern zum Schauplatz des Verbrechens aufgebrochen. Nun trafen wir uns im Zimmer von Old Firehand mit den anderen. Ann begann mit dem Bericht über ihre Untersuchungen.

„Wir sind heute Morgen zu allererst in die Türme gegangen, die wir für nicht so nicht so wichtig hielten, und haben uns den Hauptturm, in dem Old Firehand gefangen war, bis zum Schluss aufgehoben. Es waren drei Türme, in denen die Leute von Kapitän Melville untergebracht waren. Die Männer des Bürgermeisters hatten diese gründlich durchsucht, aber nichts von Belang gefunden. Wir stiegen zunächst in den nördlichsten der Türme ein und fanden nur das, was zu erwarten ist, wenn Männer eine Zeitlang in so einen Gebäude hausen. Es gab praktisch nichts Persönliches, wir konnten den Turm nach einer Stunde wieder verlassen. In den anderen beiden Türmen sah es ähnlich aus. Bis zum Mittag hatten wir alle durchsucht, nach dem Essen nahmen wir uns den Hauptturm vor. Wir wussten ja schon, dass es dort einen Plan gibt für die Überfälle und hofften, in Melvilles Räumen einiges mehr zu finden. Und wir hatten tatsächlich Erfolg." Ann legte ein Notizheft vor uns auf den Tisch. Es hatte etwa 40 Seiten. Ich blätterte es durch, etwa die Hälfte der Seiten war mit Bleistift beschrieben in einer akkuraten deutschen Laufschrift.

„Das ist", sagte Ann, „eine Art Tagebuch, und zwar eines der Ingenieure, die Vanderbilt angeheuert hat. Er stammt wohl ursprünglich aus Deutschland und hat, damit niemand von seinen Kumpanen das lesen kann, auch alles in Deutsch und in Kurrentschrift geschrieben. Es ist nämlich nicht nur schmeichelhaft für seine Arbeitgeber."

Sofie übernahm das Wort:

„Während Halef und Ann weitersuchten, habe ich das Heft gelesen. Hier eine Zusammenfassung: Dieser Ingenieur ist wahrscheinlich unter Vortäuschung falscher Tatsachen hierher gelockt worden. Vanderbilt hat ihm und anderen Ingenieuren gegenüber behauptet, es ginge um ein gemeinsames Projekt der amerikanischen und der russischen Regierung. Dadurch solle Swanetien modernisiert werden, indem man hier Öl finden wolle. Zumindest für diesen Mann sah es wohl so aus, als ob die Überfälle, die die Bande verübte, im Namen der Regierung stattfanden, weil es sich bei den Überfallenen um illegale Widerstandskämpfer handeln würde. Da das Tagebuch nur für ihn bestimmt war, bin ich geneigt, ihm das zu glauben, also zumindest, dass er sich das einredete. Viel interessanter für uns ist, dass es wirklich eine Ölquelle gibt. Allerdings hat dieser Hans Meyer, wie der Ingenieur heißt, davon nur gehört, und er äußert sein Erstaunen. Denn was ihm die beiden, die schon bei der Ölquelle waren, erzählt haben, das wollte er nicht glauben.

Angeblich kommt das Öl nämlich nicht aus dem Boden, sondern aus einer Wand. Es gebe dort einen Spalt in der Wand, aus dem feinstes Öl fließe, und es sei die Aufgabe der Ingenieure, dafür zu sorgen, dass dieser Ölfluss immer stärker wird und man ihn über eine Pipeline in die zivilisierte Welt befördern kann. Meyer hat das offensichtlich nicht geglaubt. Er macht sich über die Kollegen lustig und fragt sich, ob diese reingelegt worden seien oder ob sie ihn reinlegen wollten. Viel mehr ist dem Tagebuch nicht zu entnehmen."

Old Firehand fragte:

„Über den Ort wissen wir also noch nichts?"

„Abwarten!", antwortete Sofie. „Das ist erst der Anfang. Ann hat sich als wahre Spürnase erwiesen."

Diese übernahm jetzt wieder das Berichten:

„Während Sofie das Tagebuch las, haben Halef und ich zunächst alles im Turm untersucht, was offensichtlich herumlag. Der Plan mit den Überfällen war nicht mehr zu finden, stattdessen lag auf dem Tisch ein Papier, auf dem der Bürgermeister notiert hatte, dass er den Plan als Beweisstück konfisziert hätte. Wir durchsuchten diesen oberen Raum sehr gründlich, fanden aber nichts, was uns geholfen hätte. Im Raum darüber – das ist wohl der Raum, in dem Melville euch beide zunächst empfangen hatte – gab es auch nichts Wichtiges zu finden, aber in einigen der abgehenden Kammern fanden wir Interessantes. Zunächst soll aber Halef erzählen."

Dieser zögerte nicht und begann sofort:

„Ich hatte mir zwei der Kammern vorgenommen. Da ich weiß, wo Menschen kleine Dinge verstecken können – Sihdi, so etwas lernt man spätestens, wenn man einen kleinen Sohn hat –, da ich mich also damit auskenne, habe ich sehr schnell in der einen Schlafstatt einen Plan gefunden. Wahrscheinlich gehörte das Zimmer Jack, denn auf dem Waschtisch fand ich verschiedene Perlen, so wie er sie im Haar trägt. Auf dem Plan ist eine grobe Skizze von Georgien gezeichnet. Und an einigen Stellen sind Daten notiert. Hier ist das Papier!"

Halef legte ein Blatt auf den Tisch, das etwa die Größe einer klassischen Hausbibel hatte. In roter Schrift waren Daten eingetragen, die Karte selbst war mit Bleistift gezeichnet.

„Habt ihr die Daten schon mit unseren Erlebnissen verglichen?“, fragte ich.

„Das wollen wir mit euch gemeinsam machen“, antwortete Halef. „Zunächst sollten wir über den anderen wichtigen Fund sprechen.“

Ann übernahm wieder das Wort.

„Ich habe die anderen Zimmer untersucht. In dem, das eindeutig Kapitän Melville gehörte, fand ich zunächst nichts Interessantes. Er hatte einen Spiegel aufgestellt, wahrscheinlich um seine schicke Garderobe überprüfen zu können. Hinter diesem Spiegel klebte ein Kästchen, das hätte ich beinahe übersehen, denn die Rückseite des Spiegels war mit einem Tuch verhängt. Hier ist das Kästchen!“ Sie stellte eine Holzschachtel auf den Tisch, die etwa zwanzig mal fünf Zentimeter groß war und gut vier Zentimeter hoch. „Ich bekam dieses Kästchen zunächst nicht auf. Ich versuchte alles: Schütteln, Drücken, Quetschen … Versucht ihr es einmal!“

„Die Herausforderung nehmen wir natürlich sofort an“, meinte Old Firehand. Er suchte einen Schlitz oder einen Spalt, fand aber keinen. Dann drückte und schob er mit aller Gewalt, aber vergebens. Schließlich drückte er mir die Schachtel in die Hand.

„Versucht Ihr Euer Glück! Das ist nichts für rauhe Trapperhände!“

Ich besah mir das Kistchen genauer. Es war aus edlem Holz gefertigt, vielleicht Teak, und hatte tatsächlich keinerlei erkennbare Öffnung, war allerdings schon ziemlich wurmstichig. Mir fiel ein, dass der Kapitän an seinem Jackett eine Anstecknadel getragen hatte mit der Flagge der Konföderierten Staaten von Amerika, der Südstaaten, mit den 13 Sternen in blauem Kreuz auf rotem Quadrat. Eine Nadel, die er immer bei sich trug …

Ich schaute Ann an und fragte:

„Kann es sein, dass eines dieser Löcher nicht von einem Holzwurm stammt?"

Sie lächelte.

„Auf die Idee bin ich auch gekommen", meinte sie dann. „Der Kapitän hatte auf seinem Toilettentisch eine Anstecknadel liegen, die er wahrscheinlich nicht in den Kampf mitnehmen wollte, aus Angst sie zu verlieren. Das brachte mich auf die Idee, es damit in einem der Löcher zu versuchen."

Sie reichte mir die Nadel, ich probierte sie aus, und beim dritten Loch konnte ich sie bis zum Anschlag hineinschieben. Der Deckel knackte und ließ sich nun abheben. Ann lachte auf.

„Sehr gut. Onkel Daffy hat Recht: Sie sind ein sehr kluger Kopf!"

Ich lachte ebenfalls:

„Das Kompliment gebe ich gerne zurück. Und was ist in diesem schönen Kästchen?"

„Sehen Sie doch selbst!"

Ich griff hinein und hatte eine kleine Ikone in der Hand, ein wahres Meisterwerk mittelalterlicher Malerei, wie alle diese Tafelbilder flächig ausgeführt mit wenigen klaren Farben. Das Holz war etwa einen Zentimeter dick, das Tafelbild maß nicht mehr als drei Zentimeter in der Breite und zwölf in der Höhe. Auf dem Holz war eine geradezu klassische orthodoxe Darstellung der Muttergottes zu sehen samt Heiligenschein und Kind auf dem Schoß. Auf dem Boden des Kästchens entdeckte ich einen Fetzen Pergament. Mit kräftiger Handschrift und dicker schwarzer Tusche stand darauf: „The Oil is under the Blessing of the Mother of God. – Das Öl liegt unter dem Segen der Mutter Gottes."

Ich drehte das Pergament um, die Rückseite war nicht beschrieben. Ich schüttelte den Kopf.

„Was soll das jetzt bedeuten?"

Halef antwortete mir:

„Ich bin vorhin zu dem alten Kirchenwächter gegangen und habe ihn danach gefragt. An den Popen wollte ich mich nicht wenden, nachdem er uns schon aus der Kirche vertrieben hatte, und ich weiß nicht, wie er zu Muslimen steht. Aber der Kirchenwächter konnte mir helfen. Es gibt eine alte Kirche, die in ganz Swanetien bekannt dafür ist, dass sie unter dem Segen der Muttergottes steht. Und die Ikone ist wohl die Beute aus einem Raub, der vor über 30 Jahren begangen wurde und in dieser Kirche stattfand. Ich habe mir erlaubt, dem Kirchenwächter zu versprechen, dass wir, wenn wir erledigt haben, weshalb wir hergekommen sind, ihm diese Ikone geben, damit er sie an ihren Platz zurückbringen kann. War das in Ordnung, Sihdi?"

Ich nickte.

„Selbstverständlich, mein guter Halef. Du hast vollkommen richtig gehandelt."

Ich wandte mich an Old Firehand:

„Wisst Ihr, wo diese Kirche zu finden ist?"

Er warf mir einen ungläubigen Blick zu.

„Natürlich. Es ist die Lamaria-Kirche, die Muttergotteskirche. Sie liegt hinter und noch 200 Meter höher als Uschguli, die Dorfgemeinschaft am Fuße des Schchara. Dort wird sich wohl der magische Riss befinden."

Ich musste wohl ein sehr nachdenkliches Gesicht machen, denn Halef meinte:

„Sihdi, ich kenne dich. Du bist nicht zufrieden. Wir haben bisher so viel herausgefunden. Wenn wir jetzt auch noch die Daten zuordnen können, dann sind wir doch einen großen Schritt weiter. Was bewegt dich?"

Ich lächelte ihn an.

„Du kennst mich wirklich zu gut, alter Freund. Mir lässt der Turm keine Ruhe. Ich muss euch etwas erzählen."

Und ich berichtete, wie es mir bei dem Aufstieg auf den Turm ergangen war: dass ich Unterstützung von den alten Steinen erhalten hatte und dass ich der festen Überzeugung war, dieses Gemäuer müsse leben.

„Dann musst du das untersuchen“, meinte Halef, „denn wie ich dich kenne, wird es dir keine Ruhe lassen, und vielleicht ist es auch gut und nützlich für uns.“

Ich nickte.

„Dann schaut ihr euch doch die Daten an und versucht herauszufinden, wofür sie stehen und was sie bedeuten. Ich gehe noch einmal zu dem Turm.“

Als ich vor dem Wehrturm stand, hatte ich das Empfinden, als sähe ich einen alten Freund wieder. Mich überkam ein Gefühl der Wärme, ja der Vertrautheit. Langsam schritt ich einmal um das alte Gemäuer. Es war schon dunkel, niemand außer mir war auf den Straßen. Die Nacht war kalt geworden, der Mond verbarg sich wie die Sterne hinter Wolken. Dennoch konnte ich den Umriss des Turms schwach wahrnehmen; meine Augen hatten sich an die Dunkelheit gewöhnt.

Ich griff in den Beutel an meinem Gürtel, in dem ich den Musaddas verwahrte, und holte das Schmuckstück heraus. Langsam führte ich den Sechseckring vor mein rechtes Auge und betrachtete den Turm. Zunächst sah ich nur die alten Steine, doch dann begann der Turm langsam von innen zu leuchten. Es war ein ganz schwaches Licht, ein schwarzes Licht, wenn es denn so etwas gibt, ein Licht, das alles um sich herum aufzusaugen schien, das aber nicht unheimlich auf mich wirkte.

Ich drehte mich einmal um die eigene Achse und nahm die anderen Türme in Augenschein, die ich von hier aus erkennen konnte. Der Musaddas ließ sie mich auch im Dunkeln erkennen, doch an ihnen konnte ich nichts Auffälliges wahrnehmen.

Als ich den Blick wieder auf den alten Turm vor mir richtete, hatte sich das Licht verändert: Es war stärker geworden, hatte nun einen leicht bläulichen Schimmer angenommen, erschien mir als dunkelblaues, fast schwarzes Leuchten. Das Gefühl der Wärme wurde deutlicher, ich fühlte mich geradezu hingezogen zu dem Turm.

Ich senkte den Musaddas, verbarg ihn wieder in seinem Beutel und ging zur Rückseite, dorthin, wo ich beim letzten Mal aufgestiegen war. Ich tastete die Mauer ab, fühlte die schwachen Risse und die kleinen Unebenheiten, die mir beim letzten Mal den Aufstieg ermöglicht hatten, setzte kurz entschlossen die Finger wieder in die Spalten und begann hinaufzuklettern.

Der Turm schien mich willkommen zu heißen, denn die Spalten und Risse fühlten sich an, als seien sie für meine Finger und Füße gemacht.

Ich hatte noch nicht das Fenster erreicht, das mir beim letzten Mal Einlass geboten hatte, als sich die Oberfläche unter meinen Händen und Füßen veränderte. Ich spürte, wie sich langsam vor mir eine Art Eingang bildete, wie die Mauer zurückwich, mich immer mehr in sich hineinsaugte, bis ich schließlich in einem kleinen Torbogen stand, der sich in der Mauer gebildet hatte. Dabei hatte ich zu keiner Zeit ein Gefühl von Unbehagen, fühlte mich in Gegenteil freundschaftlich angenommen.

Ich griff noch einmal nach dem Musaddas und schaute mich um. Vor mir sah ich auf der Wand eine Art Relief, bunt bemalt. Es stellte einen riesigen Kraken dar, von enormer Größe. Diesen Eindruck gewann ich, weil er umgeben war von zahlreichen anderen Wesen, die aber alle ihm gegenüber winzig wirkten: Pferde, Elefanten, ein Löwe, ein geflügeltes Pferd gar. Neben diesem riesigen Kraken hätte ein Wal gewirkt wie ein Hering neben einem Hai.

Dies war kein Oktopus: Ich zählte zwölf Arme und einen riesigen eindrucksvollen Schnabel. Zwei große Augen beherrschten den Kopf, die sich nun öffneten und mich anschauten. Und dann hörte ich eine Stimme in meinem Kopf.

Wie gut, dass du gekommen bist. Darf ich hoffen, dass du mich erlöst?

Ich war verwirrt.

Du kennst mich?, formulierte ich in Gedanken.

Nicht dich, war die Antwort. *Aber ich sehe, du bist ein Gesandter der großen Königin, die mich hierher verbannt hat. Kommst du, um mir das Lösen des Bannes zu verkünden?*

Ich schüttelte den Kopf.

Ich weiß nichts von einem Bann. Erzähle mir, wer du bist – was du bist. Wieso bist du verbannt?

Die Augen öffneten sich noch weiter.

Einst war ich ein mächtiger Herrscher unter den Meeren. Doch ich ersehnte mehr, verzehrte mich danach, auch das Reich der Geister zu beherrschen. Und so lernte ich viele magische Künste und versuchte das Geisterreich zu erobern. Ich führte einen großartigen Kampf, doch am Ende unterlag ich, wurde besiegt von der Königin des Geisterreichs, einer Frau, die so mächtig ist wie großmütig. Sie hat mich nicht vernichtet, sie verbannte mich auf die andere Seite der Welt, auf diese Seite der Menschenwelt. Sie bannte mich in diesen Turm, und sie erlegte mir auf, dass ich hier so lange gefangen sein müsse, bis ich ihr bewiesen habe, dass sich mein Sinn geändert habe, dass ich nicht mehr herrschen will, sondern bereit bin zu dienen. Und so wache ich über dieses Land seit langer Zeit und helfe, wo ich kann. Und ich hoffe, dass die Königin mich eines Tages erlösen möge.

Vor mir auf den Stein wurde ein weiteres Abbild sichtbar. Während das des Kraken langsam schwächer wurde und verschwamm, sah ich das vertraute Gesicht von Marah Durimeh.

Kennst du diese Frau?

Ich nickte.

Wenn ich sie wieder treffe, und das werde ich, werde ich ihr von dir erzählen, und dann soll sie entscheiden, ob du genug getan hast, den Bann zu lösen.

Als das Bild langsam verblasste, fühlte ich mich nach außen geschoben. Kurze Zeit später hing ich wieder an der Mauer, ganz schwach vernahm ich die Stimme in meinem Kopf: *Ich danke dir*. Nachdenklich stieg ich hinab.

Im Gästehaus wurde ich bereits sehnlichst erwartet. Meine Gefährten hatten die Daten zugeordnet.

„Manches wussten wir bereits“, erklärte Old Firehand. „So habt Ihr ja erlauscht, dass Vanderbilt am 15. September nach Mestia kommen soll. Aber ich will chronologisch berichten. Am 15. Juli ist der ganze Trupp mit Vanderbilt und Melville in Batumi an Land gegangen. Am 13. August haben sie hier in Mestia angefangen mit ihren offiziellen Forschungen, am 20. August, da wart ihr gerade in Sugdidi, haben sie wohl die Quelle in der alten Kirche gefunden. Am 20. September sollte der Bau der Pipeline beginnen, wenn Vanderbilt da wäre und die Ölquelle richtig sprudeln würde.“

„Daraus wird nun nichts mehr!“, kommentierte Halef. „Aber ich frage mich, weshalb Melville jetzt trotzdem zur Lamaria-Kirche will.“

Sofie nagte an ihrer Lippe, dann sagte sie:

„Vielleicht ist das der einzige Treffpunkt, den er mit Vanderbilt ausgemacht hat, außer Mestia natürlich. Was wird eigentlich mit Vanderbilt geschehen, wenn er morgen hier ankommt?“

Old Firehand grinste.

„Der Bürgermeister hat eine ganze Bürgerwehr zur Verfügung. Alle, die beim Kampf um den Hof dabei waren, werden morgen bereitstehen, um die Amerikaner zu empfangen und wenn nötig zum Teufel zu schicken. Manche brennen regelrecht darauf, ihre neuen Waffen auszuprobieren. Aber wahrscheinlich wird es darauf hinauslaufen, das Vanderbilt sich davonmacht und auch nach Uschguli marschieren wird.“

„Verfolgen wir ihn dann?“, wollte Ann wissen.

Ich schüttelte den Kopf.

„Unsere Priorität ist der Riss zwischen den Welten, also die Ölquelle. Jetzt, wo wir wissen, wo er zu finden ist, werden wir morgen früh dorthin aufbrechen. Wahrscheinlich werden wir Melville und seine Männer nicht mehr einholen, aber wir müssen sehen, dass wir nicht allzu sehr nach ihnen eintreffen, damit sie nicht noch mehr Unheil anrichten können. Ob wir dann noch einmal auf Vanderbilt treffen oder nicht, kann uns zunächst gleichgültig sein. Besser ist natürlich, wenn wir uns nicht auch noch mit ihm auseinandersetzen müssen; im Gegensatz zu dem Trupp von Melville sind seine Leute bestens bewaffnet und uns gegenüber erheblich in der Überzahl."

Old Firehand bleckte die Zähne.

„Ich habe schon mit Freund Barbaratze gesprochen. Er hat mir zugesagt, die Leute von Vanderbilt auf jeden Fall festzusetzen. Nach dem, was heute Vormittag passiert ist, kennt hier niemand mehr Gnade oder wird Rücksicht nehmen. Wenn Vanderbilt hier auftaucht, wird er es bereuen."

Ann warf ein:

„Wir haben aber immer noch keine Ahnung, was wir machen sollen, wenn wir vor dem Riss stehen. Wie schließt man einen Riss zwischen den Welten? Mit einer magischen Leuchtkugel? Willst du sie hineinwerfen, ähnlich wie bei dem Dschinn in Hadramaut oder in der Geisterwelt? Nützt uns der Sechseckring? Kann er mehr, als Dinge zu zeigen, wie sie wirklich sind? Oder sollen wir den Riss mit dem Medaillon mit dem Christophorus überwinden? Vielleicht mit dem kleinen magischen Messer die Verbindung zur Geisterwelt unterbrechen?" Sie seufzte. „Entschuldigt diesen Ausbruch. Aber ich finde, noch haben wir nicht allzuviel erreicht."

Halef strich ihr besänftigend über die Hand.

„Wir werden uns diesem Problem stellen, wenn wir davorstehen. Bis jetzt haben der Sihdi und ich noch immer eine Lösung gefunden." Er schaute mich an. „Und jetzt, Sihdi, musst du uns erzählen, was du über den Turm herausgefunden hast."

Ich seufzte.

„Gerne. Aber ich bin nicht sicher, ob ihr mir alles glauben werdet."

Vierundzwanzigstes Kapitel
Hirschjäger und Wisentschlächter

Am nächsten Morgen packten wir zum ersten Mal nach mehreren Tagen wieder die volle Winterausrüstung ein. Wir wussten, der Weg nach Uschguli würde schwer werden. Es waren nur 50 Kilometer, doch die Dorfgemeinschaft liegt auf fast 2.200 Meter Meereshöhe und gilt als die höchste dauerhaft bewohnte Siedlung Europas. Von Mestia aus mussten wir gut 700 Höhenmeter überwinden. Die Straße war im Winter gesperrt, und es war dort schon tiefer Winter, es würde hoher Schnee liegen – wir mussten sicher mit mehreren Tagesreisen rechnen, Bürgermeister Barbaratze hatte von mindestens vier Tagen gesprochen.

Old Firehand war schon in Uschguli gewesen.

„Das sind vier Dörfer, die zusammengehören", sagte er, als wir uns zum Aufbruch fertig machten. „Alleine der Weg zwischen diesen ist um diese Jahreszeit schon ein Erlebnis, manchmal auch ein Wagnis. Zugtiere und Wagen können dort nicht verkehren. Je nach Wetterlage kann man vielleicht mit dem Pferd etwas transportieren, doch meistens wird man zu Fuß unterwegs sein müssen, so wie wir. Ich frage mich, ob die Männer um Melville überhaupt ankommen werden. Sie haben nur sechs Gewehre und sechs Revolver. Die Warnungen, die man euch gegenüber ausgesprochen und von denen ihr mir erzählt habt, vor Bären und Wölfen, sind nicht ganz ungerechtfertigt, und schließlich gibt es auch noch andere Tiere, die einem gefährlich werden können, wie etwa der Kaukasusleopard."

Sofie verschnürte ihre Tschoka und packte den dicken Pelzmantel auf unseren neuen Schlitten.

Am frühen Morgen waren Reso und Georgi vorbeigekommen, um sich zu verabschieden und sich noch einmal zu bedanken, und sie hatten uns einen leichten und sehr praktischen Schlitten mitgebracht. Er hatte nicht nur Kufen, sondern auch Holzräder, die man herunterklappen konnte, wenn man ihn, so wie wir jetzt, ohne Schnee bewegen wollte. Man konnte den Schlitten ziehen wie auch schieben, und mit etwa zwei Metern Länge und 60 Zentimetern Breite war er groß genug, um unser Gepäck aufzunehmen, aber klein und leicht genug, um zur Not von einer Person bewegt zu werden.

„Das ist unser kleiner Schlitten, den wir für Einkäufe oder kleinere Touren verwenden", hatte Reso gesagt. „Er kann auch gut von den Frauen gezogen werden. Nehmen Sie ihn bitte als Geschenk oder Leihgabe an, wie Sie es wünschen. Wir würden uns sehr freuen, wenn Sie auf dem Rückweg wieder bei uns zu Gast wären, auch um zu erfahren, was Sie erlebt haben. Wenn Sie aber einen anderen Weg wählen, so behalten Sie den Schlitten als kleine Gabe einer Familie, die Ihnen nie dankbar genug sein kann."

Georgi hatte auf ein in Leder und Öltuch gewickeltes längliches Paket auf dem Schlitten gewiesen.

„Unsere Frauen haben für Sie ein wenig Proviant eingepackt für ein paar Tage, nichts Großartiges, aber alles sehr haltbar und nahrhaft. Wir hoffen, es schmeckt Ihnen und erleichtert Ihnen die Reise." Er hatte schlucken müssen, ihm hatte für einen Moment die Stimme versagt.

„Wir danken Ihnen noch einmal für alles", war Reso ihm zu Hilfe gekommen. „Unsere ganze Sippe steht in Ihrer Schuld, und wenn irgendein Swane, der mit uns verbunden ist, Ihnen helfen kann, so zögern Sie nicht, diese Hilfe einzufordern. Wir Swanen haben ein langes Gedächtnis, das über Generationen reicht – im Guten wie im Bösen, in der Blutrache wie in der Dankbarkeit." Er hatte einen Moment gezögert, über uns das Kreuz geschlagen und war gegangen.

Georgi hatte sich geräuspert und dann gefragt:

„Gestatten Sie, dass ich Sie mit dem Segen unserer Familie gehen lasse?"

Wir hatten uns angeschaut und dann alle gleichzeitig genickt. Georgi hatte die Arme ausgebreitet und deklamiert:

„Mögen euch stets Gesundheit und Stärke vergönnt sein und zu ihrer rechten Anwendung Weisheit und Wissen, zu einem guten Leben Verstehen und Liebe und Freude, Freude an der Natur und den Menschen, an Sonne und Mond, bei Tag und bei Nacht, zu Land und zu Wasser, wo immer ihr wandelt.“ Dann hatte er sich abrupt umgedreht und war davongeeilt, Tränen in den Augen.

Daran musste ich denken, als ich meinen Pelzmantel neben den von Sofie packte. Abschiede fallen mir oft schwer, vor allem, wenn ich die Menschen lieb gewonnen habe. Ich hoffte aber sehr, Georgi und seine Familie wiederzusehen.

Der Vormittag war nahezu ein Spaziergang. Unser Weg führte uns fast direkt nach Osten, es ging stetig aufwärts, aber wir konnten uns auf einem Pfad bewegen, der nahezu schneefrei war. Im Norden sahen wir die Felsen des Dalakhora, die fast dreieinhalbtausend Meter hoch sind, daneben den über viertausend Meter hohen Gipfel des Chatini. Vor uns erblickten wir den über fünftausend Meter hohen Schchara-Gletscher. Die Berge waren schneebedeckt, und bald war es auch unser Weg.

Um die Mittagszeit war es vorbei mit dem Spaziergang, wir zogen unsere Pelzmäntel an, denn es wurde empfindlich kalt, und es wehte ein scharfer Wind, der einen feinen, unangenehm ins Gesicht stechenden Schnee vor sich hertrieb. Wir hatten gehofft, bis zum Abend Majvdieri oder zumindest Murshkeli erreichen zu können, eines von zwei kleinen Bergdörfern. Doch davon war bei diesem Wetter keine Rede mehr. Als es dunkel wurde, packten wir unsere Zeltplanen aus, entzündeten ein kleines Feuer und ließen uns von den Vorräten schmecken, die Nana und Lana eingepackt hatten.

In der Nacht fiel viel Schnee, und als wir am nächsten Morgen erwachten – eine Wache hatten wir hier für unnötig gehalten –, waren unsere Zelte und der Schlitten eingeschneit. Es schneite weiter, und der Schnee war feucht und schwer, sodass es mühsam wurde, sich vorwärtszubewegen. Glücklicherweise hatte Old Firehand eine Vorstellung davon, wo wir waren und wohin wir mussten; wir anderen wären in dieser weißen Einöde sicher verloren gewesen.

Dieser Tag war fast so schlimm wie jener, an dessen Ende wir von den Wölfen umzingelt worden waren. Zwar fehlte der Nebel, aber das Schneegestöber erschwerte es fast genauso sehr, sich zurechtzufinden. Immerhin konnten wir uns an dem leichten Ansteigen des schneebedeckten Bodens orientieren, der uns wohl in die richtige Richtung, nach Osten, führte. Gegen Abend mussten wir entscheiden, ob wir lieber weiter nach Osten wandern wollten, wo in einiger Entfernung das Bergdörfchen Majvdieri lag, oder ob wir lieber ein klein wenig nach Norden abschweifen wollten, um die Nacht, die kalt und stürmisch zu werden versprach, in Murshkeli zu verbringen. Dieses Dorf lag nur noch wenige Minuten von unserem Weg entfernt, das vermutete zumindest Old Firehand.

Wir entschlossen uns für den kürzeren Weg. Wir erreichten Murshkeli in tiefer Dunkelheit und waren alle körperlich schon sehr mitgenommen. Wir waren gewohnt an weite Märsche und an Strapazen, Old Firehand, Halef und ich weitaus mehr als die beiden Frauen; doch dieses Wetter, die Kälte, die Feuchtigkeit, die durch unsere Kleider bis auf die Haut zu spüren war, auch wenn diese wasserfest waren – das alles hatte uns doch sehr angestrengt. Deshalb waren wir sehr froh, als wir im Dorf bei einer Bauernfamilie Unterschlupf fanden. Wir machten es uns in der Stube gemütlich, in der ein kleines Feuer im Kamin flackerte. Die Wärme aber kam vor allem von den Tieren, die hier wie meistens in Swanetien mit im Haus lebten. Auf der einen Seite der großen Stube waren die einfache Bettstatt des Bauernpaares und zwei kleinere für die Kinder, auf der anderen Seite waren die Tiere angebunden.

Wir waren dankbar dafür, uns in der Mitte des Raumes zusammenkuscheln zu dürfen, die Bauern wiederum waren glücklich, ein paar der Spezialitäten aus der Küche der Familie Takatschidse geschenkt zu bekommen. Wann sie das letzte Mal Tschutschkella gegessen hatten, konnten sie uns nicht sagen, es war für sie ein wahres Festessen.

Sie waren auch froh darüber, mit Leuten sprechen zu können, die von weiter unten kamen, aus der Stadt. Denn sie wollten wissen, ob es dort in letzter Zeit auch solch seltsame Himmelserscheinungen gegeben habe.

„Fast jede Nacht wetterleuchtet es vom Schchara her", erzählte der Bauer, „aber es ist kein normales Wetterleuchten. Es wechselt andauernd die Farbe, und ist am Ende immer giftgrün. Es dauert Stunden, aber es ist nichts zu hören dabei. Es macht uns Angst."

Ich versuchte die guten Leute damit zu beruhigen, dass es in diesem Jahr eine besondere Aktivität der Sonne gäbe. Ich kramte dazu aus meinem Gedächtnis die Erinnerung an einen Artikel hervor, in dem über einen Amateur-Astronomen aus Dessau geschrieben worden war, Samuel Heinrich Schwabe, der Mitte des Jahrhunderts berichtet hatte, dass die Häufigkeit der Sonnenflecken periodisch schwanke. Ich behauptete, jetzt sei ein Sonnenflecken-Maximum erreicht, und deshalb gäbe es diese Himmelslichter. Man hörte mir aufmerksam zu, aber ich vermute, wirklich beruhigen konnte ich die Bauernfamilie nicht. Wie denn auch – wir wussten ja genau, dass dies Auswirkungen des Weltenrisses waren.

Am nächsten Morgen brachen wir auf nach Süden, denn in diese Richtung führte uns nun der Weg nach Uschguli. Unser nächstes Ziel war Zegani, ein weiteres kleines Bergdorf. Dorthin würde uns aber kein direkter Weg führen; wir hatten die Wahl zwischen einem Rückmarsch von einigen Kilometern, um dann in die richtige Richtung abbiegen zu können, und dem Versuch, direkt über die Berge dorthin zu wandern. Wir überlegten lange, ehe wir das gastliche Bauernhaus verließen, denn bei diesem Wetter schien allen außer Old Firehand der Weg über das Gebirge doch sehr gefährlich. Er aber meinte:

„Auch der Weg zurück und dann auf dem Weg, der keiner ist, ist gefährlich und genauso anstrengend. Wir müssen nur aufpassen, dass wir nicht in eine Spalte fallen. Wir sollten uns anseilen und hintereinander gehen."

Sofie fragte:

„Was ist denn mit Dawit? Kann er uns nicht führen?"

Old Firehand schaute verdutzt, dann lachte er und meinte:

„Was für eine gute Idee! Zumindest kann er uns den besten Weg zeigen, ihn uns bahnen und uns vor Spalten und anderen Gefahren warnen. Wartet einen Moment." Er ging kurz hinaus, durch die offene Tür sah ich, wie er sich auf den Schlitten setzte und eine ganze Zeit lang dort in sich versunken hockte. Dann kam er wieder herein und sagte: „Dawit wird uns dort treffen, wo es nach oben in die Berge geht."

„Dann haben wir vielleicht sogar eine Chance, Melville und seine Bande einzuholen", meinte ich. „Sie sind uns doch um einiges voraus, aber werden wahrscheinlich den längeren Weg nehmen."

„Falls sie nicht von vornherein den direkteren Weg genommen haben", entgegnete Old Firehand. „Dieser Umweg hat uns doch einige Kilometer und Stunden gekostet."

„Das war es aber wert", sagte Halef, „schon wegen der Nachtruhe im Warmen."

Wir marschierten nun los, geradewegs nach Süden. Nach etwa drei Stunden, die nicht weniger anstrengend waren als die Wanderung am Tag zuvor – das Wetter hatte sich kein bisschen gebessert –, trafen wir auf Dawit.

Es war ein herrliches Bild: Aus dem Schneegestöber schälte sich zuerst der Kopf des weißen Tigers heraus, dann wurde langsam sein Körper sichtbar. Er stand auf einem erhöhten Felsen wie in Marmor gemeißelt. Als wir näherkamen, machte er einen Satz auf Old Firehand zu, dass er diesen beinahe umgerannt hätte, bremste aber noch rechtzeitig und ließ sich von dem großen Mann umarmen – es war wirklich ein herrliches Bild.

Wir stiegen nun einen Hügel nach dem anderen empor, wir wanderten einfach geradeaus, ohne uns an irgendwelchen Landmarken zu orientieren.

„Der Tiger weiß schon, wo wir hinwollen", meinte Old Firehand. Und so marschierten wir in Reih und Glied hinter dem weißen Tiger her. Wir hatten uns trotz seiner Führung angeseilt. Ich hatte mir in den freien Stunden in Mestia Hanfschnur besorgt und ein neues Lasso geknüpft, ein weiteres Seil von etwa fünfzehn Metern Länge hatte ich eingepackt.

Wir übernachteten auf der Höhe des Gebirgszugs. Dort fanden wir mit Dawits Hilfe eine Höhle, die uns allen genug Raum bot. Wir konnten darin ein kleines Feuer entfachen, dadurch war die Nacht bei Weitem nicht so kalt und feucht wie jene, die wir eingeschneit im Freien verbracht hatten. Der Tiger legte sich vor den Höhleneingang, sodass wir ganz beruhigt schlafen konnten.

Am nächsten Morgen stöberte Dawit kurz nach unserem Aufbruch zwei Kaukasusmarale auf, ein führendes Alttier und sein Kalb. Die beiden Hirsche waren wohl von ihrem Rudel getrennt worden. Die Hirschkuh galoppierte sofort davon, sicher auch, um den Tiger von ihrem Kalb wegzulocken. Wie bei den meisten Rothirschen, zu denen die Kaukasushirsche gehören, war ihr Winterfell von graugelber Farbe, der Spiegel, die charakteristisch gefärbte Hinterseite der Oberschenkel, zeichnete sich bei der Flucht deutlich ab durch seine gelblichweiße Färbung. Im tiefen Schnee hatte die Hirschkuh gegen Dawit keine Chance. Unter anderen Umständen wäre sie dem Tiger entkommen, kann doch ein Hirsch sehr schnell galoppieren. Der kaukasische Maral ist aber, wie bei Tieren in kalten Gegenden üblich, größer als seine Verwandten in unseren Breiten, und so brach die Hirschkuh aufgrund ihres Gewichts mehrere Male durch den verharschten Schnee, über den Dawit in großen Sätzen regelrecht hinwegflog. Nach nicht einmal

50 Metern hatte er seine Beute erreicht und riss sie durch die Wucht des Aufpralls zu Boden. Während er die Hirschkuh mit den Pranken festhielt, setzte er den tödlichen Biss an der Kehle an, nach wenigen Sekunden war alles vorbei.

In diesem Moment hörte ich einen Schuss. Ich blickte mich um. Das Hirschkalb hatte sich im ersten Moment zu Boden geworfen und tot gestellt, soviel hatte ich noch gesehen, ehe ich meine Aufmerksamkeit Dawits Jagd widmete. Das Kalb musste dann aufgesprungen sein und versucht haben, zu fliehen, Sofie hatte es trotz des Schneegestöbers mit einem sauberen Blattschuss erlegt. Das Kalb bewegte sich noch ein paar Sekunden und versuchte davonzurennen, im tiefen Schnee aber kam es nur wenige Meter weit, ehe es tot zusammenbrach.

Dawit fing sofort an, seine Beute zu verzehren, wie bei Tigern üblich begann er am Hinterteil. Die Hirschkuh wog bestimmt 100 Kilo oder mehr, er würde davon maximal ein Drittel fressen können. Auf unserem Schlitten war noch Platz; ich schlug Old Firehand vor, nach dem Stillen des ersten Hungers Dawit anzubieten, einen Teil des Fleisches mitzunehmen. Ich wusste, dass Tiger normalerweise in der Nähe ihrer Beute bleiben, bis diese verzehrt ist, oder sie irgendwo verstecken. Aber diese Möglichkeit hatte Dawit ja hier nicht, und für den Fall, dass wir noch länger seine Dienste in Anspruch nehmen würden, war es nur gerecht, wenn wir seine Versorgung mit übernahmen.

Sofie, Ann und Halef hatten sich inzwischen dem Kalb gewidmet und mit dem waidgerechten Aufbrechen begonnen. Auch nach einem Blattschuss sollte dies schnell erfolgen, um eine Vergiftung des Muskelfleisches durch Bakterien aus dem Magen und dem Darm zu verhindern. Also entfernten sie die Eingeweide und häuteten das Tier. Den Aufbruch packten sie in das Fell und vergruben alles im Schnee. Sicher würden sich ein paar Aasfresser darüber freuen. Ich lobte Sofie für ihre schnelle Reaktion und den gelungenen Schuss, die anderen schlossen sich an. Sie hatte damit nicht nur unseren

Proviantvorrat ergänzt, sondern dem Kalb auch einen elenden Tod erspart, den es ohne seine Mutter sicher gestorben wäre. Und das zarte Fleisch eines Hirschkalbs schmeckt allemal besser als das eines Alttiers.

Nachdem wir das Fleisch der beiden Hirsche auf den Schlitten geladen hatten, ging es bequemerweise bergab. Der Abstieg vom Berg war allerdings nur kurz, denn wir kamen bald auf den Weg, der uns nach Zegani führen würde. Old Firehand entließ den weißen Tiger.

„Wenn wir ihn wieder brauchen, kann ich ihn jederzeit rufen“, sagte er, „aber jetzt hat er es sich verdient, seiner eigenen Wege zu gehen. Auch wenn er erst gefressen hat, hat er doch wieder Lust zu jagen.“

Es war Abend geworden, als wir Zegani erreichten. In diesem Bergnest gab es kein Bauernhaus, in das wir uns hätten einquartieren können; zu klein und ärmlich waren die Hütten. Doch man bot uns an, uns in der kleinen Versammlungshalle des Dorfes für die Nacht einzurichten. Wir bedankten uns, indem wir mit dem Dorf die Reste der Hirschkuh teilten, es blieb auch noch einiges für die Dorfbewohner an den nächsten Tagen übrig. Dawit hatte inzwischen nämlich wieder frische Beute geschlagen, und wir hatten noch das Fleisch des Kalbs.

Der nächste Morgen erfreute uns mit schönem Wetter. Es war immer noch eiskalt, aber das Schneegestöber hatte aufgehört. Wir konnten in der Ferne die Berge sehen, die unser Ziel waren, und wussten, dass wir in zwei bis drei Tagen Uschguli erreicht haben dürfte. Frohen Mutes machten wir uns auf den Weg.

Wir waren erst wenige Stunden unterwegs und dachten gerade daran, eine Pause einzulegen, als Old Firehand plötzlich stehenblieb.

„Dawit ruft mich“, sagte er. „Er hat etwas gefunden, was er mir unbedingt zeigen will, und das sieht gar nicht gut aus. Wir müssen einen Abstecher machen. Ich befürchte, dass wir umplanen müssen. Es sieht so aus, als ob wir es nicht nur mit

Melville, sondern doch auch mit Vanderbilt zu tun bekommen könnten."

Ohne noch weiter über eine Pause nachzudenken, lief er los, erheblich schneller als bisher und in einer im spitzen Winkel von dem bisherigen Weg abweichenden Richtung. Ich folgte ihm nicht.

„Wohin?", rief ich ihm nach.

Er blieb stehen, seine Stimme war voller Grimm.

„Es gibt da eine Schlucht in der Nähe. Wir wollten ja eigentlich heute nach Adishi. Doch wir müssen diese Schlucht aufsuchen. Sie ist nur wenige Kilometer von Adishi entfernt, aber was wir dort finden werden, wird uns wahrscheinlich später sehr helfen. Bitte, folgt mir!"

Wir übernahmen sein Tempo, mussten allerdings nach etwa einer Stunde eine Pause einlegen, um etwas zu essen und uns auszuruhen; auch Old Firehand hielt diesen Gewaltmarsch nicht lange durch. Nach ungefähr weiteren zwei Stunden erreichten wir eine Talöffnung.

„Hier hat sich ein Drama ereignet", sagte Old Firehand. „Wir müssen langsam hineingehen und schauen, ob wir Spuren finden." Er nickte mir zu: „Lasst uns beide zunächst hinabsteigen. Ihr anderen, folgt bitte in etwas Abstand, damit keine Spuren zerstört werden."

Wir kletterten mühsam hinab. Die Schlucht erweiterte sich bis auf etwa zehn Meter Breite, und der Abstieg war beschwerlich, wegen des Schnees und weil dieser auf lockerem Geröll lag. Wir mussten sehr aufpassen, nicht abzurutschen. Wir schauten uns gründlich um, aber wenn es hier Spuren gegeben hatte, dann waren diese durch den Schneefall der vergangenen Tage zugedeckt worden.

Als wir uns dem Grund der Schlucht näherten, sah ich, wovon Old Firehand durch Dawits Augen bereits Kenntnis hatte. Auf dem Boden lagen, teils schon von Schnee bedeckt, mehrere Wisente. Ich zählte einen Bullen, drei Kühe und zwei Kälber. Sie waren zusammengeschossen worden, nicht waidgerecht erlegt, sondern mit zahlreichen Schüssen regelrecht abgeschlachtet.

„Das erinnert mich an das Gemetzel an den Bären durch Vanderbilts Männer“, sagte ich mit zornbebender Stimme.

„Eindeutig!“, stimmte Old Firehand mir zu. „Doch lasst uns das alles genau untersuchen.“

Auch hier unten gab es natürlich nicht viele Spuren, doch um die Kadaver herum konnten wir einiges ausmachen. Zunächst untersuchten wir die Tiere. Der Bulle war wohl noch nicht ganz ausgewachsen gewesen, von den Kühen war eine ebenfalls noch jung, die anderen beiden anscheinend erfahrene Muttertiere. Und doch hatten sie ihre Kälber nicht schützen können. Der Bulle hatte wohl versucht, die anderen Tiere zu verteidigen, denn er hatte einige Schüsse von vorne erhalten.

Erschütternd fand ich, dass weder Fleisch noch Fell der Tiere mitgenommen worden waren. Man hatte sie wohl einfach so erschossen, um des Vergnügens willen. Nur die Hörner fehlten.

„Die hat man wahrscheinlich als Trophäen mitgenommen“, meinte Old Firehand, „das ist typisch für diese amerikanischen Sonntagsjäger.“

„Vielleicht“, meinte ich, „wollen sie auf dem Rückweg vorbeikommen und das Fleisch mtnehmen; es liegt hier ja gut gekühlt. – Aber nein!“ Ich korrigierte mich. „Da sie die Tiere nicht aufgebrochen haben, wird das Fleisch verdorben sein. Sie dürften höchstens Interesse an den Fellen haben, die ihnen zu schwer waren zum Mitnehmen. Aber mit denen ist auch nicht viel anzufangen, so durchlöchert wie sie sind.“

„Außerdem wird es ja noch andere Gäste geben, die sich daran bedienen“, meinte Old Firehand. „Bären beispielsweise und Wölfe.“

„Mich wundert, dass sie bisher noch nicht hier aufgetaucht sind“, erwiderte ich.

„Dazu ist die Zeit zu kurz“, meinte Old Firehand. „Die Menschen sind noch nicht lange genug weg.“

Wir untersuchten nun die Wunden der Tiere und die Einschüsse genauer und konnten einige Kugeln sicherstellen. Danach waren wir sicher, dass es die Männer von Vanderbilt gewesen waren. Die Kugeln von zumindest zwei Schüssen waren von den Pinkerton-Agenten mit ihren Springfield Trapdoor Rifles abgegeben worden, die Männer um Melville hatten außerdem gar nicht so viele Waffen.

Old Firehand blickte gedankenvoll auf die toten Tiere und erklärte:

„Die Wisente im Kaukasus sind vom Aussterben bedroht. Es gibt kaum noch große Herden. Dies hier waren Tiere aus einer der kleineren Gruppen, die vielleicht insgesamt ein Dutzend Tiere umfasst. Und ein Drittel der Herde haben Vanderbilt und seine Männer ausgelöscht, darunter einen großen Teil des Nachwuchses. Was geht nur in solchen Menschen vor!"

Ich musste an unsere letzte Unterhaltung über die Büffeljagden in den USA denken. Ein großer Teil davon war Strategie, um Land zu erobern oder Indianer zu vertreiben. Dies hier aber war pure Lust am Töten gewesen.

Wir suchten nun die ganze Schlucht nach Spuren ab und wurden auch fündig: Unter einem Überhang, der den Boden vor Schnee schützte, fanden wir die Reste eines Lagerfeuers. Als wir den Schnee darum vorsichtig wegscharrten, konnten wir auch ein paar Reste des Lagers finden: weggeworfene Knochen, Stummel von Streichhölzern, weggeschütteten Kaffeesatz und einige noch erhaltengebliebene Stiefelspuren.

„Das sind die Spuren von Vanderbilt", sagte Old Firehand nach einigem Suchen und Nachdenken. „Seine teuren Stiefel haben eine ganz besondere Form, die habe ich mir eingeprägt."

Wir winkten unsere Gefährten heran und schlugen nun selbst unter dem Überhang unser Lager auf. Nachdem wir sie über unsere Befunde informiert hatten, fragte Ann:

„Aber wieso sind Vanderbilt und seine Männer überhaupt hier aufgetaucht, und das noch vor uns? Zumal sie doch in

Mestia aufgehalten werden sollten! Wenn das wie verabredet erfolgt wäre, dann könnten sie noch nicht hier sein."

„Zumal sie ja gar nicht nur aufgehalten werden sollten, sondern entweder eingesperrt oder des Landes verbannt", ergänzte Sofie.

„Die Verbannung hätten sie ganz sicher genauso wenig ernstgenommen wie Melville", meinte Halef. „Ich hoffe, es hat wegen ihnen nicht auch Tote in Mestia gegeben."

Old Firehand wirkte nachdenklich.

„Lasst uns noch einmal darüber nachdenken, wie Vanderbilt von den Ereignissen in Mestia erfahren haben kann. Denn ich vermute, dass er gar nicht erst bis zu dieser Stadt gekommen ist."

Mir kam ein Gedanke.

„Ich möchte mir noch einmal die Spuren anschauen, um herauszufinden, mit wie vielen Männer wir es hier zu tun haben", schlug ich Old Firehand vor. „Wir entdecken vielleicht etwas am Ausgang der Schlucht. Noch ist es hell, und möglicherweise haben wir Glück."

Sofort machten wir uns daran, den Schnee am Ausgang der Schlucht vorsichtig zu entfernen, ihn wegzuscharren mit den Händen. Und tatsächlich: Wo sich die Schlucht verengte auf wenige Meter Breite, hatten sich die Spuren der Männer, die die Schlucht verlassen hatten, erhalten. Nun konnten Old Firehand und ich unsere ganze Erfahrung ausspielen. Gemeinsam versuchten wir die Spuren zu zählen und waren uns am Ende einig, dass es dreiundzwanzig Männer gewesen waren. Ich suchte nach speziellen Stiefeladrücken und wurde fündig.

„Ich glaube, ich weiß, was geschehen ist", sagte ich nun, als wir wieder um das Feuer saßen. „Vanderbilt hatte vierundzwanzig Männer dabei, als wir ihn in seinem Lager besucht haben. Zwei davon sind ausgefallen, und ich bin sicher, er hat sie nicht mitgenommen, sondern nach Hause geschickt oder irgendwo untergebracht oder sie sogar umgebracht. Dann müssten es mit ihm dreiundzwanzig Männer sein, die durch diese Schlucht marschiert sind. Ich bin aber sicher, dass es nur zweiundzwanzig waren. Denn es fehlen die Spuren der Seemannsstiefel von Dundiston; der hat sich wahrscheinlich nach den Ereignissen bei der Bärenjagd von Vanderbilt getrennt. Dafür ist ein Mann dazugekommen, und zwar sehr wahrscheinlich ein Bote von Melville."

Old Firehand schüttelte den Kopf.

„Wir haben aber doch die Männer von Melville verfolgt, besser gesagt ihre Spuren, und sie haben sich nach Uschguli gewandt."

„Wir haben aber nicht darauf geachtet, ob es immer alle seine Männer waren. Melville hat viel Wert darauf gelegt, seine Spuren zu verwischen. Erinnert Euch daran, wie schwierig es war, auf den Felsen die Spuren wiederzufinden. Er hat dort einen Mann abgesandt, der Vanderbilt entgegengegangen ist, und uns sind dessen Spuren nicht aufgefallen. Die hätten wir nur entdeckt, wenn wir das felsige Gelände umrundet hätten. Aber dazu sahen wir ja keine Notwendigkeit, wir waren uns unserer Sache zu sicher."

Ann nickte eifrig.

„Dann wusste Vanderbilt, was in Mestia passiert ist, und hat sich direkt auf den Weg nach Uschguli gemacht."

Sofie unterbrach sie:

„Und um uns nicht zu begegnen, hat er nicht den direkten Weg genommen, sondern ist ein wenig abweichend marschiert, praktisch parallel. So sind er und seine Männer durch dieses Tal gekommen, zum Unglück für die Wisente."

Old Firehand warf mir einen leicht schelmischen Blick zu.

„Das wird so gewesen sein, Aber sagt, ist euch nicht am Ausgang der Schlucht noch etwas anderes aufgefallen?"

Ich nickte.

„Mindestens eines der Tiere ist entkommen. Und es muss ein großer Bulle gewesen sein. Er ist hier herausgaloppiert, bevor die Männer über seine Spuren gelaufen sind."

Nun nickte auch Old Firehand.

„Genau das habe ich auch gesehen. Leider kann ich nicht mit einem Tier gedanklichen Kontakt aufnehmen, das ich nicht entweder sehe wie den Luchskuder, oder schon gut kenne wie Dawit. Aber wenn ich diesen Bullen treffen sollte, dann möchte ich mich gerne mit ihm unterhalten."

Halef hatte sich während des letzten Teils unseres Gesprächs entfernt und noch einmal den Ausgang der Schlucht aufgesucht. Jetzt rief er:

„Kommt doch bitte einmal her, ich habe noch etwas gefunden." Als wir bei ihm ankamen, hielt er triumphierend etwas hoch: eine Holzperle. „Jetzt wissen wir, wer Melvilles Bote war!", sagte er mit Genugtuung in der Stimme.

„Das passt", sagte Ann nachdenklich. „Jack ist Melvilles bester Mann!"

Old Firehand nahm Halef die Perle aus der Hand, drehte sie ein paar Mal hin und her und sagte dann langsam und betont, mit kernigem Tonfall und sehr ernstem Gesicht:

„Ich habe so viele tote Büffel gesehen. Ich habe so viele brutale Büffeljäger gesehen, Menschen, denen jeder Anstand und jede Menschlichkeit fehlte, denen jedes Gefühl fehlte für das, was richtig und falsch ist, Menschen wie Vanderbilt und seine Leute. Wenn es mir möglich ist, werde ich diese Schlächter zur Rechenschaft ziehen. Und egal, was ihr hier dazu sagt: Ich werde keine Gnade kennen und ich werde mich nicht zurückhalten lassen. Diese Männer haben den Tod verdient, sie alle, von Vanderbilt bis zu seinem letzten Mann, und ganz besonders Jack the Knife. Ich verspreche: Ich werde es sein, der ihnen den Tod bringt, und wenn es das Letzte ist, was ich tue."

Fünfundzwanzigstes Kapitel
Menschenschinder und Entführer

Am nächsten Morgen brachen wir früh auf. Wir hatten die Nacht in der Schlucht verbracht, wo wir unter dem Überhang gut vor dem Wetter geschützt waren. Wir wussten, dass uns noch eine halbe Tagesreise bis zum ersten der vier Orte bevorstand, aus denen Uschguli besteht.

Dieses Dorf, Murkmeli, erreichten wir um die Mittagszeit. Es liegt am rechten Ufer des Enguri in knapp 2.100 Metern Höhe. Es ist ein sehr kleines Dorf mit nur wenigen Wehrtürmen und einer kleinen Kirche. Die etwa dreißig Bewohner sind Bauern, die vor allem von ihren Kühen leben, von deren Milch und deren Fleisch. Bei einem dieser Bauern, den Old Firehand von früher kannte, kehrten wir ein. Wie groß war unser Erstaunen, als der Hausherr sich als Surab Takatschidse vorstellte, als Vetter von Elena. Natürlich blieben wir nun etwas länger als geplant, denn wir erzählten ihm in geraffter Form, was sich in Mestia ereignet hatte. Er lebte schon seit über fünfzehn Jahren hier in Uschguli; er hatte bei den Kämpfen gegen die Russen in vorderster Front gestanden und gehörte zu den wenigen Swanen, die noch immer als ehemalige Widerstandskämpfer verfolgt wurden. Er fühlte sich hier oben in den Bergen aber auch sehr wohl und wollte keineswegs in die Stadt zurückkehren.

Surab konnte uns genau Auskunft geben über die beiden Trupps, denen wir folgten. Melville und seine Männer waren am gestrigen Tag am frühen Vormittag eingetroffen und hatten nach kurzem Aufenthalt den Fluss überquert. Murkmeli liegt am rechten Ufer des Enguri, die anderen drei Dörfer der Dorfgemeinschaft an seinem linken Ufer. Es ist je nach Wetter nicht einfach, den Fluss zu überqueren, eine Brücke gibt es nicht. Melville hatte Glück gehabt mit dem Wetter, es war ein schöner Tag gewesen und der Enguri relativ ruhig. So konnten er und seine Männer sich von ein paar Dorfbewohnern mit deren Kähnen übersetzen lassen.

Am Nachmittag war dann die zweite Gruppe gekommen, Vanderbilt mit seinen über zwanzig Männern. Surab war besonders ein Mann aufgefallen, weil dieser, wie der alte Swane meinte, ein wenig verrückt ausgesehen habe mit seinen langen Haaren und den Perlen darin. Vanderbilt hatte sich erkundigt, ob vor ihm schon ein Trupp Männer angekommen sei, und hatte dieselbe Auskunft bekommen wie wir. Daraufhin hatte er die Überquerung beschleunigt; wahrscheinlich hoffte er, die anderen Männer noch einholen zu können. Der Tag war für jene Dorfbewohner, die ihre Boote zur Verfügung gestellt hatten, durchaus lukrativ gewesen.

Heute war das Wetter wieder schlechter geworden, der Wind war ziemlich stark und ebenso der Schneefall. Aber dennoch erklärten sich zwei junge Männer bereit, uns mit ihren Booten überzusetzen. Den Schlitten allerdings mussten wir dalassen. Wir packten ein paar Sachen in unsere Rucksäcke und stellten ihn bei Surab unter. Wir machten mit ihm aus, dass er, wenn wir nicht wiederkommen sollten, seinen Verwandten in Mestia Bescheid geben sollte. Wahrscheinlich aber würden wir den Schlitten auf dem Rückweg abholen.

Außerdem vereinbarten wir mit unseren beiden Kahnführern, dass ab dem dritten Tag für eine Woche lang jeweils um die Mittagszeit einer der beiden hinüber auf das andere Ufer fahren würde, um zu schauen, ob wir übergesetzt werden wollten. Wir wussten ja nicht, ob es in einem der anderen Dörfer dazu eine Gelegenheit geben würde – und den Christophorus wollten wir nur ungern bei einem solch wilden Fluss oder vor aller Augen einsetzen; er blieb uns als letzte Möglichkeit.

Da es schon später Nachmittag war, als wir unseren Weg fortsetzten, war uns klar, dass wir es heute nur bis zum nächsten Dorf schaffen würden. Von Murkmeli bis zum letzten Dorf, Schibiani, sind es zwar nur knapp zwei Kilometer, aber wir mussten rund 100 Meter Höhenunterschied überwinden. Da der Schneefall nun immer stärker wurde, beschlossen wir, heute bis Chazhashi zu marschieren, dort zu übernachten und die Reise am nächsten Tag fortzusetzen.

In Chazhashi, einem Ort, nur unwesentlich größer als Murkmeli, erwartete uns eine üble Überraschung: Melville und seine Bande hatten das Lagerhaus des Dorfes geplündert. Hier lagerten die Kartoffeln, das Getreide und das Gemüse, von dessen Anbau die Dorfgemeinschaft lebte und das den Vorrat für den Winter bildete. Natürlich hatten sie nicht alles mitgehen lassen, aber der Verlust von fast der Hälfte der eingelagerten Kartoffeln bedeutete für die Menschen hier eine gewaltige Einschränkung, je nach Dauer und Härte des Winters sogar die Gefahr des Hungerns.

„Was wollen sie mit so vielen Kartoffeln?“, überlegte Ann laut.

„Wenn wir annehmen, dass sie zur Quelle unterwegs sind“, meinte ich, „dann deutet es darauf hin, dass sie dort erwartet werden und vielleicht mit ihnen auch Proviantnachschub.“

Vanderbilt war einfach durchgezogen in den nächsten Ort, nach Tschwibiani. Die beiden Gruppen hatten also über einen Tag Vorsprung, dennoch blieb uns bei diesem Wetter nichts anderes übrig, als sie ziehen zu lassen. Für die Übernachtung stellte man uns einen freien Raum im Dorfgemeinschaftshaus zur Verfügung; da Old Firehand hier bekannt war und wir uns als Freunde der Familie Takatschidse vorstellten, kostete uns dies nichts, sondern wir waren Gast des Dorfs. Wir versprachen, die geraubten Kartoffeln wenn möglich zurückzubringen.

Am nächsten Morgen wurden wir von furchtbaren Schreien geweckt. Wir stürmten ins Freie und erblickten ein ebenso skurriles wie grauenhaften Bild: Auf dem schneebedeckten Pfad, der die Hauptstraße bildete, kam uns ein Mann entgegengetorkelt, um dessen Kopf eine gelbschwarze Wolke schwirrte. Es dauerte einen Moment, bis ich erkannte, dass es sich dabei um einen Bienenschwarm handelte, der zornig summend den Kopf des Mann umhüllte. Wenige Meter vor uns brach der Mann zusammen, sein Schreien verstummte. Der Bienenschwarm umschwirrte den Mann noch ein paar Sekunden, dann erhob er sich und flog davon, auf dem Weg und auf dem Gesicht des Mannes zahlreiche tote Bienen zurücklassend.

Als wir den bedauernswerten Mann erreichten, kamen auch die ersten Dorfbewohner aus ihren Häusern. Sie waren genauso entsetzt wie wir, als sie den Toten erblickten: Sein Gesicht war bis zur Unkenntlichkeit geschwollen, übersät mit unzähligen Stichen und Hunderten toter Bienen. Wenn man die toten Insekten auf dem Weg dazuzählte, musste er von über tausend Bienen gestochen worden sein.

Sofie schüttelte sich.

„Ich dachte, Bienen halten um diese Jahreszeit Winterruhe."

Ich nickte.

„Sie sollten jetzt in Kältestarre sein." Ich beugte mich vor und betrachtete die Tiere genauer. Dies waren die hier beheimateten dunklen Bienen, mit breitem, schwarzem Hinterleib und der typischen dunkelbraunen Behaarung der Brust. „Das sind keine Wildbienen", fuhr ich fort, „das sind die hier üblichen Hausbienen. Etwas muss sie aufgeweckt, aufgescheucht und aggressiv gemacht haben."

Old Firehand lachte grimmig auf.

„Etwas? Ihr wisst so gut wie ich, dass dies eine Auswirkung des Weltenrisses ist. Wir müssen uns beeilen, will mir scheinen."

Wir ließen eine vollig verstörte Dorfbevölkerung zurück und machten uns, bei glücklicherweise schwächerem Schneefall, auf den Weg; wir erreichten Tschwibiani nach etwa zwei Stunden. Dort erfuhren wir, dass Melville mit seinen Männern zwei Tage zuvor am Abend durchgezogen war, Vanderbilts Trupp aber übernachtet hatte. Seine Leute hatten am Rande des Dorfes ihre Zelte aufgeschlagen, er selbst war beim Dorfvorsteher untergekommen, der dafür fürstlich belohnt worden war. Diese Gruppe war erst gestern Morgen weitergezogen, ihr Vorsprung betrug also einen guten Tag, während der von Melville sich auf über anderthalb Tage belief. Wir wanderten deshalb sofort weiter, nach Schibiani, das wir kurz nach der Mittagszeit erreichten.

In Schibiani wurden wir ganz anders empfangen als bisher in den Dörfern von Uschguli. Schon am Dorfeingang standen drei erregte Männer mit Gewehren; als sie uns kommen sahen, legten sie diese auf uns an. Wir hoben die Hände, und Old Firehand rief:

„Wir kommen in Frieden und Freundschaft. Ich bin Otchopintre, ihr kennt mich."

„Kommt näher", war die Antwort, „und zieht eure Kapuzen herunter."

Als wir bis auf wenige Meter an die Männer herangekommen waren, ließen sie die Waffen sinken.

„Ja, Sie sind Otchopintre", sagte einer. „Das ist gut, dass Sie kommen."

Wir senkten nun die Hände, und Old Firehand fragte:

„Was ist geschehen?"

„Kommen Sie mit", antwortete einer der Männer, „wir werden Ihnen das im Dorf erzählen."

Er führte uns ins Dorfgemeinschaftshaus. Dort war eine Menge versammelt, die wild durcheinanderredete. Als wir den Raum betraten, wurde es still. Alle Augen richteten sich auf uns. Old Firehand übernahm das Sprechen.

„Seid gegrüßt! Ihr kennt mich, ich bin Otchopintre. Wir und meine Freunde sind auf der Jagd nach zwei Banden, die in Mestia große Verbrechen verübt haben. Mir scheint, sie waren auch hier nicht untätig. Könnt ihr uns erzählen, was geschehen ist?"

Man räumte schnell ein paar Stühle und einen Tisch frei, bat uns, Platz zu nehmen, und dann begann ein alter Mann zu sprechen.

„Ich bin Jemal Kharaschwili, der Stellvertreter des Ortsvorstehers Grigoli Akaraschwili. Dieser liegt bei sich zuhause im Bett, denn er ist grausam misshandelt worden von einer dieser beiden Banden.“

„Von welcher?“, fragte ich.

„Die erste Gruppe Männer, die hier vorgestern durchmarschierte, verhielt sich anständig. Sie kamen nicht einmal in eines der Häuser, sie zogen geradewegs durch unser Dorf und übernachteten etwas weiter oben. Gestern Morgen sind sie weitergezogen. Ein paar Stunden später aber kamen über zwanzig Männer, angeführt von einem penibel gekleideten Amerikaner und einem verrückten Seemann. Sie wollten von uns wissen, wohin dieser erste Trupp gezogen war. Ein Kapitän Melville sollte ihn anführen. Selbst das wussten wir nicht. Aber sie glaubten uns nicht, dass wir keine Ahnung hatten. Sie schlugen mehrere von uns, und schließlich banden sie unseren Ortsvorsteher an diesen Pfosten dort hinten und peitschten ihn aus, bis er ohnmächtig wurde.“

Wir sahen, dass neben der Säule, auf die er gezeigt hatte und die neben einigen anderen das Dach trug, dunkle Flecken auf dem Boden waren, wahrscheinlich vom Blut des Gepeinigten.

„Und dann?“, fragte Old Firehand.

„Sie haben seine beiden Söhne mitgenommen, Marinus und Paata Akaraschwili. Wir konnten ihnen ja nur sagen, dass die Gruppe in Richtung des Schchara-Gletscher gezogen ist, dem in etwa zehn Kilometer Entfernung der Enguri entspringt. Da die Gegend um diese Jahreszeit sehr gefährlich ist, nahmen sie die beiden jungen Männer als Geiseln und Führer mit. Sie sollen ihnen helfen, die Spuren der anderen zu finden und diese zu treffen.“ Kharaschwili lachte freudlos auf. „Die beiden sind zwar jung, aber erfahrene Jäger und kluge Männer. Ich konnte kurz mit ihnen reden. Wir haben vereinbart, dass sie die Gruppe direkt zur Mündung des Enguri führen werden. Dort werden sie versuchen, sie in eine Schlucht zu stürzen. Bei Eis, Schnee und schlechter Sicht könnte ihnen das gelingen;

zumindest hoffen wir, dass sie entkommen können, da sie erfahrene Bergsteiger sind. Wir beraten gerade darüber, ob und wie wir ihnen folgen sollen, um uns an den Amerikanern zu rächen und unsere Jungen zu befreien."

Old Firehand wies auf das einzige Fenster des Raums.

„Es wird schon langsam dunkel. Ihr wisst so gut wie ich, dass es keinen Sinn hat, in der Nacht den Spuren zu folgen. Selbst wenn ihr sie finden würdet oder gar den Weg ohne Spurensuche beschreitet, da ihr ja wisst, wohin die Gruppe geführt wird, würde man eure Annäherung aufgrund eurer Lichter bemerken. Ihr mögt zwar alle gute Jäger sein; doch wie erfahren seid ihr im Nachtkampf? Ich rate euch: Bereitet euch heute gut vor, aber zieht erst morgen früh los."

Allgemeines Nicken um uns herum zeigte, dass Old Firehand mit diesen Überlegungen auf offene Ohren stieß. Ich vermutete, dass sich die Männer hier selber schon etwas in dieser Art gedacht hatten, es aber niemand laut auszusprechen gewagt hatte. Dieselben Überlegungen galten natürlich auch für uns. Es wäre zu gefährlich, in der Nacht weiterzuwandern, um Melvilles Bande näherzukommen. Dass wir den Riss nun einen Tag später erreichen würden, würde hoffentlich nicht allzu viel ausmachen. Doch zunächst mussten wir entscheiden, was wir am nächsten Tag tun wollten. Denn wir standen vor einem moralischen Dilemma. Diesem würden wir uns später stellen müssen; zunächst erzählten wir der Dorfgemeinschaft, was sich in Mestia ereignet hatte. Die Gespräche darüber zogen sich über Stunden hin.

Über unsere Möglichkeiten sprachen wir am Abend, nachdem wir gemeinsam mit den Dorfbewohnern gegessen und uns in das leerstehende Bauernhaus zurückgezogen hatten, das man uns zur Verfügung gestellt hatte. Ann begann:

„Wir müssen uns um Vanderbilt und seine Leute kümmern. Sie haben die beiden jungen Männer als Geiseln, wir müssen sie retten."

Sofie widersprach:

„Wir haben aber eine Aufgabe: Wir sollen den Riss schließen. Um die Befreiung ihrer Kinder müssen sich die Dorfbewohner selber kümmern."

Ann schüttelte den Kopf:

„Sie konnten sich ja nicht einmal verteidigen!"

„Wie denn auch?", warf Halef ein. „Gegen zwanzig schwerbewaffnete Männer? Diese wenigen alten Bauern und Jäger – sicher sind auch ein paar jüngere darunter, aber es sind doch insgesamt nicht mehr als zehn oder zwanzig, die eine Waffe führen können. Und ihr habt heute Nachmittag gesehen, was das für Waffen sind. Es sieht doch nicht besser aus als bei den Bauern in Mestia. Sie hätten im offenen Kampf keine Chance gehabt, man hätte sie niedergemetzelt, und so wird das auch aussehen, wenn sie dem Trupp von Vanderbilt folgen. Selbst wenn da ein paar Alte dabei sind, die im Krieg gekämpft haben, sie haben keine Chance."

Ich stimmte zu.

„Das sehe ich genauso. Aber wir sind in der Zwickmühle, und wie wir uns auch entscheiden, es wird in meinen Augen immer ein ungutes Gefühl bleiben. Dennoch: Wir müssen Prioritäten setzen, und die erste hat nun einmal das Schließen des Risses. Ich schlage vor: Wir werden morgen früh den Spuren von Melville folgen. Wenn wir ihn erfolgreich ausgeschaltet und den Riss geschlossen haben, können wir uns um die Befreiung der beiden jungen Swanen kümmern. Doch so leid es mir für sie tut: Zunächst ist unsere Aufgabe wichtiger."

Ann schüttelte den Kopf:

„Und wir sprechen immer von Menschlichkeit!"

Später setzten wir uns noch einmal mit einigen der Dorfbewohner zusammen. Wir ließen uns die Gegend erklären und besonders den Weg zur Kapelle „unter dem Segen der Mutter Gottes", zur Lamaria-Kirche. Denn dort, so vermuteten wir nun, würden wir die Ölquelle und den Weltenriss finden, die es zu schließen galt. Danach gingen alle erwachsenen Einwohner des Dorfes, die dazu in der Lage waren, in die kleine Kirche, um für die beiden Entführten zu beten. Uns bat man, ins Haus des Dorfvorstehers zu kommen. Er war inzwischen wieder bei Bewusstsein und es ging ihm den Umständen entsprechend gut. Er wollte mit uns reden.

Grigoli Akaraschwili lag in seinem Bett halb aufgerichtet, unter seinem Kopf hatte man mehrere Kissen gestapelt. Er war ein gutaussehender Mann mittleren Alters mit scharf geschnittenen Gesichtszügen, in dessen schwarzem Haar und Bart sich erste graue Strähnen zeigten. Er begrüßte uns freundlich, ließ für uns alle Stühle bringen und sich dann zunächst von uns sehr ausführlich über die Geschehnisse in Mestia informieren. Auch über unsere Erlebnisse auf unserem Weg hierher fragte er uns gründlich aus. Natürlich erzählten wir ihm nichts von unserer wahren Aufgabe oder den magischen Elementen unserer Abenteuer, nur dass der Otchopintre eine gewisse Affinität zu wilden Tieren hatte – das war ja sowieso eine Art offenes Geheimnis unter den Swanen. Über Melville verrieten wir nur so viel, dass wir ihm wegen eines großen Verbrechens auf der Spur waren und ihn nach der Ermordung der Männer in Mestia noch dringender finden mussten. Für unsere Entscheidung, Melville nachzujagen und nicht an der Befreiung seiner Söhne mitzuwirken, hatten Old Firehand und ich uns eine Erklärung ausgedacht, von der wir hofften, sie würde ihn zufriedenstellen.

„Melville hat entdeckt, dass unter der Lamaria-Kirche eine Ölquelle liegt. Nun ist er dahin unterwegs, um diese freizulegen. Dazu will er die Kirche sprengen, er hat genug Dynamit dabei. Wir müssen ihm zuvorkommen, sonst wird er dieses tausend Jahre alte Heiligtum zerstören."

Grigoli nickte langsam.

„Das ist wichtiger als die Rettung meiner Söhne. Schon immer hat unsere Familie für das Land und die Kirche gekämpft und Opfer gebracht, vielleicht wird es auch diesmal so sein."

Er schwieg und schluckte schwer. Dann fuhr er leise fort: „Meine Söhne sind die Letzten aus unserer Sippe. Meine Frau ist bei der Geburt unseres jüngeren Sohnes gestorben. Die beiden sind mein ganzer Stolz und sollen der Trost meines Alters sein und eines Tages die Familientradition fortführen. Doch wenn dieses Opfer gebracht werden muss …“

Ich hörte Ann vernehmlich schlucken, Sofie hatte Tränen in den Augen, und auch mir wurde das Herz schwer. Grigoli tat mir leid. Old Firehand aber erhob sich und legte ihm schwer eine Hand auf die Schulter.

„Wir haben zunächst eine Aufgabe zu erfüllen“, sagte er. „Doch ich verspreche: Wenn diese erledigt ist, werde ich alles daransetzen, Ihre Söhne zu befreien, so wahr ich der Otchopintre bin. Und wenn mir dies nicht gelingt, werde ich nicht ruhen, bis ich die Verbrecher zur Strecke gebracht habe.“

Grigoli schaute ihn einen Moment ernst an, dann wandte er den Blick uns anderen zu, fixierte uns der Reihe nach. Und der Reihe nach nickten wir.

Am nächsten Morgen war Old Firehand verschwunden. Er musste sich in der Nacht aus dem Bauernhaus geschlichen haben, während wir anderen schliefen. Wir fragten die Dorfbewohner, die gerade dabei waren, ihre Jagd auf Vanderbilts Bande vorzubereiten. Sie hatten nichts mitbekommen und waren über sein Verschwinden genauso erstaunt wie wir.

„Offensichtlich ist Old Firehand anderer Meinung als ich, was die Prioritäten betrifft“, sagte ich, während wir ein schnelles Frühstück zu uns nahmen. „Lasst uns bald aufbrechen. Wir können nichts anderes tun, als unser ursprüngliches Vorhaben umzusetzen. Vielleicht stößt Old Firehand noch zu uns. Sonst müssen wir mit Melville und seiner Bande alleine fertig werden.“

Halef schüttelte den Kopf.

„Das ist doch ein alter Sturkopf. Immer muss alles nach seinem Willen gehen.“

Ann widersprach:

„Diesmal, finde ich, hat er richtig gehandelt. Er ist unserem Auftrag nicht so verbunden wir ihr beide, und er fühlt sich der einheimischen Bevölkerung weitaus mehr verpflichtet. Natürlich hätten wir gegen Melville mit ihm einen starken Kämpfer mehr, und vielleicht auch noch den Tiger auf unserer Seite. Aber er hätte unsere Kampfkraft nicht um so viel mehr verstärkt, wie er nun alleine gegen Vanderbilt ausrichten kann."

Sofie stimmte zu:

„Er kennt diese Gegend und ist mit den Gegebenheiten und dem Wetter vertraut. Und er hat Dawit und die Wölfe an seiner Seite. Im Gegensatz zu den Dorfbewohnern hat er eine echte Chance, die beiden jungen Männer zu retten." Nach einer kurzen Pause fuhr sie fort: „Auch wenn ich nicht immer mit ihm einer Meinung bin: Ich bewundere diesen alten Mann."

Ann nickte nachdrücklich.

Ich seufzte.

„Ich gebe zu, Sie haben Recht. Ja, ich kann ihm auch nicht böse sein. Und ich kann sogar verstehen, dass er heimlich aufgebrochen ist, nach den vielen Disputen, die wir hatten. So lasst uns das Beste aus der Sache machen und aufbrechen."

Als wir aufstanden, flüsterte Halef mir zu:

„Sihdi, vielleicht werdet ihr doch wieder Freunde."

Das Wetter war leider noch schlechter als die Tage zuvor. Wir kämpften uns mühsam in die Richtung voran, die uns die Dorfbewohner gewiesen hatten. Jemal Kharaschwili hatte uns erklärt, wie wir zu der Kirche kommen würden. Sie lag etwa zwei Stunden Weges entfernt, bei schönem Wetter und klarer Sicht, wir würden also wohl um die Mittagszeit eintreffen.

Nach etwa einer Stunde kamen wir an eine Stelle, vor der uns Jamal gewarnt hatte.

„Es bilden sich dort zwei Täler aus. In das eine, das gerade nach Norden führt, werden die Brüder Akaraschwili die Bande führen, die sie als Geiseln hält. Es wird immer tiefer und schmaler und führt geradewegs zur Enguri-Quelle, zum Gletscher. Diesen Weg dürfen Sie auf keinen Fall nehmen. Das andere Tal führt Sie zur Lamaria-Kirche.“

Als wir diese Stelle erreichten, zeigte Halef, der mit den scharfen Augen eines Wüstensohnes auch das Schneegestöber am besten durchdringen konnte, auf eine hohe Stange, die genau an der Gabelung, an der die beiden Täler begannen, im Schnee steckte. Wir näherten uns vorsichtig und sahen, dass es eine der Bohnenstangen war, die wir am Abend zuvor in dem Bauernhaus hatten lagern sehen, das uns als Quartier gedient hatte. Old Firehand musste sie mitgenommen haben.

Etwa in der Mitte hing ein Lederbeutel, mit einem dünnen Lederriemen an der Stange befestigt, der so um einen Astknorren gebunden war, dass der Beutel nicht herunterrutschen konnte. Ich griff danach und löste vorsichig den Knoten. Dann öffnete ich den Beutel und zog ein Blatt Papier heraus, das mehrfach gefaltet war, um in den kleinen Beutel zu passen. Nachdem ich es entfaltet hatte, las ich laut vor, was Old Firehand darauf geschrieben hatte:

„Kümmert euch um Melville und den Riss, die Bande von Vanderbilt übernehme ich. Old Firehand. P.S. Wenn Ihr Euch fragt, warum, dann denkt an die Fabel vom Frosch und vom Skorpion. Otchopintre“

„Was soll das denn bedeuten?“, fragte Halef irritiert.

Ehe ich antworten konnte, hatte Sofie schon die Erklärung übernommen.

„Das ist eine alte Fabel, sie kommt aus dem Persischen, glaube ich. Ein Skorpion kommt an einen Fluss, den er überqueren möchte. Er kann aber nicht schwimmen. Deshalb bittet er einen Frosch, er möge ihn auf seinem Rücken über den Fluss tragen. Der Frosch lehnt dies ab, weil er befürchtet, dass der Skorpion ihn stechen und somit töten werde. Der Skorpion erklärt aber dem Frosch, dass er das nicht tun könne, weil er dann selber sterben würde; schließlich könne er nicht schwimmen. Das überzeugt den Frosch, er willigt ein. Mitten auf dem Fluss sticht der Skorpion trotzdem zu. Als der sterbende Frosch ihn fragt, warum er das getan habe, erklärt er, er könne nicht anders, das sei nun einmal seine Natur, sein Charakter. Er habe gar keine andere Wahl, als zu stechen."

Ich schnaubte.

„Damit macht Old Firehand es sich zu einfach. Jeder Mensch kann sich ändern, niemand ist Sklave seines Charakters oder seiner Veranlagung; wir alle können uns entscheiden, wir sind keine Skorpione."

Halef wiegte bedächtig den Kopf.

„Vielleicht ist Old Firehand zu alt, um sich zu ändern. Vielleicht will er es auch einfach nicht."

„Und er ist vielleicht auch einfach zu zornig", ergänzte Ann. „Denkt an seinen Schwur bei den toten Wisenten."

„Wie dem auch sei", beendete ich die Diskussion, „wir wissen nun, woran wir sind. Lasst uns weitergehen."

Ein bestätigendes Keckern erklang von der Rückseite des Pfahls, hinter einer Schneewehe schossen vier kleine Gestalten hervor, die sich auf die Hinterbeine aufrichteten, uns betrachteten, wieder keckerten und dann davonstoben.

„Erdhörnchen!", entfuhr es Ann.

Ich schaute den rattengroßen Tieren nach und nickte.

„Kaukasus-Ziesel", bestätigte ich. „Das ist die regionale Verwandtschaft von Eichhörnchen und Murmeltier. Ich vermute, der Otchopintre hat sie als Boten auserkoren, um zu erfahren, ob wir seiner Empfehlung folgen. Also lasst uns losziehen."

Um die Mittagszeit hatten wir die Kapelle erreicht, stießen aber auf ein unerwartetes Hindernis: einen tiefen und breiten Wassergraben, der uns von der Kirche trennte. Wir schauten uns verblüfft an. Davon hatten weder Jemal noch Old Firehand etwas erwähnt. Vorsichtig näherten wir uns dem Rand des Grabens. Er war gut fünf Meter breit, und in etwa einem Meter Tiefe sahen wir die Wasseroberfläche schimmern. Ich schaute nach rechts und links; soweit ich das im Schneegestöber sehen konnte, führte dieser Graben wie ein Strich in der Landschaft immer weiter. Mir war ein Rätsel, wie er hatte entstehen können. Ein Sonnenstrahl, der sich durch die Wolken und den fallenden Schnee verirrte, ließ auf dem Wasser einen irisierenden Fleck aufleuchten.

„Öl“, stieß ich hervor. „Auf der Oberfläche dieses Gewässers sehe ich Ölflecken.“

Es war kein Ölfilm, der die ganze Wasseroberfläche bedeckte, wie ich nun bei genauer Betrachtung erkannte, es waren nur vereinzelte Flecken, von etwa fingerkuppen- bis tellergroß.

„Wie auch immer das hier entstanden ist, wir müssen hinüber“, meinte Halef. „Und ich glaube, Ann hat die Lösung.“

Die Angesprochene schaute einen Moment verwirrt, dann verstand sie und griff an ihren Gürtel, um das Christophorus-Medaillon aus seinem Beutel zu holen.

Halef stieß mich an.

„Sihdi, was ist, wenn dieser Bach auch magisch ist? Kann das dann nicht gefährlich werden? Kannst du nicht nachschauen?“

Nun war es an mir, einen Moment verwirrt zu schauen, bis ich verstand. Ich seufzte.

„Na gut!“

Ich holte den Musaddas aus seinem Beutel und schaute hindurch auf das Wasser. Und tatsächlich: Ich sah mehr als zuvor. Während ich den Sechseckring wieder verstaute, erklärte ich:

„Weder das Bachbett noch das Wasser oder das Öl sind selbst magisch. Aber ich kann erkennen, dass sie alle auf magische Weise entstanden sind, sie haben eine Art Nachstrahlung, wie der Nachgeschmack eines schlecht gewordenen Weines, besser kann ich es nicht erklären.“ Ich wusste selbst nicht genau, woher ich diese Erkenntnis nahm, war aber sicher, dass mir genau dies der Musaddas vermittelt hatte.

„Dann lasst uns das Wasser überqueren“, sagte Ann resolut und öffnete das Medaillon.

Wieder bildete sich die blau leuchtende Schrift über dem Relief aus. Sie wollte schon die magischen Worte sprechen, als ich sie aufhielt.

„Halt!“, meinte ich. „Dieses Wasser ist so breit, wer weiß, ob es uns immer gelingt, das Medaillon wieder herüberzuwerfen. Lasst uns Vorsichtsmaßnahmen ergreifen.“ Ich nahm das Seil, das uns schon bei der Wanderung durch Schnee und Eis gute Dienste geleistet hatte, machte eine Schleife, die ich fest zuzog, und band das Medaillon mit seiner Kette daran fest. „Damit können wir den Christophorus zur Not wieder aus dem Wasser ziehen“, erklärte ich.

Ann nickte, dann sagte sie mit entschlossener Stimme:

„Gaseirneba! Mdinare!“

Sie hatte sich die Worte richtig gemerkt; im nächsten Moment war sie von der blauen Lichtblase umgeben, wurde sanft emporgehoben, über das Wasser getragen und auf der anderen Seite wieder abgesetzt. Sie schüttelte sich, dann rief sie „Achtung!“ und warf mir das Medaillon zu. Ich gab ihm einen Ruck mit dem Seil, sodass es geradewegs auf mich zuflog.

Auf die gleiche Weise überquerten Sofie und Halef das Wasser, ich entfernte dann wieder das Seil vom Medaillon, verstaute es und sprach ebenfalls:

„Gaseirneba! Mdinare!“

Anders als beim ersten Mal, wo mich das Erschrecken daran gehindert hatte, genoss ich den Flug über das Wasser regelrecht. Am anderen Ufer angekommen, schloss ich das Medaillon und gab es Ann zurück, dann sagte ich entschlossen:

„Und nun lasst uns schauen, was in dieser Kirche passiert!“

Sechsundzwanzigstes Kapitel
Der Riss zwischen den Welten

Als wir uns dem Gebäude näherten, sahen wir, dass darin Licht brannte. Es war zwar heller Tag, aber im Innern des Kirchleins hatte man wohl starke Lampen aufgestellt, die ihren Lichtschein durch die Rundbogen der Fenster auch nach außen warfen.

Wir schlichen vorsichtig immer näher an die Kirche heran, dabei kamen wir von der Seite und konnten weder sehen, was in, noch was vor der Kirche geschah. Die Fenster in der Seitenwand waren hoch angeordnet und, ganz im romanischen Stil, ziemlich klein, sodass wir nur den Lichtschein sehen konnten und Stimmengewirr hörten, aber nichts verstehen konnten. Ich steckte den Kopf um die Ecke und überblickte schnell die Situation vor dem Kirchenportal.

Auf dem Platz vor der Kirche standen mehrere Fässer, die wahrscheinlich dazu gedacht waren, Öl aufzunehmen, außerdem sah ich zwei große Schlitten, von denen einer hoch beladen war, ich konnte aber nicht erkennen, womit. Die Ladung war mit moderner Ölhaut abgedeckt, die aus einem Leinenstoff bestand, dessen Oberfläche nicht wie früher üblich mit Öl imprägniert war, sondern mit Kautschuk.

Vorsichtig schlich ich um die Ecke, den anderen ein Zeichen gebend, sie sollten erst einmal zurückbleiben. Das Portal der Kirche war einfach, es gab keine Stufen, nur eine Doppeltür aus dunklem Holz. Ich bewegte mich vorsichtig einmal um das ganze Gebäude. In der Rückwand gab es ein größeres Rundbogenfenster, das von knapp drei Meter Höhe bis auf etwa fünf Meter reichte. Ich hörte laute Stimmen daraus. Als ich bei meinen Gefährten anlangte, schlug ich vor, dass wir uns dadurch einmal den Innenraum anschauen sollten. Wir begaben uns leise unter das Fenster, und ich bildete für Halef mit den Händen eine Räuberleiter. Er stieg über diese auf meine Schultern, sodass er durch das Fenster einen Blick ins Innere der Kirche erhaschen konnte. Er blieb eine kurze Zeit oben, dann stieg er wieder herab.

„Sie sind alle da“, sagte er dann leise. „Alle, die wir gefangen hatten, bis auf Jack, der ja bei Vanderbilt ist, also fünfzehn Männer und noch vier weitere, die ich noch nie gesehen habe. Da stehen Fässer, leere und volle, und auf dem Boden ist so etwas wie ein kleiner Bach. Was sie sagen, kann ich nicht verstehen, aber es scheint ein großer Streit zwischen zwei Gruppen zu sein. Sie schreien sich richtig an.“

„Wie sieht die Tür von innen aus?“, fragte ich.

„Das ist einfach nur zugezogen, da ist kein Riegel oder so etwas.“

„Dann könnten wir hineinstürmen und hätten das Überraschungsmoment auf unserer Seite“, sagte Ann.

Halef nickte.

„Das wäre ein Plan, der für uns wahrscheinlich tödlich enden würde“, warf ich trocken ein. „Selbst wenn die Bande nur die Gewehre und Revolver hätte, die sie vor Mestia erobert hat, wären diese Banditen immer noch in der Lage, uns zu verwunden oder gar zu töten, bevor wir sie alle unter Kontrolle hätten.“

„Aber du hast deinen Henrystutzen und Sofie ihre Winchester“, meinte Halef. „Ihr könnt mehrfach schießen.“

„Das wissen die aber nicht“, sagte Sofie trocken.

„Ich stimme Ihnen zu“, sagte ich. „Melville und seine Leute wissen nicht, wer wir sind, sie kennen nicht unsere Bewaffnung, sie werden also einfach drauflos schießen, und wir sind so hoffnungslos unterlegen, dass ein offener Kampf im Moment wenig Aussichten auf Erfolg bietet.“

„Wir müssten sie rauslocken“, sagte Ann, „in kleinen Gruppen, die wir dann erledigen könnten.“

„Das hat aber wenig Aussicht auf Erfolg“, meinte Sofie. „Wir sind hier in der Wildnis, in einer Eis- und Schneewüste. Womit sollen wir die Männer ködern?“

„Mit meiner Leuchtkugel hat es bereits einmal geklappt“, warf Halef ein und erinnerte uns damit an den Kampf um den Wehrturm.

„Das war auch eine sehr erfolgreiche Aktion“, entgegnete Sofie. „Aber erstens werden die Männer die Kugel nicht durch die Wand oder die Tür sehen, und zweitens klappt so was dann höchstens einmal. Und wo sollen wir uns verstecken?“

„Nun, da vorne stehen immerhin zwei Schlitten“, meinte ich. „Die könnte man nutzen.“

„Das ist eine Idee“, sagte Halef. „Wir benutzen die Schlitten als Deckung und stürmen dahinter in die Kirche, sodass wir freies Schussfeld haben, aber durch die Schlitten und deren Ladung gedeckt sind.“

Ich nickte anerkennend.

„Das könnte funktionieren.“

Sofie schüttelte den Kopf.

„Aber nur, wenn Sie Ihre moralischen Skrupel ablegen. Solange Sie nur schießen, um zu verwunden, werden wir diese Banditen nicht überwinden können. Es sind einfach zu viele.“

Ich schluckte.

„Das glaube ich nicht“, sagte ich dann. „Wenn es mir möglich ist, werde ich auch in diesem Fall darauf verzichten, Menschen zu töten. Sie so zu verwunden, dass sie kampfunfähig sind, das ist und bleibt mein Ziel.“

„Und dann?“, fragte Ann. „Schleppen wir sie mühsam nach Mestia?“

„Wenn wir den Kampf gewinnen, werden wir die Gefangenen und Gefallenen hierlassen und in Uschguli Bescheid sagen. Ich glaube, die Männer dort sind so wütend auf diese amerikanischen Ölsucher, dass sie sich dann um sie kümmern werden. Sie werden sie vor Gericht stellen oder nach Mestia schleppen oder …“ Ich ließ meine Stimme verklingen.

„Gut“, sagte Sofie entschlossen, „dann versprechen Sie uns, dass Sie aber, wenn es nötig ist, auch wirklich effektiv schießen.“

„Selbstverständlich“, sagte ich. „Auch ich habe schon getötet, wenn es nötig war, auch wenn mir ein anderer Ruf vorauseilt.“

„Dann lasst uns doch schauen, was für Möglichkeiten uns die Schlitten vor der Kirche bieten“, meinte Halef. „Und denkt daran: Noch schreien die Männer in der Kirche sich gegenseitig an, aber sie können jederzeit leise sein; deshalb müssen auch wir leise sein.“

Wir schlichen uns noch einmal um das Gebäude herum und untersuchten nun das, was vor der Kirche stand, genauer. Die beiden Schlitten waren größer als unserer, die Ladung des einen bestand aus Bärenfellen, Ölhaut in Paketen und Seilen. All dies war insgesamt bis zur Höhe von etwa anderthalb Meter aufgestapelt und gut verschnürt worden, sodass der Schlitten durchaus eine stabile Deckung bieten konnte, wenn wir im unteren Teil etwas herunterhängen ließen, beispielsweise ein Fell und davor eine Ölhaut.

Der zweite Schlitten war leer; wenn wir zwei der leeren Fässer darauf festbinden und mit Fellen und Ölhaut verkleiden würden, würde auch er eine ganz passable Deckung abgeben.

„Wie ist die Kirche denn beleuchtet?“, fragte ich Halef.

„Das habe ich vergessen zu erwähnen“, sagte er. „Da stehen mehrere große Fässer, in denen anscheinend Öl ist, die haben sie angezündet, und das gibt ein sehr helles Licht.“

„Dann müssen sie hier wirklich Öl gefunden haben“, meinte Ann.

„Ich frage mich“, überlegte Sofie, „wo das Öl denn hinfließt und was das zu tun hat mit diesem Bach, den wir überquert haben. Halef, kannst du noch einmal hinaufsteigen und genau schauen, wo wie viele Männer stehen? Dann haben wir, wenn wir in die Kirche eindringen, eine Vorstellung davon.“

„Das habe ich mir schon gemerkt“, sagte Halef stolz. „Sihdi, gib mir bitte dein Notizbuch.“ Er nahm einen Bleistift und zeichnete eine Skizze der Kirche. Dem Portal gegenüber war ein Altar, dahinter war die Wand, durch deren Fenster er geschaut hatte. Die Kirche hatte einige wenige Holzbänke, die zur Seite geschoben worden waren, auf jeder Seite standen etwa drei oder vier Bänke. Vom Portal ausgesehen links zeichnete Halef elf Männer ein, die er mit kleinen Kreisen markierte. Einen davon füllte er aus. „Das ist Melville“, erklärte er. Auf der rechten Seite standen acht Männer. „Sie streiten und schreien sich an“, sagte Halef, „aber ich konnte nicht verstehen, worum es geht.“ Dann zeichnete er mehrere größere Kreise, die er mit einem Kreuz versah. „Das sind Ölfässer, die brennen und geben sehr viel Licht.“

„Aber wo kommt das Öl her?“, fragte Ann gespannt.

„Das habe ich nicht gesehen“, erwiderte Halef. „Es fließt aber ein dünnes Rinnsal vor dem Altar bis in die Mitte der Kirche, und dann“ – er malte ein Quadrat genau in die Mitte des Gebäudes – „ist es einfach verschwunden, als wäre es im Boden versickert.“

„Im Boden versickert“, wiederholte ich nachdenklich. „Dann kommt es vielleicht irgendwo anders wieder an die Oberfläche und bildet diesen ominösen Bach.“

„Das ist aber alles Raterei“, meine Ann. „Das können wir später klären. Die Frage ist: Was machen wir jetzt? Wollen wir die Bande direkt angreifen oder erst noch ein wenig lauschen?“

Sofie schlug vor:

„Wir können beides verbinden: Die beiden Männer lauschen noch einmal, während wir die Schlitten vorbereiten.“

Halef schaute mich an:

„Sihdi, du verstehst wahrscheinlich besser, was sie sagen, als ich, wenn du auf meine Schultern steigst.“

Sofie blickte zweifelnd.

„Das kann er“, sagte Halef überzeugt. „Wir haben so etwas schon getan. Er ist zwar schwerer als ich und ich sehe nicht so stark aus wie er, aber für eine gewisse Zeit geht das.“

Ich nickte.

„Die Idee gefällt mir. Und in der Zwischenzeit könnt ihr zwei Frauen ja wirklich schon den Schlitten mit den Fässern beladen, sie sind ja nicht schwer, und mit Fellen und Ölhaut zu einer guten Deckung ausbauen."

Halefs Vorschlag war so überzeugend, dass wir ihn sofort in die Tat umsetzten. Er und ich schlichen wieder auf die Rückseite der Kirche, Sofie und Ann machten sich an dem Schlitten und den Fässern zu schaffen. Unter dem Fenster angekommen, kletterte nun ich nach oben und konnte einen Blick in die Kapelle erhaschen. Halef hatte sie sehr gut beschrieben. Ich zählte schnell noch die Waffen, die unsere Gegner zur Verfügung hatten, und musste zu meinen Verdruss feststellen, dass sie alle inzwischen wieder bewaffnet waren. Wahrscheinlich hatte es hier ein Waffenlager gegeben. Jeder von ihnen hatte ein Gewehr in der Hand, fast alle einen Revolver im Gürtel. Das würde kein leichter Kampf werden.

Ich bemühte mich nun, dem Stimmengewirr etwas zu entnehmen. Im Moment schien die Diskussion vor allem innerhalb der beiden Gruppen zu laufen, sodass ich nichts verstehen konnte. Doch plötzlich ergriff Melville das Wort. In der Gruppe, die sich um ihn versammelt hatte, war es wohl zu einer Einigung gekommen.

„Ich sage, wir bleiben hier", donnerte er mit Stentorstimme. „Auch wenn es Probleme gegeben hat, gibt es hier doch so viel zu holen und sind die Möglichkeiten, reich zu werden, so enorm, dass ich sie auf keinen Fall versäumen möchte."

„Aber wer sagt uns", entgegnete ihm einer von der anderen Seite, „dass Vanderbilt überhaupt davongekommen ist? Wer sagt uns, dass er dann auch noch in der Lage und willens ist, zu bezahlen? Was ist, wenn diese Fremden ihn längst erwischt haben? Und wer sagt uns, dass dein Bote ihn überhaupt erreicht hat?"

Melville antwortete scharf:

„Ihr kennt Jack the Knife, zumindest die meisten von euch. Ihr wisst, wie fähig er ist. Er war es, der uns aus der Gefangenschaft befreit hat, er alleine hat die Wächter übertölpelt, sodass wir sie erschießen konnten. Sicher hat er Vanderbilt erreicht."

„Und was dann?“, fragte einer aus der Gruppe auf der anderen Seite.

„Wenn mein Plan aufgeht“, entgegnete Melville, „dann wird er in ein oder zwei Tagen hier eintreffen. Und dann werden wir hier die Quelle erweitern und schauen, wie viel Öl tatsächlich herauskommt. Der künstliche Kanal ist so groß, dass er ganze Schiffsladungen pro Tag transportieren könnte. Wenn Vanderbilt das sieht, wird er dafür sorgen, dass auf der anderen Seite genug Abnehmer zu finden sind. Wir müssen ihn nur davon überzeugen, dass diese Quelle funktioniert und genug abwirft.“

„Ich bin immer noch der Meinung, wir sollten hier unsere Zelte abbrechen und sehen, dass wir wegkommen“, sagte einer der acht Männer, die die Opposition darstellten. „Das alles ist mir zu gefährlich und wird mir im wahrsten Sinne des Wortes zu heiß!“

Melville entgegnete kalt:

„Nun gut. Wer von euch gehen will, soll gehen. Aber er bekommt dann keinen Cent. Ihr könnt eure Sachen mitnehmen und einen der Schlitten und verschwinden. Aber ich sage euch: Wenn ihr durch Uschguli kommt oder nach Mestia, werdet ihr keinen schönen Empfang erleben. Ihr werdet sehr wahrscheinlich am Galgen enden.“

„Und was ist die Alternative?“, fragte der Sprecher von eben. „Vanderbilt kann uns viel Geld bieten, aber kann er uns schützen?“

„O ja!“, antwortet Melville im Brustton der Überzeugung. „In Mestia ist unser Plan nicht aufgegangen, eine Rebellion anzuzetteln. Aber ich weiß von Vanderbilt, dass in anderen Städten bereits Agenten die Revolution gegen Russland vorbereiten. Und die neue Regierung von Swanetien wird uns alle Konzessionen geben, die nötig sind. Von dort, wo unser magischer Kanal endet, wird eine Pipeline gebaut werden zum Bahnhof, den wir in Mestia bauen werden. Lasst ein Jahr ins Land gehen, und das hier wird eine Quelle ewigen

Reichtums für uns sein, ein Industriegebiet, wie es die Staaten nicht kennen. Denn hier wird das Öl fließen, und das wird uns nichts kosten, und wir können die Menge nach Belieben vergrößern."

Ich hatte genug gehört. Ich stieg von Halefs Schultern, der diese erst einmal kräftig rollte, tief durchatmete und die Arme streckte. Das war schon sehr anstrengend für ihn gewesen, ungeachtet seiner mutigen Worte von vorhin. Wir schlichen wieder zur Vorderseite der Kirche.

Dort hatten Ann und Sofie inzwischen den zweiten Schlitten vorbereitet. Ich setzte sie kurz ins Bild über das, was ich gehört hatte.

„Das ist schon größenwahnsinnig", sagte Sofie.

„Aber nicht unrealistisch", entgegnete ich. „Wenn dieser Riss in die magische Welt tatsächlich beliebig vergrößerbar ist, dann könnten hier Mengen an Öl die Landschaft überfluten in einem Ausmaß, wie wir es uns nicht vorstellen können. Wenn Vanderbilt dann tatsächlich eine eigene Bahnlinie bauen lässt von Mestia aus an die Küste – ach was, er muss ja nur bis Kutaissi bauen und sich dort an das existierende Bahnnetz anschließen – also wenn tatsächlich dieser Kanal die Möglichkeit bietet, das Öl bis zum Beginn einer Pipeline zu transportieren oder vielleicht sogar selbst zur Pipeline zu werden, dann halte ich das, was Melville sagt, für möglich."

„Ich mag mir gar nicht ausmalen, was das dann für das Geisterreich und Marah Durimeh bedeuten würde", murmelte Ann.

Halef nickte ernst.

„Und da dieses an so vielen Stellen mit unserer Welt verbunden ist, wer weiß, was dann auch hier noch alles geschieht, denkt nur an die Himmelslichter und die tödlichen Bienen."

„Sollen wir abwarten, bis ein Teil der Männer abreist?", fragte Sofie. „Dann hätten wir es mit weniger Feinden zu tun."

„Ich glaube nicht, dass sie das tun werden", entgegnete ich. „Die Männer darin sind zu gierig. Wenn sie die Wahl haben zwischen der Gefahr und sogar dem möglichen Tod und fast unendlichem Reichtum – was denkt ihr, wofür werden sie sich entscheiden?"

„Dann lasst uns ein paar Minuten warten", sagte Halef, „anschließend sehen wir, ob jemand herauskommt, und wenn nicht, sollten wir die Kirche stürmen, solange es noch hell ist."

So machten wir es. Wir gingen noch einmal den Plan der Kirche durch; natürlich würden in ein paar Minuten die Männer nicht noch genauso stehen, aber es war ein Anhaltspunkt. Auf jeden Fall hatten sie aufgehört mit dem lauten Streit.

Wir mussten, sobald wir die Kirche betraten, zeigen, dass wir Herr der Lage waren. Deshalb schlug ich Sofie vor, dass wir beide sofort ein paar Schüsse abgeben würden, um den Banditen klarzumachen, womit sie es zu tun hatten.

„Sie nehmen die rechte Seite", sagte ich, „ich die andere. Wenn möglich, trefft Ellbogen oder Kniescheiben. Die Ellbogen sind aber besser: Dann haben sie es schwerer, noch zu schießen, und lassen sich als Gefangene leichter transportieren."

„Ich werde mir Mühe geben", versprach Sofie.

Kurz danach starteten wir unseren Angriff. Wir schoben die Schlitten langsam vor die Kirchentür und positionierten sie so, dass wir sie sofort hineinschieben konnten. Wir hofften, dass wir mithilfe der Schlitten durch die Tür brechen konnten. Ann und ich nahmen hinter dem linken Schlitten Aufstellung, Halef und Sofie hinter dem rechten. Auf mein Kommando nahmen wir Anlauf und donnerten gegen die Flügel der Kirchentür. Unsere Hoffnung erfüllte sich: Die Türflügel knallten nach innen.

Sobald die Schlitten komplett im Kircheninneren waren, drehten wir sie, wie vorher abgesprochen, jeweils so, dass wir uns hinter der breiten Seite verbergen konnten. Sofie und ich mussten natürlich unsere Deckung gleich aufgeben, um schießen zu können, aber die Banditen waren zu überrascht, um zu reagieren. Die Gruppen hatten sich etwas aufgelöst, die Männer standen mehr oder weniger zufällig verteilt im Raum, aber es war für Sofie und mich klar, wohin wir zu zielen hatten.

Schnell setzte ich sechs Schüsse ab, mehr klare Ziele fand ich nicht, da die Männer doch häufig hintereinander standen. Die sechs Getroffenen schrien laut auf, ich hatte ihnen jeweils den rechten Ellenbogen getroffen. Sofie hatte in der Zeit vier Schuss abgegeben, wie sich später herausstellte, nicht ganz so präzise. Aber auch sie hatte zwei der Männer am Ellbogen getroffen, zwei andere hatten Durchschüsse am Oberarm bzw. der Schulter.

„Lasst die Waffen fallen", donnerte ich. „Eure Expedition ist zu Ende, ihr seid unsere Gefangenen."

Ich blickte in einige entsetzte Gesichter, doch Melville und vier seiner Männer warfen sich blitzschnell hinter den Altar. Ich glaubte Black und White zu erkennen sowie zwei der russischen Pinkerton-Agenten. Die anderen vier unverletzten Männer standen wie erstarrt.

„Die Waffen runter!", rief ich noch einmal. „Hier spricht Old Shatterhand, und wer mich kennt, weiß, dass meine Waffen immer wieder sprechen, solange bis meine Feinde besiegt sind. Ihr habt keine Chance. Ergebt euch!"

Ich musste laut schreien, um das Gewimmer und die Schmerzensschreie der Verletzten zu übertönen, die sich auf den Boden hatten sinken lassen, dort saßen oder lagen. Die vier Männer, die wir im Schussfeld hatten, zögerten.

„Lasst euch nicht ins Bockshorn jagen, Männer!" schrie Melville. „Wehrt euch!"

„Seht euch eure Verletzten an!", rief da Sofie. „Schaut, wie nur wir zwei sie schon gezielt getroffen und außer Gefecht gesetzt haben. Ihr steht vor uns auf dem Präsentierteller, wenn wir wollten, wärt ihr längst tot. Gebt auf!"

Langsam ließen die vier ihre Gewehre sinken, dann auf den Boden fallen.

„Setzt euch auf den Boden", befahl ich.

„Ihr Feiglinge", schrie Melville, wagte aber nicht, etwas zu unternehmen.

Ich hatte nun Zeit, mir die Kirche genauer anzusehen.

Der Riss, von dem wir die ganze Zeit gesprochen hatten, ging waagerecht durch den Altarblock, einen massiven Stein aus Granit. Er war etwa fünfzehn Zentimeter hoch, und ich hatte den Eindruck, ich könne durch den Riss hindurchsehen wie durch ein Teleskop, auf eine fremdartige Landschaft, die mir jedoch seltsam vertraut erschien. Im Vordergrund war etwas zu sehen, was irgendwie nicht in diese Naturlandschaft passte: eine Quelle, aus der zähflüssig eine schwarze Masse quoll. Das Bild war zudem in der unteren Hälfte getrübt, denn ab etwa der Mitte lief über das Bild und aus diesem Riss träge schwarzes Öl, das in den Spalt im Boden rann und von dort in die Öffnung in der Mitte der Kirche, die Halef beschrieben hatte. Dies war nur ein Rinnsal, sehr langsam und dünn, aber es standen in der Kirche ja schon einige gefüllte Ölfässer herum. Ich hatte den Eindruck, dass der Riss seine Breite änderte, dass diese langsam und regelmäßig zu- und abnahm.

Halef nahm die Stricke vom Schlitten, die wir vorbereitet hatten. Wir schoben nun die Schlitten zusammen und so nahe an die Seitenwand, dass wir an die Kirchenbänke kommen konnten, ohne unsere Deckung zu verlassen.

„Ihr kommt einzeln hierher“, befahl ich dann den Männern. „Hier hinter diesen Schlitten, wo mein Freund steht. Wer sich weigert oder auch nur zögert, wird erschossen. Die Unverletzten zuerst.“

Es war mir durchaus ernst mit meiner Drohung; auch meine Langmut hat einmal ein Ende. Halef und Ann nahmen einen der besiegten Männer nach dem anderen in Empfang und fesselten sie: die Hände auf den Rücken und dort an den Gürtel, dann das Seil an eine der Kirchenbänke. Sofie und ich behielten den Altar im Auge, hinter dem sich Melville und seine vier Männer verbargen, sie unternahmen im Moment nichts, aber wir hörten sie flüstern. Der Kampf war noch lange nicht gewonnen, im Augenblick war es eher ein Patt.

Als die vier Männer gefesselt waren, war für eine gewisse Zeit nur das Wimmern und Jammern der Verletzten zu hören.

Zugegebenermaßen waren Halef und Ann nicht allzu sanft mit ihnen umgegangen.

Nun meldete sich Melville zu Wort.

„Mir scheint, wir haben hier eine Situation, die keinen Gewinner kennt. Ich schlage deshalb vor, dass ihr verschwindet und uns unsere Arbeit machen lasst.“

Ich musste lauthals lachen.

„Für wie dumm halten Sie uns, Kapitän? Wir wissen, was Sie hier tun, und unsere Aufgabe und unser Ziel ist es, genau das zu verhindern. Dieser magische Riss, der mehr als eine Welt in Gefahr bringt, muss und wird geschlossen werden.“

Für einen Moment herrschte Stille, selbst die Verwundeten schienen den Atem anzuhalten.

„Sie wissen also Bescheid“, sagte dann Melville. „Dann ist Ihnen auch bekannt, dass hinter uns eine ganze Organisation steht, die Detektei Pinkerton, und ein Imperium, die reiche und mächtige Familie Vanderbilt. Sie werden es nicht mit ihnen aufnehmen können.“

„Oh, das denke ich schon“, erwiderte ich. „Pinkerton hat schon die meisten seiner Männer hier verloren; außer denen bei Vanderbilt sind nur noch Ihre beiden hier übrig. Und vor der Familie Vanderbilt haben wir keine Angst. Richard Vanderbilt handelt, wenn nicht entgegen, so zumindest ohne Kenntnis seiner reichen Verwandtschaft.“

„Dann wissen Sie aber auch“, argumentierte Melville nun, „dass Sie noch mit einem ganzen Trupp von Männern zu rechnen haben, Vanderbilt ist direkt hinter uns oder besser hinter Ihnen. Er kann jeden Moment eintreffen, und dann sind Sie ohne Chance.“

„Ich glaube nicht“, meinte ich ruhig, „dass Sie Vanderbilt noch einmal sehen werden. Er wird erstens in eine andere Richtung geführt, nämlich zur Mündung des Enguri oben am Gletscher, und zweitens ist ihm Old Firehand auf den Fersen. Er hat mit ihm noch eine Rechnung zu begleichen und ebenso mit ihrem Freund Jack, der, wie wir wissen, mit Vanderbilt unterwegs ist."

Ich hörte einen scharfen Atemzug. Dass wir das wussten, war Melville wohl unbekannt gewesen.

„Also", fuhr ich fort, „rechnen Sie nicht mit Unterstützung. Wenn Vanderbilt das überhaupt überlebt, dann wird er den Rest seiner Tage in einem russischen oder georgischen Gefängnis verbringen, so wie Sie auch."

„Niemals!", rief Melville, und plötzlich knallten mehrere Schüsse. Wir waren natürlich auf der Hut und hatten unsere Deckung nicht verlassen. In dem Moment, in dem ich einen Flintenlauf über dem Altar blitzen sah, hatte ich mich auch schon wieder hinter dem Schlitten verborgen. Die anderen hatten ihre Deckung gar nicht erst verlassen. Nun begann ein Feuergefecht, das allerdings von keiner Seite aus mit Erfolg geführt werden konnte. Es wäre reiner Zufall gewesen, wenn in dem Moment, in dem jemand mit seinem Gewehr aus der Deckung kam, ihn ein anderer hätte treffen können. Die einzigen Leidtragenden waren die Gefangenen, denn sie bekamen mehr als einen Steinsplitter ab, der vom Altar her spritzte, wenn unsere Kugeln dort einschlugen, und einige wurden von Querschlägern getroffen, die von den Schlitten abprallten.

Sofie und ich konnten ein Dauerfeuer aufrechterhalten, aber es nützte nicht viel; Ann versuchte es gar nicht erst mit ihrer Schrotflinte. Die Frage würde sein, wem zuerst die Munition ausging, aber dann waren da ja noch die Revolver. Schon deshalb verbot es sich, einen Sturmangriff auf den Altar durchzuführen, selbst wenn die Männer, die dahinter verborgen waren, ihre Gewehre nachluden. Sie waren zudem so klug, dies im Wechsel zu tun.

Ich hatte eine Idee. Ich legte den Henrystutzen zur Seite, bedeutete Sofie und Halef, sie sollten das weiterschießen, und griff nach dem Bärentäter. Schräg hinter dem Altar standen zwei der Ölfässer, die zur Beleuchtung dienten, eines auf der linken, eines auf der rechten Seite. Ich wollte unsere Gegner mit Feuer aus ihrer Deckung treiben. Ich nahm meine geliebte Doppelbüchse aus ihrem Futteral, legte an und jagte in jedes der Ölfässer aus einem der beiden Läufe eine Kugel. Ich hoffte, dass meine Geschosse Löcher reißen würden, die groß genug waren, um einen Schwall Öl auslaufen zu lassen, deshalb zielte ich auf die mittleren Fassreifen. Vielleicht würde sich das Öl sogar gleich entzünden. Wer sich wundert, wieso ich diese Erwartung hegen durfte, der sollte sich vor Augen halten, mit was für einer Geschwindigkeit eine solche Kugel den Lauf verlässt. Sie wird durch die Reibung im Lauf und auch in der Luft sehr heiß.

Meine Hoffnung trog mich nicht. Die Löcher, die meine Kugeln rissen, waren erheblich größer, als ich es erwartet hatte. Das Holz der Fässer war zwar mit Öl durchtränkt, aber es waren wohl alte, schon oft gebrauchte Fässer, und das mehrfache Trocknen und wieder Befeuchten hatte dem Holz nicht gutgetan. So ergoss sich aus jedem Fass ein ganzer Schwall des heißen flüssigen Fetts auf den Boden links und rechts vom Altar. Durch die Hitze, die von meiner Kugel übertragen worden war, entzündete sich das Öl aus dem Riss, das, wie ich inzwischen weiß, sehr dünnflüssig und von besonders reiner Qualität war. Und so fing es nicht nur Feuer, sondern zersprang in zahlreiche kleine Tropfen, um die herum sich Dämpfe bildeten, was wiederum zu kleinen Explosionen führte. Viele der Spritzer verschwanden hinter dem Altar, und sofort wurden dort Schmerzensschreie laut. Wir hörten klatschende Geräusche, und wenige Sekunden später sprangen die fünf Männer auf. Wir sahen, dass sie alle Feuer gefangen hatten. Ihre Kleider standen in Flammen, die Patronen in ihren Gürteln und Munitionstaschen entzündeten sich.

Regungslos vor Entsetzen beobachteten wir einen grausamen Totentanz, erschüttert starrte ich auf dieses Schauspiel. Sofie riss mich aus meiner Erstarrung.

„Wir müssen etwas tun! Wir können sie doch nicht so …“

Ich hörte sie nicht mehr, die Schreie der Männer hinter dem Altar waren zu laut. Ich ließ den Bärentöter fallen, griff nach dem Henrystutzen und blickte in vor Schreck und Schmerz geweitete Augen und einen aufgerissenen Mund. Melville brachte kein Wort mehr heraus, es waren nur Schreie der Qual – denen ich mit einem gezielten Schuss in seine Stirn ein Ende machte. Neben mir knallten zwei weitere Schüsse: Auch Halef und Sofie hatten geschossen, Black und White fielen synchron zu Boden. Sofie und ich machten dem Leid der beiden Russen ein Ende.

Siebenundzwanzigstes Kapitel
Ein Tor wird geschlossen

Ich kann nicht sagen, auch heute nicht, nach so langer Zeit und nachdem ich so viel über die Ereignisse von damals nachgedacht habe, wer von uns am meisten entsetzt oder am stärksten betroffen war. Die Gefangenen waren sicher alle zutiefst erschrocken, ich kämpfte mit meinen Gefühlen – Mitleid, Trauer, aber auch Entsetzen –, und ich glaube, den anderen ging es ähnlich. Ich hatte möglichst viele Gefangene machen wollen und möglichst wenig Tote; mit einem solchen Ergebnis hatte ich nicht gerechnet.

Doch ich riss mich zusammen. Wir hatten etwas zu tun: Wir mussten den Riss schließen. Zunächst beratschlagten wir außerhalb der Kirche, was wir mit den Gefangenen machen sollten.

„Es ist ganz klar“, sagte ich, „wenn wir jetzt daran gehen, den Riss zu verschließen, darf niemand von ihnen dabei sein. Wir müssen sie also irgendwo hier draußen deponieren.“

„Das ist ja noch das kleinere Problem“, sagte Halef. „Wenn wir den Riss geschlossen haben: Was machen wir dann mit ihnen? Lassen wir sie hier liegen, gefesselt, in der Hoffnung, wir könnten bald irgendwo Bescheid sagen, dass man sie abholen soll? Denn mitnehmen können wir sie nicht.“

Ann fragte:

„Du meinst also, wir sollen nicht zurückkehren nach Uschguli?“

„Auf keinen Fall!“, unterbrach sie Sofie. „Ich denke, Halef meint dasselbe wie ich: Wir müssen hinter Old Firehand her und ihm helfen, die jungen Männer zu befreien.“

Ann nickte.

„Ich hatte das für einen Moment vor lauter Schrecken vergessen, aber ja, ihr habt Recht.“

Ich lachte bitter auf:

„Man kann das Ganze auch pragmatisch sehen: Wir lassen die Gefangenen hier in der Kirche gefesselt zurück, und wenn wir erfolgreich sind, werden ihnen zwei oder drei Tage ohne Essen nichts ausmachen. Dann lassen wir sie von den Bürgern von Uschguli herunterholen. Wenn niemand von uns überlebt, dann kann es uns eigentlich auch egal sein. Vielleicht werden sie gerettet, weil jemand nach uns sucht.“

Halef schaute mich erstaunt an:

„So kenne ich dich gar nicht, Sihdi. Du bist verbittert!“

Ich holte tief Luft.

„Entschuldige, du hast Recht. Ich sollte mich zusammenreißen. Aber was dort drin geschehen ist, geht mir doch sehr nahe.“ Ich stand auf. „Doch lasst uns jetzt nicht zögern. Wir wollen den Tag noch nutzen und versuchen, den Riss zu schließen – auch wenn ich noch keine Idee habe, wie wir dies tun sollen.“

Wir brachten die Schlitten und die Gefangenen nach draußen. Dort lösten wir ihnen jeweils paarweise für ein paar Minuten die Fesseln, sodass die Unverwundeten die Verletzten verbinden konnten.

In der Kirche waren auf der einen Seite Vorräte gestapelt, Proviant und Wasser; dort fanden wir auch die gestohlenen Kartoffeln. Wir gaben den Gefangenen etwas zu trinken und zu essen. Nach etwa einer Stunde war dies alles erledigt und wir banden sie außen wieder zusammen und an die Schlitten, sodass sie nicht entkommen konnten.

In der Kirche hing immer noch der Gestank der verbrannten Leichen in der Luft. Wir wickelten die Toten in Ölhaut ein und trugen sie hinter die Kirche, wo wir sie zunächst einmal ablegten

Dann machten wir uns an unsere Hauptaufgabe.

Wir untersuchten das Innere der Kirche gründlich, um zu schauen, ob es irgendwo versteckte Hinweise gab, mit deren Hilfe wir den Riss schließen konnten. Wir fanden nichts.

Halef grummelte:

„Das ist wieder typisch für Marah Durimeh. Ich mag die Frau und ich schätze sie sehr, aber manchmal ist sie mir zu sehr voller Rätsel.“

Ann lachte:

„Sind das nicht alle Frauen, Halef? Oder weißt du immer, was deine Hanneh denkt und will?“

Halef musste auch lachen, wurde aber sofort wieder ernst.

„Du hast natürlich Recht, aber Marah Durimeh ist schon eine andere Größenordnung.“

Da wir nichts fanden, was uns weiterhelfen konnte, schauten wir uns nun den Riss und das Drumherum gründlich an. Der Altar selbst war abgesehen von den Wunden, die er durch unser Feuergefecht davongetragen hatte, ein unversehrter großer Steinblock. Nur eines störte seine Vollkommenheit: diese Spalte, die über seine ganze Vorderseite reichte. Sie zog sich regelmäßig ein wenig zusammen und dehnte sich dann wieder aus. Die Landschaft, die durch den Riss zu sehen war, war ein waldreiches Gebiet mit einzelnen Bäumen, vielen Tieren und manchen Fabelwesen – ein Einhorn spazierte gerade durch die Szenerie, als wir sie gemeinsam betrachteten. Ich hielt meine

Hand vor den Spalt und näherte sie ihm vorsichtig, ich verspürte einen leichten Luftzug: hinein und hinaus, im Rhythmus der Bewegung.

„Er atmet“, stieß ich erstaunt hervor.

„Vielleicht ist dies echt“, meinte Ann. „Vielleicht ist das die Welt, aus der das Öl kommt, und Sie spüren den Wind.“

Ich nickte.

„Dafür spricht viel. Schauen Sie diese Quelle im Vordergrund, aus der das Öl sprudelt und dann nach vorne fließt, als würde es von der Erde aufgesogen.“

„Und hier kommt es wieder heraus“, meinte Halef. „Es ist eine Verbindung zwischen zwei Welten. Aber hat Marah Durimeh nicht gesagt, dass es um ihre Geisterwelt geht? Ist das die Geisterwelt, die wir kennen?“

Ich dachte nach.

„Das muss nicht sein. Vielleicht spricht die Königin für mehr als nur eine Welt. Aber vielleicht ist sie es auch; wir kennen doch nur einen ganz kleinen Teil davon. Aber ist dies wichtig?“

Halef schüttelte den Kopf, Sofie und Ann taten es ihm nach.

„Hier kommt es doch nur darauf an, dass wir diese Wunde in der Welt schließen“, meinte ich. Ich streckte meine Hand noch einmal nach dem Spalt aus und wollte diesmal hineingreifen. Ich hörte den synchronen Aufschrei meiner drei Gefährten, die mich davon abhalten wollten, doch ich war fest entschlossen. Ich kam aber nicht weit – ich stieß auf eine feste Oberfläche.

„Sihdi, das war sehr leichtsinnig!“, rief Halef.

Ich zuckte mit den Schultern.

„Mir ist nichts Besseres eingefallen.“

„Ich habe auch keine Idee“, sagte Sofie. „Ich habe nicht die geringste Vorstellung, was man hier tun kann.“

„Dann lasst uns nun gemeinsam überlegen“, meinte ich. Ich rückte eine der Bänke in die Mitte kurz vor die Stelle, wo das Öl im Boden verschwand, und lud meine Gefährten mit einer Handbewegung ein, sich mit mir zu setzen.

„Wie kriegen wir das Leck dicht?“, meinte Halef. „Vielleicht hilft ein magisches Utensil. Wir haben meine Kugel, wir haben das Medaillon des Cristophorus, die magische Flöte und die Brosche, und du hast das Messer und den Musaddas.“

Ich schlug mir vor die Stirn.

„Natürlich! Wenn wir mit keinem diese Dinge den Riss verschließen können, so können wir uns ihn doch anschauen!“

Ich holte den Sechseckring aus seiner Tasche und sagte zu Ann und Halef:

„Bitte setzt euch direkt neben mich. Wer weiß, was ich zu sehen bekomme. Es ist mir lieber, wenn dann jemand in meiner Nähe ist, dem ich vertrauen kann.“

Ich hob den Musaddas vor mein rechtes Auge und blickte auf den Riss. Zu meinem großen Erstaunen sah ich nichts, besser gesagt nichts Besonderes. Es sah alles aus wie zuvor. Ich senkte den Ring, schaute über ihn hinweg, hob ihn wieder vor das Auge: kein Unterschied! Verblüfft erzählte ich dies meinen Gefährten.

„Dann ist dies gar keine Magie?“, fragte Sofie.

„O doch“, meinte Halef, „aber es ist eine Magie, die so geheimnisvoll und mächtig ist, dass sie einfach und natürlich wirkt.“

„Wie auch immer“, meinte Ann, „wir müssen eine Möglichkeit finden, den Riss zu zerstören, so schade es auch um die Schönheit dieser Landschaft ist.“

„Vielleicht muss man den Riss von der anderen Seite schließen“, sagte Sofie plötzlich.

„Wie meinst du das?“, fragte Halef.

„Vielleicht müssen wir durch den Riss in diese Landschaft und dort die Ölquelle schließen.“

„Das erscheint mir doch etwas sehr abwegig“, meinte ich. „Wie sollten wir durch diesen Spalt kommen? Ich habe ja nicht einmal die Hand hineinbekommen. Und wenn wir es schaffen würden: Wie kämen wir wieder zurück?“

Sofie nickte:

„Das weiß ich auch nicht."

„Lasst es uns doch auf ganz einfache Weise versuchen", sagte Halef. „Wir denken vielleicht viel zu kompliziert. Lasst uns den Riss doch einfach zerstören."

„Wie meinst du das?", fragte Sofie.

„Nun, wir zerschlagen den Altar."

Auf diese Idee war ich bisher noch nicht gekommen, wohl auch deshalb, weil heilige Stätten egal welcher Religion für mich normalerweise unantastbar sind. Aber Halef hatte Recht: Es war einen Versuch wert.

„Das ist aber ein sehr massiver Stein", sagte Sofie. „Womit wollen wir ihn zerbrechen? Haben wir Hammer und Meißel oder Dynamit?"

„Weder noch", sagte ich, „aber wir haben Kugeln und Kolben. Ich weiß, das ist nicht viel bei Granit, aber wir können es versuchen." Ich nahm den Bärentöter, trat bis auf etwa drei Meter vor den Altar und sagte zu den anderen: „Bitte geht ein Stück weg, es könnten Steinsplitter umherschwirren."

Dann legte ich an und jagte eine Kugel Richtung Altar. Wir hatten schon gesehen, wie unsere Kugeln kleine Steinstücke aus dem Altar geschlagen hatten, mehr Effekt hatte dies auch nicht. Dank einer plötzlichen Eingebung riss ich das Gewehr herum und jagte die zweite Kugel mitten in den Riss, dorthin, wo der Ölbrunnen zu sehen war. Die Kugel verschwand einfach, ohne eine Wirkung zu zeigen. Ich schüttelte den Kopf und trat zurück.

Halef trat an meine Stelle. In seiner Hand hatte er seine Leuchtkugel. Er schluckte.

„Wenn ich sie da jetzt hineinwerfe und sie verschwindet … aber vielleicht ist es das Opfer wert, vielleicht kann ich sie wiederbekommen …"

„Warum willst du das tun?", fragte Sofie.

„Es hat ja schon mal geholfen", meinte Halef, holte aus und warf die Kugel mit vollem Schwung in die Mitte des Risses. Er traf genau die richtige Stelle – und die Kugel verschwand.

Gespannt warteten wir, ob sich etwas tun würde, doch wir stellten keinen Effekt fest. Halef machte ein sehr enttäuschtes Gesicht.

„Ich hatte wenigstens gehofft, dass es eine Wirkung zeigen würde, aber so einfach verschwunden – gefressen …“

In dem Moment wurde auf dem Öl schwimmend die Kugel wieder sichtbar, sie wurde von der Flüssigkeit getragen, fiel mit ihr hinunter auf den Boden in die Rinne, in der sie transportiert wurde, und blieb mitten auf dem Loch, durch das das Öl verschwand, liegen. Sie war so sauber und klar, als wäre sie nie mit irgendetwas in Berührung gekommen.

„Jetzt haben wir noch das Messer, die Brosche, die Flöte und den Christophorus zum Versuchen“, meinte Sofie. „Ich glaube nicht, dass das etwas bewirken wird.“

Leider hatte sie bei den ersten beiden Recht. Wir öffneten das Messer, aber es prallte vom Spalt einfach ab. Und das Medaillon zeigte nicht einmal die Schrift, die wir bisher zweimal gesehen hatten.

„Das Stück reagiert wohl nur auf Wasser, das überquert werden will“, meinte Halef.

Die Brosche und die Flöte aber brachten uns zumindest ein wenig weiter: Als Sofie die Silberscheibe vor den Riss hielt, trübte sich die runde Fläche zunächst ein wenig ein, dann wurde sie klar und zeigte uns die Landschaft, die durch den Riss zu sehen war, als würden wir sie von oben betrachten. Je nachdem, wie sie die Brosche drehte, wurde der Ausschnitt größer oder kleiner, und wir konnten so den Felsen, aus dem das Öl floss, genauer betrachten. Es sprudelte aus einer Art Quelle, sammelte sich, bildete einen kleinen Lauf aus und verschwand im Boden, wahrscheinlich, um hier aufzutauchen.

„Ich frage mich, was passieren würde, wenn wir die Quelle verstopfen würden“, sagte Ann leise. „Wenn es keinen Nachschub mehr an Öl gäbe, ob sich der Riss dann schließen würde.“

Sofie nickte.

„Dazu müssen wir aber erst einmal dorthinkommen."

Ich versuchte, mit Hilfe der kleinen Tonflöte einen Effekt zu erzielen. Doch die verschiedensten Tonfolgen und Melodien führten zu nichts – bis ich, ohne groß darüber nachzudenken, die Tonfolge spielte, mit der unsere niederländische Gefährtin Marijke van Beverningh in Hadramaut den Marid bezwungen hatte. Dieser mächtige Djinn, der die altehrwürdige Universität, in der wir zusammen mit Sir David Lindsay zu Gast waren, zerstören wollte, konnte nur durch eine ganz besondere Tonfolge, gespielt auf einer magischen Harfe, vernichtet werden: den absteigenden Knoten, den sechs Tönen des mittelalterlichen Johannes-Hymnus des Paulus Diaconus – ut, re, mi, fa, so und la – in umgekehrter Reihenfolge. Ich hatte mich wohl unbewusst an die Vernichtung des Marids erinnert und spielte gedankenverloren diese sechs Töne des absteigenden Knotens – A-G-F-E-D-C – verhallt, bildete sich in der Luft vor mir ein Bildnis in etwa der Größe einer der neumodischen Korrespondenzkarten. Es war, als schaue ich durch ein Fenster mit Milchglas. Vor Schreck hörte ich auf zu spielen und das Bildnis verschwand. Schnell fanden wir heraus, dass es erhaltenblieb, so lange ich die Tonfolge intonierte, und stetig klarer wurde. Allerdings nutzte uns dies nichts, da wir nicht mehr sahen als durch Sofies Brosche und auch nicht hindurchgreifen konnten.

Mir kam eine Idee, bei der es mich schüttelte, als sie mir durch den Kopf ging.

„Vielleicht", murmelte ich, „gibt es Hinweise, was mit dem Riss zu tun ist: ein Text, eine Karte …"

Ann fragte: „Sie meinen, wir sollten noch einmal die Kirche gründlich durchsuchen?"

„Das haben wir getan", sagte ich. „Nein, ich glaube, wir müssen uns Kapitän Melville anschauen."

Ein Schauer überfuhr sie.

„Sie meinen den Leichnam?"

„Ja“, erwiderte ich leise. „Vielleicht hat er irgendetwas dabei, was uns Ideen liefert, wie wir den Riss schließen könnten.“ Ich sah das Grauen in den Augen meiner Gefährten. „Es hilft nichts“, meinte ich. „Wenn mir jemand von euch dabei helfen will, freue ich mich darüber.“

Dann begab ich mich zu der Leiche. Ich hatte meine Hände in Öltuch gewickelt, um möglichst den Kontakt mit dem Toten zu vermeiden. Ich wickelte den Leichnam aus und untersuchte die Überreste. Meine Hoffnung, etwas zu finden, war sehr gering, zumal mir einfiel, dass Melville vielleicht gar nicht derjenige gewesen war, der den Zugang geschaffen hatte und dessen Geheimnisse kannte. Wie ich es befürchtet hatte, war meine Suche erfolglos. In den letzten Minuten meiner Untersuchung kam Halef hinzu.

„Ich kann dich doch nicht alleine lassen bei so einer Aufgabe“, sagte er und half mir.

Nachdem wir unsere Suche ergebnislos beendet hatten, wickelten wir das, was von Melville übriggeblieben war, wieder ein und wuschen uns sehr gründlich die Hände mit Schnee. Danach hatte ich immer noch den Eindruck, sie seien beschmutzt, obwohl sie durch das Öltuch geschützt gewesen waren und ich keinerlei Rückstände entdecken konnte.

Als wir beide in die Kirche zurückkehrten, sahen wir Ann und Sofie in ein anscheinend sehr ernstes Gespräch vertieft. Leise traten wir näher. Ann bemerkte uns und hob den Kopf.

„Wir haben eine Idee“, sagte sie. „Vielleicht muss man den Riss wirklich von innen schließen, und vielleicht führt uns dieser magische Kanal, von dem Melville gesprochen hat und über den wir gekommen sind, dorthin. Denn irgendwie muss doch das Öl, das hier in der Erde versickert, weitergeleitet werden.“

Ich nickte.

„Eine Möglichkeit könnte es sein. Sie meinen also, wir sollten dem Kanal folgen.“

Sofie meinte:

„Es ist zumindest einen Versuch wert."

„Gut", meinte ich, „aber ich glaube nicht, dass wir das heute noch tun sollten. Es wird bald dunkel. So dringend es ist, den Riss zu schließen, so wenig hat es Sinn, im Dunkeln herumzuirren und sich unnötigen Gefahren auszusetzen."

„Aber Sihdi", warf Halef ein, „wir haben doch Licht genug. Wir haben meine Leuchtkugel, wir haben, wenn wir dort am Wasser sind, den Christophorus, und hier gibt es nun wirklich Öl genug, um damit eine Lampe zu füllen."

„Ja, wir sollten los", meinte auch Sofie. „Wir gehen ja nicht weit und können jederzeit zurück."

Ich gab mich geschlagen. Wir füllten vorsichtshalber eine der Petroleumlampen, die wir in der Kirche fanden, mit Öl und machten uns auf den Weg zu dem Kanal. Obwohl er nicht weit weg war, wurde es, als wir davor standen, langsam dunkel. Halef holte seine Leuchtkugel heraus und ließ sie ihr sanftes Licht verbreiten. Den Christophorus ließen wir zunächst einmal in seinem Beutel.

„Links oder rechts?", fragte ich.

„Ich kann weder in die eine noch die andere Richtung ein Ende sehen", sagte Halef, der von uns allen die besten Augen hatte.

„Unser Herz ist links, also gehen wir links", meinte Ann. So war dies entschieden.

Wir marschierten am Ufer dieses künstlichen Gewässers entlang, etwa eine halbe Stunde lang, und es veränderte sich überhaupt nichts. Ich fragte mich schon, wie lange so eine künstlich geschaffene Wasserstraße denn sein konnte, da plötzlich verschwand der Kanal. Er versank im Boden, es schien, als wäre da ein Loch, in das er falle. Das Wasser war vom einen zum anderen Moment nicht mehr zu sehen.

‚Ein unterirdischer Wasserfall', dachte ich mir, ‚auf jeden Fall ein Loch im Boden.'

Wir leuchteten die Stelle aus, doch eine Möglichkeit, dort hineinzukommen, sah ich nicht. Für einen Moment musste ich an mein Abenteuer mit Halef und Scheik Haschim denken, bei dem wir in der Wüste vom Verdursten bedroht gewesen waren. Damals waren wir unter die Erde gekrochen, indem Haschim uns in Schlangen verwandelt hatte oder zumindest in uns die Illusion dazu geschaffen, es sei so gewesen. Ein wenig schüttelte es mich immer noch bei der Erinnerung daran. Nein, so etwas würde ich hier nicht tun, selbst wenn ich über diese Gabe der Verwandlung verfügt hätte.

„Sollen wir es heute noch auf der anderen Seite versuchen?", fragte ich.

„Warum nicht?", meinte Sofie. „Auch wenn es dunkel ist, ist der Tag noch lange nicht zu Ende, und wenn dieser Bach oder Kanal in die andere Richtung nicht weiterführt, dann wird es auch gar nicht so spät. Aber lasst uns doch zunächst schauen, ob sich hier etwas verbirgt, was wir nicht sehen können, ob wir etwas durch unsere magischen Augenöffner erkennen können."

Leider zeigte uns weder die Brosche noch die Okarina oder der Musaddas etwas Besonderes.

Wir marschierten also wieder zurück, kamen an der Kirche vorbei und gingen nun in die andere Richtung. Auch hier waren wir etwa eine halbe Stunde unterwegs, bevor sich etwas tat, aber diesmal sah die Sache hoffnungsvoller aus: Auf dieser Seite verschwand der Kanal nicht einfach im Boden, sondern führte in eine Höhle in einem einsam stehenden Felsen. Die Höhle war auf jeder Seite etwa einen Meter breiter als der Kanal, der geradewegs hineinzuführen schien, ohne dass ein Ende abzusehen war.

Wir bildeten eine Marschordnung: Halef mit seiner Leuchtkugel ging vor. Ich folgte ihm, den Henrystutzen schussbereit, dann kam Ann, am Ende hielt Sofie die Winchester in der Armbeuge. Der Weg führte uns etwa zehn Minuten durch totale Dunkelheit, die nur durch Halefs Licht in ihre Grenzen gewiesen wurde. Plötzlich schien es mir, als ob ich vorne ein leichtes Leuchten wahrnähme. Ich bat Halef, das Licht seiner Kugel abzuschwächen. Und tatsächlich: Mit jedem Schritt wurde der Weg zunehmend von der Sonne beschienen.

Sonne um diese Zeit? Waren wir in einer anderen Welt oder aber auf der anderen Seite unserer Erdkugel angekommen? Letzteres konnte ich mir kaum vorstellen, dazu war der Weg zu kurz gewesen, aber wenn Magie im Spiel war …

Wir traten aus der Höhle, Halef schaltete seine Leuchtkugel aus. Wir standen auf einer Ebene, die bis aufs Haar jener glich, die wir in dem Altar als Bildnis gesehen hatten.

Man kann sich unsere Verblüffung ausmalen. Wir starrten erst einmal ein paar Minuten um uns herum. Es war eine paradiesische Landschaft, die mich in mancher Hinsicht an die phantastischen Bilder von Hieronymus Bosch erinnerte. In einem hellblauen Himmel schwammen rosa Wolken in den ungewöhnlichsten Formen. Seltsame Wesen waren um uns herum zu sehen: Einhörner in verschiedenen Farben, Elefanten, höher als die Wehrtürme von Mestia, ein Wesen, das aussah wie ein Dudelsack auf Beinen – ich kann und will sie gar nicht alle aufzählen oder gar beschreiben.

Nach einiger Zeit hatten wir uns gefangen und überlegten, was wir nun tun sollten.

„Wir sind in der Welt, die uns der Riss gezeigt hat“, betonte Sofie. „Wir sollen und wollen diesen Riss schließen. Aber was ist, wenn wir das hier tun und kommen nicht wieder zurück?“

Halef beruhigte sie.

„Ich verlasse mich da ganz auf Marah Durimeh. Sie hat uns losgeschickt, und sie wird uns auch wieder zurückholen, wenn es nötig ist.“

Ich teilte diese optimistische Auffassung nicht, wusste ich doch um die Grenzen der Königin des Geisterreichs, doch ich wollte Halef nicht widersprechen.

„Wir sollten die Ölquelle suchen“, sagte ich. „Hier ist es hell. Ich weiß nicht, wie lange dieser Tag dauert, aber wir sollten diesen glücklichen Umstand ausnutzen.“

Wir schauten uns noch einmal gründlich um und überlegten, aus welchem Winkel und aus welcher Perspektive wir durch den Riss in diese Landschaft geschaut hatten, dabei kam uns zugute, dass wir durch die Brosche verschiedene Blickwinkel kannten. Wir waren uns bald einig über die Richtung, in die wir wandern mussten, um zu der Ölquelle zu kommen. Und tatsächlich: Nach etwa einer halben Stunde kräftigen Fußmarschs sahen wir vor uns einen Felsen, aus dem auf der anderen Seite, wie wir sahen, nachdem wir ihn umrundet hatten, das Öl floss, das in der Kirche aus dem Riss strömte.

Es war genauso, wie wir es gesehen hatten: Das Öl floss aus der Quelle, sammelte sich, bildete einen kleinen Lauf aus und verschwand im Boden.

„Phantastisch“, meinte Halef mit viel Sarkasmus in der Stimme. „Jetzt sind wir soweit wie vorher, nur auf der anderen Seite.“

„Wir müssen schauen, was passiert, wenn wir die Quelle verstopfen“, wiederholte Ann ihre Überlegung von früher. „Wenn es keinen Nachschub mehr an Öl gibt, ob sich der Riss dann schließt.“

„Und ob wir dann hier in dieser Welt gefangen sind“, fügte Sofie hinzu.

„Dem Problem können wir uns stellen, wenn es soweit ist“, meinte ich.

Aber konnten wir die Quelle stoppen? Und schloss das den Riss? Und was, wenn wir den Riss schlossen, die Quelle aber stetig weitersprudelte? Niemand von uns hatte auf diese Fragen eine Antwort, sie brannten uns aber auf den Nägeln.

„Ich bin dafür, wir versuchen es einfach“, sagte Halef.

„Was können wir denn anderes tun?“, fragte Sofie.

„Die Quelle schließen?“ Ann schüttelte den Kopf. „Schaut, wie hier das Öl aus diesem Felsen sprudelt. Das kannst du nicht verhindern. Nicht mal ein Damm würde helfen.“

Mir kam eine Idee.

„Doch, ein Damm ist die Lösung. Wir können das Öl ablenken. Dort vorne fließt es in die Erde und verschwindet in diesem Loch. Das ist das Loch, das zu dem Altar in unserer Kirche führt. Wenn wir das Öl davon ablenken, wird zumindest kein Öl mehr aus dem Loch bei uns ausströmen. Ob und wie wir dann den Riss geschlossen bekommen, können wir immer noch überlegen."

Nach einer kurzen Besprechung fanden auch die anderen meine Idee überzeugend. Ich und Halef suchten bei den uns unbekannten Sträuchern und kleinen Bäumen nach Material, um eine Art Holzgerüst für einen kleinen Damm zu bauen; es sollte das Skelett sein für eine stabile Konstruktion, die das Öl ablenken würde. Ann und Sofie gruben einen kleinen Kanal in die Erde, der kurz vor dem Loch seitlich begann und das Öl über einen Abhang, der nicht weit entfernt war, ableiten sollte.

„Hoffentlich wohnt da niemand, der dann in dem Öl ertrinkt", meinte Halef, zum Scherzen aufgelegt.

Ich machte mit.

„Du meinst, vielleicht irgendwelche kleinen Leute, die es hier gibt?"

Wir lachten beide.

Währenddessen versuchten wir, ein paar Zweige und Äste abzuschneiden, zu unserer Verblüffung aber hinterließen weder mein Bowiemesser noch Halefs Dolch die geringste Spur im Holz, so fest wir auch drückten. Wir blickten uns verblüfft an, dann meinte Halef:

„Sihdi, vielleicht hilft hier nur ein magisches Messer."

Natürlich hatte er Recht: So kurz die Klinge des magischen Klappmessers war – „me var dana – ich bin ein Messer", war eine absolut zutreffende Behauptung. Das Messer ging durch das Holz in dieser Welt wie durch Butter. Bald konnten wir beginnen, ein Holzgerüst zusammenzuflechten, das möglichst dicht sein sollte und mit dem wir das Öl in den kleinen gerade gegrabenen Kanal lenken wollten. Glücklicherweise hatte ich noch einige Stücke der Ölhaut dabei, die ich verwendet hatte, um meine Hände bei der Untersuchung der Leiche zu schützen. Diese nutzten wir, um aus dem Gerüst eine für Wasser und Öl undurchlässige Barriere zu machen.

Als diese Arbeit getan war, hatten auch die Frauen ihren kleinen Kanal fertig gegraben. Er begann direkt neben dem fließenden Öl, doch immer noch durch ein kleines Stück Erde getrennt. Halef und ich stellten uns beidseits des kleinen Rinnsals auf, die Holzbarriere wenige Zentimeter über dem fließenden Öl haltend. Auf mein Kommando setzten wir den kleinen Damm fest in die Erde, während Sofie mit meinem Bowiemesser die trennende Erdschicht zwischen dem Ölfluss und ihrem Kanal durchtrennte. Unsere Konstruktion war erfolgreich, unser Damm war stabil genug, das Öl aufzuhalten. Es suchte sich sofort einen neuen Weg und floss durch die kleine Rinne, die Ann und Sofie gegraben hatten. Wir beglückwünschten uns, beobachteten noch ein paar Minuten, ob unsere Konstruktion halten würde. Es sah ganz danach aus. Wir schlugen den Damm noch ein wenig fester in die Erde, indem wir den Griff des Bowiemessers als Hammer benutzten, und machten uns dann auf den Rückweg.

Erleichtert, wie wir waren, nutzten wir nun die Gelegenheit, die Schönheit der Landschaft zu genießen. Die Bäume wiesen eine Vielfalt an Formen und Grüntönen auf, wie ich sie auf der Erde noch nie gesehen hatte, das Gras war von einem frischen Grün, aber es gab dazwischen auch Flecken von Rosa und Lila. Die Tiere hielten sich alle weit entfernt; neben den schon erwähnten gab es welche, die aussahen wie laufende Sonnenblumen.

Einmal stieß Halef mich an:

„Sihdi, kennen wir das nicht?“ Er zeigte auf ein löwenähnliches Wesen in der Ferne.

„Ein Mantikor“, entfuhr es mir, und ich griff nach dem Henrystutzen.

Ich sah das Wesen nur von hinten, doch ich konnte deutlich den Skorpionschwanz und die Löwenmähne erkennen; ich hoffte sehr, dass das Ungeheuer sich nicht umdrehen und uns angreifen mochte. Doch da entfaltete es riesige adlergleiche Flügel und erhob sich in die Luft. Verblüfft ließ ich die Waffe sinken. Das Wesen flog einen Kreis über uns, und ich erkannte den riesigen Kopf eines Raubvogels mit mächtigem Schnabel. In einer gewaltigen Mähne ging er in einen Löwenkörper über, der in großen Vogelklauen und einem Skorpionschwanz endete.

„Ein Greif!", entfuhr es mir. „Der Wächter und Kämpfer des Guten!"

Aus dem Kreisflug wurde eine abwärtsführende Spirale, bis das riesige Fabelwesen etwa zehn Meter über uns war. Der Kopf bewegte sich, sodass die Kreatur uns im Blick behielt, die tellergroßen Augen fixierten uns. Dann stieß der majestätische Greif einen lauten melodischen Ruf aus, schlug mächtig mit den riesigen Flügeln und flog davon.

Ich atmete erleichtert aus.

„Diese Welt hat uns akzeptiert", sagte ich. „Lasst uns trotzdem schnell in die unsrige zurückkehren."

Als wir die Höhle dem Kanal folgend wieder in Swanetien verließen, war dort finstere Nacht. Es musste kurz vor Mitternacht sein. Glücklicherweise ließ sich Halefs Leuchte nicht von der Tageszeit und auch nicht von der Kälte, die inzwischen wieder unbarmherzig eingebrochen war, beeindrucken. Wir marschierten geradewegs zur Kirche und betraten diese voller Neugier. Der Riss war immer noch da, doch es strömte nichts mehr aus ihm heraus. Wir schauten hindurch auf die Landschaft, die wir nun selbst kennengelernt hatten, sahen den Felsen und die Quelle, sahen das Öl aus der Quelle sprudeln, aber es kam nichts davon bei uns an.

„Zumindest das haben wir geschafft", sagte ich, „den Rest bekommen wir auch noch hin."

Ann wandte sich an Halef:

„Kannst du dich bitte neben den Riss stellen und hineinleuchten?"

Ohne sie zu fragen, was sie damit bezweckte, gab er ihrer Bitte nach. Ann griff nach ihrer Schrotflinte, ihrer geliebten *Godiva*, und feuerte die beiden Zwillingsläufe aus kurzer Distanz genau mitten in den magischen Riss.

Der Riss blähte sich plötzlich auf, als würde er aufgeblasen werden. Ich hatte das Gefühl, alle Luft um mich herum sei entwichen, für einen kurzen Moment hörte ich nichts und bekam keine Luft. Im nächsten Moment ergriff mich eine Windbö, als die Luft wieder zurückgelassen wurde, es gab einen seltsam tiefen Knall, eine Art Plopp, und vor unseren Augen verschwand der Riss. Der Altar stand da, als hätte er niemals eine Beschädigung erlitten; er war wieder ein ganzes Stück Granit. Auch der Spalt im Boden war verschwunden, und das Loch mitten in der Kirche war nicht mehr zu sehen.

Achtundzwanzigstes Kapitel
Kampf im Kessel

Niemand von uns sagte einen Moment etwas, dann fing Sofie an laut zu lachen, und auch ich konnte mich nicht mehr beherrschen, musste lachen vor Freude und Glück, nach einem kurzen Moment fiel Halef ein.

Als wir uns wieder gefangen hatten, fragten wir Ann, was das gewesen sei.

„Lasst uns doch erst eine kleine Erfrischung zu uns nehmen“, sagte sie. Aus ihrem Rucksack holte sie eine wunderbar mit Silber verzierte Glasflasche. „Das hier habe ich von Onkel Daffy bekommen für den Fall, dass ich auf meiner Reise etwas zu feiern habe. Was meint ihr, ist ein fünfzig Jahre alter Sherry dem Anlass angemessen?“ Sie schaute zu Halef. „Das ist kein verbotenes berauschendes Getränk, mein Freund, das ist die pure Freude!“

Als wir alle ein kleines Gläschen dieses sanften Wundertranks zu uns genommen hatten, erklärte uns Ann:

„Ihr erinnert euch an unseren Abschied von Scheik Haschim, nachdem wir aus dem Geisterreich zurückgekehrt waren, wo wir gegen Al-Kadir und Qendressa gekämpft hatten?“ Sie wandte sich an Sofie. „Du natürlich nicht, aber ich habe dir ja von unserem Abenteuer erzählt.“ Zu Halef und mir gewandt, fuhr sie fort: „Wer Marah Durimeh kennt, weiß, dass sie eine außergewöhnlich kluge und weit vorausdenkende Frau ist. Sie hat schon mehrmals Menschen mit etwas ausgestattet, von dem erst viel später offenbar wurde, wozu es dienen möge. Und so beauftragte sie Scheik Haschim damit, mir etwas zu übergeben, was im Notfall gegen böse Magie eingesetzt werden könnte. Bevor wir gemeinsam nach Batumi aufgebrochen sind, ehe er zurückkehrte zu Marah Durimeh, bat der Scheik mich für ein paar Minuten zur Seite. Er eröffnete mir, dass er und die weise Königin sicher seien, dass ich noch mehr als einmal mit euch beiden gegen das Böse kämpfen müsse und ganz sicher auch wieder gegen unheilvolle Magie. Und deshalb habe ihn Marah Durimeh gebeten, mich mit einem Hilfsmittel dafür auszustatten. Also hat er mir als Abschiedsgeschenk eine Doppelladung Schrot geschenkt. Er hat mir eröffnet, dieser sei aus magischem Silber angefertigt und könne jede Magie zerstören, in die er eindringe. Dies sei aber nur für einen wirklichen, einen echten Notfall bestimmt. Und er hat mir streng verboten, darüber zu sprechen – sowohl, um mich nicht in Gefahr zu bringen, wenn jemand das magische Schrot an sich bringen oder mich an der Anwendung hindern wolle, wie auch, um nicht unnötige Hoffnungen zu wecken oder die Magie zu leichtfertig einzusetzen. Ich denke, das hier ist doch wohl eine sinnvolle Anwendung gewesen!“

Ich dachte an unsere Begegnung mit Marah Durimeh in Kutaissi: „Ich habe einiges vorbereitet, von dem ihr manches nützlich finden mögt, sofern ihr den Kampf mit den richtigen Menschen aufnehmt", hatte sie gesagt. Wie weit reichte ihre Voraussicht?

Wir schliefen am nächsten Morgen aus. So war es sicher schon zehn Uhr, als wir uns langsam für den Aufbruch vorbereiteten. Wir erlaubten uns ein gemütliches Frühstück mit vielen der Delikatessen, die wir dabeihatten, und griffen auch auf die Vorräte in der Kirche zurück. Wir hatten uns dies verdient, weil der Auftrag von Marah Durimeh erfüllt war, wir wussten aber auch, dass wir es brauchen konnten, wenn wir uns mit Vanderbilt und seinen Leute herumschlagen mussten.

Dann erst kümmerten Halef und ich uns um die Gefangenen. Auch heute banden wir sie jeweils zu zweit los, damit sie frühstücken, ihre Notdurft verrichten und gegenseitig ihre Wunden verbinden konnten. Wir teilten ihnen mit, dass der Riss geschlossen sei, es also keinerlei finanziellen Anreiz mehr gab, hierzubleiben. Auch informierten wir sie darüber, dass wir sie hier liegen bzw. sitzen lassen würden, bis wir unsere Angelegenheiten mit Vanderbilt geklärt hätten, dann würden wir jemanden aus Uschguli schicken, sie abzutransportieren. Sie sollten uns also Glück wünschen, dass wir erfolgreich seien, denn umso schneller würden sie abgeholt werden. Wir empfahlen ihnen deshalb auch, wirklich gut und umfangreich zu frühstücken, denn es könnten einige Fastentage folgen.

Manche der Männer nahmen diese Ankündigungen kommentarlos hin, die meisten aber fluchten und schimpften. Irgendwann reichte es mir und ich rief:

„Haltet das Maul, sonst werden wir euch knebeln. Und wenn ihr euch nicht benehmt, dann überlegen wir uns das auch noch einmal, ob wir euch überhaupt jemanden schicken oder ob wir nicht zumindest einen oder zwei Tage draufpacken, damit ihr so richtig leidet."

Das sorgte für Ruhe, da natürlich niemand wusste, dass ich das nicht ernst meinte, sondern nur gesagt hatte, um die Männer um Schweigen zu bringen. Nun wurde es ruhiger; vor allem die Verwundeten sprachen ihren Kumpanen gut zu. Denn bei einigen der Verletzten bestand durchaus die Gefahr, dass ihre Wunden sich entzündeten oder brandig würden. Bei ihnen kam es auf jeden Tag an. Wenn man die Verwundeten erst nach Mestia bringen musste, sah ich für manche wenig Hoffnung.

Halef erinnerte mich daran, dass es ja auch in Mestia keinen Arzt gab. Ich wusste aber, dass zumindest zwei Veteranen sich mit der Behandlung von Schussverletzungen auskannten – wenigstens das. Wir hatten die Lage heute beim Frühstück auch schon besprochen, aber wir konnten wirklich nichts für diese Leute tun, nicht, solange wir alle im Kampf gegen Vanderbilt und bei der Befreiung der Geiseln gebraucht wurden.

Während wir uns unserer Gefangenen annahmen, erkundeten Ann und Sofie die Umgebung. Sie konnten uns mitteilen, dass der Kanal, durch den wir in die andere Welt gelangt waren, verschwunden war, was uns nicht überraschte.

Anschließend untersuchten und sortierten sie die Gegenstände, die noch in der Kirche lagerten. Sie machten verschiedene Stapel: Proviant, sortiert nach haltbar und bald zu verzehren; Material, das allgemein brauchbar war, wie Werkzeug, Seil, Ölhaut, Schrauben; Waffen, von Gewehren über Revolver bis Messer – da kam ein Menge zusammen. Material und Werkzeug, das nur zur Ölförderung oder uns unbekannten Techniken diente, trugen sie hinter die Kirche. Alle Stapel wurden gut abgedeckt und mit einem Zettel versehen, auf den wir groß draufschrieben, was sich in diesem Stapel befand – und dass dies alles für die Bewohner von Uschguli war, Beutegut zum Ausgleich für die erlittene Unbill.

Wir selbst packten auch ein paar Waffen ein. Die guten Gewehre und Pistolen von Melville und seinen Leuten hatten ja schon in Mestia neue Besitzer gefunden, wir nahmen nun zwei brauchbare Hinterladergewehre und vier Revolver mit. Sie waren für die beiden jungen Männer bestimmt, die wir aus der Gefangenschaft befreien wollten.

Als dies alles erledigt und die Gefangen versorgt waren, stand uns noch eine unangenehme Aufgabe bevor. Wir hatten beschlossen, die fünf Leichen zu verbrennen. Ein Begräbnis war nicht möglich, und wir wollten die Leichenbeseitigung nicht den Bürgern von Uschguli zumuten.

So bildeten wir aus dem Material, das wir vernichten wollten, den Leichen und einigen der Ölfässer einen Scheiterhaufen. Den Rauch konnten wir noch lange sehen, als wir schon unterwegs waren. Und wir hatten die Hoffnung, dass in Uschguli vielleicht jemand aufmerksam wurde oder vielleicht auch ein einsamer Jäger und so den Gefangenen eine zu lange Wartezeit erspart blieb.

Zunächst kehrten wir zurück zu dem Punkt, an dem Old Firehand die Stange mit seiner Botschaft aufgestellt hatte. Dies war die Gabelung, von der aus man relativ problemlos zur Quelle des Enguri und zum Schchara-Gletscher gelangte. Es gab wohl auch Querverbindungen, aber vor diesen hatte man uns schon mehrfach gewarnt, sie sollten nur von Ortskundigen und erfahrenen Jägern beschritten werden.

Wir erreichten die Weggabelung am frühen Nachmittag. Von hier aus zum Schchara-Gletscher sollten es noch etwa sieben Kilometer sein. Das bedeutete, dass man bei den hiesigen Wegen oder besser Nichtwegen und schlechtem Wetter je nach persönlicher Eignung und Kondition zwischen sieben und vierzehn Stunden rechnen musste, wenn man mit dem Eis Pech hatte, konnten es auch ein paar Stunden mehr sein. Dieser Weg war der trockene Pfad. Man konnte auch in der Schlucht des Enguri, des Flusses, an dem alle vier Dörfer von Uschguli liegen, nach oben steigen. Dies war aber wohl vor allem im Sommer möglich, wenn der Fluss wenig Wasser führte. Im Winter waren die Ränder der Schlucht meistens überspült.

„Auch wenn das Wetter häufig schlecht war in den vergangenen Tagen“, überlegte ich laut, kurz bevor wir an der Bohnenstange ankamen, „so könnten sowohl Vanderbilt wie auch Old Firehand schon am Gletscher angekommen sein. Die Truppe hatte einen ganzen Tag mehr Zeit als wir, und für Old Firehand wiederum sollte der gestrige Tag gereicht haben."

„Was wollen die überhaupt dort?", fragte Ann. „Ich habe überhaupt nicht verstanden, warum die beiden Jungen die Bande zum Gletscher führen."

Halef schmunzelte.

„Da gibt es auch nichts zu verstehen", sagte er dann mit einem Grinsen. „Das ist die pure Irreführung."

Ich übernahm die Erklärung.

„Vanderbilt hat den Ortsvorsteher gefoltert, weil er wissen wollte, wo Melville ist. Er wollte zum Weltenriss, zur Quelle, da steckt schließlich sein Geld drin. Melville hat wohl den Ort bewusst vor Vanderbilt verschwiegen, das war für ihn ein Druckmittel. Vanderbilt wusste nur, es ist irgendwo oberhalb von Uschguli. Und was liegt da näher als eine Quelle, wenn man eine Quelle sucht? Das haben sich wohl auch die beiden Jungen gesagt, und da sie offiziell als Führer angeheuert sind – in Wirklichkeit sind sie natürlich Geiseln –, führen sie den Trupp oben auf den Gletscher, zur Quelle."

„Und so wie ich die Ortsbewohner verstanden habe, wollten sie hinterher, um die Jungen zu befreien und sich zu rächen", ergänzte Halef. „Sihdi, kannst du jetzt, wo wir an der Weggabelung sind, an den Spuren erkennen, ob die Dorfbewohner schon vorbeigezogen sind?"

„Nein", sagte ich, „dazu hat es zu sehr geschneit. Aber ich glaube, das ist auch gar nicht nötig." Ich zeigte auf den Pfahl. Daran hing ein kleiner roter Lederbeutel, ähnlich dem, den Old Firehand für uns aufgehängt hatte.

„Das ist interessant", meinte Sofie. „Das scheint hier eine verbreitete Kommunikationsform zu sein. Und ich dachte, die hätte Old Firehand erfunden."

Ich nahm den Beutel ab und schnürte ihn auf, entfaltete das Papier darin und las vor:

„An die Gruppe, die zur Lamaria-Kirche unterwegs ist. Wir haben uns entschlossen, den Verbrechern nicht nachzujagen, die meine Söhne entführt haben. Wir sind ihnen weder körperlich noch waffenmäßig gewachsen und würden nur zu Opfern. Wir vertrauen auf die Hilfe des Otchopintre und würden uns freuen, wenn auch Sie sich nach Erledigung Ihrer Mission der Befreiung unserer jungen Männer und der Bestrafung der Verbrecher annehmen würden. Wir werden jeden Tag einen Boten zu diesem Pfahl schicken. Wenn Sie eine Nachricht oder einen Auftrag für uns haben, zögern Sie nicht, dies hier kundzutun.

Mit den besten Wünschen und dem Segen Gottes – Grigoli Akaraschwili"

Ich schaute in den Beutel und nahm zwei Gegenstände heraus.

„Die Dorfbewohner haben sogar an unbeschriebenes Papier und einen Bleistift gedacht."

„Das löst ja unser Problem mit den Gefangenen", freute sich Ann. „Wir können die Bewohner von Uschguli informieren, was an der Kirche geschehen ist."

Ich nickte.

„Ich werde sogleich eine Botschaft verfassen." Ich bat Halef, mir seinen Rücken als Schreibpult zur Verfügung zu stellen, und verfasste die folgende kurze Mitteilung:

„An die tapferen Bewohner von Schibiani. Wir finden Ihre Entscheidung richtig und werden uns Otchopintre anschließen, um die Geiseln zu befreien.

Melville und seine Anführer sind tot, ihre Leichen verbrannt. Alle Gefahren, die von ihnen ausgingen, sind gebannt. Vor der Kirche liegen 14 Gefangene, zum Teil verletzt. Bitte kümmern Sie sich um sie. Die Sachen in der Kirche sind Beutegut und für die Einwohner von Schibiani bestimmt, nur die Kartoffeln geben Sie bitte den Bewohnern von Chazhashi zurück, von denen Melville sie geraubt hat.

Wir hoffen, Ihnen bald Ihre jungen Männer zurückbringen zu können.

Alles Gute, Kara Ben Nemsi und Freunde.“

Ich faltete die Botschaft zusammen, packte sie mit dem Bleistift in den Beutel und hängte diesen auf. Dann machten wir uns daran, Old Firehand zu folgen.

Das war erstaunlich leicht. Wir hätten den Weg wohl auch ohne seine Hinweise gefunden; auch wenn es weder eine Straße noch ein Weg im herkömmlichen Sinn war, war das Tal als solches unverkennbar.

Old Firehand aber wollte wohl sicher gehen, dass man ihm folgen würde. Ich vermutete, er hatte dabei vor allem die Dorfbewohner im Sinn gehabt, weniger uns. Immer wieder hatte er Hinweise hinterlassen: hier ein paar Bärenhaare an einen Eispflock gehängt, dort ein paar bunte Wollfäden an einen dürren Busch, dann fanden wir eine kleine Pyramide aus aufgestapelten Schneebällen, ein andere aus Schottersteinen – ich nutzte die Gelegenheit, den beiden Frauen ein wenig Anschauungsunterricht in Spurensuche zu geben. Einmal nahm ich Halef zur Seite: als uns ein in den Schnee gelegter Pfeil den Weg wies, mit Wasser übergossen. Ich erklärte ihm, dass man die Sichtbarkeit noch erhöhen könne, wenn man statt Wasser Urin nehme, da das Eis dann die gelbe Farbe annähme und der Pfeil dadurch besser hervorsteche.

Die Wanderung an diesem Tag war beinahe ein Spaziergang, wenn auch ein anstrengender, da es stetig bergauf ging und das Wetter erst am späten Nachmittag besser wurde. Dafür wurden wir in der Nacht mit einem herrlichen Sternenhimmel belohnt. Als wir am nächsten Morgen aufbrachen, waren wir alle bestens gelaunt.

Gegen Mittag lenkte uns ein Zeichen von Old Firehand auf einen Bergrücken. Mir kam dies etwas seltsam vor, ich hätte erwartet, dass unser Weg uns weiter im Tal aufwärtsführen würde. Als ich den hohen Grat, der vor uns aufragte, als Erster erreichte und ihn bestieg, erwartete mich ein Anblick, der mich für einen Moment erstarren ließ. Den anderen dreien, die nach mir den Grat bestiegen, ging es nicht anders.

Wir blickten hinab in einem Talkessel, der etwa einen Durchmesser von fünfzig Metern hatte. Die Wände fielen steil ab, es gab zwei offensichtliche Ausgänge – zumindest konnte ich nicht mehr sehen. Der Boden war mit Geröll und Schotter bedeckt, an manchen Stellen lag Schnee oder es gab kleine Eisplatten. Insgesamt schien es aber in dem Kessel relativ warm zu sein.

In diesem Kessel spielte sich ein Kampf auf Leben und Tod ab. Die beiden jungen Männer, die Vanderbilt als Führer dienen mussten, hatten die Gruppe in diesen Kessel geführt. Was sie damit bezweckt hatten, konnte ich nicht sagen. Wahrscheinlich hatten sie auf Rettung gehofft, und dazu bot sich dieser Kessel natürlich an. Ich erinnerte mich an Gelegenheiten, bei denen Winnetou, andere Westmänner und ich Ähnliches geplant und durchgeführt hatten. Wenn man die Ausgänge versperrte, konnte man die Menschen im Kessel von oben her problemlos überwältigen, vorausgesetzt, man hatte genug Feuerkraft. Oder man stieg an Seilen herab und vollführte einen Überraschungsangriff. All dies sind Standardtaktiken und -techniken, über die Old Firehand genauso Bescheid wusste wie ich. Dass auch die beiden Jungen schon an dergleichen gedacht hatten, beeindruckte mich. Wenn wir nicht gekommen wären, wären wahrscheinlich die Dorfbewohner hinter den Banditen her und hätten wohl in der letzten Nacht einen Angriff versucht. Wenn es nicht genug Leute gewesen wären für den offenen Kampf, hätten sie vielleicht die Verbrecher dort unten eingesperrt.

Doch das war alles müßige Spekulation. Hier hatten wir eine ganz andere Situation. Hier stand nur ein Mann über zwanzig Gegnern gegenüber. Nein, das stimmte nicht. Es waren schon lange keine zwanzig mehr. Und ja: Es war nur ein Mann, aber es kämpften andere an seiner Seite. Ich zählte alleine sechs Wölfe und zwei große Bären, die Old Firehand unterstützten.

Mich wunderte ein wenig, dass Dawit, der weiße Tiger nicht dabei war. Doch dann wurde mir bewusst, dass wir es hier mit einem sehr persönlichen Kampf zu tun hatten. Möglicherweise waren die Bären Verwandte jener Tiere, die die Bärenjäger auf so grausame Weise getötet hatten. Sie wussten wahrscheinlich nichts davon, doch Old Firehand hatte mehr als einmal betont, dass er die Bären im Kaukasus beschützte. Und so mochte er die beiden Tiere als eine Art ausgleichender Gerechtigkeit zum Kampf hinzugezogen haben, vielleicht auch, um Dawit nicht unnötig zu gefährden. Die Wölfe hingegen hatten Old Firehand ja schon mehr als einmal beigestanden; ich vermutete, er betrachtete sie als eine Art Kampftruppe, je nach Bedarf, sein eigenes Rudel.

Von den zweiundzwanzig Männern, die mit Vanderbilt unterwegs gewesen waren, lebten nur noch wenige. Mindestens zehn waren bereits tot. An einigen konnte ich Wunden sehen, die zeigten, wer für ihren Tod verantwortlich war: das zerfleischte Gesicht und der deformierte Kopf, der auf einen Bären hindeutete; die Bisse an Armen und Beinen, die von einer Vielzahl Wölfe stammten. Insgesamt kämpften noch acht Männer in der Schlucht, Old Firehand mitgerechnet. Drei waren nicht in die Kämpfe verwickelt. Die beiden Geiseln saßen hinter einem kleinen Felsblock, vor ihnen patrouillierte eine junge Bärin, die ganz eindeutig dafür abgestellt war, auf sie aufzupassen. Niemand der bei Verstand war, würde versuchen, sie anzugreifen. Und Vanderbilt traute sich auch nicht in den Kampf. Er versteckte sich hinter einen Felsklotz, ein reichlich schwaches Versteck. Doch der reiche berühmte Amerikaner, der sich nur unzulänglich verbarg, wurde zu meinem Erstaunen nicht angegriffen, es wirkte auf mich, als werde dieser Mann bewusst geschont.

Old Firehand kämpfte, eine Felswand im Rücken und an den Seiten geschützt von zwei großen Wölfen, gegen zwei Männer mit langen Messern. Er stand da, so reckenhaft und gewaltig, erd- und felsverbunden, wie ich ihn von früher in Erinnerung hatte; ich wusste noch genau, wie ich ihn in einem meiner Bücher beschrieben hatte: *„Die langen, grauen Haare hingen in zusammengeklebten Strähnen von seinem Kopf; die* *ausgespreizten Beine schienen in der Erde zu wurzeln, und in der einen Faust das schwere Beil, in der anderen das scharfe, leichtgekrümmte Messer, hielt er die mächtig an ihn Drängenden von sich ab."* Daran hatte sich nichts geändert, auch wenn er etwas langsamer geworden war. Seine beiden Gegner hatten keine Chance. Obwohl sie die längeren Messer hatten und die Wölfe nicht angriffen, sondern nur dafür sorgten, dass sie Old Firehand nicht in die Seiten fallen konnten, war es kein fairer Kampf. Es dauerte etwa fünf Minuten, dann hatte Old Firehand den ersten entwaffnet und ihm einen Moment später das Beil in die Stirn geschlagen. Die Gelegenheit versuchte der zweite Mann auszunutzen. Während Old Firehand das Beil aus dem Knochen riss, hatte er einen Moment lang eine offene Deckung. Doch mit einer für sein Alter erstaunlichen Geschwindigkeit drehte er sich und wehrte den Stich des zweiten Mannes mit seinem Messer ab. Dadurch hatte er die Waffe seines Gegners gebunden, und im nächsten Moment hatte dieser das Beil im Hals.

Old Firehand schüttelte seinen Gegner ab, warf einen Blick in den Talkessel und hob dann die Augen. Irgendwie hatte er mitbekommen, dass wir da waren.

Ich hatte zwischendurch zu tun: Ich musste meine Gefährten davon überzeugen, ihre Waffen ruhen zu lassen. Sofie hätte am liebsten mit ihrer Winchester dazwischengeschossen und auch Halef juckte es deutlich in den Fingern.

„Das", sagte ich scharf, „ist nicht unsere Angelegenheit. Ja, wenn Old Firehand in Gefahr gerät, in Lebensgefahr, dann werde auch ich schießen. Aber dies hier sollten wir ihm lassen. Das ist sein Kampf, daraus bezieht er seinen Stolz, und er kann damit noch mehr zur Legende werden, als es jetzt schon ist."

Nun standen noch fünf Männer und Vanderbilt. Die beiden Bären hatten sich gerade zwei Gegnern zugewandt. Deren Schüsse gingen daneben oder richteten keinen Schaden an; es würde nur noch eine Sache von Sekunden sein, bis die beiden Gegner überwältigt waren. Die anderen beiden Männer hatten es mit vier Wölfen zu tun; auch das war nur eine Frage der Zeit.

Und dann war da noch Jack the Knife. Wahrscheinlich war er einer jener Männer, die dafür verantwortlich waren, dass ich am Rande des Talkessels drei verwundete Wölfe herumhumpeln sah und insgesamt vier tote Wölfe zählte. Er stand mit dem Rücken zur Wand, in des Wortes doppelter Bedeutung: die Felswand im Rücken, und zwei Wölfe vor sich. In der linken Hand ein langes Entermesser, in der rechten einen Säbel – wo auch immer er diese Waffen aufgetrieben hatte –, hielt er sich erfolgreich die zwei Wölfe vom Leib. In diesem Fall war ich keineswegs sicher, wie der Kampf ausgehen würde.

Doch nun ließen die Wölfe von Jack ab. Old Firehand kam langsam auf ihn zu.

„Lass uns dieses Schauspiel noch ein wenig genießen, Jack!“, sagte er mit dunkler Stimme und wies auf die anderen Kämpfe. Doch die dauerten nicht mehr lange: Die Wölfe hatten ihre Gegner bald ebenso getötet wie die beiden Bären.

„Nun seid immer noch ihr zwei übrig“, sagte Old Firehand und zeigte auf Vanderbilt. „Ich achte dich dafür, dass du dich nicht auch so feige verkriechst, sondern dich stellst, auch wenn du sonst ein skrupelloser Verbrecher bist.“

Jack zeigte auf Old Firehand.

„Immerhin hast du noch ein Abzeichen von uns.“

Old Firehand schnaubte und fasste sich an die Wange.

„Das hast du mir gesetzt, als ich gefesselt und wehrlos war. Komm, zeig, was du kannst!“

Und nun entspann sich ein Kampf, den ich, wenn er nicht von einem ausgeführt worden wäre, dem sich mein Herz immer noch zuneigte, trotz all unserer Differenzen, ja, wenn nicht dieser Mann in den Kampf verwickelt gewesen wäre, hätte genießen können – und wenn es nicht um Leben und Tod gegangen wäre. Denn ein auf höchstem Niveau geführter Zweikampf kann ein wunderbares Schauspiel sein, wenn er mit der Absicht geführt wird, sein Können zu zeigen und nicht, den Gegner zu töten. Doch hier ging es um das pure Überleben, und im Hintergrund schwang die Angst mit, Old Firehand könnte verlieren. So hielt ich denn meinen Stutzen bereit, um im Notfall doch einzugreifen, auch wenn ich damit meinen alten Kampfgefährten sicher in seiner Ehre verletzt hätte. Denn Jack war einer der besten Messerstecher und Säbelfechter, die ich jemals gesehen habe. Ich war nicht sicher, ob ich ihm im reinen Säbelkampf gewachsen gewesen wäre. In der Handhabung zweier Waffen – den Säbel in der rechten, das Entermesser in der linken Hand – wäre er mir auf jeden Fall überlegen gewesen. Aber Old Firehand konnte ihm Paroli bieten, auch er hatte ja zwei Waffen in seinen Händen. Der Kampf zog sich über mehr als fünf Minuten hin. Jack war schneller und beweglicher, aber am Ende siegten die größere Erfahrung, die größere Reichweite, die größere Kraft und die bessere Kondition. Jacks Kräfte erlahmten, und es gelang Old Firehand, ihn mit einem geschickten Rückhandschlag mit dem Beil das Entermesser aus der Hand zu schlagen. Danach war es noch eine Sache von wenigen Sekunden, und Jack stand an der Wand, das Messer von Old Firehand bis zum Heft in der Brust.

Old Firehand drehte sich um, blickte zu uns hoch und rief:

„Ich danke euch, dass ihr mir diesen Kampf gelassen habt."

Neunundzwanzigstes Kapitel
Der Fütterer der Wölfe

Old Firehand trat an den Felsblock, hinter dem die beiden jungen Männer aus Schibiani kauerten. Erst jetzt fiel mir auf, dass sie gefesselt waren, die Hände auf dem Rücken. Als er sich ihnen näherte, wichen sie zurück, die Angst in ihren Gesichtern war unübersehbar. Marinus und Paata Akaraschwili mochten, wie man uns in Schibiani versichert hatte, für ihr Alter schon erfahrene Jäger und kluge Burschen sein, doch nun diesen Riesen vor sich zu sehen, der gerade mehrere Männer getötet hatte und offensichtlich mit Wölfen und Bären paktierte, war ihnen offensichtlich nicht geheuer. Old Firehand war schon öfter in Uschguli gewesen, hatte aber wohl keinen Kontakt zur Dorfjugend gehabt. Nun griff dieser Mann auch noch in seinen Gürtel und zog ein Jagdmesser hervor … Wenn sie gekonnt hätten, hätten sich die beiden jungen Männer durch die Felswand in ihrem Rücken gedrückt.

Nun aber musste Old Firehand etwas gesagt haben, was ihnen die Angst nahm. Sie standen auf und traten auf ihn zu, drehten ihm dann den Rücken zu, sodass er ihre Fesseln duchtrennen konnte. Old Firehand zeigte auf Jack, der inzwischen an der Felswand heruntergerutscht war und dort saß, immer noch das Kampfmesser von Old Firehand in der Brust. Old Firehand fragte etwas, und die beiden nickten eifrig. Dann zeigte Old Firehand auf uns und anschließend auf den Ausgang des Kessels, der näher lag. Die Jungs nickten wieder und liefen auf den Ausgang zu, dabei rannten sie ohne die geringste Scheu direkt an der jungen Bärin vorbei, die ihren Patrouillengang inzwischen eingestellt und sich gemütlich auf den Hinterschinken niedergelassen hatte.

Old Firehand ging auf die Bärin zu und streichelte ihr über die Schnauze. Von hinten näherten sich ihm die beiden großen alten Petze, er schien sie nicht zu bemerken.

All das wurde nicht nur von uns interessiert beobachtet, sondern auch von Vanderbilt. Dieser hockte hinter einem kleinen Felsen, von dem er wohl nicht hoffen konnte, dass er ihn verbarg, zumal er wie immer besonders auffällig gekleidet war: Er trug den Silberfuchsmantel mit Hermelinpelz, den wir schon in seinem Lager gesehen hatten. Der würde ihn hier allerdings nicht schützen, und das wusste er auch. Selbst aus der

Entfernung konnten wir erkennen, dass er kreidebleich war und zitterte.

Old Firehand ignorierte ihn weiterhin und drehte sich nun zu den beiden großen Bären um, die ganz nahe an ihn herankamen und ihn beschnupperten. Er streichelte ihnen über die Schnauzen, die junge Bärin hielt ein wenig Abstand. Dann tätschelte er den alten Bären jeweils seitlich die Schnauze, und alle Bären trabten davon, erst die beiden Riesen, dann die junge Bärin.

Halef stieß mich an:

„Sihdi, sieh mal!"

Er zeigte auf den entfernteren Bereich des Kessels. Dort taten sich jeweils zwei oder drei Wölfe an einer der Leichen gütlich. Gerade kamen vom entfernteren Eingang ein paar weitere Wölfe in den Kessel getrabt. Erst jetzt fiel mir auf, dass die Wölfe, die wir bisher gesehen hatten, ausnahmslos große erwachsene Tiere waren, fast nur Rüden. Ich erkannte nun sogar einen von ihnen: den riesigen weißen Wolf, dem ich die Schnauze verbrannt hatte. In den Kessel strömten nun Jungtiere und schwächere Weibchen, auch zwei alte Rüden waren dabei.

„Old Firehand bereitet ihnen hier ein Festmal", sagte ich mit tonloser Stimme.

„Er bedankt sich", erwiderte Sofie. „Vielleicht ist das der Preis dafür, dass sie dann manchmal auch auf ein Menü verzichten, so wie damals bei uns."

Halef war bleich geworden.

„Aber das ist …" Er konnte den Satz nicht vollenden.

Old Firehand betrachtete das Geschehen mit Wohlwollen, das war seinem Gesicht anzusehen.

Mich hingegen packte ein Gefühl, das ich zunächst nicht einordnen konnte: eine Mischung aus Grauen, Empörung – und ja, zu meinem eigenen Erschrecken, auch ein wenig Verständnis. Old Firehand war seit der Zerschlagung seines Trappertrupps immer mehr verbittert, immer mehr zum Einzelgänger geworden, hatte immer weniger auf Menschen als vielmehr auf Tiere vertraut. Seine magische Fähigkeit, mit den Wölfen zu reden, die sich in seinen Augen eher aufeinander verlassen konnten als die meisten Menschen, hatte diese Einstellung sicher verstärkt. Ich konnte ihn fast verstehen, aber seine Haltung doch nicht gutheißen. Ich musste mit ihm ausführlich darüber sprechen. Doch jetzt war nicht der Zeitpunkt, diese Auseinandersetzung zu führen. So beschränkte ich mich darauf, Old Firehand fest ins Gesicht zu schauen, die Stirn zu runzeln, leicht den Kopf zu schütteln und ihm ein lautloses, aber deutlich erkennbares „Wir müssen reden“ entgegenzuwerfen.

Sein Gesichtsausdruck änderte sich kaum, wurde nur etwas ernster. Dann nickte er. Dabei tat er immer noch so, als ob er Vanderbilt gar nicht wahrnehme, schritt schritt zu der Leiche von Jack hinüber, zog sein Messer aus dessen Brust und wischte es sorgfältig an Jacks Kleidern ab. Dabei sprach er wie beiläufig, aber doch laut genug, dass wir es hören konnten – und vor allem der Mann, für den es bestimmt war:

„Es ist schön, dass genug Beute übrigbleibt – für meine Freunde unter den Tieren ebenso wie für meine Freunde unter den Menschen. Die Einwohner von Uschguli werden sich freuen über die vielen guten Waffen, die sie sich hier holen können. Mister Vanderbilt, Ihr Vorhaben ist in jeder Hinsicht gescheitert.“ Nun endlich drehte er sich zu seinem früheren Auftraggeber um und sah ihn an. „Damit Sie erkennen, in was für einem Desaster ihr Plan geendet ist, bevor Sie aus dem Leben scheiden, möchte ich Ihnen einen alten Bekannten vorstellen, dessen Namen Sie sicher auch schon gehört haben, und ihn bitten, uns darüber aufzuklären.“ Er drehte sich zu uns um, zeigte auf mich und rief etwas lauter: „Da oben steht Old Shatterhand. Sagt uns doch, wie geht es Mister Melville?“

Ich hatte gar nicht gewusst, dass Old Firehand eine so theatralische Ader hatte, doch sie gefiel mir. Und da ich Vanderbilt genauso wenig leiden konnte wie er, machte ich bei dem

Spielchen mit. Zunächst aber genoss ich das Erschrecken, das sich für einen Moment auf Vanderbilts Miene abzeichnete, als er meinen Namen vernahm. Im Gegensatz zu den meisten seiner Männer, vor allem der Russen, wusste er mit meinem amerikanischen Kampfnamen etwas anzufangen; auch Melville hatte ihn ja schon erwähnt. Ihm musste einiges klar geworden sein in diesen wenigen Sekunden.

„Melville ist tot", antwortete ich nun, „ebenso seine Pinkerton-Agenten. Wir waren aber großmütiger als Old Firehand. Alle anderen seiner Männer sind gefangen und liegen gefesselt bei der Lamaria-Kirche. Sie werden dort von den Einwohnern von Uschguli abgeholt und der swanetischen Gerechtigkeit überantwortet werden." Ich machte eine kurze Pause und fuhr dann mit erhobener Stimme fort: „Die Quelle ist geschlossen, Mister Vanderbilt. Es fließt kein Öl mehr, und es wird kein Öl fließen hier oben in Swanetien. Der Weltenriss ist verschwunden, ebenso ihr Kanal. Es ist, als hätte es Sie und Ihre Bestrebungen nie gegeben."

„Das gefällt mir", sagte Old Firehand und wandte sich wieder Vanderbilt zu. „Mit Ihnen möchte ich mir nicht einmal die Hände schmutzig machen. Sie geben niemandem eine Chance, ich Ihnen schon. Sie haben keine Waffen, Ihre Chancen sind nicht groß, aber ich will sie Ihnen lassen. Sehen Sie diesen Ausgang?" Er zeigte auf die Öffnung am Ende des Talkessels, durch die die beiden jungen Männer gegangen waren. „Gehen Sie. Versuchen Sie Ihr Glück in diesem Land, das Sie so schändlich ausnehmen wollten. Vielleicht ist Ihnen das Land, vielleicht ist die Natur und vielleicht sind die Tiere dieses Landes gnädiger mit Ihnen, als Sie es mit ihnen waren. Gehen Sie!"

Ich verstand Old Firehand nicht. Ich hatte bei mehr als einer Gelegenheit erlebt, wie gnadenlos er sein konnte, schon als wir in den Vereinigten Staaten zusammen gekämpft hatten, noch einmal an dem Wehrturm, weswegen unsere Freundschaft zerbrochen war, und hatte gerade erst in diesem Kessel mitangesehen, wie er mit Hilfe seiner tierischen Freunde die gesamte Bande getötet hatte – ja, er war gnadenlos, er war ein Rächer –, und nun ließ er Vanderbilt laufen? Ich verstand ihn nicht.

Aber ich sagte nichts. Ich sah in den Zügen der neben mir Stehenden eine ähnliche Ratlosigkeit, aber niemand sagte etwas. Old Firehand machte einen Schritt auf Vanderbilt zu.

„Gehen Sie! Verlassen Sie diesen Ort! Verlassen Sie dieses Land, und ich hoffe: Verlassen Sie bald dieses Leben!"

Er machte eine gebieterische Handbewegung. Vanderbilt schien erst jetzt zu verstehen, was er gerade gehört hatte. Langsam stand er auf, drehte sich zum Ausgang um, warf noch einmal einen Blick zurück, ob er nicht vielleicht von hinten erschossen oder erdolcht werden würde, schaute ängstlich nach den Wölfen und ging dann langsam auf den Ausgang zu.

Er hatte nur noch wenige Meter zu gehen, da blieb er plötzlich stehen. Ich konnte nicht sehen, warum. Er wich langsam Schritt für Schritt wieder zurück, ohne sich umzudrehen, während er auf die Öffnung starrte, durch die er noch gerade eben hatte gehen wollen. Und nun sahen auch wir, was er unten längst erspäht und was uns die Felsen noch verborgen hatten: Langsamen gemessenen Schrittes kam durch diesen Eingang zum Felskessel ein riesiger Wisentbulle.

Es war ein mächtiges altes Tier, fast so groß wie die größten Bisons, die ich in den Staaten gesehen hatte. Das musste der Bulle sein, dessen Spuren wir in dem Tal gefunden hatten, in dem die toten Kühe und Kälber gelegen hatten. Vanderbilt hatte ihn erkannt, das sah ich ihm an und der Bulle ihn auch.

Old Firehand hatte die Arme über der Brust gekreuzt und war einen Schritt zurückgetreten. Auf seinem Gesicht zeichnete sich Genugtung ab. Schlagartig wurde mir klar: Er ließ von den Tieren nicht etwa nur seine Arbeit machen oder sich helfen, nein, er bot ihnen die Möglichkeit zur Rache!

Hinter uns hörte ich leise Schritte. Ich drehte mich ganz kurz um und sah die beiden jungen Männer, die Old Firehand zu uns geschickt hatte. Sie erklommen gerade den Berggrat und standen im nächsten Moment neben uns. Ich sah die Überraschung in ihren Gesichtern, als sie sahen, was unten im Kessel geschah.

Dort hatte Vanderbilt inzwischen bemerkt, dass langsames Zurückweichen ihm nichts helfen würde. Er warf gehetzte Blicke um sich, wohl um einen Felsen zu finden, hinter dem er sich verbergen konnte. Und dann hatte er sich entschieden, drehte sich um und rannte auf einen Felsblock zu, der etwa zehn Meter vor ihm und leicht seitlich stand. Es war eine kluge Wahl. Wenn er ihn erreichte, hinter ihn gelangte und, ehe der Bulle dort war, den Felsen auf der flacheren Hinterseite besteigen konnte, mochte er eine Chance haben. Doch ich wusste: Er hatte keine.

Wer noch nie einen Büffel hat rennen sehen, kann sich kaum vorstellen, welche Geschwindigkeit diese massigen Tiere auf kurzen Strecken entwickeln können; sie überlaufen selbst die meisten Pferde. Ihre Anfangsgeschwindigkeit ist enorm. Vanderbilt hatte sich kaum umgedreht und war gestartet, da setzte der Wisent zum Lauf an. Er schnaubte, und dann donnerte der wilde Stier voran, als sei er eine Lokomotive. Vanderbilt war erst wenige Schritte weit gekommen, als er vom rechten Horn des Bullen in die Luft geschleudert wurde. Das Tier drehte sich um, stand nun wenige Meter vor Vanderbilt, als der aus der Höhe auf den Boden klatschte und dabei furchtbar schrie. Im nächsten Moment war der Bulle über ihm und bearbeitete den wehrlosen Mann mit seinen Hörnern. Ich wendete den Blick ab; ich wollte nicht ansehen, was ich anhören musste: wie der Stier Vanderbilt erst mit seinen Hörnern zurichtete und dann nach mir endlos erscheinenden Sekunden der Qual ein Ende machte, indem er ihn regelrecht in den Boden stampfte. Halef und Ann sahen ebenso wie die beiden jungen Swanen gespannt zu, Sofie hatte sich wie ich abgewendet.

Es wurde ruhig, ich schaute wieder nach unten. Der Bulle stand über einer kaum erkennbaren Masse, nun drehte er sich um und schritt mit geradezu stolzer Haltung auf Old Firehand zu. Dieser öffnete die Arme, breitete die Hände weit aus, und als der Bulle vor ihm stand, legte er diese für einen Moment auf dessen gewaltige Hörner. Die beiden Riesen, ein jeder auf seine Art ein alter gewaltiger Koloss, sahen sich ein paar Sekunden in die Augen, dann schwang der Bulle seinen Kopf mit einer eleganten Bewegung Richtung Ausgang, drehte sich um und trabte davon. Niemand von uns sagte etwas, bis er verschwunden war.

„Kommt nun herunter!", rief Old Firehand uns zu. „Ich denke, es wäre ganz gut, ein wenig zu reden."

Die jungen Männer kannten den Weg und führten uns in nur wenigen Minuten in den Talkessel, wo Old Firehand dem Festmahl der Wölfe beiwohnte. Wie er da auf einem Felsen saß und in aller Ruhe sein Beil putzte, erinnerte er mich an einen alten germanischen Gott, Thor vielleicht mit seinem Hammer, den starken und so oft unbeherrschten Meister des Krieges. Im alten Germanien oder unter den Wikingern hätte Old Firehand sich wahrscheinlich wohlgefühlt, dachte ich.

Ich schaute mich gründlich um. Nirgendwo sah ich Gewehre, Revolver oder Pistolen. Daher stellte ich Old Firehand als Erstes die Frage, die mich schon die ganze Zeit beschäftigte:

„Wie konntet Ihr dies bewerkstelligen, ohne dass Ihr und Eure Freunde erschossen wurdet? Wo sind die Schusswaffen Eurer Feinde?"

Old Firehand lächelte.

„Man verachte die Kleinen und Flinken nicht. Es gibt hier noch einige andere Tiere, die den meisten nicht auffallen, viele von denen sind sehr geschickt, beinahe, als hätten sie Hände." Ich musste an die Kaukasus-Ziesel denken, denen wir begegnet waren. „Ich habe gewartet, bis die Männer sich zur Ruhe begeben hatten, habe die Wache ausgeschaltet – nicht ganz so elegant wie Ihr, aber genauso effektiv – und meine kleinen Freunde haben dann die ganzen Waffen hinter einem der Felsen dort hinter dem Eingang versteckt. Dort können sie die Dorfbewohner abholen und sollen sie unter allen gerecht verteilen. Ich möchte von dieser Beute nicht ein einziges Stück für mich."

Ich dachte an die eleganten und neuen Waffen von Vanderbilt, aber ich konnte ihn verstehen.

Die Gelegenheit, dass die Sprache auf Waffen kam, nutzte Sofie, um den beiden jungen Swanen die Gewehre und Revolver zu überreichen, die wir für sie mitgebracht hatten. Sie freuten sich sehr, auch wenn sie immer noch ein wenig unter Schock zu stehen schienen.

„Setzt Euch", forderte Old Firehand mich auf. „Ihr wollt doch sicher noch mehr wissen, und ich würde gerne Eure Geschichte hören."

Ich schüttelte den Kopf.

„Mir wäre es lieber, wir würden dies in Schibiana erledigen. So schön ich diesen Ort finde, mir behagt die Gesellschaft hier nicht so ganz."

Ann hingegen betrachtete die Vorgänge um uns herum mit gespannter Miene und, wie mir schien, großem Interesse. Sofie hatte den Wölfen kaum einen Seitenblick zugeworfen, sondern kümmerte sich intensiv um die beiden jungen Männer, vor allem um den älteren. Bahnte sich da etwas an?

Halef hingegen hatte noch immer im Gesicht diesen leichten Ausdruck des Grauens. Nun sagte er zu Old Firehand:

„Dass Sie zusammen mit Tieren kämpfen, verstehe ich, und ich bewundere es. In den Geschichten meiner Heimat gibt es nicht selten Helden, die Freunde unter den Tieren haben und Kampfgenossen. Aber dass Sie ihnen die Leichen zum Fraß vorwerfen …"

Old Firehand blickte meinen Freund sehr ernst an:

„Nehmen Sie es mir nicht übel, aber in dem Land, aus dem ich komme, ist dies eine Tradition, die viele Jahrhunderte zurückreicht. Auf dem Schlachtfeld gibt es stets ein Festmahl für die Raben und die Wölfe. Und wer dieses Festmahl zu bereiten versteht, gilt als großer Krieger und meistens auch als großer Herrscher. Deshalb nannten unsere germanischen Vorfahren einen großen Krieger auch den Fütterer der Wölfe und die Wonne der Raben. Ich muss mich hier meistens mit den Wölfen zufrieden geben, aber ich füttere sie gerne. Lassen Sie es damit bewenden."

Er wandte sich ab, für ihn war das Gespräch beendet, auch Halef schien mit der Antwort zufrieden. Ich hingegen war dies noch keineswegs.

„So einfach könnt Ihr es Euch doch nicht machen!", stieß ich scharf zwischen den Zähnen hervor, setzte mich nun doch auf einen Felsblock und wies mit der Rechten auf einen anderen Stein. Old Firehand blickte mich einen Moment mit einer Mischung aus Trotz und Resignation an, dann ließ auch er sich nieder.

„Es ist so einfach!", gab er zurück. „Was stört Euch daran?"

„Der Bruch mit der Zivilisation", gab ich zurück. „Wie auch immer Ihr zu den christlichen Grundlagen unserer abendländischen Tradition stehen mögt: Ihr könnt nicht leugnen, dass sie zu großen Erfolgen der Menschlichkeit geführt hat. Wir haben der Blutrache entsagt und der Folter, wir lassen Gerichte Urteile sprechen statt blind zu rächen ..."

Old Firehand unterbrach mich schroff.

„Wir? In einigen Ländern, die sich gerne modern und zivilisiert geben, mag dies zutreffen. Aber das ist doch nur Firnis, eine dünne Schicht, die über die menschliche Natur gelegt wird. Lasst die Umstände schlimm genug werden, und die Bestie Mensch kommt zum Vorschein. ‚Homo homini lupus', der Mensch ist dem Menschen ein Wolf, das wussten schon die alten Römer. Und es hat sich nicht gebessert. Muss ich Euch an die Sklavenkarawanen im Orient erinnern, von denen Ihr erzählt habt? An die Gemetzel, die im Wilden Westen angerichtet werden? Und auch in Deutschland – ich erinnere mich gut an 1848 und die vielen toten Freunde." Sein Blick wurde weicher, nach innen gekehrt, dann wieder scharf und zornig. „Bleibt mir weg mit Eurer Zivilisation und Eurem Humanismus. Da ist mir eine klare Kampfansage lieber und eine Feindschaft, die ich austragen kann bis aufs Blut."

Ich schwieg einen Moment aufgrund soviel Verbitterung, dann erwiderte ich leise:

„Aber muss es gleich die brutale Welt unserer germanischen Vorfahren sein? Ich schätze die Werke von Karl Simrock genau wie Ihr; wie dieser Privatgelehrte uns das Nibelungenlied und die Edda nahegebracht hat, wird ihm nie vergessen werden. Doch diese Zeit ist vergangen. Wir brauchen keine Fütterer der Wölfe mehr, keine Lieder von der Freunde Tod und der Nibelungen Not. Die alten Götter sind tot. Wollt Ihr sie wieder beleben? Oder seht Ihr Euch gar in Ihrer Tradition, als moderner Thor, als Wotan oder Odin?"

Zu meiner Überraschung brach aus der breiten Brust des Riesen vor mir ein gewaltiges Lachen hervor.

„Für so naiv müsst Ihr mich nicht halten. Ich weiß wohl, wann ich mir die Tradition zurechtbiege und auf was ich wirklich setze." Old Firehand wurde wieder ernst. „Ich kann Euch verstehen. Ihr seid noch jung und voller Idealismus. Doch ich lebe lieber ein Leben unter Tieren als unter Menschen; ich verstehe mich besser mit ihnen. Ihr werdet mich alten Mann nicht mehr ändern, und ich kann Euch nicht überzeugen." Er erhob sich. „Lasst uns dieses Gespräch ein andermal weiter führen, ehe wir uns verabschieden. Ich verspreche Euch, ich werde nichts mehr gegen Euer Ethos unternehmen, solange Ihr in diesem Land seid. Und wie auch immer wir auseinandergehen werden – sicher nicht als Freunde: Ihr werdet stets meine höchste Achtung genießen und ich werde Euch immer zur Seite stehen, wenn es nötig ist."

Als wir in in Schibiani eintrafen, wurde es bereits dunkel. Old Firehand hatte während des gesamten Rückwegs kein Wort gesprochen. Ich hatte den Eindruck, dass er tief in Gedanken versunken war. Wir anderen hatten auch nicht viel geredet, mit

Ausnahme von Sofie, die sich viel mit Paata Akaraschwili unterhalten hatte.

Bevor wir das Dorf erreichten, hatte uns Marinus gefragt, ob er vorauseilen und uns ankündigen dürfte. Wir hatten nichts dagegen gehabt. Im Ergebnis wurden wir großartig empfangen. Schon vom Dorfeingang an standen beiderseits der einzigen Straße der kleinen Dorfschaft Männer und Frauen mit Fackeln, die sich still verneigten, als wir vorbeigingen. Als wir an den Ersten vorbeigegangen waren, stimmten alle ein Lied an, in dem die ganze die ganze georgische Sangeskunst zum Ausdruck kam. Es lebten nicht viele Menschen in diesem Dorf, vielleicht dreißig Erwachsene, doch was diese an Stimmgewalt zeigten und das bei dieser spontanen Gelegenheit, davon können viele Chöre in unseren verschiedenen Heimatländern nur träumen.

Wie ich später erfuhr, sangen sie ein Freudenlied, das meistens bei Geburten oder Hochzeiten erklingt. Ich habe mir zwar den Text übersetzen lassen, aber ich könnte das Lied niemals nachsingen; um die Viertel- und Achteltonschritte der georgischen Musik zu beherrschen, muss man damit wahrscheinlich als Kind beginnen. Ein paar Zeilen aus dem Lied habe ich mir in freier Übersetzung notiert:

„Unser Leben ist nicht mehr als ein Wimpernschlag im Meer der Zeit … Liebe herrscht da, wo die Nacht zum Tage wird, wo Feindschaft zunichte wird … Wer wissen will, wohin die Liebe fällt, der frage die Rose im Busch und der frage die Nachtigall in den Zweigen."

Mitten auf der Straße, am Ende des singenden Spaliers, saß Grigoli Akaraschwili in einem hohen Sessel, den man für ihn herangeschafft hatte, er sah schon sehr viel besser aus. Rechts neben ihm stand sein Freund und Stellvertreter Jemal Kharaschwili, auf seiner linken Seite sein Sohn Marinus, allen dreien strahlte das Glück aus den Gesichtern. Als wir näherkamen, hielt es Paata nicht mehr an unserer Seite, er stürzte vor und fiel seinem Vater in die offenen Arme. Jenal trat still zurück hinter den Sessel, und nach einigen Sekunden inniger Umarmung erhob sich Paata und nahm den Platz zur Rechten seines Vaters ein.

Der Gesang verstummte. Grigoli wollte sich erheben, doch Old Firehand und ich gaben ihm gleichzeitig mit einer Geste zu verstehen, dass er sitzenbleiben sollte. Er räusperte sich, dann sagte er langsam und laut.

„Dass der Otchopintre, auch wenn er aus einem fremden Land kommt, ein Freund der Georgier und ein großer Kämpfer ist, ist allgemein bekannt. Dass er mir meine Söhne wiedergebracht hat, werde ich ihm nie vergessen. Dass aber seine Freunde“ – er machte eine Handbewegung, die uns vier einschloss – „ebensolche Helden sind und ihr Leben einsetzen würden für die Freiheit und das Wohlergehen unseres Landes, das konnte niemand wissen. Wir alle sind sehr glücklich darüber und Ihnen auf ewig zu tiefem Dank verpflichtet. Was wir für Sie tun können, sei Ihnen gewährt, und Sie sind uns und unseren Kindern hier stets aufs Herzlichste willkommen.“

Ich sah in den Gesichtern von Ann und Sofie, wie sehr sie sich darüber freuten. Beide hatten in Bezug auf ihre eigenen Forschungen noch nichts erreicht, aber nun die besten Voraussetzungen, damit voranzukommen.

„Und nun“, fuhr der Ortsvorsteher fort, „bitte ich unsere Gäste in mein Haus, um uns alles zu erzählen, was wir wissen müssen. In der Zwischenzeit wird alles vorbereitet für ein großes Fest!“

Wir saßen etwa eine Stunde im Haus von Akaraschwili zusammen. Über unsere Erlebnisse und die Verbrechen von Vanderbilt und Melville in Mestia wusste er ja bereits Bescheid, so beschränkten wir uns darauf, ihm zu erzählen, dass es uns gelungen war, den Versuch einer Ölbohrung in der Kirche der Heiligen Jungfrau zu vereiteln. Wir berichteten ihm von den Gefangenen und den Vorräten und Waffen, die wir in der Kirche gestapelt hatten, das freute ihn sehr.

Old Firehand hielt seinen Bericht noch sehr viel kürzer, erzählte nur, dass es ihm mit Hilfe seiner Freunde, einiger Tiere, gelungen sei, Vanderbilts Trupp auszulöschen. Ihm war natürlich bewusst, dass die beiden Söhne alles mitbekommen hatten und es sicher verbreiten würden. Wie das sein Image und den Ruf des Otchopintre beeinflussen würde, blieb abzuwarten.

Auch er erzählte von den Waffen, die dort oben für die Dorfbewohner lagen, und meinte, er sei sicher, dass genug für alle da wären und dass unser Gastgeber für eine gerechte Verteilung unter allen Einwohnern von Uschguli sorgen würde, wobei die Bewohner von Schibiani natürlich den ersten Zugriff haben sollten.

Dann war Zeit für das Fest. Ich habe nun schon einige Male über Gastmahle in Georgien geschrieben, sodass ich mich darauf beschränken kann, zu vermerken, dass es für die beschränkten Mittel, um nicht zu sagen die Armut dieses Dorfes, eine bemerkenswert schöne Feier mit gutem Essen war.

Zwei Dinge sind mir besonders in Erinnerung geblieben: Sofie, die den ganzen Abend bis tief in die Nacht hinein mit Paata Akaraschwili tanzte und plauderte und dabei über das ganze Gesicht strahlte.

Und Old Firehand, der nach dem Gespräch mit dem Ortsvorsteher kein Wort mehr sprach und nach einiger Zeit verschwunden war. Da ich mir Sorgen machte, suchte ich ihn und fand ihn schließlich im örtlichen gemeinschaftlichen Weinkeller. Er hatte sich ein Fass als Tisch zurechtgeschoben und saß auf einem wackeligen dreibeinigen Hocker davor. Vor ihm stand ein halbvoller Krug Wein und ein Tonbecher, den er, als ich die Stufen herabstieg, gerade in einem Zug leerte. Die Flecken unter dem Zapfhahn wiesen darauf hin, dass dies nicht der erste Krug war, den er hier gefüllt und wieder geleert hatte. Er warf mir einen düsteren Blick zu, schenkte den Becher voll, setzte ihn an und leerte ihn auch diesmal in einem Zug.

Wie dieser Hüne so einsam vor seinem Wein saß und diesen literweise in sich hineinschüttete, ließ mich unwillkürlich an Athos denken, den ruhigen, beherrschten und so unglücklichen Grafen im Roman *Die drei Musketiere* von Alexandre Dumas. In diesem Meiterwerk der französischen Literatur gibt es eine ganz ähnliche Szene.

Ich trat langsam an das Fass heran.

„Wollt Ihr reden?“, fragte ich leise.

Old Firehand schüttelte den Kopf, schob mir den Weinkrug hin und murmelte:

„Später!“

Dreißigstes Kapitel
Glückliches Ende

„Und das alles ist für uns?“ Bürgermeister Barbaratze schaute uns ungläubig an. Wir saßen in seinem Arbeitszimmer, und vor ihm auf dem Tisch lag ein Haufen Geld: vor allem amerikanische Dollarnoten und russische Rubel, aber auch englische Pfund, deutsche Mark, österreichische Gulden und sogar ein Maria-Theresien-Taler. Es war mehr, als in der Stadt Mestia in einem Jahr an Einkommen erzielt wurde.

Old Firehand und ich nickten. Wir hatten auf der Reise nach Uschguli besprochen, was wir mit einer eventuell anfallenden Beute machen würden und waren uns in der Gruppe ganz einig gewesen, dass alles, was wir an Geld erbeuten würden, den Geschädigten von Mestia zugutekommen sollte.

Seit dem gestrigen Abend waren wir wieder in dieser Stadt. Die Rückreise von Uschguli nach Mestia hatten wir ruhig angehen lassen und deshalb sechs Tage gebraucht. Wir hatten noch am Abend den Bürgermeister aufgesucht und für heute Morgen um einen Termin mit ganz bestimmten Leuten gebeten. Und deshalb saßen wir jetzt nach einer sehr ruhigen und angenehmen Nacht im Gästehaus der Stadt hier.

Sophie und Ann waren in eigenen Geschäften unterwegs. Mit uns im Bürgermeistersaal waren außer dem Hausherren Schmiedemeister Schengelaja, Kirchenwächter Tskalotadse, Reso und Georgi Takatschidse, Tedore Griganaschwili und Saba Zivivatse.

Wir hatten ihnen mit den üblichen Auslassungen berichtet, was wir erlebt hatten, seitdem wir von Mestia aufgebrochen waren, und auch, dass bis auf ein paar Mitläufer alle Verbrecher tot waren. Sie waren sehr zufrieden damit, dass den Überlebenden in Uschguli der Prozess gemacht werden sollte.

„Die Menschen dort oben haben ein hartes Leben", hatte Schengelaja gesagt, „und deshalb urteilen sie auch viel härter als wir."

Die drei Männer, die bei der letzten Verhandlung das Gericht gestellt hatten, beschlossen sogleich, zwei vertrauenswürdige Männer nach Uschguli zu schicken, die den Prozess beobachten sollten – nicht aus Misstrauen, sondern um die Verbrecher, die an der Ermordung der Wächter beteiligt gewesen waren und in Uschguli nicht zum Tode verurteilt wurden, nach Mestia zu überführen.

Nun erklärte ich den Anwesenden noch einmal, wie wir uns das mit dem Geld gedacht hatten:

„Das sind Gelder, die die Verbrecher Melville und Vanderbilt und ihre Leute bei sich hatten. Wahrscheinlich ist nicht alles unrecht erworben, aber sicher das meiste. Nach dem Recht, nach dem wir üblicherweise handeln, gehört die Beute dem Sieger. Wenn sich herausfinden lässt, wem sie geraubt wurde, versuchen wir sie zurückzugeben. Wir kennen das georgische Recht in einem solchen Fall nicht, aber wir wollen dieses Geld nicht. Die Waffen, die wir erbeutet haben, haben wir den Einwohnern von Uschguli überlassen; die können sie gebrauchen. Das Geld aber würden wir gerne denen zukommen lassen, die hier in Mestia unter Vanderbilt und Melville gelitten haben, beispielsweise den Familien Mekishvili und Gogobidse. Deshalb haben wir sie gebeten, heute hier zu sein. Sie können entscheiden, was an wen fällt, und wir sind überzeugt, das Sie gemeinsam gerechte Entscheidungen treffen werden."

Und dann sorgten wir für eine große Freude, als wir Kirchenwächter Tskalotadse die kleine Ikone übergaben, die wir im Wehrturm gefunden und die uns zu der Lamaria-Kapelle geleitet hatte.

Wir blieben noch diesen Tag in Mestia, da uns die Familie Takatschidse zum Mittagessen eingeladen hatte. Wir hatten keine große Eile, auch wenn sich Halef nach Frau und Kind, der übrigen Familie und seinem Stamm sehnte und ich mich nach meinem Schreibtisch in Radebeul, um endlich mal wieder niederzuschreiben, was mir in letzter Zeit alles widerfahren war. Wir waren uns aber einig, dass wir die Rückreise gemütlicher gestalten wollten. Ann und Sofie wollten mit uns nach Batumi reisen; ich hatte noch nicht verstanden, wieso sie ihre Pläne geändert hatten und ihre Expeditionen abbrechen wollten. Danach wollte ich sie bei Gelegenheit fragen.

Die Gelegenheit kam am gleichen Abend, als wir noch ein wenig in der Gaststube zusammensaßen. Wir hatten nur eine Kleinigkeit zu Abend gegessen; das Mittagessen auf dem Hof der Takatschidses war wieder allzu üppig gewesen.

Wir sprachen über die Route, die wir nun einschlagen wollten: Old Firehand hatte uns gebeten, noch einmal mit zu seiner Hütte zu kommen, von da aus würden wir nach Sugdidi und dann über Kutaissi nach Batumi reisen.

„Wir dürfen nicht vergessen, in Dschwari unsere Pferde abzuholen", erinnerte uns Sofie.

„Das stimmt", meinte Halef. Und dann fragte er Ann: „Was hast du eigentlich vor, wenn wir in Batumi angekommen sind? Dass ich nach Hause, zu Hanneh und dem kleinen Kara fahre, wisst ihr ja; aber da wollt ihr sicher nicht mit. Und ich dachte eigentlich, dass du hier noch Forschungen anstellen wolltest."

„Das hatte ich auch vor", bestätigte Ann. „Aber die Lage hat sich geändert. Ich komme hier alleine nicht weiter. Selbst wenn ich nach dem, was wir uns hier an Meriten erworben haben, auf Hilfe und Unterstützung bauen kann. Es fehlt an modernen Messgeräten und Maschinen. Aber ich bin auf dem richtigen Weg! Denn in einem der Wehrtürme, die wir untersucht haben, habe ich einen Hinweis gefunden, ein altes Gedicht. Ich habe euch deshalb nichts davon erzählt, weil das nichts mit unserer Aufgabe zu tun hatte. Aber ich bin jetzt sicher, dass das Grab der Königin Tamar in ihrer Sommerresidenz zu finden ist, in einem der alten Wehrtürme auf dem Gipfel des Bergmassivs. Ich werde nach England zurückkehren und nach Sponsoren suchen und Geld auftreiben. Und dann werde ich wieder hierherkommen, wenn es geht, schon im nächsten Sommer, und mit modernem Gerät. Mit Hilfe unserer neuen einheimischen Freunde werde ich das Grab suchen, und ich bin sicher, ich werde es auch finden!"

Wir anderen freuten uns natürlich für Ann.

„Und wie sieht es bei dir aus, Sofie?", fragte ich. „Ist es dir gelungen, etwas über die Wikinger oder Wein herauszufinden?"

Sofie wurde rot.

„O ja", sagte sie dann. „Deshalb war ich heute Morgen unterwegs. Ich habe einen Verwandten von Paata besucht."

„Hört, hört!", warf Ann ein.

Die Röte in Sofies Gesicht wurde noch dunkler, dann musste sie lachen. Ihr Gesicht wurde plötzlich ernst.

„Ich mag ihn", sagte sie dann leise. „Und er mag mich. Er ist ein ganz kluger Bursche, der seinen Vater dazu überreden will, dass er studieren darf und dass sein kleiner Bruder den Hof übernimmt, Die beiden Brüder sind sich da einig. Und nachdem wir so viel für die Familie und das Dorf getan haben, glaubt Paata, dass sein Vater jetzt zustimmen wird." Sie holte tief Luft. „Und im nächsten Sommer kommt er für ein halbes Jahr auf unser Weingut nach Kanada, um dort unsere Art des Weinanbaus zu studieren.“

„Meinen herzlichen Glückwunsch“, antwortete ich und meinte es auch so.

„Beglückwünschen könnt ihr mich noch für ganz anderes“, ergänzte Sofie. „Deshalb war ich nämlich bei dem Großonkel von Paata.“ Sie zog einen Lederbeutel aus einer ihrer Taschen und öffnete ihn vorsichtig. In dem Beutel waren mehrere Papierbriefchen aus wasserfestem Ölpapier zu sehen, jeweils mit einem Siegel mit zwei Weintrauben verschlossen. „Das sind Samen!“, erklärte Sofie ganz stolz. „Samen von georgischen Weinen, genauer Weinen aus Swanetien, die noch niemals außerhalb angebaut worden sind. Der Großonkel war so glücklich, dass wir Paata und Marinus gerettet haben – Paata hat mir einen Brief mitgegeben, in dem er das beschrieben hat –, also der alte Ilia Akaraschwili hätte mir einen ganzen Weinberg mitgegeben, so dankbar ist er uns. Und deshalb ist auch sicher, dass Paata zu mir nach Kanada kommt. Wir werden versuchen, eine georgisch-kanadische Rebe zu züchten.“

Ann kicherte, dann lachte sie laut.

„So verliebt wie du bist, meine Liebe, züchtet ihr wahrscheinlich auch noch andere georgisch-kanadische Lebewesen.“

Sofie lief wieder rot an, dann lachte sie mit ihrer Freundin.

„Ich glaube, da hätte ich gar nichts dagegen.“

Auch wenn sie erfahrene Kämpferinnen sind, dachte ich, es sind doch immer noch Backfische.

Halef versuchte, dem Gespräch wieder eine ernstere Wendung zu geben.

„Und was ist mit den Wikingern?“

Sofie wurde auch wieder ernst.

„Über die habe ich noch nichts herausgefunden. Aber immerhin habe ich hier meinen eigenen Wikinger gefunden.“

Am nächsten Tag reisten wir ab zu Old Firehands Hütte. Der Rückweg verlief im Wesentlichen ereignislos. Nur für Halef und mich gab es ein besonderes Erlebnis.

Wir übernachteten in der Schlucht, in der ich den Bären erstochen und damit Old Firehand das Leben gerettet hatte. Ich konnte nicht schlafen, die Erinnerung an den Kampf mit dem Bären hielt mich wach. Ich wickelte mich aus meiner Decke und wanderte langsam an die Stelle, an der der Kampf stattgefunden hatte. Inzwischen war der Mond fast voll, und die Nacht wirkte zugleich geheimnisvoll und friedlich.

„Kannst du auch nicht schlafen, Sihdi?“, hörte ich Halefs Stimme hinter mir.

„Hier habe ich den Bären erstochen“, sagte ich leise. „Daran muss ich heute Nacht denken.“

„Und ich muss die ganze Nacht an Hanneh denken, und wie es ihr wohl geht. Warum gerade heute Nacht?“

Ich wusste nicht, was ich antworten sollte. Doch ich wurde einer Antwort enthoben, denn die Antwort materialisierte sich vor uns – in Gestalt einer Frau, die wie beide gut kannten. Über der geschlossenen Schneedecke, die sich längst über dem Schauplatz der Bärenjagd gebildet hatte, erschien das leicht durchscheinende Abbild, das wir schon in Kutaissi gesehen hatten: Marah Durimeh, wieder als wunderschöne schwarzhaarige junge Frau. Wie damals, vor ungefähr einem Monat, sprach sie uns an:

„Seid gegrüßt, meine Freunde!“ Und obwohl wir in einer kalten Nacht im Freien standen, glaubte ich wieder, den zarten Rosenduft wahrzunehmen, von dem sie umgeben war. „Ich möchte mich bei euch bedanken. Ihr habt die Mission, um deren Erfüllung ich euch gebeten habe, mit Mut und Klugheit erfüllt. Gerne könnt ihr diesen Dank auch weitergeben an die, die euch begleitet haben.“

Halef unterbrach sie:

„Ann würde dich ganz sicher auch gerne wiedersehen.“

Marah Durimeh nickte.

„Und ich sie. Doch auch in der Geisterwelt gibt es Regeln, die ich nicht brechen kann. Ich kann auf diese Weise nur einem Menschen erscheinen, den ich für eine Aufgabe auserwählt habe. Du warst in Kutaissi nur dabei, weil du dich deinem Sihdi freiwillig angeboten hast. Aber jetzt dürfen mich nur die sehen, denen ich auch beim ersten Mal erschienen bin. Doch sage Ann meine besten Grüße.“ Sie machte eine kurze Pause; mir schien, Halef hatte sie ein wenig aus dem Konzept gebracht. Doch sie fing sich wieder. Doch sie fing sich wieder. „Ich bin sehr froh, dass ihr dieses Problem aus dem Weg geräumt habt, auch wenn es viele Leben gekostet hat. Dennoch habt ihr weitaus größere Verluste an Menschenleben verhindern und viele bewahren können, vor allem von Unschuldigen.“ Sie sah meinen verwirrten Blick und erklärte: „Es sind durch euch nur jene ums Leben gekommen, die sich etwas zuschulden haben kommen lassen. Das ließ sich leider nicht vermeiden. Es hätte auch Krieg geben können.“

Ich musste einen Moment nachdenken, ihr dann aber Recht geben. Wenn Vanderbilt sein Konsulat eingeschaltet hätte, die Pinkertons alle Möglichkeiten ihrer Agentur ausgeschöpft hätten, Fürst Dadiani oder die Russen empfindlicher reagiert hätten …

Halef schien zu ähnlichen Schlussfolgerungen gekommen zu sein.

„Wir haben auch viel Glück gehabt“, murmelte er.

„Ihr habt vor allem bedachtsam und klug gehandelt, meine Söhne“, widersprach ihm Marah Durimeh. „Und ihr hattet die richtigen Helfer und Freunde.“

Das war für mich ein Stichwort.

„Einer dieser Helfer ist ein altes Wesen, gebannt in einen Wehrturm in Mestia. Ich habe ihm versprochen, dich zu fragen, ob er genug getan hat, um seinen Bann zu lösen.“

Marah Durimeh schloss für einen Moment die Augen, dann öffnete sie sie wieder und nickte.

„Der Turm in Mestia ist jetzt wieder nur ein Turm.“

Noch eines wollte ich unbedingt wissen:

„Dir war bekannt, dass Ann die magischen Schrotkugeln von Scheik Haschim bekommen hatte?“

Marah Durimeh lächelte fein.

„Ich habe mir vor längerer Zeit erlaubt, dem Scheik einen kleinen Hinweis zu geben.“ Dann wurde ihr Gesicht wieder ernst. „Ich bedauere, dass die Freundschaft zwischen Old Shatterhand und Old Firehand zerbrochen ist. Auch wenn ich voraussehe, dass ihr euch in Teilen versöhnt, wird dieser Bruch in euer Freundschaft doch nie zu heilen sein. Denn Old Firehand wird niemals wieder ein weiches Herz sein Eigen nennen, eher im Gegenteil hartherziger und unbarmherziger werden. Für dich aber, mein Sohn Kara Ben Nemsi, freut es mich, dass dein Herz nicht so verhärtet ist wie das seine. Und das ist gut so, denn nur so kannst du mir weiter zur Seite stehen als Kämpfer für das Gute und gegen die Gefahren aus der Geisterwelt.“

Ehe ich darüber nachdachte, platzte es aus mir heraus:

„So gerne ich dir helfe, gute Mutter, aber darum reiße ich mich nicht. Ich hoffe sehr, von solchen Kämpfen für eine Weile verschont zu bleiben.“

Das Bildnis vor uns verblasste, aber ich war sicher, Marah Durimeh murmeln zu hören: „Für eine Weile, eine kleine Weile …“, ehe sie verschwand.

In Old Firehands Hütte machten wir auf seine Bitte hin zwei Tage lang Station. Bald wurde klar, warum: Er wollte mit jedem einzelnen von uns noch einmal gründlich reden. Wir alle streiften durch die Gegend und erholten uns. Ich genoss eine anstrengende, aber sehr befriedigende Rauferei mit Dawit, der uns am zweiten Tag besuchte. Ich gebe zu, als wir nach einer halben Stunde aufhörten, war ich weit mehr außer Atem als der weiße Tiger.

Old Firehand und ich führten am zweiten Tag ein langes Gespräch an einem Lagerfeuer außerhalb der Hütte. Wir waren danach nicht wieder Freunde geworden, aber wir verstanden uns gegenseitig weitaus besser. Und wir schieden in Frieden voneinander.

Beim Abschied wurden wir alle von Old Firehand reich beschenkt. Halef drückte er das Henry-Gewehr in die Hand, das ich zeitweise geführt hatte.

„Wenn Sie jetzt mit Ihrem Sihdi unterwegs sind“, meinte er, „dann haben beide ein Repetiergewehr mit mehreren Schüssen, und auch noch beide ein Henrygewehr!“

Nachdem Halef ihm ausgiebig gedankt hatte – er freute sich wirklich sehr –, fragte Ann:

„Was ist eigentlich aus der wertvollen Silberbüchse von Vanderbilt geworden, ihr wisst schon, dieser Hahndoppelbüchse mit silberverziertem Schaft?“

„Die habe ich getauscht“, antwortete Old Firehand. Wir schauten ihn sprachlos an. Er schmunzelte. „Georgi hatte mir anvertraut, dass er liebend gerne so etwas wie meine Elefantenbüchse oder den Bärentöter hätte. Also habe ich ihm Vanderbilts Gewehr mitgebracht. Und er hat mir im Austausch dieses hier mitgegeben.“ Hinter seinem Rücken zauberte er einen der beiden Deringer von Melville hervor und das Entermesser von Jack. „Ann, Ihre Remington ist eine tolle Waffe, aber sie hat nur zwei Schüsse. Dieser Deringer hat zwar ein kleineres Kaliber und eine kleinere Reichweite, aber dafür vier Läufe. Ich denke, mit den beiden zusammen und Ihrer wunderbaren Godiva sind Sie für alles gerüstet.“

Ann dankte ihm herzlich und erklärte, sie habe tatsächlich darüber nachgedacht, sich noch so einen Vierschüsser zuzulegen.

Das Entermesser reichte Old Firehand Sofie.

„Das ist eine hervorragende Waffe, eine Sonderanfertigung, bestens ausgewogen, viel besser als das Ersatzmesser, mit dem Jack gegen mich kämpfen musste. Und das Schöne ist: Man kann so ein Entermesser einsetzen wie eine Machete, als Waffe, aber auch, um Buschwerk und Weinreben zu kappen!“

Er grinste so ansteckend, dass Sofie lachen musste und das Messer dankend entgegennahm.

Mich überraschte Old Firehand, indem er mir Vanderbilts zwei mit Silber beschlagene Colts in ihren schwarzen silbernieteten Holstern überreichte.

„Ich weiß, Ihr seid mit Euren Smith & Wesson zufrieden. Aber das ist ein Modell von vor fast zehn Jahren. Diese neuartigen Colts sind um Längen besser. Und ein Mann wie Old Shatterhand oder Kara Ben Nemsi sollte immer nur mit dem besten Material ausgerüstet sein."

Ich wusste erst nicht, was ich sagen sollte, aber dann bedankte ich mich herzlich. Er hatte ja Recht. Und die Holster sahen nicht nur gut aus, sondern fühlten sich an meinem Gürtel wirklich gut an.

In Dschwari holten wir unsere Pferde ab, dann ritten wir weiter nach Sugdidi. Dort verbrachten wir drei herrliche Tage. Wir kehrten im selben Gasthof ein wie beim letzten Mal, aber verbrachten den größten Teil der Zeit im Palast des Fürsten Dadiani, wo wir noch einmal mit georgischer Küche und Musik verwöhnt wurden. Natürlich mussten wir ihn ausführlich über unsere Erlebnisse informieren und weitaus genauer die Einzelheiten berichten, als wir es bisher getan hatten. Ihm konnten wir natürlich alles erzählen, auch die Besonderheiten unserer magischen Gegenstände wie Halefs Lichtkugel, des magischen Messerleins, meines Musaddas und des Christophorus-Medaillons. Wir waren übrigens übereingekommen, dass Ann es behalten sollte, sie war schließlich viel in wasserreichen Gegenden unterwegs. Die magische Brosche wollten wir mit Einverständnis des Prinzen Old Firehand überlassen, dem diese bei seiner weiteren Tätigkeit als Otchopintre von Nutzen sein konnte, außerdem erleichterte sie die Kommunikation mit dem Fürstenhof. Die magische Tonflöte nämlich überließen wir Hartmann, der als Salamura damit natürlich am meisten anfangen und zudem als Mittler zwischen Old Firehand, dem

Fürsten und der Bevölkerung dienen konnte; er würde die Brosche Old Firehand bei seinem nächsten Besuch übergeben und ihn in deren Geheimnisse einweihen.

Auch über den lebenden Turm in Mestia berichteten wir, doch über unsere Streitigkeiten mit Old Firehand erfuhr der Prinz nicht alles. Ich wollte dem alten Trapper keine Schwierigkeiten bereiten, sodass wir seine Eigenmächtigkeiten verschwiegen oder in sanfterem Licht schilderten.

Den Kampf im Kessel aber, den wollte nicht nur Fürst Dadiani in allen Einzelheiten dargestellt haben, sondern wir mussten ihn auch noch einmal ausführlich bei einem gemeinsamen Essen mit Hartmann und dem Ehepaar Suttner schildern. Dadiani war von Old Firehand begeistert.

„Solange dieser Mann, solange Otchopintre über unsere swanetischen Berge wacht“, sagte er, „ist mir um unser Volk und unser Land nicht bange!“

Ich schuldete dem Fürsten noch eine Revanche für unser Schachspiel; wir verteilten sechs Partien über die drei Tage, von denen jeder zwei gewann. Sofie verbrachte viel Zeit mit ihrem alten Freund Hartmann. Er versprach ihr, wie sie mir anvertraute, ein Auge auf den jungen Paata Akaraschwili zu haben.

„Onkel Johann gegenüber habe ich keine Geheimnisse“, sagte sie mir. „Er weiß, dass ich Paata mag. Er will unsere Briefe von und nach Uschguli bringen, und vielleicht, hat er gemeint, kommt er sogar im nächsten Sommer mit, um noch einmal ein paar Monate in Kanada zu verbringen.“

Ann verbrachte viel Zeit in der fürstlichen Bibliothek auf der Suche nach weiteren Hinweisen zum Grab der Königin Tamar, sie und Sofie unterhielten sich aber auch viel mit Bertha von Suttner. Ihr Thema waren vor allem die Stellung der Frau und die Möglichkeiten, als junge Frau in den verschiedenen Gesellschaften, aus denen sie kamen, selbstbestimmt zu leben.

Auch ich führte lange Gespräche mit dieser faszinierenden jungen Schriftstellerin. Sie arbeitete gerade an den ersten

Entwürfen für ein Buch über Pazifismus, einen Begriff, den sie mir erst erklären musste. Dass das aus dem Lateinischen gebildete Wort so viel wie „Frieden machen“ bedeutet, war mir klar, aber dass es seit Mitte unseres Jahrhunderts dafür in Frankreich sogar eine eigene Bewegung gab, war mir neu.

„Die meisten bei uns nennen die Menschen, die sich dafür einsetzen, einfach Friedensfreunde oder Friedensbewegung“, sagte Bertha, mit der ich inzwischen per du war. Wir versprachen einander, in Verbindung zu bleiben, und dass sie mich unbedingt besuchen müsse, wenn sie wieder in Deutschland war.

Halef verbrachte viel Zeit in der Küche. Er hatte sich ein kleines Notizbuch gekauft.

„Diese georgische Küche ist so lecker, Sihdi“, erklärte er mir, „und es gibt so viele Gerichte, die auch wir Moslems essen dürfen, da will ich meiner Hanneh viele Rezepte mitbringen, damit sie zur besten Köchin unseres Stammes wird.“ Er stockte, dann sagte er lächelnd: „Das ist die Wonne meiner Augen und meines Herzens natürlich längst. Aber mit diesen Rezepten wird sie noch weitaus besser und berühmter werden!“ Er hatte für sie und seinen Sohn auch eine ganze Tasche voller Mitbringsel gekauft, vor allem haltbare Süßigkeiten wie die Tschutschkella, und schließlich brachte er ihr ja auch ein magisches Würzfläschchen mit.

Als wir uns von Fürst Dadiani verabschiedeten, fragten wir ihn, ob wir ihm die Pässe zurückgeben sollten. Er deutete eine Verbeugung an.

„Sie haben sich als wahre Freunde Georgiens erwiesen. Es wäre mir eine Ehre, wenn Sie sie behalten und uns wieder besuchen würden; Sie sind jederzeit herzlich willkommen.“

Die drei Tage, die der Ritt nach Kutaissi dauerte, verbrachten wir in einer etwas seltsamen Stimmung. Auf der einen Seite war es ein wenig wie Urlaub: Wir hatten keinen Auftrag oder ein selbstgestecktes Ziel, wir waren mit herrlichen Pferden unterwegs, wir mussten weder Schneegestöber noch Kälte, weder Eis noch Nebel fürchten – kurzum, es war wie ein langer erholsamer Ausflug.

Auf der anderen Seite wussten wir, dass uns ein langer Abschied bevorstand. Besonders Halef und ich, die wir wieder einmal eine so lange und intensive Zeit miteinander verbracht hatten, würden uns wahrscheinlich für Monate, wenn nicht Jahre nicht wiedersehen – wie sehr ich mich darin täuschte, konnte ich zu diesem Zeitpunkt noch nicht ahnen. Ich hatte vor, eine längere Zeit am Schreibtisch zu verbringen: Was ich seit der Abgabe meines letzten Manuskriptes erlebt hatte, würde mit Sicherheit mehr als einen Band meiner Reiseromane füllen. Und danach wollte ich unbedingt wieder nach Amerika. Die letzten Wochen mit Old Firehand hatten meine Sehnsucht nach den Prärien und Bergen des amerikanischen Westens geweckt, vor allem aber nach meinem Freund Winnetou.

Wir hatten nur noch wenige Tage zusammen: Einen brauchten wir in Kutaissi, um die Pferde zum Pferdehändler Tscheidse zurückzubringen; Halef und ich wollten auch den Biologielehrer Dr. Schiaschwili besuchen und ihn wie versprochen zumindest grob über unsere Erlebnisse informieren. Und wir waren ganz sicher, dass wir den Abend mit dem Weinhändler Ivane Gvenetadze verbringen würden, der auch schon begierig auf den versprochenen Bericht über unsere Erlebnisse wartete.

Nach Poti würden wir dann gemeinsam die Bahn benutzen und dort die Rennkamele beim Wirt abholen. Da wir vier Meharis hatten, wollten Sofie und Ann noch mit Halef und mir nach Batumi reiten: unsere letzten gemeinsamen zwei Tage. In Batumi dürften sich dann endgültig unsere Wege trennen: Halef würde mit den Rennkamelen nach Hause reiten – und zwar ganz gemütlich; von Gewaltritten hatten wir beide für eine Zeit genug –, Ann nach England reisen, Sofie nach Kanada und ich nach Deutschland.

Als die Silhouette von Kutaissi vor mir auftauchte, zügelte ich mein Pferd, drehte mich im Sattel um und warf einen letzten, nicht durch Mauern und Dächer getrübten Blick auf das wunderbare Land, das ich in den letzten Wochen lieben gelernt hatte. Vor meinem inneren Auge erstand über den Bergen des Kaukasus, deren Umrisse ich am Horizont erahnen konnte, eine riesige Gestalt, die über den Bergen thronte wie Rübezahl über dem Siebengebirge: Old Firehand, der Otchopintre, der mir aus den Wolken zuwinkte.

Mir stiegen die Tränen in die Augen, als ich an unseren Abschied dachte; wahrscheinlich würde das meine letzte Begegnung mit dem alten Mann sein. Denn der Hüne hatte mir, nachdem er mich in seine gewaltigen Arme gerissen hatte, mit seinem tiefsten Bass ins Ohr gebrummt:

„Lasst mich Euch in meine Arme nehmen. Wer weiß, ob wir uns wiedersehen. Ich werde, solange ich dazu in der Lage bin, hierbleiben, bei meinen vielen tierischen und den wenigen menschlichen Freunden. Und wenn die Kraft nicht mehr reicht, werde ich nach St. Louis gehen und mich bei meinem Sohn und meiner Schwiegertochter zur Ruhe setzen – aber erst, wenn ich einmal alt werde.“

Bernhard Hennen
Epilog

Ich blicke auf die letzten Zeilen der letzten Seite. Es ist ein gutes Ende. Ich bin zufrieden mit meiner Arbeit. Mein Blick schweift durch das Fenster hinaus in die geordnete Welt Radebeuls. Ich wohne im Grünen. Die Bäume sind hier mit Plan gesetzt, die Annehmlichkeiten der kleinen Stadt sind nicht fern. Das Leben hier ist leicht. Erfüllt von kleinen Pflichten. Briefen, der Verwaltung meiner Finanzen, der Entscheidung, ob ich eine Einladung annehme oder nicht. Entscheidungen auf Leben oder Tod sind in weite Ferne gerückt.

Ich weiß, Radebeul wird mich nicht lange halten können. Ich muss erneut in die Welt. Muss reisen, um den Wundern wieder nahe zu sein, die dort, wo die Welt geordnet ist, verschwunden sind. Warum ich das muss … Ich vermag es mir selbst nicht zu erklären. Fühle ich mich lebendiger, wenn mein Leben bedroht ist? Wenn es um etwas zu kämpfen gilt? Vor mir auf dem Schreibtisch liegt ein dünnes Büchlein. Das Geschenk Nemos.

Hermann Ludwig Ferdinand Helmholtz
Über die Erhaltung der Kraft

Zwei Blatt Papier lugen aus dem geschlossenen Buch hervor. Ich habe sie dort verwahrt, damit sie meine Reisen unbeschadet überstehen, nachdem ich sie vor einem Ende im Feuer gerettet hatte. Mit einem Gefühl der Wehmut, ziehe ich sie hervor, lese die Zeilen, verfasst in einer ungelenken Handschrift, bei deren Anblick man dennoch ahnt, dass sie einst voller Schwung und Kraft gewesen sein muss. Und wieder bin ich in Gedanken in dem verborgenen Tal mit der überraschend gemütlichen Hütte. Klar steht mir die Erinnerung an die schwersten Stunden des Abenteuers in Georgien vor Augen. Eine Erinnerung, die ich in meinem Buch ausgespart habe. Und es überkommen mich Zweifel …

Old Firehand hatte mich eingeladen, draußen mit ihm zu sprechen, ein Stück von seiner Hütte entfernt an einem Feuer. Gut erinnere ich mich, wie erleichtert ich war, sein Henry-Gewehr an der Wand neben der Tür lehnen zu sehen.

So klar, als durchlebte ich diesen Tag ein zweites Mal, sehe ich alles vor mir und mein Schreibtisch wird vor meinen Augen zur Fata Morgana, als sei die Wirklichkeit nur eine Luftspiegelung und die Bilder, die unser Verstand erschafft, das einzig Bedeutsame. Ich sehe mich wieder durch die Tür der Hütte schreiten. Ich höre den frischen Schnee unter meinen Schritten knirschen. Sehe mit Beklemmung die frischen Wolfsfährten. Es sind viele.

Ich folge der Bahn, die Old Firehand durch den Schnee gebrochen hat. Es ist der längste Weg, der hier möglich ist, bis ganz zum Ende des verborgenen Tals, in dem seine Hütte steht. Er sitzt auf einem Stein unter einer verschneiten Kiefer. Das Feuer vor ihm ist nur klein, eher ein Symbol als geeignet, sich in der schneidenden Kälte daran zu wärmen. Nicht weit entfernt sehe ich die Wölfe. Sie wirken unruhig und schleichen im Schnee auf und ab. In ihrem Fell sind sie fast eins mit den Farben des Winters.

Old Firehand deutet auf einen Holzklotz auf der anderen Seite des Feuers. Er sieht mich nicht an. Ein Schweigen hatte sich zwischen uns gedrängt, das so ganz anders war … Auch früher schon hatten wir Meinungsverschiedenheiten, und er war nie besonders redselig gewesen. Schon öfter als nur einmal hatten wir stumm an einem Feuer gesessen, aber da war nie diese Verbitterung gewesen.

„Ich bedauere, mein Wort gebrochen zu haben“, sagte er endlich mit gepresster Stimme und blickte auf die beschriebenen Blätter, die er in seinen großen Händen hielt.

„Ihr wisst, dass es im Wesentlichen nicht um ein gebrochenes Wort geht, sondern um den Wert, den Ihr einem Leben beimesst.“

Er sah auf und es überraschte mich, keinen Zorn in seinen Augen zu finden.

„Wenn ein Wolf uns ansieht, dann schaut er zuerst auf die Kehle. Wusstet Ihr das? Der Kampf in der Schlucht hat meine Brüder gelehrt, wie leicht es ist, Menschen zu reißen.“

Ich war mir der lauernden Blicke der Wölfe nur zu bewusst. Noch mehr schreckte mich jedoch, dass er sie seine Brüder nannte, um Menschen im selben Atemzug zur Beute zu degradieren. Nie hatte ich mich ihm ferner gefühlt als in diesem Augenblick.

Er musste meine Gedanken wohl an meinem Gesicht abgelesen haben. Er schüttelte den Kopf.

„Ihr seid es, der Ihr Euch etwas vormacht. Humanismus, Menschlichkeit, das ist eine dünne Kruste. Darunter sind wir nicht anders als die Wölfe. Schlimmer noch: Wölfe töten, um zu fressen und manchmal im Kampf um die Führung des Rudels. Wir Menschen morden zehntausendfach in unseren Revierkämpfen. Kein Wolf würde das je verstehen.“

„Umso mehr kommt es darauf an, dass wir für die Ideale des Humanismus eintreten! Habt Ihr Euch einmal mit Bertha von Suttner unterhalten? Sie vertritt wirklich interessante Auffassungen zum Pazifismus, wie sie es nennt. Wenn diese Art zu denken Schule machen würde …“

Old Firehand machte eine ärgerliche Geste.

„Schnickschnack! Worte! Das alles fällt von uns ab, wenn es um das nackte Leben geht. Dann sind wir wieder Wölfe.“

„Ihr vielleicht!“, entgegnete ich erhitzt und bereute es, kaum dass die Worte über meine Lippen waren. Ich konnte sehen, wie sehr sie ihn getroffen hatten. Doch geriet er nicht in Zorn.

Er wirkte einfach nur traurig. Und auch ein wenig verloren. Er blickte wieder auf die Blätter in seiner Hand.

„Wisst, Ihr", sagte er sehr leise, „mein Großonkel hatte eine schöne grüne Husarenjacke. Als ich ein Kind war, durfte ich sie manchmal anziehen. Ich habe mich dann wie ein Held gefühlt. Ich erinnere mich noch an einen Sommertag, an dem ich mit einer Weidenrute gegen Brennnesseln gefochten habe und mir vorstellte, mit blitzendem Säbel inmitten feindlicher Reiter zu kämpfen. Mein Großonkel war einer der Badener Husaren, die mit Napoleon nach Russland geritten sind. Er hat an die Revolution der Franzosen geglaubt. An den Kaiser. An eine bessere Welt. Er hat Philosophie und Latein unterrichtet, bevor er zu den Soldaten ging. Der Mann, den ich kannte, hatte ein abgehärmtes Gesicht. Er sprach wenig und lächelte nie. Nie hat er von Russland erzählt. Aber von meinem Vater wusste ich, dass er bei der Berezina den Angriff mitgeritten ist, den Todesritt der Badener und Hessen, der so vielen anderen das Leben rettete. Gegen die Kanonen der Russen sind sie gestürmt. Ohne Angst … Er war ein Held. Ich konnte nicht verstehen, warum er davon nicht erzählen wollte. Immer wieder habe ich ihn bedrängt. Und eines Tages war die Husarenjacke fort. Er hatte sie verbrannt. Viele Jahre später, als es mit meinem Großonkel zu Ende ging, war ich in seinem Haus. In seiner letzten wachen Stunde wollte er nur noch den örtlichen Pfaffen, einen alten Freund, bei sich haben. Nie werde ich das Gesicht dieses gestandenen Mannes Gottes vergessen, als er das Sterbezimmer meines Großonkels verließ. Er war leichenblass, wollte nicht mit uns reden. Nur eines hat er gesagt, dass er meinem Großonkel, seinem Freund, die letzte Ölung verweigert hatte."

Old Firehand blickte schweigend in das kleine Feuer. Ich verstand nicht, was er mir hatte sagen wollen, doch war er so aufgewühlt, dass ich ihn auch nicht ansprechen mochte.

Endlich hob er sein Haupt und sah mich wieder an. Er wirkte alt und verbittert.

„Kurz bevor ich Deutschland auf immer verlassen musste, habe ich den alten Pfaffen noch einmal getroffen und ich habe den Fehler gemacht, ihn nach jener letzten Nacht meines Großonkels zu fragen. Erst sträubte er sich wegen des Beichtgeheimnisses, doch ich konnte spüren, wie es in ihm gärte. Nachdem wir drei Flaschen Grauburgunder geteilt hatten, brach es dann doch aus ihm hervor und er begann zu erzählen. Keine Mären von säbelschwingenden Helden. Es war die Geschichte eines verzweifelten Mannes, gestrandet in der Nachhut, abgeschnitten von den jämmerlichen Resten der Grande Armée, die sich zurück gen Westen schleppte. Eine Geschichte von den Kosaken und den Wölfen, die ihnen nachstellten. Von der Kälte und dem Hunger. Und von all den Dingen, die er getan hatte, um das letzte Flämmchen Leben, das noch in ihm flackerte, nicht verlöschen zu lassen." Old Firehand schnaubte. „Der Philosophielehrer! Ich sage Euch, Humanismus ist nur ein dünner Firnis, darunter sind wir immer noch Wölfe."

„Ich bedaure das Schicksal Eures Großonkels. Und doch mag ich Eurem Urteil über die Menschen nicht zustimmen. Es liegt an jedem einzelnen von uns, sich zu entscheiden. Den Humanismus nicht aufzugeben, das ist es, was unsere Menschlichkeit ausmacht. Ich möchte Euch dringend anraten, wieder mehr Zeit unter Menschen zu verbringen als in Gesellschaft von Wölfen."

„Schöne Worte", schnaubte Old Firehand verächtlich. „Sie gehen so leicht von den Lippen, wenn man mit vollem Bauch aus einer warmen Hütte kommt. Ich vertraue den Menschen nicht mehr. Die Wölfe, von denen Ihr so verächtlich redet, sie sind zumindest ehrlicher." Er warf eines der Blätter ins Feuer. „Ich dachte, Euch würde dies hier interessieren, doch ich habe mich wohl geirrt."

„Was ist das?"

„Wolfsgedanken. Ich habe sie niedergeschrieben. Ich hatte Euch für offener gehalten, Herr Humanist. Doch wer mit solcher Entschiedenheit die Menschlichkeit als Maß aller Dinge propagiert, der kann auf Tiere wohl nur herabblicken."

„Darf ich?"

Ich reichte meine Hand über das Feuer.

Er zögerte.

„Sie erwarten, dass wir kämpfen werden. Ich bin ihr Leitwolf, wenn ich mit ihnen ziehe. In Ihren Augen seid Ihr ein junger Wolf, der mich herausfordert." Plötzlich musste er lächeln. „Sie sind überzeugt, dass ich Euch wegbeißen werde und dann die Weibchen mit mir ein Rudel gründen."

„Wegbeißen?" So sehr ich mich über seine Faustrechtsgedanken ärgerte, musste ich jetzt doch schmunzeln.

„Sie leben in einer sehr klaren Welt. Wer führen will, muss sich seinen Platz erkämpfen und ihn dann behaupten. Wer zu alt und schwach dazu wird, geht unter."

„Und Ihr fühlt Euch wohl als Rudelführer? Als ein Leitwolf?"

Er zuckte nur mit den Schultern. „Ich kann verhindern, dass sie einsame Wanderer anfallen. Ich beschütze die Wölfe vor Fehlern."

Mit Beklommenheit wurde mir bewusst, dass es ihm nicht mehr darum ging, Menschen zu beschützen, selbst wenn er sie vor den Wölfen bewahrte. Er hatte Sorge, dass die Antwort auf einen Mord durch Wölfe Treibjagden wären. Er dachte für die Wölfe. Aber wie dachten Wölfe? Ich griff nach den verbliebenen beiden Seiten, bevor er sich entschied, sie auch noch dem Feuer zu übergeben.

Die Wölfe waren nähergerückt. Sie bildeten fast einen Kreis um uns. Ich fühlte mich plötzlich wie ein Gladiator, der vor den Augen eines blutdürstigen Publikums in die Arena gestoßen wird.

„Ich werde nicht kämpfen", sagte ich entschieden.

„Nichts anderes habe ich von Euch erwartet", entgegnete Old Firehand ruhig. „Lest. Ihr seid nicht in Gefahr. Ihr wisst, ich bin kein Freund vieler Worte, deshalb habe ich es aufgeschrieben. Es wäre an der Zeit, dass einmal eine Geschichte aus der Sicht von Tieren geschrieben wird. Vielleicht seid Ihr ja der Erste."

Diese Idee war absurd. Niemand würde so ein Buch lesen wollen. Und wie hätte ich es schreiben können, berichtete ich doch stets nur wahrhaftig von meinen Erlebnissen? Und doch war es fesselnd, davon zu lesen, wie die Wölfe mich gesehen hatten. Es musste der Leitwolf gewesen sein, mit dem Old Firehand seine Gedanken geteilt hatte. Das Tier, das ich mit der Fackel verletzt hatte. Er wünschte sich, mit mir noch einmal zu kämpfen, tat es aber nicht, weil dieses Recht Old Firehand zustand. Der Wolf glaubte, dass ich mich mit den Weibchen meines Rudels nicht paarte, weil die jungen Welpen sonst zur Zeit des bittersten Winters geboren würden. Und von Halef vermutete er, dass er aus demselben Wurf wie ich stammen musste, weil ich ihn um mich duldete, obwohl er schwach war. Old Firehand aber bewunderte er, weil er klug und stark war und das Rudel immer wieder zu guten Jagdgründen führte. Ich konnte verstehen, warum Old Firehand dem Ruf der Wildnis erlegen war. Diese Welt war klarer geordnet.

„Ich werde weiterhin für eine Welt kämpfen, in der die Schwachen nicht einfach *weggebissen* werden", sagte ich entschieden, nachdem ich gelesen hatte.

Old Firehand grummelte etwas.

„Ich werde nicht dulden, dass sie von den Bösen weggebissen werden. Wenn Ihr in eine solche Schlacht zieht, würde ich an Eurer Seite stehen."

Ich hatte nicht wirklich erwartet, dass sich die Fronten zwischen uns verschieben würden. Und dennoch war ich ein wenig enttäuscht. „Euer Großonkel …" Ich wusste nicht, wie ich die Frage höflich formulieren sollte, die mir auf der Seele lag.

Old Firehand sah mich mit harten Augen an.

„Ich kann verstehen, was mein Großonkel getan hat. Er hat sich der Wildnis angepasst, in die ihn die Entscheidungen eines Kaisers und eines Zaren geführt haben. Aber er ist nicht mehr mein Held, wie er es einst in meinen Kindertagen war. Und im Gegensatz zu ihm entscheide ich ganz allein, in welcher Wildnis ich lebe. Mein Vertrauen in Menschlichkeit wurde zu oft enttäuscht.“ Er erhob sich, zum Zeichen, das alles gesagt war.

„Ich werde dennoch nicht aufgeben, um Euch zu kämpfen.“

Er lächelte.

„Ich weiß. Und deshalb mag ich Euch. Ihr werdet nie aufhören zu hoffen, auch aus einem alten Grizzlybären noch einen Humanisten zu machen.“

Inhalt

Weitere Informationen zur Reihe
„Karl Mays Magischer Orient“
finden Sie auf der folgenden Seite
sowie im Internet auf
www.magischer-orient.karl-may.de

Karl Mays Magischer Orient

Alexander Röder
Band 1
Im Banne des Mächtigen
464 Seiten
978-3-7802-2501-6

Alexander Röder
Band 2
Der Fluch des Skipetaren
480 Seiten
978-3-7802-2502-3

Alexander Röder
Band 3
Der Sturz des Verschwörers
488 Seiten
978-3-7802-2503-0

Alexander Röder
Band 4
Die Berge der Rache
480 Seiten
978-3-7802-2504-7

Alexander Röder u.a.
Epilog von Tanja Kinkel
Band 5
Sklavin und Königin
480 Seiten
978-3-7802-2505-4

Alexander Röder
Band 6
Auf der Spur der Sklavenjäger
480 Seiten
978-3-7802-2506-1

Jacqueline Montemurri
Epilog von Bernhard Hennen
Band 7
Der Herrscher der Tiefe
480 Seiten
978-3-7802-2507-8

Thomas Le Blanc
(Herausgeber)
Anthologie
Auf phantastischen Pfaden
256 Seiten
978-3-7802-2599-3